EL PIANISTA SICILIANO

DISCARD

W9-DGU-339

Alfio Caruso

El pianista siciliano

Traducción de Meritxell Anton

Umbriel Editores

Argentina • Chile • Colombia • España
Estados Unidos • México • Uruguay • Venezuela

Título original: *Willy Melodia*
Editor original: Einaudi, Turín
Traducción: Meritxell Anton Maynadé

Copyright © 2008 *by* Giulio Einaudi editore s.p.a., Torino
  All Rights Reserved
© de la traducción 2009 *by* Meritxell Anton Maynadé
© 2009 *by* Ediciones Urano, S.A.
  Aribau, 142, pral. – 08036 Barcelona
  www.umbrieleditores.com

ISBN: 978-84-89367-65-4
Depósito legal: B. 23.982 - 2009

Edición y fotocomposición: Esmena, Sant Francesc, 11
08760 Martorell (Barcelona)
Impreso por Romanyà Valls, S.A. – Verdaguer, 1 – 08786 Capellades (Barcelona)

Impreso en España - *Printed in Spain*

Índice

Nota del autor

Willy Melodia, protagonista de esta novela, es el compendio de los personajes curiosos y anómalos que he ido encontrando en las extravagantes historias que han llegado hasta mí a lo largo de una dilatada carrera como cronista. Cada uno de ellos ha contribuido a dar forma, enriquecer y afinar a Willy hasta el momento en que éste se ha convertido en un ser independiente respecto a todo y respecto a todos. Aunque Willy, a pesar de ser hijo de la imaginación al igual que tantas otras figuras que hallaréis en el libro, se mueve en un contexto y una época bien precisas, y los acontecimientos y los hombres con los que se cruza forman parte de la crónica y la historia del siglo XX.

A través de la visión personal de Willy, que nunca va más allá del ojo de la cerradura, el libro da buena cuenta de auténticas celebridades del mal, como Charles Luciano o Ben Siegel, y de episodios igualmente verídicos, como por ejemplo la primera elección de Roosevelt en 1932.

La aventura de Willy entre Italia y Estados Unidos es idéntica a la que emprendieron, por libre elección o por necesidad, muchísimos emigrados. Así pues, sus mil y una adversidades y sus pocas sonrisas reflejan episodios que la tradición oral transmite desde hace decenios con tanto detalle que resulta imposible distinguir hoy la realidad de la leyenda. Y, sin embargo, Willy juraría que cada hecho sucedió exactamente como él lo recuerda. Pero a nadie se le escapa que la memoria de un nonagenario puede jugarle a veces alguna que otra broma pesada.

1

¡Ah, América!

Hay que joderse, soy el último que queda... Hasta el viejo Joe ha librado el alma a su Dios. Acaban de decirlo en la tele. No tenía ni idea de que Giuseppe Bonanno todavía estuviera vivo: era cinco años mayor que yo —él era de 1905 y yo de 1910—, y podría haber desaparecido desde el día en que nació. Pero no, tuvo que llegar hasta los noventa y siete para empezar a expiar sus pecados.

Qué terrible es la vejez, el más infame de los castigos. Significa ir bajando peldaños que nunca más vas a poder subir. Cada día más abajo. Poco antes de morir, Luciano me decía: «Willy, con todas las que he armado en la vida, y ahora tengo que preocuparme por si meo o cago». Aunque hay que reconocer que Luciano, a diferencia de Bonanno, tuvo la muerte de un gran señor: un tiro sordo y si te he visto no me acuerdo. Puede que se la buscaran, pero al fin y al cabo tuvo una buena muerte: sin sufrimientos, sin advertencias, cuando todavía tenía un montón de proyectos. ¿También habrá sido así con el viejo Joe? No lo creo: a nuestra edad uno se apaga como una vela. Vemos a la Negra Señora que se acerca y nada puede hacerse para evitarla. Si es cierto que siempre son las mujeres que joden vivos a los hombres, ésta nos jode más que todas las demás juntas.

Yo, por suerte, ya estoy acostumbrado: tuve la vida que todos quisieron, lo máximo que pude hacer fue ponerle la banda sonora.

Fue en 1933. La recuerdo como si fuera ayer, la tarde en que coincidí con Bonanno. Bastaba con llamarle Joe Bananas para cabrearlo. Estábamos en la suite de Luciano en el Waldorf Astoria. No faltaba nadie: Costello, Lansky, Adonis, Gambino, los herma-

nos Mangano, Genovese, Moretti, Siegel... Ben era el más simpático, un judío austriaco completamente chiflado. «¡Eh, tú, Bugsy!»,
lo llamaba algún insensato sin saber que se la estaba jugando. Por
otra parte, ¿a quién le gusta que le llamen «loco provocador»?
A Ben, este mote se lo pusieron los chiquillos del Lower East Side
de Nueva York, a quienes mangaba las canicas de vidrio de colores.
Practicaba con ellos, mi amigo Ben...

En el Waldorf Astoria corrían tiempos en que los compadres
podían costearse todos los caprichos, ganaban millones a espuertas,
les besaban el culo los políticos, los fiscales, los empresarios, las
mujeres guapas. Pero Bonanno era distinto: había formado una familia, volvía a casa antes de la cena y arropaba bien a los niños con
las mantas. Los demás convertían el día en noche y la noche en día,
mientras que él fichaba en el trabajo todas las mañanas. Era mode-
rado en todo, amo y señor siempre de las propias pasiones. La suya
fue una vida de ahorro. Se contentaba con lo mínimo por miedo a
que lo máximo le obligara a correr riesgos. No le gustaban las cartas, no le gustaban los caballos, no le gustaban las apuestas, no le
gustaba la música, no le gustaban las bailarinas, las cantantes, las
actrices; en definitiva, aquellas mujeres que se abrían sin problemas
y que eran nuestra obsesión. Bonanno era el único que no se emocionaba con las canciones: Charles Gambino lloraba cada vez que
escuchaba *Torna a Surriento*, y eso que él venía de Palermo.

Hoy en día esos tipos se encuentran sólo en los libros, en las películas, en los documentales de la tele, pero yo los he conocido del
primero al último, he comido con ellos y con ellos he bromeado, los
he tenido delante de mi piano, a todos, en fila: vamos, Willy, tócanos *Sophisticated Lady*... Vamos, Willy, tócanos *Moonlight Serenade*... Vamos, Willy, tócanos *St. James Infirmary*...

Gente divertida, gente resuelta, gente con un par de cojones
que no dudaban en agacharse hasta el suelo y barrer el polvo de las
aceras. Gente chapada a la antigua. Por supuesto que no eran buenos chicos, o puede que lo fueran a su manera: vivían al minuto, tenían que atrapar la vida. Tenían prisa por ganar cuatro perras, así
que no tuvieron tiempo de recibir una buena educación. Su única
escuela fue la calle, y sus métodos, los que habían aprendido andando por ahí. Y, con todo, obligaban a la administración Roosevelt a llegar a ciertos pactos.

Por algún motivo, hace algunos años la revista *Time* incluyó a Luciano entre los gigantes del siglo XX. Algo querrá decir.

Ya no existen hombres así.

Como tampoco existen ya historias como ésta. Me gustaría que Sal pudiera conocerla: tal vez comprendería por qué tuvo un padre como yo en lugar del padre que se merecía. Por desgracia, yo estaba abonado a los fracasos. Por lo que las veces en que tuvimos algún desencuentro fueron bastante más numerosas que las veces en que hablamos. Y ahora es ya demasiado tarde para empezar la relación que nunca tuvimos. Yo he pasado ya de los noventa, Sal se acerca a los setenta. Yo vivo en Catania, él vive en Los Ángeles. A mí sólo me quedaron los recuerdos, él es un reputado abogado de negocios, y juega al golf.

Y, sin embargo, todo empezó a doscientos metros de aquí.

2

De sol a sol

Nací en una planta baja. La puerta de la entrada era de madera y tenía un agujero rectangular en lo alto, para que pudieran entrar el aire y la luz. En invierno, a pesar del batiente, también entraba el frío. En las noches estrelladas mi madre señalaba con el dedo hacia nuestro rectángulo de cielo y nos hacía montar en el carro de la Osa Mayor y en el de la Osa Menor. Éramos siete hermanos, no siempre obedientes y bien dispuestos a aprender, aunque ella se mostraba implacable en su empeño por que escucháramos y aprendiéramos. No creo que lo hiciera pensando en nuestra cultura, por así decir. Le gustaba escucharse a sí misma, le llenaba de orgullo mostrarnos que ella sabía algo más que las demás madres de Via D'Amico.

Su otra fijación era la epopeya de los paladines de Francia. Era capaz de pasarse una hora entera contándola. Eso sí que le gustaba. Y, cómo no, el primer deseo de nuestra infancia fue convertirnos en paladines. Nos sentíamos como pequeños Roldán, Rinaldo, Brandimarte, Turpín, Oliveros. Pero ninguno quería ser Agramante o Ganelón: no porque fueran canallas —nosotros, los sicilianos, llevamos en la sangre desde pequeños el ser canallas—, sino porque su destino era la derrota, y a nosotros los sicilianos no nos gusta perder ni cuando somos niños.

Para nosotros no podía existir una vida más hermosa, más importante. En un libro muy antiguo habíamos visto dibujos de corazas centelleantes, de caballos mejor arreados que santa Ágata, de muchachas de rubias cabelleras al viento. El libro tenía las páginas un poco gastadas, con algunas partes rasgadas. Había pertenecido a su padre, y para protegerlo de nuestra curiosidad mi madre lo guardaba en una consola fuera de nuestro alcance: al lado de la botella de aceite y de la de vino. Las únicas bofetadas que mi padre nos propinó fueron siempre para salvaguardar el tesoro de la casa: crecimos con el terror de romper una de las dos botellas. Si no recuerdo mal, el título del libro no era otro que *Los paladines de Francia*. Mi madre se lo sabía al dedillo, y pretendía que nosotros hiciéramos lo mismo. Hasta los siete u ocho años le seguimos la corriente, después estábamos demasiado cansados para Roldán y Ganelón. Con el correr de los años pudo retomar sus enseñanzas con los nietos.

De mi infancia tengo un recuerdo grabado: mi mamá con el panzón. Siete hijos le vivieron, tres murieron tras el parto. Cada hijo una variz en las piernas: a cada variz mi madre le había dado el nombre del hijo en cuestión. En casa había dos Concettina, dos Orlando, dos Rinaldo. Cuando mis padres tenían debilidad por un nombre no se lo pensaban dos veces. En realidad, la responsable era mi madre: cumplidos los deberes familiares, daba rienda suelta a su fantasía con los nombres que hallaba en ese libro suyo. Los dos primeros niños se llamaron Nino y Peppino, como los abuelos; después llegué yo y me tocó Guglielmo, que enseguida se convirtió en Mino, cuando no en Minuzzo. Después fue el turno de las tres niñas: Agatella y Concettina como las abuelas, pero la primera Concettina nació muerta. Al fin cuatro varones más: el primer Orlando no sobrevivió a la gripe española de 1918, el primer Rinaldo a una regurgitación de leche.

Ninguno de nosotros nació por casualidad o porque hiciera demasiado frío para levantarse y lavarse, como suele decirse, tras cumplir con el deber conyugal. Mis padres nos quisieron a todos y a cada uno de nosotros. Cuando se dieron cuenta de que ya éramos demasiados, decidieron zanjar el asunto. Al fin y al cabo, les llevaban una buena ventaja a las demás familias. En Via D'Amico se competía en serio con los hijos: los hombres mostrando su hombría; las mujeres, la habilidad de no dejar escapar ni siquiera un espermatozoide. El embarazo se exhibía, se paseaba con orgullo por las calles. Mirad qué bien lo he hecho, mirad qué bien lo ha hecho el hombre que he escogido. Nada tenía que ver con ello la falta de pasatiempos, de cine, de tele y de toda la comparsa. Era una cuestión de educación, de costumbres. La misma cuestión que convertía a cada miembro de los Melodia en un individuo solo, en constante lucha con el mundo, aunque viviéramos uno pegado al otro. Mi padre y mi madre nos lo inculcaron de pequeños, como sus respectivos padres y madres se lo habían inculcado a ellos. Y la compañera de este aislamiento que pasa de padres a hijos no es otra que la desesperación que crece en el alma. Creedme, no existen sicilianos que no sean desesperados. Para nosotros el haber nacido es el primero de los pecados.

Catania se extendía detrás de la estación. La tierra había empezado a comerse el mar, pero las olas todavía asomaban bajo los Arcos de la Marina. Las calles no estaban asfaltadas, en las casas no había agua corriente ni electricidad. Los pisos eran glaciares: con el primer frío las paredes se helaban, y a continuación lo hacían las personas. Para luchar contra el hielo que el Etna nos arrojaba contábamos con un brasero y tres estufillas de cobre. El carbón era muy caro, y cada carga del brasero y de las tres estufillas tenía que durar por lo menos una semana. A partir del viernes, encenderlo se convertía en una empresa titánica. Nos poníamos a soplar todos a la vez, y al final lográbamos calentarnos antes de que lo hicieran el brasero y las estufillas. Por la noche, antes de acostarnos, las estufillas y el brasero iban de la cama grande —la única que había, la de papá y mamá— a nuestras yacijas. Sólo había una cosa peor que el frío: el calor y las épocas de sequía en la ciudad. El catanés nace abrasado y pasa el resto de sus días intentando apagar esas brasas. A todos nos apasionan las sandías rojas, los helados, las *granitas*: así nuestra sed es más intensa y nos dejamos llevar por su arrebato.

En Via D'Amico el único antídoto contra las moscas era el polvo que levantaban las mulas, los caballos y los asnos. En cualquier caso, moscas y polvo siempre acababan por entrar en las casas. Sólo había tres casas en los pisos de arriba, es decir, segundos y terceros, que exhibieran en sus balcones una rejilla de cañas que se subía y se bajaba con un cordel, y que se consideraba la única defensa posible contra las moscas y el polvo de la calle. Esa rejilla era un signo distintivo, todas las familias encargaban una apenas tenían un par de liras. Nosotros sólo teníamos una lámpara de petróleo, y además velas de sebo que se consumían en un santiamén. Íbamos a llenar la tinaja y los jarros a la fuente de Piazza Cappellini, enfrente de un edificio enorme que tiempo atrás había sido un hotel. En lo alto, al final de innumerables peldaños escarpados, se alzaba la iglesia. Tenía un nombre que infundía respeto: Crocifisso della Buona Morte. Don Ferdinando, el párroco, nos vigilaba desde arriba. Una vez al mes convocaba a uno de los nuestros y le tendía una larga vela de cera, procedente de las ofrendas. El escogido debía arrodillarse, besarle la mano. Siempre llevaba el hábito salpicado de manchas y transpiraba sudor a cada centímetro; su mano apestaba a tabaco. Aquel tabaco para oler que se usaba por aquel entonces, que pellizcaban con los dedos y se acercaban a la nariz los curas y las mujeres, que temían escandalizar en público si fumaban cigarros y cigarrillos.

A pesar de que yo crecí entre olores y hedores, soportaba sólo los de mi propia carne, no los ajenos. El olor de las axilas de mi madre me irritaba, por así decirlo, pero toleraba en cambio el hedor agrio de las *coppolas*, las gorras sicilianas, que los adultos se quitaban en señal de respeto cuando entraban en casa.

Nuestras tres habitaciones olían a carbón, a cebolla, a madera podrida, a col, a cerrado, a brécol, a pies, a aceite, a excrementos. En la primera pieza, la mayor, desde donde atisbábamos el cielo, había una mesa desproporcionada que había hecho el padre de mi padre, cuatro sillas con asiento de paja, cuatro banquetas, en una esquina el hogar bajo una rudimentaria chimenea y finalmente el retrete: un agujero en el suelo oculto tras una cortina. Al lado empezaba la habitación donde dormían mis padres y dos hijos: al comienzo los más pequeños, después Agatella y Concettina. Al fondo del dormitorio habían levantado una pared de tablas y habían abierto un cuartito: además de leña y carbón, nos albergaba a nosotros. Mi madre, siempre tan industriosa, había colocado entre paredes y techo cinco sacos viejos de harina: nuestras yacijas. De haber descubierto su exotismo, las habríamos llamado hamacas, pero por aquel entonces dormíamos demasiado mal para dedicarnos a buscarles un nombre.

Cada mañana nos despertábamos más negros que al acostarnos. Nada de lavarnos, por supuesto. Porque lo hacíamos de abril a octubre, ya que el mar junto a la estación estaba a menos de un kilómetro de nuestra casa. Y a pesar de que aquel hollín se nos había incrustado bajo las uñas, en los poros, en cada pliegue de nuestra piel, antes de agosto no quería ni oír hablar de retirarlo. Afortunadamente el ángel de los pobres debió de protegernos: únicamente Orlando tuvo cáncer de pulmón, ya de viejo. El doctor no se lo explicaba, visto que Orlando jamás había fumado un cigarrillo. Se lo explicamos nosotros.

De noviembre a marzo, con el frío que hacía, nadie tenía ganas de sumergirse en el agua. Mi madre nos mandaba al mar al menos una vez al mes, para que nos diéramos un chapuzón y nos laváramos. La misma obligación tenían, la mañana de la boda, quienes contraían matrimonio. En efecto, nadie se casaba en otoño y en invierno.

—Mino, Minuzzo...

Era la voz de mi madre. Su rostro iba y venía bajo la trémula luz de la vela.

—Mino, angelito mío. Vamos, despiértate...

Y yo me desperté. Me aferré al orgullo para levantar esos párpados que habrían permanecido cerrados durante horas. No podía traicionar la confianza de mi familia, los dulces ojos de Agatella: la noche anterior le había prometido que iría a recoger moras negras para ella.

A la camiseta de tirantes que llevaba, mi madre añadió unos pantalones cortos, que pronto pasarían a Nino y Peppino. Tenía que conservarlos a toda costa: de haberlos estropeado, habría tenido que ir con el rabo al aire y un gato se lo habría comido.

Mi padre estaba en la entrada y pasaba las correas por encima de la carreta. Se paseaba por ferias y mercados vendiendo las cosas inútiles que llevan de cabeza a las mujeres: lazos, lacitos, fundas de almohada, cintas, cinturones, algún que otro retal a precio de ganga. Mi padre no se cansaba nunca: siempre empujando su carreta, de lunes a domingo, todos los santos días del año, incluidos Pascua y Navidad. Su vida, nuestra vida, dependía de aquella pequeña carreta, de las baratijas que cargaba consigo. Tenía que afanarse más que una bestia y sudaba más que una bestia. Y en verano apestaba que ni las bestias.

—Turiddu —decía mamá—, ¿qué te parece si vamos al mar un rato?

Y él se arrastraba hasta el mar, a pesar de estar destrozado, a pesar de no tener siquiera fuerzas para exhalar el último suspiro. En su jerga, la invitación de su mujer significaba que esa noche él iba a hacer de macho y ella de hembra. Todavía hoy me pregunto si mi madre lo hacía para salvar el decoro de papá y el olfato de sus hijos.

Mi padre era un hombre bastante despierto. Había comprendido que el color lo era todo y sólo vendía ropa coloreadísima. Con motivo de las fiestas patronales se aventuraba hasta las afueras de la ciudad: San Giovanni La Punta, Misterbianco, Camporotondo, Piano Tavola, Ognina, Il Castello, La Trezza. Hoy en día son ya Catania, pero en aquel entonces constituían una auténtica aventura que bien merecía pasar fuera la noche.

Esa mañana aún no había amanecido, pero de la carretera ya subía un alboroto creciente. Todas las puertas estaban abiertas, y no precisamente para que entrara el aire fresco antes de que lo hiciera la canícula de agosto. Era la hora de salir hacia el campo y los bancos de las pesqueras. Lo que para mí era una excepción, para otros tantos de mi edad se había convertido ya en la norma. Trabajaban de sol a sol, desde que despuntaba el día hasta el anochecer. Peor que ellos lo pasaban los niños que trabajaban por un mendrugo de pan y que vigilaban los rebaños o ayudaban en las eras. Nosotros éramos pobres, pero la nuestra era una pobreza que nos permitía pasar hambre a todos juntos.

Nino y Peppino cargaron la cesta repleta de cinturones, fundas y lacitos. Ya podíamos partir y partimos. Mi padre empezó a empujar la carreta, nosotros tres andábamos dando saltitos alrededor, muy atentos a no quedarnos rezagados. A la vuelta, prevista para la noche, íbamos a poder acomodarnos por turnos entre las mercancías para descansar un poco.

—¡Que coman algo! —gritó mi madre cuando ya enfilábamos la Via Francesco Crispi. Mi padre asintió con un simple movimiento de los hombros, ya curvados en su esfuerzo. Yo lo veía como un hombre inmenso, aunque después iba a ser diez centímetros más bajo que yo. Pero en la Catania de 1915 eran muy pocos los que llegaban al metro ochenta. A mis ojos también aparecía como un viejo, y en cambio, a pesar de la *coppola* que se calaba ya fuese verano o invierno, sólo tenía veintiocho años. La culpa era de la condenada existencia a la que se había librado. Con todo, vivíamos días felices. Por motivos desconocidos mi padre había escapado a la orden de movilización para la guerra, la Gran Guerra. Entre junio y agosto nuestra calle se había quedado sin hombres de entre veinte y cuarenta años. Mi padre era uno de los poquísimos que no habían sido llamados a filas: un motivo suficiente para que le rieran los ojos.

El sol pegaba fuerte, hicimos un alto donde terminaba la ciudad y empezaban los promontorios de lava del Etna. Mi padre dejó la carreta a nuestro lado y se adentró entre rocas y arbustos resecos. Desapareció de nuestra vista. Luego reapareció con la *coppola* llena de higos chumbos.

—Los escondí el otro día porque eran los últimos. Podéis comerlos todos.

¿Todos? Eso significaba tres por cabeza, mientras que en casa nos tocaba la tercera parte de uno. Los higos chumbos no costaban nada, y junto a una rebanada de pan constituían el desayuno, el almuerzo y la cena. Para una familia como la nuestra eran una bendición. Se encontraban por los márgenes de las carreteras, y si estaban dentro de alguna propiedad privada podían recogerse sin ningún peligro. Con tal de que uno no se excediera, los guardianes, debilitados por el calor, no embrazaban la escopeta para defenderlos. En invierno, por el contrario, lo hacían gustosamente para atacar a los ladrones de naranjas.

Mi padre mondaba los higos chumbos con los dedos: las manos como las suyas eran insensibles a los pinchazos de las espinas. Pronto nuestras manos iban a ser como las suyas.

Emocionados por tanta abundancia, devoramos los tres primeros higos al instante.

—Chicos —dijo mi padre—, comeos el pan también, porque hasta la noche no habrá nada más. No me vengáis luego con cuentos: papá, tengo hambre... papá, qué comemos... Y daos prisa. En Ognina no está todo puesto y esperándonos. Hacia mediodía tiene que estar montado ya el teatro con sus muñecos. Vamos...

A mí me habían llevado con ellos para cumplir una misión específica: colarme en la propiedad del *baronello* Cannata. Mi padre había visto, o quién sabe si no la habría hecho él mismo, una abertura en la alambrada del recinto. Yo tenía que meterme dentro y llegar hasta el moral. Mi madre me había dado una especie de recipiente largo con los bordes doblados. Una vez lleno, podría deslizarlo fácilmente por entre el alambre de espino. Según nuestro plan, teníamos que pasar a la acción entre las tres y las cuatro de la tarde: el sol, la siestecilla y tal vez algún vaso de más para celebrar la fiesta marinera en la bahía de Ognina iban a ser más que suficientes para conjurar apariciones imprevistas.

Nino y Peppino montaron guardia junto a las tristes baratijas. La terrible amenaza proferida en voz baja por mi padre les había convencido de que no podían alejarse de la carreta ni por un minuto: «Nada de bromas: si echo en falta una sola cinta, mañana os envío con *compare* Pippo». Era el hombretón que cada quince días pasaba a recoger a los niños que alquilaba.

El plan era perfecto. Hice tres viajes con el recipiente lleno a rebosar de moras. Algunas se me caían por el camino y me las comía, añadiéndolas a las que iba engullendo mientras las recogía. Se me quedó la saliva negra hasta la noche, cuando comenzaron los vómitos: batido de moras al aroma de higo chumbo. Regresamos a casa al amanecer, y cuando mi madre me vio más blanco que la harina, a punto estuvo de desmayarse: y eso que yo había hecho todo el trayecto en la carreta. Mi padre me había montado en ella desde Ognina. Nino y Peppino ni siquiera habían rechistado. Mamá preparó un cazo de agua caliente con hojas de laurel, que había ido a buscar corriendo a casa de *comare* Marietta. A pesar de que la mujer era viuda, habían reclutado a su único hijo: mi madre le ayudaba a escribir las cartas al frente.

En el otoño de 1917 le tocó partir a mi maestro del tercer curso de la escuela elemental. Tenía veinte años, la voz nasal, y llevaba unas gafitas redondas. Desapareció de la noche a la mañana. Le sustituyó un hombre muy viejo con una barba prominente y blanca y una voz incomprensible. El director nos dijo que había sucedido algo bastante malo en una zona remota de Italia, y que todo aquel que estuviera en la edad de manejar un fusil debía acudir a servir a la patria. Esa noche no pude conciliar el sueño hasta que mi padre regresó a casa. El 2 de noviembre, en lugar de pedir a los muertos que me trajeran regalos, como sucedía en las familias que podían permitírselo, pedí que papá no tuviera que participar en la guerra.

La guerra fue como una gran zorra. Y como cualquier zorra que se precie provocó la perdición de muchos y la alegría de pocos. A nosotros nos pilló por el lado justo. En Catania el contrabando de sal era un monopolio de los mafiosos de Mesina. La desembarcaban en La Trezza y de ahí la introducían en la ciudad. Enseguida se fijaron en mi padre: su carreta y su actividad ambulante iban que ni pintadas para pasar algún que otro saco de sal entre la mercancía. Y mi padre aceptó el trato.

Nuestro cambio de rango, de miserables a personas que luchan por la vida, tiene para mí el perfume de los tomates. Corría el verano de 1918. Mi madre se presentó un día con la tinaja que servía para el baño de mis hermanas rebosante hasta los bordes de tomates. Detrás de ella, Nino la seguía con una gran botella de aceite. Prepararon tres ollas de salsa. Había tanta que no bastaron nuestros pocos platos de estaño para guardarla, tuvimos que pedir prestados a *comare* Marietta. *Mastro* Melo, el dueño de la tienda de tapicerías de la esquina con Via Francesco Crispi, nos procuró la pequeña mesa donde poner los platos al sol. Como agradecimiento, dimos un plato de tomates secos a la anciana y otro a la mujer del tapicero. Porque ahora podíamos permitirnos hasta hacer regalos a los demás.

La sal resultaba muy rentable. Tuvimos que hacer espacio en casa para las medidas. Compraron los primeros sacos de harina. Después llegó el brasero y sobre todo la carne de caballo para cocinar a la parrilla. Para los cataneses se trata de una costumbre antiquísima, que se remonta a la prehistoria: los caballos se criaban en las vegas que se extienden hacia Siracusa. Los domingos escogían un caballo y una multitud lo rodeaba, y lo azuzaban con cañas y bastones hasta que el animal se lanzaba por un despeñadero. De ahí que la carne equina la llamemos *sdirupata*.* Otra costumbre —tal vez sea por el calor o por las ganas de estar juntos, propias tanto de griegos como de árabes— consistía en asar y comer la carne en la calle, en grandes mesas puestas entre vivienda y vivienda. Era una fiesta de costillas, *polpette* y *polpettoni*** de carne de caballo. No

---

* Literalmente, «despeñada»; de *dirupo*, «despeñadero». (*N. de la T.*)

** Albóndigas y rollos de carne picada, respectivamente, platos muy populares todavía hoy en la cocina siciliana. (*N. de la T.*)

había coches entonces, y los simones desviaban las carrozas, tal vez tras haber probado algún bocado.

Las expediciones nocturnas a los jardines del *cavalier* Prestifilippo con el objetivo de abastecernos de naranjas tocaron a su fin: nos las enviaba él en persona junto con sus respetos. La ensalada de naranjas aliñada con aceite, sal y el chorro de limón que añadía mi padre se convirtió en nuestro plato fuerte. Para mí era inconcebible que pudiera existir un mundo sin naranjas. Sin naranjas como ésas. Cada una tenía una forma y un sabor distintos. Su piel era irregular, de tacto áspero, pero con una bastaba para perfumar una mesa o aromatizar la carbonilla del brasero con el fin de eliminar los malos olores de la jornada. Cuando las muchachas crecían y se volvían presumidas, mondaban las naranjas con las manos. Así los dedos se impregnaban de su perfume: no había dinero para esencias o agua de colonia.

El *cavalier* Prestifilippo nos enviaba tantas naranjas que nos alcanzaban hasta para hacer conservas. Mi madre tenía que amenazarnos con los peores castigos —«quien las toque irá a buscar agua él solito durante un mes entero»— con la esperanza de salvar la fruta durante la fermentación, antes de esconder la escudilla de terracota en los meandros de su cuarto: además de la cama, su habitación albergaba los mil y un bártulos que había recogido por la calle y que estaban a la espera de encontrar una función. Tomados individualmente, no servían para nada, pero en su conjunto eran la respuesta a muchas necesidades domésticas.

Los domingos de nubes negras y cargadas, papá se quedaba en casa bostezando. La carreta permanecía con los varales mirando al cielo. Día de descanso, hasta que mi madre aseguraba que a los pequeñines, es decir, a Nino, a Peppino, a mí y a Agatella, nos convenía que nos tocara el aire. Papá entonces se desperezaba, se ponía sus pantalones menos gastados, la *coppola* ya estaba en su lugar, y nos llevaba al Duomo, que era como decir a otra ciudad. A Agatella y a mí nos cogía de la mano, mientras que Nino y Peppino debían permanecer dentro de su radio de visión. Dábamos toda la vuelta hasta el parterre, el paseo marítimo que desde la plaza de la estación desembocaba en Piazza dei Martiri: el Duomo estaba a un paso. El camino de tierra se convertía en empedrado de piedra lávica, donde señoras y señoritas arrastraban sus vestidos y otros niños exhibían trajecitos y caprichos con los que nosotros ni siquiera soñábamos. Compararnos con ellos nos intimidaba, buscábamos la protección de papá. Habíamos aprendido que con nosotros él tenía un «corazón de perra», según sus palabras. Y, en efecto, paraba al hombre de los refrescos, que se paseaba con la banqueta de los jarabes de frutas sobre la cabeza y la jarra de agua con gas en la mano.

—Cuatro completos para mis paladines —proclamaba sonriente mi padre. El completo consistía en sal y limón, hordiate, unas gotas de anís y agua de seltz.

Tras dejar la banqueta en el suelo, el hombre de los refrescos mezclaba la bebida que era nuestra perdición. Recuerdo mi estupor al ver que mi padre pagaba: así aprendíamos que el dinero no servía únicamente para pagar el alquiler de casa.

Al mediodía Piazza Duomo estaba llena de otros miserables como nosotros. Los señores se mantenían a distancia para evitar contagiarse. El único punto de encuentro entre ricos y pobres era el triciclo del algodón de azúcar. Yo envidiaba a mis coetáneos que podían meter la cara dentro de esa montaña azucarada. Nosotros ya habíamos saboreado el completo, no podíamos pedir también un algodón de azúcar. Cuánto me costaba desviar la mirada. Me forzaba a contemplar la catedral, los edificios de gruesos muros que se asemejaban a los de los castillos donde habitaban los paladines, las farolas altísimas con las cuatro bolas de vidrio blanco. Como siempre las veía de día, creía que sólo servían para que los niños de mi edad treparan hasta ellas, a pesar de que quien lo hacía se llevaba los guantazos de los adultos y las regañinas de los guardias municipales. Fue una noche de la fiesta de Sant'Agata, la primera noche que pasé lejos de mi calle, cuando descubrí que esos balones iluminados llenaban de luz toda la plaza.

Pero la auténtica e inestimable maravilla de Piazza Duomo, en la esquina con Via Etnea, era la pastelería suiza. Para nosotros era una delicia poder pegar la nariz y la boca a su vitrina. Nos sentíamos unos privilegiados. Olíamos perfumes nacidos únicamente de nuestra imaginación. Mi padre nos había convencido de que los *cigni* rellenos de nata, los *cannoli di ricotta** con trocitos de pistacho y choco-

---

* Dulces típicos de la repostería italiana: los primeros son petisús cortados y rellenos de nata, en forma de cisne; los segundos, rollos dulces rellenos de requesón, propios de la cocina siciliana. (*N. de la T.*)

late fondant, estaban ahí expuestos con la intención de hacer publicidad de los pasteles suizos. Y para comprarlos había que ir a Suiza.

—¿Qué puede comprarse en Catania? —pedía Nino.

—El completo —era la inevitable respuesta de mi padre.

«¿Ya tenéis suficiente? ¿Volvemos a casa? A lo mejor mamá ya está preparando un plato de pasta para sus paladines.» Así era como mi padre nos anunciaba la retirada. Y como en toda retirada, la emprendíamos desalentados, cabizbajos. Más que el cansancio o el hambre, nos pesaba la cuestión de los *cigni* de nata y los *cannoli di ricotta*: ¿cómo carajo se llegaba a Suiza? La vista de un plato de macarrones humeantes condimentados con tomate crudo rallado no siempre llenaba aquel vacío lancinante.

Cuando nació Concettina, la corriente eléctrica llegó hasta las calles de alrededor de la estación, llegó también el agua corriente y el adoquinado. Quien ya no iba a llegar jamás fue el hijo de *comare* Marietta. Ella vestía de luto y no podía dejar de llorar.

Identifiqué el fin de la guerra con el color negro de las faldas, de los pantalones, de las camisas, que de repente llenaron Via D'Amico. Por las noches las mujeres se reunían en alguna de las casas golpeadas por la desgracia para rezar el rosario. Mi madre nunca iba, pero yo, con el pulso acelerado, escuchaba desde la calle el avance imparable de los misterios gozosos. Me daba cuenta de que no prometían nada alegre. La invocación final de las almas del Purgatorio para que intercedieran con Dios por la suerte eterna de los hijos, de los maridos, de los padres difuntos, me estremecía. Ésa fue la primera imagen que tuve de la muerte, de la nada que nos espera.

Además de los lutos y tormentos, se celebró un desfile militar en Piazza Esposizione, que no por casualidad se había llamado hasta hacía poco Piazza d'Armi, «de las armas». Desfilaron los batallones del ejército victorioso, sonaron himnos y marchas, la fanfarria de los soldados de infantería hizo enloquecer a grandes y pequeños. Ahora que la guerra había terminado, todos querían comportarse como guerreros. A diferencia de Nino y de Peppino, yo no cambié de parecer: mejor ser paladín de Francia que soldado de Italia.

—¿Quieres convertirte en soldado de Cristo? —la pregunta de *comare* Marietta me hizo enmudecer.

Las cosas habían ido así. Una vez terminado el tercer curso de la escuela elemental, mis padres habían decidido que yo debía tener un jefe. Lo mismo habían hecho con Nino, que trabajaba con *mastro* Melo, el tapicero, y también con Peppino, que cada día se levantaba a las cuatro de la madrugada para llegar a la tahona del comienzo de Via Ventimiglia. A Nino le pagaban con retales que sobraban; a Peppino, con restos de harina. De los primeros se beneficiaban Agatella y Concettina luciendo vestidos de ensueño; de los segundos, la familia entera.

Comare Marietta fue quien sugirió mi futuro empleo. Me había visto durante el rito del rosario, y había tomado mi aturdimiento por devoción. Lo había hablado con don Ferdinando: habían reservado para mí el papel de monaguillo. Para más señas, ayudante de Carmelo el sacristán. Y con Carmelo iba a almorzar todos los días: pasta, queso y pan. Si me mostraba obediente, prudente y resuelto, en octubre don Ferdinando le regalaría a mi padre diez litros del vino de sus viñedos. Y al cabo de dos años me habría recomendado para que me aceptaran en el seminario arzobispal.

Cuando lo supieron, Nino y Peppino me despertaron para urdir el asalto a las ofrendas de la misa dominical. Pero a mí me rondaba por la cabeza algo muy distinto.

—¿Cada vez que me lo encuentre tengo que besarle la mano a don Ferdinando? —Mi madre abrió los brazos desconsolada, y a mí me entraron náuseas.

La mano de don Ferdinando ya no apestaba a tabaco, su hábito estaba limpio y planchado, el tufillo a sudor había desaparecido. Su cuerpo macizo desprendía una fragancia casi desconocida para nosotros: olía a polvos de talco. Mi madre nos había traído a casa un pequeño cucurucho de talco. Era el premio por la obligación de lavarnos incluso en invierno. Nosotros, los hijos, lo considerábamos un exceso de limpieza, la primera demostración de una verdad que en el futuro íbamos a experimentar hasta el infinito: uno estaba mejor cuando peor estaba. Mis hermanos y yo siempre nos habíamos quejado de la falta de agua corriente, y envidiábamos a los afortunados que no debían ir a la fuente a abastecerse de agua. Pero ahora que el agua corría incluso por nuestro lavabo teníamos que pagar un precio. No sólo estaba helada, sino que encima, en lugar de jabón, se usaba piedra pómez. Y entonces aparecieron esos polvos blancos, volátiles y perfumados, que debían proyectarnos hacia el progreso. El pacto estaba claro: nosotros debíamos frotarnos bien el cuerpo durante toda la semana, y el domingo, desnudos y en fila, nuestra madre pasaba para espolvorearnos un poco de talco tras poner los dedos en el cucurucho.

Pero, si los polvos de talco eran para los niños, ¿a qué venía lo de don Ferdinando? Enseguida comprendí que el mérito de su transformación se debía a Caterina, la joven y regordeta campesina que sustituía a la vieja sirvienta que se había ido a su pueblo para morir. Quién sabe si era la misma Caterina quien espolvoreaba el talco sobre don Ferdinando, como mamá hacía con nosotros. En cualquier caso, gracias a ella podía hacerle el besamanos sin vomitarle encima. Caterina no era tan buena cocinera como mamá, pero cuando me pedía que le llevara los platos a la cocina, me daba, a hurtadillas de Carmelo, otra ración de pasta y una segunda porción de queso.

Yo ayudaba a Carmelo a tañer las campanas, barría la iglesia, quitaba el polvo de los bancos. Convertido por fin en el jefe de alguien, Carmelo ordenaba y yo obedecía. Preparaba cirios y velas para los fieles ante las estatuas de san Antonio Abad y san Vito, ante el cuadro del Crocifisso della Buona Morte y ante el pequeño altar de la Madonna Immacolata. Lo sentía por las cuatro estatuas imponentes del Padre Eterno, pero no había nadie que se los saltara. Quienes necesitaban un milagro o un pequeño favor, como dicen hoy en la tele, se dirigían a personas de carne y hueso, así que se lo pedían sólo a esos cuatro. Los fieles veían a Nuestro Señor demasiado alto, demasiado espiritual. Sea como fuere, era mejor encomendarse a Aquel que les había dado un Hijo.

Para poder ayudar en la misa me confirmaron. El día antes recibí unos pantalones cortos y una camisa blanca como regalo de *comare* Marietta. Habían pertenecido a su hijo y me los entregó entre un torrente de lágrimas: musitó que yo tenía la misma talla que su querido Ninuzzo a los nueve años. Vi a mi padre que se tocaba como un rayo las partes bajas.

Con mi hábito blanco de monaguillo tuve acceso a la sacristía, hasta aquel momento reino indiscutible de Carmelo. Yo me había esmerado en limpiarla para tener las manos libres con el cáliz del vino y con la alforja de las ofrendas.

Tonto del bote, me dijeron mis hermanos cuando les hablé de mis pequeños hurtos cotidianos a Carmelo. Era la idea que a ambos les rondaba por la cabeza, y con ella me habían estado taladrando durante meses. Yo, por el contrario, sólo tenía un pensamiento fijo: la promesa de don Ferdinando, a mis ojos la más feroz de las amenazas, de recomendarme para que ingresara en el seminario. Eso me hacía vivir con el corazón en un puño, incapaz de una sonrisa. Porque significaba que jamás iba a ser paladín de Francia, ni siquiera soldado de Italia, jamás podría visitar Suiza, como tampoco iba a comer los *cigni* con nata ni los *cannoli di ricotta*. Me despertaba y pensaba que me faltaba un día menos para la ejecución de la pena capital. Hoy podría deciros que las campanas que doblaban cada mañana doblaban por mí.

Una noche mis desesperados sollozos desvelaron a mamá.

—Mino, Minuzzo, eres un tontorrón. ¿De verdad piensas que voy a dejarte ir al seminario si tú no quieres?

El alivio, por desgracia, no duró demasiado.

—Pero ¿tú por qué no quieres ir al seminario?

—Porque quiero ir a Francia pasando por Suiza.

Estábamos a oscuras, y yo no podía ver la expresión de mi madre. Sus palabras fueron suficientes.

—¿Qué tenemos que ver nosotros con Francia y con Suiza? No sé ni dónde están. ¿Tú conoces a alguien que conozca esos lugares? Yo no. Sé dónde está América: al otro lado del mar. Conozco a muchos que fueron allí, el último fue Ugo, el hijo de *comare* Mariannina. Me han dicho que en Via Ventimiglia acaba de regresar uno que viene de América. Pero, en Francia, ¿qué hay? ¿Quién te ha dicho que es mejor que aquí? Hazme caso: lo mejor para alguien como tú sería hacerse cura.

—Yo no quiero. —Dos lágrimas resbalaron hasta mi boca, y yo ya había probado su sabor amargo.

—Si no quieres hacerte cura, no lo hagas. Pero piénsatelo bien: el hábito es importante. ¿Es que acaso don Ferdinando hace de cura? Hace de señor, eso es lo que hace. ¿Te has fijado en Caterina? Un hombre feo y viejo como don Ferdinando se permite tener a Caterina. Piensa en cuántas Caterinas podría tener alguien como tú.

¿Has pensado en el dinero de las ofrendas, en todos aquellos que mueren sin hijos y dejan palacios y feudos a la iglesia? Ahora duerme. Mañana lo hablaremos.

Imposible conciliar el sueño. ¿Qué más me daba a mí Caterina? ¿Qué más me daban los palacios y los feudos si antes tenía que ir al seminario? Con tal de evitarlo, estaba dispuesto a renunciar a Francia, a Suiza. Me conformaba con América. Cuando se habla del destino...

En medio de tanto desconsuelo, don Ferdinando me anunció que en la misa de mediodía iba a tener que ayudar a la señora Santina. Era una anciana maestra de música. Los domingos tocaba el órgano, y también en las fiestas señaladas y en un par de cultos vespertinos. Llegó a la sacristía media hora antes. Me miró detenidamente: no le convencí. Quiso que vistiera el hábito de monaguillo. Yo la seguí en silencio hasta el órgano. Teníamos prohibido acercarnos a él, la señora Santina se encargaba de cuidarlo y sacarle brillo mejor que un pariente próximo. Colocó un libro abierto sobre el facistol. En aquel preciso momento aprendí que esas líneas eran las notas de una partitura.

—¿Cómo te llamas?

—Mino.

—¿Qué nombre es ése?

—El mío.

—Mino no existe. Debe de ser un diminutivo.

¿A qué se refería la señora? Entonces recordé cuando el maestro con sus gafitas redondas y esa voz nasal pasaba lista:

—Guglielmo...

—Ah, muy bien. Ahora sí. Yo te llamaré Guglielmo. Es un nombre muy bonito.

—Era un paladín de Francia.

—Es bonito por sí solo.

—También yo un día seré paladín de Francia.

—De momento veamos si serás un buen ayudante.

Yo tenía que encargarme de volver las páginas de la partitura cuando la señora Santina me hacía un gesto con la cabeza. Ella tomó asiento en la silla con apoyabrazos amplios y acolchados, yo me coloqué primero a su derecha, después a su izquierda, después de nuevo a su derecha.

—Intenta volver la página... Sí, tal vez vaya bien. Estoy acostumbrada a hacerlo yo misma, pero la vejez es una nota desafinada que no dominamos.

Durante las semanas anteriores yo no había prestado atención alguna a las ejecuciones de la señora Santina: estaba demasiado concentrado en no olvidar ninguna de las mil y una órdenes de don Ferdinando o de Carmelo. Corría entre los bancos de la iglesia y las iba repitiendo, preso del ansia. Por no hablar de los tropiezos, los tumbos, los moratones, el dolor y la obsesión por el seminario que crecía dentro de mí. Permanecía al lado de la señora Santina, con el único anhelo de que todo terminara. Caterina había prometido preparar espaguetis con tomate y con la *ricotta* fresca que había ido a buscar a primera hora de la mañana: se servirían hasta *fritelle.**

La señora Santina movía los dedos sobre las teclas sin llegar a tocarlas. Tenía los ojos cerrados. No oía su respiración y me acerqué a ella, preocupado. Primero me percaté de que el borde de su nariz tenía un tono marrón, después noté el mismo hedor que despedía don Ferdinando antes de la llegada de Caterina, pero más intenso todavía. Era de tabaco mezclado con otros aromas. Tal vez agua de colonia: la señora Santina había intentado eliminar las trazas de tabaco y, en cambio, había empeorado la situación. Por un momento tuve ganas de dar un cabezazo en el órgano. La señora Santina, que continuaba con los ojos cerrados, no se dio cuenta de nada. Sus manos tocaron el teclado con el que todavía me peleaba yo con mi estómago.

El gozo apareció sin avisar. De la cabeza a los pies, del corazón a las entrañas me entregué por completo a la música. Me olvidé de las náuseas, de los malos olores, del seminario. La señora Santina dio un pequeño resoplido: «La página», murmuró sin abrir los ojos. Y yo quedé extasiado.

La miraba a ella y al órgano como miraba los *cigni* con nata y los *cannoli di ricotta* en el escaparate de la pastelería suiza. Yo me había imaginado que eso era el paraíso en la tierra, pero ahora acababa de

---

* Buñuelos típicos de Catania, dulces o salados, rellenos de un sinfín de ingredientes, que se reservan para días señalados o festivos. (*N. de la T.*)

descubrir otro paraíso. La señora Santina, en realidad, no necesitaba la partitura: se la sabía de memoria, y sus manos volaban libremente sobre las teclas.

Durante la misa tocó seis piezas. Con el tiempo aprendí que había combinado un poco de los corales de Bach, un poco de la *Misa solemne* de Beethoven y un poco del *Réquiem* de Mozart. Confiando en la ignorancia del público, la señora Santina mezclaba alegremente géneros y autores en función de su propio estado de ánimo. Se la consideraba la mejor profesora de piano de la ciudad, por ende tocaba gratis, así que no se admitían comentarios sobre su repertorio. Y mucho menos sobre su calidad de ejecución.

Con todos mis respetos por la señora Santina, que en paz descanse, y por los años de mi infancia, no tenía precisamente manos de hada. Pero ¿qué más me daba a mí su habilidad y sus decisiones? A mí lo que de verdad me importaba es que después de semanas y semanas había dejado de pensar en el seminario. Me comí desganado los espaguetis con el tomate y la *ricotta* fresca, una de las pruebas más convincentes de la existencia de Dios. Incluso rehusé un segundo plato, que de inmediato quedó en manos de Carmelo. Pensaba en el órgano, pensaba en las teclas, pensaba en mi inesperado aturdimiento extasiado, del que había logrado salir con gran esfuerzo y en el que no veía el momento de volver a entrar. A la espera del oficio de la tarde, me pasé todo el rato con los ojos clavados en el órgano. Carmelo roncaba repanchingado y encorvado sobre la silla de la sacristía; Caterina se había retirado a su cuarto; también don Ferdinando se había retirado, puede que al cuarto de Caterina. Levanté la tapa con suma cautela, volví a mirar las teclas. Me sentía atraído, suspiraba por tocarlas... Durante muchos años tocar las teclas iba a emocionarme más que tocar unos pechos de mujer.

Cerré la tapa de golpe.

Robo ahora un título de Hollywood: ardía dentro de mí la llama del pecado.* Tenía el convencimiento de estar traicionando la confianza de don Ferdinando. El órgano no debía ni siquiera rozarse, como no debían rozarse en casa las botellas de aceite y de vino.

Pero ¿qué sería de la vida sin el pecado?

---

* *La fiamma del peccato* es el título italiano de la película *Double Indemnity*, dirigida por Billy Wilder, que en España fue titulada *Perdición*. (*N. de la T.*)

No pequé ese domingo, pequé el domingo siguiente.

El órgano me obsesionó durante toda la semana. Había ayudado a la señora Santina en el rosario del miércoles por la tarde y en la novena del viernes. Para animar el ambiente había empezado a tocar cantos gregorianos: con la oscuridad del invierno, el frío de las naves y la melancolía programática de los participantes, aquellos cantos se me antojaron una anticipación del juicio final. Pero había sido sólo una sensación del antes y el después: mientras la música sonaba desapareció cualquier tipo de contacto con el presente.

Fueron días muy duros para mí. Por la mañana decidía que ni siquiera iba a mirar el órgano. Pero estaba librando una batalla perdida de antemano. Resistía hasta el momento de salir, cuando con la excusa de querer asegurarme de que cirios y velas estuvieran bien apagados pasaba por delante del órgano. Luego volvía a pasar. Y pasaba una vez más y, vigilando que Carmelo o don Ferdinando no anduvieran por ahí, levantaba la tapa. Quería descubrir su secreto. Había aprendido que con las teclas de la izquierda la música subía, mientras que con las de la derecha la música bajaba; que las teclas blancas eran la normalidad, y las negras, la fantasía. Pero ¿y el resto? ¿De qué prodigio brotaba la armonía celeste? ¿Dónde comenzaba el imperio de los sonidos? Me quedaba con los ojos pegados al teclado, donde estaban encarcelados los olores y las esencias de la señora Santina. Al respirarlos volvía a ver su nariz sombreada de marrón, aunque mis ansias de conocimiento habían expulsado incluso las náuseas de antaño.

Ochenta años más tarde podría describiros todavía hasta los minutos de aquel domingo. Durante la misa había vuelto las páginas con la cabeza hacia el altar, como si el órgano no existiera. Ambos habíamos comprendido que la época de las miradas y de los suspiros se había acabado. La señora Santina, a su manera, se había dado cuenta: «Guglielmo, hoy estás distraído». Más que distraído estaba muy concentrado. Durante el almuerzo apenas había probado la crema de habas acompañada con chicoria, y le había cedido a Carmelo mis granos de granada. Los ramilletes de azahar que por la mañana habían traído las comadres perfumaban la iglesia. Me mantenía alejado del órgano, me engañaba a mí mismo haciendo ver que me interesaban los misales de los bancos: los alisaba, les sacaba el polvo, los ponía rectos.

De improviso llegó el momento, corrí hacia el órgano y, antes incluso de acomodarme en el borde de la silla, me precipité sobre el teclado: toqué de golpe todo lo que había escuchado. No prestaba atención ni a las notas ni a los acordes, ¿qué sabía yo de eso? Una vez me hube desahogado, volví a empezar. Terminé y comencé de nuevo. ¿Que si me sorprendía el que supiera tocar? Ni lo más mínimo. Yo creía que todo el mundo sabía tocar, como todo el mundo sabía comer, beber, andar. Me parecía una acción completamente natural. ¿Por qué, si no, el buen Dios nos había dado las manos?

Nadaba inmerso en mi gozo... ¿Tenéis presentes a los consumidores empedernidos de LSD que afirman que viajan fuera del tiempo y del espacio? Es la sensación que tuve esa primera vez y que me ha acompañado todas las veces en que he logrado sumergirme en la música. Que a fin de cuentas han dependido más de los demás que de mí mismo. De haber sido por mí, yo habría vivido siempre dentro de la música, pero el Padre Eterno no fue del mismo parecer...

Tocaba y volvía a tocar sin prestar atención al paso de las horas. Y por supuesto no me di cuenta de que don Ferdinando había entrado. Noté una mano en la nuca antes de oír su voz que me llamaba:

—Mino...

Me volví sobresaltado. La magia y el hechizo se desvanecieron. Me invadió la certeza de la culpa. Ni que hubiera roto de un solo golpe las botellas del vino y del aceite, con lo que ya habría nombrado la bicha.

—Mino, ¿entonces sabes tocar? —Don Ferdinando me acarició la mejilla. Llevaba el cuello del hábito desabrochado.

—No.

—¿Cómo que no?

—No... No lo haré más, se lo juro. Pero no le diga nada a mi padre. Por favor...

Don Ferdinando guardó silencio. Apretó los labios, apartó los ojos, su boca esbozó una mueca. Pensé que iba a transformarse en uno de esos dragones maléficos a los que mi madre invocaba para obligarnos a ir a la cama. Yo no los había visto en el libro de los paladines, pero ella juraba que existían y que si no obedecíamos acabarían por aparecer.

—Puedes tocar cuando quieras —don Ferdinando lo dijo con una ancha sonrisa—. Mino, ¿te das cuenta del don que has recibido del Señor?

De lo único que yo me daba cuenta es de que me las había apañado, que no iban a castigarme y que no le dirían nada a mi padre.

—Mino, Mino... —don Ferdinando se mostraba inexplicablemente feliz—. Algún día tal vez llegues a ser un pianista famoso o puede que hasta un director de orquesta como Arturo Toscanini en la Scala de Milán. ¿Te imaginas si algún día tocaras en la Scala?

No me lo imaginaba, y menos mal. Por lo menos pude ahorrarme esa desilusión.

—Tienes un nombre que parece hecho a posta para la Scala. Orquesta dirigida por Guglielmo Melodia. Suena bien, ¿verdad? Mino, ¿te lo imaginas? Tú en la Scala de Milán, en el templo de la música, en el reino de Verdi. Yo me acuerdo de cuando Verdi murió... Toda la ciudad salió a la calle para ver pasar el féretro. Mino, si el buen Dios me concede la gracia de estar todavía en este valle de lágrimas, yo aquel día estaré presente. Tendrás que guardarme un sitio, ni que sea un taburete, pero al lado del palco real. En la *Domenica del Corriere* vi al rey y la reina en la Scala. Qué hermosura...

Yo resollaba como Roldán en los recodos de los Pirineos. No lograba reponerme. Me sentía acorralado por los turcos. E ignoraba qué eran la Scala, el pianista, el director, el rey y la reina. Mi madre de vez en cuando nombraba al rey y la reina, pero ¿por qué estaban en un palco?

Don Ferdinando quiso hablar con mi madre y la citó. Le explicó que yo no debía ir al seminario, sino al conservatorio. Que al regalarme aquel talento el Señor me había señalado el camino que debía seguir; que con la música yo estaba destinado a la gloria y al éxito y, si mis padres perseveraban, hasta a la riqueza. Mi madre salió confundida de aquella charla. Enseguida se lo contó a papá y estuvieron hablando toda la noche. Yo aguzaba el oído para no dejar escapar ni una sola sílaba. Pero Agatella se despertó. Y entonces papá y mamá se fueron a hablar a la habitación grande, y yo finalmente me dormí, feliz: en el seminario no iban a verme ni con catalejo...

—Sí, debe de tratarse de un típico caso de oído absoluto —dijo con evidente condescendencia la señora Santina cuando don Ferdinando le preguntó—. En mis cuarenta años de docencia he encontrado bastantes casos. Adivine cuántos de estos Mozart en miniatura han logrado el diploma de profesor de música. ¿No lo adivina? Se lo diré yo misma: pocos, poquísimos. Si bastara con el oído absoluto, la música no sería el magnífico misterio que es, mágica recompensa reservada a un puñado de escogidos, que están dispuestos a sacrificar la vida por su magisterio.

Para dotar de mayor fuerza a su discurso la señora Santina levantó la cabeza hacia el cielo. De buena mañana los bordes de su nariz ya tenían ese ligero color marrón.

—En cualquier caso, escucharé con gusto a Guglielmo, y enseguida decidiremos.

Pero yo estaba desganado. No se me escapaba que la señora Santina no era mi amiga, y toqué con indiferencia. Tal vez cometí alguna torpeza y su sentencia fue definitiva: con algunos años de clases privadas podría presentarme al examen de admisión en el conservatorio, aunque el feliz éxito no estaba para nada asegurado. En cuanto al tema pecuniario, adiós muy buenas a los músicos, en este caso al músico en cuestión.

Gracias a los ingresos extraordinarios que proporcionaba el contrabando de sal, mis padres podían permitirse dar de comer dos veces al día a sus hijos. Por el momento no se contemplaban otro tipo de exigencias. En la escala de valores de la familia Melodia, el coste de un profesor de música ocupaba el último puesto. Como también la anhelada asistencia al teatro de marionetas de Piazza Jolanda: se necesitaban unas pocas monedas, pero no las teníamos. Y ésta era nuestra meta más próxima, sobre todo para mi padre, por galantería hacia mi madre.

Yo no me lo tomé a mal. Tenía permiso para tocar después del almuerzo, me había librado de tener que ir el seminario, no iba a tener que estudiar, hacer deberes, someterme a la voluntad de un nuevo maestro. Don Ferdinando fue quien se llevó el mayor disgusto. Venía a escucharme, sacudía siempre la cabeza. Una tarde se llevó a Caterina consigo: estuvieron murmurando todo el tiempo. Al día siguiente vi a Carmelo que se dirigía renqueante hacia el despacho de don Ferdinando con un pequeño mueble a cuestas. Caterina me invitó a que me reuniera con ellos. Habían colocado el misterioso mueblecito al lado del escritorio. Era un fonógrafo. Don

Ferdinando alabó tan extraordinario invento. Caterina apareció con algunos discos en la mano: una colección de valses, que don Ferdinando escuchó con los ojos cerrados. Por un momento agasajó a Caterina.

—Mino, ¿los has escuchado bien? ¿Quieres volver a oírlos? —Don Ferdinando se mostró más solícito que nunca.

En resumen, tenía que intentar tocarlos. Fuimos en procesión hacia el órgano. También venía Carmelo. Me dispuse a repetir las notas que acababa de escuchar, y los acordes de los valses se propagaron bajo las naves, rodearon al Cristo de madera, las estatuas, los cuadros, los santos, las vírgenes. Diría que no fue el máximo de la ortodoxia, pero don Ferdinando estaba como unas pascuas.

—Bien, bien, Carmelo. Puedes devolver el fonógrafo y los discos a la tienda del *cavalier* Zappalà. Dale las gracias de mi parte, dile que avise a la señora Zappalà de que la semana que viene iré a bendecir su casa. Haré una bendición especial, por supuesto. Te lo ruego, que no se te olvide.

Yo miré desconcertado a don Ferdinando: ¿qué hago yo?

—Mino, tú sigue tocando.

—¿Empiezo con las sonatas de la señora Santina?

—Las sonatas pueden esperar. Hoy honraremos al Señor con otro fruto de su jardín. ¿Estás de acuerdo, Caterina?

El verano era perezoso, soñoliento, te hacía hervir la sangre, dictaba los tiempos. De las dos del mediodía a las cinco de la tarde había que protegerse del bochorno: todos agazapados detrás de las puertas entrecerradas, con la esperanza de capturar un soplo de aire. Los más afortunados, que tenían monedas para subir al tranvía, al vaporetto o al coche, se tumbaban en la arena de la Plaja enfrente del agua turbia, salpicada aquí y allá por los rastrillos con los que se pescaban tellinas. Los amantes del mar auténtico se apiñaban a los lados de la estación, y se las apañaban encima de las rocas negras del Etna, que la salobridad había perforado. A esa hora el mar era una lastra lúcida e inmóvil como un espejo. El fondo del mar era un centelleo de colores. Entrar en él era como hacer el acto prohibido: al contacto el agua se cerraba mejor que cualquier mujer. Yo miraba hechizado sin hallar el coraje necesario para bañarme. El mar me atraía, pero cuando me acercaba demasiado había algo que me frenaba. En efecto, eran las mejores horas para gozar del órgano en soledad.

Sin embargo, aquella magia desapareció. Don Ferdinando tomó por costumbre venir antes del sueñecito del mediodía, y a menudo se llevaba a Caterina. Me pedía que empezara por los valses, pero de repente se esfumaba arrastrando consigo a Caterina. Y una vez me dejaban solo, yo tenía la libertad de trasladarme a mi cielo privado.

Con cada cambio de estación, el fonógrafo y los discos del *cavalier* Zappalà se trasladaban al despacho de don Ferdinando por un par de horas. A los valses se sumaron las romanzas y las óperas. Más que en textos musicales, me instruí en nombres y hazañas históricas. En la página blanca de don Ferdinando marcaba con tesón cada título, y los iba repitiendo; para mí era como si estuvieran escritos en chino. A ciegas, los ensayaba en las teclas: desafinaba, me enredaba en las notas hasta que él empezaba a silbar alegremente. Entonces se hacía la luz. Entonces cogía impulso y corría directo hasta el final. Cada vez más a menudo don Ferdinando también corría hasta el final con Caterina, a estas alturas resignada a seguirlo.

Pero un buen día Caterina se esfumó. Las malas lenguas, alimentadas por la señora Santina, llevaron el escándalo de casa en casa: Caterina se había retirado al pueblo para deshacerse del inevitable incidente. Aquel cerdo de don Ferdinando, comentó *comare* Marietta. Mi madre dejó ir un suspiro: también ellos son hombretones.

La sustituta de Caterina le triplicaba la edad y era dura de oído. La pasión de don Ferdinando por la música disminuyó, y cuando se acercaba la Navidad de 1920 abandonó la iglesia de Piazza Cappellini. Su último acto como párroco del Crocifisso della Buona Morte fue despedir a la señora Santina. Y me nombraron organista: tocaba tres veces a la semana por cinco liras al mes, liberado de cualquier otra tarea, a pesar de las protestas de Carmelo. Si me querían en bautizos, confirmaciones, funerales o bodas, se les rogaba que pasaran por Via D'Amico y acordaran el pago con mi madre. Pedían mis servicios con cierta asiduidad, y la media lira que normalmente me pagaban tranquilizó a papá, que de repente se había encontrado con otra nueva boca que alimentar en casa.

En realidad tenía muchas horas libres: las pasaba en tiendas y talleres. Con *mastro* Melo, el tapicero más preciado de los alrededores de la estación; con don Turi, el frutero; con *zu* Armando, el ropavejero. Por la noche le entregaba a mi madre algunas monedas, por las que recibía a cambio una sonrisa y una carantoña.

Era un día de mayo, la luna en el cielo parecía un sol. Tras restregarnos el cuerpo durante una hora con jabón de Marsella y vestirnos con las mejores prendas que teníamos en casa, nos dirigimos en procesión al teatro de marionetas de Piazza Jolanda. En casa trabajábamos cuatro. Yo me sacaba más que Nino y Peppino, que eran aprendices en la Pescheria.* De modo que podíamos permitírnoslo. Era además la presentación en sociedad de la familia Melodia al completo: el segundo Rinaldo acababa de llegar, resguardado entre los brazos de papá. Mi madre palpitaba de emoción: ante sí, sentada en primera fila, tomaban cuerpo y palabra las hazañas que había leído, amado y repetido a lo largo de casi un cuarto de siglo. Aplaudía conmovida a cada escena.

A juzgar por el final, fue la noche más plena de su existencia.

Regresábamos a casa más o menos en fila. Con Nino y Peppino nos turnábamos para llevar a Concettina, que se había quedado dormida. Mi padre, que iba a la cabeza con Rinaldo todavía en brazos, de repente detuvo el paso. Nosotros chocamos contra él por la inercia del movimiento. Al lado de la parada del tranvía había tres tipos que no nos quitaban los ojos de encima. Hacía apenas unos meses que habían inaugurado el tramo de tranvía que iba de Via Francesco Crispi a la estación. Acontecimiento extraordinario sobre todo para nosotros los niños: el nuevo desafío consistía en agarrarse a los bordes posteriores del coche. Ganaba quien se soltaba el último.

Pero las tres figuras que se dedicaban a observarnos parecían portadoras de un desafío propio de adultos.

—Es *compare* Nino —murmuró mi padre.

—¿Nino Puglisi? —preguntó mi madre.

---

* El mercado del pescado que se extiende detrás de Piazza Duomo, célebre en Italia por ser uno de los mercados históricos más importantes de Sicilia. (*N. de la T.*)

—Sí.

—¿*Lo'ntisu*?

—Carajo, no se te escapa nada.

El estupor de mi madre era comprensible. Bajito, bien plantado, con ojos escrutadores, Nino Puglisi era quien mandaba en el estrecho círculo de la mafia ciudadana de aquellos años. El término siciliano *lo'ntisu*, con el que mi madre se había referido a él, equivalía a decir hombre de honor. Literalmente significaba «el conocido», alguien de quien se sabe a qué se dedica. A pesar de que el nombre y el rango de Puglisi eran por aquel entonces desconocidos para la mayoría, en especial para las fuerzas del orden y la magistratura. Oriundo de la zona de Mesina, en Catania le había tocado morder el polvo. Porque nosotros nos considerábamos mejores a nuestros primos del estrecho por investidura divina: ya podéis imaginaros con qué entusiasmo uno se sometía a alguien que venía de ahí. Pero Puglisi se había presentado con las credenciales de los Mistretta, que se contaban entre las familias mafiosas más importantes de Sicilia. Hasta los emisarios de Palermo habían tenido que tragar. El radio de acción de Puglisi abarcaba el contrabando de sal y la producción de hielo, lo cual conllevaba asimismo el control del café, de las pastelerías, los restaurantes, los quioscos y de cualquier tipo de negocio, en definitiva, que necesitara hielo para su actividad. Mi padre transportaba sal desde La Trezza por cuenta de Puglisi. Que ahora con sus *picciotti*[*] se cernía sobre mi familia.

Yo le escrutaba con la mirada. Me daba miedo. Percibía que nuestra suerte dependía de su voluntad caprichosa. Puglisi seguía con una expresión enigmática en el rostro; los otros dos, desdeñosos y manilargos, se mostraban ansiosos por terminar. Nino, Peppino y yo habíamos dado un paso al frente para proteger a papá, pero él nos apartó con un simple gesto del brazo. Y fue a mirar el futuro a la cara.

—*Compare* Nino, qué sorpresa y qué placer.

—Lo mismo digo, *compare* Turiddu.

—¿Queréis entrar? Mi casa es pequeña, pero tiene el corazón de perra de su amo. Y puede alardear de un tinto del Etna que lleva dentro el fuego del volcán.

---

[*] *Picciottu*, «jovenzuelo», derivación siciliana de *piccolo*, «pequeño». Con este término se designa a los miembros de las jerarquías más bajas de la mafia. (*N. de la T.*)

Mi padre sonrió, Puglisi también. Los dos acompañantes se pasaron los dedos por la *coppola*. Era señal de respeto, volvieron a hacerlo cuando mi madre les precedió. Yo me sentía tan ligero que habría podido volar.

Nos mandaron a la cama de inmediato. Mi padre estuvo con Puglisi hasta el amanecer, los dos acompañantes se quedaron esperando fuera en la puerta: a pesar de la magnífica noche que hacía, dejaron los batientes entornados. Mi madre nos hizo el informe completo. *Lo'ntisu* le había propuesto a mi padre pasar de la carreta al carro con la compra de una mula. La cantidad de sal para cargar en La Trezza había aumentado, y también había otras mercancías que transportar. Pero mi padre tenía que arrimar el hombro. El precio de la mula saldría de sus honorarios. Y le garantizaba que en un año habrían saldado las cuentas.

Mi madre nos lo contó con el mismo orgullo que cuando nos hablaba del carro de la Osa Mayor y la valentía de Roldán. ¿Entendéis en qué buena consideración tiene *compare* Nino a vuestro padre? Lo lleva en volandas.

Un carro con mula permitía viajar por toda la provincia, llegar hasta Adrano, Bronte, Paternò, dirigirse a Caltagirone o a Lentini. En cada pueblo una fiesta patronal, y cada fiesta patronal significaba tres días de feria. Podía ganarse tanto dinero que se podrían construir como mínimo dos habitaciones. *Mastro* Melo, el tapicero, hasta había levantado todo un piso y había transformado su vieja casa en un taller. Claro que *mastro* Melo se había convertido por aquel entonces en el más rico de Via D'Amico.

3

Chère Ninon

El nuevo párroco de Piazza Cappellini era un hombre enjuto y puntiagudo como una espina de pescado. Hablaba poco y apaleaba mucho. Carmelo y yo fuimos expulsados al cabo de pocos meses. A Carmelo porque le descubrieron con las manos en la alforja de las ofrendas; a mí para dejar el puesto libre a un sobrino suyo seminarista, consumido y paliducho de tanto cascársela.

Así que me encontré con el problema de tener que buscar un trabajo que me proporcionara los mismos dineritos que la iglesia. Pero ¿dónde encontrar un alma piadosa que me diera cinco liras al mes? En efecto, no existía. La mejor oferta la hizo *mastro* Melo en la primavera de 1922: tú vienes a mi taller, yo te pago en función de lo que gano. Hoy lo definirían como una forma de capitalismo avanzado, participación en los beneficios. En aquellos tiempos lo llamábamos por su verdadero nombre: explotación intensiva. Tenía que preparar la cola, levantar sofás, transportar sillones. Con la excusa de que yo era el mayor y el más robusto de la pandilla, a pesar de mis doce años, me utilizaban como bestia de carga. Lo peor era revolver el cucharón en la inmensa olla donde se cocían los barnices. Me pasaba todo el día tosiendo, tosía incluso en la cama hasta que mi madre acudía con el gesto torcido de preocupación y unos vahos de romero en las manos. Entonces tenía que levantarme y pasarme la noche entera bajo una manta haciendo inhalaciones. Mi madre, incansable, me preguntaba si tenía ganas de escuchar una aventura de los paladines, pero yo ya dormía arrebujado en la manta. Me había convertido en todo un experto en apoyar los codos en la mesa, colocar el mentón en las palmas de la mano, cerrar los ojos y aguantar el equilibrio sin que la cabeza me cayera en la palangana.

Mudé mi suerte gracias al comendador Giuffrida. Era el jefe de la intendencia de finanzas, que equivalía a decir una de las máximas autoridades del barrio. En efecto, vivía en un tercer piso de Via VI Aprile, enfrente del mar. Su primogénito, Antonio, se había licenciado, y el comendador Giuffrida había pensado en mí para el festejo. Me pidió que tocara en honor de los invitados. Visto que no disponía ni de órgano ni de piano, iba a tener que arreglármelas con el acordeón. Los jóvenes de la familia habrían preferido alquilar un fonógrafo con un buen acompañamiento, pero por suerte para mí el cabeza de familia se había mostrado inflexible: quiero lo mejor. Es decir, a mí. Sin ser consciente de ello, había asumido el rango de *caruso spertu*, chaval experto, o sea, dotado de inventiva.

Yo no tenía ni idea de qué era un acordeón. Había oído hablar del instrumento, había visto alguno en las ferias, pero nunca había cogido ninguno. El comendador Giuffrida se acordó de preguntármelo cuando las muchachas ya se afanaban en arreglarse el peinado. «Mino, tú sabes tocar el acordeón, ¿verdad?» Sus penetrantes ojillos anunciaban tempestad.

¿Yo qué podía responder? ¿Acaso podía decepcionarlo? Y lo más importante, ¿acaso podía renunciar tal vez a la lira que habíamos pactado?

Escogieron un repertorio de canciones napolitanas. El *cavalier* Zappalà, exultante porque así podía trabajarse al poderoso funcionario, había preparado una pila de discos. Me planté en su trastero para escucharlos. El primer tema fue *'A Cammesella*, y a continuación los fui devorando uno a uno: *Amice mie nun credite alle zitelle, Lo guarracino, Fenesta vascia, Palummella zompa e vola, Lo cardillo 'nnammurato, Lo zoccolaro, Te voglio bene assaje, 'E spingole frangese, Funiculí funiculà, 'O sole mio, Torna a Surriento, Core 'ngrato, Marechiare, 'O surdato 'nnammurato*. He vivido casi medio siglo de esas tres horas transcurridas en el trastero del *cavalier* Zappalà. Después llegó el momento de probar con el acordeón. Recuerdo que era un Castelfidardo. Con la intención de ayudarme, el buen hombre había escogido un instrumento en semitono con el teclado a la derecha y los botones de los bajos a la izquierda. Era mejor que tocar el órgano. En una hoja anoté con garabatos incomprensibles para el resto del mundo el comienzo de cada canción.

—Mino, ¿crees que te las arreglarás sólo con eso? —La pregunta del *cavalier* Zappalà era de esas que llevan la respuesta incorporada.

—Tengo los valses, el Ave María, las otras canciones de la iglesia...

—Pero en una fiesta no puedes tocar el repertorio de la iglesia...

—¿Está prohibido? —le pregunté en serio.

—Practica con esto, mañana me lo agradecerás.

Eran las composiciones del *Ballo Excelsior*. En el resto de Italia eran como piezas de anticuario que la guerra había sepultado; en Catania todavía quedaban de lo más chic.

La muchedumbre de invitados en casa de Giuffrida tomó al asalto el amplio salón, el despacho, el comedor y finalmente la terraza. La señora Giuffrida no había previsto el último abordaje: tenía la ropa tendida ahí fuera, a secar. Con todo, su colada no impedía la magnífica vista sobre el golfo de Catania, con las salidas y las llegadas de los vaporettos directos a la Plaja y la estrecha franja de arena que serpenteaba más allá del puerto de Siracusa.

Al comienzo me acomodaron al lado del reloj de cuco, entre butacas y sofás estilo imperio. Para evitar peticiones comprometidas, ataqué de buenas a primeras el repertorio napolitano. Las quince canciones pasaron de largo demasiado rápido. En el breve intervalo entre tema y tema pude captar miradas de rencor: las parejas que bailaban tenían que soltarse, y a algunos milhombres no les gustaba la idea. Tal vez tampoco les gustara a las chicas, pero ellas se limitaban a bajar los ojos.

Cuando llegó el momento del refrigerio me hicieron pasar al comedor. Antes de descorchar las botellas de vino espumoso y de ponerlas de nuevo en las cubiteras llenas de hielo, la señora Giuffrida y sus tres hijas fueron trayendo, una tras otra, bandejas con pan recién horneado con ajo, aceite y guindillas, con aceitunas negras en salmuera, tomates laminados, berenjenas en aceite, calabacines trufados y pimientos agridulces. El ajo triunfó y su aroma invadió toda la sala. El vino tinto que se servía directo de las garrafas de terracota sirvió como preámbulo a las *crespelle** recién fritas con anchoas y *ricotta*. Luego entraron unas bandejas enormes todavía envueltas en el delicado papel marrón de la pastelería suiza. Fue como asistir al striptease de una mujer despampanante. Todo un festival de crema chantillí, de nata, de *ricotta*. Y al fin aparecieron los *cigni* y los *cannoli*, a pocos centímetros de distancia, sin cristales que me separaran de ellos.

—¿Te apetece comer algo? —Había hablado Elena, la menor de las chicas Giuffrida. Andaría sobre los quince años, sus ojos de gato le llenaban a uno el corazón.

¿Qué responde un artista? En la incertidumbre pronuncia un «no» que espera que rápidamente sea contradicho.

—Como quieras.

Los corchos saltaron por los aires, arrancaron los brindis. El alcohol alentó la vena patriótica. El recuerdo de la guerra todavía estaba vivo, las primeras manifestaciones públicas del fascismo proporcionaban la excusa perfecta para hacer coincidir los intereses de Italia con los propios. Y a mí me metieron dentro. Me bombardearon con todo tipo de peticiones: *La leggenda del Piave*, la *Marcia reale*, el coro de *Nabucco*, el coro de los *Lombardi alla prima crociata*. A su manera los invitados de los Giuffrida habían inventado la gramola. Una comadre que hacía dos de ancho por medio de alto propuso que cantáramos todos juntos *Ciuri, ciuri*, el no va más del folk siciliano. Yo gesticulaba. Con la voz cada vez más débil pedía si podían canturrear el estribillo. El comendador Giuffrida no dejaba de dedicarme miradas de decepción. Antonio, el festejado, decidido a pavonearse ante las amigas de su hermana, no me dejaba pasar una.

—Maestro, al final de la velada nos repartimos el dinero, visto que sin mí aquí no suena ni una nota.

Toqué hasta la extenuación. Y aunque me oprimía el temor de haber decepcionado al comendador Giuffrida y de haber suspendido la prueba, logré interpretar todas las peticiones. E hice espontáneamente el bis de cada tema a fin de ofrecer una mejor ejecución. Tenía la camisa blanca y los pantalones negros —que eran de mi padre y me caían que ni pintados— pegados a la piel. Sudaba de ansia;

---

* Hojuelas rellenas y fritas en aceite, muy apreciadas en la cocina siciliana. (*N. de la T.*)

los demás sudaban por el calor apremiante de la primavera y por la comilona de tostaditas, *crespelle*, pastelitos y vino tinto del Etna. Los cuerpos exhalaban lo que habían engullido. Para huir del aire cargado de las habitaciones decidí trasladarme a la terraza.

Era una de aquellas noches que hoy ya no existen. El viento de la tarde había limpiado el aire. Cielo y mar resplandecían. En lo alto, las estrellas; abajo, las lámparas de los pescadores que salían a mar abierto. De la calle subía el vocerío de los pasajeros que zarpaban en la última travesía del vaporetto. Subían también los gritos cansados y roncos de los vendedores ambulantes, subía el perfume a salitre de las pequeñas olas, que rompían en los escollos de la estación.

—Maestro, ¿has terminado de contemplar el infinito? Además, me ilumino de inmenso ya lo han escrito...* —Antonio me hizo volver a la realidad.

Recomencé con los valses, uno detrás de otro. Conocía unos seis o siete, los concluí y los empecé de nuevo entremezclándolos con lo poco que había aprendido en la iglesia de Mozart, de Bach y de Beethoven. Me di cuenta de que la *Novena Sinfonía* encajaba a la perfección con *'E spingole frangese*. Se convirtió en uno de mis caballos de batalla. Hoy en italiano lo designan con el término inglés *compilation*, aquella noche era *desperation* de la buena. Nadie se percató o prestó la menor atención. Seguí adelante durante casi una hora sin interrupciones. Los invitados tomaron mi picardía por inspiración. Y yo impedí que hicieran hasta la más inocua de las peticiones: me llenaron de cumplidos. Incluso aplaudieron después de un bis logrado de *El bello Danubio azul*. Fue mi primera lección sobre cómo funciona el mundo.

—Ahora puedes parar... Les has convencido de que eres bueno. Lo ha dicho hasta mi padre. —Elena tenía un tono de voz especial. Te elogiaba y se mofaba de ti a la vez. Después sonreía y te desarmaba.

Me tendió un plato con dos *cannoli* y un *cigno*.

—Los he guardado para ti. Si no me equivoco, te apetecían.

Tenía Suiza a cinco centímetros de mi boca, pero ¿podía engullirla allí en medio de todos? Porque todos aquellos que estaban en la terraza se habían vuelto hacia el músico que había dejado de tocar.

---

* Referencia al poema de Giuseppe Ungaretti «M'illumino d'immenso», escrito en 1917. (*N. de la T.*)

—Aviso a los navegantes —dijo Elena—. En el salón están sirviendo el rosolí, el anisete y el *passito** de Florio.

Nadie se preocupó por mí.

—Sígueme —añadió el hada. En el fondo de la terraza se abría el cuartito de la colada—. Puedes meterte ahí dentro hasta que acabes.

Y me dejó con el plato en la mano, peor que un mendigo.

Yo había imaginado un primer encuentro completamente distinto con *cigni* y *cannoli*. La velada me había saturado la cabeza, y para hacer poesía se necesita, en cambio, un corazón despejado y puro. En suma, los comí, los disfruté, pero nada que ver con los *cigni* y los *cannoli* que habían hecho mis delicias con la nariz pegada al escaparate de la pastelería suiza de Piazza Duomo.

—Come deprisa, que te están esperando.

Elena estaba de pie en el umbral del cuartito. Me pareció guapa e imponente, a pesar de que me llegaba al mentón.

—Quieto, llevas un bigote de *ricotta*. Te lo quito yo... —Se acercó. Y me quitó mi conciencia con un beso tierno y furioso, de miel y hiel, larguísimo, pero muy breve. Cuando recobré la razón comprendí que ya se había alejado, y comprendí también que el pecho que se había pegado al mío era su pecho de mujer.

No presté atención a lo que quedaba de velada. El beso de Elena lo absorbió y lo desdibujó todo. No era porque fuera mi primer beso, sino por las promesas que encerraba.

Aunque fueron promesas de marinero... ¿Quién volvió a verla, a Elena? Inventaba una excusa detrás de otra para ausentarme del taller de *mastro* Melo, la buscaba por los cruces, en la parada del tranvía, en la misa de los domingos. Yo no había vuelto a pisar la iglesia. Lo hice por Elena. Pero no estaba.

En el tercer banco de la izquierda se alineaba en uniforme de ordenanza la familia de *mastro* Melo. Él, tres hijos y su mujer, la señora Claretta, una mujer majestuosa, oficialmente hija del mariscal de los reales carabineros, según los chismorreos, en cambio, hija del párroco de la iglesia de Via Umberto, otra iglesia del Crucifijo, esta vez de los Milagros. Tal vez era verdad: del párroco, en efecto, la señora Claretta tenía la altura, los andares felinos, la grandeza. El pá-

---

* Vino dulce de pasas. (*N. de la T.*)

rroco era grande y gordo hasta tal punto que por Navidad bendecía sólo las casas de los pisos de arriba, no las que se abrían a la calle, como la mía, porque decía que no pasaba por la puerta de entrada. Cómo no, quien residía en las plantas superiores tenía más dinero que quienes vivíamos en la planta baja.

El lunes *mastro* Melo me envió con su mujer para que la ayudara a mover los muebles del comedor; el martes para que la ayudara a llevar las bolsas de la compra; el miércoles para que la ayudara a limpiar las arañas de cristal; el jueves para que la ayudara a poner bien los pastores de cerámica de Caltagirone sobre la credencia. Se trataba de una colección de piezas únicas: si rompía uno, la señora Claretta amenazaba con tirarse por el balcón. Aunque estábamos en un primer piso, continuaba siendo una buena altura. Así que me tocó a mí encaramarme a la escalera: la señora Claretta me alargaba los pastores con muchísimo cuidado. Y mientras lo hacía apoyaba la cabeza contra mis piernas, y me lanzaba miradas por debajo de mis pantalones cortos.

Dejando de lado mi turbamiento interno, que me dejaba con los ojos en blanco, a mí ya me estaba bien ayudar a la señora Claretta. Así evitaba colas y barnices y me sacaba unas propinas. Después de darme alguna moneda, la señora Claretta suspiraba y me acariciaba la cabeza.

Una de las pocas mañanas en las que me estaba afanando en el taller, me tocó cargar los sofás y los sillones en el carro. *Mastro* Melo había realizado un trabajo esmerado y no dejaba de contemplar su propia obra. Se sentía tan satisfecho de su artesanía que temía que al moverlos yo de sitio, ni que fuera un poco, pudiera hacerles algún rasguño. Los envolvió con unas fundas de tela, añadió otras, y colocó otras más hasta que se terminaron las fundas.

—Mino, ve a ver a mi mujer, que te dé más fundas. Están en el armario de la alacena.

La señora Claretta no me esperaba, todavía llevaba la bata puesta. Le dije que venía a por las fundas. Me contestó: «¿Y nada más?». Y soltó el acostumbrado suspiro.

Yo estaba confuso: ¿qué otra cosa podía querer?

—Señora, *mastro* Melo me ha dicho que le pida las fundas, pero si usted cree que se necesita algo más, no tardo ni un minuto en bajar y preguntárselo.

Me empujó de espaldas contra la pared, me lamió la cara, el cuello, las orejas. Yo me moría de las cosquillas: cuanto más intentaba soltarme yo, más fuerte me relamía la señora Claretta como si fuera un helado y con más ímpetu restregaba mi cara entre sus generosos senos. Yo estaba sudado, y seguramente debía de oler mal: pero ella, como si nada. Su lengua se movía como las aspas de un ventilador.

Yo me reía, me retorcía. Ella creyó que estaba a punto de estallar y empezó a rebuscar con las manos en mis pantalones. Pero poco pudo encontrar: yo estaba completamente desinflado con mis cosquillas. Y se quedó pasmada al ver lo miserable de mi condición: dejó de lamerme para sincerarse con lo que se llevaba entre manos.

Esa breve interrupción permitió a la naturaleza seguir su propio curso. La señora Claretta decidió que era el momento de quitarse las bragas. La operación no fue fácil ni breve. Sólo tenía una mano libre, con la otra no soltaba su presa. Probablemente temía que yo perdiera la inspiración. Finalmente estuvo lista: me agarró de las nalgas con sus dedotes y me colocó en la dirección justa. Daba unos golpes mortales con la pelvis, y terminamos en el tiempo que dura un avemaría, al menos yo seguro, ella no lo sé. *Mastro* Melo empezó a gritar desde la calle: «¡Claretta! ¿Por qué tardan tanto esas malditas fundas?».

Recuerdo una sensación de libertad. Como si *mastro* Melo me hubiera sacado de la cárcel. Tenía la espalda dolorida, las narices llenas de la bata, del viso, de la carne de la señora Claretta: me había tenido con la cara aplastada contra esas montañas que bailaban, a saber cuántos golpes me había dado con la nuca contra la pared. Técnicamente, el placer había existido; pero sería un mentiroso si dijera que disfruté de lo lindo.

Bajé corriendo hacia mi liberador. Estaba rojo como un tomate.

—Te ha dejado sin aliento, ¿eh? —*Mastro* Melo estaba entre cabreado y divertido—. Mino, apréndetelo. Las mujeres nunca le hincan el diente al trabajo. Acuérdate bien cuando vayas a casarte.

La señora Claretta, por lo visto, había decidido hincarme el diente a mí. Porque a partir de aquel día me esperaba preparada, sin las bragas, cada semana. Podía ir completamente vestida, pero sin las bragas. Cogimos un buen ritmo, ganamos en compenetración, a pesar de que ella continuaba insaciable: una noche mi madre me descubrió un moratón enorme que del hueso sacro se extendía hacia las nalgas.

Con su intemperancia la señora Claretta me sirvió para olvidar a Elena. En línea recta vivíamos a trescientos metros de distancia, pero nunca más volví a ver a Elena. Poco antes de partir a América, supe que se había casado y que estaba encinta. Cuando regresé a Sicilia tenía otras preocupaciones en la cabeza. Pregunté por ella hará unos diez años, me dijeron que había muerto.

El carro, la mula, la confianza en aumento de Puglisi hacia mi padre, el trabajo de Nino, de Peppino y el mío, todo eso le permitió a mi madre añadir a la carne de caballo la carne de buey, la carne de cerdo, las salchichas rellenas de queso *pecorino*, el ajo, los tomates. Alrededor de la parrilla que descansaba sobre el brasero crecía la alegría. Y los vecinos siempre estaban dispuestos a dejarse convencer: empezábamos con un par de mesas y ocho sillas, pero visto y no visto la mesa se alargaba hasta la esquina con Via Francesco Crispi. Cada cual llevaba lo que tenía en casa: unos, la carne; otros, berenjenas; otros, pimientos; otros, esos torneados calabacines sicilianos que parecen pepinos, o el queso de *provola* para asar en lonchas, tomates o peras del Etna, que son las mejores para comerlas asadas. Quien no tenía nada de comida se traía las velas.

El bienestar entró en nuestra casa con la araña colgada del techo de la habitación grande. Había sido la recompensa a algún servicio especial de mi padre. El carbón para el brasero y las estufillas se reponía ahora en días alternos. Compraron vestidos para Agatella, para Concettina; los biberones de Orlando y de Rinaldo se llenaban cada día con leche fresca. En la escala social de Via D'Amico habíamos ascendido al rango de aquellos que se las arreglaban bien, apenas un peldaño por debajo de aquellos que se daban la buena vida. *Comare* Marietta, que siempre nos había aventajado, ahora penaba por llegar a fin de mes con la mísera pensión del hijo muerto en la guerra. Se había convertido en la ayudante fija de mi madre en la preparación de conservas, mermeladas, verduras en aceite, en la salazón del bacalao, en la elaboración del pan y la pasta, en el procurarse con habilidad y destreza, es decir, de gorra, el clavo y la canela, que después se mezclarían con el vino caliente.

Habíamos dejado atrás la pobreza y así lo demostraban los cuatro huevos que a veces mi madre ponía dentro de la hogaza de tres kilos. Los huevos cocidos con el pan, medio huevo por cabeza, y la mitad que sobraba partida en dos para los momentos de más necesidad, exhalaban una fragancia que no he vuelto a percibir jamás. Tenían el sabor de la tierra y el fuego.

Una tarde apareció, como en el final de los cuentos más dulces, un molde blando y redondo sobre el que mi madre había untado una capa de la conserva de naranjas. Era un pastel, nuestro primer pastel. Hasta contuvimos la respiración antes de tener la certeza de que estaba destinado a nosotros. Un gran pedazo para cada uno. Por fortuna habían excluido a Orlando, que tenía sólo tres dientecitos, y a él únicamente le tocaron algunas migajas.

Yo continuaba repartiendo mi tiempo entre *mastro* Melo, la señora Claretta y los encargos ocasionales en las ceremonias privadas. Cuanto más pobre era la gente, más querían festejar bautizos, primeras comuniones, confirmaciones y bodas. Raramente me pagaban con dinero; las más de las veces la recompensa venía en forma de huevos, pollos, conejos, garrafones de vino, espejos, sillas de falso estilo barroco, cacerolas y ollas, piezas de vajillas de terracota y encajes. De vez en cuando me daban objetos que desentonaban demasiado con quien me pagaba con ellos, es decir, objetos robados.

«Mino, ¿cuánto pides?», se convirtió en una frase recurrente en el barrio. Cuando se trataba de una licenciatura, como la del comendador Giuffrida, entonces había dinero seguro. Aunque debía tener en cuenta lo que iba a pedirme el *cavalier* Zappalà por dejarme escuchar los discos y alquilarme el acordeón. En mi repertorio entraron Verdi al completo y las óperas que apasionaban al *cavalier* Zappalà: *Cavalleria rusticana, Madama Butterfly, La bohème* y *Tosca*. No me malinterpretéis, eh, me refiero por supuesto a algunas arias, un fragmento por aquí y otro fragmento por allá. Cuando estaba en vena lo encadenaba todo. Al fin y al cabo, ¿quién se daba cuenta?

Para celebrar el inicio de sus actividades profesionales, el notario Vadalà, recién ganado el concurso, organizó una velada de música clásica en sus despachos de Via Androne. Espantado por los honorarios que pedían los concertistas del Teatro Massimo, se puso en contacto con mi padre por medio de Puglisi. Estaba dispuesto a desembolsar diez liras, una barbaridad para nosotros los Melodia.

Pero quería Bellini al completo. Si nosotros los cataneses no lo hacíamos, ¿quién iba a honrar a nuestro conciudadano Vincenzo? Nunca había oído ese nombre, le dije a mi padre. ¿Quién será?, comentó él con aires de suficiencia. Más que el dinero, le importaba no decepcionar a Puglisi. Se ha movido *lo'ntisu* en persona: se me caerá la cara de vergüenza si no lo haces bien.

Que a mi padre no se le cayera la cara de vergüenza implicaba aprender una cantidad nada despreciable de pasajes. Y no precisamente de fácil ejecución, remarcó inmediatamente el *cavalier* Zappalà, resuelto a elevar su parte a una lira. Aseguraba que los discos estaban a la última, eran de una calidad extrema: compuestos con métodos tan ultramodernos que las otras tiendas de Catania iban a tener que esperar diez años antes de conseguirlos. En realidad, los rumores de Via D'Amico, que corrían como un reguero de pólvora, habían hecho llegar a sus oídos el sorprendente encargo del notario Vadalà.

Durante tres noches, de vuelta de haber prestado mis servicios a *mastro* Melo en el taller y a la señora Claretta encima de la mesa de nogal maciza del comedor —el lecho matrimonial era sagrado e inviolable—, me tragué *Bianca e Fernando*, *Il pirata*, *Beatrice di Tenda*, *La straniera*, *I Capuleti e i Montecchi*, *La sonnambula*, *Norma* e *I puritani*. El sábado al mediodía, la vigilia de la inauguración de los despachos notariales, me presenté a la prueba que el notario Vadalà había exigido por temor a tener que palidecer del susto al día siguiente. Junto al notario me estaban esperando un piano y Nino Puglisi, con los zapatos resplandecientes y su borsalino, pero sin ángeles custodios esta vez. Toqué durante casi tres horas. Lo más difícil fue familiarizarme con el piano. Estaba acostumbrado al acordeón y había practicado con el órgano de la iglesia, pero el piano es un poco distinto, como sucede con las cosas que se parecen unas a otras.

Puglisi se quedó de pie en la esquina, ocupado en el drapeado de las cortinas. El notario Vadalà comenzó con el ceño fruncido y terminó con una sonrisa de oreja a oreja.

—El chaval sabe lo suyo —sentenció.

Puglisi permaneció imperturbable. El notario lo acompañó hasta la puerta como si fuera el más importante de los clientes.

Ese domingo salí airoso. Estaba ágil, incluso inspirado. El conciudadano Bellini no me hizo ninguna jugarreta, y yo tampoco se la hice a él. Cerré el concierto con la escena final de *I puritani*. Las señoras y señoritas fueron generosas con sus parabienes. Los varones se mostraron más contenidos. Un señor corpulento, con una calva brillante surcada por cuatro pelos peinados de derecha a izquierda, me ofreció un vaso de rosolí.

—Soy el aparejador Antonio Raciti Gaetano, pero puedes llamarme profesor, que es como me llaman quienes me conocen y me aprecian —dijo arqueando la ceja.

Él pensaba que me hacía un favor, pero yo ignoraba quién era.

—Habrás oído hablar de mí —insistió.

—Vuestra señoría tendrá que perdonarme. Pero donde yo vivo llegan pocas noticias. Más allá de Piazza Esposizione, para mí ya es tierra extranjera.

—Pero eres un artista. Deberías estar informado sobre los movimientos artísticos de la ciudad y, en consecuencia, sobre quién es el profesor Antonio Raciti Gaetano —se tocó el pecho con los dedos de la mano derecha para dejar bien claro de quién estaba hablando—, que en Catania es el representante artístico con más autoridad de la ciudad.

Finalmente en paz consigo mismo, con el arte y con su preeminencia, Raciti entró en detalles.

—¿Conoces el cine al aire libre Splendor de Via Pacini, el teatro-cine Excelsior de Via Spadaro Grassi?

¡El cine! Bastó su simple evocación para que yo mudara de color. Raciti creyó equivocadamente que mis mejillas encendidas se debían al rosolí. No señores, la causa era la idea misma del cine: el teatro de marionetas al vivo, Roldán y Rinaldo, Brandimarte y Ganelón, Agramante y Carlomagno en carne y hueso y con toda su gallardía. El sueño hecho realidad.

—¿Los conoces o no? —Raciti estaba a punto de perder la paciencia.

—Sí, bueno, no, pero como si fuera que sí...

—¿Los pianistas sois todos así? —quiso saber Raciti.

¿Acaso podía confesarle que era un pianista improvisado? ¿Que sólo había oído hablar del cine? Aunque a mí me había bastado para imaginar un mundo de héroes y de Elenas que no desaparecen después de haber dado el primer beso.

—El cine al aire libre y el teatro-cine son míos. Es decir que los dirijo yo, como si fueran míos. ¿Me entiendes ahora?

No entendía ni papa, pero ¿habría cambiado algo si le confesaba la verdad?

—En este trabajo mío de difundir el arte en Catania, siguiendo el ejemplo de lo que sucede en las principales metrópolis del mundo a las que nuestra ciudad nada tiene que envidiar... porque estarás de acuerdo en eso, ¿no es así?... En este trabajo mío de difusión, decía, he pensado que el acompañamiento de un pianista en la proyección de películas podría ayudar a una mayor divulgación del arte. No sé si me explico...

Yo intuía que esas palabras de alguna manera tenían que ver conmigo, pero... ¿el contable-profesor iba a llegar al final a alguna conclusión? ¿O yo iba a tener que cazar al vuelo lo entredicho? En ese momento recordé una frase que mi madre solía decir a mi padre: «Turiddu, lo que parece no es, y lo que es no lo parece».

En cambio, por una vez lo pareció.

—Me han dicho que te llamas Mino... ¿Y qué más?

—Mino Melodia.

—Entonces puedes decirlo. Melodia de nombre y de hechos... —Raciti soltó una carcajada, se esforzó por seguir riendo, pero se detuvo en seco al percatarse de que era el único que reía—. Mino Melodia, vayamos al grano: ¿puedes decirme si te apetece o no tocar en el Splendor? Porque me parece que estamos dando demasiados rodeos. Y por más rodeos que quieras darle no nos movemos de ahí. A ver, ¿sí o no?

—Sí. —Pero ¿sí a qué?

—Dos espectáculos cada noche: a las veintiuna horas y a las veintitrés. Siete noches a la semana del 1 de mayo al 30 de septiembre. A cambio de una lira al día. Finalizado el primer año de prueba se habla de aumento. Trato cerrado. Ven el lunes y te indicaré qué debes tocar.

El lunes comprendí por qué el contable Raciti se había ganado el apelativo de profesor. El altanero, prolijo y arriesgado gestor de cine tenía ideas, tenía una sensibilidad artística, oídos y ojos para todo.

—Te doy mi palabra —dijo—, sólo mi madre sabe menos de cine que tú, aunque ella murió hace diez años. Así que ahora me toca empezar por Adán y Eva. La gente va a los cines por una larga lista de motivos, que raramente tienen algo que ver con la película. Van al cine para hablar, van al cine para tomar el aire, para ver en la pantalla a una chica guapa o a un chico guapo, para resguardarse de quien mete las narices en asuntos ajenos, para mirar y para que los miren, van al cine para toquetearse en la oscuridad, van al cine para estar en una zona franca donde se consienten muchas de las cosas que están prohibidas en la calle o incluso en casa. Así que nosotros, ¿qué tenemos que hacer? —Se interrumpió esperando una respuesta. Pero ¿qué podía saber yo, que nunca había pisado una sala de cine?

Raciti, resignado, retomó su discurso convencido de que se estaba sacrificando por el arte.

—En primer lugar, no debemos molestarlos. Debemos hacerles compañía en la sombra y, si se puede, convencerles de que dirijan la mirada a la pantalla. En los cines al aire libre no es tan fácil como te parecerá a simple vista. Hay noches en las que entran hasta la luna, los pájaros de Via Bellini y la última hornada de *arancini** y *crespelle* de la tienda de asados Mignemi... y eso, entre nosotros, es una invitación a que se los coman en el banco preparado a tal efecto al lado de la entrada. Resumiendo, en el cine proyectamos tres tipos de películas: las cómicas, las históricas y las de indios y vaqueros. Para las cómicas les soltamos un poco de Mozart: *Le nozze di Figaro*, pasajes de los *Cuartetos*, más *Allegro* y *Rondò* que *Adagio* y *Menuetto*. Para las históricas la *Heroica* de Beethoven...

La expresión de mi cara habló por sí sola.

—La conoces, ¿no? —pidió desconfiado Raciti: no lo preguntaba el profesor de ciencias humanas, sino el contable.

—Toco de oídas, no leo música. Estoy aprendiendo a emparejar títulos y notas... Tal vez la conozca, pero con el nombre no me basta.

—Bien, como se dice cuando todo va mal. La *Heroica* es el nombre de la *Tercera Sinfonía*... Y me parece que ahí volvemos a empezar. Eso quiere decir que tendremos que remediarlo. Por el resto ya he visto que eres ágil de mente. Para las de vaqueros, en último lugar, nos vamos a los valses. Es absurdo que te diga cuáles. Mejor dicho: decídelo tú, con tal de que la música les llegue a los espectadores.

* Buñuelos rellenos de arroz y fritos en aceite, que se comen sobre todo en Catania. (*N. de la T.*)

El verano, que había empezado antes de tiempo en el mes de abril, se interrumpió a comienzos de mayo: el agua y el viento entraron hasta en el camerino donde se guardaba el proyector. Se necesitaron varios días para que se secara. De modo que comencé a trabajar el 9 de mayo, san Duilio. Y lo primero que toqué fue el himno de la casa, *Cinemà, Cinemà*. Raciti lo tomaba como un manifiesto de su propio arte. Lo escuchaba de pie, compungido, después se hacía la señal de la cruz y se lanzaba a la defensa de su territorio. La primera noche flotaba sobre nuestras cabezas la *lupa*, la niebla procedente del mar que quedaba suspendida entre las techumbres de los edificios y el cielo. Las familias que disponían de terraza invitaban a los amigos a contemplarla, los niños levantaban las manos con la esperanza de alcanzarla, y a los más caprichosos o mimados los aupaban. A nosotros, que vivíamos a pie de calle, la *lupa* no nos gustaba en absoluto: nos negaba el cielo, era una opresión sombría. Para mí era como un signo infausto. Tal vez lo fuera en verdad.

Del armario del hijo de *comare* Marietta habían salido un par de pantalones negros —«todavía huelen a sangre», había proclamado *comare* Marietta queriendo decir que eran casi nuevos— y dos camisas blancas de mi talla, que a esa edad era ya de metro ochenta. Yo estaba orgulloso de poder vestir ese uniforme. Raciti ni siquiera reparó en ello, concentrado como estaba explicándome el valor y la importancia histórica del piano con el que iba a tocar. Se alzaba imponente, tenía hasta una cola, pero su valor residía en la chapa lateral de latón, en la que podía leerse «Becker».

—¿Conoces esta marca? —Raciti sudaba de excitación—. Eran los pianos del zar. Este de aquí viene directito de la corte de San Petersburgo. Piensa cuántas manos famosas se han posado encima. Y ahora es tu turno. Te traerá tanta suerte que ni te lo imaginas. Cuando seas un pianista famoso, cuéntalo, que creciste con un Becker del profesor Raciti. Así lo espero...

Ya iban dos. Después del padre Ferdinando también el contable Raciti apostaba por mi futuro. Ambos estaban seguros de mi éxito y confiaban en mi reconocimiento, ya fuera con un palco en la Scala, ya con una noticia en los periódicos de la ciudad. Sin duda carecían del olfato de los cazatalentos, porque de lo contrario no se habrían equivocado de una manera tan clamorosa. Quién sabe si se habrían dado por satisfechos con aparecer citados en unas memorias. En cualquier caso, mejor eso que nada, ¿no?

Nunca llegué a saber si aquel Becker era auténtico, o si tal vez sólo lo era la chapa o ni siquiera eso. Estaba afinado, era fácil de manejar e iba que ni pintado para mis ganas frenéticas de aprender.

La cinemateca de Raciti estaba muy bien surtida. Una decena de piezas de Charlot, después *Cabiria, Quo vadis?, El nacimiento de una nación, Intolerancia, Avaricia, Vedi Napoli e poi muori, Hermano Sol, La nave* del hijo de D'Annunzio, Gabriellino, *Il grido dell'aquila*, la primera película mussoliniana, *Cyrano de Bergerac, Maciste in vacanza...* Los lunes llegaba la película nueva: la proyectaban en la segunda sesión. Para animar a los espectadores a que vieran las dos películas de la noche se aplicaba un descuento en la entrada. En el intermedio entre una sesión y la otra, Raciti se paseaba por las filas, acompañado de dos chavales, para cerciorarse de que todos los presentes habían pagado. Después echaba del cine a los que se habían colado. Había dos sitios donde uno podía esconderse: por supuesto el baño, pero él tenía la llave maestra, o el cuarto donde se guardaban los rollos, las escobas y los estropajos. Pero olía demasiado mal incluso para quienes querían darle esquinazo a Raciti o arrimarse un poco a la acompañante. Llegados a este punto, había que echar un vistazo al banco de los *arancini*, las *crespelle* y las bebidas: muchos, con la excusa de la consumición, se alargaban con la esperanza de que una vez apagadas las luces podrían escabullirse en las últimas filas. Eso para Raciti era peor que un insulto: la apremiante necesidad de evitarlo le multiplicaba oídos y manos.

Mi puesto quedaba dentro de la pantalla. Raciti me comunicaba en voz alta qué pieza debía tocar y durante cuántos minutos. Con las novedades que ni siquiera él conocía, la primera noche tocaba improvisadamente, y en las siguientes las iba puliendo.

En agosto campé a mis anchas con los arreglos. Para *Intolerancia*, en lugar de las sinfonías de Beethoven, adapté *Core 'ngrato, Lo zoccolaro, Marechiare, Santa Lucia* y *Te voglio bene assaje*.

—Interesante, interesante... —fue el comentario de Raciti. Me señaló con el índice y con una de sus acostumbradas sonrisas añadió—: No te olvides de citarme...

En el estreno de *Il grido dell'aquila* se personaron un buen número de caras apestosas con la camisa negra, rodeadas de todos aquellos que querían dar testimonio de su fe en el fascismo. Raciti enseguida intuyó que con ellos podía especular. Anunció a los cabecillas del partido que en vista del éxito iba a proyectar la película también a la semana siguiente, con la intención de que pudieran verla quienes no lo habían hecho. Fue un éxito total. Acudieron en tropel quienes necesitaban mostrarse a ojos del delegado del partido. Raciti volvió a poner *Il grido dell'aquila* también a la siguiente semana y se aseguró el cartel de «localidades agotadas». Yo recibí la orden taxativa de alternar la *Heroica* con *La leggenda del Piave*; la *Marcha real* y *Fratelli d'Italia* con *Giovinezza*. El martes se convirtió finalmente en la cita semanal con *Il grido dell'aquila*, a las nueve y las once de la noche. Durante su proyección los espectadores rivalizaban en lanzar el «Ea, ea, ea» en las escenas más intensas. Yo interrumpía la música que estaba tocando y entonaba de corrido *Giovinezza*, que el público entero se desgañitaba cantando. El único que permanecía imperturbable era Raciti, que seguía concentrado mientras contaba el dinero de la caja.

Para mí el fascismo comenzó y finalizó aquí. Y también recuerdo las carreras para evitar las concentraciones del sábado. Regularmente se desataban epidemias de gripe y de colitis. No se trataba de nada político, más bien era el deseo de evitar molestias el día del medio descanso. Se servía la misma sopa en todas las mesas. Quien pillaba plata continuó pillándola; quien cazaba moscas continuó cazándolas.

El sueldo de Raciti fue para mi familia mejor que agua de mayo. Compramos sillas y cubiertos. En realidad no llegaba a las treinta liras, ya que el *cavalier* Zappalà se incautaba de cinco como mínimo. Habíamos acordado media lira por media hora, así que necesitaba unas diez al mes para aprender, repasar, mejorar.

Me presentaba en el Splendor con dos horas de antelación, me ponía a las teclas del piano que tal vez había pertenecido al zar, y percibía que había alcanzado los límites de mis posibilidades. Si quería superarlos, debía estudiar, esforzarme, sudar. Pero ¿a quién le gustaba eso? Me bastaba el oído, me bastaba seguir aprendiendo de oído toda la vida. Me colmaba de felicidad poder vivir dentro de la música, poder ahondar en ella a pesar de la obligación de seguir las directivas de Raciti. Encima me pagaban, ayudaba en casa, comía al mediodía, y por la noche y por la mañana siempre hallaba la manera de saciar mi apetito. La ensalada de naranjas continuaba ocupando el primer puesto de mis platos favoritos. Si al comienzo había sido un lujo, enseguida se convirtió en una costumbre: llevo ochenta años desayunando mi ensalada de naranjas. No puede ser tan mala si he llegado hasta aquí.

Descubrí la noche. Terminábamos a la una y media, a menudo daban las dos. Si tenía sueño, tomaba el atajo de Piazza Carlo Alberto, donde el aire se había impregnado de los olores rancios del mercado. Si estaba despierto y me apetecía comer algo, daba un rodeo por Via Etnea. De los pozuelos de zinc, madera y hielo subía el aroma de los helados de los cientos de heladerías. Algunas todavía estaban abiertas, y servían bombas de chocolate a quien no tenía la intención de volver a casa y grandes tajadas de sandía a quien estaba ocupado en seguir la ronda de las jaranas habituales y confiaba, al hundir los dedos en la pulpa roja, en recobrar las propias fuerzas. Los balcones de las casas estaban abiertos de par en par para capturar la brisa marina. La gran calle extendida hacia el Etna tenía el aspecto de un inmenso escenario al que daban palcos y plateas. Incluso en esas horas en las que reinaban el silencio y los cuchicheos, en Via Etnea señoreaba la curiosidad, el ansia por conocer los secretos ajenos y sacar de ellos el íntimo convencimiento de ser mejores que el vecino.

En Via Umberto cambiaba el perfume. Flotaba en el aire la fragancia del jazmín de Arabia de los quioscos, de los jarabes dulces, de la menta que solía superar a cualquier otro olor. Y también la atmósfera era distinta. En la plaza, alrededor de las mesas al aire libre, se jugaba a la *zecchinetta* con las cartas. En verano los jugadores se situaban bajo las palmeras: siempre se había dicho que aquél era el sitio más fresco, pero os garantizo que, cuando el calor apretaba, ahí abajo era lo mismo que en el resto de la plaza.

Hablaba de la *zecchinetta*. ¿Nunca habéis jugado? Se usa la baraja de las cuarenta cartas. El banquero pone dos en el centro de la mesa y una a su lado. Los jugadores hacen sus apuestas sobre la carta de la mesa. Entonces el banquero descubre su cuarta carta. Si el número coincide con la suya, ha perdido; si el número coincide con alguna de las de los jugadores, se cepilla la apuesta. Si no coincide con ninguna de las tres cartas descubiertas, la coloca al lado de las de los jugadores y se vuelve a apostar por ella. Y el juego sigue hasta que la banca o la apuesta revientan. Cuando el banquero pierde, cede la baraja al jugador de su derecha. Si uno acepta tener la banca, se juega el cuello, pero gana también en proporción al riesgo. En América, frecuentando a Lansky y Luciano, acabé siendo un experto en casinos y timbas; pero os aseguro que la *zecchinetta* supera a cualquier otro juego. Simboliza el azar en estado puro, mucho más que la ruleta o el *chemin de fer*.

Bajo la luz amarillenta de las lámparas de petróleo, sobre las cartas se amontonaban monedas y billetes, y las respiraciones se hacían más profundas. El cuatro de bastos se llamaba el *tabuto*, es decir, ataúd en siciliano; se consideraba que el seis daba buena suerte a la banca, el siete a los jugadores. Nadie se fiaba de nadie, y todos se esforzaban por parecer expertos y pícaros a un tiempo. Una mirada de soslayo anunciaba tempestad, la paliza del *compare* despertaba más la curiosidad que la propia victoria. Una pequeña multitud seguía el juego a pocos metros de distancia. Se evitaban comentarios y bromas, todos se comunicaban a través de muecas, miradas y codazos. La apuesta que se ganaba se traducía en una ronda de hordiates, de *champagnino* y de completos para amigos y chiquillos. Los más delicados de estómago se pedían un zumo de tamarindo, que a medio vaso daba derecho a un poco de bicarbonato añadido para digerir mejor. Yo seguía las partidas no sin cierta confusión. Nunca me han gustado los juegos, y todavía menos los de azar. Pero no se me escapaba que ahí no sólo estaba en juego una partida de cartas. Se trataba de una representación solemne que anticipaba la vida y la muerte.

No eran pocas las veces que el amanecer me pillaba por sorpresa. Más que por el color del cielo, me daba cuenta por el olor a verduras frescas, a hortalizas y manzanas. Los carretones las transportaban hacia Piazza Carlo Alberto, pero quienes tiraban de ellos hacían un alto junto a los quioscos para probar suerte con las cartas. Por supuesto perdían en pocas apuestas la ganancia de todo un día de trabajo que todavía no había comenzado. A esas alturas, yo ya había salido disparado hacia mi casa. Tenía que estar de vuelta antes de que mi padre saliera, y la complicidad de mis hermanos no era gratuita. Yo ganaba más que Nino y Peppino, así que los dos Caínes me pedían el precio del silencio.

Aquel octubre nos mudamos al teatro-cine Excelsior. Las sesiones pasaron de dos a cuatro: a las cuatro, a las seis, a las ocho y a las diez. Yo ocupaba el pequeño foso de la orquesta. Raciti había conseguido hacerse con una cincuentena de películas italianas de entre 1915 y 1920, gracias a la quiebra de un propietario de salas de Palermo.

«Para Catania son auténticas primicias.»

Entre las cintas se contaban todas las películas de Francesca Bertini. ¿Os lo imagináis? La primera diva, una Duse de los pobres o, si se quiere, una Loren más exangüe. Yo las acompañaba con *Lo cardillo 'nnammurato*, *Lo zoccolaro*, el *Réquiem*.

Una tarde de primavera, después de la sesión de las cuatro, un empleado me avisó: te está buscando una señora. Pensé que seguramente era mi madre. Pero no era mi madre, a pesar de que tenía la misma edad. Su elegancia desentonaba con el lugar y con la hora: vestido de seda, sombrero y una sombrilla de señora a juego. Era una mujer llena de encanto y de algo que yo no conocía, pero que me impresionó muchísimo: la clase. Le acompañaban dos muchachas también elegantísimas y muy maquilladas.

—Quería felicitarte —dijo con una voz que abría las puertas del paraíso, mientras la delicada esencia que exhalaba me cortaba la respiración.

Me ruboricé, no sabía hacia dónde dirigir la mirada. Las dos jóvenes se reían con sorna.

—Este verano en el Splendor ya reparé en tu talento. En tu capacidad de improvisar y en tu sensibilidad refinada. ¿Te gustaría tocar en mi salón?

Me quedé sin habla. Después silabeé:

—El profesor Raciti me da una lira al día y dentro de dos meses me aumentará los honorarios.

—Yo te daré cinco al día y puedo asegurarte que te divertirás mucho más.

Yo la tomé por un hada Morgana, a pesar de que no era otra que Chère Ninon, la propietaria del burdel más reputado de la ciudad, Les Fleurs du Mal, en Via Lincoln, cien metros más arriba de los Quattro Canti de Via Etnea.

Yo tenía dieciséis años recién cumplidos, el 22 de abril, y no tenía la edad para entrar en un prostíbulo ni para tocar en él. Por lo que la segunda y definitiva entrevista con Chère Ninon tuvo lugar en uno de los paseos de la Villa Bellini, donde yo tenía la sensación de ser el centro de atención de todas las miradas. Ella ya se había informado acerca de mi edad («Te ponía cinco más»), y añadió que no representaba ningún obstáculo insalvable («Con que les susurre un par de palabras a mis amigos será suficiente»). Tendría que tocar desde las seis hasta medianoche. ¿Tocar qué? Era consciente de que mi repertorio era limitado. Nada de música italiana, me respondió al punto Chère Ninon: para su salón era muy importante diferenciarse de la competencia. Sin ambages: valses cuando las parejas bailaban agarrados y se necesitaba una pátina sentimental; polcas y charlestones, recién llovidos de París, si alguno de los llamados huéspedes tenía ganas y dinero para hacer los festejos en alegre consonancia. Todo lo demás era cosa mía, Chère Ninon lo dijo con una sonrisa que le iluminó sus resplandecientes ojos: mis improvisaciones en el Splendor y en el Excelsior le habían gustado. Prohibida cualquier iniciativa, en cambio, con las chicas: nada de cortejarlas, ir con ellas a la habitación ni invitarlas a salir. Y si me encontraba a alguna por la calle iba a tener que fingir que no la conocía. Americana y corbata eran de rigor.

El primer traje me lo compró Chère Ninon. Me enviaron a un sastre de Via Etnea. El dependiente escogió la tela, gris jaspeado, me tomó las medidas y me dijo que volviera al cabo de una semana para probármelo. Junto al traje me esperaban dos camisas de cuello estrecho cerrado por una aguja y dos corbatas de color liso. Cuando los arreglos pertinentes estuvieron hechos, el dependiente me comunicó que al lunes siguiente debía presentarme en Les Fleurs du Mal.

El domingo me esperaban en la zapatería de Piazza Carlo Alberto. Al nombre de Cosentino, cosido sobre la camisa, respondía un tapón que parecía estar de mal humor y que lucía un insólito flequillo en la frente. Me examinó como si yo hubiera salido directamente de la cloaca. A su juicio, yo era poco más que un capricho de Chère Ninon. Y como con ella no se atrevía, me lo hizo pagar a mí.

—Los zapatos negros de este figurín ya los dejó pagados la señora. —Lo gritó a fin de que todos los presentes en la tienda dirigieran sus miradas hacia mí. E inmediatamente me dieron el carné de depravado. Una madre atrajo hacia sí a su hijita, temiendo que pudiera contagiarla.

Cuando escogí el modelo, los zapatos que me dolían menos, Cosentino comentó con segundas:

—Ya verás qué contenta estará la señora. Y también tu padre y tu madre, ¿o es que ya lo están de todas formas?

Cosentino, en realidad, había dado en el blanco: mis padres estaban entusiasmados con lo que iba a ganar en mi nuevo trabajo. Aunque mamá manifestó una duda: también a ella le parecía demasiado pequeño para trabajar en un burdel. Mi padre la tranquilizó: Chère Ninon dictaba las leyes; prefectos, jefes de policía y coroneles de los carabineros las obedecían. Mi madre se quedó taciturna: que mi padre conociera tan bien la influencia que Chère Ninon ejercía en la ciudad no le gustaba.

Superado el último sobresalto legal, el campo quedó libre con la alegría por el dinero que iba a recibir a cambio. Ciento cincuenta liras al mes era para nosotros una cifra imposible de imaginar. Papá y mamá decidieron que ingresarían cada mes treinta liras en una libreta postal a mi nombre. Huelga decir que yo desconocía por completo qué era una libreta postal, y que los míos sólo lo sabían de oídas. A mis padres les evocaba lo más cercano al bienestar que pudiera esperarse de una familia como la nuestra. Tras anunciar a mis hermanos y hermanas que yo iba a tener una libreta postal, mamá me abrazó emocionada y me llenó el pecho de besos y me acarició el pelo. Para abrir la cuenta, papá se dirigió a Nino Puglisi, el único que a sus ojos parecía ser capaz de apañárselas entre reglas, prohibiciones y formularios que rellenar y firmar.

La oficina de correos estaba en dirección al mar, cerca de la estación. Puglisi nos escoltó: él sabía como desenvolverse. Tenía más o menos la misma edad que mi padre, pero vestía trajes con chaleco y corbatas de lujo. A su paso los hombres inclinaban la cabeza y se tocaban el sombrero para saludarlo; las mujeres apuntaban una inclinación. Mi padre y yo caminábamos con pies de plomo, temerosos de traslucir a cada paso que estábamos completamente fuera de lugar. Y cuanto más intentábamos esconderlo, más lo evidenciábamos. Al cabo de demasiadas preguntas y demasiadas firmas, que me costaron cansancio e incomodidades varias, el empleado nos pidió cuánto íbamos a depositar. Mi padre y yo nos miramos desconcertados. Puglisi se nos avanzó al vuelo y dijo:

—Diez liras.

Y se sacó el billete del fajo que llevaba en el bolsillo envuelto en una goma elástica. Mi padre se quedó cabizbajo: había creído que podía abrirse una libreta postal sin un depósito. Y ahora éste iba a ser para mayor gloria de los Melodia.

—*Compare* Turiddu, no os preocupéis —dijo Puglisi—. Hoy he invertido en el futuro de Mino: apuesto mil liras a que he cerrado un buen negocio. —Me guiñó el ojo.

El lunes, siguiendo el consejo de mi madre, llegué a Les Fleurs du Mal media hora antes. El nudo de la corbata me ahogaba, el traje me hacía cosquillas por todas partes y los zapatos de la zapatería de Piazza Carlo Alberto ya habían encarcelado mis pies en una jaula. A punto estuve de entrar en la tienda de Cosentino, pero me disuadió el verlo en el umbral empujando para dentro a los últimos clientes. Apreté los dientes y pasé por su lado bien tieso, con los ojos mirando al vacío.

—El huevo de Pascua ya está listo para que lo abran y lo prueben. —Cosentino me había reconocido.

En Les Fleurs du Mal nadie me prestó la menor atención. Estaban ultimando los preparativos antes de abrir. Cojines esponjados, bayetas sobre los muebles, agua a las flores y las plantas, arreglos a las bagatelas y los adornos. Estorbaba. Todas las camareras me lo demostraban con sus muecas y sus suspiros, pero ninguna me preguntó quién era yo o qué quería. Cuando faltaban cinco minutos para las seis entró en el salón Chère Ninon. El vestido de organza negra hacía resaltar su piel blanca, sobre todo la piel de los pechos que asomaban por el escote. Yo no disimulé mi interés, y ella se dio cuenta.

El piano era un Offberg vertical de nogal. Nos entendimos de inmediato. Sólo con que lo rozara, él ya me seguía a la perfección. Lo recuerdo como si fuera ayer: mi primera pieza fue *Auld Lang Syne*, que después iba a llamarse *El vals de las velas*. A continuación toqué todos los demás valses. No paré ni un segundo. Como siempre, me había sumergido en el mundo de la música; pero esta vez volví a la superficie cuando me di cuenta de que había agotado mis conocimientos. Me dominó el terror de que los otros pudieran notarlo y de que Chère Ninon me despidiera ya la primera noche. Adiós a mi libreta postal. Así que comencé a mezclar las notas: al principio melodías con las que ya había practicado, después improvisando.

—¿Le concedemos una pausa a nuestro brillante e infatigable pianista? —Chère Ninon se acercó batiendo las palmas. Las chicas y los clientes se unieron a ella. Una camarera me trajo un vaso de rosolí. Yo me volví lo justo para darle las gracias. Me daba miedo mirarlos: ¿y si me pedían un tema que yo no conocía?

Me quedé pegado al taburete hasta durante los descansos. Tenía miedo de invadir terrenos ajenos, a pesar de que a mi instinto le bastaba escuchar el crujido de las combinaciones de seda para desatarse. Me llegaba el aroma agradable de la juventud, embellecido con polvos y esencias. Aprendí a reconocer a las chicas por el taconeo de sus zapatos finos y el gorjeo de sus risas. Si no me hubieran absorbido la música y el miedo a equivocarme, a no estar a la altura, habría vivido en un estado de excitación permanente. Por suerte me venía cuando ya estaba en la calle, camino de casa: liberado del apremio de las teclas, podía revivir lo poco que había entrevisto y lo mucho que había olisqueado.

Uno de aquellos largos veranos que se prolongan de mayo a octubre se extendía sobre Catania. Via Etnea y Via Umberto se tiñeron de sus colores, sus olores y sus atmósferas; la arrogancia se mezclaba con la indolencia, las chinches se sentían tigres, los capullos se vestían de patrones. Era el triunfo acostumbrado de las apariencias: tantos nadies mezclados con ninguno que se creían quién sabe qué.

Me convertí en una figura conocida de la noche catanesa. Los clientes habituales de heladerías y quioscos sólo me miraban de tres cuartos. Durante el fin de semana a menudo aparecía Puglisi, siempre acompañado. A los ángeles custodios se añadían postulantes y admiradores. Él los escuchaba a todos y de vez en cuando asentía con un gesto. Nunca una sonrisa. Con todo, su aspecto inspiraba simpatía.

Para mí la vida eran las dos o tres horas que pasaba mirando a los demás. En la oscuridad estaba bien, me sentía protegido. Me imaginaba que yo y mis pensamientos éramos invisibles. ¿En qué pensaba? Buena pregunta. Probablemente en nada. Preparaba los acordes que iba a tocar al día siguiente. Aunque no fuera consciente de ello, ya entonces me reprochaba el conformarme con poco sin grandes esfuerzos, en lugar de apuntar hacia metas ambiciosas. Regresaba a casa casi al amanecer y me refugiaba en el sueño. Podía dormir hasta las tres o las cuatro de la tarde. Mi madre me dejaba en la mesa el plato de pasta, un poco de queso al lado del pan y una naranja. Se sentaba a mi lado, me acariciaba con los ojos, ya no se atrevía a hacerlo con las manos, me había hecho demasiado mayor para ella, y esperaba a que fuera yo quien comenzara a hablar. Pero yo no abría la boca. A veces me quedaba embobado contemplando desde nuestro rectángulo de cielo aquellas tardes encuadradas en el color y el sabor del hierro.

Hasta que un día el destino se encargó de sacarme de esa melancolía.

Correría el mes de septiembre, tal vez fuera octubre, en cualquier caso todavía temporada de mar porque las chicas dejaban en el aire una estela de salobridad. Trudy era una chica de Bolonia de ojos almendrados. Entre cliente y cliente siempre estaba pegada a un libro. Nunca nos habíamos cruzado, probablemente ni siquiera nos habíamos mirado. Una noche, mientras salía, me la encontré en la puerta, con el imprescindible libro en la mano.

—Si vuelves a las cuatro —me susurró con los ojos clavados en la página—, encontrarás abierto. Mi habitación es la tercera del primer piso.

Por supuesto volví. Trudy era fría y distante. A diferencia de la señora Claretta, quería que la trataran como a una princesa. Sólo hablaba para decirme lo que debía hacer. A juzgar por las apariencias, ella sólo se dignaba recibir, aunque al final se le escapaba algún gemido. Yo me esforzaba para estar a la altura: sudaba, resollaba, no estaba quieto ni un momento. Aprendí a usar la lengua. Sabía hacerlo y enseguida le cogí el gusto. Aunque me quedaba un poco insatisfecho. Disfrutaba más de palabra que con los sentidos. Pero no me salté ni una sola cita.

Al cabo de una semana mi padre me pilló. Estaba de pie delante del carro con las mercancías cargadas.

—Mino, ¿te parece que son horas?

Fue como un relámpago.

—Papá, hubo una fiesta. Chère Ninon me pidió que hiciera más horas. Me han pagado bien.

Le mostré las propinas que había guardado durante el último mes. Eran para comprar una bicicleta. Mi padre sacudió la cabeza, y yo me fui directo a la cama. Nino y Peppino, que ya estaban vestidos, no se lo podían creer. Estiré los brazos, bostecé y me dormí con la ropa puesta. Mi madre tuvo que zarandearme para despertarme cuando faltaba media hora para las seis.

Al amanecer, al salir de la habitación de Trudy, casi choqué con Olga. Llevaba los zapatos en la mano para no hacer ruido, con la mirada baja para no tropezar. Olga estaba de pie apoyada en el reloj de cuco, con los brazos cruzados y el cigarro colgándole de los labios. Era una chica de formas rotundas de la provincia de Treviso, que tenía los pechos más redondos que jamás se hayan visto. De la falda corta de su combinación sobresalían sus muslos, que parecían dos columnas de Hércules. Me señaló su habitación con la cabeza, la segunda puerta del piso. Olga parecía la hija de la señora Claretta. Rebosaba de entusiasmo. Lo único que me pedía era que hiciera acto de presencia.

De modo que me acostumbré a dividirme entre la habitación de Trudy y la de Olga. Nunca llegué a saber si ellas lo ignoraban, si estaban enteradas o si incluso se habían puesto de acuerdo. No tocábamos el tema. En caso de necesidad aceptaban cambiar la cita sin más preguntas. Además las dos solían alargar la noche. Y al amanecer siempre había alguien merodeando entre los pisos: si no era para ir al baño, era para ir a buscar un vaso de agua. Y si no era una por el baño u otra por el agua, era una tercera que tenía que hacer algo. Yo tenía que calibrar bien el momento justo de salir de la habitación de Olga, que ya roncaba, bajar corriendo las escaleras, cruzar el salón de la entrada, enfilar el pasillo lateral, doblar en la salita de fumadores, llegar al vestíbulo, abrir la puerta, bajar tres rampas y salir a Via Crociferi. Era la puerta de servicio que utilizaba quien quería pasar desapercibido.

Una mañana, al finalizar el recorrido de guerra me encontré con Chère Ninon. No fue un encuentro casual. Con las gafas en la punta de la nariz leía *La Domenica del Corriere*, hundida en el sillón que según ella había pertenecido a Garibaldi y que éste en persona había regalado a su abuela, en Génova, como una demostración de afecto y agradecimiento por los servicios prestados.

—Mino, ¿te has liberado ya de la escoria?

No supe qué responder.

—La experiencia me dice que ahora debe haber quedado únicamente la sustancia.

Me cogió de la mano y me llevó a una habitación desconocida para mí. Me ordenó que entrara en una bañera llena de agua, y ella la roció con el contenido de varios frascos. Me ayudó a lavarme, me envolvió en una esponjosa toalla enorme, me refregó, me secó bien. Al cabo Chère Ninon dejó caer con un golpe seco la toalla. Yo me quedé ahí quieto como un tontuelo; ella, en cambio, me estudió como más tarde vi que se hacía en Luisiana con los negros. Chère Ninon llenaba una cama y habría podido llenar dos. Perfumadísima e inagotable, no se quitó las gafas en ningún momento, decía, para no perderse ni un detalle.

Tres mujeres sin obligaciones, sin lamentaciones, sin convivencia, son la representación más fiel del paraíso que un varón pueda tener sobre la tierra, creedme. Si lo pensáis bien, hasta los musulmanes lo tienen peor. Es cierto que pueden aspirar a tener setenta vírgenes, pero después de la muerte. ¿Y de qué me sirven una vez muerto? Encima, a los dieciséis años no existen siquiera problemas de rendimiento, se funciona por fuerza de inercia.

En cualquier caso, Chère Ninon y las dos chicas se ocupaban de mi sustento. Me servían la cena, es decir, los restos de la cena que habían pedido los huéspedes y que no se habían terminado a causa de otras necesidades más urgentes. Así fue como descubrí el caviar, el paté, las ostras y el marisco, los langostinos a la plancha y los *involtini** de pez espada, la mayonesa y el atún, el rosbif y el filete. Comía con voracidad, bebía con moderación, y después me exprimían hasta la última gota para despedirme al fin con el *zabaione*** de tres huevos regado con el *passito* de Florio.

Habría resultado espléndido, pero yo no conseguía borrar el afán de abrir la puerta de mi casa antes de las siete, y a veces de las siete y media, con toda la familia alineada al completo, lavada y vestida, sin tener en cuenta a aquellos que ya habían ido a trabajar. Por

---

* Rollitos rebozados, de carne o pescado, muy apreciados en la cocina siciliana. (*N. de la T.*)

** Crema de postre hecha a base de yemas de huevo batidas con azúcar y un chorro de vino de Marsala u otros licores. (*N. de la T.*)

otra parte, toda moneda tiene siempre dos caras. Y la cara que sale nunca es la buena.

Así que mis tres benefactoras —y, entre nosotros, también beneficiarias— se encargaron de facilitarme mi carrera de obstáculos para que pudiera regresar a casa antes de que tocaran diana. Adelantaban la hora de empezar, abreviaban los preámbulos y se saltaban alguna que otra noche. La primera en cansarse fue Chère Ninon. Después de un mes y pico, yo había perdido a sus ojos el gusto de la novedad; además, creo que en el fondo no le iba eso de tener que compartirme. Con el año nuevo Trudy se despidió, en la primavera de 1927 partió Olga. Entonces Chère Ninon recuperó el aliento, y a ella se sumó Wanda, una romana del barrio de Testaccio, y alguna noche se apuntaba Gina, milanesa andrógina con el pelo en forma de casco y los dientes afilados; y de Enna llegó Teresa, dieciocho años en plenitud.

Pero ningún paraíso es para siempre, como ningún comentario recoge por entero el verso exacto.

El verano seguía entre las rachas de un viento inusualmente caluroso. Había comido de gorra en la cocina y, repanchingado en el sillón de Garibaldi, esperaba a que me convocaran. Aquella noche le tocaba el turno primero a Teresa, después a Wanda y para finalizar a Chère Ninon. Por eso me quedé pasmado cuando la última se me plantó delante con su traje de ceremonia y el rostro endurecido:

—Mino, hay novedades.

Me lo imaginaba.

—No puedes continuar trabajando aquí.

Se interrumpió para darme tiempo a intervenir, pero yo estaba peor que si me hubiera fulminado un rayo. ¿Cómo iba a darles el dinero a mi padre y a mi madre?

—¿No tienes nada que decir?

Cuando uno está bajo un terremoto, ¿de dónde saca fuerzas para hablar?

—Les Fleurs du Mal ha cambiado de propietario, y el nuevo amo quiere ahorrar contigo.

—¿Conmigo?

—No como persona, sino como pianista. Lo siento.

Chère Ninon me tendió un sobre. Contenía el sueldo de un mes entero, a pesar de que estábamos a mitad de julio.

Salí por la puerta principal de Via Lincoln sin volver la vista atrás. De Via Etnea a Via Umberto, de Via Ventimiglia a Via D'Amico era como un zombi. Me tiré sobre la cama boca abajo y me quedé en esa posición hasta que despuntó el día. Salí antes de que mis hermanos y mis padres se despertaran. Fui hasta la Pescheria, descargué cajas hasta las diez de la mañana y me saqué cinco liras.

En casa, mi madre amasaba el pan con la ayuda de *comare* Marietta. Apenas la saludé. Me encerré en el cuarto, y mi madre entendió que necesitaba hablar con ella. Vino con una silla, que colocó enfrente de la cama. Le di lo que había ganado en la Pescheria y el sobre con las ciento cincuenta liras.

—¿Qué ha pasado?

—No le intereso al nuevo propietario del burdel. Ya no trabajo ahí.

—¿Y ahora qué harás?

—Hoy estuve descargando cajas en la Pescheria.

—No te lo tomes tan a pecho. Lo hacías antes, sobre todo con esa furcia de Chère Ninon, y lo estás haciendo ahora con eso de descargar las cajas. Si te haces daño en las manos, si te rompes un dedo, ¿cómo te las arreglarás el resto de tu vida? Las manos son tu bien más preciado. Si esa furcia de Chère Ninon se estropea el chocho, así lo quiera Dios, siempre le quedará el culo. Pero tú, si te estropeas las manos, sólo te esperará un futuro de muerto de hambre. No irás más a descargar cajas o a poner clavos. Es una orden. Y después recuerda: el mal tiempo o el buen tiempo no duran para siempre.

Se levantó, cogió la silla y volvió a amasar el pan. De madres así ya no quedan, os lo aseguro.

4

El secreto de Taormina

Puglisi le explicó a mi padre el pequeño misterio de mi despido. Les Fleurs du Mal había pasado a manos de un grupo de Catania amigo de los palermitanos, que rivalizaban con los mesineses amigos de Puglisi. Eran los entrantes de la futura guerra de la mafia. Y a mí me había tocado pagar los platos rotos precisamente por el vínculo entre mi padre y Puglisi, que a estas alturas todos conocían. En la ciudad donde todo el mundo aseguraba ocuparse de los propios asuntos, en realidad el deporte más practicado era el de ocuparse de los asuntos ajenos. Lo que para mi padre era una tarea secretísima constituía un tema de conversación preñado de alusiones hasta para el barbero de Via Reburdone. A pesar nuestro, todos nos contaban entre los más fieles a Puglisi, cuando de hecho no pasábamos de ser meros colaboradores. Mi padre continuaba transportando mercancías con el carro, no por simpatía o amistad, sino por necesidad. Como era un hombre de principios, se había mostrado leal a Puglisi, y éste le había ido encargando faenas cada vez más importantes. No me malinterpretéis: nada escandaloso, no hablamos de droga o de dinero sucio. Hablamos de sal, grandes cantidades de sal que mi padre cargaba en el carro, y en especial sal robada, que debía salir de algún pueblecito de la provincia de Catania. De este modo también nosotros, los Melodia, contribuíamos al crecimiento de la ciudad que se alargaba desde el mar hacia la montaña. A veces se presentaban oportunidades nuevas, sólo había que cogerlas al vuelo. Y mi padre así lo hacía: en casa tenía a siete hijos a los que mantener.

Puglisi se encargó de remediar la humillación que había sufrido por su culpa. Mi padre me comunicó que al día siguiente a las siete debía estar en la rotonda de Ognina, vestido impecablemente. Alguien pasaría a recogerme. Me lavé en la bañera reservada a Agatella y Concettina. Gasté el último frasco de los que me había regalado Chère Ninon. El perfume invadió la habitación. Peppino, que llegaba todo sudado y sucio del trabajo, comentó corrosivo: sólo nos faltaba un hermano *puppo*. *Puppo*, en dialecto, significa «pulpo», pero sobre todo quiere decir marica, invertido, aunque hoy en día los periódicos prefieren escribir homosexual o gay. En Catania *puppo* era, y todavía es, el peor insulto. Porque no podemos ser ni amos de nuestro propio culo, según parece.

A las seis eché a andar por Via D'Amico en la claridad pálida del incipiente otoño. Con americana y corbata, sobre todo a esas horas, era una visión inusual para los pocos paseantes. En el tranvía me quedé dormido. El conductor me despertó bruscamente: habíamos llegado al final de la línea, ¿qué quería hacer? Si quería volver atrás, tenía que pagar otro billete: ¿bajaba o pagaba? El hombre me escrutaba atónito: tan bien vestido y adormilado. ¿Dónde estaba el error?

En el pequeño puerto de Ognina estaban descargando de las barcas el pescado fresco. Un chiquillo salió de la panadería de Piazza Mancini con la cesta del pan recién horneado: veinte céntimos la hogaza rellena de boquerones con una rodaja de limón. Pan, anchoas y mar, gritaba el chiquillo. Me puse a la cola para comprarme uno de esos bocadillos.

—¿Melodia?

Tenía la boca llena, no pude responder. Me había llamado un joven robusto con largas patillas, que vestía suéter de lana y camisa de franela. De nariz aguileña y tez cetrina: el clásico árabe de Sicilia.

Levanté la mano.

—Eres un chiquillo... Soy Luigi Puglisi. —El hermano pequeño de Nino.

Eché un vistazo a sus espaldas convencido de que Nino iba con él. Pero no le acompañaba nadie.

—Sube, que llegamos tarde.

Me monté en el camión Fiat de los tiempos de la guerra. Arrastraba un montón de años y problemas; el motor no paraba de restallar, las marchas a duras penas entraban. En la última subida de Taormina estuvo a punto de calarse. Luigi Puglisi conducía con arrogancia. Se esforzaba en parecer un tipo duro y mayor de lo que era. Quería estar a la altura de lo que significaba su apellido. El camión estaba lleno de placas de hielo de distintas formas y gruesos. Procedían de la única fábrica de hielo de la ciudad, que Nino Puglisi había emplazado en la callejuela situada detrás del Duomo, cerca de los Arcos de la Marina, que en aquel entonces separaban la ciudad del mar. El monopolio del hielo, que se vendía en la Pescheria, los quioscos, las pastelerías, los cafés, las posadas, los restaurantes y los hoteles, había proporcionado a Puglisi una vida desahogada. Y gracias al resto de sus dudosos negocios se había convertido en un hombre poderoso. También había algunos hoteles en Taormina que se abastecían con el hielo de Puglisi. *Lo'ntisu* me había propuesto como pianista en el más famoso, el San Carlo. Ya fuera por amistad, por saldar alguna cuenta o por algún otro motivo, los propietarios del hotel aceptaron el ofrecimiento: aceptaron contratarme sin haber abierto la caja, como quien dice.

Luigi Puglisi detuvo el camión delante del imponente cartel del San Carlo. El edificio era un convento del siglo XV rodeado por un esplendoroso jardín con dos claustros magníficos. Enseguida llegaron los mozos de cocina para descargar el hielo. Las placas más grandes, que servían para los mostradores de carne y pescado, las llevaban entre tres, en fila india, a pocos centímetros unos de otros.

Nos hicieron pasar a la salita que daba al mar. Se presentó un señor todo acicalado, Puglisi le honró con el calificativo de director.

—Pero ¿sólo tienes diecisiete años? —fue su primera pregunta.

—En abril cumple dieciocho —replicó Puglisi.

—El señor Nino Puglisi, nuestro buen amigo además de proveedor, nos ha animado para que te contratemos. Asegura que al piano eres un portento. —Su mirada burlona enseguida dejó bien claro que no iba a dejar engatusarse: todos somos fenómenos de buenas a primeras, pero lo que cuenta es el segundo tiempo. Y él iba a juzgarme ahí.

Yo me quedé suspendido entre las prisas de Puglisi, ansioso por una respuesta mía concluyente que diera crédito a la presentación del hermano, y la jactancia del director, que se esforzaba en demostrar la autoridad de su papel. Por consiguiente guardé silencio a la espera de lo peor.

—¿Te llamas?

—Melodia.

—Un apellido adecuado —el director esbozó una sonrisilla de circunstancias—, pero también debes de tener un nombre.

—Guglielmo.

—Pues bien, Guglielmo Melodia, escúchame bien para que luego no haya malentendidos. —Escrutó a Puglisi: quería asegurarse de que él estuviera atento e informara al detalle a su hermano—. El horario es de cuatro a siete, todos los días de la semana. En circunstancias especiales puede que se te pida una actuación por la noche, de las nueve a medianoche. Se te pagarán tres liras al día más una comida en la cocina antes o después de la exhibición. Las propinas están permitidas, pero la mitad se pone en la caja común. ¿Todo claro?

No se contemplaba que yo pudiera rechazar o incluso negociar el trato. No debía olvidar que estaba ahí gracias a los méritos de mi protector y la munificencia del San Carlo. De modo que respondí que todo estaba claro, pero el director todavía no había terminado.

—Hay algunas normas de conducta para el personal. No pueden aceptarse invitaciones a la habitación de los huéspedes de ambos sexos, la cortesía y la educación nunca deben dar lugar a malentendidos, no está permitido frecuentar la clientela fuera del hotel. Con estas reglas del San Carlo somos totalmente intransigentes: no se toleran derogaciones de ninguna clase. Si alguien no las cumple, se le despide de inmediato.

El director dio un suspiro de satisfacción: sus funciones y la vanidad que de ellas se derivaba habían quedado satisfechas.

Sólo pude comprender la razón de esos avisos en los meses sucesivos. La fortuna de Taormina eran los chiquillos de ojos oscuros, el perfume de salitre marino pegado a la piel y el rabo siempre bien duro. La mayoría de turistas que visitaban Taormina procedían del norte de Europa. Gente acaudalada: invernaban en uno de los lugares con más encanto del mundo, al abrigo cálido del mar Mediterráneo. A menudo iban en pareja. Un hombre y una mujer, dos hombres, más raramente dos mujeres. La diferencia de censo venía dictada por el número de chiquillos que cada pareja podía permitirse. Había parejas que sólo podían tener a uno y debían utilizarlo para todos los gustos; otras podían pagarse dos, con el aliciente de poder intercambiárselos; y al fin estaban los grandes nombres, industriales, banqueros y príncipes, que tenían a su alrededor una corte de pipiolos con los que divertirse y coger la fruta del día para él, para ella, para ambos, para un amigo al que hacerle los honores.

Había pocas chicas, en cambio: las acostumbradas camareras, sobrinas o presuntas sobrinas, hijas traídas a los confines de la civilización para olvidar un desengaño amoroso. Uno podía encontrarlas de las cuatro a las siete bajo la gran araña de hierro repujado del salón principal del San Carlo. ¿Y qué hacían? Me escuchaban, y sobre todo me miraban. Pero yo no las miraba. Tocaba un afinadísimo Steinway negro de espaldas a los huéspedes, ocupados en el ritual de la hora del té y las pastas. Había decidido no meterme en líos y no lo hice. Hasta fingía que no me daba cuenta de que los jefes de sala me sisaban las propinas. Digamos que cada noche caían hasta diez liras en el cuenco encima de mi piano. Sin la mitad que iba a la caja común, de las cinco liras que quedaban, a mí misteriosamente me llegaba una, a lo sumo dos. Y de la caja común, que a final de mes superaba las mil liras, quién sabe por qué a mí acababan tocándome apenas cinco.

En Catania tomaba el tren de la una del mediodía, y al cabo de tres cuartos de hora me apeaba en la estación de Giardini. O conseguía que me llevara alguien que tenía que subir a Taormina para una entrega o me tocaba subir a pie. Aunque fuera invierno sudaba mucho, así que luego tenía que lavarme. Fue así como conocí a Linuccia, la encargada de la limpieza de la planta baja. Me hacía pasar al baño cuando llegaba, me traía jabones y agua de colonia procedente de París. Descubrí el bidet, aunque para mí el culo nunca ha dejado de ser culo y como tal lo he tratado.

Con Linuccia intercambiábamos fogosos besos. Ella era de Mesina y aspiraba a entregarse virgen a su futuro marido. Nunca me pasó por la cabeza que podía ser yo. Pero convencí a Linuccia de que podía permanecer intacta sin tener que renunciar a un poco de sana diversión. Íbamos al cuartito de los parasoles, que no nos servían para nada, y de las tumbonas, que sí utilizábamos.

Tenía permiso para acabarme las sobras del personal: en pocas casas de Catania se comía mejor. Había tanta comida que a menudo no podía terminarme lo que tenía en el plato: empecé a escoger la comida, había superado el estadio primordial del hambre. El cocinero del hotel era un belga bien dispuesto a encenderse con jovencitas y jovencitos: cuando tenía los sentidos inflamados, estaba garantizado que se iba a gozar hasta en la mesa. Por la noche regresaba con el tren de las nueve y media. La cena que comía en la esquina de la cocina del San Carlo me adormecía. Me dejaba acunar por el traqueteo del vagón y dormía durante todo el trayecto.

Fue un periodo de apatía. Estaba satisfecho con todo lo que tenía, pero era como nadar sin respirar. Hijas y madres me miraban con ojos amorosos, pero yo continuaba tocando. Cuando interpretaba la *Canción de cuna de las doce madres*, la *Ninna nanna delle dodici mamme*, más de una madre habría estado dispuesta a adoptarme como hijo, mientras que a mí me habría gustado estar donde no estaba. Tenía otras cosas en la cabeza, pero ¿qué? Vivía encerrado en el hotel. Taormina era una bombonera de callejuelas y escaleritas. Los edificios feos y viejos abundaban, y las pocas construcciones de calidad acusaban el paso del tiempo. Los claustros, las iglesias y los palacios se pegaban unos a otros en una vana tentativa de conquistar un poco de espacio. Cuando echaba a andar por esas calles me faltaba el aire, y no respiraba hasta que llegaba a la plaza con la gran terraza con vistas al mar. La Naturaleza y el Padre Eterno habían sido generosos con los dones, pero mis paisanos rivalizaban con el fin de desaprovecharlos. Es la historia del ayer, del hoy, y me temo que será la historia del mañana. Nos llenamos la boca, nosotros, con esa Sicilia que es el paraíso en la Tierra, pero en realidad siempre hablamos de la isla que no existe.

A finales de mayo el San Carlo cerró. Entonces los hoteles de lujo abrían de octubre al término de la primavera. Cuando el calor se volvía asfixiante, la clientela regresaba a sus moradas del norte de Europa para disfrutar del fresco, y en Taormina se empezaban las obras de ampliación. Las familias sacaban partido del dinero que habían ganado sus hijos de ojos oscuros, salitre de mar en la piel y rabo siempre duro. Los que vivían en una chabola podían permitirse una casa construida con las sólidas piedras oscuras del Etna. Quien ya tenía casa, se hacía una habitación, añadía un baño o compraba muebles.

Yo me convertí en un profesional liberal. En la Plaja habían montado los primeros quioscos junto al mar: helados, bebidas y un poco de música para bailar sobre las inestables tablas de madera. Un pianista costaba menos que una pequeña orquesta. Acompañadas de sus papás y mamás, las pálidas señoritas acudían a sorber un helado y a cruzar con los chicos miradas tan penetrantes como para quedar preñadas sin moverse de sus sillas. Los éxitos americanos estaban de moda. Lo que había estado en boga en París en 1925 lo estaba ahora en Catania. Algún padre ya mayor seguía pidiendo *Come pioveva*, pero los más jóvenes se entusiasmaban con *Swanee, Oh, Lady Be Good, The Man I Love, Fascinating Rhythm, Rhapsody in blue* e *Isn't It Wonderful*. A mí me hacían enloquecer, me daba cuenta de que era música de verdad sin tener ni idea de que su autor era George Gershwin. También ignoraba la existencia de Louis Armstrong, su presencia en las pequeñas orquestas que interpretaban sus temas. Tocaba *Naughty Man* y *Cornet Chop Suey*: me bullía la sangre con ese ritmo, me dijeron que se llamaba jazz. Después tuve ocasión de escuchar *Everybody Loves My Baby* y me di cuenta de que en aquella jungla de leones yo siempre sería el topo, bueno como máximo en cavarse un hoyo. Intuía el nuevo mundo y me atraía, pero ¿podría alcanzarlo?

No era consciente de que yo tenía oído pero no talento. La facilidad con la que tocaba las teclas anulaba incluso la idea del estudio, del sacrificio y del esfuerzo. En mi mente aquella facilidad iba a acompañarme hasta el final. Me encomendaba ya a mi destino de mediocre.

Era ignorante hasta tal punto que acepté cincuenta liras del *cavalier* Zappalà para escuchar un disco que, según me dijo, había comprado sin abrir la caja a un revendedor milanés suyo. Se trataba de *The Prisoner's Song*, la primera canción que vendió un millón de copias en 1924. La anunciaba al público cuando se acercaba el final de la velada, y los presentes, exhaustos por el calor y excitados por haber estado bailando muy juntos, la escuchaban extasiados, ni que fuera Mozart o Gershwin. Al día siguiente corrían a comprarse el disco, que entonces era de 78 revoluciones, una especie de arma impropia, diríamos hoy. Gracias a mí el *cavalier* Zappalà agotó sus mil copias en una semana. La canción era en inglés, nadie entendía ni una palabra de la letra, el cantante, creo que era Vernon Dalhart, no era nada del otro mundo, pero en Catania era la manera de sentirse americano. Oh, hacía fino, y hasta qué punto hacía fino...

En octubre comencé de nuevo a tocar en el San Carlo. Los jueves y sábados me quedaba también después de cenar. Pasaba la noche en un dormitorio con seis camas. Eran estrechas, pero continuaban siendo más cómodas que la supuesta hamaca de mi casa. Para dormir en pareja, uno tenía que estar realmente al límite de sus fuerzas. Los trabajadores del hotel solíamos hacer vida social casi cada noche. No estaba prohibido, así que considerábamos que estaba permitido. Una vez terminado el turno, estábamos despiertos hasta tarde entre vinos y licores, y las panzudas botellas de coñac eran recibidas con gritos de admiración. El primer brindis se hacía en honor a la habilidad y la destreza de quien las había traído. Siempre había alguien que aprovechaba la efervescencia del alcohol para acortar las distancias entre sexos. La carne es la carne: mentiría si os dijera que nunca participé en alguna que otra vuelta de la gallina ciega. En la habitación de las mujeres las camas eran más grandes, pero había que acertar la puerta correcta, y eso era mucho más difícil de lo que os imagináis.

Cuando no tocaba el Steinway me sumergía en un estado de dulce alienación, y observaba a otro Mino que se movía indiferente a cuanto sucedía a su alrededor. Me debatía en interminables discusiones interiores, que me dejaban todavía más confuso y huraño.

Conocí a Anna un día que ayudaba a mi madre en la preparación de sus conservas y mermeladas. Vendía fruta y verdura en la embocadura de Via Galvagna y tenía poco más de treinta años, dos hijas adolescentes y un marido que la guerra le había arrebatado. Sin saberlo, fui peor que un temporal en la vida tranquila de aquella familia formada sólo por mujeres: suscité la curiosidad de Giannina, la hija mayor. Estaba acostumbrado a arreglármelas en situaciones muy concurridas, pero cuando se fijó en mí Luisa, que sólo tenía trece años, me eché atrás. No porque tuviera un dilema moral, era el instinto que me anunciaba complicaciones: había despertado demasiadas expectativas.

En las tres habitaciones de Via D'Amico mis hermanos vivían y crecían delante de mi mirada ausente. Mi madre era la única que se relacionaba conmigo. Los demás me pagaban con la misma moneda; para ellos, la suerte se me había subido a la cabeza. Les importaba un bledo la música, pero en cambio les deslumbraba mi ambiente, el dinero que se manejaba, las cenas de película a las que iba, mis ingresos y mi armario: yo tenía más prendas de vestir que todos mis familiares juntos. Comparado con los muchos desgraciados que doblaban el espinazo de sol a sol, a mí me consideraban el más típico de los ingratos.

Nino y Peppino me miraban con envidia, o tal vez debiera decir que lo que miraban con envidia era la libreta postal en la que se habían acumulado más de mil liras. Yo ingresaba sin sacar nunca dinero. ¿En qué iba a gastármelo? En el limbo en el que vivía no tenía ninguna necesidad, únicamente la ropa. En el San Carlo eran exigentes, el director me lo había dejado muy claro: vas a necesitar trajes nuevos, zapatos nuevos, camisas nuevas. Yo en tu lugar, había añadido con complacida condescendencia, intentaría llevar a juego hasta el color de los calcetines.

Yo no sabía qué hacer con la vida, sobre todo no quería pensar en ello. Ya entonces no me gustaba a mí mismo; o peor todavía, no me quería a mí mismo. Las estaciones se alternaban sin que yo me diera cuenta, el recuerdo todavía fresco de la miseria me había hecho adquirir hábitos que podían adecuarse al frío y al calor. Cuando llegaba noviembre sustituía la camiseta de algodón por el suéter de lana; el 40 de junio, es decir el 10 de julio, cambiaba el suéter por la camiseta. Pero cuando me sentaba al piano me transformaba: sentía que la esencia de mi naturaleza dependía de los sonidos que mis manos eran capaces de arrancar de esas teclas blancas y negras, mezcla de miel y hiel. Intuía que para salvarme habría debido profundizar, ponerme a estudiar, pedir a la música elevada lo que nada más iba a darme. Pero ¿cómo renunciar al dinero, a la independencia, a la embriaguez, a la presunción, a los polvos que la música ligera me proporcionaba? Habría necesitado una inteligencia y una voluntad de las que carecía. Una última vez el tren me pasó por delante, pero yo no me di cuenta: lo dejé marchar y me condené a todo lo que nunca iba a ser.

Había dado la bienvenida al año 1930 con *Manhattan Rhapsody*, *con Hot Fives and Sevens*, con *Black and Tan Fantasy*, con *West and Blues*. Movido por la admiración, copiaba a Armstrong y a Ellington. La superficialidad me llevó a cometer el más imperdonable de los pecados.

Lo recuerdo como si fuera ayer. La noche caía calmada y silenciosa tras el jolgorio de las fiestas después de la Epifanía. Se respiraba la atmósfera cansada de las despedidas, la resignación que sigue a la falsa euforia. Regresaba a casa tras muchas noches de promiscuidad pegajosa. La estación de Giardini estaba desierta; el tren, frío y sucio. Al llegar a Catania me despertó el aire impregnado de mar. Alrededor de la rotonda de la gran plaza, los caballos de los coches públicos olisqueaban cansinamente el aire, y los cocheros esperaban a los pasajeros del último tren que llegaba de la península. Me dirigí hacia el parterre. Me disponía a tomar el camino largo antes de dejarme caer en la cama.

—Mino...

Más que una simple voz que me llamaba parecía un rezo lleno de humildad, es decir, una orden.

Nino Puglisi me sonreía desde la entrada central del vestíbulo. Estaba solo. Miré el enorme reloj que marcaba el pulso a los rezagados: las diez y media. No podía esperarme nada bueno.

—Dime, Mino, ¿qué tal va todo?

—Bien, don Puglisi, y sé que debo agradecérselo a usted...

—Si quieres dar las gracias a alguien, dáselas al Padre Eterno, que te concedió tu don musical, y después agradéceselo a tu padre, un trabajador incansable, siempre dispuesto a deslomarse por vosotros, sus hijos.

Asentí sin moverme. También Puglisi parecía querer ir hacia el parterre.

—Sé que en el San Carlo están contentos contigo.

—Hago lo que puedo.

—No sólo al piano. —Me dirigió una mirada de complicidad. Yo me encogí de hombros en señal de reconocimiento.

—Lo importante es que te comportes bien, que demuestres que respetas las normas del director. Ya verás como te darán un aumento; si no lo hacen, avísame. Me ocuparé yo de ello. Para eso están los amigos, ¿no te parece?

Cómo no iba a parecérmelo.

—Me han dicho que en Taormina ya te conocen todos. Como si formaras parte del decorado... —Puglisi estaba visiblemente satisfecho de su propia broma.

—En realidad no salgo mucho.

—¿Y conoces la Traversa degli Ebrei? Detrás mismo del Corso...

—Si necesita algo... —O cambié de voz o cambié de expresión.

—Tranquilo. ¿Quieres que ponga en peligro a una joven promesa de la música italiana?

Puglisi se apoyó en la balaustrada y se quedó mirando las olas: rompían a pocos metros de nosotros. Me daba cuenta de que me estaba estudiando. Pensé en las mercancías que transportaba mi padre: al comienzo era sal, pero ¿y después? Aunque sin Nino Puglisi mi familia todavía estaría ahogándose en la miseria.

—Mino, ¿ves estas olas? Nosotros nos parecemos a ellas. Tomamos carrerilla, pero no sabemos contra qué chocaremos.

¿Con qué tenía que chocar yo?

—En la Traversa degli Ebrei trabaja un buen hombre, que remienda zapatos. Se llama Gino Tomarchio. También él es un hombre muy trabajador, como tu padre. Abre cuando todo el mundo tiene cerrado y sigue trabajando hasta altas horas de la noche. Su mujer se llama Mariannina Giaconia. Qué apellido más gracioso, ¿eh? Se nota que no es de aquí. Viene de Castellammare del Golfo. *Zu* Gino la conoció cuando era soldado, se casó con ella y se la trajo con él. La mujer tiene un hermano. En realidad tiene muchos, pero éste, Enzo, partió para América antes de la guerra. Un tipo despierto, hábil como pocos y un auténtico bellaco. Pues bien, parece que el hermano irá a visitar a su hermana un día de éstos. Puedo contar contigo para que me digas cuándo llega y cuántos días se quedará, ¿verdad? —Puglisi me dio unos golpecitos en la espalda—. Que quede claro, Mino: sé que eres un buen muchacho, pero tampoco quiero aprovecharme. Tendrías que conseguir estas informaciones sin que nadie lo notara. ¿Te pido demasiado?

Sabía la respuesta de antemano.

—Don Puglisi, puede contar conmigo.

—Siempre he contado contigo, ya lo sabes. En cuanto sepas algo, pásate por el quiosco de Piazza Vittorio Emanuele.

Tuve que cambiar mis rutinas, tomar el tren expreso de las nueve para tener tiempo de satisfacer las peticiones de Puglisi. La Traversa degli Ebrei era un callejón tan estrecho del antiguo gueto que apenas si cabían dos personas de lado. Me presenté con un par de zapatos de mujer que encontré en el armario del San Carlo. Tenían el tacón roto. El pequeño antro de Tomarchio apestaba y estaba lleno de compinches. Sumido en un parloteo ininterrumpido, *zu* Gino iba de un lado a otro con martillo, lima, cola y cordel en mano. *Zu* Gino trabajaba más para la clientela de los hoteles que para sus paisanos, los cuales iban a visitarle para pasar un buen rato. ¿Y qué mejor para pasar un buen rato que meter las narices en la vida ni que sea del más santo entre los santos? ¿Tenéis presentes esos programas de la tele donde se ponen diez a hablar mal de uno? Pues aquí, con que fueran dos, ya era suficiente para hablar mal de diez. Se sentaban frente a la zapatería y alzaban la voz para que los transeúntes pudieran intervenir en la lapidación de la víctima de turno.

—Las tendrás para mañana —me dijo Tomarchio—. No eres de aquí, tú, ¿verdad?

—Trabajo en el San Carlo. —Normalmente yo no iba de uniforme: llevaba un par de pantalones y una camisa estampada. Me había calado una *coppola* en la cabeza para no encontrarme demasiado fuera de lugar.

—Ah, oye. Además de los tacones, si te parece también doy un repaso a las puntas.

—Tendría que preguntárselo a la dueña.

—Pues dile que los tacones son cinco liras, tacones y puntas siete.

Increíble: el precio de unos zapatos nuevos.

Tomarchio lo había farfullado sin levantar los ojos del mostrador. Sus criticones guardaban silencio, concentrados en estudiarme.

—¿A qué te dedicas en el San Carlo? ¿Es verdad que las mujeres no os dejan en paz ni un minuto?

—Eso dicen... —Me alejé dejando tras de mí miradas airadas.

Volví por la tarde para decir que la clienta sólo quería los tacones: pagaba yo, de modo que cinco liras, ni que fuera en aras de Nino Puglisi, eran ya demasiado. Al cabo de dos días fui a por los zapatos. Ahora ya me tenían fichado y podía merodear por ahí sin problemas. Me paseaba arriba y abajo del Corso Umberto y entraba en el laberinto de callejuelas laterales. A pesar de que no llevaba traje y corbata, algunos me reconocían: del saludo se pasaba al chismorreo. El tema siempre eran las mujeres del San Carlo: las que dormían en el hotel, las que trabajaban en él, qué hacían, cómo lo hacían y por qué lo hacían. ¿Y los maridos? ¿Los maridos miran o alargan la mano y con la mano algo más? La última mirada siempre iba acompañada de una mirada alusiva, con la esperanza de descubrir el lado oscuro de algún machito que cultivaba otras inclinaciones. Era marica...

Yo me prestaba a esa malsana curiosidad confiando en cazar alguna pista, entre bromas y chismes, sobre el cuñado americano de *zu* Gino, Enzo Giaconia. Pero nadie lo conocía. Y tampoco me parecía ver ninguna cara nueva recién llegada de América entre los hombres con los que me cruzaba por la calle, en los cafés o en las panaderías. Tenía la sensación de haberme metido en algún asunto sucio: estaba claro que Puglisi no estaba interesado en encontrar a un viejo amigo ni tampoco en prepararle una sorpresa agradable. Yo sólo tenía ganas de acabar con esa historia, pero no podía hacerlo anunciándole a Puglisi que el hermano de la señora Tomarchio era como un fantasma. Porque era seguro que Giaconia estaba en Taormina, y yo tenía que dar con él. De lo contrario corría el riesgo de poner en peligro los transportes de mi padre y mi trabajo en el San Carlo. Perder mi trabajo habría significado renunciar a la música, el único motivo que me hacía seguir adelante.

Enzo Giaconia apareció de repente un día, como caído del cielo, en el salón del San Carlo. Vestido de guaperas, con polainas incluidas, se sentó en un sillón de la esquina. Al comienzo lo tomé por un gigoló a la espera de su presa. Pero no se movía, no le intentaba soltar el rollo a nadie. Se fumaba un cigarro tranquilamente, sorbiendo un whisky que la dirección reservaba a los huéspedes de ultramar. Entre tema y tema pregunté al camarero quién era aquel hombre solitario y elegante.

—¿No lo conoces? —fue su respuesta escandalizada—. Es el cuñado americano de Tomarchio, el que arregla zapatos en la Traversa degli Ebrei. Dicen que ha tenido que abandonar América para salvar el pellejo. Y que va armado.

No me lo pareció, pero evité mirarlo fijamente hasta que se dio la vuelta para irse. Esa misma noche me dirigí al quiosco de Piazza Vittorio Emanuele, donde habían montado la acostumbrada mesa para jugar a la *zecchinetta*. Apoyado en la barra, Puglisi controlaba las apuestas y a los jugadores. Después de una buena mano para la banca, uno que había jugado fuerte descubría sus cartas buscando igualar el tres de copas que había enseñado el banquero. El tres de oros, el tres de bastos y el tres de espadas seguían en algún lugar de la baraja.

—El Niño Jesús habría tenido tiempo de volver a nacer antes de que saliera el tres —exclamó el hombre que había probado suerte, con la cara exaltada. Yo ya me había fijado en él en mis anteriores peregrinaciones nocturnas: ni una sola vez lo había visto ganar, estaba abonado a perder.

—¿Qué quieres decir con eso, Turi? —soltó Puglisi en tono conciliador.

—Sabes de sobras qué quiero decir.

—¿Se lo aclaramos también a los amigos? —Puglisi señaló a las veinte personas que presenciaban la escena, que contenían la respiración.

—Ya ves qué coincidencia: no sólo la banca tiene la suerte de cosechar el tres, sino que encima descubre siete cartas para la apuesta antes de que haya empezado la vendimia.

—Turi, amigo mío, ¿a un jugador con tu experiencia tengo que explicarle yo que con nueve cartas a disposición de la apuesta lo único que puede hacer la banca es ganar? A menos que la banca estuviera en tus manos, claro. En ese caso, tras las siete cartas descubiertas para la apuesta, sin duda saldría el tres y dejaría la banca con el culo al aire.

Todos se rieron con ganas. El papel de gilipollas había quedado asignado por esa noche. Pero al gilipollas recién designado parece que no le gustó. Se abalanzó sobre Puglisi, cuando dos ángeles custodios lo detuvieron con la mano bajo la chaqueta.

—Reíros, reíros —dijo el gilipollas—, total, el amigo también os limpiará a vosotros. Nino, te crees el más listo y el más astuto del mundo entero. Pero ándate con cuidado, porque algún día te encontrarás con uno más astuto y más resabido que tú. Y ese día te arrepentirás de haberte quedado solo. Me despido de los compadres.

Pero nadie se dignó decir nada mientras se alejaba.

—Por una vez no son los mejores quienes se van —comentó una voz anónima del grupo.

—Gianni, ¿vamos a dejar a los amigos sin beber? —Puglisi se había dirigido al barman. Éste preparó los vasos con la especialidad de la casa: zumo de limón, jarabe de menta, seltz y unas gotas de ajenjo.

Volvieron a barajarse las cartas, cada cual regresó a su puesto. Quienes estaban sentados a la mesa, con el vaso en la mano, se sentían protagonistas de la historia. El enfrentamiento entre Puglisi y el gilipollas iba a ser la comidilla de las siguientes semanas en toda la ciudad; poder afirmar que uno había asistido a la escena, es más, que había formado parte de ella, iba a ser un mérito añadido. A cada nueva descripción cada uno de los presentes añadiría un detalle, un pormenor. Al cabo de un mes la discusión entre Puglisi y el gilipollas se habría convertido en la *Caballería rusticana* de los desgraciados.

Finalmente Puglisi me hizo un poco de caso. Nos sentamos detrás del quiosco.

—Mino, ¿te ha gustado el espectáculo?

—Creía que el compadre era vuestro amigo.

—Un hermano. Ni más ni menos que Caín. Mino, las cosas ya no son como antes. Nadie respeta nada, ya, hasta las gallinas se atreven a hacer quiquiriquís. Vivimos días complicados, días de personajes trágicos y de cornudos. Los palermitanos nos tocan las pelotas para imponer reglas y competencias. ¿Y sabes por qué lo hacen? Porque después esperan que las cumplas, mientras ellos se cachondean y te joden vivo. Mino, yo ya me voy, y tú acabas de llegar, pero jamás olvides lo que voy a decirte: nunca hagas ningún trato con los palermitanos.

Le hablé de Enzo Giaconia. El malhumor se esfumó.

—¿Ves como hice bien en fiarme de ti? El hijo de *compare* Turiddu sólo podía ser un caballero.

Me alegró que estuviera satisfecho.

—Ahora viene la parte difícil.

La afirmación de Puglisi me dejó helado.

—Debes estudiar los movimientos de Giaconia, los horarios; fijarte con quién habla, si va solo por la calle o en compañía de alguien. ¿Va armado?

—Dicen que sí.

—Lo suponía. Pero no es un problema. Mino, tengo que hablar con él cara a cara. ¿Me entiendes? Tengo que hacerle una visita sorpresa, así que tus informaciones son vitales para mí.

Estábamos, mejor dicho, estaba en el punto de partida. A Giaconia me lo encontraba por las calles de Taormina, pero no sabía qué excusa inventar para hablar con él. Siempre iba solo, intentaba pasar desapercibido, no seguía ninguna rutina. Podía ser que saliera a pasear dos días consecutivos, después desaparecía durante el resto de la semana. De vez en cuando entraba en el San Carlo: se fumaba su cigarro, sorbía el whisky, pagaba y se iba. Era el contrario exacto de sus trajes: reservado y misterioso.

Empecé a coger otra vez el expreso de las nueve para sacar la cabeza por el antro de Tomarchio; pero Giaconia no se dejaba ver. Me dediqué a vigilar la casa de *zu* Gino. Ni rastro: Giaconia vivía en otra parte. Pero ¿dónde? Huelga decir que Taormina no era precisamente Nueva York y ni siquiera Catania: cabía toda entera, Teatro Griego incluido, en un puño. Yo, además, cuando me encontraba lejos del piano me daba cuenta de que no encajaba en la vida. Veía que era un siciliano equivocado comenzando por mi altura: mis paisanos no me perdonaban el tener que levantar la cabeza para mirarme a los ojos.

Encima no podía pasar las horas compadeciéndome. ¿Y si Giaconia desaparecía sin avisar? ¿Qué iba a decirle a Puglisi? ¿Qué precio iba a tener que pagar por mi fracaso?

Con la llegada de la primavera el piano-bar del San Carlo inauguró las veladas nocturnas. A menudo me quedaba a dormir en el hotel. Poco después del amanecer yo ya estaba patrullando por las calles, pero de Giaconia no me llegaba ni el olor.

El día de San José decidí volver a Catania: tenía que avisar a Puglisi de que nuestro hombre había desaparecido. La estación de Giardini no estaba vacía. Abandonado en el banco, Giaconia espiaba la noche detrás del periódico. Me quedé paralizado. Sin saber qué hacer, al final me lo quedé mirando.

—Paisano, eres bueno con el teclado.

La iniciativa de Giaconia me pilló por sorpresa. Se estiró cuan largo era y después se levantó y vino directo hacia mí. Hacía gala de su habitual elegancia, y vi que era más joven de lo que yo pensaba: unos treinta años. El bulto debajo del abrigo sólo podía ser una pistola.

—¿Vas a Catania?

Asentí con la cabeza.

—Me han dicho que eres de allí...

Asentí de nuevo.

—¿Cómo te llamas?

—Mino.

—¿Qué más?

—Melodia.

—Es la primera vez que lo oigo... Buen nombre para un pianista.

Se relajó. El que no hubiera oído ni en América ni en Castellammare del Golfo el apellido Melodia lo predisponía bien hacia mí.

—¿Eres de Catania ciudad?

—Sí.

—Entonces la conocerás bien, ¿no?

—Sí.

—Veo que eres hombre de pocas palabras. Buen paisano: es el pasaporte para una vida larga.

—Gracias.

—También yo voy a Catania. El tren de las nueve y media...

—Exacto.

—¿A qué hora llegaremos?

—A las diez y veinte.

Se acarició las mejillas, sopesando si debía hacerme esa pregunta o no.

—Oye, paisano, voy a Catania para desahogarme un poco. Hace un mes que hago de monje de clausura. ¿Me comprendes?

Dije que sí con la cabeza.

—¿Sabrías darme alguna dirección? Busco algún sitio formal con chicas limpias, perfumadas y entradas en carnes. Ya nos entendemos. —La sonrisa le deformaba la boca en una mueca obscena.

—El mejor burdel de la ciudad está en la subida de Via Lincoln, en Quattro Canti, después de la esquina con Via Etnea.

Me dirigió una mirada perdida.

—No conozco Catania. Me habían hablado de un sitio... —Se sacó del bolsillo una hoja con una dirección del puerto: un antro de mala muerte.

—Mejor que no. No es para gente como usted.

—Eres un buen tipo, paisano. ¿Cómo se llama el lugar que dices?

—Les Fleurs du Mal.

—Nombre francés, de lugar distinguido. ¿Lo es de verdad?

—Tal como le he dicho: el mejor de la ciudad.

—¿Puedo decir que voy de tu parte?

Temí que Giaconia supiese más de lo que decía. Así que le conté la verdad.

—Hace años tocaba el piano allí, puede que todavía quede alguna de las chicas de entonces.

—La propietaria seguro que se acuerda de ti, ¿no?

—Si todavía es la misma... —Sabía de sobras que Chère Ninon seguía en su puesto.

—Ésas siempre son las mismas. Dime entonces cuál es su nombre de batalla.

—Chère Ninon.

—Parece que todo es francés ahí dentro, y luego igual nació en Caropepe...

—Si quiere, puedo acompañarle. Me queda camino de casa.

Giaconia se puso rígido, se ajustó el abrigo, rozó con la mano el bulto bajo la ropa. El tren procedente de Mesina y directo a Catania entró en la estación y le permitió a él no responderme y a mí superar la situación embarazosa. Me acomodé en un compartimento de tercera clase. No dejaba de pensar en cómo iba a avisar a Puglisi de que su hombre estaba en Catania, iba solo y se dirigía a un lugar conocido. Giaconia se sentó a mi lado.

—Paisano, ¿qué te parece si cogemos un coche? Tú me dejas delante del burdel, Les Fleurs du Mal, es eso, ¿verdad? Y después tú sigues, pago yo. Con todo lujo, esta noche: en coche como un auténtico señor. ¿Trato hecho?

Mi asentimiento mudo zanjó la conversación. Giaconia entrecerró los ojos, yo podía sentir su curiosidad hacia mi persona: me apoyé en el respaldo buscando una protección inexistente. Estaba incómodo, muerto de miedo, pero despierto y excitado como no lo había estado desde hacía meses. Cuanto más nos acercábamos a Catania, más fuerte se volvía la sensación de estar acercándome a uno de esos remolinos que en el mar de la Plaja se tragan a los nadadores.

La estación estaba desierta, era noche cerrada, se oía el rugido del mar, pero no se veía. Subimos al primer coche de la fila. Le susurré el nombre de la calle al cochero. Giaconia tenía la mano bajo el abrigo, lo miraba todo atentamente y resollaba. Cruzamos la parte más antigua de la ciudad a la luz de los farolillos colgantes, y sólo encontramos un poco de movimiento bajo los Arcos de la Marina. Via Etnea, en cambio, nos daba la espalda: quioscos y heladerías cerradas, pocos transeúntes y con la cabeza gacha, los imponentes edificios históricos más viejos que relucientes.

A las puertas del burdel, Giaconia sacó la mano de debajo del abrigo y me regaló media sonrisa.

—Paisano, gracias por todo. Ya te contaré cuando nos veamos por Taormina.

El cochero me preguntó adónde íbamos: Piazza Vittorio Emanuele. Y añadí que le daría propina si espoleaba a los caballos. Bailábamos sobre el filo de los minutos. Vi a Puglisi al lado de la mesa de la *zecchinetta*. Bajé de un salto del coche y lo arrastré hasta el árbol más próximo. Sus ángeles custodios se abalanzaron sobre mí, y Puglisi tardó unos segundos en darse cuenta de que era yo.

—Giaconia está en Catania, acaba de entrar en Les Fleurs du Mal.

—Mino, eres mejor que tu padre. Chicos, rápido.

—Va armado —le grité desde atrás.

Me arrastraron dentro de un Alfa Romeo negro, un seis cilindros. Éramos cuatro en el coche, y recorrimos las calles desiertas a gran velocidad. Yo estaba desorientado, por el viaje, por cómo habían ido las cosas, porque me encontraba en un coche que debía costar unas cuarenta mil liras. ¿Sabéis cuánto eran entonces cuarenta mil liras? Las mejores casas de Via D'Amico, las que ocupaban el segundo y el tercer piso, tres veces más grandes que la nuestra, no llegaban a las cinco mil liras. Una suite en el San Carlo costaba trescientas liras, un kilo de pan una lira y sesenta céntimos, un kilo de carne dieciséis liras, el billete del tranvía cincuenta céntimos. Yo siempre había visto a Puglisi a pie, suponía que vivía desahogadamente, pero no hasta el punto de hacer aparecer un cochazo como ése con sólo chasquear los dedos.

Llegados a Via Lincoln, Puglisi les susurró algo a los dos gorilas. Se esfumaron en la oscuridad de los portales. Nos quedamos él y yo, apoyados en el capó caliente del Alfa Romeo.

—En cuanto veas a Giaconia, me lo presentas. —Quería parecer relajado, pero estaba como el amante de la mujer del barbero que tiene que dejarse afeitar por el cornudo: con la navaja a ras de cuello.

—¿Y si ya se ha ido? —Fue mi último intento de alejarme del remolino de la Plaja, cada vez más peligroso.

—Está aquí —afirmó Puglisi.

Puglisi fumaba, yo intentaba concentrarme pensando en qué piezas iba a tocar al día siguiente. Se me pasó por la cabeza mezclar un poco de Armstrong con Mozart. Nunca lo había probado, pero en el aprieto en que me hallaba me pareció un experimento interesante. No podía dejar de pensar que Armstrong había nacido de Mozart, y que además había nacido sólo para permitir que se apreciara el regocijo despreocupado de Mozart.

El portal del burdel se abrió. Falsa alarma. Era un gordo vendedor de carne: en cuanto vio a Puglisi se quitó el sombrero y siguió con la cabeza descubierta unos diez metros. Hubo otras tres falsas alarmas. A la quinta, Giaconia apareció en el portal. Sin una arruga de más en la ropa, con la mano de nuevo debajo del abrigo.

Puso los pies en la acera, y estuvo a punto de chocar contra mí.

—¿Y tú qué haces aquí? —Sus pupilas destellaron en busca del peligro.

—Hay un señor que quiere saludarle —balbuceé.

—¿A mí?

Giaconia se sacó la pistola, uno de esos revólveres aparatosos que yo sólo había visto en el cine.

—Señor Giaconia, soy Nino Puglisi —anunció la voz a mis espaldas.

Giaconia resollaba, buscaba dónde iban a tenderle la trampa. Puglisi estaba a mi lado, y le tendió la mano. Giaconia permaneció inmóvil.

—Señor Giaconia, tendrá que disculparme que me presente así, con tan pocos formalismos, pero tengo que darle un mensaje urgente de parte de un amigo.

—Yo no tengo amigos —respondió Giaconia.

—Tal vez no en Sicilia. Pero en América tiene muchos, y uno de ellos me pidió que le encontrara lo antes posible.

Giaconia estaba apuntando a Puglisi con el revólver. Yo quedaba fuera de ese juego.

—Señor Giaconia, es usted muy libre de apuntarme con el arma. Pero le pido que escuche el mensaje que tengo a bien comunicarle. Y después que cada cual siga su camino.

Giaconia sonrió maliciosamente. Levantó la pistola, lentamente, hacia la cabeza de Puglisi.

—Señor Giaconia, aquí tiene su mensaje...

El rostro de Giaconia se contrajo. Bajó el brazo con la pistola, los ojos se torcieron y su mirada se perdió al frente. Su cuerpo se aflojó. Yo lo sostuve para evitar que se desplomara. Detrás de Giaconia aparecieron los ángeles custodios. Uno con la pistola, el otro moviendo el mango de un cuchillo que había hundido en la espalda de Giaconia. Cuando lo sacó, Giaconia estaba entre mis brazos. Perdía mucha sangre. Yo estaba completamente aturdido, era incapaz de moverme, de reaccionar. Mientras me esforzaba en sostener a Giaconia era como si los edificios de alrededor estuvieran a punto de derrumbarse y aplastarme.

—Deja, Mino, vámonos —susurró Puglisi.

Solté a Giaconia. Di un paso y algo se aferró a mi muñeca: era la mano de Giaconia. Me caí al suelo, me di un golpe en la cabeza mientras entreveía los ojos vítreos de Giaconia. Después perdí el conocimiento.

Me despertó el ruido del Alfa Romeo alejándose.

Me habían dejado solo.

Un haz de luz me deslumbró: alguien salía de Les Fleurs du Mal.

—Eh, ¿qué pasa? ¿Tu amigo se encuentra mal? —Un hombre mayor se balanceaba en el portal, dudando si debía acercarse o volver atrás.

Me levanté, completamente aturullado, y eché a correr hacia los Quattro Canti.

—Eh, eh... Quieto ahí... ¿Qué pasa? —Las voces habían crecido y se superponían unas a otras.

Las casas se iluminaron, algunos vecinos abrieron los balcones.

Superé el cruce con Via Etnea, seguí corriendo en dirección al mar, y después corté hacia Piazza Carlo Alberto. El rótulo luminoso del asador Puleo me salvó. Ni me fijé en las *crespelle* con *ricotta* y con anchoas, en los *arancini* recién hechos o en las pizzas abiertas por la mitad como muslos de muchacha rezumando queso de *tuma*.

Lo único que me devolvió la vitrina fue la imagen de un tipo desesperado, con el rostro sucio de sangre. En Piazza Cappellini me lavé en la fuente, e hice desaparecer el jersey en una esquina donde se amontonaban la basura y todo tipo de desechos y objetos rotos. En casa me recibió el silencio. Todos dormían. Estaba solo con mis miedos. Me derrumbé sobre la gran mesa de la habitación desde donde se veía nuestro rectángulo de cielo.

¿Alguna vez habéis visto a un tío de metro noventa temblando como un azogado? No era sólo porque me angustiara haber participado en un asesinato, era también porque me decepcionaba que Nino Puglisi me hubiera utilizado y después me hubiera dejado tirado como una colilla en medio de la calle. Mi supuesto protector había resultado ser mi explotador.

Necesitaba desahogarme y hablar con alguien, pero Nino y Peppino, los únicos a quienes habría podido pedir consejo, hacía semanas que se habían ido de casa. Nino lo había hecho mediante la clásica fuga de amor, la *fuitina* que decimos los sicilianos, con la hija de don Vincenzo, propietario del puesto más imponente de la Pescheria: se había colocado bien, por así decir. Muy distinto era el caso de Peppino. Siempre con trabajos esporádicos, que nunca le duraban más de un mes, y en lugar de buscarse a un buen partido se había ido a vivir con una mujer mayor que él, que había abandonado a su marido en Centuripe. Una buena furcia, decía con despecho mi madre, para quien esa relación era como una enfermedad que ella sufría en sus propias carnes o como una infección purulenta en la cara. Quiero seguir yendo por la calle con la cabeza bien alta, repetía a la menor alusión que hiciéramos a Peppino. Papá hasta estaba preocupado por si mi madre tenía la ocurrencia de romperle la cara a la furcia para vengarse.

Sólo tengo recuerdos inconexos y confusos de los días sucesivos a la noche del asesinato. Si antes rehuía la realidad por falta de interés, ahora lo hacía por miedo a que me aplastara. Pasaban los años, y mi deseo más ardiente era volver a ser el niño que robaba moras negras al *baronello* Cannata.

Menos mal que tocaba en el San Carlo casi todas las noches: así me mantenía alejado de Catania. Me daba cuenta de que el ambiente en casa se estaba enrareciendo. Las pocas noches que dormía en Via D'Amico oía cómo mi padre le contaba preocupado a mi madre que las cosas con Puglisi y los demás amigos se estaban poniendo feas. Mi padre lo notaba en las ganancias y en la súbita suspensión de los transportes de sal y otras mercancías. Yo, por el contrario, sabía qué oscuras consecuencias podían desencadenar esas dificultades. Y me parecía inexplicable que Nino Puglisi hubiera dado un paso en falso en esa dirección.

Cuanto menos lo comprendía, más me deprimía. Las noches del San Carlo conservaban, con todo, ese aire alegremente despreocupado, y yo, tan pronto como dejaba el piano, me refugiaba sin pensarlo en la cama. Los viejos compañeros intentaban animarme para que me quedara con ellos, pero ya conocéis esa vieja máxima: la polla no quiere saber de preocupaciones. Y la mía tenía ya demasiadas. Mi único consuelo consistía en sumergirme en *Black and Tan Fantasy*. Me imaginaba que Ellington la había escrito para mí.

En Catania se sucedieron cinco homicidios en diez días. La visita del rey y la reina, que habían llegado a Catania para inaugurar el edificio de correos, quedó relegada a un segundo plano. Se hablaba de los muertos con una frialdad señorial —si los han matado es porque se lo merecían— hasta en el tren expreso de Taormina. De las desapariciones, en cambio, sólo se hablaba entre bisbiseos. Porque algunos muchachos de buena presencia y futuro prometedor no habían regresado con sus madres, con sus esposas. Nadie había denunciado nada a los esbirros ni a los carabineros, a pesar de que las habladurías corrían por los quioscos y las calles cercanas al mar: los parientes vestían de luto, habían colgado el lazo negro en las puertas de cada casa, y los párrocos misericordiosos habían oficiado ya los funerales.

Mi padre le dijo a mi madre: están ganando los palermitanos. Cosa que era mucho peor que si en 1918 nos hubieran dicho que los austriacos estaban saqueando Roma.

Cada vez había más desaparecidos. Entre ellos, uno de los ángeles custodios de Puglisi. No me atreví a preguntar cuál de ellos. Ignoraba sus nombres y no podía aventurarme a identificarlos diciendo: disculpe mi ignorancia, pero ¿a quién se refiere, al que apuntó a la nuca de Giaconia con su pistola o al que le clavó el cuchillo por la espalda?

Al segundo ángel custodio de Puglisi lo encontraron en la esquina de Piazza Cappellini, allí donde crecían los montones de basura. Su foto salió en primera plana del periódico. Era el de la pistola. Le habían partido los tobillos, las rodillas y las muñecas, y para rematarlo le habían abierto el cráneo. Lo comentaban hasta en el Corso Umberto de Taormina: ni las bestias se comportan así.

Yo tenía miedo de ser la próxima víctima de las bestias. Interpretaba el hallazgo del cadáver en Piazza Cappellini como una amenaza personal y directa. Así que decidí no moverme del San Carlo. Siguieron semanas de un aturdimiento total. Me mantenía con la cabeza baja y resignado: al fin y al cabo, el desenlace era tan inminente como inevitable. Era únicamente una cuestión de tiempo.

Una tarde cargada y sofocante, vi a Nino Puglisi que me escrutaba desde el diván que dominaba el jardín del hotel. Yo me hallaba al final de la pista. En mi interior crecía la desesperación por el futuro y la impotencia ante el presente, y con lágrimas en los ojos me aferré a la música. Interpreté el *Beale Street Blues* más triste que de costumbre. Tocaba de espaldas a la sala, tocaba sin interrupciones, me hacía ilusiones de mantener alejado al hombre de negro.

—En cuanto puedas, deja de tocar —masculló el camarero—. Aquel tío del diván dice que tiene algo urgente que decirte.

Puglisi se mostraba distante y parecía estar bien integrado en el ambiente. Me invitó a que tomara asiento a su lado.

—Mino, eres verdaderamente bueno.

—¿Qué pasa?

—Te debo una explicación. Pero no he venido para eso. He venido para salvarte. —Dio un bocado a un pastelito de almendra.

Yo me quedé suspendido en el vacío.

—Esta noche vendrán a por ti.

—¿Quién?

—Los esbirros. Alguien les ha contado que esa noche tú habías acompañado a Giaconia a Les Fleurs du Mal; y otro asegura que te vio al lado de Giaconia antes de que se desplomara. Un informador ha saldado un viejo favor conmigo y me ha avisado. Sabía que tú eras cosa mía.

—¿Qué debo hacer ahora?

—Depende de ti.

—¿En qué sentido?

—Si quieres, puedo facilitarte la huida.

Me quedé sin habla. En mis peores previsiones no había contemplado esa posibilidad.

—Pero yo no he hecho nada. Usted sabe de sobras que yo no tengo nada que ver con la muerte de Giaconia. Me pidió que lo encontrara, y yo sólo le dije dónde estaba.

—Yo lo sé, pero los esbirros no lo saben. Te pillarán, te dejarán para el arrastre y te harán firmar una confesión completa. Si estás de acuerdo, del talego no te saca ni Dios. Si no estás de acuerdo, es decir, si me implicas a mí, los amigos se lo van a tomar muy a pecho: te liquidarán en cuarenta y ocho horas.

—¿Usted no puede hacer nada?

—Ya te lo he dicho, puedo facilitarte la huida.

—¿Adónde?

—A América... —Hasta Puglisi se daba cuenta de que apuntaba muy alto.

—Está al otro lado del mundo... Tengo que hablarlo con mi padre, con mi madre... Voy a necesitar tiempo para prepararme la ropa, los pañuelos, las camisas, un buen abrigo para el frío... Tengo dinero en la libreta postal...

—Mino, tiempo es precisamente lo que no tenemos...

—¿Cuándo tendría que irme?

—Dentro de dos horas.

—¿Cómo que dentro de dos horas? Al menos déjeme pasar por casa para despedirme de mi padre y de mi madre...

—Los amigos se encargarán de hablar con tu padre y de tranquilizarlo.

—Pero debo comunicárselo yo, a mi madre...

—En mi opinión, Via D'Amico está ya vigilada por los cuatro costados. Para los esbirros eres un asesino.

—No puedo irme así...

—Tú decides. Yo ya he hecho lo que tenía que hacer. Te he servido la solución en bandeja de plata.

Puglisi se levantó, y un camarero me hizo señas para que volviera al piano.

—A América... —repetí confundido.

—Es la única salida. —Puglisi se había inclinado hacia mí para que nadie le oyera—. Allí tengo amigos de confianza que se ocuparán de ti. Deja pasar algunos meses, como máximo un año, espera a que las cosas se calmen, y una vez despejado lo que tenga que despejarse, te vuelves a tu casa. Quién sabe si entretanto habrás hecho fortuna y vendrás a hacer de gran señor, el a-me-ri-ca-no... —Puglisi silabeó la palabra con grandilocuencia.

Todavía no había dicho que sí, pero Puglisi ya me arrastraba fuera de la sala. Sólo un minuto para una foto y os devuelvo al pianista, anunció con una amplia sonrisa a clientes y camareros. Ni siquiera me dejó ir a la habitación. El Alfa Romeo negro nos esperaba enfrente del hotel, con dos ángeles custodios jovencísimos en su interior.

Salimos disparados. Debajo del asiento había un par de escopetas de dos cañones. En lugar de bajar por la carretera que daba al mar nos lanzamos por caminos interiores de tierra en los que no había ninguna señal. El primer cartel que encontramos indicaba Acireale. Tras una larga carrera, llegamos al mar, encalmado, a veinte metros por debajo de un olivar. Bajamos a pie por la pequeña ensenada, y una barca nos condujo hasta un pesquero. Puglisi también subió.

—No eres el único que necesita unas vacaciones.

La primera escala era en Túnez. Estuvimos tres días navegando. Vomité hasta mis pecados, y con ello me gané la indignación del capitán, que jamás había visto un mar tan en calma. La Providencia me ayudó: me encontraba tan mal que era incapaz de ser consciente de mis desventuras. Habían preparado mi jergón en la bodega, que apestaba a pescado podrido. La última noche empecé a recuperarme y pude dar rienda suelta a las lágrimas. Estaba huyendo en compañía de un criminal peligroso. Había abandonado lo único que yo valoraba en la vida: a mi madre, a mi padre, la música, el San Carlo, mi libreta postal. Me dirigía a un futuro desconocido con el traje de franela gris, la camisa blanca salpicada, una corbata moteada y unos zapatos negros manchados también de vómitos.

Al amanecer, Puglisi vino a verme. Yo seguía peleándome con el mundo, sobre todo conmigo mismo. Probablemente le conmoví, y para distraerme empezó a hablarme. ¿Quería saber por qué razón habíamos embarcado en ese pesquero? Le respondí con palabras feas: no sabéis qué descanso. Pero Puglisi no hizo caso: tal vez necesitaba a alguien con quien desahogarse. A su manera me contó un cuento.

La historia había comenzado lejos, muy lejos: en Nueva York. Hacía un año que dos tipos de Castellammare del Golfo estaban enfrentados. El pueblo de Giaconia, pensé. Eran Giuseppe Masseria, que en América se hacía llamar Joe, y Salvatore Maranzano. Durante un tiempo habían intentado llegar a un acuerdo, pero había demasiado dinero en juego y ninguno de los dos quería contentarse con la mitad. Masseria era un campesino medio analfabeto, su mundo eran las mujeres y el vino; Maranzano, por el contrario, había estudiado en el seminario, sabía leer y escribir, dominaba el latín y el inglés, siempre ponía como ejemplo a Julio César, manifestaba ideas modernas y prometía asignar una buena tajada de Nueva York a cada uno de los segundos. Que para Puglisi era como decir una tajada de paraíso. Pues había uno de los chicos de Masseria que lo veía como Puglisi: le gustaba la idea de recibir una tajada de Nueva York sobre la que mandar. De modo que se había confabulado con Maranzano para traicionar a su propio capo.

—Este chaval —me dijo Puglisi— es de la provincia de Palermo, y por parte de una prima mía está emparentado con un amigo mío de infancia.

Gracias a esta amistad, el chaval de la provincia de Palermo había pedido a Puglisi el favor de encargarse de Enzo Giaconia, uno de los *picciotti* de confianza de Masseria. En busca de aliados importantes para plantar cara a los palermitanos que protegían a los que en Catania le estrechaban el cerco, Puglisi se había puesto a disposición de su pariente y amigo de la infancia, que había amasado una fortuna en América. Una fortuna tal que quienes le frecuentaban le llamaban Lucky... Charles Lucky Luciano.

Así fue como Luciano entró en mi vida, de la que ya no iba a salir nunca más.

Liquidar a Giaconia había sido la jugada preventiva que había precedido a la eliminación de Masseria. Maranzano era, pues, el único que ahora dictaba las leyes en Nueva York. Luciano figuraba entre sus hombres de confianza. Si no fuera porque a Puglisi le había salido el tiro por la culata. Porque los palermitanos también se habían aliado con Maranzano, y sus amigos de Catania, al jurarle fi-

delidad, habían acusado a Puglisi de haber actuado a sueldo de
Masseria. La realidad había sido tan bien maquillada que habían inventado un pacto secreto con Giaconia, dispuesto a vender a los
otros compadres llegados de América en busca de un refugio en Sicilia. Puglisi le habría matado para cerrarle el pico. En la puesta en
escena habían convertido a mi antiguo benefactor en el rival siciliano de Maranzano. Su amigo, el que estaba emparentado con el
afortunado, le había aconsejado que se alejara. Unas vacaciones, me
dijo Puglisi, para darle tiempo a Luciano de aclarar puntos y comas
con Maranzano.

Así que Puglisi se iba a Túnez con la esperanza de regresar al
cabo de un mes a Catania para ocupar su antiguo puesto. A mí, en
cambio, me tocaba ir a América. Tendría que viajar en uno de esos
buques que transportaban a los clandestinos por encargo de los
'ntisu, los entendidos de Nueva York. A diferencia de los demás
viajeros, yo no pagaría el billete. A la llegada alguien vendría a buscarme.

5

Hacia un mundo desconocido

Con Puglisi nos despedimos en el arenal. Mientras me decía adiós me dio cien liras. Fue la última vez que lo vi, desapareció en Tunicia a mitad de los años treinta. También para él las vacaciones iban a proyectarse hacia el infinito, aunque en mi caso yo sí logré volver a Sicilia.

Permanecí tres días en una cabaña, construida en un espolón de roca que caía en picado sobre el mar. Servía como base logística a la organización. En el primer habitáculo había varios jergones, mientras que en el segundo se comía, se fumaba, se echaban partidas de cartas y se preparaban las expediciones a América. Los fusiles automáticos y los primeros ejemplares de metralletas descansaban apoyados en un rincón.

En cuanto llegué, acompañado por unos marineros del pesquero, me dieron unos pantalones de fustán, una chaqueta de pana y tres camisas de lana sin cuello, de esas que vestían los peones. No las habían sacado de una tienda de ropa: se notaba que no eran nuevas, y una de las camisas tenía el cerco de una mancha de sangre. Utilicé la pila de agua que servía para regar y para limpiarse. Al amanecer el agua era limpia, cuando el sol se ponía estaba ya negra: quien se levantaba tarde tenía que lavarse en la suciedad ajena. No quise correr ese riesgo, así que nunca se me pegaron las sábanas en las setenta y dos horas que pasé en la cabaña de la playa. Me carcomía el ansia por todo lo que había dejado atrás y por la incertidumbre que me esperaba. Sobre todo pensaba en mi madre, en su angustia. Su dolor me punzaba. ¿Y mi padre? ¿Qué iba a ser de él sin la protección de Puglisi? Agatella y Concettina todavía tenían que casarse,

Rinaldo y Orlando tenían que crecer. Luego estaban las mil liras de mi libreta postal: ¿conseguiría sacar el dinero?

Caminaba con los pies descalzos sobre la arena repasando los instantes de felicidad vividos a lo largo de esos veinte años. Pero ¿había sido feliz, yo? Hoy sabría cómo responder a esa pregunta: si la felicidad existe, Willy Melodia nunca la encontró. En el fondo la música ha tenido el mérito de regalarme paréntesis vitales, en los que me he ausentado de la enorme pobredumbre de la vida.

Sin embargo, en esa playa africana, yo estaba tan maltrecho que todos mis recuerdos adquirían una pátina de amarga melancolía. Echaba de menos todo y a todos. Incluida la dureza de la señora Santina, incluidas las bromitas del hijo del comendador Giuffrida, incluida Elena, que apareció y desapareció en el transcurso de una noche... Todos ellos formaban parte de un pasado irremediablemente perdido. Me esforzaba en imaginar la existencia que nunca iba a tener: yo, pianista, residía en un hermoso edificio señorial en el que vivían Elena, la señora Claretta, Trudy, Wanda, Chère Ninon, Anna y sus hijas, Linuccia y todas las demás mujeres cuyo nombre era incapaz de recordar.

Reflexionaba sobre las palabras de Puglisi, sus previsiones de que sólo me alejaba temporalmente, de que volvería a casa con un cochazo inmenso que sería la envidia de toda la Via D'Amico. Pero yo no era hijo de la fortuna.

En la cabaña junto al mar, comía langostinos y calamares recién pescados. Los *picciotti* de la organización los asaban en parrillas improvisadas. Con los nómadas de un campamento cercano cambiaban botellas de vino siciliano por queso fresco, dátiles, cocos, sandías y sobre todo unas crepes deliciosas rellenas de carne, huevos y verdura. Cuando llegó el momento de partir, fui a ver a los nómadas para abastecerme de comida. A cambio de diez litros llené una bolsa con fruta, queso de cabra y crepes envueltas en pámpanos.

Al tercer día por la tarde, la embarcación en la que íbamos a hacer la travesía echó las anclas a un kilómetro de la orilla. De lejos debía parecer que iba a la deriva. De repente apareció una multitud de hombres, mujeres y niños que salían de todas partes. Eran sicilianos que, por motivos económicos, habían salido de distintas localidades, habían cruzado el mar en pesqueros como el nuestro y ahora se hallaban en África. Como luego me explicarían en América, la corrupción de los guardias tunecinos costaba mucho menos que la de los italianos.

Los recién llegados se acomodaron en la playa alrededor de los sacos, las pocas maletas de cartón y los poquísimos baúles de mimbre que contenían las pertenencias que merecían ser transportadas al otro lado del océano. Los más imaginativos habían rellenado las botas de vino con ropa y objetos varios. Hacían corrillos en función del dialecto natal, y todos tenían una característica en común que precisamente les convertía en gente indeseable para América: no sabían leer ni escribir. Las autoridades estadounidenses habían decidido de un decenio a esta parte aceptar sólo a personas cultivadas, puede que en cierto modo delincuentes, tal vez en fuga de su país de origen, pero no a los analfabetos. De modo que si esa gente quería viajar hasta allí, si pensaban que también ellos tenían el derecho de perseguir un sueño, debían dirigirse a los amigos, a los hombres de honor que gracias a ese sueño ajeno vivían a lo grande.

Entre ellos también se contaba quien, aun sabiendo leer y escribir, cargaba con demasiados pecados para quedarse en un sitio y ser recibido en el otro. Los entendidos y los bribones que podían permitirse el precio del billete se las apañaban con quinientas liras: mucho menos que lo que costaban los barcos. Pero el resto, que no tenían ya ni ojos para llorar, habían pagado mucho más: meses y meses de trabajo bajo el control de los miembros de la organización, que después los alquilarían a otros amos con salarios de pena. Había familias numerosas, con hijos, abuelos, cuñados y tíos, que iban a tener que trabajar en estas condiciones penosas por lo menos durante tres años.

Quienes viajaban a débito no tendrían derecho a nada, aparte del jergón. Antes de embarcar debían abastecerse de comida y todo lo necesario, incluida el agua. En efecto, descubrí que, en el barco, el agua cogía el color amarillo y verde de las tinas donde se transportaba. En compensación, la ducha, es decir el uso de un tubo de goma durante un minuto, costaba media lira.

Esa noche se prohibieron las hogueras. El buen Dios, sin embargo, nos aseguró una temperatura cálida y una luna resplandeciente. Los nómadas hicieron un buen negocio vendiendo tasajos de carnero, costillas de cordero y sandías. Con las primeras luces del alba, una decena de grandes barcas efectuó el transbordo de los emigrantes. Las barcas estuvieron yendo y viniendo durante dos horas. No se oyó ni la menor queja ni el menor lamento, ni siquiera por parte de los más pequeños, que se agarraban a las faldas de sus madres y a las manos de sus padres. Por otro lado, por si acaso se producía un levantamiento, los *picciotti* de la organización vigilaban con las escopetas al hombro. El cabecilla era un mala bestia de Marsala, enjuto y huesudo, más oscuro de piel que un beduino. Llevaba una pistola en la cintura, y lo llamaban *u tinenti*, el teniente, porque había recibido cuatro nociones de instrucción militar. Apoyado en un tronco, mondaba una naranja tras otra. Cada vez que cargaban una barca, echaba un vistazo a una hoja llena de nombres y números, que uno de sus hombres le mostraba: a cada uno de los pasajeros y a los cabezas de familia se les recordaba la deuda que debían saldar antes de zarpar o a la llegada. Si alguien viajaba solo, necesitaba el aval de un pariente en Sicilia o en Estados Unidos. En caso de muerte durante la travesía, el garante pagaría la deuda a los compadres. ¿Que cuántos éramos? Si os digo que unos ochocientos tal vez me equivoco por defecto.

La única nota amable del barco consistía en su nombre, *Melba*. Estaba en peor estado de lo que yo había imaginado. El barniz estaba descascarillado, la herrumbre y el lodo consumían el hierro, la madera y las piezas de latón. Llevaron a la bodega del buque a las mujeres y a los niños menores de trece años; los hombres fueron conducidos al camarote que había junto a la sala de máquinas. La bodega era un lugar frío y húmedo; la sala de máquinas, un auténtico hervidero. En los dos dormitorios colectivos habían dispuesto jergones y colchones que se amontonaban desordenadamente. Las mujeres y los niños debían acostarse vestidos; los hombres, casi desnudos. Las letrinas se encontraban en el lado contrario, en la popa.

Los veinte marineros de la tripulación, africanos y asiáticos, así como la docena de *picciotti*, tenían a su disposición tres amplios camarotes sobre el puente de mando. El único que tenía un camarote para él solo era el capitán portugués del *Melba*. A mí me asignaron un colchón al lado del mala bestia: no por casualidad, sino porque quería vigilarme de cerca. Parece que no servía de nada el que yo estuviera ahí por decisión de Puglisi. El mala bestia, que dormía cubriéndose los ojos con la *coppola*, era desconfiado por naturaleza: por si acaso las cosas no eran tal como se las habían contado. Puede que pensara que yo era en realidad un confidente de los esbirros y esperara cualquier desliz por mi parte para enviarme al fondo del mar. Estaba dispuesto a esto y, si era necesario, a descuartizarme con sus propias manos con tal de proteger la carga más valiosa de su nave, que no eran los ochocientos desgraciados que llevaba a bordo —a pesar de que representaban una ganancia asegurada—, sino los alijos de heroína. La refinaban los marselleses, el transporte se confiaba a los sicilianos. En el fondo se trataba de pequeñas cantidades fáciles de transportar: el mercado americano era todavía virgen en comparación con la producción europea, que estaba en alza. La heroína, que todavía se esnifaba, era menos apreciada que la cocaína. Además, a diferencia de esta última, se consideraba la droga de los pobres, de quienes poblaban los bajos fondos de las ciudades americanas, como los negros. Los beneficios eran sin embargo portentosos e iban en aumento.

De diez a doce los pasajeros podían cocinar en la cubierta. Era la única comida caliente del día, por la noche comíamos las sobras. Pero la mayoría se las arreglaba con las provisiones que habían preparado. De los pañuelos multicolores salían panes caseros, aceitunas, pimientos y berenjenas en aceite y quesos a la pimienta que dejaban una estela perfumada en el aire digna de guiar a los reyes magos mejor que la estrella. Todos comían acurrucados, en silencio; algunos no se atrevían a levantar los ojos por miedo a la inmensidad del mar. Tras la separación nocturna, las familias se reencontraban en el puente, y se agrupaban en función de la provincia o la zona de origen. El cocinero chino hizo correr la voz de que podían comprarse algunos platos preparados a base de pescado —el hombre dominaba la merluza en todas sus variantes—, pero creo que su propuesta en realidad no cuajó. En el *Melba* el dinero no circulaba. Quienes lo ostentaban preferían gastárselo a la *zecchinetta* antes que comer o dar de comer a mujer e hijos.

A partir del segundo día el puente se convirtió en la plaza del pueblo. Además de los enfermos y los enamorados que buscaban un poco de intimidad, todos los pasajeros querían huir de la humedad, el aire viciado, el calor asfixiante y la pestilencia de los dormitorios. De noche eran pocos los que iban hasta las letrinas: la tendencia general era liberarse allí mismo, entre jergones y colchones. Así que por la mañana todos salían al aire limpio del mar, caldeado ya por el sol de junio. En medio del revoloteo de niños, tras el ritual de la comida llegaba el momento de despiojarse. Las mujeres buscaban con las manos en el pelo de hijos, maridos y hermanos. Estirados y relajados, los hombres gozaban de la operación, que podía durar horas enteras, y después se enzarzaban en discusiones infinitas, mientras las mujeres, las hermanas y las madres se disponían a sacarse unas a otras los molestos animalitos. Por cada piojo que encontraban y aplastaban con los dedos, con los que después se llevarían la comida a la boca, diez de ellos crecían y se reproducían. Al caer la tarde, entre armónicas, cartas y distracciones, casi todos se quedaban en cubierta. Algunos pasaban la noche acurrucados por los rincones, desafiando el helor nocturno envueltos en mantas y abrigos. Los esbirros del mala bestia habían intentado que desalojaran la cubierta, pero habían desistido ante las protestas crecientes. Los *picciotti* iban armados, pero no eran más que unos pocos; los demás se contaban por centenares y entre ellos abundaban las navajas.

Yo lo observaba todo lleno de curiosidad. Estaba de la parte de esos hombres y mujeres que sentía cercanos. Como yo, ellos también sufrían al alejarse de Sicilia, y les atormentaba el futuro incierto que les esperaba en América. Aunque ellos tenían a alguien con quien consolarse, y mi única compañía, en cambio, eran aquellos diablos que no me dejaban conciliar el sueño. Me sentía constantemente vigilado, si me volvía de repente sorprendía las miradas inquisitivas del mala bestia. El privilegio del que yo gozaba no era otra cosa que una jaula de la que tenía que escapar como fuera. Con los primeros albores, subía a cubierta. Me dirigía a popa para disfrutar de la salida del sol, atento a no tropezar con los cuerpos que dormían sobre el puente.

Una mañana vi a una chica que se asomaba más allá de lo consentido. Me temí lo peor y me apresuré hacia ella.

—Señorita, ¿qué hace?

Los ojos más curiosos del universo emergieron del Mediterráneo.

—¿No se encuentra bien? —Me sentía terriblemente incómodo.

—Estoy muy bien, ¿por qué?

—Estaba perdiendo el equilibrio...

—Diga la verdad, pensó que iba a tirarme por la borda. —Jamás había oído una carcajada tan sonora.

Me quedé peor que un pez espada de Mesina; descubrid vosotros mismos cómo se quedan los peces espada de Mesina. Su audacia me desconcertaba. Era delgada y tenía una mata despeinada de pelo negro y rizado. Me recordaba a Elena, pero con una sonrisa irresistible, una mezcla de bondad y malicia.

—¿Cómo? —farfullé, confirmando sus sospechas.

—De todos modos le agradezco su interés.

—¿Viaja hacia América?

—Salvo que quiera ir nadando a las Canarias. —Sonrió de nuevo y me desarmó por completo.

—¿Viaja sola?

—¿Es usted curioso de nacimiento o es que hace de espía para alguien?

—Toco el piano, yo.

Me miró de arriba abajo buscando la nota discordante.

—¿Va a Nueva York para tocar el piano? —Advertí cierta admiración en sus palabras.

—No sé lo que haré. De momento voy hacia allá, pero volveré en cuanto pueda.

Esbozó una mueca de decepción.

—Yo no pienso volver. Me voy a América porque quiero vivir. Estoy impaciente por llegar y empezar de nuevo.

—¿Empezar qué?

—Todo.

Se llamaba Rosa Polizzi, tenía diecisiete años, era de Mussomeli. Para mí era un pueblo desconocido, ni siquiera sabía si estaba en Sicilia. Ella tenía un mapa, me señaló un punto cerca de Caltanissetta. Rosa viajaba sola, y se comportaba como si fuera la dueña del *Melba*, segura de que algún día iba a convertirse en la dueña del mundo. Era un volcán en erupción. Me habló de su familia: padre, madre, once hijos. La mayor, Pina, se había ido a Nueva York siguiendo los pasos de una prima paterna, que tenía una *trattoria* en un lugar llamado Brooklyn y que necesitaba personas con piernas y brazos fuertes. Pina les había escrito para decirles que podía pagar el viaje de quien quisiera seguirla y ponerse en sus manos. Rosa fue la única de los hermanos y hermanas mayores que aceptó, el resto había preferido la miseria confortable de un paisaje inmóvil y la garantía de que nada iba a cambiar. Rosa no lo había tenido fácil para convencer a su padre y a su madre. A diferencia de sus padres, Rosa sabía que tenía una cita con el destino y no quería perdérsela. ¿Por qué motivo, si no, había aprendido a leer y a escribir sin haber ido nunca a la escuela?

Yo estaba completamente perdido y sin saber cuándo iba a poder regresar a Catania, ella había renacido en el momento exacto de abandonar Sicilia.

—Yo no vuelvo a Mussomeli ni muerta —anunció mientras jugábamos a contar las pequeñas olas que el *Melba* dejaba tras de sí. Entre nosotros nació la complicidad, y empezamos a tutearnos.

Comenzamos a contarnos cosas cada vez más personales. Reíamos por motivos distintos; yo, a decir verdad, reía poco, pero ambos sentíamos el deseo de compartir esas risas. El sueño de Rosa era entrar en un taller de costura y abrir una boutique de lujo: interpretó para mí la escena en la que daba consejos a las grandes damas de Nueva York. Yo entonces le hablé de Duke Ellington y de Louis Armstrong, y de su música que te llevaba directo al paraíso.

—¿Tocarás con ellos? —La pregunta de Rosa no era irónica: sabía quiénes eran los músicos.

—Imposible.

—Pero en América todo es posible. No hay ningún sueño que no pueda cumplirse. Me lo escribió Pina en su última carta.

Tuve que explicarle que esos dos eran inalcanzables hasta para los mejores músicos, y que se imaginara entonces si lo eran para uno que tocaba de oído por media lira y que a duras penas sabía poner en orden cuatro notas. Rosa sacudió la cabeza: según ella, no tenía ganas de esforzarme, no estaba dispuesto a escalar una montaña para tocar con los dos músicos que habían llegado a la cima.

De repente, nos interrumpieron unos gritos muy fuertes. Un cortejo avanzaba hacia nosotros entre lamentos. Un hombre con la cabeza descubierta llevaba en brazos un bulto envuelto en una sábana blanca. Las mujeres, todas despeinadas y con la cara descompuesta por el dolor, agitaban los brazos mientras lloraban. La comitiva se detuvo cerca de la borda.

—Habrá muerto el niño que tenía tos —susurró Rosa.

—¡Maldito mundo! —gritó el hombre que llevaba en brazos el cuerpecito. A continuación empezó a hablarle entre sollozos, mientras la madre lloraba destrozada y las demás mujeres la consolaban.

El mala bestia vigilaba la escena, desde lejos, rodeado por sus *picciotti* con la escopeta de dos cañones a la espalda. Deslizaron el cadáver por encima de la borda entre llantos desgarrados.

No había médicos ni medicinas a bordo del *Melba*. Nos dirigíamos al país de la selección natural, y para nosotros esa selección comenzaba en la vacilante embarcación en la que viajábamos. Fueron más de treinta los que no llegaron a su destino, casi todos viejos y niños, muchos de ellos ya enfermos antes de partir y a quienes las condiciones del viaje asestaron el golpe definitivo. Entre el desconsuelo general, se sucedían las ceremonias fúnebres sin curas, sin bendiciones, sin palabras de despedida. Sí, les acompañaba el llanto de los familiares, pero se habrían merecido algo mejor. Para padres y madres, hijos y hermanos, América ya se había convertido en una tierra de desesperación. Y como no podían desahogarse con América, a algunos les salía de dentro descargarse con los organizadores del viaje. Se rumoreaba que el barco estaba infectado y que en el pasado se había utilizado para la trata de esclavos; alguien añadió que los negros eran portadores de pestilencias y enfermedades; alguien más sugirió que debían pedirse cuentas y razones.

Yo apenas sabía que existían personas de piel oscura, imaginaos si sabía qué era eso de la trata de esclavos. Así que me mantenía apartado más por ignorancia que por desinterés. No se me escapaban, sin embargo, las miradas de desconfianza hacia mi persona: había corrido la voz de que yo dormía con los *picciotti*. Rosa fue quien me defendió: dijo a todo el mundo que yo era un artista, y que como todos los artistas vivía en la luna. Que nada tenía yo que ver con los abusos y las malas faenas del teniente, que él representaba la oscuridad y yo la luz, que el teniente no se fiaba de mí y que por eso yo debía andarme siempre con mucho cuidado. Con mis propios oídos escuché a Rosa que respondía así a las preguntas de un grupo de mujeres petulantes y curiosas: ¿quién era yo y quién era mi santo protector? ¿Quiénes eran mis padres y por qué tenía tratos con amigos de amigos? ¿De dónde venía y adónde iba?

«Va a América para tocar el piano», fue la respuesta concluyente de Rosa. Y que uno pudiera ir a América a tocar el piano dejaba totalmente desconcertados a esa masa de futuros peones, albañiles y jornaleros.

—¿Tú le has oído tocar? —preguntó la más desconfiada.

—Sí —mintió Rosa. Y con esa mentira nadie tuvo nada más que decir sobre mí.

La sed de venganza se calmó en cuanto nos adentramos en la inmensidad del agua sin confines. El mar causaba pavor entre los sicilianos, que habían nacido en una tierra donde quienes mataban, violaban y robaban siempre llegaban por mar. Estaban demasiado asustados por el balanceo del *Melba* para desafiar las *lupare** del mala bestia y sus hombres. Niños y viejos continuaron muriendo ante la indiferencia de muchos; la verdadera preocupación a bordo tenía que ver con los días que faltaban para desembarcar. Las pequeñas ocupaciones cotidianas, como preparar la comida y despiojarse, chismorrear o hacerse ver, se alargaban hasta alcanzar la noche con la esperanza de que ya quedaba un día menos. Las partidas de *zecchinetta* aumentaron. Los más tontos o alocados se jugaron todo el dinero que habían reunido con tanto esfuerzo para afrontar las primeras trampas que les deparaba el nuevo mundo; los afortunados y los más listos consideraron, por el contrario, que su buena suerte en las cartas era el anuncio de un cambio inminente.

Yo casi no me daba cuenta de lo que pasaba en el barco. Mis horas transcurrían veloces junto a Rosa. En honor suyo, hacía cola por las mañanas para ducharme. Ella me correspondió abriendo la envidiada maleta de fibra, que había comprado con el dinero enviado por Pina. Orgullosa, me mostró los pañuelitos de algodón y los guantes de lana que había cosido para usarlos en América. Me habría gustado tocar sólo para ella, pero no encontré ningún acordeón en el barco. Podía remediarse con armónicas y *maranzani*,** pero mi habilidad no llegaba a tanto.

Rosa me dijo que le debía un concierto. ¿Uno? A ella le habría dedicado cien. Me embriagaba su optimismo, su incontenible con-

---

* La *lupara* es el arma siciliana por excelencia, una escopeta de dos cañones asociada a la mafia y a sus vendettas sangrientas. También es utilizada por pastores y cazadores, y su nombre deriva precisamente de *lupo*, «lobo». (*N. de la T.*)

** El *maranzano*, *marranzanu* en siciliano, es un arpa de boca que consta de un aro metálico y una lengüeta en el medio que suena por vibración y amplificación. (*N. de la T.*)

fianza en sí misma, su instintiva capacidad de diferenciar el bien del mal, lo lícito de lo ilícito. Con sólo diecisiete años afrontaba sola una aventura que causaba escalofríos a tipos bastante más curtidos que ella, y sin embargo nunca había sido tocada por el pecado. Irradiaba gracia a su alrededor. Para hablar nos refugiábamos en los rincones más secretos del barco, allí donde los niños jugaban al escondite. Nunca intercambiamos ni un beso ni demás ternuras. Ella, por supuesto, jamás habría tomado la iniciativa: el único amor que conocía era el que sentía por Jesús y san Vito. Yo, que en la actividad sexual había sido voraz, en presencia de Rosa me parecía excesivo hasta rozarle la espalda con la mano. Ni se me pasaba por la cabeza la idea de hacer el amor con ella, habría sido como empobrecer nuestra relación comparado con el estado de excitación que me causaba el ardor con el que ella seguía mis palabras.

Sus pupilas siempre brillaban. Yo tenía miedo de aburrirla con mis historias, pero a la que bajaba el ritmo de la narración un momento me caían encima diez preguntas seguidas. Pasé mediodías y tardes enteras hablándole de los paladines de Francia, de la señora Santina, de Caterina, del descubrimiento de la música, del negocio del *cavalier* Zappalà, de la velada en casa del comendador Giuffrida y del concierto en el despacho del notario Vadalà, de Taormina, del San Carlo y de los quioscos en el mar de la Plaja, que para ella podrían haber estado hasta en Marte. Pero no le hablé de las mujeres, de Puglisi, de Giaconia: no veía en ello nada de lo que enorgullecerme, sobre todo ante una chica de la sensibilidad de Rosa. Había borrado el pasado sin haber aprendido en propias carnes que el pasado, en realidad, siempre nos precede.

—Eres mejor que una película —fue el comentario de Rosa. Y los ojos extasiados con los que me había estado mirando mientras hablaba me fulminaron—. Pero ¿por qué vas a América? A ti no te gusta América, no te gusta la aventura, ya echas de menos tu casa...

—No, qué dices...

—La verdad. Todos esos de ahí van a América para conquistar lo que no tienen. Tú, en cambio, lo dejas... Tiene que haber algún motivo.

Me quedé en silencio. Si la hubiera mirado, me habría descubierto. Aunque Rosa ya lo había intuido sin mi ayuda.

—¿Qué me escondes?

Le hablé de Puglisi. Bajando la voz, por si acaso había alguien en un radio de diez metros que pudiera oírnos, añadí que era *lo'ntisu* de Catania. Rosa no sabía de qué le estaba hablando, aunque sí recordaba que su abuela le había hablado de una categoría de personas superiores, los hombres de honor. No es que yo fuera entonces mucho más ducho que ella en esos temas, pero me olía que Puglisi pertenecía a esa categoría.

¿Y qué más?, insistió Rosa. En aquel momento, tendría que haber comprendido que Rosa poseía una intuición casi animal, pero no lo hice. Para ella yo era como un libro abierto y había descubierto mi deseo de liberarme de los fantasmas. Una noche de cielo estrellado, cuando ya estábamos más cerca de América que de Europa, saqué el dolor que albergaba en mi interior. Lo que nunca me atreví a contarles a mi padre y a mi madre, se lo conté a una chica de diecisiete años que conocía desde hacía menos de una semana. Ella me dio la absolución que yo estaba pidiendo a gritos. Por fin me sentía sin cargas y casi feliz, y pude confesarle el resto: el vano enamoramiento de Elena, la señora Claretta, el burdel, Chère Ninon, Trudy, Wanda, el goce de la carne en el San Carlo...

—Feliz la mujer que se case contigo.

Sus palabras me desconcertaron.

Ella, como de costumbre, se anticipó en la respuesta:

—Lo sabes todo, ya. Podrás ser un buen maestro.

Sus palabras no traslucían ninguna indirecta, no tenían malicia. Había sido sincera. A continuación siguieron mil y una preguntas, una detrás de otra: qué ropa interior llevaban las chicas del burdel, qué perfumes eran sus preferidos, qué vestidos se ponían cuando no estaban en Les Fleurs du Mal, si tenían una modista o si se arreglaban siguiendo el gusto de Chère Ninon. Yo respondía más bien esquivo, no entendía el motivo de tanta curiosidad. También esta vez su abuela tenía algo que ver: había sentenciado que desde que el mundo es mundo las mujeres más elegantes y las más buscadas son las rameras, las mantenidas. Y yo, dijo Rosa, precisamente pienso venderles a ellas mis vestidos.

Decidí que la señora Claretta y todas las que siguieron después formaban parte de la vida, mientras que Rosa y yo formábamos parte del sueño. En el *Melba*, sin embargo, los sueños no solían durar mucho. Esta vez nos despertaron unos gritos salvajes, tiránicos y llenos de odio. Salían de una cabina de proa. De golpe cesaron. Dentro se hizo un silencio de muerte, reforzado por la oscuridad, mientras dos hombres se amenazaban con unos cuchillos de veinte centímetros, de los que se usan para abrir en canal a animales y enemigos. Quienes se batían en duelo eran treintañeros y pertenecían al grupo de los jugadores de la *zecchinetta*. Sus sombras buscaban lentamente la mejor posición, y los dos se atacaron a la vez: se desgarraron la ropa y luego se oyó un grito sofocado. Ambos cayeron juntos sobre un toldo. Uno con el corazón sangrando, el otro con el hígado abierto. El primero murió en el acto; el segundo le siguió al cabo de media hora. Consumados los hechos, vino el mala bestia a poner orden.

—Los amigos de aquel par que han ensuciado el puente que vayan a limpiarlo —ordenó con desprecio.

El trágico duelo representaba la culminación de las tensiones y de las peleas que habían ido aumentando en proporción con el número de hombres que se acercaban a las partidas de la *zecchinetta*. Los jugadores ya superaban en número a los no jugadores. El viaje interminable, el aburrimiento y el tener que vivir hacinados en aquel barco habían alimentado el interés por los juegos de azar incluso entre los que parecían más indiferentes. Las partidas se jugaban en bancos o mesas improvisadas, a la luz de las velas y de las lámparas de petróleo. No eran más que bancos de pobres, las apuestas no tenían punto de comparación con las que se veían en el quiosco de Piazza Vittorio Emanuele. A pesar de que a veces suponían el patrimonio entero de toda una familia. Y perderlo significaba condenar a hijos y mujer a una indigencia peor que la que dejaban en Sicilia, o tal vez vender por una hora a las mujeres de la familia a los *picciotti* del mala bestia o, lo que era mucho peor, aumentar la duración del contrato que ya los había condenado, atados de pies y manos, a trabajar al servicio de los explotadores. De ahí que nadie aceptara el veredicto de las cartas y los perdedores acusaran a quienes ganaban de haber aprovechado la iluminación precaria para hacer trampas. En cada partida estallaban protestas y acusaciones. De los insultos se había pasado a las peleas, y ahora al apuñalamiento por partida doble.

El duelo y la suspensión de las partidas duraron hasta el mediodía. Con el estómago lleno, los más sensatos propusieron nombrar un repartidor de cartas para cada banca. Se estableció una compensación de diez liras por diez horas, que teniendo en cuenta la economía del *Melba* era una suma de dinero más que respetable. Se sondeó a quienes nunca jugaban. Me lo pidieron también a mí y acepté. Rosa me miró decepcionada y desapareció por una escotilla.

¿Por qué acepté? Porque me atraía la puesta en escena del juego. Nunca me gustó jugar, pero sí me interesaba observar. ¿No existen los mirones del sexo? Pues yo he sido un mirón de los juegos de azar. Me entusiasman las tempestades que se desatan con cada apuesta: la tensión, el pulso en la yugular de los jugadores, la respiración entrecortada, el temor a lo peor, las ganas de salir corriendo un segundo antes de que se descubra una carta, que la bola se pare en una casilla, que el hocico de un caballo toque la meta. Para mí el azar continúa siendo el espectáculo más excitante. Aunque debo decir que como repartidor de cartas no llegué a disfrutar tanto. Tenía que estar con los ojos bien abiertos: porque no había nadie que no intentara hacer trampas con las cartas. Me encontré metido en un ambiente tan infame que al finalizar mi turno me desplomé sobre la cama y dormí veinticuatro horas sin interrupción. Me despertaron para que volviera a repartir juego.

Era como si Rosa se hubiera esfumado. Pregunté a las chicas de su zona, y me respondieron que por la noche tampoco compartían con ella las horas de sueño. Moría por verla, pero la olvidé en cuanto me puse a mezclar la primera baraja. Me sumergí en el furor de los golpes con los que cada cual preparaba el asalto a la Señora Fortuna.

En la vuelta anterior la Señora había alternado entre el banco y las apuestas sin causar daños excesivos. Pero ya se sabe que la equidistancia no es de su agrado. Si no, ¿qué azar sería ése? A mi lado se sentaba un pastor de Sciacca. La fiebre vírica le había matado el rebaño, y a él le había parecido que la única alternativa al hambre era América. Así que se había embarcado con su mujer y un pelotón de hijos de tierna edad, que en toda la travesía no habían salido de la bodega por el miedo y el trastorno del viaje. El pastor, en cambio, se había aventurado a subir al puente y se había asomado a las partidas de la *zecchinetta*. Y le había entrado el insensato propósito de recuperar lo que la epidemia le había quitado. «Dios ve y provee», había sido su grito de guerra. Porque se había lanzado sobre las cartas con la misma determinación feroz con que sus perros se lanzaban a la caza de liebres y conejos. Decidió jugar apostando, y cuando le tocó la banca renunció a ella. En la primera mano yo le había seguido de refilón; era uno de tantos que sacaban monedas y billetes y los ponían cerca de la carta escogida de antemano. En la segunda, en cambio, le tocó la banca de cero. Y esta vez la aceptó. Su carta era un siete, no descubrió las otras. Repartió algunas más, hasta que salió otro siete y regaló la victoria a las apuestas. En cualquier caso, el pastor había ganado más de lo que tenía que pagar con la aparición del siete. Se pasó horas y horas pegado a su asiento. Incluso rechazó una oferta para cederlo.

El pastor seguía ganando. Se metía el dinero debajo de la camisa, dentro de los pantalones. En ningún momento vi que hiciera el gesto de sacárselo. Caía la noche. Pregunté cuánto quedaba y me respondieron que todavía una hora. La banca le tocó de nuevo al pastor. Le serví otro siete.

—Almas buenas del purgatorio, os doy las gracias —fue su comentario espontáneo.

En el quiosco de Piazza Vittorio Emanuele pronosticaban: siete, la banca dice vete. Pero al pastor el siete le iba bien. A mitad de la baraja no había salido ninguno de los otros tres sietes, y él se había llevado otros tantos buenos cuatros. Todavía quedaban dos cartas. Si en aquel momento hubiera descubierto un siete, el pastor habría salido airoso sin apenas un rasguño. Pero le serví la reina de espadas, lo recuerdo como si fuera ayer. Ya habían salido dos reinas: así que sólo quedaba una. Tres tipos de Enna, que iban a América para abrir una fábrica de pasta, apostaron a la reina más de mil liras. Se oyó un murmullo de satisfacción: esta vez iban a poder contarse muertos y heridos, tal vez de los de verdad.

El pastor estaba desconcertado. Habría podido retirarse. Según las normas de la nave, no habría podido participar en las próximas partidas de la *zecchinetta*: tampoco se habría perdido nada, al fin y al cabo quedaban pocos días de viaje. Pero el siete, su carta, ejercía una extraña fuerza sobre él. Y él juraba sobre su poder. Probablemente creía que renunciar equivalía a escupirle a la cara a la Señora Fortuna. Se sentía con el derecho de ganar. Me imagino que debió de pensar en el rebaño perdido, en la familia que le esperaba en la bodega del buque, en la importancia de presentarse en América con un gran fajo de billetes. Así que repitió en voz baja: «Dios ve y provee».

Y empezó a rebuscar monedas y billetes en los bolsillos, debajo de la camisa, dentro de los pantalones. Reunió las mil y pico liras. Tenéis que creerme: hasta el mar había enmudecido. Me tocaba a mí. Es decir: tenía que mostrar la carta. Normalmente efectuaba el movimiento hacia los jugadores. Pero esta vez no pude resistirme: le di la vuelta en sentido contrario para ser el primero en verla. Un hermoso siete de oros, el famoso *settebello*, que se dice en italiano. Quienes habían hecho apuestas fuera de la mesa prorrumpieron en gritos. Los tres de Enna apenas podían respirar; el pastor se pasaba una y otra vez la mano por la cara, hasta que se levantó sin resuello.

El revuelo general quedó en nada cuando anunciaron que debían apagarse velas y luces: en pocas horas íbamos a atracar. Se nos ordenó que preparáramos el equipaje y que permaneciéramos acurrucados y sin movernos en el puente. Pusieron en fila a los *picciotti* y a los marineros en los costados del buque para verificar que ninguno se hubiera escapado. Yo iba de un lado para otro en busca de Rosa. Tras subir por enésima vez una escalera, una *lupara* me hizo cosquillas en la nariz.

—Coño, eres duro de mollera —afirmó con resentimiento uno de los guardias con el que yo no quería saber nada—. ¿Es que os han dado permiso para moveros? ¿Para ir de paseo por ahí? No, nada de eso. Os han dicho que os quedéis quietos y que dejéis de tocarnos los cojones. ¿Me has entendido o prefieres que te lo haga entender de otra manera?

—Yo no soy uno de ellos —farfullé. Con tal de encontrar a Rosa estaba dispuesto a todo.

—¿Y quién eres? ¿El hijo del príncipe de Bellavista?

—Soy Guglielmo Melodia.

—Ahora que lo sé, me estoy cagando de miedo.

—Soy un amigo de Nino Puglisi.

—Estupendo. Pero a mí nadie me ha dicho quién eres tú y quién es tu amigo. Así que estate quieto como todos los demás o te vuelo la cabeza.

—Tengo mis cosas en uno de vuestros camarotes.

—Demasiado tarde. Si se puede, te las entregarán en tierra.

Tuve que resignarme. Qué más me daban los pantalones, las camisas, la chaqueta y el traje cuando estaba a punto de perder a

Rosa. Yo había antepuesto a ella mi malsana pasión por los juegos de azar, y ahora ella me castigaba. Si no hubiera sido tan gilipollas, habría entendido que con Rosa uno no podía andarse con bromas. El buque avanzaba en la oscuridad. Se habían calculado los tiempos para que nos acercáramos a la orilla en plena noche y evitar con ello que nos interceptaran. Nuestra meta no era Ellis Island. Al fondo de todo, a nuestra derecha, descubrimos una miríada de luces, y alguien dijo que era Nueva York. Una hora después echaron las anclas, y alrededor del *Melba* aparecieron barcas y gabarras. El mala bestia salió al puente y se subió a una silla.

—Escuchadme —dijo con voz ronca—, ahora os pondréis en fila. Y vais pasando uno a uno a donde los marineros preparan escaleras y cuerdas. Se aconseja que familias y grupos no se separen. Os darán un número, que se corresponde con el camión al que debéis subir cuando hayáis desembarcado. Si os equivocáis de camión, será vuestro problema. Si intentáis escapar, luego no os quejéis de las consecuencias. —Parecía que el mala bestia disfrutaba sólo con pensar en el alboroto que estaba a punto de formarse, en la búsqueda desesperada del camión con el número y en el terror de equivocarse y tener que dar cuenta luego del error.

Muchos quedaron abatidos. Las madres tenían miedo de perder a sus hijos o de que les separaran. Alguien preguntó en qué parte de la costa íbamos a desembarcar y adónde se dirigirían los camiones. Corría el rumor de que nos encontrábamos al norte de Nueva York. La noche era límpida, pero en el cielo apenas resplandecía un cuerno de luna, y entonces comenzó la lenta procesión de hombres, mujeres, niños, sacos, cestas, baúles, maletas y barriles hacia la borda. De modo que nos acercamos a América entre blasfemias, imprecaciones y maldiciones de todo tipo y condición. Mis ojos buscaban enloquecidos en la penumbra con la esperanza de encontrar a Rosa. Pero Rosa no aparecía por ninguna parte. Decepcionado y furioso, me dirigí a la mesa de los números. Los estaba dando el mala bestia.

—Oh, nuestro huésped preferido. ¿Ha tenido un buen viaje? —El mala bestia quería despertar las risas de sus hombres. No hace falta que diga que lo consiguió con creces—. ¿Has perdido a la chavala? —farfulló.

—He perdido mis cosas por culpa de uno de sus hombres.

El mala bestia hizo un gesto con la cabeza. Un *picciotto* me trajo un saco.

—No fuera a ser —dijo burlándose— que no pudieras conquistar América por falta de trajes. —Y se oyeron las carcajadas generales—. Puglisi no me había dicho que eras tan salvaje. Más bien me había dicho lo contrario: que eras un seminarista. Sí, de esos que después se vuelven heréticos. —El mala bestia se santiguó y los otros le imitaron—. ¿Quieres el número? Pues para ti no hay número. El amigo de los amigos viaja en primera clase. —Lo dijo más para sus compinches que para mí. Yo estaba ahí de pie, temblando: si hubiera sido un hombre de verdad, me habría abalanzado sobre él. Pero nunca he sido un tipo muy valiente, que digamos.

—A cien metros de la orilla encontrarás una cabaña. Entra y di que te envía Puglisi. Con eso será suficiente.

—¿Habéis visto a mi marido? —Una mujer joven, descompuesta por el dolor, irrumpió en la fila.

Los hombres del mala bestia le empujaron para que volviera a su puesto, pero la mujer no se rendía. Preguntaba a gritos por su marido, que al mediodía había subido al puente y que ya no había regresado a la bodega, ni siquiera con el aviso del desembarque.

Me dirigí a la mujer.

—¿De dónde es usted?

—De Sciacca.

—¿Es pastor, su marido?

—¿Cómo lo sabe usted?

Me quedé helado. Porque imaginé que el pobre hombre, tras perder hasta el último céntimo, no había tenido el valor de regresar con su familia. Y sólo había una manera de escapar del *Melba*: saltando por la borda.

—Eh, tú —me llamó con malas maneras el mala bestia—, tienes que bajar. No podemos interrumpir el desembarque por tu maldita curiosidad. ¿O es que ya estás pensando en sustituir a la chavala? Cuidado no salgas perdiendo.

En medio de las burlas de todos, puse en la mano de la mujer del pastor las veinte liras que había ganado a la *zecchinetta*. Ella me miró a los ojos desconcertada, pero yo no me atreví a pronunciar palabra: me empujaron hacia la escalerilla de cuerda que se balanceaba sobre el casco de la nave. La gabarra salió de inmediato con el motor al mínimo para no hacer ruido. América me recibió con un inesperado remojón: nos dejaron en medio del agua. La lengua de tierra estaba a unos cincuenta metros de distancia, y en ella se veían varias sombras que iban y venían.

—Ea, muchachos, vamos —iban diciendo todos en siciliano—. Tenemos que darnos prisa antes de que se haga de día. Os tocan los números seis, siete y ocho. Seguid recto, cuando veáis al hombre con la antorcha girad a la izquierda, allí encontraréis los camiones.

El hombre con la antorcha estaba al abrigo de una roca. La costa se alzaba desierta y desolada, pero creo que nadie se fijaba en eso. A todos les dominaba el ansia de apresurarse, de encontrar el camión con el número, de no echar a perder el futuro cuando se trataba sólo de lanzarse hacia la propia felicidad y dejar el resto atrás. Estábamos en América, la tierra de la libertad, pero en cambio nos comportábamos como fugitivos. Se formaron largas cadenas, todos cogidos de la mano para no perder a un padre, un hijo, un nieto, una madre, una abuela... Y, sin embargo, hubo algunos que se perdieron y se ahogaron silenciosamente en un metro de agua. Después una mujer gritó un nombre, después siguieron gritos, voceríos y maldiciones que se iban prolongando. Muchos nadaban hacia la orilla para alcanzar la salvación, mientras que otros no dejaban de chapotear desesperados sobre un punto impreciso, donde habían perdido a un familiar o una maleta. A lo lejos se oía el rugido de los motores, y hubo que elegir entre abandonar un trozo de la propia carne, de la propia existencia, o condenarse a permanecer en aquella playa desconocida.

La cabaña estaba donde me había indicado el mala bestia. La alcancé todavía confuso por el caos que acababa de dejar atrás. Subí tres peldaños, el primero crujió. Lo recuerdo como si fuera ayer. La puerta estaba cerrada, y yo me quedé sin saber qué hacer. ¿Llamo? ¿Grito? ¿Me espero? Llamé y la puerta se abrió.

—*How are you?* —dijo uno de los diez hombres que estaban alrededor de un fogón con una enorme cafetera humeante. Sobre la mesa redonda había cartucheras y fusiles. Al fondo, vislumbré dos armarios con vitrina.

Conocía el significado de la frase con la que me habían recibido, la había aprendido en Taormina. Pero ignoraba qué tenía que responder.

—Me envía Nino Puglisi —dije en italiano.

Las aspas de un ventilador giraban lentamente en el techo, y temblé de frío. Sólo entonces me di cuenta de que estaba empapado hasta los huesos.

Dos *picciotti* sonrieron compasivamente.

—Has llegado —dijo el más joven de los presentes en mi honor. Probablemente era menor que yo, llevaba un traje oscuro con chaleco, la camisa blanca recién salida del armario, una corbata elegante, el sombrero levantado sobre la frente. A pesar de la hora y el lugar, olía a agua de colonia.

—¿Quieres un café?

—Gracias.

—Al menos éste es un tipo educado —añadió el segundo de los tres, que vestía un traje completo como hecho a medida. Pensé que a lo mejor se trataba de una especie de uniforme.

Los otros no me hicieron ningún caso. A pesar de las duchas matutinas, imaginaba que mi ropa había cogido todos los malos olores de los once días transcurridos en alta mar. Pero lo que me molestaba era al charco de agua que se había formado bajo mis pies.

—¿Estás listo?

Apuré la taza de un sorbo y me quemé lengua y paladar. El más alto de mis acompañantes cogió una pistola automática de la mesa redonda y se la colocó bajo la axila. Caminamos por entre la maleza y las piedras hasta que llegamos a una pequeña arboleda.

—¿De dónde eres?

—De Catania.

—Me había imaginado algo mejor —comentó el más joven. Los otros dos sonrieron.

Tras la arboleda, nos esperaba un Chevrolet negro.

6

El descubrimiento de América

El coche avanzó traqueteando por el camino de tierra hasta que al fin desembocó en una carretera asfaltada. Yo me quedé acurrucado en un rincón, aturdido por el cansancio y desesperado por el mundo hostil al que me dirigía. Los tres tipos hablaban entre sí una lengua deformada, con las vocales y las consonantes a medio pronunciar. Yo no hacía ningún esfuerzo para comprender lo que decían, aunque resultaba evidente que hablaban de mí por las risitas y ojeadas que me dirigían. Pero lo único que me importaba en aquel momento era Rosa. La había perdido. Salvo que me pusiera a buscar en todos los talleres de costura de Nueva York. En el acto decidí que eso era precisamente lo que iba a hacer: llamaría a todas las puertas pidiendo por Rosa Polizzi hasta que consiguiera encontrarla. Y entonces le pediría que se casara conmigo.

De repente noté sobre mí una mirada de incredulidad.

—¿Eres tú quien liquidó a Giaconia? —El más joven, el que me había dado su bendición en la cabaña de la playa, lo preguntó para quitarse una espina clavada en el corazón.

Ésta fue la primera lección que recibí de América, o cuando menos de la América que me acogía. Había palabras que no podían pronunciarse. Y una de éstas era el verbo «matar». En su lugar se decía «liquidar», se decía «cepillar», se decía «fumárselo», se decía «encontrar» cuando la caza de la víctima precedía al homicidio.

Así pues, ¿era yo quien había liquidado a Giaconia?

Entre mis dificultades de comprensión y el estupor por tan inesperada pregunta, en lugar de responder me revolví en el asiento.

—No, no, si no quieres hablar, *cumpà*,* lo entiendo y respeto tu silencio. Sólo quería decirte que diste un buen golpe. Yo lo había visto, a Giaconia, cuando todavía llevaba el café y las gaseosas a esos tipos panzudos. No era fácil tragar con él.

—Te equivocas...

—Por favor, *cumpà*. No te sientas obligado. No quiero saber ni siquiera si era de día o de noche.

Asentí con la cabeza. ¿Por qué tenía que aclararle que no había sido yo?

—Pero ¿cómo pudiste acercarte tanto a él hasta poder clavarle «la criatura»?

Los otros dos soltaron una carcajada.

—*Cumpà* —dijo el que conducía—, menos mal que mi amigo no quería saber ni siquiera si era de día o de noche.

—*Cumpà* —medió el tercero—, el chaval es un poco curioso, discúlpalo. Pero no es mal tipo.

Y se oyó un manotazo que le hizo saltar el sombrero al tipo que no era mal tipo.

El ambiente se había relajado, y llegó el momento de las presentaciones. El que iba al volante se llamaba Mel, abreviatura de Melchiorre; el curioso era Tony; el que le había propinado el manotazo, y que se sentaba a mi lado, se llamaba Nick. Tanto mi nombre como mi diminutivo les dejaron perplejos.

—Guglielmo es demasiado complicado —dijo Mel, que se comportaba como el cabecilla del grupo—. Y Mino suena a chaval que no quiere crecer. Y tú, *cumpà*, quieres crecer, ¿no es verdad?

Se volvió hacia mí para que se lo confirmara.

—¿Por qué no te haces llamar Willy? Guglielmo en América es Willy...

—En realidad —le interrumpió Nick— no es así. *Cumpà*, me explico: Willy quiere decir... quiere decir también rabo, cuando lo tienes pequeño. ¿Me entiendes?

¿Y qué podía hacer yo?

—Tú te la sacas —exclamó Tony—, y les demuestras que la tienes como un elefante.

---

* Diminutivo de *compare*, «compadre», *cumpà* se utiliza en círculos mafiosos como apelativo fraternal. (*N. de la T.*)

Mel les hizo callar con un resoplido.

—*Cumpà*, no les hagas caso. Willy es perfecto. Fíjate: Willy Melodia... Suena bien. Sólo te falta trabajar como pianista y lo tendrías todo.

No me atrevía a desvelar a mis acompañantes que el único oficio que sabía hacer era el de pianista.

—Ahora que ya tienes nombre —confirmó Mel—, tienes que comprarte un sombrero.

—Pero ojo no vayas a equivocarte. —Tampoco Nick quería quedar fuera de ese cursillo acelerado sobre la vida americana—. Es importante que escojas bien. Te cuento: los judíos llevan sombreros Lobbia; los irlandeses tienen la altura y la talla para permitirse el sombrero Fedora; los americanos, o mejor dicho, aquellos que quieren sentirse americanos, utilizan el sombrero de terciopelo; los polacos y los alemanes llevan una gorra. Y a nosotros, *cumpà*, sólo nos queda nuestro sombrero de fieltro oscuro. Y hazme caso: mantén siempre la cabeza gacha. Si no, te toman por un representante de cualquier empresa.

Era la segunda lección sobre América. Y me la impartían en aras de algo que yo no era: aquellos chicos creían estar ante el asesino de Giaconia. De haber sabido la verdad, que yo no había pasado de ser un Judas circunstancial, me habrían tenido en mucho menos, o más bien en nada. Pero el destino continuaba decidiendo en mi lugar, e iba a seguir haciéndolo. Y a mí, dentro del Chevrolet negro, me tocaba representar un papel que no había escogido.

—Vosotros, en Catania, ¿cuándo os habéis aliado con don Maranzano?

Me di cuenta de que la pregunta de Nick podía ser una trampa. Pero Mel intervino parándole los pies a su compañero:

—Nick quiere decir que nos sorprende que hasta en Catania os la juguéis por don Maranzano. Para nosotros Sicilia empieza en Palermo y termina en Trapani.

Recordé lo que Puglisi me había contado la última noche de travesía hacia Túnez: en Nueva York dos tipos de Castellammare del Golfo estaban enfrentados, y nosotros, los de Catania, habíamos acabado en el medio.

—De estas cosas no entiendo. Yo estoy con Nino Puglisi, creo que él es amigo de alguno de los vuestros... Luciano, me parece. ¿Puede ser?

—¿Charles? —Lo dijeron al unísono, con una admiración infinita.

—¿Estás hablando del mismo Charles Luciano? —Mel no quería que hubiera malentendidos.

—¿Acaso hay algún otro Luciano en América? —El tono resabiado de mi pregunta les hizo callar.

A través del parabrisas vislumbré, recortadas contra el cielo azul, algunas casas bajas, casi todas de color teja.

—¿Eso de ahí al fondo es Nueva York?

—¿Cómo hablas? Tienes que aprender: se dice New York...

—Bueno, pero ¿es eso o no?

—Sí, es el Bronx.

Guardé silencio por pura ignorancia.

Mel lo intuyó:

—Es una de las cinco ciudades que forman New York. Debajo del Bronx, que es un lugar de mala muerte a pesar de que ahí viven muchos paisanos nuestros, está Manhattan, una isla en la que transcurre la vida de verdad: si buscas dólares y mujeres que estén a la altura, Manhattan es tu ciudad. Al lado de Manhattan se encuentra Queens, otro barrio de mala muerte; más abajo está Brooklyn, que es como decir nuestra casa. Cerca del mar hay otra isla, Staten Island: si no existiera sería lo mismo, porque nosotros nunca vamos ahí. ¿Te ha quedado claro?

Tenéis que pensar que mi medio natural era Catania, y que para mí, ir de Via D'Amico a la Plaja o a Ognina era ya toda una aventura. Imaginaos qué suponía para mí estar en Nueva York, ni que fuera entrando por el Bronx. Me superaban aquellos edificios que se sucedían sin fin, aquellos pasos elevados, con tantas mujeres, tantos coches... Había muchas casas que tenían una escalera de hierro pegada a la pared: ahora entendía por qué los sicilianos en América siempre lograban darse a la fuga... Yo no había visto edificios tan altos ni en el cine, como tampoco trenes que corrieran suspendidos en el vacío, ni mujeres de todo tipo ni calles tan atestadas de coches. El tráfico, la velocidad, los coches que nos adelantaban, todo me asustaba. Me parecía que iban a embestirnos de un momento a otro. Inconscientemente, me desplacé hacia Nick.

—Eh, Willy... ¿Te acuerdas de que ahora te llamas Willy? ¿No te impresionó liquidar a Giaconia y, en cambio, ahora te asustas porque estos cuatro rancheros que acaban de bajar del caballo se han puesto al volante?

Yo estaba desencajado. Porque me daba cuenta de que nunca iba a pertenecer al mundo de ahí fuera. Era algo que no tenía nada que ver con los sombreros o con la manera de hablar. Yo era un extraño en América.

—¿Alguien sabe cuándo podré regresar a mi casa, a Catania?

Mel, Tony y Nick se quedaron de piedra. Leí la decepción en sus rostros. Tal vez había liquidado a Giaconia, pero no era como ellos pensaban: un tipo duro dispuesto a lanzarse a la conquista de América. Entendieron que no podían confiar en mí. No iban a poder alardear de haberme conocido por miedo a quedar mal en el futuro.

Mel abrió fuego:

—¿Acabas de llegar al centro del mundo y ya estás pensando en volver con tu mamá?

Tony le secundó:

—¿Acaso te espera alguien que no puede vivir sin ti?

Nick lo remató:

—¿Tienes alguna cuenta que saldar?

Había perdido mi aureola, no merecía ya ninguna atención. Las calles cada vez estaban más llenas de vehículos, de peatones, de carteles incomprensibles. Me recordaba el frenesí de las películas mudas de Charlot. Cruzamos un puente, y después alcé la cabeza para admirar hasta las nubes el primer rascacielos de mi vida. Intenté contar las plantas, en vano. Las mujeres elegantes y los coches imponentes indicaban que nos acercábamos al centro. Se sucedían unas tras otras calles interminables; en comparación con ellas el paseo que iba de la estación de Catania a Piazza Duomo era poco más que una calleja. Hasta los colores eran distintos: los de Catania eran suaves incluso cuando sabían a hierro; los de Nueva York eran duros hasta en los letreros de color pastel de las floristerías.

El Chevrolet frenó en seco enfrente de una marquesina.

—Ya has llegado a tu destino —dijo Mel.

La Grand Central Terminal se alzaba ante mí, e intenté inútilmente levantar la cabeza para alcanzar con la vista toda la estación.

Mis tres compañeros de viaje se apresuraron a despedirse y se liberaron de mí como de un peso muerto. Un hombrecito de piel cetrina, con las manos desproporcionadas respecto al cuerpo, les tomó el relevo. A pesar de la temperatura agradable vestía un guardapolvo oscuro con solapas brillantes, y en la cabeza exhibía un bombín. Su nombre era Saro Prestipino, alias Big Pres. Era de Mistretta, el mismo pueblo donde habían nacido los Puglisi. Después de la guerra, a Nino lo habían enviado a Catania, y a él a Nueva York.

—¿Eres tú el amigo de Puglisi? —Sin esperar mi respuesta se dirigió hacia el vestíbulo de la estación, haciendo caso omiso de mis dificultades para moverme en medio del trajín de personas que me empujaban en todas direcciones. Me sentía como un enano en un planeta de gigantes. Las proporciones no me cuadraban: miraba a mi alrededor y todo escapaba a mi control. La inmensidad del vestíbulo, el número desproporcionado de taquillas y pasajeros, las cristaleras tan anchas que parecían desafiar la fuerza de la gravedad, los larguísimos pasillos: todo me cortaba la respiración.

Un reloj suspendido en el vacío me informó de que eran las diez de la mañana. Me esforzaba por no perder de vista a Big Pres. Era el único que lucía bombín, pero era un hombre tan bajito que la multitud podía tragárselo en cualquier momento. Ni que llevara un cohete en el culo, avanzaba velocísimo y pasaba de mí. A punto estuve de dar media vuelta y dejarme llevar a la deriva entre la multitud. Yo no me encontraba en Nueva York por voluntad propia, me habían enviado allí como un paquete postal. Merecía ni que fuera un poco de consideración. Pero el miedo al vacío al que me hubiera lanzado fue más fuerte que el orgullo, así que me reuní con Big Pres en la barandilla del andén. Él me esperaba con la mano levantada con los billetes. Miró al revisor y me señaló: teníamos vía libre. Era un tren con muchos vagones, y en un cartel pude leer nuestro destino, no sin cierta dificultad: Chicago. Yo tenía mucha práctica con los números, las multiplicaciones y las divisiones, pero las vocales y las consonantes no eran mi fuerte, que digamos. A fin de cuentas, no había pasado del tercer curso de la escuela elemental.

Seguí a Big Pres hasta un compartimento de terciopelo y latón reluciente. Mis pantalones mojados y el fardo en el que transportaba mis pertenencias me avergonzaron, aunque por fortuna éramos los únicos pasajeros.

—En medio de la gente siento que me falta el aire —dijo Big Pres—. Cada vez que tengo que tomar el tren para Chicago me entra una angustia que no le desearía ni a aquella carroña de cura desnudo...

Me escrutó con la mirada.

—¿No me has entendido? Me refiero a Maranzano... ¿Al menos sabes quién es Maranzano? Lo sabes... Pues eso, que ni a él le desearía el malestar que me causan los sitios cerrados. Gracias a mi destacada estatura, se me echan todos encima. Y me falta el aire.

Tras decirlo pensó en mi altura: lo indicaba su sonrisa tímida, que buscaba comprensión. Pero yo estaba demasiado confuso por la cantidad ingente de andenes y vías que dejábamos atrás mientras salíamos de la estación.

—Bueno —dijo Big Pres—, pongamos un poco de orden. Tú eres Mino Melodia, ¿verdad? Nino... Quiero decir Puglisi, me ha escrito diciendo que te manejas bien con el teclado y que eres un buen *picciotto*. Es una buena carta de presentación, porque yo de Nino me fío. —Tenía ojos vidriosos y ojeras hinchadas, la nariz pronunciada y la expresión de quien piensa que la vida le debe algo y no se explica el retraso en el pago.

Pasó el revisor: lo saludó con deferencia apenas correspondida. Big Pres era una presencia conocida y respetada en ese tren, a pesar de su bombín. Es decir que no era un gilipollas que utilizaran a modo de guía indio. Él aportaba el traje gris, la corbata de rayas y la camisa blanca almidonada.

—¿Te has dado cuenta de que vamos a Chicago?

Asentí con la cabeza.

—Debes de estar destrozado, y con razón. Primero la travesía por mar, después el trayecto en coche, ahora el viaje en tren. Pero ya verás que en Chicago estarás bien..., es la mejor opción para ti. En New York se respiran malos aires, aires de tragedia y de hombres trágicos. En apariencia son todos muy colegas, que si *comparuzzo* mío por aquí, que si *comparuzzo* mío por allá, yo te doy un besito a ti y tú me das otro besito a mí. Pero antes de que termine el año van a pasar cosas bastante feas. Si quieres, te lo pongo por escrito. —Buscó una confirmación por mi parte que yo no podía darle—. Cuando yo era un pequeño *picciotto* igual que tú, los hombres respetables de mi pueblo decían que para hacer las paces primero hay que

declarar la guerra. Pues aquí estalló una guerra entre los dos de
Castellammare, Maranzano y Masseria. Maranzano ha ganado, se
ha autoproclamado capo entre los capos, y se ha pillado todas las
actividades del otro... Para que te hagas una idea: el barco en el que
viajaste hasta hace poco era de los hombres de Masseria, pero ahora ya está en manos de Maranzano. Pero no es más que una falsa
tregua. La guerra no ha terminado, y si uno como yo tiene que agacharse hasta que pase el mal tiempo, imagínate uno como tú... —Se
permitió una sonrisa para darme ánimos—. Por eso te conviene estar en Chicago.

—¿Y Puglisi? —Lo pregunté por decir algo.

—Buena pregunta. Lo conozco desde el primer día que asomó
la cabeza por Porta Palermo, allá en Mistretta. Vivíamos uno enfrente del otro. Soy diez años mayor que él, lo he visto crecer. Siempre con la cabeza en su sitio, un tipo justo. Por desgracia he sido yo
quien le ha metido en un aprieto. Pero si la justicia sigue su curso y
le arregla sus asuntos, podrá regresar a Catania.

Pensé en mi regreso a Catania, pero esta vez no dije nada. Ya había tenido suficiente con la reacción de los otros tres en el Chevrolet.

Estirando todo el cuerpo, Big Pres llegó a tocar el suelo con los
pies. Allí, en aquel compartimento y en esa situación, él era el *boss*.

—Una prima mía, que en realidad no estoy muy seguro de que
sea mi prima, pero que se llama Prestipino y viene de mi pueblo, se
ha casado con el primo de Luciano, que es de Lercara Friddi. No
olvides nunca este nombre y este apellido, Charles Luciano: tiene
un par de pelotas tan grandes que le llegan al suelo. Yo llegué a
New York en 1919, él ya tenía fama y secuaces en la zona de Mulberry Street. Por aquel entonces trabajaba para Arnold Rothstein.
Luciano aprendió de él, joder si aprendió. Rothstein, como todos
los judíos, era uno que entendía, pero que entendía de verdad. Le
enseñó a Luciano cómo tratar con jueces, fiscales, policías y políticos. Se los corrompe con dinero en metálico, con grandes sobres
blancos repletos de billetes de cien gastados...

Era la primera vez que oía nombrar a los judíos. Ignoraba su
existencia, su pasado, sus problemas, la circuncisión, su sentido del
negocio, el Bar Mitzvah, sus tirabuzones. Iba a descubrirlos lentamente: acabarían siendo una parte importante de mi América y de
mi destino.

A Big Pres le gustaba hablar y todavía le gustaba más escucharse. Cuando lo hacía perdía su habitual pátina de insignificancia y adquiría un espesor insospechado. Le brillaban los ojos e incluso parecía superar con creces el metro y medio.

—Luciano —continuó Big Pres— ha puesto a Masseria en manos de Maranzano, y ahora está a la expectativa. Deja pasar los días desde un lugar seguro: la parte baja de Manhattan es suya, incluidas las bandas de los Five Points. Ahí, hasta las paredes tienen ojos y oídos a su servicio. Maranzano ni siquiera se le acerca. Y Luciano sabe esperar. Y tú me dirás: ¿qué está esperando? Que su mano negra, es decir, Meyer Lansky, otro judío, le sirva en bandeja la desaparición de Maranzano y él pueda hacerse con la organización. Luciano siente debilidad por los judíos, a diferencia de Genovese se entiende bien con ellos. Sus dos grandes amigos, Joe Adonis y Frank Costello, tienen los mismos gustos. Costello hasta se ha casado con una judía de poca monta, una de quince años que había comenzado a enseñar las piernas en el escenario. El único judío al que no tragan es Ben Siegel, alias Bugsy, que aquí significa loco y, encima, de esos peligrosos, de los que van por ahí provocando. Por eso no le gusta que le llamen así. Además de un loco de atar Ben es el polluelo de Lansky, a pesar de que son casi coetáneos. Y Luciano le deja hacer. Pero no es un tío que pueda dejarse corriendo a sus anchas eternamente.

Tras pronunciar esta última frase, Big Pres se tapó la cara con el bombín y empezó a roncar en perfecta sintonía con el traqueteo del tren. Yo me quedé de nuevo solo con la parte más incómoda de mí mismo. Era un amasijo de pensamientos tristes: mi madre, Rosa, mis costumbres, mi padre, el San Carlo, mis hermanos y hermanas, de quienes apenas me acordaba cuando vivíamos juntos y que ahora habían dejado otro vacío en mi interior. Pero el pensamiento más triste tenía que ver con la música. Estaba convencido de que nunca más iba a ser capaz de tocar, que las teclas rechazarían cualquier contacto con las yemas de mis dedos, que había perdido para siempre la magia de poder sumergirme bajo las notas. Estuve compadeciéndome hasta que Big Pres se levantó el bombín y lo dejó en su posición natural. Me miró largamente.

—Pensar demasiado es malo para la salud. Si quieres, te lo pongo por escrito. Los ojos te han ido a parar a la nuca, y hasta pones cara de perdedor. El único pensamiento que podemos permitirnos es el de joder vivo al prójimo de la manera más eficaz posible. Estamos en el último peldaño de la escalera, nosotros: o conseguimos subirlo o desaparecemos. Los americanos tienen sólo tres ideas simples sobre nosotros. La primera: ellos son superiores en todo. La segunda: nosotros traemos mala vida, enfermedades y muerte. La tercera: el Padre Eterno nos creó para consolar a los polacos, que a su vez fueron creados para consolar a los judíos, quienes recibieron el deber de consolar a los irlandeses. Después de todos estos, empieza la civilización americana.

Era la tercera lección de mi primer día en América. Y Big Pres me la impartió con rabia, por lo que imaginé que la había experimentado en sus propias carnes y que las heridas no habían cicatrizado. Con todo, no podía dejar de preguntarme qué pintaba yo en todo eso.

—Luciano me dijo que te llevara a Chicago. —Big Pres mostró de nuevo su centelleante mirada—. Involuntariamente te he metido en esta historia. Luciano estaba buscando a alguien en Sicilia que se encargara de Giaconia. Yo enseguida pensé en Puglisi: para él, ganarse el reconocimiento de Luciano iba a significar dar un paso adelante. Charles era un tipo predestinado. Si quieres, te lo pongo por escrito. ¿Cómo lo definirías, a un tío que en 1910 hacía de mensajero en una fábrica de sombreros por cincuenta céntimos al día y que ahora gana millones a raudales? Luciano es la esperanza de todos los paisanos. Yo quería ayudar a Puglisi contra los amigos de los palermitanos, pero en cambio le he metido en un buen lío. Y Luciano nunca olvida. En cuanto elimine a Maranzano, porque lo hará, es sólo cuestión de tiempo, se encargará de Puglisi como se está encargando de ti. En Chicago haremos que toques el piano. Si lo haces bien, te has ganado el futuro. Si no lo haces bien, ya te las apañarás.

Me condujo al vagón restaurante para el almuerzo. Yo me había puesto el traje que llevaba el día de mi huida del San Carlo: estaba arrugado, olía al papel con que lo había envuelto, aunque era mucho mejor que la camisa de tela basta y los pantalones de fustán, que se habían quedado rígidos por el agua de mar. En el baño me lavé como pude, me afeité la barba de tres días. Big Pres no se esperaba que me las arreglara con el menú en inglés. Pedí rosbif, puré de patatas y pastel de miel: mi primera comida caliente en dos semanas. Me sentía ya más animado cuando volvimos al compartimento.

—¿Dónde me alojaré en Chicago?

—Por fin un poco de interés por la vida. Vivirás en casa de mi hermana Sol. A veces alquila una cama a los paisanos que le traigo. Te será útil para ambientarte, después haz lo que quieras. Te costará un dólar al día incluido un plato de sopa y un pedazo de queso. Lo pagarás con tu primera semana de trabajo. Aquí no tienen el día 27 de pago para los empleados, como en Italia, o el jornal como en Sicilia para los peones. Aquí pagan el viernes por la tarde. A propósito, ¿cuánto dinero llevas encima?

Me quedaban noventa liras. Las cogió y me dio veinte dólares.

—No es el cambio oficial, es el cambio siciliano. —Tal vez se esperaba un mayor entusiasmo por mi parte, pero me quedé indiferente—. Lo que significa que estás en deuda conmigo. Si te conviertes en un pianista famoso, me debes un concierto... Un concierto público en honor de Saro Prestipino. Esa noche me pondré mi frac y te presentaré orgulloso a Charles y a los demás amigos. —Lo afirmaba todo compuesto, quién sabe si lo decía en serio. ¿Cómo podía saber él que era el tercero que apostaba por mi futuro? Desgraciadamente, las estaciones habían ido resbalando entre mis dedos más fugaces que el agua, que al menos nos deja alguna gota de recuerdo. En lugar de subir, yo había bajado.

—En Chicago vigila dónde te metes —dijo Big Pres—. La situación es complicada. Los esbirros del Tesoro han puesto a Capone en su punto de mira. Al se ha pasado con sus disparos de nada, sus asesinatos de nada y con todas sus armas de nada. De acuerdo que Chicago vive para el dinero, y que por lo tanto está acostumbrada a los negocios, pero todo tiene un límite, porque al final el domingo siempre te encuentras con uno envarado en su sotana dispuesto a decirte que irás al infierno y que acaba impresionando a mujeres y niños. Pero ve a contárselo a Al. Continúa siendo el tozudo sin remedio que conocí recién llegado a New York. Él y Luciano fueron compañeros de clase, pero en presencia de Charles no rechistaba, no. No tenía dientes para morder fuerte en New York, así que cuando se le presentó la oportunidad de Chicago sus compadres de Nápoles lo trasladaron ahí. Y el hijo del barbero de Park

Avenue con demasiadas bocas que alimentar se transformó en el hombre de los cien millones de dólares al año. ¿Te das cuenta? Cien-mi-llo-nes-de-dó-la-res-al-a-ño... —Big Pres silabeó esa cifra, fácil de pronunciar pero imposible de imaginar—. Lo que Al Capone necesitaría es un genio de los negocios tipo Lansky, no los sanguinarios analfabetos que revolotean a su alrededor peor que las moscas con la miel: sus primos Fischetti, más Nitti, Accardo, Gioè y Lawrence Mangano. Tiene un regimiento, pero todos con la inteligencia de un mosquito. ¿Surge un problema? Siempre lo soluciona a golpe de pistola. Y yo me digo: ¿pero es que siempre tiene que hacerse todo a golpe de pistola? No corren tiempos ya para andarse con ésas. Si lo haces, te expones a ganarte la fama de enemigo público número uno. Y entonces a los polis, a los jueces, a los fiscales y a los del ayuntamiento les resultará complicado aceptar tus sobres. Y sin sobres la rueda no gira, se para aunque tengas la mitad del cuerpo de policía a sueldo. No olvides esto que te digo. Tú eres un artista, pero en la vida nunca se sabe.

Yo seguía con dificultades la acalorada explicación de Big Pres. Y no podía dejar de preguntarme ni un momento qué estaba haciendo yo en aquel tren. Igual que me había preguntado qué estaba haciendo en el *Melba* antes de conocer a Rosa. Pero Rosa se había esfumado, y ahora tenía la impresión de vivir en medio de una pesadilla.

—Podría encontrarte un puesto en el Montmartre Café, que es del hermano de Al Capone, o también en un anticuario en pleno centro, en South Wabash, que todavía pertenece a Al aunque lo lleva un conde francés. Con una palabra de Luciano sería suficiente. Pero no te conviene: no has desembarcado en América para trabajar de camarero o dependiente y olvidar tu talento de pianista. ¿Me equivoco? Y además, no querrás que me quede sin la velada en mi honor con el frac y todo lo demás, ¿verdad? Ni hablar de eso... Así que le he dicho a un amigo que tiene un local cerca del centro, en el que tocan música y la gente baila, que voy a presentarle a un genio del teclado. ¿Crees que he sido demasiado fanfarrón?

Big Pres era un revoltijo de bondad y maldad, de generosidad y codicia. Se prodigaba ante todos los que estaban un poco por debajo de él para obtener la certeza de que en el fondo seguía siendo un privilegiado. Pero su mayor alivio era poder tratar de tú a tú con quienes estaban arriba de todo. Encomendaba a la valentía de éstos las conquistas que nunca había conseguido él mismo. Vivía del reflejo de la luz, sobre todo de la luz de Luciano. Y con eso le bastaba. No tenía una función en concreto, digamos que estaba a disposición de quien tuviera alguna faena de poca monta que resolver y no tuviera ganas de encargarse personalmente de ella. En este caso preciso, yo era la faena de poca monta que Luciano le había confiado a Big Pres. Luciano a duras penas sabía de mi existencia: Big Pres le había contado que yo había ayudado a Puglisi a liquidar a Giaconia y que ahora necesitaba que me echaran una mano en América. Tras recibir de Luciano la aprobación y los dólares necesarios, Big Pres había preparado mi llegada. Era lo mejor que podía pasarle a un siciliano recién llegado. Porque de nosotros no se ocupaba ni la policía, ni los centros sociales, ni las administraciones locales ni las embajadas. Estábamos abandonados a nuestra suerte. Todos dependían del paisano con el que se habían arreglado. Y si éste no te ofrecía un trabajo, un consejo, un plato de sopa, la vida podía llegar a ser muy dura.

Llegamos a Chicago a última hora de la noche. A pesar de que era muy tarde, la estación estaba llena a rebosar de tipos variopintos. Los únicos que caminaban con prisas eran los pasajeros que acababan de bajar de un tren o se disponían a subir a su convoy. Los demás se paseaban bajo las altas bóvedas de la estación: algunos pasaban así la noche, otros pedían limosna sin excesiva suerte. Al pasar por su lado tuve miedo de acabar como ellos en cuestión de semanas.

Ningún coche, ningún amigo de Big Pres nos estaba esperando. Caía una llovizna insistente, que te dejaba encima una sensación de suciedad. En Catania se dice que la lluvia ligera empapa a los pueblerinos poco precavidos; la de aquella noche en Chicago empapó el bombín y el guardapolvo de Big Pres y mi traje del San Carlo. Delante de la estación había una larga fila de taxis, pero nos alejamos de ellos a buen paso.

—Verían enseguida —dijo Big Pres con aire de complicidad— que he llegado a la ciudad en compañía de un joven desconocido. Harían demasiadas preguntas.

Era una excusa para ahorrarse el dinero de la carrera. En Chicago, donde la brisca se juega con oro, nadie iba a romperse la cabeza al ver al dos de copas y al dos de espadas salir de la estación. Sea lo que fuere, nos subimos a un tranvía que se dirigía hacia el sur de la ciudad. El paisaje se transformaba, y los edificios de viviendas iban cediendo paso a las chimeneas de las fábricas. El aire se había vuelto pestilente, como los pasajeros que subían. Estábamos en el South Side. Nos bajamos en una calle en cuya placa se leía «Calle 59». Caminamos hasta el cruce con la 61. Allí torcimos a la izquierda, en dirección al parque. Tufo de coles estofadas, el halo de impotencia y provisionalidad que tienen en común todas las periferias del mundo.

—Mi hermana Sol no ha tenido suerte en la vida —Big Pres interrumpió el largo silencio—. Claro que llamar a una hija Soldellavvenire* es como tentar a la suerte...

Se volvió para estudiar mi reacción. Yo todavía estaba intentando descifrar aquel nombre que no había oído en la vida. Y no hace falta que diga que en mi tierra, de nombres raros, tenemos una buena colección.

—Mi padre —siguió hablando Big Pres— trabajaba en las minas de azufre, creía en los *fasci* sicilianos... —Tuvo un sobresalto—. ¿Sabes qué son los *fasci* sicilianos?

—No.

—¿Y qué os enseñan en la escuela?

¿Y a mí qué me contaba?

—Pues no hay que confundirlos con el fascismo. Porque son justo lo contrario: fueron las primeras luchas sindicales, el socialismo, Marx y Turati. ¿No has oído nunca esos nombres?

—No.

—Vaya exitazo para los pobres que se dejaron la vida o perdieron la salud por su causa. Mi padre lideró más de una huelga. Y se ganó las palizas de los guardias y tres meses de prisión por asociación subversiva. Cuando salió de la cárcel nació mi hermana, y él la registró en el censo con el nombre que te he dicho: Soldellavvenire, todo junto. Era el símbolo de los socialistas. Fue su revancha con los amos. El cura se negó a bautizarla, y en casa enseguida la llamamos Sol. Pero con un nombre así no puedes escapar de la desgracia. ¿Dónde vas a esconderte? Ella lo intentó viniendo a América con

---

* Literalmente, «sol del porvenir». (*N. de la T.*)

su marido. Yo le había encontrado a él un trabajo en un almacén clandestino de alcohol, pero ¿puedes creer que el muy zopenco se mezcló con los hermanos Genna cuando los irlandeses les tenían en el punto de mira? Pues desapareció hace seis años, y Sol se quedó con cinco hijos y la casa en una planta baja, con la vieja habitación de matrimonio convertida en cuarto para huéspedes. Siempre tiene lleno, pero no se saca más de cien o ciento veinte dólares al mes. Ya me dirás tú cómo puede salir adelante con cinco hijos que criar y la mayor, Agata, que tiene los pulmones enfermos. Yo la ayudo, hago lo que puedo, pero ella lo que necesita es un marido. Pobre Sol... Eso es lo que ha quedado de los sueños revolucionarios de mi padre.

Las farolas alumbraban con una luz desenfocada, pero era suficiente para iluminar la cara desolada de Big Pres: al hombre que confiaba más allá de todo límite en los amigos y el futuro se le acababa de caer la máscara.

Entramos en un patio. En el centro despuntaba una fuente, que hasta hacía pocos años abastecía de agua al edificio. Todavía funcionaba, y habían abierto un pequeño espacio para llegar hasta ella entre bolsas de basura, muebles para tirar, restos de colchones, butacas sin pies y esqueletos de ratas y gatos. El hedor de la naturaleza en descomposición había expulsado la pestilencia de las fábricas. Al lado de la entrada habían emplazado los cinco retretes que servían para toda la comunidad. Tuve la sensación de viajar atrás en el tiempo: en Via D'Amico había muchos edificios con las letrinas en el patio, pero en mi casa nunca habíamos tenido que compartir con los vecinos el agujero que servía para nuestras necesidades personales. ¿Era posible que hubiera viajado hasta América para estar peor que en Sicilia? Las puertas de las casas estaban casi todas abiertas, y de sus interiores pobremente iluminados salía un parloteo inaudible: una mezcla de dialectos italianos y de inglés a la buena de Dios. Big Pres se dirigió hacia la puerta más lejana, una de las pocas que estaba entornada. Llamó con los nudillos y entró.

—Sol... —fue un murmullo en tono afectuoso.

Sol apareció. También ella era menuda, pero más alta que su hermano. Envuelta en una bata estampada de flores parecía que tuviera sesenta años, cuando en realidad no llegaba a los cuarenta.

—Ah, eres tú... —dijo con voz resignada.

—Sol, te traigo a un nuevo cliente. Se llama Mino Melodia. Toca el piano, es un artista de los de verdad. Grábate bien este nombre en la cabeza porque se hará famoso. Si quieres, te lo pongo por escrito.

Sol ni siquiera se tomó la molestia de mostrar un mínimo de interés.

—¿Le has informado de las condiciones?

—Por supuesto. Un dólar al día para dormir, un plato de sopa y un trozo de queso.

—¿Le has dicho que no se haga muchas ilusiones con el queso? —Sol continuaba dirigiéndose a su hermano. Para ella yo sólo era el dólar que Big Pres le traía.

—Mino es un buen chico. Lo envía Nino Puglisi. ¿Te acuerdas de Nino Puglisi en el pueblo?

El nombre de Nino Puglisi la despabiló: me miró de arriba abajo para comprobar si yo era un entendido y un bribón como Dios manda. El examen no pareció satisfacerla.

—¿Tú también te quedas? —En la pregunta que le hizo a su hermano había más preocupación que curiosidad.

—No, Sol. Gracias, es que tengo que ir con los chicos. Luciano me ha encargado un par de trabajos. Dice que Capone lo tiene negro: demasiados líos con los impuestos... En New York también se está poniendo todo feo. El pacto con Maranzano se rompe. Vine para sondear el terreno.

Sol lo miraba sin escuchar.

—Tranquila —dijo Big Pres—, que si las cosas van como tienen que ir, esta vez te mudas a State Street y resolvemos el problema de Agata.

No debía de ser la primera vez que Big Pres le hablaba de que su situación miserable iba a dar un vuelco: Sol no le hizo el menor caso.

—Mino —dijo Big Pres—, mañana a las nueve te quiero aseado y comido. Ponte lo mejor que tengas, que iremos a la conquista de Chicago.

Besó a su hermana en la mejilla y salió con paso petulante.

La cama que me esperaba era un colchón de crin sin sábanas y una manta descosida, en la que unas letras medio borradas informaban de que había pertenecido a la Pacific Express Line. En la habitación había otros cinco colchones, dos de ellos ocupados. Me quité el traje de franela, que al día siguiente iba a tener que contribuir a mi buena suerte, y me tumbé sabiendo de antemano que no iba a poder pegar ojo. Habían pasado demasiadas cosas, y yo no tenía nada que ver con ninguna de ellas y no hallaba respuesta a mis preguntas. Al fin me levanté. Tras ponerme los pantalones de fustán, salí a la habitación que daba al patio. Antes de asomarme oí a alguien que tosía detrás de mí. Al volverme vi a una chica con el pelo largo y suelto, sentada en una silla. Era Agata, la mayor de los cinco hijos de Sol.

—Hola —dije a pesar de no estar seguro de si entendía el italiano.

—Hola —respondió levantando la cabeza. Le costaba hablar—. De repente me ha entrado un ataque, hacía mucho que no me pasaba.

Tenía unos ojos grandes de mirada profunda y dulce, el rostro excavado por el sufrimiento, la mano sobre el pecho en un vano intento de bloquear el mal que la aquejaba. Me resultó simpática de inmediato: además se llamaba como mi hermana.

—¿Puedo hacer algo?

—Si eres Dios, sí.

Los dos sonreímos.

—¿Has venido con mi tío?

—Sí.

—¿De dónde?

—De Catania.

—He visto dónde está en el mapa de Sicilia. Yo nací en Mistretta, me trajeron aquí con dos años. Un día quiero volver. ¿Tú has estado alguna vez en Mistretta?

—No.

—Mi tío dice que es un lugar muy bonito, rodeado de bosques. En invierno nieva, como en Chicago, pero en verano el calor no te mata, como aquí. Y tampoco huele tan mal. Me doy cuenta de lo mal que huele aquí cuando voy al hospital que está cerca del lago. El aire es distinto, allí. ¿Tú por qué has venido a América?

—Para tocar el piano.

—¿Eres pianista?

—Sí.

—Entonces eres importante.

—No, no. Lo de tocar el piano es un proyecto. Tu tío dice que primero tendré que practicar mucho para aprender la música que está de moda en América.

—Ah, sí, seguro. Mi tío Saro conoce a todo el mundo, tiene un montón de amigos. Seguro que te encuentra un local donde tocar.

—Agata... Agata, ¿estás ahí? —La cabeza de Sol asomó por la puerta—. ¿Te encuentras mal? ¿Has vuelto a tener tos?

—Sí, pero ahora estoy mejor. Mamá, sabes que... ¿Cómo te llamas?

—Mino.

—¿Sabes que Mino toca el piano?

—Agata —dijo Sol—, vale más que entres. Hay mucha humedad, no te conviene este aire. Vuelve a la cama.

—Vale. Mino, buenas noches. Hasta mañana.

La hermana de Big Pres se quedó en el umbral, con los brazos cruzados.

—Pero si mañana será peor que hoy, y hoy ha sido peor que ayer. ¿Por qué quisiste venir a América?

—No lo decidí yo. Las cosas fueron así.

—¿Has mirado a tu alrededor? En Sicilia no hay tanta suciedad como aquí, y la gente no está tan desesperada. Ya me dirás si uno tiene que irse a vivir a América para encontrarse en medio de esta porquería.

Empezó a sacudir la cabeza, movía los labios sin hablar. Se fue, pero regresó de inmediato.

—No le cuentes a mi hermano lo que acabo de decirte. No se lo merece. Él no quiere rendirse. Y yo sólo le tengo a él.

7

Tras la pista de Armstrong

Me despertaron los ruidos y las voces de quienes empezaban la jornada. El patio se había llenado de hombres y mujeres, niños y viejos. Bajo un cielo oscurecido por el hollín, cada cual salía con el deber de sobrevivir, de llegar hasta la noche y regresar a casa. Agata preparaba el desayuno para sus cuatro hermanos pequeños, si es que puede llamarse desayuno un mendrugo de pan que rebañar en una taza humeante de agua aromatizada con las hierbas del parque vecino, a orillas del lago Michigan. Sol ya había salido: limpiaba oficinas y escaleras en las fábricas. Los dos tipos con quien había compartido habitación se presentaron recién levantados: sus bostezos dejaban al descubierto unos dientes picados y tremendamente sucios. Exhibían unas espaldas morenas y robustas bajo el mono tejano que constituía el uniforme de los albañiles. Con mi traje de franela, era el típico pez fuera del agua. Los dos me lo hicieron notar con un par de muecas.

Agata tuvo una sonrisa para sus hermanos, reacios a comer lo que tenían delante, una sonrisa para los dos huéspedes, que se pusieron en marcha refunfuñando, y también otra para mí, que me había quedado aparte.

—¿Has podido dormir?

—Un poco.

—¿Estás esperando a mi tío?

—Sí.

—¿Te llevará ya a donde puedas tocar?

—Sí.

—¿Quieres lavarte? Hay una cuba, ahí. El agua no está muy

fría. Mientras te aseas, te plancho el traje. Tienes que causar buena impresión, eres un artista.

Me condujo a la habitación donde dormía con su madre y su hermanita. Entre la cama y la pila había una cuba grande como una bañera.

—Aquí está el cubo. ¿Tienes jabón? No... Te doy el mío, después te compras uno o se lo pides a mi madre. Pero te aconsejo que no... —Me guiñó el ojo—. Mi madre los tiene de segunda mano. Al otro lado de la calle venden de todo. Cómpralo ahí.

En media hora era un hombre nuevo. Agata se ocupó también de mis zapatos mientras yo buscaba mi corbata moteada. Me miré al espejo y reconocí al Mino del San Carlo; ella, a mi lado, también estaba radiante, a pesar de las ojeras. Le tendí un billete de un dólar.

—Lo he hecho por amistad —me replicó, ofendida—, porque me caes bien. Porque tienes que conseguirlo y me muero de ganas de oírte tocar.

Big Pres también quedó impresionado al verme.

—Bien, bien —dijo—. Vamos a portarnos como personas serias dispuestas a ofrecer lo mejor de la propia mercancía. Así es como se hacen las cosas.

—El mérito es de su sobrina.

—Es un ángel. No sé qué hacer para ayudarla. Los médicos del hospital no nos dan muchas esperanzas. Se necesita mucho dinero para las curas. Bastaría con lo que gana Capone en un solo día.
—A Big Pres se le empañaron los ojos.

Enfilamos a pie las calles por las que habíamos bajado con el tranvía la noche anterior. El calor se iba haciendo más intenso bajo la capa grisácea del cielo y anunciaba un día de sudor. En diez minutos los esfuerzos de Agata por mejorar mi presencia quedaron reducidos a nada; Big Pres, en cambio, avanzaba feliz con su bombín y su guardapolvo. Recién afeitado, con la camisa limpia: desprendía determinación y buen humor a cada paso. Yo caminaba rodeado por un grupo de niños de diferentes razas y colores, todos ellos desnutridos: casi todos estaban raquíticos, tenían los ojos saltones, y a menudo llevaban una venda que cubría un ojo ya afectado por el glaucoma. Alargaban la mano como autómatas, mientras Big Pres los apartaba con indiferencia. Tuve la tentación de regalarles uno de mis billetes de un dólar, y Big Pres me leyó el pensamiento:

—¿Te has vuelto loco? No podrías sacártelos de encima, y antes de recorrer cien metros te habrían señalado como presa a la que robar. Piensa en disfrutar de la jornada.

La verdad es que no había demasiado de lo que disfrutar. Uno ya tenía bastante con intentar que el mal olor de la ciudad no lo ahogara. Daba la impresión de que los malos olores salían hasta del asfalto de las calles y las aceras. Se respiraba una atmósfera de pobreza absoluta, peor que en Catania, y sin embargo uno veía las mismas cuerdas con la ropa tendida al sol, los mismos trastos para tirar detrás de las puertas, los mismos hombres y mujeres con el aspecto de haber recibido tantos palos de la vida que ya no albergaban ni ilusiones ni esperanzas. Lo único que cambiaba era el color de las paredes, aquí prevalecía un tono rojizo, ideal para intensificar esa sensación de opresión.

Big Pres no se entretenía, avanzaba directo, a duras penas respondía con un gesto si alguien le saludaba. Cuando llegamos a un cruce donde unos niños jugaban a esquivar los coches en el último segundo, me señaló los bloques de edificios que se sucedían hasta el infinito.

—Ya se lo dije a Luciano: con cien mil dólares te meriendas todo el South Side, haces que salga un alcalde de tu agrado, pones en marcha la recalificación del barrio y multiplicas por mil tu inversión. Para Luciano cien mil dólares equivalen a aquel dólar que tú querías dar a los chiquillos. Pero él no quiere enfrentarse con Capone. Aunque después será peor, porque habrá cien perros merodeando alrededor de este hueso. Si quieres, te lo pongo por escrito. Si yo tuviera cien mil dólares...

Llegamos al final del South Side, superamos la última chimenea, torcimos a la derecha. Era otra Chicago, menos miserable, más alegre. Cruzamos calles pobladas sólo por negros guapísimos y negras gordísimas. Big Pres parecía más relajado.

—¿Te parece normal que me sienta más a gusto entre estos monos que entre quienes son cristianos como yo?

A pesar de que no eran ni las diez, algunos locales ya estaban abiertos, y de vez en cuando se oía a alguien que aporreaba las teclas. El letrero «Paradise» se veía desde la calle 37. Era muy llamativo, con las letras inclinadas: en suma, pensé, un paraíso que había caído en un lugar en el que había poquísimos blancos. El propietario se llamaba Nic Sperandeo, un palermitano del barrio de la Kalsa.

—Está con Frank Nitti, que oficialmente es el brazo derecho de Capone. —Big Pres hizo una mueca—. En realidad, Frank sólo piensa en una rubia que quiere dedicarse al cine y que si pudiera se haría construir un Hollywood en miniatura sólo para ella en la zona de Oak Park. Y para convencerlo, la chica se pasa todo el día agachada de rodillas delante de él. Sin duda debe ser algo muy excitante y vigoroso, pero siendo de nuestra propia carne, llega un momento que, chupada por aquí, chupada por allá, y él es el que se está quedando chupado de verdad. En sus breves momentos de descanso, Frank se acuerda de que Capone tiene quince años menos y un poder quince veces superior al suyo, y se cabrea. Entonces llama a Sperandeo, le pregunta si la artillería está engrasada y a punto para ser usada. Sperandeo le responde que sí, y luego le pregunta qué pasa y a quién le pasa. Frank se pone a estudiar el mapa de Chicago, que tiene debajo del escritorio de piel, dibuja líneas, cuenta el número de coches necesarios, pero cuando está a punto de llegar a una conclusión aparece la rubita: Frank da un suspiro y murmura que los últimos detalles habrá que decidirlos en la próxima reunión. Nic sale de puntillas, y él vuelve a dedicarse a lo único que le interesa desde el día en que dejaron de limpiarle el culito: el triangulito de pelos rizados. No sé si me explico... —Big Pres se llevó la mano a la boca con un gesto muy femenino. Sólo entonces me di cuenta de que hacía tres semanas que no había mojado y que ni siquiera tenía la excusa del atontamiento producido por Rosa—. ¿Por qué te crees —continuó Big Pres— que Sperandeo le ha propuesto a Nitti que abriera este local? Para tener carne fresca cada día. Nic se ha inventado el coro de las menores: ha añadido un cuerpo de baile formado por unas cuantas chicas guapas más dispuestas a entrar en sociedad que a bailar bien. Si en la cuenta añades a las camareras, aquí dentro hay un vivero que ni en el Grand Central. Pero Nic tiene olfato para los negocios. Está ganando dinero a raudales con un pequeño hallazgo que no está nada mal: en el Paradise blancos y negros pueden bailar juntos, un lujo que pocas salas consienten en Chicago. Los llaman *black and tan*, el triunfo de la igualdad entre las razas. Aunque no es exactamente como dicen: en la barra y en la pista he visto a hombres blancos que se juntan con mujeres negras, pero todavía no he visto que los hombres negros lo hagan con mujeres blancas. La presencia de los conejitos de color todavía pone como a una fiera a un amplio sector de la buena sociedad de Chicago, mientras que la ausencia de esos monos saca de sus casillas a otros. Así que se necesita una discreta fuerza disuasoria para evitar accidentes, y Sperandeo la tiene: Nitti. ¿Me sigues?

Dentro del local estaban fregando el suelo, las sillas estaban apoyadas en las mesas, la sala central parecía un borracho que acabara de cerrar los ojos, un negro menudo estaba limpiando la inmensa barra del bar, el piano de cola quedaba oculto bajo una tela de color negro. En la tarima tres hombres con traje gris rodeaban a un tipo con el que estaban charlando acaloradamente. Big Pres saludó y se apartaron: encorvado en la silla, apareció Nic Sperandeo. Era rubio y elegante, a pesar de que daba la impresión de estar todavía soñoliento, como si el traje se le hubiera pegado al levantarse de la cama.

—Big Pres, tu presencia nos honra —afirmó Sperandeo sin molestarse en disimular su ironía.

—Quisiera poder decir lo mismo, palermitano de vello rubio —le contestó Big Pres—. Para evitar malentendidos con quien no me conoce: de vello rubio en el sentido de enamorado de ese tipo de vello, y si queréis, os lo pongo por escrito.

Todos se echaron a reír. Sperandeo le dio un abrazo a Big Pres, y le caló el bombín hasta los ojos.

—¿Qué tal está tu capo? —preguntó.

—¿A quién te refieres? —contestó Big Pres antes de levantarse el bombín.

—Hombres, aprended: nunca os fiéis de nadie. Mi buen amigo Big Pres pregunta que a quién me refiero. ¿A quién quieres que me refiera? ¿Al cura desnudo? Ése es un muerto viviente, aunque nadie se lo ha dicho todavía. Me refiero a tu único capo de verdad. El del chirlo en el ojo.

Sperandeo lo dijo con sorna. Big Pres tuvo un arranque de furia, pero sólo yo me di cuenta: los demás todavía reían la broma.

—¿Te refieres a Luciano? —dijo calmosamente Big Pres—. Abre bien los ojos y lo verás claro. Tal vez le toque la lotería: New York y Chicago.

Esta vez fue Sperandeo quien se encolerizó.

—El gilipollas ese de Capone se está pasando con eso de ponernos a todos en peligro. ¿Qué nos apostamos a que Capone salta antes que Maranzano?

—No apuesto a los caballos, no apuesto a los perros, ¿y quieres que apueste para el *boss*? Nic, dentro de una hora tengo que coger el tren. ¿Podemos hablar?

Los tres hombres desaparecieron detrás de la puerta.

—Es él —dijo Big Pres señalándome.

—¿Cómo te llamas? —Sperandeo fue deliberadamente brusco.

—Mino Melodia.

—Para que después digan que la casualidad no existe.

—Nic —le interrumpió Big Pres—, te lo repito: el chico es un pianista extraordinario. Si quieres, te lo pongo por escrito.

—El chico, de momento, tiene buena presencia. Habrá que valorar el resto. —Después se dirigió otra vez a mí—: ¿Hablas la lengua?

—Aprendí un poco en Taormina, tocaba en el piano-bar del San Carlo. Con clientela extranjera, muchos ingleses, algunos americanos.

—Es decir que si no hablas el inglés de los ingleses, no hace falta que te pregunte por el inglés degenerado y plagado de abreviaciones que hablan aquí.

Se acercó al piano. Retiró la tela oscura que lo cubría e hizo un gesto procaz para enseñármelo.

—Todo tuyo.

Yo nunca había visto un Steinway de cola tan imponente: ébano taraceado y reluciente, teclado de marfil con 88 notas, pedal tonal central. Nunca llegué a saber cómo había ido a parar allí.

No vacilé ni un segundo, sabía que iba a hacerlo bien. Me senté en el taburete del Paradise como si acabara de levantarme del del San Carlo, e hice alarde de mi repertorio de barras y estrellas: *Swanee, Oh, Lady Be Good, The Man I Love, Fascinating Rhythm, Rhapsody in Blue, Isn't it Wonderful...* Big Pres, impaciente, echó una ojeada al reloj. De golpe sentí que me cortaban las alas: había dejado para el final mis mejores piezas, *Naughty Man*, *Comet Chop Suey* y *Everybody Loves My Baby*. Me volví hacia Sperandeo.

—¿Eso es todo? —fue su bendición.

—Aprende rápido —dijo Big Pres.

—¿Sabes leer música?

—No, pero con escucharla una vez me basta.

—Tiene una memoria prodigiosa —añadió Big Pres.

—Exacto: tienes que escucharla —Sperandeo me hablaba directamente a mí—. Te digo yo cuál es la mejor solución. Te vienes por las mañanas a echar una mano en la limpieza y aprovechas para escuchar al pianista que hace las pruebas a cantantes, coristas y bailarinas. Afinas tu oído y aprendes que no sólo existe el jazz. Por la noche ayudas en el bar, en las mesas, y tal vez mientras el pianista se refresca la garganta te diviertes un poco con las teclas. Veremos cómo te recibe la sala. Tienes muy buena presencia... —Me estudió de arriba abajo, y no le gustó mucho tener que levantar la cabeza—. Sí, puede que gustes a las mujeres, sobre todo a un tipo de hembra que frecuenta el local. Pero si te buscas algún lío con los acompañantes de las chicas, te pongo de patitas en la calle. Debes hacer que te miren, pero tienes prohibido mirar.

Big Pres sólo pensaba en que tenía que salir corriendo hacia la estación.

—Nic, así pues, ¿trato hecho?

—Tres dólares al día —fue la respuesta de Sperandeo.

—No te arruinarás, no.

—Tendría que ser él quien me pagara: le enseñaré el oficio. —Y soltó una risa falsa como agua de ciénaga.

En el Paradise barría, quitaba el polvo, tiraba las bolsas de basura, sacaba brillo a los vasos, llevaba el ron al despacho de Sperandeo y aguzaba los oídos en las pruebas de la mañana. Por la noche servía las copas a las mesas. Los pantalones negros me llegaban al tobillo, la camisa blanca casi no se abrochaba, las mangas no pasaban de la muñeca. Aunque limpia, mi ropa conservaba los olores corporales de todos los que la habían llevado. Pero los clientes estaban allí para gozarse en otras esencias. El whisky se servía en coloreadas tazas de té, la soda se guardaba en las garrafas, y el hielo, en las cubiteras. Tras diez años de locura se notaba en el ambiente que la ley seca llegaba a su fin, pero esa misma evidencia disparaba el inexplicable deseo de apurar a fondo sus últimas gotas. El Paradise llenaba cada noche. La fórmula mixta funcionaba. Acudían las mujeres más guapas de Chicago, o al menos las más guapas entre las que estaban interesadas en la música, la diversión y los contactos que rozaban el pecado. Blancas, negras, amarillas o mitad y mitad: un desfile que deslucía el del San Carlo entre Nochebuena y Nochevieja. Tal vez habían cenado con sus acompañantes en el Savoy o el Warwick, los clubes más exclusivos de la ciudad, y ahora, liberadas del papel de buenas chicas, estaban ansiosas por soltarse el pelo. El Paradise y los otros locales por el estilo eran considerados una especie de zona franca, una tierra prometida de lo prohibido. Únicamente había que tener dinero para permitírselo.

Yo me hacía mirar, pero no miraba. A pesar de que había recuperado los instintos de mis veinte años, es decir, mi cuerpo estaba ardiendo: intentaba intuir cuál era el terreno de caza posible entre las asalariadas de Sperandeo. Porque si no podía acercarme a las clientas por no ofender a sus machitos, lo mismo sucedía con las coristas y las bailarinas, siempre acompañadas diligentemente por los *picciotti* de los Fischetti, de Accardo, de Nitti, de Lo Verde, de Aiello, de Rizzuto, de Mangano y de Lombardo. Cuántos aspirantes a sucederlo se había ganado Capone. En aquellos tiempos las balas silbaban en Chicago por mucho menos que un par de piernas dispuestas a abrirse. Pero antes de que fuera yo quien tomara la iniciativa, me cazaron. Quien me apuntó fue Lucylla, la guardarropa, una polaca melancólica y de aire ausente. El idioma era más o menos un obstáculo, pero la atracción mutua siempre encuentra sus propios medios de expresión. Lo hacíamos a las tres de la madrugada en el zaguán del apartamento en el que vivía la numerosa familia de Lucylla. Nunca llegué a saber si se había encaprichado de hacerlo en el zaguán o si tenía miedo de entrar sola en casa.

Reencontré un estilo de vida que había creído sepultado para siempre. No más de cinco horas de sueño y diecinueve de actividad constante sin ni siquiera el consuelo de la música. Desayunaba una sopa de puerros y una loncha transparente de queso. A pesar de que Sol no era partidaria de cambiar el menú, a veces me sorprendía con aceitunas negras en salmuera o cebollas asadas. Apenas ponía los pies en el Paradise, comenzaba a beber agua con menta para refrescarme el aliento. A la hora de almorzar me tocó descubrir el sabor de las salchichas de cerdo pasado. Cenaba muy entrada la noche, normalmente las sobras de carne, antes de acompañar a mi pequeña polaca. Sperandeo hacía alarde de ofrecer una cocina internacional, el cocinero era procedente de las llanuras de Kansas: la pasta y los platos con cierta ascendencia italiana estaban más que desterrados.

Agata se informaba cada mañana de mis progresos musicales. Ella creía en la vida y estaba convencida de que yo iba a triunfar: me veía tocando en los principales teatros americanos, sentada ella en primera fila para aplaudirme. Era extraordinariamente enérgica, capaz de obligar a sus hermanos y a su hermana a pasar un par de horas inclinados sobre cuadernos y libros antes de dejarlos salir al patio. La tos no la había abandonado. Cuando me acompañaba a la parada del autobús se pasaba el chal por la cabeza: era idéntica a la Madonna Immacolata del cuadro que había encima del altar en la iglesia de Piazza Cappellini. Vino conmigo la mañana que fui al mercado de ropa de segunda mano, en la parte baja de State Street: tenía que comprar mis primeras piezas de ropa americana. El aire de Chicago era sofocante, y yo sólo tenía mis pantalones de pana y mi camisa de lana basta del invierno siciliano. Para más inri no había mar, y eso del agua del lago eran pamplinas. Yo nunca había vivido sin el mar, y lo echaba de menos. El mar... Mi madre me había contado que por mar habían llegado todos los invasores de nuestra tierra, era el único camino capaz de llevarme de vuelta a casa. Y allí no había mar. América me había enjaulado.

Por diez dólares compré un conjunto de pantalones negros y camisas blancas.

—Deja que las planche yo —dijo Agata, que ya me planchaba toda la ropa y no quería que le pagara por ello.

Esa noche, mientras hacía la última ronda antes de cerrar, encontré en el baño de señoras del Paradise un frasco de perfume lleno en sus tres cuartas partes. Pensé de inmediato en Agata, pero me avergonzaba regalárselo usado. Dios sabrá perdonarme, porque fue peor el remedio que la enfermedad: rellené el frasco con agua. Envolví mi regalo con una hoja de estaño y papel de colores.

En el patio sin un alma, pero lleno de basura pestilente, Agata se revolvía en la silla junto a la puerta. Había acabado de toser, la cabeza le tocaba el regazo. Le acaricié el pelo suelto.

—Ya está, ya está —murmuró ella mirando por la puerta: tenía miedo de haber despertado a Sol.

Le puse la mano sobre el hombro sin decir nada. Yo tenía los humores de Lucylla pegados al cuerpo, estaba agotado por el cansancio, suspiraba por mi colchón de crin. Agata levantó los ojos para mirarme y vi que le destellaban de rabia. En el puño apretaba un pañuelo blanco salpicado de negro.

—Mi tío —dijo— me ha prometido que conseguirá que me cure. Quiero que mis hijos nazcan sanos.

—Mira lo que te he traído...

Agata desenvolvió el frasco, y quitó el tapón como hacen en las películas con las espoletas de las bombas. Lo olía una y otra vez.

—Oh, Mino...

—Es el que se ponen las señoras que vienen al Paradise.

—Pero ¿es para mí, sólo para mí?

—¿Ves a alguien más por aquí?

—Nunca he tenido ningún perfume.

—Tus admiradores se volverán locos por ti.

Continuaba oliéndolo. Era feliz: una mujer que era el centro de la atención en lugar de ser la chica enferma que merece ser compadecida.

—¿Por qué?

—Por cómo eres, por la sonrisa que me regalas todas las mañanas, porque has hecho que me sintiera como en casa. Nunca te lo he dicho, pero te llamas como mi hermana.

—¿Soy tu hermanita americana?

—Sí, Agata, eres mi hermanita americana.

Tenía un mensaje de Big Pres: quería verme. Me sacó del colchón al cabo de pocas horas. Se mostró amable: se había informado en el Paradise, con Sperandeo. Dijo que en Nueva York crecían las diferencias entre Luciano —que significaba Lansky, Siegel, Costello, Genovese, Adonis, Anastasia, Bonanno— y Maranzano. Y también había un problema generacional: los *picciotti* crecen, tienen ganas de salir adelante, pero la vieja guardia hace oídos sordos.

Big Pres preveía que la situación iba a acabar muy mal, y no sólo en Nueva York, sino también en Chicago: Capone no se entera de una mierda. Pero Big Pres no me había visitado para jugar a las adivinanzas: me preguntó si quería escribir a mi familia. Él se encargaría de que mi carta llegara a casa sirviéndose de sus canales. Me pasé dos noches enteras para llenar una hoja por una cara. Me costó lo mío decir que estaba bien y que esperaba que ellos también lo estuvieran, que trabajaba en Chicago y confiaba regresar lo antes posible. Firmé Mino y me puse a llorar.

El pianista del Paradise era Pat, un irlandés alto como un pino y con una mata de pelo rizado y cobrizo. También hacía las funciones de coreógrafo de las seis bailarinas, cuyo trabajo, además de bailar, consistía en sentarse en las rodillas de los clientes desprovistos de compañía femenina. Pat tenía buenas manos, y un sentido del ritmo como pocos. Yo, cada noche, esperaba que llegara el momento de sustituirlo al piano cuando hacía una pausa para tomarse un whisky y dar un par de caladas al cigarrillo que siempre asomaba del bolsillo de su chaqueta de cuadros. Pero Pat era especialmente posesivo con su Steinway de cola: tenía miedo de que se lo desafinara, me dijo Sperandeo. A su manera, Pat era amable conmigo: con una retahíla de palabras incomprensibles y algún que otro gesto comprensible, me dejaba sentar al piano en la pausa de la tarde, cuando él se sumergía en la lectura de la sección de hípica del periódico. Yo repetía lo que había escuchado. Además del jazz, a Pat le gustaba el ragtime y Gershwin: sus ejecuciones de *'S Wonderful*, *I've got a Crush on You*, *I Got Rhythm* y *Embraceable You* eran impecables. Pero Pat fue importante para mí por otro motivo: me enseñó la importancia de esos temas y esas canciones que cada cual lleva inscritos en el alma. Para él era la música country, que los blancos del sur contraponían al jazz de los negros, aunque en realidad era un patrimonio común. En aquellos años, en Chicago como en Nueva York, en Nueva Orleans como en Baltimore, apuntar las notas de *Under the Double Eagle*, *Over the Waves*, *Wildwood Flower*, *Little Log Cabin by the Sea* y *Will the Circle Be Unbroken* era como entrar hoy en un piano-bar italiano y escuchar *Volare* o *Sapore di sale*: es bueno para el corazón, no sé si me explico.

Yo tocaba de oído *Sweet and Low-Down*, *St. James Infirmary*, *Chicago Breakdown*, *Basin Street Blues* y *Tight Like This*. Y me salían bastante bien. También intercalaba un poco de Armstrong y Ellington. Después Pat terminaba de anotarse los nombres de los caballos por los que iba a apostar, dejaba el periódico, de nuevo tomaba posesión de su tesoro, y yo volvía a sacar brillo a la barra del bar.

Sperandeo confiaba en mí: daba por sentado que yo no podía permitirme ningún desliz. En una ocasión me entregó un sobre con mil dólares para que lo llevara a la sede de la Unión Siciliana. Tenía que dárselo en mano a uno de los hombres de Accardo.

—¿Cómo voy a reconocerlo?

—A ti eso no te importa, ya te reconocerá él.

—¿Sabe quién soy? —Imaginé que era un cliente del Paradise.

—No, pero serás el único imbécil fuera de lugar. Imposible equivocarse.

Sperandeo se sentía satisfecho con su comentario, pero no lo suficiente:

—Ojo con caer en la trampa. Te ofrecerán la presidencia de la Unión Siciliana, tal vez hasta te tienten con una jugosa compensación. Pero ni se te ocurra aceptar. ¿Imaginas por qué te lo digo?

Naturalmente no tenía ni idea.

—Los últimos cinco presidentes han sido asesinados. El primero fue Angelo Genna, sólo el Padre Eterno estaba por encima de él. Pregúntale a Big Pres si quieres más información sobre el resto. Ahora los de la Unión no encuentran presidente ni poniendo anuncios en los periódicos, así que están dispuestos a quedarse con el primero que pase. Si te amenazan para que aceptes el cargo, diles que trabajas para Nic Sperandeo, y que Nic Sperandeo no puede prescindir de un futuro pianista de tu talla. —Se rió alegremente, mientras yo me metía el sobre debajo de la camisa—. Eh, pero quién quieres que toque a uno de la familia...

Ésa fue la primera vez que cogí el Elevated, el tren elevado que recorre como un anillo el centro de la ciudad. Yo nunca había ido más allá del comienzo de State Street, por lo que estaba más acostumbrado a los negros que a los blancos, y todavía no había visto de cerca la opulencia y el lujo que a menudo convivían con la indigencia o con algún que otro mendigo acurrucado en un rincón de la acera en medio de la indiferencia general. Aunque por aquel entonces en Chicago se contaban más millonarios que pordioseros.

Me bajé en la parada de Michigan Avenue, y cambié tres veces de dirección antes de entrar en la sede de la Unión Siciliana. El salón del primer piso no decía mucho a favor de la iniciativa laboral de mis coterráneos: había cuatro mesas en las que se jugaba a cartas, y otros varios socios estaban leyendo tranquilamente el periódico. Me impresionó que casi todas las sillas estuvieran apoyadas en la pared: nadie quería estar con la espalda al descubierto.

—¿Eres tú el que viene de parte de Sperandeo?

El hombre que había hablado era delgado como un fideo. Las alas del sombrero de fieltro le tapaban la mitad de la cara hasta las mejillas hundidas. Párpados hinchados, voz ronca: llevaba mal sus pocos años.

—Sí.

—¿Llevas la entrega?

—Sí.

—Sígueme.

No me llegaba ni a la barbilla, pero me miraba de arriba abajo. Fuimos a la cafetería detrás de la esquina. Encima de nuestra mesa una baldosa de mayólica rezaba: «Chicago suena bien porque quiere decir dólares». Puede que Sol y Agata no estuvieran de acuerdo, pero la frase recogía al menos las aspiraciones de quienes vivían en Chicago. Cuando me senté me di cuenta de que el tipo que tenía enfrente llevaba dos pistolas bajo la chaqueta, una en cada axila. Pidió gaseosa para los dos, cruzó las piernas, y vi que llevaba calcetines blancos.

—¿Eres nuevo?

—Sí.

—Ya somos tres.

Lo miré extrañado.

—Ya somos tres, sí. No eres muy hablador, como yo.

Sorbía su gaseosa escrutándome por encima del vaso. La situación me incomodaba: sus ojos no auguraban nada bueno.

—Antes de irte no te olvides de entregarme el sobre.

Se lo entregué acto seguido. Casi no miró el fajo de billetes de diez. Continuó bebiendo.

—¿Cómo te llamas?

—Mino Melodia.

Se le escapó la risa.

—¿En serio? ¿No es un nombre falso?

—No.

—Yo soy Sam Giancana. Si nos hacemos amigos, podrás llamarme Momo.

Lo recuerdo como si fuera ayer. Era una noche dedicada al ragtime. Pat estaba tocando de mala gana: tenía miedo de no estar a la altura, cuando en realidad daba el pego. Lo digo por propia experiencia: ese ritmo arrastrado y sensual, sin llegar a ser jazz, es un desafío constante con las teclas. Siempre tienes la sensación de haber tocado la tecla equivocada, de haber perdido las medidas. No sé si entendéis lo que quiero decir... No importa.

Para calentar el ambiente Pat había atacado *Maple Leaf Rag*, el himno del ragtime, y había seguido con los clásicos: *Goodbye, My Love, The Crime of the Century, What Kind of Woman, Maryland, My Maryland* y *My Ragtime Baby*. Había iniciado los acordes de *A Guest of Honor* cuando corrió la voz de que Armstrong estaba paseando por el cruce de la calle 35 y Calumet, cerca del Sunset Café, donde el mundo había aprendido que su trompeta y su voz hacían milagros. Todos corrieron afuera. También yo salí corriendo. Había sido una falsa alarma. Cuando entramos Pat había desaparecido: se había ofendido y había alzado velas. En el local cundió el pánico. ¿Qué se podía hacer? ¿Quién iba a sustituirlo? Sperandeo se había ido para que le alisaran el pelo y algo más a casa de su amante secreta, objeto de los rumores preferidos del Paradise. Tras haberse acordado de la mitad de los santos del paraíso, Mickey —es decir, Michele Apicella de Ariano Irpino, jefe de sala en funciones— me ordenó que me sentara al piano.

—Nunca he ensayado un ragtime.

—Es tu problema —fue su respuesta, acompañada de la amenaza de un despido inmediato.

Me las arreglé. No sé cómo lo hice, pero me las arreglé. Fui capaz de repetir los temas que había tocado Pat, y los alterné con el resto del repertorio: jazz, country, Gershwin y un whisky doble para evitar un brusco despertar. Se acercó al piano la gata negra más sinuosa que jamás he conocido y me silbó una melodía. Se quedó detrás de mí hasta el final de la velada, hicimos un bis del principio al final. Yo acababa de ofrecer una interpretación personal y a la vez satisfactoria de *Nineteen Nineteen Rag*. Nos lucimos con *A Guest of Honor* siguiendo el mismo método. La gata emprendió un par de gorjeos con la voz más sensual que imaginarse pueda: los aplausos y los silbidos retronaron en el Paradise. El galán ya entrado en años que la escoltaba se la llevó enseguida antes de que el público se la comiera con los ojos. A fuerza de echarle whisky al motor se desataron mis antiguas mezclas musicales. Por suerte eran las tres de la madrugada y pocos tenían la lucidez necesaria para comprender qué estaban escuchando.

Cuando llegó la hora de cerrar, en lugar de acompañar a Lucylla hasta el zaguán de nuestra intimidad, me dirigí a la entrada del Sunset Café. Fue un peregrinaje sentimental. Una acción de gracias en honor de san Louis Armstrong, que aquella noche había posado su caritativa mano sobre mi cabeza. Además, pensé, así iba a poder contar que yo había estado allí, que mis pies habían pisado el mismo suelo que el más grande de todos. Lucylla me había estado esperando toda la noche para nada, y eso le molestó: al día siguiente se hizo la princesa del guisante. La verdad es que yo también estaba un poco harto, sobre todo porque las horas pasadas con ella eran horas robadas al sueño, así que recibí como una suerte de liberación su anuncio de que nuestras extenuantes actividades nocturnas quedaban suspendidas. No tardé en ver que venía a buscarla un mensajero de Fischetti que conducía un Oldsmobile con tapicería de piel: no hace falta que lo comparéis con los golpes de cadera que solíamos dar contra la pared del zaguán.

Al día siguiente de mi actuación, cuando llegué al Paradise, la tempestad ya había estallado. Sperandeo se estaba desgañitando como un loco. Pat le dejó plantado en medio de la sala tras anunciar que se iba al hipódromo. Yo recibí toda clase de insultos por haber salido junto con los otros a buscar a Armstrong: tú hazlo otra vez y te envío a Sicilia de una patada en el culo. El que hubiera salvado la velada no se consideró digno ni siquiera de mencionarse. Por la noche todos volvimos a nuestros puestos de combate, aunque se necesitaron semanas para que las cosas se calmaran. Yo intentaba mantenerme al margen y recuperar las horas de sueño.

Agata me trataba como una madre, como una hermana, como una criada: Nunca dejaba de hablar, y a mí me encantaba escucharla. Imaginaba el futuro, el suyo y el mío. Todo lo que yo iba a hacer con el dinero que ganaría cuando me hiciera famoso, la familia que ella formaría, cómo educaría a sus hijos... Era verano, la tos había remitido un poco: su apego a la vida se encargaba del resto. Yo la miraba admirado, esforzándome por seguirle la corriente. Su palidez todavía le rompía el corazón a uno. Se lo comenté a Big Pres el día que vino a entregarme la carta de mi madre en respuesta a la mía. En el sobre había escrito: «Mino Melodia – América».

—Pronto habrá cambios —murmuró Big Pres—. En enero dispondré del dinero para ingresarla en un importante sanatorio del norte de New York. Dicen que hacen milagros, podrán hacer éste.

La carta de mi madre me dejó destrozado. En Via D'Amico se habían presentado los esbirros *cu giummu*, como se dice en dialecto, es decir, con los carabineros: me buscaban por el homicidio de Enzo Giaconia. Si no me personaba de inmediato, iban a acusarme de ser el ejecutor material del homicidio y de haber actuado a sueldo de Nino Puglisi. Habían publicado nuestras fotografías en las páginas de sucesos del *Popolo di Sicilia*. Habían confiscado mi libreta postal con las mil liras: el director de la oficina había afirmado que podía darlas por perdidas. Debido a la situación de Puglisi, mi padre había perdido el trabajo extra, y el habitual escaseaba cada vez más: la gente ya no tenía dinero para sus mercancías. Mi madre no me lo decía, pero yo intuía que pasaban penurias. Por la carta supe que Nino estaba a punto de casarse, mientras que a Peppino ni siquiera lo mencionaba. Mi madre terminaba diciéndome que, por el momento, lo mejor era que me quedara en América. Al pie de la página, tras los miles de besos y su firma, una caligrafía desconocida, tal vez de una de mis hermanas, preguntaba: «¿Has encontrado trabajo como pianista?».

No era cuestión de que no estuviera trabajando como pianista: era que nada salía como yo había esperado, y mi regreso a Catania se alejaba por momentos. Madeleine fue quien me rescató, en todos los sentidos, del pozo en que me hallaba. Descendiente de una familia francesa que se había refugiado en Estados Unidos por motivos religiosos, Sperandeo también habría dicho de ella que formaba parte de la gran familia. Había llegado a Chicago procedente de

Ohio, siguiendo a un irlandés fulminado en uno de los muchos desencuentros entre las bandas de George Moran y Al Capone. Madeleine se encargaba de abastecer de margaritas, azaleas y orquídeas el Paradise. Tenía una floristería al comienzo de la calle 37, y dormía en un cuartucho de la trastienda. Pronto empezamos a dormir los dos juntos en ese cuartucho, aunque huelga decir que hacíamos de todo menos dormir. Por otro lado, aun queriéndolo, habría resultado imposible. Le debo a Madeleine una sensible mejoría de mi inglés y una pizca menos de ignorancia. Porque ella me obligaba a leer los periódicos, me ayudaba con las traducciones, me guiaba en las visitas turísticas: al Instituto de Arte, al Auditorio, al Marquette Building, uno de los primeros rascacielos del siglo XIX, al Museo de la Ciencia y de la Industria, al zoo... A mí me parecían horas robadas a ciertas actividades más deleitables, pero si Madeleine no hubiera insistido, hoy yo no conservaría ningún recuerdo de la ciudad de Chicago.

No eran pocas las veces que regresaba a casa de Sol por la mañana, cuando ella ya estaba trajinando. El tiempo justo para cambiarme. Agata se las apañaba para prepararme el desayuno en pocos minutos.

—Mino —me decía—, no te olvides de las obligaciones del trabajo. No permitas que las tentaciones te distraigan.

Sucedió exactamente lo contrario.

El verano llegaba a su fin entre el calor bochornoso y los aguaceros imprevistos. La inauguración del Luxe Home, el rascacielos más alto de América, desvió por un día la atención de las explosiones que destruían tiendas y locales debido a la demora en el pago a Capone. Para la nueva temporada Sperandeo había decidido cambiar a las seis bailarinas. Las pruebas se hacían por la mañana. Aparentemente, las relaciones con Pat habían vuelto a la normalidad: Sperandeo estaba presente en las pruebas, pero Pat era quien tenía la última palabra. Una vez el pianista daba su aprobación, la preseleccionada debía pasar por el despacho de Sperandeo a fin de demostrar que también era una chica hábil en el *ars amandi*. Tampoco se les pedía demasiado: a veces bastaba con tener una buena boca. Raramente se oían protestas, discusiones y algún que otro portazo.

Pat trajo un día a una rubia monumental: para evitar comentarios o invitaciones de cualquier tipo se apresuró a aclarar que era su prima. En efecto, tenía el mismo color pajizo de pelo que Pat, pero mientras que él era un saco de huesos la chica tenía curvas y las carnes firmes. No bailó peor que las otras. Pat hizo el acostumbrado gesto de aprobación a Sperandeo, que estaba con los brazos cruzados en el umbral de su despacho.

—Pat, ¿lo ha hecho bien la señorita?

—Creo que sí, señor Nic.

—A mí también me ha dado la impresión de que ha nacido para moverse. —Sperandeo pareció descoyuntarse de risa. Pat le secundó visiblemente molesto.

—Entonces la contratamos. Tratándose de tu prima, le habrás explicado al detalle las rutinas del Paradise, ¿verdad?

—Por supuesto, señor: horarios, paga y descansos.

—No me refería a eso, Pat. Está bien, dile que pase por mi despacho.

Pat, que se había puesto a tocar de nuevo y jugueteaba con las teclas, se interrumpió bruscamente.

—Señor Nic, creo que no lo he entendido bien...

—No, Pat: me has entendido perfectamente. Dile a tu prima que venga para que yo le aclare qué espera de ella el Paradise.

Sperandeo lo dijo en el tono neutro de quien cumple un formalismo burocrático, pero a nadie se le escapó la obscenidad que ocultaban sus palabras.

—Ya le he dicho que es mi prima.

—Y yo te he dicho que le digas que pase por mi despacho.

—No hace falta: respondo yo por ella.

—¿Y tú quién eres para responder por alguien? Ya conoces las reglas del Paradise.

—Por Dios, es mi prima. ¿Quiere escucharme o no?

—Para mí como si fuera tu madre o tu hija. —Sperandeo se retiró a su despacho.

Pat cerró con violencia la tapa del piano, fue a coger su chaqueta y le dijo a su prima que le siguiera.

—Pat, espera —dijo ella, turbada—. No me importa tener que hablar de mi contrato con el señor Sperandeo.

—Entonces es que no has entendido nada...

—Pat, lo he entendido todo. Sé cuáles son las reglas de esta ciudad de mierda.

Sperandeo sacó la cabeza por la puerta del despacho.

—Tal vez seas tú, Pat, quien no se entera.

Pat se abalanzó sobre él: le asestó un puñetazo en la nariz, le golpeó la cabeza contra la jamba de la puerta. Dos camareros intentaron sujetarlo, pero Pat había sacado un revólver de su chaqueta:

—Quietos o saldréis mal parados. Yo me voy. Tú, Elizabeth, dime qué quieres hacer.

—Pat, de verdad que eres un imbécil —respondió Elizabeth con lágrimas en los ojos—. ¿Crees que me habría importado mucho tener que hacerle una mamada? Una más, una menos... —Y le siguió moviendo la cabeza.

Sperandeo seguía tendido en el suelo. Le habían traído hielo para aliviar los golpes y whisky para reanimarlo, pero él rechazó la ayuda y se incorporó solo.

—¿Cuántas veces vamos a tenerles que romper la cara a estos irlandeses para enseñarles quién manda aquí?

Ordenó que le prepararan el coche de inmediato. Salió corriendo, con la nariz hinchada como una patata.

—Ha ido a ver a Nitti —dijo Mickey, aquel de Ariano Irpino—. Esperemos que Pat sea lo bastante listo para largarse. Chicago es ya tierra prohibida para él.

Sperandeo regresó por la tarde. Me convocó a su despacho y me comunicó que yo iba a ser el nuevo pianista del Paradise. Por supuesto él salió ganando: diez dólares al día más la cena, la mitad de lo que le pagaba a Pat.

—Mickey me ha contado que aquella noche estuviste fenomenal. Espero que lo sigas estando cada noche.

—Lo intentaré, señor Sperandeo.

—Estoy seguro. Ahora tenemos que pensar en el nombre.

Lo miré aterrorizado.

—Puede que Mino Melodia funcione en tu tierra. Pero aquí se necesita algo que venda más.

—¿Voy a tener que cambiar de nombre? —Me parecía una traición.

—El apellido puede funcionar, pero con Mino ni hablar.

—Mi verdadero nombre es Guglielmo.

—¿Conoces a muchos que sepan pronunciarlo? —Sperandeo estaba perdiendo la paciencia.

Me acordé de los tres tipos del Chevrolet.

—¿Y qué tal Willy? ¿Willy Melodia?

—¿Willy? —Sperandeo esbozó una sonrisa, y en aquel momento recordé el significado que *willy* tenía en la jerga popular.

—¿No funciona?

—Trato hecho —exclamó Sperandeo—. Willy Melodia es garantía de éxito. ¿Estás listo para lanzarte a la conquista de tu sueño americano?

Ya era pianista. Esa misma noche escribí a mi madre para que lo anunciara al resto de la familia, pero Big Pres no se presentó hasta la semana siguiente. Asuntos gordos, asuntos muy gordos fue la sucinta explicación que me dio de cuanto se estaba cociendo en Nueva York. Yo ya tenía suficiente con los pequeños asuntos cotidianos de Chicago. Big Pres consideró mi promoción como un éxito personal. Así que me pidió tres dólares de mi paga diaria.

—Serán —me dijo— para Agata. Sé que lo harás gustosamente y que además no se lo dirás a Agata: ya sabes cómo es ella. Nunca aceptaría de ti un regalo tan importante. Echaremos cuentas en mi próxima visita. Puglisi tenía razón: eres un buen muchacho. —Era casi un atraco, pero cuando oí el nombre de Agata fui incapaz de reaccionar.

La noche antes de regresar a Nueva York, Big Pres se dejó ver en el Paradise. Intercambió con Sperandeo sonoras palmaditas en la espalda, carcajadas y cuchicheos al oído. Yo los observaba desde mi taburete, concentrado en Gershwin. Estaba ejecutando la petición de una rubia platino despampanante que había entrado en el local del brazo de Lawrence Mangano. Lo conocía de oídas, y habría preferido no tener que conocerlo en persona. Era un *boss* de la ley seca que solía hacer la vista gorda, y además había acudido al local a instancias de su *femme fatale*, que tenía treinta años menos que él, es decir, unos pocos más que yo. Arrastrando el paso, la rubia se había acercado al piano para formularme en voz muy baja su orden disfrazada de ruego. Así que eché mano del repertorio de Pat: *Someone to Watch over Me*, *'S Wonderful* y *I've got a Crush on You*. Mangano se había levantado entusiasmado para encabezar los aplausos del local. Yo dirigí la mirada hacia la rubia platino: bebía con los labios pegados a la taza, como si de verdad estuviera sorbiendo un poquito de té. Ella me guiñó el ojo y dibujó un círculo con el índice de la mano izquierda: no pares, *baby*. Precisamente era lo que esperaba poder ahorrarme: los dos éxitos más recientes de Gershwin, *I Got Rhythm* y *Embraceable You*, que apenas había medio escuchado un par de veces. Afortunadamente las yemas de mis dedos parecían moverse solas. Esta vez también la rubia platino aplaudió con el público. Ella y Mangano se convirtieron en clientes habituales los fines de semana.

Teníamos prohibido mencionar a Pat en presencia de Sperandeo, pero una tarde, en la media hora libre que teníamos entre nuestra cena y la apertura del Paradise, el *Tribune* fue pasando de mano en mano, abierto por la última página. Una fuerte marejada había dejado en la playa de Cape May el cuerpo de Pat, perforado por una veintena de balas. Tras aclarar que Pat era un pianista muy celebrado en Chicago, el artículo informaba de que hacía una semana que no se presentaba en el local de Atlantic City donde recientemente había sido contratado. Según el sheriff local, sus asesinos lo habían enterrado bajo un promontorio y nunca se habría encontrado su cuerpo de no haber sido por la intervención de la naturaleza. Cada cual dijo unas palabras en voz baja en memoria de Pat, y algunos dirigieron sus miradas furibundas hacia la puerta del despacho de Sperandeo. Yo me preguntaba qué había sido de Elizabeth. Si hubiera decidido ella con su pragmatismo, Pat habría seguido tocando en el Paradise, ella habría sido la estrella de las seis bailarinas, y yo habría continuado deslomándome a cambio de tres dólares al día. Estas hipótesis me llevaron a tirar el recuerdo de Pat al cubo de la basura y a dejar de preguntarme por Elizabeth.

Madeleine quería que alquilara un pequeño apartamento en West Madison, el barrio de los artistas y de los más bohemios. Ahí viven, me dijo, todos los músicos de Ben Pollack. ¿Y quién es Ben Pollack? Eres un tonto del bote: te comportas como un músico, pero no conoces a uno que es cien veces mejor que tú. Hice ver que me enfadaba. Querrás decir diez veces, corregí a Madeleine. Al final convinimos que tres. Bueno, concluyó Madeleine, pero tenemos que ir a escuchar a Pollack y a su orquesta: el del clarinete toca mejor que un negro a pesar de que es judío. Se llama Benny Goodman, el *Tribune* ya ha sacado dos fotos suyas.

En West Madison, las posibilidades de hacerte pasar por artista eran más bien remotas. Y además me disgustaba tener que privar a Sol, es decir, a Agata, de mi dólar diario. Así que continué pasando casi todas las noches en el trastero de Madeleine y cambiándome de ropa en la manzana de la calle 61. A pesar de que el horario oficial del Paradise comenzaba a las seis con la cena del personal, yo aparecía un poco antes de las dos para picotear algo en la cocina, ensayar nuevas piezas y entrenarme con las bailarinas y las coristas. Inspirándome en sus vestimentas, le regalé a Madeleine un sombrero de organza de forma bastante divertida y a Agata un vestido de tafetán rojo. Nunca había tenido un vestido de verdad, Sol le arreglaba sus trapos. Y para mí compré la primera gabardina de mi vida, un traje negro de Tasmania y un sombrero de fieltro oscuro que en el corazón de la noche me calaba hasta los ojos. Eran las horas en que me quitaba la chaqueta, la corbata moteada, me desabrochaba la camisa y, dejando al descubierto mi camiseta rojo chillón, daba rienda suelta a mis combinaciones musicales. Me ayudaban la embriaguez difusa y el abotargamiento de los clientes que se habían quedado en el local por falta de alternativas. En medio de la densa humareda, los hombres y las mujeres se consolaban, se ayudaban, se desafiaban. Habían llegado a la última parada de la noche, pero todavía buscaban encontrar la inspiración en el último cigarrillo o al relamer los bordes de las tazas de cerámica. Mientras tanto las notas de Bach, de Mozart, de Beethoven subían hacia el techo mezcladas con Armstrong y el Duca: era magia en estado puro. En esos momentos me parecía oír la voz de mi madre que me despertaba para que acompañara a mi padre y a mis hermanos a Ognina.

«Mino, Minuzzo...»

Me encendía la sangre pensar que era el más joven del Paradise, imaginar que estaba sólo al comienzo de una cabalgada extraordinaria. Cabalgar sobre el éxito, cabalgar sobre la vida, cabalgar sobre las mujeres. ¿Qué podía detenerme? Actuaba como un *enfant prodige*: era demasiado inexperto para intuir que por norma general desaparece el *prodige* y el *enfant* es lo único que queda.

Hasta ignoraba que Capone había sido encausado. El día que lo condenaron fue para Chicago como una descarga eléctrica. El tráfico enloqueció. Los vendedores callejeros de periódicos anunciaban a cada hora una edición especial. En cada esquina se iban formando grupitos de personas sedientas de noticias frescas; la leyenda superaba ya a la realidad. Yo, aquel día, había estado en la cama de Madeleine desperezándome hasta la hora de abrir la floristería. Era ya demasiado tarde para ir a casa de Sol a cambiarme de ropa. Hasta en la pequeña tienda de la mujer china, donde entré para comprarme una camisa blanca para esa noche, se comentaba el arresto de Capone. De repente se había convertido en el hombre más odiado de la ciudad. Cuando llegué al Paradise ni siquiera dejaron que me quitara la gabardina. Sperandeo me ordenó que saliera corriendo hacia el Lexington Hotel. Tenía que recoger un paquete en el primer piso.

—¿Y si alguien me para?

—No te parará nadie —resopló Sperandeo.

—¿Por quién tengo que preguntar?

—Ellos se encargarán de eso cuando entres. Sigues siendo el único imbécil fuera de lugar: es imposible no reconocerte.

A que no adivináis quién me acompañó. Del despacho de Sperandeo salió el mensajero de Fischetti, el que se cepillaba a Lucylla. Fuimos en el mismo coche con el que iba a recogerla, el Oldsmobile. Digamos que hasta me llegó su perfume. Mi supuesto rival se llamaba Ralph, sus padres eran de Pozzuoli. Hablaba mal el italiano y el americano, prefería expresarse en dialecto napolitano. La verdad es que no era el mejor día para hacer confidencias. Él estaba nervioso por la situación cada vez más descontrolada que se vivía: le asustaban los agentes ávidos de condecoraciones y gloria. Yo estaba incómodo por mi intrusión en la nueva alcoba de mi ex: de modo que ninguno de los dos abrió la boca. En riguroso silencio llegamos a la avenida del hotel. Había sido la residencia habitual de Capone hasta el instante antes de dirigirse a los tribunales, y ahora estaba cercado por policías, periodistas y curiosos. Los de la radio se movían como duendecillos alrededor de las camionetas que transportaban las antenas.

Me bajé del coche una manzana antes de la entrada del Lexington; Ralph había preferido no acercarse más. Además me dijo que me diera prisa: cada minuto que pasaba podía ser decisivo. Los policías acordonaban la entrada, pero estaban demasiado ocupados conteniendo a la multitud que intentaba colarse en la crónica negra de la historia. El Lexington no tenía ni la clase ni la discreción del San Carlo. Era excesivo en los ornamentos, en los colores, en los muebles y en la decoración. Delante del mostrador de recepción los fotógrafos no se daban ni un respiro: rostros sonrientes y calurosos apretones de manos ante los continuos disparos de flashes. Me dirigí directo hacia la escalinata de mármol: una vez llegado al primer piso, miré a mi alrededor. Eh, guapos: el único imbécil fuera de lugar acaba de llegar, ¿dónde estáis?

—*Paisà*... —En voz baja, me llamaba un hombre de mediana edad, envarado en un tres piezas arrugado de lana gris—. ¿Eres tú? —me preguntó.

¿Qué tenía que responderle? ¿Que yo no era yo? Pero ¿quién era, yo?

—Espera aquí...

Desapareció dentro de una habitación, y al cabo de medio minuto se presentó cargando sobre el hombro una gran bolsa negra, sellada con las marcas del servicio postal.

—Entrégaselo a Sperandeo, y mantén los ojos bien abiertos.

Pesaba mucho más de lo que había imaginado. A mitad de la escalera me detuve: en el hall el voltaje se había disparado. Una multitud empujaba hacia la entrada: habían llegado Elliot Ness y sus dos colaboradores. Los famosos «Intocables». Los recibían como a los implacables sheriffs que habían enjaulado a Capone, cuando en realidad no tenían nada que ver ni con el proceso ni con la condena. Ness era un tipo bajito de facciones marcadas y expresión vivaz. Perdía el culo por que le adularan, y en Lexington aquel día le estaban adulando de lo lindo. Así que de momento nadie se fijaba en mí, aunque no tenía más opción que salir por esa puerta que custodiaban todos los policías de Chicago. Bajé tambaleándome el último tramo, luego puse un pie detrás de otro hasta la entrada. El gentío retrocedía a fuerza de gritos y empujones. Yo no sólo avanzaba a contracorriente, sino que mi estatura me exponía a las miradas generales. Levanté la visera de mi sombrero: que me tomaran por un representante de cualquier empresa habría sido la mayor de las fortunas.

Por supuesto, me encontré cara a cara con Ness, que no pudo evitar preguntarme:

—¿Qué tal?

—Bien —farfullé.

—Aquí lo tenemos —se exhibió Ness—, un buen chico que pasa de los perendengues y continúa trabajando duro. Hijo mío, ¿necesitas ayuda? Parece que la bolsa pesa mucho. Espero que el servicio postal haya hecho pagar lo merecido a quien lo haya enviado.

—Gracias, señor Ness: puedo yo solo.

—Veo que también tú, hijo mío, me conoces. Bien, bien... Abrid paso a este simpático empleado y tomad ejemplo de él.

La multitud se abrió más rápido que el mar Rojo ante Moisés. Alcancé a Ralph, y no le conté nada de mi breve conversación con Ness. Corrían tiempos de traiciones. No sabiendo adónde dirigirse, los perros corrían en todas direcciones antes de regresar al punto de partida. Sentenciar y disparar era mucho más cómodo que discutir y razonar.

En cuanto le entregué la bolsa, Sperandeo sonrió como los niños en Piazza Duomo al ver la nube de algodón de azúcar. Para ser precisos, había un millón en billetes usados de uno, cinco y diez dólares. Uno de tantos baúles del tesoro de Capone, que en aquellos días amigos y amigos de los amigos se preocupaban por hacer desaparecer.

El día de difuntos apareció Big Pres. Parecía un pavo, hinchado de satisfacción como estaba. Me traía una segunda carta de mi madre, y yo me dediqué a leerla y tuve en ascuas a Big Pres y las clamorosas novedades que tenía que contarme.

El entusiasmo de mi madre por mi nuevo empleo de pianista se notaba en las consonantes y las vocales que había escrito con trazos irregulares sobre el papel. Mi padre, me contaba, había tenido problemas de corazón: Orlando y Rinaldo le habían sustituido con el carro y habían logrado ampliar la ruta por mercados y ferias. En casa entraba un poco más de dinero, e iban a necesitarlo porque el hijo del frutero había pedido la mano de Concettina. Mi hermana se había mostrado dispuesta a hacer la clásica *fuitina*, es decir, a fugarse a la siciliana, para ahorrar con ello los gastos de la boda, pero a mi madre le hacía mucha ilusión organizar una bonita ceremonia para su primera hija casada. La mujer de Nino estaba encinta. En Via D'Amico todos me mandaban saludos. ¿Cuándo vas a volver?

Le hice a Big Pres la pregunta con la que mi madre cerraba la carta: ¿cuándo iba a volver a casa? Así que lo que quieres es escupirle a la cara a la diosa Fortuna, fue su amargo comentario, al que siguió la petición de mi contribución al tratamiento de Agata. Eran nada menos que ciento cincuenta dólares. Se los metió en el bolsillo sin contarlos y sin darme las gracias. Según él, la edad de oro no había hecho más que empezar. En Chicago la época de Capone se había terminado, en Nueva York la de Maranzano, y en Estados Unidos la de esos abuelos aferrados al ritual de la mano negra e incapaces de abrirse a lo nuevo. Big Pres se dio cuenta de que yo no me había enterado de la eliminación del cura desnudo: lo habían mandado con el Creador a cuchillazos y a tiros. Luciano ya no conocía rivales: ahora iba a sentarse en la cima del Volcán.

Los ojos le hacían chiribitas a Big Pres, enfervorizado imaginando escenarios en los que el oro nos llovía a cántaros y los árboles rezumaban plata. En lo alto de sus pensamientos colocó a Agata y el tratamiento que necesitaba, pero también para sí mismo y para Sol se auguró días menos precarios. A mí me pedía paciencia hasta que pudiera encontrar en Nueva York una solución que me permitiera dar el gran salto. Hasta sacó a relucir el nombre del Carnegie Hall, pero para mí era un lugar desconocido, de modo que ni siquiera salté de alegría. Enfurecido, Big Pres aceleró el paso como había hecho el primer día en la estación de Nueva York: caminábamos hacia South Wabash, directos a la Mozzarella 'ncoppa para tomar un aperitivo de gorra. Pasamos por delante del anticuario de Capone, que tenía la persiana bajada y ninguna noticia del conde francés que lo dirigía.

—Te dije que Al no iba a durar. —Big Pres estaba tan exultante que era incapaz de soportar el silencio o de estar solo. Necesitaba comunicar a los demás su propia excitación—. Capone y los otros parroquianos no han entendido que Maranzano era ya el pasado y Luciano el futuro. El uno ha arrastrado al otro hasta el fondo, con la diferencia de que Al era un antiguo compañero de escuela y de calle de Luciano: por lo menos ha salvado la vida.

Big Pres era escéptico en cuanto al éxito de las guerras subterráneas que la sucesión de Capone ya había desatado entre sus lugartenientes. Lo único que hacen es levantar polvo, fue su juicio lapidario. Por consiguiente iba a ser necesaria la intervención de Charles, es decir, Luciano, para dirimir la cuestión, calmar los ánimos y promover de nuevo un comportamiento tranquilo que no alarmara a los buenos ciudadanos de Chicago. Ganará Accardo, pronosticó Big Pres.

¿Y Nitti? Mi pregunta tenía que ver con la suerte de Sperandeo, de la que pendía también la mía. Big Pres hizo una mueca de agotamiento: tal vez se dedique finalmente a la construcción de los estudios de cine para su protegida.

Se me atragantaron la mozzarella, el tomate y los pimientos asados.

A pesar de todo, Sperandeo no bajó la cabeza ni un milímetro: más bien se mostró intratable once días sobre diez. No se podía ni siquiera mover una mesa en su ausencia, aunque él cada vez pasaba menos tiempo en el Paradise. Corría la voz de que había perdido la cabeza por una chica que frecuentaba a escondidas: en cualquier caso, su nueva locura no le impedía convocar a su despacho a cada nueva empleada para hacerle la prueba decisiva. Yo me las apañaba: era bueno en darle esquinazo con la ayuda de mi anonimato. Para Sperandeo yo era mucho menos que nadie. Me dejaba tocar el piano porque conmigo ahorraba, porque no le daba problemas, porque nadie se había quejado todavía de mi música. Sabía que podía deshacerse de mí cuando quisiera: como máximo iba a tener que consolar a Big Pres, que por otro lado parecía que había sido engullido por Nueva York. En la calle 61 no le vimos más el pelo.

Pasó Navidad, pasó Año Nuevo, y Lawrence Mangano y su *femme fatale* reaparecieron inesperadamente. En Chicago se rumoreaba que Nitti y Mangano pertenecían a clanes opuestos. La actitud de Sperandeo lo desmintió. Los corredores de apuestas tuvieron que aplazar sus envites sobre arrestos y funerales. Sperandeo se acercó a la mesa de los dos enamorados, les ofreció champán en cubitera de hielo y cálidas velas para alumbrar la faz de la ley seca. Nic Sperandeo, del barrio palermitano de la Kalsa, hacía cuanto le placía en su casa, con leyes o sin ellas. Que les quedara bien claro a todos.

A mí lo que me quedaba claro era que la rubia platino me miraba. Desoí la orden de Sperandeo y el comportamiento que yo mismo me había impuesto. Nos miramos toda la noche y a la siguiente ocasión nos devoramos con los ojos. Le dediqué *'O sole mio*: ella lo entendió, y todavía disfruté más interpretándolo. Mangano rumiaba a su lado totalmente concentrado en los cacahuetes y el whisky. Estaba convencido de que no era más que un juego, pero me gustaba. La musa sin nombre me inspiraba: tocaba para ella y revivía los atolondramientos de antaño. Pedí ayuda a Armstrong y a Ellington: sin saberlo, me la brindaron. La rubia platino de Mangano llenaba mis fantasías; la realidad, en cambio, era Madeleine. Nuestra relación había tomado un ritmo plácido y cadencioso: gestos repetidos, pequeñas rutinas, un bostezo y un rascarse de más, una caricia y un beso de menos. Dormía en su casa los lunes, los miércoles y el sábado. ¿Por qué precisamente esos tres días? Amigos, ¿alguno de vosotros ha logrado entrar alguna vez en la cabeza de una mujer?

La ausencia de Big Pres se estaba prolongando, y la palidez y la tos de Agata empeoraban. Me habían hablado de un doctor, expulsado del colegio de médicos por exceso de atenciones para con sus pacientes, que curaba a los *picciotti*. Cortaba, extraía, recosía: aseguraban que tenía manos de plata y que solía acertar los diagnósticos. Era el único médico al que podía acudir: decidí llevarle a Agata. Ella, al principio, no estaba muy segura. Le sugerí que primero lo hablásemos con su madre. Ella prefirió no hacerlo: pero si nunca está en casa, y yo confío en ti, pero ¿quién lo pagará? Respondí encogiéndome de hombros. En cuatro meses había ahorrado trescientos dólares y los había escondido en la salida de aire del trastero de Madeleine.

Se lo dije a Ralph. Nos teníamos más confianza desde que Lucylla lo había dejado plantado: el propietario de la funeraria más importante de la ciudad le había puesto un piso en Madison Street y le había encargado la dirección de una de sus pompas fúnebres. Ella había cortado por lo sano con la vieja vida y había aceptado la nueva con la indolencia acostumbrada. Y a mí me tocó consolar a Ralph. Él me lo había agradecido encargándose de la visita del médico y acompañándonos con su Oldsmobile. Viajamos hasta la punta más meridional del lago, donde había una cabaña. Sólo tenía una habitación, que cumplía las funciones de casa y consultorio. El doctor rondaba los sesenta años de edad y los cien kilos de peso; sus pupilas inmóviles dentro de unos ojos circundados de grasa transmitían una sensación de fealdad. Ralph se encargó de todo: de las presentaciones y de explicar el motivo de la visita. El doctor auscultó a Agata en pecho y espalda, minuciosamente. En cuanto sus manos se detuvieron un segundo más de lo debido, Ralph le propinó una contundente colleja. Su diagnóstico no era muy esperanzador: la tuberculosis avanzaba rapidísimo, para pararla se necesitaban climas más propicios, centros especializados y curas muy costosas. Ralph obtuvo un descuento sobre la tarifa: treinta dólares en lugar de cincuenta.

Con el tono más perentorio de que fui capaz le anuncié a Agata que iba a curarse. Ella hizo esfuerzos para creerme. Big Pres era el único que podía ayudarla, pero también Agata ignoraba qué era lo que le mantenía alejado de Chicago. Sperandeo me dijo que probablemente estaba participando en la repartición de los panes y los peces que tenía lugar en Nueva York, en la corte del cara marcada, es decir, Luciano.

Aquella mañana Madeleine me dio puerta por cese de pasión, y por la tarde me entregaron un sobre perfumado y decorado con florecillas. Dentro había una breve carta en inglés. Yo hablaba muy mal el inglés, lo entendía todavía peor, y leerlo era ya cosa de otro planeta. La firmaba una tal Ruth: yo no conocía a ninguna chica que se llamara así, pero me pareció oportuno buscarme la vida. Y menos mal que lo hice. Era la *femme fatale* de Mangano. Me invitaba a que tocara su cuerpo con mis manos como hacía con el piano. La fecha indicada para tan singular concierto era el siguiente sábado: Mangano tenía unos asuntos que resolver en Nueva York. La dirección en la que tenía que presentarme era una pequeña calle detrás de Water Street. Me pasé cuatro días en las nubes: no me bajaba ni siquiera para aporrear el teclado. Miraba el Steinway como si viera una película. Fue entonces cuando le endilgué a mi público —se dice así, ¿no?— el *Ballo Excelsior* en toda su insoportable pesantez.

La primavera se acercaba. Al alboroto que había causado el arresto de Capone y la consiguiente renovación de los vínculos de amistad le seguía ahora el alboroto por el campeonato de béisbol. La noche señalada, el taxi me dejó enfrente de una casa unifamiliar, apartada, rodeada de vegetación baja y de una verja que la cerraba.

Daba al río, ese río del que todos hablaban mal y que siempre salía perdiendo en las comparaciones con el lago, a pesar de que los compadres habían aprendido que el Chicago River era el canal ideal para sus tráficos. El whisky de contrabando procedente de Canadá recorría su última etapa en las gabarras fluviales. Y también gracias a este curso de agua se podía entrar y salir de la ciudad sin dejar rastro y, en caso de necesidad, lanzar a sus aguas un cadáver que estorbara.

Eran casi las cuatro de la madrugada de un domingo. En la pequeña calle desierta se respiraba bienestar a pleno pulmón. Fachadas elegantes, abundancia de mármol, revestimientos de maderas nobles, pulcritud y orden. El único que desentonaba era yo. En el cielo, hecho insólito, titilaban las estrellas. Pero vacilé un momento: ¿y si Ruth, cansada de esperar, se había acostado? ¿Y si todo había sido una broma? Mis dudas se vieron interrumpidas cuando la puerta maciza se abrió: asomó un brazo desnudo, que me invitaba a entrar.

De cerca y al natural, Ruth era mucho más mujer que de lejos y toda emperifollada. No tuvimos tiempo de presentarnos y charlar un poco hasta que el sol se filtró por las cortinas de seda y el drapeado de terciopelo de damasco. Ruth era judía, húngara, y amiga de Lucylla desde el colegio. Había sido ella quien le había presentado al propietario de la funeraria que le había cambiado la vida. Don Epifanio, el empresario en cuestión, trabajaba mucho con Mangano —Ruth lo dijo sin una pizca de ironía—. Según ella, era el partido ideal para su vieja amiga y compañera de clase: mucho dinero y pocas exigencias.

—A nosotras, las chicas, nos toca encontrar un buen partido. —La explicación de Ruth también incluía su relación con Mangano—. Lucylla me ha contado que tú también tienes olfato para eso. Hasta con los jefes. Cuando lo dejasteis, vine al Paradise para curiosear.

La inspección había dado resultados positivos, sobre todo para mí. Me revolcaba en la cama de una especie de volcán constantemente en erupción: mucho más que el Etna. Consideré que Ruth era mi premio personal por haberme atrevido a cruzar el Atlántico. Pero ella enseguida puso límites al embrujo: un polvo y adiós.

—No querrás que ponga en peligro toda esta bendición de Dios por un poco de tráfico carnal, ¿verdad? Tío Mangano —solía llamarle así— no es una persona de miras largas. Pero no hace falta que te explique cómo sois los sicilianos: si se entera de este pequeño e inocente encuentro de hoy, monta un escándalo. Te aseguro que ha sido un placer, que si tío Mangano volviera a ausentarse te haré llamar y que vendré a verte tan a menudo como pueda. No hay ningún motivo para que seamos amigos, pero podemos conservar un buen recuerdo el uno del otro. ¿No te parece?

Volvimos a nuestros quehaceres. Ruth me echó de su casa a la hora del almuerzo. Me escabullí por la puerta de atrás, que daba directamente al río y que el mismo Mangano había ideado pensando en su propia fuga. Me lo tomé con calma. Nadie me seguía, nadie me conocía en aquellas calles que asustaban por su elegancia y en las que los italianos, como máximo, mantenían a sus amantes escondidas. En esa parte de la ciudad parecía que la riqueza estuviera a punto de ganarle la partida a la pobreza. Seguí caminando por la orilla del Chicago River, iluminada por el sol. También en el Paradise se respiraba la atmósfera excitante del final del invierno y del buen tiempo que llegaba. No se trataba de un simple cambio de estación, era la voluntad generalizada de pasar página. América estaba a punto de levantarse de nuevo: sólo faltaba alguien que diera la señal. El jazz y el ragtime marcaban el ritmo en todo el país. En ese momento, mientras caminaba, entendí como nunca la diferencia entre nosotros, varados en nuestra propia aventura, y ellos. Con todo, desvanecida la ilusión de una relación con Ruth, continuaba acariciando la esperanza de regresar a Catania. Seguía sintiéndome ajeno al sueño americano y así iba a ser en los años sucesivos. Estaba suspendido en la incertidumbre del presente por la gracia recibida.

El estado de gracia se agotó un jueves, con los colores indistintos de la oscuridad que se alejaba y del amanecer que comenzaba a despuntar. Había sido una noche de indolencia, sin ningún resplandor: pocos clientes, poco alcohol, ninguna discusión sobre béisbol o sobre cuál de los demócratas iba a salvar América en las elecciones presidenciales de noviembre. Pero por lo menos podía ahorrarme tener que esperar el tranvía de las cinco y media en el ancho sofá que Sperandeo utilizaba en su despacho para sus diversiones privadas: Mickey se había ofrecido a dejarme en la esquina con la calle 59, a dos manzanas de mi casa. Conducía un imponente Ford A.

Callado él, callado yo. Me acomodé en el asiento con el sombrero de fieltro cubriéndome la cara. A la altura de un cruce, Mickey dijo algo sobre que tenía que pasar por algún sitio. Frenó tan de golpe que me encontré a un milímetro del parabrisas. Estábamos en Jackson Park, Agata siempre decía que quería ir a ese parque para respirar un poco de aire limpio, pero nunca encontraba a nadie que la acompañara. Mickey se bajó y me invitó a seguirlo. Una arboleda a la izquierda, césped cuidado a nuestro alrededor, el reflejo del pequeño lago al fondo de todo. No entendía qué estábamos haciendo allí. Llegué a conjeturar que Mickey quería seducirme; pero de repente echó a correr pies para qué os quiero. Me quedé desconcertado. Ya era demasiado tarde cuando me di cuenta de que yo era el trabajito que había que resolver y que los dos matones que se habían materializado a lado y lado del coche iban a encargarse de ello. Uno con el bate de béisbol, el otro con el puño americano. Me lo clavó en el plexo solar, y caí de bruces sobre el césped. Su amigo me remató con tres golpes de bate en la espalda. Sin duda eran del oficio: pegaban fuerte, pero sin arriesgarse a complicaciones extremas. Todavía me cayeron tres puñetazos sobre el hígado, dos batacazos en el costado que me cortaron la respiración, una descarga prolongada sobre los riñones. Tenía que proteger mis dedos: sin los dedos se había acabado mi vida. Los escondí bajo la barriga. Menos la cabeza, todo mi pobre cuerpo estaba a punto de explotar de dolor. Desgraciadamente no perdí el conocimiento. Estaba postrado a poca distancia de las ruedas de atrás: primero vi un par de zapatos, a continuación oí la voz de Sperandeo.

—¿Qué coño has hecho, Willy? ¿O prefieres que te llame Mino? Te lo dije bien claro: tú no debes mirar. Y tú no sólo has mirado, encima has tocado. ¿No te enseñó tu mamá que los niños buenos miran pero no tocan?

Ahora ya sabía quién era la misteriosa dama con quien se veía Sperandeo. Maldije a Ruth, me maldije a mí mismo. Pensé que Sperandeo iba a dispararme, pensé que Big Pres se había esfumado porque lo sabía, pensé que nadie podía salvarme.

—¿Sabes una cosa? —Sperandeo caminaba a mi alrededor—. No vales nada como Mino y no vales nada como Willy. ¿Me has entendido? No vales nada como hombre y no vales nada como pianista. Díselo a esa otra rata de cloaca de Big Pres: él y sus aires de gran embajador de mis cojones. Si Luciano se rodea de tipos como Big Pres, durará muy poco. Díselo al cara marcada, de parte de Nic Sperandeo. Ah, me olvidaba: los dólares que tenías en la repisa de la cocina han servido para pagar las molestias a los chicos. Imagino que no tendrás nada que objetar. —Entre aquellos dólares estaban también los doscientos cincuenta que debía entregar a Big Pres.

Se desahogó con unas cuantas patadas. Pura rabia: me golpeó en la cadera, en el hombro, en el pómulo, en la frente. Probablemente ni siquiera pensó en mis manos, visto que me consideraba un mal pianista. Yo gritaba de dolor, hasta que me di cuenta de que estaba solo. Sperandeo se había ido con sus matones. Lo primero que hice fue mover los dedos: parecían intactos. El resto del cuerpo me daba pinchazos atroces. Y entonces perdí el conocimiento.

Me despertó un soplo de aire cálido. Era el aliento de un collie, que me miraba triste. ¿Necesita ayuda?, me preguntó el anciano que lo llevaba del collar. Era pleno día, levanté la cara como pude. Tanto el perro como el amo me miraron asqueados antes de alejarse. Poco a poco y con cuidado me fui levantando. El viejo traje de franela, recuerdo del San Carlo, estaba rasgado, sucio de tierra y de hierba. La chaqueta se había manchado con la sangre del pómulo y de la ceja. Llevaba quince dólares en el bolsillo. Era todo lo que tenía. Después de un año en América era más pobre que cuando había llegado.

Un taxi me dejó enfrente de la casa de Sol. Agata no dijo una palabra: me ayudó a llegar hasta la mesa, trajo una palangana de agua templada y una pila de toallas limpias. Estuvo una hora limpiando y curándome las heridas, y me untó en brazos, piernas, costado, riñones, espalda y abdomen el ungüento que le pidió a una vecina. Apoyándome en ella, fui hasta la cama.

—Me debes una, no lo olvides —dijo Agata.

Lo único que podía mover sin problemas eran los dedos: le cogí la mano.

—Con eso no basta. Quiero que toques en mi funeral.

Big Pres me despertó con delicadeza. Yo había estado en un duermevela lancinante de dolor y poblado de pesadillas. A pesar de la estampa de siempre —traje entero, corbata sobria y bombín—, el

· color azul bajo sus párpados atestiguaba que no era el mejor periodo de la vida de Big Pres. Me pidió que le hiciera un informe completo, incluidas las horas transcurridas con Ruth. ¿Por lo menos te lo pasaste bien? Le dije que sí con el pulgar levantado. ¿Volverías a hacerlo? Le dije que no con el pulgar hacia abajo. ¿Y cómo lo hace? Probar para creer, balbucí.

Big Pres halló un aspecto positivo: Sperandeo no me había liquidado, seguramente a fin de evitarse preguntas molestas o, peor aún, las sospechas de Mangano. Por lo tanto, en este sentido podíamos estar tranquilos. El tío Lawrence tal vez podría perdonar los pequeños pecados de Ruth, pero nunca a los pecadores. En el caso que nos ocupaba, de haberlo descubierto él, yo llevaría ya varias horas en el fondo del Chicago River o me habrían sepultado en los cimientos de alguno de los rascacielos que construían en el Loop. En fin, fue la conclusión de Big Pres, sacó la nariz, husmeó un poco el aire, y a mi regreso te cuento si Sperandeo ha actuado por cuenta propia o por cuenta de terceros.

Le estiré literalmente de la americana. Le hablé de la enfermedad de Agata, de la visita, del funesto diagnóstico.

—Ya lo sé, ya lo sé. Contaba con tus doscientos cincuenta dólares para ingresarla en un buen sanatorio cerca de Springfield. Dicen que ahí obran milagros. Si quieres, te lo pongo por escrito.

¿Y el otro sanatorio donde hacían milagros, el que estaba al norte de Nueva York, cerca de la frontera con Canadá?

Big Pres fingió que no me había oído y salió de la habitación.

8

Los dos compadres

Big Pres tenía razón. Mangano no había tenido nada que ver con lo de Sperandeo: la paliza se había debido a su orgullo herido de macho conquistador. Aunque yo estaba bastante más herido que él, y no precisamente en el alma. Tardé dos semanas en recuperar la autonomía de movimientos, y tres en estar más o menos presentable. Como si lo hubiera intuido, entonces apareció Big Pres. Estábamos a comienzos de mayo. Vas a necesitar un traje elegante, me dijo en tono imperioso. Yo tenía mi traje negro, pero no servía: era demasiado invernal. Pero ¿de dónde iba a sacar el dinero? Le debía un mes a Sol, doscientos cincuenta dólares a Big Pres, y en el bolsillo me quedaban sólo cinco.

Big Pres me contó exultante que Luciano le había hablado a Costello de un chaval que colocar, y Frank había levantado el auricular. Resumiendo, teníamos una cita en el Drake. Era el hotel de la buena sociedad de Chicago, de la gente famosa, que podía presumir de no tener huéspedes italianos. Por ese motivo teníamos que presentarnos como si fuéramos a una boda. No querrás que Frank y de rebote Charles queden mal por tu culpa, ¿verdad? Jamás de los jamases, aunque me seguían faltando los cincuenta dólares para el traje. Me encargo yo, me dijo de mala gana Big Pres. Y así tuve mi traje de boda: un traje de rayas modelo Palermo que, si no hubiera sido por mi altura, me hermanaba con todos los buenos chicos que corrían por las calles de Chicago. Ataviado como un novio el día de su boda, Big Pres me acompañó a la entrevista.

El Drake se hallaba en un edificio monumental, que intimidaba por su aire añejo y señorial, aunque era de reciente construcción. Se alzaba al final de East Walton Street, en una prolongación a cien metros del lago. Como en los otros barrios de Chicago que crecían a orillas del agua, se respiraba bienestar por doquier: paseos con árboles, céspedes cuidados, acogedores bancos. En la playa de enfrente del lago algunos aprovechaban ya para disfrutar del sol en traje de baño.

Nos deslizamos hacia la entrada del Drake entre batallones de recepcionistas y botones. El hall era majestuoso, con su merecida escalinata central de mármol, sus alfombras y sus arañas de luz imponentes. A pesar de mi trajecito de gala y de que Big Pres había renunciado a su guardapolvo, no tardaron en identificarnos como intrusos. Pero Big Pres se encargó de enseñar los dientes al primer empleado que se nos acercó con la intención de echarnos del hotel. Míster John nos estaba esperando. Ese nombre surtió el efecto deseado. Éramos pobres y lo seguiríamos siendo, pero teníamos una razón para estar en el Drake.

Míster John tenía un cargo impreciso. En realidad se me escapó más de la mitad de la conversación que mantuvo con Big Pres. Míster John lo trataba con afectada superioridad: sin duda habría preferido no tener que tratar con él, pero parecía que algo le obligaba a hacerlo. Órdenes superiores, por supuesto. Después míster John se dirigió a mí. Estaba convencido de que iba a respetar las normas de la casa y a dejar un buen recuerdo en el hotel. Me desconcertó que me hablara de mi despido cuando todavía no me había contratado, pero Big Pres se deshacía en una retahíla de tantos *okay*, *okay*, *okay* que me indujo a decir *okay* también a mí. No me hicieron ninguna prueba, no vi ningún piano, no me pidieron credenciales de ningún tipo. Bastó la palabra de Costello y de Luciano, y sólo una llamada desde Nueva York, para que me contrataran. Míster John se deshizo de nosotros en el descansillo en el que nos había recibido de pie.

Big Pres se dirigió al paseo que bordeaba el lago. Estaba hecho un portento de generosidad: en un tenderete compró unas rosquillas de sabor horripilante, unos *bagels*, que ya se vendían hasta allí. La primavera atraía a paseantes de todas las edades. Algunos iban con los aperos de pesca, a pesar de los carteles que la prohibían. Tras engullir el último bocado del *bagel* que en teoría había comprado para mí, Big Pres me aclaró la situación: iba a tocar en el

Drake durante dos meses, hasta el final de la convención demócrata que estaba programada para mediados de julio. El horario sería de las cuatro de la tarde a medianoche, salvo la última semana: durante esos días no podría despegarme de las teclas hasta que el último delegado se hubiera ido a la cama. Te sacarás un buen sueldo con las propinas, refunfuñó Big Pres. Entonces comprendí el motivo de su generosidad. Iba a tocar prácticamente gratis. Para ser más exactos: a mí me correspondían tres dólares al día sin cena ni almuerzo, que me pagarían al final de mi trabajo. La explicación de Big Pres fue larga y razonada: a él le debía la idea y el mérito de la llamada de Luciano y de Costello, así como la negociación con míster John y los cincuenta dólares por el traje de rayas modelo Palermo con el que me había acicalado como un maniquí de pasarela. Por lo tanto tenía derecho a una parte de los beneficios. A mí me parecía bien compensarle por la ayuda prestada, pero tres dólares era la paga de un lavaplatos del Paradise. Exacto, fue su réplica, me debes doscientos cincuenta de Sperandeo y le debes otros treinta a Sol. Tú aceptas los tres dólares y hacemos borrón y cuenta nueva de todo, del pasado y el futuro. Y yo el lunes, con este dinero, ingreso a Agata en el sanatorio. Ella había empeorado: con sólo oír su nombre acepté que me estafara. Big Pres me tendió cincuenta dólares a cuenta de los ciento ochenta que iba a ganar a mediados de julio.

Quise acompañar a Agata al sanatorio de Springfield, pero Big Pres no me lo permitió. Ese día Sol estaba en el trabajo, sus hermanos y su hermana ya habían salido para la escuela: ella, como siempre, había preparado el desayuno para todos. La abracé como nunca había hecho con mi madre y mis hermanas, le dije que cuando regresara organizaríamos veinticuatro horas seguidas de fiesta: conseguiría un acordeón y tocaría sólo para ella. Agata esbozó una sonrisa, y la palidez de su rostro se intensificó. Mientras me abrazaba, me susurró al oído:

—Acuérdate de tocar en mi funeral.

En la sala de té del Drake cambiaron de lugar el mobiliario para poder colocar el piano. Habían alquilado un Schimmel clásico de 1894, casi una obra de artesanía, de raíz de nogal. Era un tipo de piano más adecuado para dar conciertos que para la música ligera, y la clientela de esas semanas, en efecto, se solazaba con mis fragmentos de sonatas de Bach, de Mozart, de Beethoven, y hasta con los cantos gregorianos, el *Réquiem*, la *Marcha nupcial* o *When the Saints Go Marching In*. En cambio, recibían con miradas circunspectas y esos labios de culo de gallina apoyados en las tacitas de porcelana la producción musical de Armstrong y de sus hermanos de chocolate. Entre aquellas mesas y aquellos sillones, en medio de camareros vestidos de frac, que servían impasibles el coñac, el whisky y la ginebra de las teteras, aprendí que *All Coons Look Alike to Me*, escrita por un negro y para negros, era considerada la revancha de los blancos, una especie de himno del viejo sur que humedecía los ojos también en el norte.

Los periódicos llenaban sus páginas con la carrera de los candidatos demócratas a la elección para las presidenciales. La convención de Chicago, con miles y miles de delegados llegados de todo el país, se veía en la ciudad con buenos ojos, por la inyección de dinero que iba a suponer para hoteles, restaurantes y tiendas. Pero los clientes habituales del Drake fruncían el ceño: demasiada gentuza, demasiados operarios, demasiados comunistas, demasiados sureños con aires revolucionarios, demasiados inmigrantes judíos, italianos y polacos. Yo no entendía de política, no me interesaba entonces y sigue sin interesarme ahora, pero percibía la rabia general que despertaba el programa subversivo de Roosevelt. Los ricachones de Chicago, que comenzaban a superar en número a las farolas de la ciudad, lo tachaban de traidor de su casta: a pesar de haber nacido en la abundancia se había vendido a Stalin. El hecho de que pudiera recibir la candidatura precisamente en Chicago resultaba un ultraje tan insoportable que bien merecía otra ronda de whisky para ahogar la ira.

Para mí fueron meses de soledad total. Me despertaba en una casa vacía, me preparaba yo mismo la comida con las míseras provisiones que Sol había dejado, y evitaba salir por miedo a que un encuentro casual con Sperandeo le recordara que Willy Melodia seguía en escena. Cerca del lago había descubierto un banco medio escondido tras un jardincillo de cactus: pasaba el tiempo sentado en él mientras esperaba la hora de sentarme en el taburete del Drake. Recogía hojas sueltas de periódicos y practicaba mi inglés. Un mediodía me acerqué a Vernon Avenue: las jóvenes damas, que por la tarde acudían al salón de té a levantar el meñique, la definían como la más bonita y distinguida de las avenidas de Estados Unidos. Tener una casa en Vernon Avenue casi le garantizaba a uno la inmortalidad. En efecto, yo nunca había visto tanto lujo: era como si cada propietario hubiera tenido la intención de construir un Versalles a pequeña escala. Ni siquiera las villas que bordeaban el lago habrían resistido a la comparación.

En el hotel me trataban con arrogancia: era el enchufado de los *dago*. Yo desconocía qué significaba ese apelativo. Un camarero, Carmine, hijo de emigrantes de Gaeta, me informó de que era la vieja y ofensiva manera de llamar a los italianos y a los latinos en general. La palabra significaba «apuñaladores», y según parecía derivaba de la antigua daga de los romanos. En fin, un buen atracón de cultura para considerarnos delincuentes, sanguinarios y una panda de salvajes. Y yo, como todos los nacidos siervos, intentaba a toda costa parecer distinto al resto de italianos. Debo reconocer que, aparte de alguna mirada de soslayo o alguna que otra palmadita en el hombro, nadie me molestó nunca. Éramos *dago*, todavía nos definían con las tres «c» —católicos, criminales y consumidores incorregibles de Chianti—, pero también éramos los que tenían dinero, dinero del que se beneficiaban por lo menos la mitad de los señores elegantes y estirados que saboreaban pastitas de té y música en vivo en el salón del hotel.

Yo intentaba estar a su altura. Una vez, una señora anciana que quería hacerme un cumplido dijo que yo parecía un nativo, para añadir de inmediato en voz baja «hasta que abre la boca». Su amiga sonrió llevándose la mano enguantada a los labios para cubrirse la centelleante dentadura. En las hojas sueltas de los periódicos que recogía en mi banco del lago leí que «los nativos» eran los miembros de un partido político fundado para salvaguardar los derechos de los americanos de pura cepa anglosajona. No creo que en Chicago constituyeran una mayoría, aunque eran muchos los emigrantes europeos que lo ambicionaban y se americanizaban el apellido. También nosotros, por desgracia, habíamos empezado a hacer lo mismo.

El clima en Chicago se volvió tan tórrido como el clima político. Entre los demócratas sólo quedaban Smith y Roosevelt. Los partidarios de Smith acusaban a Roosevelt de ser un republicano camuflado, un emblema de la vieja casta dominante que había arrastrado América hacia su ruina. Los partidarios de Roosevelt acusaban a Smith de ser la expresión de un pasado sin gloria ni ideales, vencido ya por la misma historia. Los republicanos no tenían ese problema: repetían la candidatura del presidente Hoover. Ya tenían los ojos puestos en las elecciones de noviembre y podían permitirse algún tipo de publicidad. Tenían dinero para hacerlo: a diferencia de los demócratas, que estaban en sintonía con las finanzas de aquellos por los que luchaban: un poco menos que cero.

La vigilia de la convención, colocaron unas mesitas para recaudar fondos. Los del centro, sin embargo, apenas se hacían un puesto. Los activistas de Hoover aprovechaban la menor excusa para llegar a las manos y masacrarlos. Después la policía obligó a los demócratas a desmontar los tenderetes porque ocupaban indebidamente el suelo público. En el extrarradio de la ciudad las cosas marchaban mejor, aunque allí lo único que cazaban eran moscas. Una semana antes de la inauguración del congreso llegaron las delegaciones. Procedían de Alabama, de Georgia, de Arizona, de Nuevo México, de California. Viajaban en inmensos autobuses transformados en casas ambulantes, dormían en ellos para ahorrar y se paseaban por los barrios con la esperanza de hacer prosélitos. Los ricachos del Drake adelantaron las vacaciones a fin de evitar cualquier tipo de proximidad y de contagio. A menudo podía pasarme horas tocando en un salón vacío.

En el hotel se alojaban los dirigentes del partido demócrata, los colaboradores de Smith y los de Roosevelt. Eran poco más que cuatro gatos, nada comparado con las exageraciones que se ven hoy en día. Los clientes se acercaban al salón de té sólo por las noches. Las mujeres insistían en quedarse, pero parecía que los hombres se hubieran sentado en el cráter del Etna. Yo lo aproveché para mis experimentos. Me había contagiado de la moda de los discos: a pesar de la escasez de dinero, aquel año fue el del boom del mercado discográfico: cien millones de dólares en gramófonos y discos. Yo también me compré uno de 78 revoluciones: el de Armstrong, *When It's Sleepy Time Down South*, lo conseguí enseguida, mientras que para *Ouverture cubana* de Gershwin me dijeron que tenía que esperar.

El hotel disponía de un gramófono Victrola. Con la complicidad de Carmine, que no me creía capaz de tocar una pieza que sólo hubiera escuchado una vez, conseguí tenerlo unos diez minutos: el tiempo justo para hacer girar dos discos. A continuación me senté al piano y toqué. Carmine se lo contó a los otros. Todos empezaron a hablarme, a sonreírme, a hacerme peticiones personales: me convertí en una especie de gramola humana. Al final de la jornada, mientras se limpiaba, nos dejábamos ir. Volví a echar mano de mi repertorio italiano, que sobre todo era napolitano. *'O sole mio* motivó lágrimas, emociones y repetición de bises. Un jefe de sala de origen alemán, aunque nacido en un pueblo de Mississippi, dotado de una hermosa voz, entonaba las canciones de su pasado: *St. Louis Blues, Sweet Georgia Brown* y *Makin' Whoopee.* Yo las memorizaba todas, y al día siguiente observaba las reacciones del público.

Encontré a Sol sentada en el patio, intentaba escapar del calor sofocante de la noche. Me contó que Agata estaba mejor: probablemente iban a darle el alta a finales de verano. Con una pizca de orgullo me anunció la llegada de su hermano junto con una delegación de Nueva York. Al día siguiente Big Pres me aclaró el misterio: había allanado el terreno para Luciano y Costello. Miró el reloj:

—Si el tren de la noche es puntual, acaban de llegar a Chicago.

Mis ojos fueron más elocuentes que cualquier pregunta.

—Han venido para asegurarse el futuro —añadió complacido Big Pres—. Luciano les ha asegurado a los amigos que sin política hoy no se va a ninguna parte. La ley seca está en las últimas, de modo que hay que apostar por las nuevas actividades. Quieren invertir en los casinos, en las máquinas tragaperras. Imagino que detrás de Charles está Lansky: él tiene una empresa de tragaperras. Por medio de un tío de New York, uno de nuestra tierra que está metido en política, han financiado a los demócratas. Luciano y Costello han venido a Chicago para dejarse ver y asegurarse la contrapartida tras la victoria de noviembre.

Big Pres daba por supuesto que en noviembre también él saldría ganando. Pero, a esas alturas, yo ya había aprendido a conocerlo: sus deseos raramente coincidían con la realidad. Del ascenso de Luciano había sacado más entusiasmo que dólares o, para ser más exactos, prestigio en lugar de dólares. Lo mismo iba a suceder con la victoria de los demócratas, aunque su incurable optimismo le llevaba a imaginar otras victorias.

—Te lo ruego, no te alejes de aquí. Esta tarde te los traigo a los dos. Tengo ganas de que los conozcas, y también ellos tienen interés en conocerte. —No se me escapaba que no era verdad, pero ¿por qué darle otro motivo de desilusión?

Se presentaron poco después de las seis de la tarde. Lo recuerdo como si fuera ayer. Me impresionaron las camisas de seda, el dos piezas de lino azul perfectamente planchado, los zapatos relucientes. Costello tenía un aspecto impecable: el pañuelo blanco en el bolsillo, la mirada de quien no tiene tiempo de mirar. Luciano se mostró estirado, a pesar de tener el aire de quien no se toma nada en serio. Eran un poco más altos que Big Pres, que iba dando saltitos a su alrededor como una perra en celo. Estaba disfrutando de sus quince minutos de gloria: era el interlocutor de dos personajes destinados, según él, a compartir el cielo con el Padre Eterno.

—Charles, Frank —dijo impostando la voz—, éste es el muchacho que os honra cada día.

Los dos intercambiaron una mirada de complicidad. Luciano tenía una media sonrisa que le torcía la boca, su párpado derecho un poco caído era el recordatorio de la funesta noche en que los *picciotti* de Maranzano habían estado a punto de enviarlo al otro mundo. Costello no disimulaba lo insoportable que le resultaba tener que estar donde habría preferido no tener que estar. Lo consideraba su buena acción anual: incluso a un eterno penúltimo como Big Pres había que concederle, de vez en cuando, alguna satisfacción.

—Si tenéis un par de minutos, Mino..., es decir, Willy podría tocar algo para vosotros, ¿qué os parece? Ah, el muchacho se lo merece. Algún día será famoso. Si queréis, os lo pongo por escrito.

Luciano y Costello le escuchaban con condescendencia, irritados. Pero Big Pres ya había puesto la directa.

—Willy nunca olvidará todo lo que habéis hecho por él. Su reconocimiento será eterno. Él, desde ahora mismo, está a vuestros pies. ¿No es cierto, Willy?

Yo estaba dispuesto a afirmar hasta la mismísima santidad del diablo con tal de que no me obligasen a hablar. Los dos me infundían respeto, cuando no temor físico. Estaba seguro de que si hablaba, sin importar lo que dijera, cometería algún error.

—Sí, sí... Por supuesto, señor Prestipino. Tal como ha dicho usted... Gracias, gracias de todo corazón...

El carné de imbécil no me lo habría retirado ni san Vito en persona.

—Estate tranquilo —Costello arrastraba su vocecita—, me has costado sólo una llamada de teléfono interurbana. Me fié de Charlie, que tiene olfato para estas cosas.

—Entonces —dijo Big Pres—, ¿hacemos que toque en honor vuestro?

Luciano seguía imperturbable, así que le tocó a Costello desmarcarse.

—Big Pres, creemos en tu palabra y nos gustaría muchísimo poder escuchar a nuestro joven amigo, por supuesto... Pero no disponemos de tiempo suficiente, tenemos que vernos con algunas personas y nos gustaría volver a New York en el tren de la noche. Mejor que lo dejemos para la próxima ocasión. Es más, paisano, si te cansas de Chicago y vienes a nuestra zona, hazme una visita.

Big Pres se lanzó a la caza.

—Willy, ¿has entendido la gran oportunidad que te está ofreciendo míster Costello? Los mejores locales de New York son suyos. Conozco a pianistas que se arrastrarían por toda la Quinta Avenida para trabajar con míster Costello. Eh, cuando se dice que uno nace de pie... Frank, me siento con la obligación de darte las gracias incluso antes de que lo haga Willy...

—No tiene ninguna importancia, Big Pres. Si no nos ayudamos entre nosotros...

—Gracias, don Costello —dije yo algo confundido—. Gracias, don Luciano.

—Vigila, que yo no tengo locales —respondió Luciano, divertido—. No puedo ofrecerte ningún trabajo.

—Gracias —repetí peor que un autómata.

—¿De dónde eres?

—De Catania. Estaba con Puglisi.

—¿Eres el de Giaconia?

—Sí.

—Buen *picciotto*, Giaconia. Pero lástima que se lo hayan cargado. Dicen que remataron el trabajo a conciencia.

Luciano anunció entonces que la buena acción del año había terminado.

—Nosotros nos vamos, Big Pres: no te molestes en acompañarnos. Somos gente de provincias, pero no vamos a perdernos de aquí a la salida.

Se despidieron con un movimiento de cabeza.

—Qué amables... —comentó Big Pres—. No han querido que me cansara más de lo debido. Llevo desde esta mañana sin parar un minuto. Tendrías que haber visto la cara de los que estaban en las mesas para recaudar fondos cuando Luciano se ha puesto a la cola de Roosevelt y Costello a la de Smith. A uno y otro lado no dejaban de espiar ni un momento para ver cuánto daba Charles y cuánto Frank. Te lo digo yo: Charles diez de los grandes, diez mil, y Frank diez de cien. Mis amigos están convencidos de que ganará Roosevelt, o a lo mejor es que así lo han decidido ellos. Pero no han querido llamar la atención. Habrían acudido demasiados periodistas, y ésos siempre lo enfangan todo. Todos han visto que Costello financiaba a Smith: de modo que si alguien escribe que cuando Roosevelt era gobernador de New York asistió a la presentación del Copacabana, uno de los locales de Frank, se pillarán los dedos.

Big Pres estaba convencido de la importancia que se atribuía a sí mismo. Vivía de luz refleja y era feliz con eso. Para él, para mí, diez mil dólares, como también mil dólares, eran cifras difíciles de pronunciar. Pero para sentirse un todopoderoso le bastaba con hablar de Luciano, de Costello, quienes hasta podían permitirse dar una pequeña limosna a los políticos. Me habría gustado preguntarle por Agata, pero él de nuevo me dejó plantado para correr detrás de alguna de sus fantasías.

A Roosevelt no llegué a verlo, mientras que Smith apareció una tarde, rodeado de admiradores entusiastas. Muchos subían al palco para hablar, en una sala de conferencias pertrechada con ventiladores que cosquilleaban al público en medio de un calor asfixiante. Pero la suerte del congreso se decidía en los pasillos, en las suites del último piso, y también alrededor de mi piano. Se pasaban todo el día de atracones, desde las diez de la mañana. Y, sin embargo, ni siquiera el alcohol suavizaba las marcadas diferencias entre las corrientes políticas. Dicho sea entre nosotros: era odio puro. Los de Roosevelt se sentían tocados por la gracia, los de Smith los tenían por impostores. Bebían, se insultaban, volvían a beber. Aunque mi música les traía sin cuidado, me tenían allí hasta las tres o las cuatro de la madrugada. Sólo tenían una cosa en común: eran tremendamente tacaños con las propinas. Me saqué no más de veinte dólares. Se necesitaron cuatro votaciones para decidir la candidatura oficial de Roosevelt. Los partidarios de Smith pronosticaban cada noche que al día siguiente iba a haber la vuelta buena, pero al final ganó el político que estaba verdaderamente predestinado. La última tarde sólo los perdedores llenaron el salón de té, los demás habían ido a celebrarlo y a emborracharse por las plazas, callejuelas y callejas. Los hombres de Smith bebieron compuestos, en silencio, con alguna que otra lágrima discreta resbalando por sus mejillas. Puse un poco del *Réquiem* en el ragtime. Por suerte nadie se dio cuenta: mi salida ingeniosa no levantó polvareda.

Al día siguiente estaba otra vez sin trabajo. En lugar de los ciento treinta dólares que me debía, Big Pres me pasó treinta. El resto me dijo que serían para el tratamiento de Agata, y que ya me los daría en la siguiente faena. De momento me llevaba al sanatorio a verla. Había conseguido un Lincoln con conductor, un tipo del círculo de Accardo que mientras conducía se dedicó a proferir todo tipo de insultos, con calificativos de «ricachones» y previsiones de muerte incluidos, referidos a todos los demás aspirantes a la sucesión de Capone. Habló de trampas, estrangulamientos, de dobles y triples juegos, de visitas punitivas ejemplares. Describía las hazañas, los engaños y la personalidad de sus compañeros con el mismo entusiasmo y orgullo que mis hermanos y yo poníamos de pequeños al narrar las empresas de los paladines de Francia, y que mis sobrinos utilizan ahora para hablar de los éxitos de los equipos de fútbol y de sus jugadores. El más peligroso de los buenos chicos de Accardo llevaba un nombre que yo conocía muy bien: Sam Giancana, el tipo enjuto de mejillas hundidas que me había pescado en la Unión Siciliana, el tapón que me miraba de arriba abajo. Él había hecho carrera, yo no.

Viajamos hasta Springfield entre campos de trigo y extensiones infinitas de árboles. Con el pasar de los años, iba a ver la carretera que recorrimos aquel día en una infinidad de películas: la famosa

Ruta 66, ¿os acordáis? El sanatorio estaba limpio, pero desprendía un desagradable olor a desinfectante. Cuando abracé a Agata, el corazón se me quedó en un puño: estaba pálida, alicaída, muda. Cuando me vio se echó a llorar de emoción. Sol no había ido a verla: el trabajo, la distancia, la falta de dinero... La tos había remitido, pero con ella también lo había hecho la energía con la que Agata solía llenar toda la casa. Paseamos por la arboleda, pero Agata enseguida se sintió fatigada. Ni siquiera Big Pres lograba ser optimista. Pasamos media hora intercambiando miradas de preocupación, con incómodas interrupciones de silencios que se prolongaban. Agata me preguntó por mi trabajo, por sus hermanos, su hermana, su madre. Echaba de menos su pequeño mundo, el mundo del que sacaba fuerzas para seguir adelante.

—Tío, llévame a casa —dijo—. Aquí me siento morir.

—Agata, hablaré con los médicos, a ver qué me dicen ellos.

El doctor tenía un aspecto que inspiraba confianza. Fue bastante claro y conciso: el avance de la tuberculosis se había frenado, pero no podíamos hacernos ilusiones, Agata no se curaría. Aunque en el sanatorio viviría más tiempo que en casa. La familia tenía que decidir.

—Y me está costando tantos dólares que no tengo. —Por una vez Big Pres no fingía. Quería a su sobrina, pero no estaba dispuesto a gastar dinero a cambio de nada. Él quería que se curara, no que sobreviviera hasta el día no lejano de su muerte. Big Pres estaba acostumbrado a ocuparse del hoy, el mañana era para él otro día en el que todo estaba por ver. La Agata del sanatorio estaba más en el otro mundo que en el nuestro. La Agata de Chicago, de la calle 61, era una chica alegre y llena de optimismo: ¿qué sentido tenía pagar ese dinero para ver que se apagaba igual que una vela? Si iba a morir de todas maneras, mejor regalarle un fin despreocupado. Esto iba rumiando Big Pres mientras hincaba el diente al *würstel* rebozado con harina de maíz y después frito en la sartén. Era la especialidad del lugar. El hombre de Accardo había insistido en que la probáramos. Quería mostrarnos que era un hombre de mundo, uno que conocía las costumbres y delicias gastronómicas de cada lugar. Nos habían sentado en una barra con un hule estampado en lugar de mantel y unos taburetes que bailaban. Nada de platos y cubiertos: el *würstel* envuelto en papel junto a tres botellas de cerveza. Un claro desafío a cualquier forma de ley seca. Si os digo que el *würs-tel* daba asco, ¿me creeréis? Pero me lo comí para no llevarle la contraria al tipo de Accardo: tenía más humo que sustancia, pero al menos nos había llevado en coche. Para compensarlo, yo, que era casi abstemio, apuré tres cervezas en un intento desesperado por olvidar la amarga despedida de Agata: «Tal vez no volvamos a vernos, Mino. Recuerda que quiero que toques en mi funeral».

Big Pres delegó en Sol la decisión sobre el futuro de Agata, y Sol la fue posponiendo un día tras otro con la esperanza de que el Altísimo decidiera en su lugar. Yo puse los cien dólares que Big Pres me había prometido con la nueva faena. La indecisión de Sol significaba que había que pagar al sanatorio, por lo que la deuda conmigo quedó también pospuesta. Había bajado no pocos peldaños en la escala artística: del Paradise al Drake y de éste al Star of River, una taberna de mala muerte a orillas del río Rock, donde tocaba en una pianola imposible de afinar. Según Big Pres, había actuado exclusivamente por mi bien: el aire de Chicago, donde los pactos sellados al atardecer se rompían al amanecer siguiente, se había hecho irrespirable para mí. Los de Nitti habían puesto una cruz sobre mi nombre por culpa de Sperandeo, pero también los de los otros clanes habían puesto una cruz sobre mi nombre por el motivo contrario: me tomaban por un protegido de Nitti. De modo que tenía que contentarme con el Star of River, por tres dólares al día más manutención y alojamiento.

Big Pres se agenció el adelanto de treinta dólares en concepto de sus honorarios mensuales; a mí no me quedó ni siquiera el dinero para comprar un poco de comida decente con la que variar la eterna dieta de judías pintas hervidas, carne de caza muerta y maíz frito. Dormía en la antigua cuadra en compañía de Tom, un chico de Georgia, que ayudaba a cocinar y a limpiar. En cualquier caso, había sido un descanso dejar la casa de Sol. El ambiente se me había hecho irrespirable: sin Agata había perdido hasta la sonrisa.

El propietario de la taberna era un judío que había huido de Ucrania, mientras que los parroquianos eran polacos y alemanes que compartían un fuerte antisemitismo. A clientes y propietarios les importaba un bledo la música. Y les importaba todavía menos que yo tocara bien o mal. La pianola y yo formábamos parte del mobiliario, del cual nadie se atrevía a deshacerse por respeto a las tradiciones. La atracción del Star of River consistía en las tres hijas del judío. Eran muy jóvenes, de entre quince y veinte años, no especialmente guapas, pero con el pecho generoso de su madre, quien siempre intentaba zafarse de sus imprecisas funciones de cocinera para poner de relieve la gracia de sus hijas. La afluencia de clientes era constante, el negocio prosperaba en medio de una lluvia de escupitajos e insultos feroces hacia la religión del propietario y su mujer. La taberna se hallaba en la zona de influencia de los Fischetti, los primos de Capone, que intentaban por todos los medios conservar sus antiguos feudos. Big Pres tenía contactos con ellos gracias a los buenos oficios de Costello, según me había remarcado él mismo más como un alarde que esperando mi gratitud.

En el fondo, los días transcurridos en el Star of River vinieron a ser como unas vacaciones. A mi inicial mosqueo le siguió la alegría de una naturaleza incontaminada. El río, el campo, el bosque: todo era resplandeciente, salvo la taberna. Aunque también tenía su lado positivo: os aseguro que la única noche que dormí solo fue la primera. Las tres hermanas se presentaban a la vez en la cuadra, y también Tom se llevaba su parte. Se repitió el mismo ambiente liviano y despreocupado del San Carlo: una feliz confusión de cuerpos, pocas preguntas y mucha intimidad. Entenderse con las palabras costaba trabajo, cada cual hablaba un inglés deformado muy distinto del de los demás, pero por lo demás era una auténtica maravilla. La complicidad que creció entre los cinco contribuyó a mejorar las relaciones laborales, a pesar de que teníamos que vérnoslas con la rudeza de los padres de las chicas, en especial con la madre, totalmente contraria a la prodigalidad nocturna de sus hijas para con dos pelones como nosotros. Sobre Tom no puedo pronunciarme, pero en lo que a mí concierne debo admitir que la tabernera acertó de lleno.

No fue una etapa de crecimiento profesional, que digamos. Que yo tocara bien o mal daba exactamente lo mismo: la música no era más que el ruido de fondo de peleas y discusiones. Me lo tomé con calma. Me esforzaba sólo lo justo y no probaba con música americana, había entendido que el jazz y el ragtime quedaban descartados ante aquel auditorio. Para ellos era sólo música de negros. Así que volví a mis canciones napolitanas, con una acogida que superó mis expectativas.

A las puertas del otoño reapareció Big Pres. Iba con el tipo que nos había acompañado en coche a ver a Agata al sanatorio. Eso significaba que un hombre de Accardo había puesto los pies en territorio de los Fischetti, y significaba que también Big Pres cojeaba de ese lado. Y él nunca habría cojeado sin el consentimiento de sus dioses de Nueva York, Luciano y Costello. ¿Significaba entonces que Luciano y Costello se habían pasado de los Fischetti a Accardo? Naturalmente me guardé para mí ese complicado razonamiento. Quería saber cómo estaba Agata: iba a volver a casa. Y quería saber dónde estaban los cien dólares que Big Pres me debía y que continuaba debiéndome: había venido a verme para cobrar el porcentaje medio anticipado de mi segundo mes de trabajo. Antes de marcharse me entregó dos cartas de mi madre —con la dirección de siempre escrita en el sobre: «Mino Melodia – América»—, y se negó a esperarse un rato para que le diera mi respuesta.

—Mino..., quiero decir Willy o como sea que te llames —dijo irritado Big Pres—, se hará de noche y todavía estarás escribiendo que muchos besos y abrazos. Pero yo tengo una cita importante en Chicago, y después debo coger el tren para New York. De aquí a diez días estaré de vuelta, ya me entregarás entonces todas las cartas que quieras.

En Catania todos estaban bien, la parentela seguía adelante. Nino había tenido el hijo, al que habían llamado Turiddu u nicu en honor del abuelo paterno. Concettina ya estaba encinta. Tras dejar a la zorra de Centuripe, también Peppino se merecía ahora que lo citaran en las cartas. Mi padre se había recuperado: los días que hacía buen tiempo acompañaba a Rinaldo y Orlando a los mercados de la ciudad. Los esbirros *cui giummu* —con los carabineros, según se dice en siciliano— habían regresado a Via D'Amico para tener noticias mías. Que por supuesto nadie les había facilitado. Tus amigos, que son gente importante —me preguntaba mi madre—, ¿no pueden hacer nada para limpiar esa mala fama? A Agatella le había salido un pretendiente: se encargaba del hielo bajo las órdenes de los Puglisi, es decir, de Luigi, el sustituto de Nino, que todavía estaba en Túnez. Pero mi madre tenía sus dudas sobre los Puglisi y sus acólitos. Escribí mi respuesta sentado a orillas del río. No dije nada de mis desgracias, sólo hablé de mi buena salud, del trabajo que iba mejor y de mis ganas, sinceras, de volver a Sicilia.

El frío llegó sin avisar de las montañas de poniente. El consumo de bebidas alcohólicas se disparó desmesuradamente. El whisky era lo primero que siempre se acababa, aunque fuera de pésima calidad y se hubiera destilado sin método y sin pasión en un barracón de leñadores al otro lado del río. Lev, el propietario, que en vano se empeñaba en que lo llamaran John para borrar sus orígenes, lo alargaba con una mezcla improvisada, cuyos efectos eran una molesta borrachera inmediata. Cada noche la taberna se transformaba en un campo de batalla. Lev sacaba las monedas y los billetes necesarios para reparar los daños de los cuerpos desmayados bajo los efectos del alcohol o de los golpes. Después yo mismo, Tom o las chicas nos encargábamos de hacerles volver en sí con cubos de agua helada.

Pero una tarde de octubre tuvo lugar una batalla campal. Un tipo que recientemente le había hecho de chófer a Big Pres abrió la puerta de par en par. A sus espaldas no apareció Big Pres, sino tres tipos con abrigo largo, el sombrero de fieltro cubriéndoles el rostro y una metralleta en las manos. Me salvó el hecho de estar sobrio: de un salto me agaché detrás de la pianola. Las ráfagas hacían un ruido alegre y rítmico. Dispararon a diestro y siniestro con la intención de destrozarlo todo. No tenían un objetivo preciso, disparaban a todo menos a lo que pudiera moverse. Los disparos se prolongaron durante más de un minuto; una vez terminados, se oyeron quejidos, un estruendo de cuerpos y objetos que caían, pasos que se arrastraban por el suelo. Me asomé con la máxima cautela: miré bajo el desorden de mesas y sillas destrozadas. Descubrí un par de calcetines blancos, que me eran familiares. Fui alzando la vista hasta llegar a la cabeza: era Sam Giancana. Él y los otros estaban evaluando los efectos de la faena que acababan de rematar.

—¿Nos vamos ya? —dijo Giancana.

—¿Y el pianista? Sabe quién soy... —Había hablado el chófer.

Volví a esconderme tras la pianola. Estaba atrapado, no tenía escapatoria. ¿Y si decía que era amigo de Big Pres, que a su vez era amigo de Luciano y Costello?

—¿Lo has visto?

—No, pero tiene que andar por aquí.

—Encuéntralo.

Tras hacer añicos el cristal de la ventana lateral, un golpe de fusil astilló la viga que estaba justo encima de Giancana. A lo que siguieron gritos, maldiciones, órdenes perentorias. Giancana y sus secuaces se protegieron como pudieron, y el chófer hizo lo propio.

—¿Quién ha disparado? —preguntó una voz anónima.

—Tu hermana —respondió Giancana.

—Nadie había hablado de hombres armados —dijo la voz de antes.

—Pues aquí los tienes —replicó tranquilamente Giancana.

Dos nuevos proyectiles se estamparon en la pared. La puntería del tirador desconocido dejaba mucho que desear, pero por lo menos desvió su atención y dejaron de buscarme.

—Tenemos que largarnos.

—¿Y el pianista? —le recordó el tipo que tanto me amaba.

—No quiero quedarme encallado en esta cloaca. En cualquier momento pueden llegar el sheriff y sus ayudantes o hasta los amigos del de fuera. Ya nos encargaremos de tu pianista en otro momento.

Giancana descargó otra ráfaga de metralleta. Echaron a correr por la puerta. Más ráfagas y después el motor de un coche y el chirrido de los neumáticos sobre la grava. La retirada de los mafiosos coincidió con la explosión de gritos de ayuda y todo tipo de imprecaciones. Hombres heridos, salpicaduras de sangre por todas partes. Procedentes de la cocina aparecieron la mujer del tabernero y sus hijas: Lev estaba tendido detrás del balcón, el delantal de su pecho estaba teñido de rojo, bajo su cuerpo había un charco de sangre. La mujer se tiraba de los pelos, se golpeaba la cabeza con los puños, pronunciaba frases de desesperación en una lengua incomprensible. Las hijas lloraban acariciando las manos del padre, la menor me dedicaba miradas suplicantes. Pero ¿qué podía hacer yo en medio de aquella carnicería?

Por suerte Tom entró con la escopeta de caza de Lev. Le había despertado el estruendo, había corrido a coger el fusil y había abierto fuego justo a tiempo para salvarme. Conté hasta diez cuerpos en el suelo y sobre las mesas: cinco de ellos no daban signos de vida. Cuando alguien dijo que había que ir a buscar el sheriff, intuí que debía largarme. Ninguno de los presentes había entendido que la banda de Giancana, tras la matanza perpetrada, me buscaba a mí. Aunque todos se habían dado cuenta de que los agresores eran italianos, y yo era el único italiano de la escena. Me percaté de que alguno de ellos comenzaba a mirarme receloso. Además era clandestino, buscado también por sus antiguos protectores: en definitiva, carne fresca y lista para ser consumida, ya fuera por quienes estuvieran sedientos de venganza, ya por el sheriff deseoso de encontrar a un responsable.

Dije que iba a por las sábanas para vendar a los heridos. Fui a la antigua cuadra: en poquísimos minutos llené mi bolsa, me puse la gabardina, me calé el sombrero de fieltro. Y eché a correr tan rápido como pude campo a través. Más allá del castañedo y los pastizales, estaban las vías del tren. Me encaramé a un tren de mercancías, lentísimo, que iba directo a Chicago. En la estación nadie se fijó en mí, aunque a mí me parecía que todos me miraban. Llegué a casa de Sol al mediodía: era el único lugar donde podía esperar ser recibido sin problemas. La puerta estaba cerrada, y no había nadie en casa. Me senté sobre la bolsa con la espalda apoyada en la pared, estuve llamando al timbre hasta que los hermanos de Agata llegaron del colegio. Su alegría al verme calmó mi desesperación. Big Pres no rondaba por ahí, pero el domingo vendría para llevar de nuevo a Agata al sanatorio. Sol me trató como si todavía viviera con ellos. Ni reproches ni melindre alguno, ninguna pregunta sobre el pasado ni tampoco sobre el futuro.

Big Pres se presentó con veinticuatro horas de antelación. No sabía nada de lo sucedido. Su rostro se ensombreció al escucharme. Resultó inútil recordarle que yo había sido una víctima de las circunstancias, de Sperandeo al chófer del Lincoln.

—Es un agravante —dijo con rabia—. Has conseguido ganar por carambola. Te buscan los de Nitti, te buscan los de Accardo, te buscan los de Mangano, y ahora va y te buscan los de Fischetti. Parece que hayas sustituido a Capone y ocupes el puesto de enemigo público número uno.

Quien más le preocupaba era Giancana, a pesar de que le aseguré que no me había visto.

—¿A quién le importa que no te haya visto? Él sabe que tú estabas allí y que podrías reconocerlo.

—También hay otros que pueden reconocerlo mejor que yo: hay supervivientes.

—Hasta la fecha... —La expresión de Big Pres fue más elocuente que cualquier tipo de explicación.

—Pero usted puede explicar a Luciano y a Costello que yo no tengo nada que ver.

—¿Y después? En Chicago hay demasiados gallos, o demasiadas gallinas, si lo prefieres. Luciano no moverá un dedo hasta que sólo quede uno con vida. Entonces aceptará su besamanos y lo llamará compadre.

A pesar del cabreo que llevaba, Big Pres encontró una solución. Cuando anocheció, me subieron a un camión que transportaba cervezas canadienses directo a Nueva York. Un paisano de Little Italy estaría esperando la entrega de la mercancía.

9

La chapa del Hollywood

Sobre Nueva York caía una llovizna negra que ensuciaba hasta los pulmones. En realidad eran dos tipos los que me esperaban; pero ni uno encima del otro, *coppolas* incluidas, habrían igualado mi altura. ¿Eres tú?, fue el resolutivo saludo con el que me recibieron. Y acto seguido enfilaron por callejuelas y callejas hasta que llegamos a una pescadería. Entramos por una puerta lateral y subimos al segundo piso. Era media mañana, y todos dormían salvo la chica en salto de cama transparente que nos abrió la puerta. Movió la mano a modo de saludo, y después se la acercó a la boca para esconder un bostezo. Desapareció tras un espeso cortinaje ante mis ojos, que se pegaron a esas nalgas firmes. El pasillo olía a humo, a sudor, a carne, a agua de colonia. De la habitación en la que me dejaron emanaban humores masculinos y femeninos. Alguien acababa de usar el lavabo y el barreño: ahí dentro habían estado follando hacía poco. Me encontraba en un prostíbulo, aunque nada que ver con Les Fleurs du Mal. Por el balconcito, a pesar de estar cerrado, entraban los aromas del pescado que se vendía abajo y que pronto se convertían en malos olores. Mis acompañantes me dejaron ahí tirado sin mediar palabra.

Recuperé el sueño acumulado durante el viaje: había pasado todo el trayecto rebotando junto a las cajas de cerveza. Nos habíamos estado lanzando miradas de desafío todo el tiempo, hasta que de repente un tapón fue a estamparse en mi frente y liberó el líquido espumoso de la botella. Mis pies, y sobre todo mis zapatos, estuvieron nadando en cerveza hasta que llegamos a nuestro destino.

Alguien me sacudió con fuerza y me despertó. Dos ojos maquillados con sombras me escrutaban con una sonrisa burlona. Eran de la chica en camisón que nos había abierto la puerta.

—Es hora de levantarse y largarse. —Era menuda, pero estaba bien proporcionada. Por la inflexión de su voz supe que era paisana mía y más joven de lo que parecía.

Me había quedado dormido con la ropa puesta. Al menos necesitaba ducharme. Se lo dije.

—Ah, pues empezamos bien. Pero ¿te han dicho que esto no es un hotel?

Sin embargo, saltaba a la vista que tenía buen corazón, y así lo demostró desde aquel primer momento.

—Bueno, puedes usar mi baño. Soy Josephine, en América todos quieren nombres especiales.

—Me llamo Mino... Aunque han decidido que es mejor que me llame Willy.

—¿Lo ves?

—Pero tú puedes llamarme Mino.

—No te conviene, hazme caso. Mino no es un buen nombre para vivir en América. Tampoco Willy es nada del otro mundo, pero siempre será menos estrafalario que Mino.

Una vez aseado, afeitado y perfumado, Josephine me examinó.

—Si te interesa cambiar de profesión, o ganar algunos dólares de más, y no eres de los que hacen ascos, tengo trabajo para ti: tú eliges, mujeres u hombres, los segundos pagarían más.

—No he venido a hacer de puta co...

—Como yo. Puedes decirlo claro, no me ofendo. Es la verdad. Si cambias de idea, dímelo.

A pesar de esa presentación, con Josephine nos entendimos de maravilla. Yo debía estar fuera de las cuatro de la tarde a la una de la noche. En casa, cuando menos saliera de la habitación, mejor. Podía irme sin necesidad de decir adiós. Si me interesaba la mercancía, los descuentos no estaban previstos. Josephine hacía las funciones de jefa. Junto con ella, en el burdel, trabajaban dos italianas, dos escocesas y una chica de Kentucky. Yo ocupaba la cama y la habitación de una muchacha que todavía no había llegado. Y quedaba otra habitación libre al fondo del pasillo, pero estaba cerrada: la llave la tenía Josephine.

El prostíbulo dependía de Luciano, que controlaba unos cuatrocientos en toda la ciudad. Ofrecía mercancía para todos los bolsillos: desde servicios rápidos por dos dólares hasta completos de lujo por trescientos la noche. La crisis económica le había permitido a Charles reclutar a hijas de buena familia, esposas íntegras y secretarias con todo tipo de buenas referencias: mujeres libres de sospecha que lo hacían a conciencia por setenta y cinco dólares más almuerzo o cena. A partir de cien se hacía un descuento: dos en lugar de una. Luciano supervisaba en persona la ropa y la buena salud de sus trabajadoras. Visitaba regularmente todos los pisos; en el de Josephine lo habían visto hacía un mes. Estábamos en la embocadura de Chambers Street, cerca del acceso al puente de Brooklyn. Se oía el mar, y me acostumbré a ir cada mañana a verificar que siguiera en su sitio. Eso significaba que iba a poder volver a casa: ya no estaba encerrado en América.

Durante tres días nadie se acordó de mí. Pasé horas y horas caminando. Le compraba el pan a uno de Altopascio, en Mulberry Street, las ostras a un calabrés que montaba su carro en Fulton, cerca del mercado del pescado. Doce ostras por un dólar, limón incluido: buenas para almuerzo y cena. Eso era cuando todavía se pescaban en la bahía, antes de que lo prohibieran por la contaminación de las aguas. El calabrés había colgado del lado del carrito un rudimentario cuadrado de madera, en el que se leía en italiano: «Éste es el primero que se come la ostra. Y a los demás sólo les queda la concha».

Se respiraba el aire de Italia a pleno pulmón, desde las ristras de ajos colgadas de las puertas a las estampas de santos que llenaban las paredes de las tiendas. La llamaban Little Italy, pero en realidad no tenía nada de pequeña: eran casi setecientos mil paisanos que vivían en Nueva York. Los italianos habían intentado reconstruir el ambiente que habían dejado atrás al otro lado del océano, pero los olores eran distintos: el gas de la cocina, las vías del tranvía, el aceite de los coches, el vapor de las industrias. Ahora se consideran olores miasmáticos, pero entonces uno respiraba la vida, sobre todo la promesa de una vida mejor.

Cruzaba por bloques de casas donde los ruidos nunca cambiaban, donde se pasaba del día a la noche sin que uno pudiera notarlo. En la planta baja todas las casas tenían una tienda; a partir del primer piso no había casa que no produjera algo: sexo a buen precio, sacos para patatas, dobladillos para vestidos, billetes falsos que endilgar a los recién llegados, alcohol para los locales de los paisanos, conservas de tomate y mermeladas de naranja para las abacerías, hasta barajas de cartas especialmente preparadas para hacer trampas en las timbas. Vendían vino de la Toscana, whisky fermentado entre las tejas del tejado, cerveza que salía de las escurriduras de un barril. No eran pocas las veces que mezclaban el vino con el whisky. Proliferaban los gramófonos: por las noches se bailaba al ritmo de las notas melancólicas de *Tango della gelosia*, *Tanto pe' cantà* o *Parlami d'amore Mariú*. En los aseos, impregnados del hedor nauseabundo de cuantos meaban el alcohol que acababan de ingerir, habían colocado las máquinas tragaperras: para hacer las necesidades había que ponerse en fila, y a menudo los jugadores ocupaban el retrete sin la menor intención de ceder su puesto a nadie. Yo estaba impresionado con los letreros luminosos, la multitud que se agolpaba en las aceras, los coches que inundaban las calzadas. Cazaba una palabra entre mil, cada cual hablaba una lengua distinta, pero todos compartían el gusto por las prisas.

Cuando regresaba al prostíbulo, todavía veía luz en alguna habitación. Josephine contaba la caja en la cocina, con el cigarrillo colgándole de los labios, las piernas cruzadas y bien visibles.

—¿Has aprendido algo nuevo, hoy? —me preguntaba—. No pierdas el tiempo, porque en cuanto te metan en escena ya no tendrás oportunidad de hacerlo.

Eso era precisamente lo que yo estaba esperando: que me dieran un papel para entrar en escena, porque desde mi llegada a Nueva York parecía que se habían olvidado de mí.

—¿Y te quejas? —Josephine tenía una voz profunda: pronunciadas por ella, las ternuras que se dicen en la cama tenían que sonar irresistibles—. Disfruta hasta que puedas. Esta ciudad te lo puede dar todo, hasta la gloria. Todo menos el tiempo. Hazme caso y constrúyete una lengua que no haga perder tiempo. Ya verás, eso es lo más importante. Unos se contentan con minutos, otros buscan disponer de horas...

Josephine era práctica y eficiente. No despertaba simpatía en las otras chicas, pero la respetaban. Por medias frases supe que había llegado sola a Nueva York, con menos de veinte años. Había escogido el oficio sin vacilar un segundo: daba rienda suelta a su mente y a su conejo. Sus pupilas brillaban a cada palabra: al escucharla, uno enseguida entendía que tenía otras ambiciones, que no iba a pasarse media vida tras la caja de un café o de una mercería o, todavía menos, de un burdel. Nunca iba a convertirse en una Chère Ninon. Ella aspiraba a llegar a la cima, y para llegar cuanto antes había tomado un atajo. Tenía curiosidad por Catania: le gustó que yo tocara el piano, le divirtieron mis historias de Les Fleurs du Mal. En cambio, no le interesaba Chicago, Capone, los demás paisanos. Torció el gesto cuando oyó el nombre de Big Pres.

Aquellos días llenos de nada, todavía vibrantes por la novedad, terminaron un áspero mediodía de otoño. Los pajarillos habían bajado de los tejados y se posaban en los alféizares. Josephine me esperaba con un paquete en la mano.

—Willy —me dijo—, dentro de una hora, enfrente de la tienda de comestibles de la esquina con West Broadway. Te pasarán a recoger en coche. Te lo ruego, hazme quedar bien... —Esbozó una sonrisa.

—¿No sabes quién es, adónde iremos?

—Sólo sé que será un amigo de los amigos. ¿No es así como se dice? Luciano envió anoche a uno de sus figurines para anunciar la cita. Esperemos que te lleven a Manhattan, pero aunque fuera al culo del diablo procura encajarlo bien. Aquí no existe la posibilidad de escoger. Hay que pillar al vuelo la ocasión, hasta la más podrida, y convertirla en oportunidad.

Estaba hablando para ella, luego suavizó el tono.

—¿Puedo pedirte un favor? Enfrente de la tienda hay un portal con la placa de una boutique, en el primer piso. Sube un momento y entrega esto... —Me mostró un paquete—. No es droga, ni tampoco dinero falso. Di que vas de mi parte. Será suficiente.

Percibió mi preocupación.

—Vístete lo mejor que puedas —se apresuró a decir—. A los compadres les gusta. Se piensan que viven en una pasarela.

Me puse mi traje negro —que estaba pidiendo a gritos un repaso de plancha—, y lo combiné con la corbata de color. Pero enseguida me lo quité: me sentía como uno que pretende aullar en medio de una manada de lobos.

Josephine insistió en que me lo pusiera: si no, te tomarán por un don nadie.

La boutique exhibía el comprometido nombre de Lady's Haven sobre una puerta de cristal, tras la cual se atisbaba un alegre ajetreo. Le dije quién me mandaba a la señorita de color que me abrió; luego tuve que repetírselo a una morenita pizpireta, que me soltó una sincopada e incomprensible explicación antes de desaparecer por el pasillo. Decidí que me había pedido que esperara: me quedé más tieso que un palo al lado de la entrada, con el misterioso paquete en la mano.

Rosa y yo no podíamos creer lo que veíamos: nos quedamos inmóviles a diez metros de distancia. Yo enseguida reaccioné, pero parecía que ella no salía de su estupor. La señorita morena hizo por que nos acercáramos, mientras Rosa respondía a sus apremiantes preguntas con lentos movimientos de cabeza. Se le empañaron los ojos, y yo no pude hacer menos que ir a abrazarla. La señora negra aplaudió, la morenita pizpireta aguzó su curiosidad. Rosa se soltó y me cogió del brazo. Salimos a la calle todavía confusos y convencidos de que estábamos predestinados. Predestinados a vivir juntos, a tener hijos, a hacernos ricos. ¿Por qué nos habíamos encontrado, si no?

Enfrente de la tienda de comestibles había un Buick negro estacionado. En el asiento del conductor, con la ventanilla bajada, un cuarentón rechoncho, que llevaba un abrigo ligero con solapas de terciopelo moteadas de blanco por la caspa, charlaba tranquilamente con un policía visiblemente intimidado.

—Pero... Qué ha sido de ti...

Interrumpí a Rosa señalándole el Buick.

—Ahora tengo que salir corriendo, mi futuro está en juego. Hablamos a mi vuelta, vivo en casa de Josephine. Entonces ella es tu hermana, ¿verdad? ¿Nos vemos esta noche?

No esperé la respuesta, que por otro lado no existió. Crucé la calle corriendo. El policía me miró desconfiado, y le dirigí un titubeante saludo a su interlocutor.

—Soy Willy Melodia... —dije inseguro.

—No sé quién eres y además no me interesa. ¿Eres el que vive en casa de Josephine? —Soltó una carcajada, y el policía, por deferencia, le imitó.

—Sí.

—Entonces preséntate como es debido. A quién coño le importa tu nombre y tu apellido. Lo único que cuenta es tu garante. Aunque no es que el tuyo sea de los mejores, esa rata de cloaca de Big Pres... —escupió en el suelo para dejar claro su desprecio—, pero mientras Frank y Charles digan que bueno, también Vito Genovese dice que bueno, y hasta te va a sacar de paseo. Ponte cómodo, pero primero comprueba tus zapatos: si están sucios de barro, te los quitas y los llevas en la mano con la suela hacia arriba. Si me ensucias la tapicería, haré que la limpies con tu propia lengua. ¿Está claro?

El policía me endiñó un porrazo en el estómago, y no precisamente de los flojos. Habló en la lengua incomprensible de siempre mientras su porra apuntaba a mis zapatos.

—*Paisà* —dijo Genovese—, el agente se ofrece a comprobar él mismo el estado de tus suelas. Así te evitas acrobacias. Dale las gracias al señor agente y enséñale esos jodidos zapatos.

El policía los examinó a conciencia. Emitió su dictamen. Yo, con cara de imbécil, primero le miré a él y luego a Genovese, que se esforzaba por contener la risa.

—Si tocas igual que entiendes el inglés, Frank estará arreglado. El señor agente sostiene que has pisado toda la mierda del barrio. De modo que te quitas los zapatos y te los metes sobre tu respetable minga hasta que lleguemos a destino.

Hice lo que me mandaban. Desde la acera de enfrente, Rosa había visto toda la escena. Nuestras miradas se cruzaron. En sus ojos leí conmiseración, desconcierto, rebelión... No me atreví a saludarla. El destino ya se había ido a tomar por culo.

—Agente Irvine —dijo Genovese en italiano para que le oyeran tanto tenderos como transeúntes—, cuando pueda venga a mi despacho. Estamos en Thompson Street. Con los tiempos que corren se necesitan jóvenes como usted.

Genovese subió la ventanilla y arrancó.

—Olé tus huevos, irlandés de los cojones —le soltó al policía, que intentaba dirigir el tráfico para abrirle paso.

Genovese tenía unos ojos feroces y unas bolsas marrones en lugar de párpados; su voz era monótona y áspera, ideal para reforzar el desprecio con el que hablaba. No le importaba ganar todos los números para el premio de simpaticote del año.

—¿Sabes por qué los irlandeses se han metido a policías y fiscales? Porque nosotros nos hemos quedado con el negocio y a ellos ya no les queda nada más. —Quiso reír con tanta vehemencia que le entró un ataque de tos—. Tus zapatos están hechos un asco de verdad —exclamó mientras esperábamos que el semáforo se pusiera en verde.

Durante el resto del trayecto se comportó como si yo no estuviera sentado a su lado. Sin respetar semáforos ni preferencias, y sin cortarse a la hora de insultar a los demás conductores, llegó a la calle 3. Se lo tomó con calma hasta que torcimos a la izquierda. Superado el cruce con Lexington, con Madison y finalmente Park Avenue, me di cuenta de que estábamos en la calle 60 Este.

—A lo mejor me compro una casa —anunció Genovese.

—Un buen sitio —dije yo.

—Aquí no, cabeza de chorlito. En Park Avenue, con la flor y nata de la ciudad. Aquí será bueno para los que son como tú.

El letrero de «Hollywood» estaba apagado. El gran portal de la entrada, entornado.

—Vigila dónde metes la mierda de tus suelas —dijo Genovese. Se bajó y echó a andar sin más.

Yo le seguí casi corriendo con los cordones de los zapatos desatados. Una extraña forma de entrar en el paraíso. Porque el Hollywood, para mí, se convirtió desde el primer día en un auténtico paraíso. Todavía hoy continúa siendo a mi juicio el modelo ideal de night-club. Era el primero que visitaba, con el tiempo llegué a ver y a frecuentar clubes a porrillo, pero ninguno podía compararse con el Hollywood. Resplandecían los muebles, resplandecían los adornos, resplandecían los ceniceros, la pasamanería, los vasos, los marcos de los cuadros. Y al final de tanto resplandor estaba san Pedro que me sonreía, es decir, Frank Costello, impecable en su americana de doble pechera, rayas blancas sobre marrón, de lana peinada.

—Bienvenido, Willy. ¿Qué te parece mi pequeño local?

—Don Costello, es una maravilla.

—Digamos que los hay peores.

—Frank, no te hagas el modesto. —Genovese se había repantigado en una mesa y alzaba el vaso a modo de brindis—. El *picciotto* —añadió señalándome con el vaso— es menos tonto de lo que aparenta. Pero habrá que vestirlo bien de pies a cabeza, sobre todo los pies, por favor. —Primero eructó, luego apuró de un trago el contenido del vaso.

—Me enteré de que tuviste algún problemilla en Chicago. —La mirada de Costello era directa como el filo de un cuchillo.

—Me metí en un lío.

—A veces pasa. Dicen que los *picciotti* de Accardo te buscan por tierra y por mar. Según ellos, has visto algo o a alguien de demasiado cerca. ¿Es eso cierto? —Su entonación parecía neutra, pero de mi respuesta dependía el mañana. El pasado mañana todavía estaba por ver.

—Don Costello, en lo que a mí concierne, yo no he visto nada ni a nadie. Puedo jurarlo ahora mismo.

—Pues informaremos a esos de Chicago. Y les diremos también que, en nuestra opinión, esos problemas no tienen razón de ser.

—Gracias, don Costello.

—Tu gratitud tendrás que demostrarla en el día a día. Y en especial atrayendo a la clientela al piano-bar del Hollywood. En cuanto tengas un traje decente y una corbata que esté a la altura, el puesto es tuyo.

El traje negro de Tasmania y la corbata moteada con la que había trajinado en el Paradise se fueron directos al cubo de la basura. Entró una señora con el metro de los sastres, lápiz y papel. El negro azabache de su pelo contrastaba con el denso entramado de arrugas que le surcaban la cara y las manchas en las manos. Me midió de arriba abajo y a lo ancho. Luego se esfumó, envuelta en el mismo silencio en el que había llegado.

—La modista —dijo Costello— te arreglará un par de trajes de nuestra guardarropía. Hoy es sábado, supongo que para el lunes estarán listos. El martes empiezas...

—El día de las elecciones —se entrometió Genovese.

—Al fin y al cabo Willy no vota.

—Qué más da Willy. Lo importante es que voten los demás; si no, vamos a tener que esperar cuatro años más.

—Willy, para el repertorio sólo hay una norma que debes seguir: nada de cosas italianas. Me han dicho que pegas fuerte con el jazz y el ragtime, pero no olvides nunca que estamos en New York, que la clientela del Hollywood es internacional y que a menudo lo miran todo por encima del hombro, de modo que péinales también con un poco de música de blancos. Yo no soy un entendido, pero me fío de ti.

—No se arrepentirá, don Costello.

—Estoy seguro de ello. Big Pres es capaz de jurar por tus cualidades y Charlie..., el señor Luciano asegura que eres un tipo de fiar.

—¿Qué, otra de las previsiones de nuestro amigo Charles?

La ironía de Genovese no le gustó a Costello.

—Vito, ¿por qué no se lo preguntas tú directamente?

Genovese volvió a llenarse la copa. Tenía enfrente una botella del mejor whisky añejo y una garrafa de soda.

—Willy, le pedí como favor al señor Genovese que te acompañara en coche hasta aquí, ya que su despacho está en el Village, cerca de donde tú vives. Pero para la vuelta vas a tener que espabilarte solo. El martes te quiero aquí a las cinco. Así comes algo con los chicos, comienzas a tratarlos y pides que te pongan al corriente de las costumbres y los horarios.

—Ojo no te pierdas por ahí —fue la despedida de Genovese.

Salí del Hollywood todavía desconcertado por el rumbo que habían tomado los acontecimientos. No había dejado de pensar en Rosa mientras escuchaba a Costello. Ahí dentro se estaba decidiendo mi futuro mientras mis pensamientos andaban perdidos en Rosa, que era nada menos que la hermana de Josephine. ¿Qué diría mi madre de la hermana de una putilla de Nueva York? Josephine me caía de perlas, no me cabía la menor duda de que iba a tener éxito en la vida, aunque habría preferido que Rosa tuviera otra hermana o que fuera hija única. Pero al menos la había encontrado: de repente Nueva York se abría como la mejor promesa en flor. Me veía a mí mismo en el Hollywood cubierto de aplausos, casado con Rosa, con mis hijos americanos... Corrí hacia la boutique, es decir, hacia la primera parada de metro. Mi inglés chapurreado no me facilitó las cosas, pero al fin uno de los muchos limpiabotas que trabajaban y dormían en los subterráneos consiguió indicarme la dirección de Chambers Street.

Little Italy se estaba preparando para la tarde del sábado. La mayoría de empleados salían del trabajo hacia las dos, y en las calles se respiraba ya un aire de día festivo. Los tenderos se las apañaban para atraer a los clientes, la idea de que al día siguiente sería domingo les espoleaba. Las mozzarellas y los *caciocavallo** colgaban al lado de las banderas tricolores con el blasón de los Savoya. En medio de san Genaro y san Antonio de Padua, despuntaba aquí y allá el rostro severo de Francesco de Pinedo, el famoso piloto de aviones. Se le consideraba el símbolo más fascinante de la nueva Italia: había más fotos de él que de Mussolini.

Enfrente del portal de la boutique, Rosa estaba en la acera, caminando arriba y abajo.

—Te estaba esperando —fue su saludo. Parecía que hubiera cruzado el Atlántico para no faltar a esa cita. Me quedé fulminado: a su belleza había añadido un toque de seducción. Poseía una elegancia natural, convertía en distinción hasta la simplicidad más llana. Aquel día vestía una gabardina beige sobre un traje chaqueta de color vino. Los zapatos de medio tacón la hacían más alta que a la mayoría de las demás mujeres. Sus dieciocho años vividos con inocencia se comían mis veintidós consumidos entre carne pasada y rencillas de medio pelo. La gran pregunta asomó impertinente: ¿estaría yo a la altura de sus expectativas?

No intercambiamos ni cumplidos ni ternuras. Rosa los daba por descontados; tenía otras prioridades, y yo me adapté. Si éramos un tándem, ya estaba claro quién lo conducía.

Sentados a la mesita del café Italia Mia, recuperamos los meses de separación. Le hablé de Agata, de Big Pres, de Sol, de Sperandeo, del pianista Pat, del hotel Drake, de Lev el ucraniano, de la entrevista con Costello, de mi primer día de trabajo al siguiente martes en el Hollywood. Sólo me salté a Lucylla, a Ruth, a Madeleine y a las hijas del tabernero.

—¿Ni una chica? —Se mostró escéptica.

—Te lo juro por mi alma. —Puede que fuera la primera vez que juraba en vano, y estoy seguro de que no fue la última.

Luego le llegó el turno a Rosa. Dos días después de desembarcar en tierra americana, ya estaba hilo y aguja en mano. Pina —así

---

* Quesos típicos de la Italia meridional, hechos de pasta dura y ovalados, que para secarse se cuelgan de dos en dos, «a caballo» —es decir, a horcajadas— de un palo o bastón. (*N. de la T.*)

llamaban a Josephine en Mussomeli, en su casa, y por consiguiente así la llamaba Rosa— le había encontrado el trabajo en la boutique. Rosa también dormía allí, la cama en el trastero iba incluida en la paga. Pina había decidido que con una puta en la familia ya era más que suficiente, y, aunque no lo hubiera decidido, Rosa nunca habría aceptado seguir los pasos de su hermana. También ella apuntaba más alto, pero estaba segura de que iba a conseguirlo sin tener que abrirse de piernas a cambio de dinero. Su seguridad me hacía sentir orgulloso. Entonces yo no podía imaginar que esa misma seguridad, precisamente, podía socavar algún día mi tendencia a adaptarme.

Rosa comenzó a hablar de sus progresos en la boutique. Había comenzado con los dobladillos y embastando patrones. Ahora ya tomaba medidas a las clientas y participaba en la elección de modelos. La propietaria era una mujercita genovesa, por la que no habrías dado una lira, pero que en cambio estaba dotada de una precisión absoluta en el corte y de un espíritu creativo que casaba a la perfección con los gustos de la época. Su buena fama había llegado hasta Park Avenue, la curiosidad había llevado hasta allí a dos grandes damas de la alta sociedad neoyorquina. Ilde —diminutivo de Brunilde, que era el nombre de la mujercita genovesa— había estado a la altura de su fama. La amante de un tipo con intereses en los rascacielos del Bronx había encargado un ropero entero para la próxima temporada de primavera-verano.

El entusiasmo de Rosa se me contagiaba. Soñaba a través de sus propios sueños. Porque en América se estaban cumpliendo. Hasta mi contrato en el Hollywood se me aparecía ahora envuelto en un halo especial.

—Pero ¿es que todavía crees en los cuentos de hadas?

La pregunta de Rosa me pilló por sorpresa. Fue como si oyera el ruido sordo de los globos de los niños ricos al explotar en Piazza Duomo, cuando los niños pobres se los pinchábamos con alfileres para que no presumieran tanto de su superioridad.

—Joe Adonis controla la boutique. Si no sabes quién es, te lo digo yo: uno de los compadres de Luciano y de Costello, uno de los amos de Little Italy, que se viste en la Quinta Avenida y no se mezcla con los demás. ¿Y sabes por qué tengo este empleo? No porque Pina sea buena en su oficio, que si mi padre lo supiera le daría un ataque, sino porque Luciano, míster Charles, el número uno, el que se ha cargado primero a Masseria y después a Maranzano, tiene una debilidad por Pina. Y esta debilidad no se debe a una especial habilidad de Pina: quiero decir, a darle placer, o a hacerle esas porquerías que tanto os gustan a los que lleváis pantalones, a fin de cuentas un intercambio comercial como otro. No señores, no. A Luciano le gusta Pina por cómo es ella, y por eso le dijo a Adonis, que se lo dijo a Ilde, que me contrataran en la boutique. No es más que una historia sucia, donde no hay méritos, donde cada uno de nosotros cuenta menos que un cero a la izquierda y pende del hilo de los apetitos del señor Luciano o del señor Adonis o del señor Genovese, ese al que has permitido que te pisoteara en plena calle.

Ni siquiera intenté rebatir sus palabras.

—Mino, te digo a ti lo mismo que le he dicho a Pina: tenemos que irnos, tenemos que huir de esta porquería. No vinimos a América para ser esclavos. Yo no. —Se me quedó mirando con dureza.

—¿La boutique es de ese tal Adonis? —lo dije más que nada para interrumpir aquel plebiscito.

—En la práctica, sí. O es suyo el dinero o lo es la protección gracias a la cual Ilde prospera en los negocios. Ella es muy buena, le apasiona su trabajo, trabaja veinte horas al día, no sabe qué es un domingo, un día de fiesta, trabaja hasta por Navidad o por Pascua, se gana a sus clientas una a una, pero si una mañana uno de esos gentleman se levanta con el pie izquierdo porque la amiguita de turno no le ha satisfecho como a él le gusta, Ilde podría tener que cerrar el taller de costura. Todos sus esfuerzos, todo su talento valdrían menos que la limosna del domingo. Ésta no es la vida que quiero para mí, para mis hijos, para mi familia.

Yo estaba desorientado. Para mí América había sido la única manera de evitar a la policía, la cárcel, la falsa acusación de homicidio. Nunca había esperado nada especial de América, y por tanto nada especial le pedía. Para Rosa era diferente, Rosa tenía otras expectativas, y ahora se comportaba como si hubiera firmado un contrato y reclamara lo que le debían.

—¿Tu hermana no te lo había contado?

—¿Qué querías? ¿Que escribiera a mi padre y mi madre diciendo que hacía de puta? Y no lo digo porque a mí me parezca un oficio extraño o escandaloso. En lugar de meterse debajo del primo de la *trattoria* y de sus amigos, porque es así como funciona el mundo, ella decidió meterse debajo de quien le paga. Yo, en su lugar, habría hecho lo mismo. La conozco, a Pina, ella es una chica de mente despierta —Rosa se llevó el índice a la frente para reforzar la idea—, cuando llegue el momento estará lista para cambiar. Mino, eres tú quien tiene que despertar. Recuerda que no les debes nada a esos de ahí. No hacen las cosas porque se interesen por ti, o porque sean generosos, las hacen porque explotan a la gente peor que en Sicilia: allí por lo menos tenemos a nuestra familia, aquí estamos solos y cada cual únicamente puede contar consigo mismo.

Rosa me estaba echando un rapapolvo como si lleváramos treinta años de matrimonio, y ni siquiera nos habíamos dado el primer beso. Le cogí la mano, ella me acarició la mejilla.

—Mino, yo creo en ti. Pero ¿tú crees en ti mismo? El Hollywood no es el fin del mundo, es más bien un comienzo... —Sus palabras se perdieron en un beso dulcísimo. Nuestro primer beso. Naturalmente por iniciativa suya. Y fue también un beso de despedida. Se me había agotado el tiempo. Ilde y el ropero de primavera-verano de la amante de ese que tenía intereses en el Bronx me pasaron por delante. Rosa se dio media vuelta para irse, y dejó tras de sí una estela de miradas y deseo.

Volvía a estar en el limbo, como siempre. Tal vez por afecto, tal vez por comodidad, siempre había alguien diciéndome lo que tenía que hacer. Y yo, que tras los complicados meses transcurridos en Chicago anhelaba el momento de sumergirme en la música, ahora tenía que medirme con la severidad de Rosa. ¿Tenía que escoger entre ella o el piano? Pero yo quería las dos cosas y tampoco me parecía que pedir eso fuera demasiado.

Rosa sólo disponía de pausas breves en el trabajo, y las pasábamos en las mesitas del Italia Mia, el domingo o el lunes. Con todo lo que teníamos que decirnos, nos quedábamos en cambio embobados, mirándonos el uno al otro, mientras nuestros dedos jugueteaban tras las botellas de gaseosa.

A Josephine nuestra relación le hacía gracia.

—Willy, te has pescado a un buen ejemplar. Te hará sudar la gota gorda. —Josephine quería muchísimo a su hermana, pero no compartía su rabia. Levantaba los ojos al cielo, daba una calada al cigarrillo—. También ella crecerá —decía—. La juventud es una enfermedad de la que todos sanan.

El martes dejó de llover. Tres minutos antes de las cinco estaba en la entrada del Hollywood. Me recibió un tipo bajito con expresión resignada: era de Lauropoli, el pueblo natal de Costello. Su nombre de origen era Franceschiello Castiglia y hacía las funciones de administrador. Habló claro y conciso: horarios, compensaciones, extras, los días de fiesta en los que se trabajaba, la pausa para ir al baño y para descansar (que consistía en cinco minutos para remojar los dedos en un cuenco lleno de agua y alcanfor). Me sacaría quince dólares al día más la cena. Los honorarios de una estrella, fue su apostilla. Huelga decir que no era cierto. Me probé el traje en el vestidor: me quedaba estupendo. La camisa era de mi talla, la corbata negra olía a limpio.

—Ése es tu armario. —La indicación provenía de un tipo que llevaba un jersey de lana. Otro paisano, Totonno, de Santa Maria Capua Vetere: era camarero.

Sólo había un armario, y me extrañó que precisamente fuera todo para mí. En el fondo alguien había dejado una chapa de latón. Se la entregué al administrador, quien a su vez me informó de que tal vez iba destinada a mí. Sin salir de mi estupor, la miré más detenidamente y leí lo que ponía: *Don't shoot the pianist*. Exacto: el mítico «No disparen al pianista». De repente arrancaron los aplausos. El vestidor se llenó de caras desconocidas, en medio de las cuales sonreía Costello, impecable en su americana de rayas azules y blancas, el único que no aplaudía.

—Willy —dijo entonces—, los chicos se enteraron de lo que te pasó en Chicago y quieren evitar que se repita aquí, en New York.

Otra vez arrancaron los aplausos, esta vez entre risas y bromas.

Puse la chapa encima del piano, y desde aquel día hacerlo se convirtió en todo un ritual. Alguien debió de leerla: después de algunos años, en Baltimore, fui al cine a ver un western y encima del pianista del *saloon* aparecían las palabras *Don't shoot the pianist*. Las habían copiado de mi chapa, lástima que nadie me haya pagado nunca un centavo por los royalties.

Habían colocado el piano al lado de la barra del bar. Era un Steinway de palisandro de 1876. Corrían rumores de que había pertenecido a Wagner, pero Costello prefería no soltar prenda sobre el tema, así que debía de ser una bola. Quién sabe si no se la había inventado él mismo, como había hecho, por ejemplo, con otra bola clamorosa: que había jugado al golf con Truman al comienzo de su carrera política. Cuando la realidad no se ajustaba a sus aspiraciones, don Frank le daba un empujoncito. A fin de cuentas se consideraba un tipo con estrella. De pequeño había acompañado a su padre, que hacía de montero en la finca de los marqueses Berlingieri, durante la visita del príncipe heredero Víctor Manuel III. Y aseguraba que, de entre todos los niños presentes, Víctor Manuel había posado la mano solamente sobre su cabeza. Costello había superado los cuarenta, tenía más millones que años, era socio de los clubes más refinados de América, cliente de los únicos baños turcos de Manhattan, un auténtico lujo reservado sólo a los escogidos: costaba un ojo de la cara, y quien los frecuentaba lo hacía sólo para demostrar que podía permitírselo. Pero él, en cualquier caso, amaba la pulcritud y la elegancia. Repetía que el mérito era de su madre: antes de zarpar para América, le había comprado un conjunto de marinerito y en el barco le había obligado a ponérselo todos los días. De su infancia transcurrida en Harlem, donde su padre había tenido primero una tienda de frutas y verduras y luego una droguería, le venía la fijación de demostrar que los italianos no infectaban la calle con su aliento. Siempre se encargaba de que sus empleados estuvieran impecablemente vestidos y perfumados. En más de una ocasión, en el punto álgido de una discusión con Luciano o Lansky, le oí afirmar acaloradamente que de haber tenido estudios habría llegado a senador. Para él era el máximo de la respetabilidad. Como compensación, tenía a medio Senado de Estados Unidos a sueldo.

Empecé con *I Got Rhythm* de Gershwin, seguí con *The Prisoner's Song*. Del resto no me acuerdo ya, puede que Gershwin, Armstrong, *St. Louis Blues* y así hasta agotar el repertorio. Estuve tocando horas y horas sin pausa para orinar, sin pausa para descansar. Di rienda suelta a todo lo que llevaba en mi interior, me refiero a los temas y las canciones, pero también a mi pasión por la música. Con sólo mirar de reojo la chapa del *Don't shoot the pianist* me recargaba de energía. A las dos de la madrugada me había quedado solo, sentado al piano: detrás de la barra del bar, Dominick me miraba perplejo. Cerré el repertorio con mis mezclas de Bach, Beethoven y Mozart. Luego, de puntillas, me acerqué al inmenso salón, apenas visible desde mi taburete. Del techo colgaban las arañas de cristal más suntuosas que jamás había visto. Alumbraban discretamente a los pocos clientes que todavía quedaban. Dos tercios de las mesitas estaban vacías, desierta la pista de baile, pero la orquesta tocaba, y sus cuarenta músicos seguían al unísono los tiempos como si las notas bajaran directamente del cielo. Justo en el momento en que los miré, los saxofonistas se pusieron en pie para ejecutar la marcha triunfal de todos nosotros hacia la inmensidad.

Lo recuerdo como si fuera ayer, y recuerdo que fue precisamente allí, en aquel instante, donde también yo formulé mi sueño americano: leer un día sobre el bombo de la batería: «Willy Melodia y su orquesta».

Me metí en la cocina para tomar un tentempié. Kenny, el cocinero de abuelos irlandeses, me preparó un bocadillo de rosbif. Exquisito, pero mi estómago se moría por un plato de pasta. Kenny me miró mal: la pasta, me dijo, está bien para una taberna, no en el Hollywood, que es célebre por sus manjares a base de carne. La conservaban en un enorme frigorífico blanco que ocupaba toda la pared. Eran los míticos bistecs de dos dedos de grueso a cinco dólares la pieza. Una variación del bistec estilo *fiorentina*, pero que a Costello le parecía poco fino: en la carta, los bistecs figuraban bajo la voz «sugerencias del chef».

A la hora de cerrar quedábamos pocos: sólo italianos, salvo Kenny. Era el único que había votado: por Roosevelt, naturalmente. Aun así se mostró preocupado: en el colegio electoral había visto a muchos partidarios de Hoover. Totonno, el camarero de Santa Maria Capua Vetere, intervino con semblante serio: había oído a míster Costello afirmando que, para que ganara Hoover, tendrían que ir a votar hasta los muertos. El nerviosismo por el resultado de las elecciones duró hasta las nueve de la noche siguiente, cuando en el Hollywood irrumpió la panda de los bajitos —por supuesto, lo digo sólo por la estatura—: Luciano, Lansky, Adonis y Genovese.

Me presentaron a Lansky y a Adonis. Lansky tenía unos ojos más negros que la noche, era difícil imaginárselo joven y atractivo; a Adonis, en Italia, lo habrían definido como un guaperas de pueblo.

La victoria de Roosevelt todavía no era oficial, pero Luciano la daba por sentada. Él y Lansky habían llamado por teléfono a los amigos de California, Illinois, Florida, Arkansas y Pensilvania. Añadiendo cifras de aquí y de allá que ya tenían de Nueva York, Nueva Jersey, Virginia y Nueva Inglaterra, Lansky había calculado que su candidato superaba por lo menos en cinco millones de votos a su rival. Resonaban cantos de victoria en italiano, en inglés, en yiddish; se levantaban las copas a la salud de Roosevelt y de todos los presentes. Genovese propuso un brindis en honor de san Genaro.

Costello me dijo que les siguiera: iban a celebrarlo a su villa de Sands Point, al norte de Long Island. Por lo menos eran unos doce coches. A mí me metieron en uno de los últimos vehículos, junto a las cajas de champán y las cubiteras de hielo. Dimos la vuelta desde el puente de Brooklyn para recoger a algunas chicas guapas y otros adeptos entusiastas de Roosevelt. Cruzábamos barrios adormecidos, desiertos, salvo por alguna sombra que andaba cabizbaja pegada a la pared. Nadie celebraba nada. Los habitantes de esas miserables casas intuían que ni siquiera la elección de Roosevelt iba a cambiarles el futuro. Y su intuición, además, iba a revelarse certera.

La villa de Sands Point, construida en piedra dura, se alzaba alrededor de un salón adornado con estatuas, hojas de palma, lámparas de Murano, cuadros al óleo con marcos dorados, mesas de palisandro con entalladuras y jarrones de esmalte *cloisonné*. El piano estaba al lado de una cómoda rococó. Toda esta sabiduría la adquirí con el tiempo; por aquel entonces el conjunto no me pareció nada del otro mundo. Aunque Costello estaba más que orgulloso de esa residencia de verano que disponía de quince habitaciones señoriales. Gracias a que su mujer no la apreciaba ni la frecuentaba, él se servía de la casa para celebrar esas fiestas multitudinarias en las que negocios y diversiones iban de la mano. Todas las luces brillaban, por la carretera de acceso no paraban de llegar coches de lujo: se apeaban mujeres jóvenes que acompañaban a hombres maduros. Habrían podido ser padres e hijas, pero no será necesario que os explique qué otro tipo de relaciones mantenían. En el interior de un coche lleno de chicas guapas entreví a Mel y a Tony, los dos ángeles custodios que me habían recogido aquel día en la playa.

Luciano era el personaje más agasajado. Casi todas las chicas corrían a besarle las mejillas, y muchos de los invitados bajaban la cabeza cuando le daban la mano. Parecía él el ganador de las elecciones.

—Ésta es la New York que me gusta —me dijo.

Yo, por supuesto, estuve completamente de acuerdo.

En medio de la pomposidad general, Lansky destacaba por su aspecto descuidado. Llevaba un traje cualquiera de color amaranto, y del bolsillo de su americana sobresalían los tapones de tres plumas; corbata, zapatos y cinturón iban cada cual por su cuenta. Él se mostraba del todo indiferente: agazapado en un rincón, les susurraba algo a dos chicas que habrían podido ser sus nietas y que lo escuchaban extasiadas como habrían podido hacer con su abuelo. Costello entró seguido de un cortejo de camareros: los primeros llevaban en equilibrio sobre las palmas de las manos bandejas repletas de copas, y a sus espaldas ya llegaban los cubos con botellas de champán sumergidas en cubitos de hielo. Volaron los tapones y las bendiciones por los demócratas de Nueva York, Roosevelt incluido, a quien Genovese llamaba por lo bajinis «el lisiado». Todos pidieron que Luciano pronunciara unas palabras: él se hizo un poco de rogar, a pesar de que ya tenía un discurso preparado. Luciano anunció una era de prosperidad, de buenos negocios y de orden social.

—¡Y de conejos para todos! —gritó Adonis, agarrado a una rubia y a una morena. Su conciso programa convirtió en una pulla el unánime consenso de la variopinta platea. Fue una suerte de sálvese quien pueda: cada cual se ocupó de las propias peticiones. La escalinata que llevaba al piso de arriba se llenó de señores ya entrados en años que avisaban de la inderogable necesidad de visitar las suites señoriales con sus serviciales y jóvenes acompañantes.

Costello me dijo que me sentara al piano y que tocara algo tranquilo. La música no era el plato fuerte de la velada. Se terminaron antes los invitados que el champán, aunque algunos varones más tradicionales se pasaron al whisky, y los que tenían mejor paladar al coñac. Me sirvieron una copa incluso a mí, pero yo estaba demasiado tenso por si me equivocaba y no pude permitirme la menor distracción. El humo enseguida llenó el salón como una neblina que hacía enrojecer los ojos. Lansky se escabulló cuando la confianza con las chicas fue tanta que anuló las distancias. Los ocupantes del piso de arriba bajaban sin preocuparse del estado de su ropa; todos se arrastraban de un lado para otro en busca de algo que ignoraban. Los menos jóvenes, agotados por el cansancio, se habían desplomado ya sobre butacas y sofás. Miré a Costello, él me hizo una seña para que siguiera tocando. En la dejadez general, él seguía siendo un maestro de la elegancia y la compostura: el nudo de la corbata atado en el centro exacto del cuello, el cigarrillo entre los dedos más por una cuestión de estilo que para ser fumado. Costello era el único de su estrecho círculo que no tenía ningún vaso en la mano: hablaba en ese tono cadencioso tan característico de él, siempre atento a pronunciar bien cada palabra. Ése era el buen comportamiento que él esperaba de un respetable hombre de negocios. El auditorio asentía convencido, honrado de poder estar a su lado. Costello ya estaba ocupado en activar el programa que Luciano había trazado: prosperidad, buenos negocios, orden social.

El último en decir hasta pronto y saludar a la familia de su parte fue Luciano. Apareció despeinado, sin corbata y sin americana, con los tirantes sobre la camisa y una mancha de vino en la manga. Costello se lo quedó mirando perplejo; Luciano respondió con un encogimiento de hombros, la expresión de quien se había visto obligado a sacrificarse por la causa.

Una vez despedido el último invitado, sacaron del cajón forrado de algodón los angelitos de porcelana de Loretta, la esposa de don Frank, y los colocaron de nuevo en su sitio. Eran el sello personal de su mujer en la mansión, y antes de cada fiesta Costello los mandaba retirar por miedo a que sufrieran el menor rasguño: bronca a la vista si el orden establecido por Loretta se alteraba ni que fuera un poco.

Genovese me acompañó de vuelta. Cuando me dejó en el Fulton se sacó un billete de cincuenta dólares.

—Querían darte uno de cien, pero estoy seguro de que no tendrás nada en contra de que hagamos mitad y mitad, ¿no? Ésta es la segunda vez que te saco de paseo, y tener a un conductor como Vito Genovese tiene un precio. —Su mueca sarcástica se perdió detrás del portazo.

Vi una parada en la que vendían ostras cocidas. ¿Alguna vez habéis empezado el día comiendo ostras cocidas y bebiendo Chianti? Os lo aconsejo, de verdad.

Con Rosa lográbamos reservarnos pequeños espacios cotidianos para nosotros. Aunque quedaba excluida cualquier forma de intimidad. Ella continuaba viviendo en la boutique, yo en el burdel de Josephine. Pero ya no era como en el barco, a mí me estaban entrando las ganas. Lo intenté, pero Rosa apeló a la falta de un lugar adecuado. Sacrosanta objeción, pero con un poco de voluntad uno siempre puede adaptarse, no sé si me explico. Rosa parecía más interesada en que yo perfeccionara mi inglés hablado y leído. Ella lo estudiaba por las noches y lo practicaba durante las pruebas con las clientas de la boutique. En las mesitas del Italia Mia yo me veía obligado a leer los artículos del *New York Times* y a traducirlos en su presencia. Había que tener los plomos fundidos para someterse a tal suplicio antes de afrontar ocho o diez horas de trabajo. Pero no lo hacía sólo por amor: también me empujaba el miedo a decepcionar a Rosa. Su opinión era entonces lo que más me importaba en el mundo. Sentado al piano, me pasaba horas dándole vueltas al significado de sus gestos, de un cerrar de párpados, una manera de cogerme el codo... Aunque siempre era poco más que un roce, en realidad un cero redondo.

Me habría gustado ejercitarme un poco, pero ¿con quién? En el Hollywood estaba rodeado de paisanos: aparte del cocinero, había una extranjera que se llamaba Kate, la guardarropa del Michigan. Cada semana llegaban chicas nuevas de Sicilia, de Campania, de Puglia, siempre dispuestas a ofrecerte un cigarrillo en su lecho perfumado. Casi todos los italianos se encontraban en la misma situación que yo, pero ninguno de ellos esperaba poder regresar a su casa. Perseguían la nacionalidad americana, soñaban con los ojos abiertos como platos con el gran negocio que les iba a permitir comprar los innumerables productos que la publicidad magnificaba. No creían en nada, salvo en el cuento de que a cada cual le esperaba un futuro feliz. Habían dejado atrás la miseria, vivían en la miseria, y en América la miseria era mucho más dura que la miseria en Italia, pero aun así estaban convencidos de que les aguardaba un destino de ensueño. Era el triunfo de la ilusión, la única promesa que América siempre ha mantenido en pie.

El piano-bar era como una especie de zona de tránsito: parecía el vestíbulo de una estación ferroviaria o el hall de un gran hotel. Las únicas caras que no cambiaban eran la de Dominick, nombre artístico de Mimmo, el barman oriundo de Puglia, y la mía. Ambos trabajábamos con las manos, pero las suyas eran más apreciadas que las mías: los cócteles de Dominick causaban furor entre la clientela.

La ley seca todavía estaba vigente, pero la cómoda victoria de Roosevelt anticipaba su inminente derogación. Las tacitas de té y de café poco a poco iban recuperando su función original, y a partir de la medianoche los vasos volvían a dominar la escena. Las parejas que estaban a tiro acudían a mis dominios en busca de inspiración, se arrullaban un poco apoyados en la caja del piano, y luego sus ojos caían sobre la chapa con el *Don't shoot the pianist* y mi música pasaba de inmediato a un segundo plano. Yo seguía al dedillo las indicaciones de Costello: un Armstrong cada dos Gershwin. Me perdía en la música sin llegar nunca a extraviarme: no podía sumergirme en las notas, no podía nadar en ellas como solía hacer en el Drake, a pesar de que, en el desfile constante de público, quienes habían escuchado el comienzo de una pieza difícilmente iban a escuchar también su final.

Una medianoche del mes de diciembre, Costello se me acercó. Iba recién afeitado y se había perfumado con agua de lavanda. Quería hablar conmigo. Fuimos paseando hasta Park Avenue: el frío y la humedad me calaban hasta los huesos, de nada parecía servirme mi impermeable. En cambio, él, envuelto en un abrigo verde forrado, con el cuello de piel negro, la bufanda de seda verde enroscada hasta la nariz, parecía inmune al helor nocturno. El Waldorf Astoria nos recibió con una explosión lumínica de lujo sin igual en Nueva York. Hacía menos de un año que lo habían inaugurado. A diferencia del antiguo emplazamiento, en el que acababan de levantar el Empire State Building, ya no ostentaba la fama de ser el mejor hotel del mundo. Pero seguía siendo la meta soñada del mundo entero. Tuve la misma sensación que cuando pegaba la nariz a la vitrina de la pastelería suiza de Piazza Duomo. Pero aquí, en lugar de los *cigni* de nata o los *cannoli di ricotta*, se exhibían escritorios Chippendale, pantallas de luz de seda blanca, jarrones de porcelana china, esculturas antiguas, vitrinas taraceadas, mobiliario tapizado, el imponente reloj con la insignia de la Exposición Universal de Chicago de 1893, cortinas de cretona, terciopelo y tantas telas suntuosas como para vestir a un ejército.

Costello no me había llevado de excursión al Waldorf para instruirme. En el último piso de la torre de la derecha, en la suite principal —que después sería la de los duques de Windsor—, nos estaba esperando míster Charles Ross. A mí me lo habían presentado como Charles Luciano. Hacía casi un año que se alojaba en la suite, junto con su colección de trajes de doble pechera perfectamente tallados por el sastre vienés de Costello. Nos recibieron dos taciturnos *picciotti*, que casi hicieron una genuflexión ante Costello y a mí me miraron por encima del hombro. Se oía la voz baja de Luciano dentro de la habitación, nosotros nos quedamos en el salón. Un *picciotto* se encargaba de preparar las copas, el otro extendía el paño verde sobre la espaciosa mesa estilo imperio. Llamaron a la puerta. Cuatro mozos escoltaban un piano vertical Petrov de color negro, recién pulido. Luciano asomó la cabeza para decir que lo arrimaran a la pared de enfrente.

—Willy, ¿te va bien?

La pregunta me sorprendió. No obstante respondí que sí. Tenía que tocar, pero no se trataba de una fiesta privada. Se trataba de una partida de póquer. Lansky aguardaba el momento de entrar. Enseguida desfilaron Joe Adonis y Ben Siegel, mi viejo, querido e incomparable Bugsy. Ojos negros en una tez oscura, complexión atlética, alto, el único que si se ponía de puntillas podía mirarme directamente a los ojos: tenía el físico y el encanto de un actor de cine. Tal vez tendría que haberse dedicado a eso. Era comprensible que las mujeres se deshicieran por él: para él eran una razón de vivir, aparte de que cada día se enamoraba de alguna, y mejor aún si lo hacía por puro tedio. La entrada de Siegel llenó la atmósfera de electricidad. Me dio la impresión de que eran cinco amigotes, o mejor dicho: eran cómplices. Pero había algo que no me cuadraba: Siegel era judío como Lansky y le debía a su correligionario la participación en los negocios de Luciano y Costello. Según los perió-

dicos era el asesino más eficiente de las calles de Nueva York, pero
¿desde cuándo han dicho la verdad, los periódicos? En realidad era
una especie de ganzúa que abría muchas puertas de los barrios altos. Cautivador e imprevisible por naturaleza, era sumamente hábil
conquistando los corazones femeninos más complicados, cuyos
maridos, amantes o simples pretendientes eran precisamente el objetivo de Luciano y Lansky.

Además, parecía que los tres se habían conocido en la época de
la Primera Guerra Mundial precisamente a propósito de una chica
exuberante. Siegel sólo tenía trece años, pero por físico y experiencia parecía mucho mayor. La chica era del grupito de Luciano, pero
se había enamorado tanto de Ben que se lo hacía gratis varias veces
al día, a pesar de las reiteradas prohibiciones y amenazas de Luciano. Una noche, Luciano se había acercado a la casa abandonada
cerca de Lafayette Street, donde los tortolitos consumaban su recíproca pasión. Y sobre los dos amantes, desnudos e indefensos,
habían llovido puñetazos, pisotones, insultos..., pero sus gritos pidiendo socorro habían alertado a Lansky, que regresaba con la bolsa de la compra. Y Lansky, aunque estaba como un palillo, los había separado. Pero Ben había logrado abalanzarse sobre Luciano,
todo un experto ya en peleas callejeras: lo había inmovilizado y la
había emprendido a puñetazos con él. Lansky reaccionó con un pa-
tadón que dejó a Luciano tendido en el suelo. Al final acabaron todos en la comisaría del barrio y de ahí directos a los tribunales.
Lansky y Siegel se habían salvado de la inevitable condena gracias
al testimonio de Luciano. A la salida del juicio, Charlie —como le
llamaba afectuosamente Costello, el único que estaba autorizado a
hacerlo— había interceptado a sus rivales y les había propuesto trabajar juntos. Él ya tenía veintidós años y una banda a sus órdenes.
Lansky tenía diecisiete, Siegel trece.

Los papeles quedaron perfectamente definidos a partir de ese
momento: Lansky y Luciano eran las mentes pensantes; Siegel, el
brazo ejecutor. Las dos mentes se entendían a la perfección, había
un poco menos de entendimiento con el brazo, que era de natural
irascible y extravagante, siempre a punto de estallar como un volcán y dispuesto a lanzarse a empresas que estaban fuera de toda lógica. Pero Lansky le tenía en mucha estima y le trataba como a un
hermano pequeño. A Charlie, por el contrario, enseguida se le ha-

bía agotado la paciencia: reconocía que Ben podía serles útil en ciertas situaciones, pero de buen grado se habría librado de él. Aunque ¿quién se lo habría dicho luego a Lansky?

La apuesta inicial era de mil dólares por cabeza, billetes sonantes a cambio de fichas.

—Eh, Willy —me dijo, seráfico, Luciano—, toca algo melodioso, que vaya bien con las cartas y nos relaje un poco.

Se quitaron las americanas, se arremangaron las mangas de la camisa, se aflojaron el nudo de la corbata. La americana abrochada sentaba bien al inicio y al final de las partidas, no mientras se jugaba.

Con el alma pendiendo de un hilo comencé con un vals: ¿iba bien con las cartas o no? Ninguno se quejó, yo continué, hasta mezclar Bach, Mozart, Beethoven y cantos gregorianos. Afortunadamente estaban demasiado concentrados en el juego para seguir la música, o, para ser ecuánimes, digamos que la música al menos no les desconcentraba.

Al cabo de una hora larga, finalmente me relajé yo también, y pude prestar un poco de atención al póquer. Luciano tenía ante sí muchos montoncitos de fichas. Siegel y Adonis a cada momento tenían que pedir más. En la mesa se hablaba el *slang* de Nueva York, sólo las imprecaciones se hacían en el dialecto natal.

—Se me ha acabado el dinero en metálico —anunció Siegel.

—Pues extiende un cheque —rebatió Adonis.

—No tengo cheques y si los tuviera sería como si no existieran. Meyer, ¿te ha gustado? —Siegel estaba tan satisfecho de su bromita como de una condecoración.

Lansky no respondió. Miró hacia Luciano, que ya estaba moviendo los montoncitos de fichas.

—Ben, no cambiarás nunca —dijo Lansky, como si le estuviera regañando—. Le fío yo, a Ben. —Se levantó con el talonario de cheques en la mano.

—Meyer, no hace falta, vuelve a tu sitio —dijo Luciano irritado—. Dadle a Ben lo que necesite.

Siegel se llenó las manos de fichas, las amontonó en la mesa.

—Entonces reparto —dijo Costello.

Fueron cartas buenas para Siegel. El viento soplaba a su favor. Y él acompañaba su suerte con todo tipo de exclamaciones. Lansky se alegraba por él, Adonis le habría propinado un buen puñetazo en la nariz, Luciano estaba a la defensiva y Costello estaba ocupado pensando en otras cosas.

Con *Come pioveva* estaba a punto de acabarse mi repertorio italiano. Sólo me quedaba el *Ballo Excelsior...* ¿Les gustaría?

—Eh, el que aporrea las teclas. —Siegel me dirigió una sonrisa deslumbrante—. ¿Tienes tratos con aquel buenazo de Beethoven?

—Sí, señor Siegel.

—Charles, ¿cómo llamáis a los comedores de espaguetis? ¿*Mangiaspaghetti*? Joder... ¿Lo he pronunciado bien? Pues repito: joder, un *mangiaspaghetti* educado. Qué novedad. ¿Dónde lo teníais escondido? Pues bien, señor que aporrea las teclas... —Siegel hizo una pequeña reverencia que puso de buen humor a Lansky—, ¿nos haría el favor de tocar la *Heroica*? Es la música perfecta para mi cabalgada triunfal. Charles, ¿algo que objetar?

Adonis farfulló algo, pero nadie le hizo caso.

Siegel prestaba más atención a la *Heroica* que a la partida, y su montoncito de fichas bajó de nuevo.

Cuando la partida terminó, los quioscos ya habían abierto. Había ganado Luciano; habían perdido Adonis y Siegel, aunque el último no había tenido que recorrer a Lansky. Los *picciotti* cambiaron las fichas, recogieron, limpiaron.

Clavado al lado del piano e ignorado por todos, esperaba a que me informaran sobre mi suerte.

Se acercó Luciano:

—Bien, Willy. —Me tendió un billete de cien dólares—. No te lo gastes enseguida con Rosa.

Obviamente estaban enterados de nuestros encuentros. Nosotros tampoco nos habíamos escondido nunca, aunque bien mirado tampoco había nada de lo que esconderse. El inglés, los proyectos, las confesiones, las caricias, los besos en algún callejón, todo avanzaba con las velas al viento, pero continuaba faltando el premio final: era como si sólo me faltara a mí, no a Rosa. Ella se mantenía en sus trece de que en la boutique no podíamos hacerlo, por no hablar del burdel de Josephine —quien se habría mostrado feliz de cedernos su cama de tres plazas— o de un vestíbulo cualquiera; y en un parque hacía demasiado frío para tumbarse en el suelo, así que había que esperar a que uno de los dos dispusiera de una casa adecuada. En otras palabras: vete a vivir solo y ya veremos.

Podía permitírmelo. Porque sin mi música, entonces, ya no se repartían las cartas del póquer. El piano y yo nos convertimos en una presencia obligada: decían que era más fácil cerrar escaleras y fulls. Cuando quien ganaba era Siegel soltaba uno de doscientos. Yo le caía bien: me lo demostraba con sus pintorescas intervenciones. Los compañeros de la mesa de juego hablaban inglés incluso cuando Ben y Lansky no estaban presentes. Aprendí que el dialecto de Luciano era distinto del de Adonis y hasta del de Costello y Genovese. El *slang* del Lower East Side era la manera más rápida de entenderse. Luciano sólo hablaba en su lengua nativa con sicilianos como Bonanno y Gambino. Pero su pronunciación era tan cerrada que yo entendía sólo una de cada tres palabras. Conmigo, por supuesto, nadie se planteaba la cuestión: me hablaban como les salía, y punto. Entender lo que me decían era mi problema, no el suyo.

Genovese me ofreció una habitación en la calle 14, con el baño en la galería. Me la vendió como una oportunidad única en el mundo: vivirás en el meollo de la mejor sociedad de New York. Pero en realidad la casa se encontraba al final de la calle 14, tan lejos de Union Square que, cuando se te pasaba por la cabeza ir hasta allí, tenías que ponerte el traje de los domingos para no desentonar con tanto galán paseando por la calle.

El mobiliario completaba la tomadura de pelo: cama, tres sillas, una mesa, un par de sartenes, una cazuela, vasos, cubiertos de hojalata, el armario largo y estrecho al que le faltaba una pata, un barreño para el agua. En total treinta dólares a la semana: un robo a mano armada, pero él sabía que me ganaba bien la vida, como sabía que no podía rechazar su oferta. Se lo habría pasado en grande poniéndome a sus amigos en contra. Genovese gestionaba una agencia que alquilaba ese tipo de miniapartamentos. Los había comprado gracias al tráfico de heroína, que enviaba a Italia escondida entre las cajas con las que importaba aceitunas y aceite de su tierra.

—He comunicado a los vecinos que yo me encargo de ti —dijo Genovese la noche en que me entregó las llaves de la habitación—. Quiero decir que puedes dejar la puerta abierta y el dinero a la vis-

ta. Vito Genovese sólo tiene amigos en este mundo. Mis enemigos
ya se fueron al otro.

A cincuenta metros de mi portal había una tienda de fruta y verdura de un tipo de Salerno. Vendía naranjas de California y tomates
de Arizona. Volví a mi vieja costumbre de desayunar ensalada de naranjas y cenar ensalada de tomate cuando, en el Hollywood, Kenny
se pasaba con sus platos irlandeses. Me compré una Radiette último
modelo de la marca RCA. El año 1932 había sido el del boom de las
radios con forma de tabernáculo: se habían vendido treinta millones
de ejemplares. Aparte de las noticias, retransmitían mucha música.
Los primeros tocadiscos de 78 revoluciones con las dos caras de tres
minutos, y después con las de seis minutos, habían conquistado el
corazón de los hogares americanos. Para muchos, si no para todos,
significaba poder acercarse a los conciertos de sus artistas preferidos. Llevo grabada en el corazón una ejecución de *St. James Infirmary* registrada por Armstrong con Earl Hines al piano. La re-
transmitieron el 1 de junio de 1933. A mi lado estaba Rosa. Había
mantenido su palabra. Pasamos todo el día encerrados en el cuarto.

Yo estaba emocionadísimo: amar a Rosa me parecía el cumplimiento de un sueño. Me alentaba la sensación de estar haciendo
algo prohibido. Hasta llegué a preguntarme si no teníamos que
esperar a estar casados. Pero al fin el deseo, mi abstinencia y el consentimiento de Rosa hicieron el resto. Empecé a desnudarla como
cuando de pequeño desenvolvía caramelos, si me regalaban alguno.
Primero un botón, luego una cremallera para que durara lo máximo posible. Tal vez la vida entera. Quién podía imaginar entonces
los palos que acabaría recibiendo.

Rosa era virgen, pero tenía intuición para el sexo. Era yo quien
no tenía experiencia con vírgenes, y además con mi hambruna acu-
mulada durante meses no tardé en romper los márgenes. Superado
el obstáculo, empleamos poco tiempo en entendernos: y después
continuamos sin tregua durante veinticuatro horas. Por aquel entonces yo era un chaval bien dotado. En las pocas pausas que hicimos, contemplábamos la nieve que se posaba en la barandilla antes
de caer empujada por el viento. Para mí era lo mejor que podía desear. Quién sabe si Rosa pensaba lo mismo.

A la siguiente noche, Big Pres se presentó en el Hollywood. Hacía tres meses que no le veía. Llevaba el bombín, el guardapolvo, el

traje gris, la corbata de rayas, todos los aperos de trabajo, aunque esta vez estaba desarmado. Agata no había llegado a fin de año, había muerto el 28 de diciembre. Yo no había tocado en su funeral. He aquí la deuda que nunca pude saldar. Rosa, el trabajo, el póquer, la mudanza..., todo había borrado a Agata de mi mente, y ahora ella se presentaba de la forma más brutal que imaginarse pueda. Yo había querido a Agata, había sufrido por ella, había contribuido a pagar su tratamiento, me habría sacrificado con tal de ayudarla; pero en mi interior la consideraba ya una pieza del pasado. No derramé ni una lágrima. Me esforcé en llorar, pero no lo conseguí. Estuve tocando *Oh, Lady Be Good*. Con toda el alma y con toda mi mala conciencia. Agata, donde estuvieres, la toqué para ti.

Aquella noche Big Pres no se pavoneaba, no ponía nada por escrito. Tenía el corazón destrozado por la muerte de Agata, la mente completamente trastornada: además le habían pedido que se mudara a Chicago. Nada urgente, según él; al contrario, una oportunidad de promoción personal. Se lo estaba pensando, pero su ceño fruncido indicaba a las claras que se trataba de uno de esos ruegos llenos de humildad que en Sicilia son tan perentorios como una orden. En Chicago la situación caótica no parecía estar en vías de resolverse. Ninguno de los herederos de Capone se imponía sobre los demás, pero las dificultades cada vez mayores de los Fischetti y la retirada de Nitti a sus territorios habían ampliado el número de pretendientes.

—Charles —me dijo Big Pres— desea informaciones de primera mano y ha pensado en mí. ¿Te das cuenta de la gran responsabilidad que quiere confiarme? ¿Cómo voy a decirle que no?

Y, sin embargo, eso es lo que habría hecho si se lo hubieran permitido.

Big Pres me entregó la carta de mi madre. Para hacerle llegar la respuesta iba a tener que dirigirme a Totonno. Y tras decirme esto se fue cabizbajo y resignado.

10

Póquer y negocios

Costello vivía en un piso de diez habitaciones en Central Park West, en el que reinaba Loretta, la menuda bailarina judía de origen alemán con la que se había casado en 1914. Loretta era ocho años más joven que él y lo dominaba más allá de lo imaginable. Lansky aseguraba que los esfuerzos de Costello por parecer un gentleman se debían a los aires de grandeza de su esposa, fanática de la alta sociedad y sus buenas maneras. Porque la tenía más que bien acostumbrada, comentaba Luciano burlándose del último antojo de Loretta. Una vez al año —normalmente a comienzos de verano—, Costello perdía los estribos y la impasibilidad: entonces se abrían las compuertas a todos los caprichos de su esposa. Loretta aborrecía las amistades de su marido, nunca invitaba a sus amigos a casa, y no les hacía ningún tipo de descuento a Adonis y a Siegel cuando se presentaban con la preferida de turno en alguna de sus tiendas de alta costura de la Quinta Avenida. Ni siquiera podía sufrir al vecino de casa más famoso, Charles Chaplin, demasiado afeminado para su gusto. Costello a menudo se cruzaba con él, por las mañanas, cuando los dos sacaban a pasear al perro. Chaplin no salía de su asombro ante el hecho de que Costello no necesitara a más mujer que la suya, mujer que, todo sea dicho de paso, tocaba las narices como tres juntas. Pero a Costello, evidentemente, ya le iba bien.

Claro, porque la fortuna del marido lo hace todo más fácil, observaba puntualmente Rosa cuando yo le hablaba de las rencillas entre Costello y su mujer. Yo intentaba limar asperezas, mostrarle que el ambiente de mis benefactores aceptaba a todo hijo de vecino, incluidas las pelmazas como ésa, pero ella nada, erre que erre: quien estaba dentro llevaba el estigma; todos pertenecían a la misma fauna. Como tú, concluía Rosa con un resoplido de impaciencia.

De vez en cuando, Loretta se ausentaba unos días para visitar a su prima de Virginia con la sola intención de husmear en su apartada residencia con vistas al parque y de espaldas al Hudson. Y nosotros teníamos que borrar cualquier rastro de nuestro paso por la casa, a pesar de que sólo ocupábamos la biblioteca, cuyas paredes estaban repletas de estanterías hechas de oscura y delicada madera. Una rejilla protegía los libros del interés y la curiosidad de los invitados. «¿Entonces los ponéis aquí para que quede bonito?», preguntaba siempre Adonis. A lo que Costello alzaba los ojos al cielo, mientras Lansky susurraba: «¿Y por qué se lo preguntas a Frank? Pregúntaselo a Loretta, que es quien los tiene bajo llave».

En medio de los libros destacaba una mesa redonda veneciana del siglo XVII, sin ninguna pieza metálica, y un maravilloso piano de cola Grotrian-Steinweg, de nogal macizo con adornos y taraceas y las teclas de marfil. La primera vez que mis manos lo rozaron hasta me dio miedo. Luego empecé a acostumbrarme. Cuando Loretta no estaba, preferían la biblioteca de la casa de Costello a la suite de Luciano en el Waldorf Astoria. Les parecía más segura, más conforme a la libertad de sus conversaciones, porque durante esas partidas de póquer se divertían discutiendo y rivalizando entre sí, pero también porque mientras jugaban tomaban decisiones importantes. Cuando tal cosa sucedía utilizaban un verbo en concreto, decían «estamos deliberando». Y se les llenaba la boca al pronunciarlo. Como si fueran una especie de gobierno supremo que tuviera que tomar decisiones capitales. Yo los miraba aturdido y no sin un punto de envidia: nunca fui capaz de pronunciar una de esas frases contundentes y asertivas, esas frases que, con sólo recordarlas, le llenan a uno de orgullo.

Jugaban casi todas las noches. Ellos, frescos y despejados; yo, agotado y exhausto, muerto de sueño y ansioso por ir a acostarme, aunque la idea de los cien dólares, doscientos si ganaba Siegel, me mantenía con la mente despierta. De todas maneras no habría podido decir: esta noche no voy a venir. No lo habrían entendido. La posibilidad de una negativa por mi parte ni siquiera se contemplaba. Extendían el paño verde sobre la mesa veneciana, repartían las fichas, escogían la baraja, mezclaban las cartas, y yo tocaba las primeras notas del futuro *Valzer delle candele*. Siegel había «deliberado» —como gustaban de decir— que era la mejor *ouverture*. Aquella noche, no obstante, el juego avanzaba con desgana. Hasta Siegel volaba bajo. Luciano y Lansky estaban anunciando el final de la ley seca.

—Roosevelt ha dicho que lo hará, y cumplirá su palabra —afirmó Luciano—. Pero tienen que darnos algún tipo de compensación. Sin nosotros nunca habrían ganado, y lo saben. ¿Qué prioridades tenemos?

—Tenemos, por ejemplo, la licencia de las gramolas —apuntó Lansky, que acababa de comprar su representación.

—O también la licencia para las tragaperras en el Midwest —afirmó Luciano—. Tú, Frank, ¿cómo lo ves?

Sacando el mayor provecho de sus buenos contactos, gracias a los cuales controlaba diez de los dieciséis distritos de la ciudad, Costello había colocado seis mil máquinas tragaperras en Nueva York. Cada una le daba de cien a ciento cincuenta dólares a la semana. Las tragaperras de Luciano, de Lansky y de Adonis, tenían una pequeña marca que cambiaba de color cada mes, de forma que, cuando algún fiscal diligente obligaba a la policía a salvar las apariencias, confiscaban las tragaperras de los demás sin tocar jamás las de Costello.

—Eso depende de cuántas nos dejen colocar —respondió Costello—. Bastaría con cuatro mil, a las que añadiríamos las de Florida y Luisiana. Antes de las fiestas fui a Nueva Orleans para controlar los libros del Beverly Club. Huey Long me prometió una lluvia de licencias en Luisiana, sólo tengo que pedírselo.

—Pero ¿tú te fías de él? Es un loco de atar —dijo Siegel.

—Si nos fiamos de ti... —se entrometió Adonis.

—Ben —dijo Costello—, puede que Long sea un tipo neurótico e imprevisible, pero sigue siendo el gobernador del estado y quien lleva el control de las finanzas. Y además la ambición le corroe por dentro, apunta a Washington. La cómoda victoria de Roosevelt le ha dejado impresionado: sabe perfectamente que le hemos apoyado nosotros. Reflexiona un poco y verás por qué Huey Long está decidido a ayudarnos.

—Pero el problema no tiene nada que ver con Long y Luisiana —dijo Luciano—. El problema es que no podemos equivocarnos con las peticiones que le hagamos a Roosevelt. Tiene que garantizarnos unos beneficios que igualen las pérdidas que tendremos con la revocación de la ley seca.

—Frank —Lansky se pasaba las manos por el pelo—, ¿estás seguro de que por cada tragaperras que metas entre los vaqueros sacaremos cien dólares a la semana?

—Meyer, lo único seguro en este mundo es la muerte, y, por lo que Loretta me dice, vosotros los judíos lo sabéis mejor que nadie. Al comienzo recaudaremos más de cien dólares a la semana. Tienes que considerar el gusto por la novedad, y que hasta pondremos una escalerita para que los niños puedan jugar. ¿Es que van a divertirse los padres y ellos no? Es una cuestión de justicia... —Costello esbozó una de sus sonrisas, propias de quien se sabe impune a pesar de haberla hecho gorda.

—¿También los niños? —Siegel hizo un mohín.

—Ben —Adonis saltó en el acto—, no te hagas el santurrón. Con sólo diez años tú ya hacías trampas con los dados, como yo. ¿Qué hay de malo en que los mocosos de Hot Springs jueguen a las máquinas? Es menos peligroso que jugar a dados contigo o conmigo. Por no decir más.

—En mi opinión —afirmó Costello—, tendríamos que pedir la licencia para el mayor número de estados posible. ¿Por qué tenemos que quedarnos sólo con el Midwest? Probemos en el sur, en New England. Si sólo podemos dar un golpe, apuntemos a lo más alto.

—El Midwest —le interrumpió Luciano— tiene la ventaja de que está lejos de New York. Y por lo tanto queda también lejos de las quejas de los políticos de café, de los articulistas virtuosos que en los periódicos moralizan contra los juegos de azar. De Illinois y Nueva Inglaterra, en cambio, no podemos decir lo mismo.

—Sí —intervino Lansky—, pero si La Guardia sale elegido alcalde de New York vamos a tener que irnos. Ya ha declarado la guerra a las tragaperras.

—Tranquilo, Meyer —dijo Costello—. Ese jodidísimo paisano no conseguirá nada. Apuesto lo que quieras a que el viejo Walker obtendrá otro mandato.

—¿Cuánto estás dispuesto a apostarte? —Siegel no iba a desperdiciar una oportunidad como ésa.

—Pon tú la cantidad, Ben. —El tono de Costello se volvió glacial.

—Triplico lo que pongas.

—De acuerdo.

—¿Diez mil contra treinta mil a que gana tu paisano?

—Hecho.

La partida prosiguió en un ambiente tenso. Las discusiones nunca llegaban a ninguna conclusión, y dejaban tras de sí una estela de hostilidades y rencores. Todos estaban de acuerdo en que Luciano tendría que haber sido quien fijara la cantidad, pero hacerlo habría herido su amor propio. Lansky era el único al que le traían sin cuidado las apariencias y la sustancia, siempre con la pose de quien está por encima de todo. Esperé en vano a que me dijeran que volviera a tocar. Yo, en realidad, no existía para ellos, me trataban como si fuera poco más que un adorno. Y precisamente por eso podían hablar abiertamente en mi presencia. Era como una gramola. ¿Desde cuándo una gramola ha tenido voz para declarar ante un juez?

Sea lo que fuere, en el momento de regresar a casa, Lansky me pidió dos dólares para el taxi. Llovía y no quería mojarse hasta la parada de metro. Y me escogió precisamente a mí, el único que no podía negárselos. De hecho nunca me los devolvió.

Ese domingo Rosa pasó por alto el repaso de mi inglés, y yo pasé por alto el repaso de su anatomía. Habían montado un parque de atracciones un poco antes del muelle. Así que disfrutamos como los niños que nunca habíamos sido: entramos en el túnel de la bruja, nos montamos en los trenecitos, en los autos de choque, comimos algodones de azúcar, disparamos en el tiro al blanco. A pesar del viento helado, subimos a la noria. Nueva York se extendía a nuestros pies: todas las chimeneas de Little Italy humeaban, se cumplía el ritual de la comida del domingo. ¿Me creeréis si os digo que el viento traía el perfume del ragú, de los huevos duros rallados, de las alcachofas, de los pimientos asados? Por desgracia nosotros tuvimos que conformarnos, dando patadas en el suelo para combatir el frío, con una insípida salchicha aderezada con mostaza, con las herraduras rebozadas en harina y salpicadas de cristales de sal.

Fuimos caminando hasta Battery Park. De los árboles caían hojas en forma de aguja que se nos clavaban en la piel de la cara. Rosa propuso que tomáramos el ferry que iba directo a la Estatua de la Libertad: a diferencia de los otros inmigrantes, nosotros no la habíamos visto a nuestra llegada. Según Rosa, teníamos que verla para sentirnos americanos de verdad. A mí me daba exactamente lo mismo sentirme o no americano de verdad, y además el mar plomizo transmitía una sensación gélida, pero si a Rosa se le había puesto una idea entre ceja y ceja, ¿acaso podía disuadirla yo? Lo único bueno fue que estuvimos abrazados hasta el momento de desembarcar, y no sólo para protegernos del frío. Me di cuenta de que no llevaba sujetador, nos desafiamos con la mirada, y en su rostro vi uno de esos destellos de malicia que la hacían única e impredecible. Otra razón de más para enfadarme conmigo mismo y mi natural dócil: de haberme negado con más firmeza a la excursión a la Estatua de la Libertad estaríamos a un paso de mi madriguera de la calle 14, con todas las consecuencias que de ello se habrían derivado.

Fuimos cuatro gatos los que nos bajamos en Liberty Island. Las rachas de viento del norte se llevaban volando los sombreros, levantaban las faldas de los vestidos, los cuellos de los abrigos. Rosa se pegaba a mi cuerpo, y yo temblaba al pensar lo que me estaba perdiendo. Obviamente Rosa quiso visitar todo el monumento, de modo que nos aventuramos a llegar hasta arriba de todo. Ella tradujo la inscripción que figuraba en el pedestal de la estatua. La repitió una segunda vez, una tercera y una cuarta hasta que estuvo segura de haberla memorizado. Yo, entonces, lo ignoraba, pero esos versos que escribiera una mujer iban a convertirse en un tormento para mí. Porque Rosa acabaría escupiéndomelos en cada pelea, en cada desencuentro nuestro. Hasta el punto de que yo mismo me los sabría de memoria. Ahora, con la edad, los recuerdo más o menos con algunas lagunas. Dejadme probar: «Dadme a vuestras gentes rendidas, a vuestros pobres, a vuestras masas hacinadas que anhelan respirar en libertad, el desamparado desecho de vuestras rebosantes playas...». Hasta aquí estoy seguro, pero de lo que sigue yo no pondría la mano en el fuego: «Enviádmelos, a los sin patria... sacudidos por las tempestades... Yo elevo mi faro tras la puerta dorada...». Si vais a Nueva York, comprobad que la inscripción rece así y luego me decís si me falla la memoria.

Cuando estuvimos de vuelta en Battery Park, el manto de la noche ya casi había cubierto la ciudad. Aquel día, en cuanto al dinero gastado, había sacado un diez, así que no me importó prodigarme un poco más: cogimos un taxi. Rosa quiso que pasáramos por Fulton: fuera del mercado todavía quedaban algunos puestos de pescado. Compró un cucurucho de caracoles vivos. Cuando llegamos a casa, el viento había dado paso a la lluvia. En la cocina de un solo hornillo, Rosa puso a hervir los caracoles, en otra cazuela preparó un sofrito de cebolla y tomate, y cuando todo estuvo en su punto lo mezcló. Yo tenía media botella de Montepulciano, unas rebanadas de pan duro y tres bananas. Una cena deliciosa. Rosa la alargó hasta el momento exacto en que me abalancé sobre ella. Lo hicimos sobre la mesa. La copa de vino se le había subido a la cabeza y le había liberado por completo su propensión a los asuntos de cama. Josephine habría estado orgullosa de ella.

Después de mi prodigalidad, decidí prolongar todavía un poco más mi generosidad. La acompañé en taxi hasta su cuarto de la boutique. Ella ya había digerido el vino, así como la excitación de aquel excepcional domingo. Su intransigencia y su pragmatismo hicieron nuevamente acto de presencia.

—¿Has visto —dijo— cómo también se puede vivir bien lejos de tus amigos?

—No son amigos.

—Peor todavía: son tus amos.

—Me dan trabajo.

—No, te explotan y mañana lo harán más que hoy.

—Pues si no me explotaran, yo no habría tenido los cincuenta dólares que nos hemos gastado hoy.

—¿Me lo echas en cara?

—No, sólo te recuerdo por qué hemos podido permitirnos la noria, el ferry, los taxis y, si insistes, hasta los caracoles.

—Podríamos haber cogido el tranvía, ya sabes que para mí eso no supone un problema. Y el resto está al alcance de todos, y de personas que no están obligadas a inclinarse cada día ante don Luciano, don Costello y don Genovese.

Nos despedimos con mal sabor de boca. Me consolé pensando en los mil dólares en billetes de cincuenta que tenía escondidos en una rendija del armario. Representaban mis ganancias al póquer, que había obtenido sin jugar.

A pesar de que sólo captaba la mitad de las palabras, tenía la costumbre de sintonizar las noticias del mediodía de la ABC, que solían coincidir con mi despertar. Me hacían compañía mientras preparaba mi ensalada de naranjas con la que daba los buenos días a mi vida americana. Era un día de mediados de febrero, con nubes como rebaños de ovejas y olor a estofado. Repetían el nombre de Roosevelt, después el locutor pronunció dos veces una palabra que sonaba a *zanzara*, mosquito en italiano. Del tono urgente de su voz deduje que algo grave había sucedido. En el metro pude ver los semblantes serios y preocupados de quienes leían los periódicos de la tarde. Todos lucían el nombre de Roosevelt en los titulares. En el Hollywood me enteré al fin de que un calabrés, Giuseppe Zangara, había disparado a Roosevelt siete tiros de pistola, en Miami. El presidente se hallaba en Florida para hacer unas breves vacaciones en el yate de un amigo, antes de la ceremonia de investidura en Washington. El atacante, al que definían como un viejo simpatizante comunista, se había plantado en el muelle. Roosevelt iba sin protección, y Zangara se le había acercado sin problemas. A Roosevelt la suerte le había llegado de la providencial mano de Anton Cermak, alcalde de Chicago, que también se hallaba en el yate. Cermak le había hecho de escudo humano al presidente, y ahora estaba ingresado en el hospital en estado muy grave.

Los camareros, los cocineros y los lavaplatos italianos del Hollywood estaban visiblemente preocupados por las consecuencias del atentado. Temían una oleada de odio popular. Los más viejos recordaban la matanza de Nueva Orleans, en el siglo anterior, y muchos de ellos habían participado en las inútiles demostraciones de apoyo a favor de Sacco y Vanzetti. Sabían que en los vericuetos de la historia nosotros los italianos estábamos condenados a pagar el precio más alto. No nos querían: el poco respeto que nos tenían nos lo habíamos ganado a base de pistolas y sobornos. Roosevelt, además, era la esperanza de los últimos, de los más pobres, de los muchos que no poseían un techo, un trabajo, comida decente. Las elecciones habían demostrado que tres cuartas partes del país se identificaban con él. ¿Cómo iban a reaccionar ante lo sucedido? Que Zangara fuera comunista, y que ninguno de los italianos hiciera ninguna manifestación sobre él o dijera nada al respecto, no contaba para nada. Era italiano, era uno de los *dago*. En la escala social, sólo los negros estaban por debajo de nosotros y eran peores que nosotros.

Costello me dijo que tocara música exclusivamente blanca, que ni se me pasara por la antesala del cerebro apuntar las notas de *Come pioveva* o *Tango della gelosia*. En el Hollywood disminuyó el número de clientes. Los paisanos, preocupados, se miraban unos a otros, y ninguno de los compadres puso los pies en el club durante unos días. El sábado, Totonno me informó de que don Costello había llamado. Tenía que presentarme en el Waldorf Astoria. A esas alturas yo ya conocía el camino, y todos los empleados de la recepción me conocían a mí. En la suite de Luciano el Petrov vertical ya estaba preparado. En las habitaciones, aquí y allá, habían dejado cubiteras con champán y bandejas repletas de caviar negro y rojo: se celebraba la victoria de un caballo en las carreras de la tarde.

Mentiría si os dijera que brindaban por el caballo o por lo que habían ganado en las apuestas. No era por los dólares conseguidos —cada cual habría podido comprarse el hipódromo Belmont de Nassau Country, en Long Island, equipos incluidos—, era porque les habían hecho tragar su orgullo a un montón de mendas pestilentes e infectos. Ya se habían olvidado de Zangara, del atentado, de la caza al italiano. Se comportaban como chiquillos excitados por la trastada que acababan de hacer. Estaban Luciano, Costello, Siegel, Adonis, Genovese y un par de tipos a los que yo no conocía, y a los que me presentaron con prisas: eran Vincent Mangano y su hermano Philip, por fortuna sólo homónimos de Lawrence Mangano, el benefactor de Ruth, la rubia despampanante de Chicago. Separado del grupo, otro hombre bajito de ojos escrutadores y nariz afilada devoraba tartaletas de caviar: era Charles Gambino, que hablaba inglés peor que yo, a pesar de que hacía más de diez años que vivía en Nueva York. Había estado con Masseria, le había besado el culo a

Maranzano justo a tiempo para que no le liquidaran, y ahora se dedicaba a dar coba a Charlie: flotaba mejor que los gilipollas en los Faraglioni.* Se me acercó cuando yo llevaba un rato tocando.

—¿Sabes tocar *Torna a Surriento*? —Tenía un acento palermitano muy cerrado.

—Las canciones italianas no son del agrado de don Costello.

—Tú tócala. Ya me encargo yo de los gustos de don Costello.

La ejecuté no sin cierta aprensión. A Luciano, con todo, pareció gustarle, porque hasta canturreó algunas estrofas. Todos hicieron lo mismo. Gambino me guiñó el ojo antes de lanzarse de nuevo a la caza de las tartaletas. Había venido en calidad de guardaespaldas de Mangano. Tenía un aire de indefensión, aunque en realidad acababa de protegerlo de unos matones: un cruce de miradas con él y uno cambiaba al punto de parecer.

Todas las chicas eran más altas que los machitos, excepción hecha de Siegel. Adonis untaba los escotes con caviar y luego los lamía. Ben tonteaba con un par de ellas que amenazaban con hacérselo allí mismo. Di rienda suelta al jazz. Y me vi obligado a repetir hasta la saciedad *When the Saints Go Marching In*. Siegel se acercó para preguntarme si pensaba apañármelas sin la *Heroica*. Así que arremetí con mi interpretación libre de la *Heroica*. Costello de repente nos miró a todos con los ojos como platos: Luciano se había ido a su habitación. Me di cuenta de que faltaba Lansky. Alguno dijo que estaba en Cuba resolviendo algunos temas relacionados con los burdeles de la isla. Adonis llamó a la puerta de la habitación de Luciano. Éste, con el torso desnudo, apareció fugazmente. El conciliábulo duró un suspiro: llamaron a Costello y a mí me dijeron que dejara de tocar.

—Todo el mundo a dormir —anunció Costello.

Las chicas salieron entre protestas. Adonis las acompañaba a la puerta mientras iba anotando sus números de teléfono en la agenda. De detrás de las cortinas salió el clásico tipo pequeño con el sombrero de fieltro cubriéndole la cara. Nunca había visto a nadie cerca

---

* Los Faraglioni de Catania, también conocidos como islas de los Cíclopes (por ser las rocas que, según la leyenda, Polifemo lanzó a Ulises en su huida del país de los cíclopes), son un grupo de farallones que se alzan frente a la costa de Acitrezza y una de las zonas de baño más concurridas del litoral catanés. (*N. de la T.*)

de Luciano con el sombrero puesto. Adonis me acompañó hasta el sofá. Joe lo trataba con un respeto insólito. Se llamaba Augie Pisano, y le llamaban Little por su altura. Como quien dice, había destetado a Adonis y a otros muchos chicos de Brooklyn, de Mulberry Street, de Bowery y de Fulton. Su nombre auténtico era Anthony Carfano, y nadie recordaba por qué le habían atribuido el de Augie Pisano: la razón de su cambio de nombre se perdía en la noche de los tiempos, que era de donde él procedía a pesar de ser más joven que Costello, Luciano y Genovese. Little Augie, de hecho, había crecido en la corte de Frankie Yale —Francesco Ioele era su nombre real—, siciliano de origen que había convertido la impresentable Unione Siciliana en la presentable Unione Italoamericana. De tal guisa que Yale había organizado las «familias» de los compadres y las había lanzado a la conquista de las otras ciudades. Little Augie había sobrevivido a la eliminación de Yale. Le habían obligado a vivir arrinconado como medida de protección, pero continuaba siendo propietario de tragaperras, lavanderías, garajes y sobre todo caballos de carreras. Era con su purasangre como Luciano y los demás habían ganado en el hipódromo de Belmont, pero Little Augie no había venido para recoger su pequeña porción de gloria. Él estaba allí en calidad de detentador de un importante paquete de votos, que en cada elección vendía al mejor postor. Porque a pesar de que Little Augie era un auténtico retaco, pedía dos dólares y medio por voto.

De la habitación salieron Costello, una chica que bostezaba y Luciano. Little Augie, al verlos, se puso de pie y se quitó el sombrero.

—¿Cómo va todo, Augie? —dijo Luciano tomando asiento en la butaca de enfrente.

—Charles, voy tirando... Como todo el mundo... —Echó un vistazo a su alrededor—: Menos tú...

—Augie, no es más que un escenario, no te dejes impresionar.

—Pues bonito escenario.

—¿Qué tal con tus caballitos?

—Según me han dicho, Imperatore os ha hecho felices.

—No exageres ahora. Ha sido gracias a nuestra intuición, por lo que puedes felicitar a Joe: él nos ha convencido.

Little Augie no dijo nada, Adonis alargó los brazos para saludar a la platea, pero los amigos se esforzaron por ignorarlo.

—No sois más que gentuza, por no decir algo peor.

Como siempre, se habían olvidado de mí, que hacía todo lo posible por pasar desapercibido. Sentado en el taburete del piano, habría querido hacerme invisible para alejarme de la suite. Me asustaba que algún día un fiscal o un policía pudieran pedirme cuentas de cuanto había visto u oído, o, aún peor, que alguno de los presentes recordara que yo estaba allí. Porque entonces la sonrisa, la disponibilidad y el silencio que me pedían se habrían transformado en cargos contra mi persona.

—Entonces, Augie, ¿qué se dice por tu zona de las próximas elecciones a la alcaldía? —Con esta pregunta Costello dio por concluido el preámbulo de cortesía.

—Frank, debe de ser más importante lo que se dice por tu zona. Eres tú quien frecuenta los barrios altos de la ciudad.

—Hasta que el voto de un papanatas valga tanto como el de un señor, lo que digan tus mil papanatas es más importante que lo que puedan decir mis diez señores.

Costello esbozó un gesto de deferencia. Augie se volvió hacia Luciano, que parecía estar muy ocupado en verificar que la raya de los pantalones siguiera en su sitio.

—¿Qué quieres que te diga, Frank? Han votado a Roosevelt, y ahora votarán a La Guardia.

—¿También le darán su voto tus malditos irlandeses? —La inesperada intromisión de Genovese no fue del agrado ni de Costello ni de Luciano. Little Augie, en cambio, la tomó como una carta que le permitía completar la escalera.

—Ésta es su intención. Después ya sabes, Vito, que la vida a veces nos aleja de las intenciones si viene alguien con argumentos más convincentes.

—El revuelo de Miami —dijo Luciano con voz persuasiva—, ¿no tendrá algún efecto? ¿El italiano sucio, feo, ateo y comunista que quiso matar a Nuestro Señor de los Desamparados pasará sin mayor pena ni gloria?

—Tú lo has dicho: es un comunista. Nosotros los italianos somos buena gente, y temerosa de Dios.

—¿Y no cabe la posibilidad de que en New York la gente de bien decida no votar al candidato italiano?

—Te lo repito: La Guardia gusta, y no sólo a los paisanos. No hace falta que te lo explique: hasta los negros y los chicanos, que apoyaron a Roosevelt en noviembre, en New York apoyarán al candidato de Roosevelt. Él es el presidente de todos, hasta el tuyo y el de Frank, si estoy bien informado.

—Son cosas del pasado. Ahora lo que nos preocupa es el nuevo alcalde. Tú ya sabes de qué pasta está hecho Frank. Aprecia a sus amigos, y Jimmy Walter es un viejo amigo suyo. Le gustaría ayudarle...

—¿Sacando partido de un poco de odio antiitaliano gracias a Zangara?

—Nos has quitado las palabras de la boca —dijo Costello.

Little Augie se quedó pensativo.

—Puede hacerse, pero saldrá caro.

—¿Cuánto?

—Tres dólares y medio.

Se cruzaron miradas de perplejidad.

—Little Augie, no te privas de nada, por no decir más... —prorrumpió alegremente Adonis.

—¿Mil votos por paquete? —quiso saber Luciano.

—Esta vez no, Charles. Con vosotros no hago trampas: puedo garantizar el voto de los italianos. Pero, del resto, ¿quién puede decirlo? Es más, precisamente tratándose de vosotros, digo que con irlandeses, polacos, holandeses, alemanes y rusos puede pasar de todo. Hasta con los judíos, claro que para eso está Lansky... No le veo por aquí, ¿está de viaje? O, si no, preguntadle a Dutch Schultz. La gente está esperando un cambio. Pero el dinero no ha perdido su encanto.

—De acuerdo, Augie —concluyó Costello—, hablar contigo ha sido muy instructivo, como siempre. Nos vemos de aquí a una semana.

Quién sabe si la decisión se pospuso de verdad. En cualquier caso no sirvió de nada, porque La Guardia ganó a Walker por goleada. Les tocó pagar el pato a Little Augie, que se refugió en Florida, y a Costello, que cumplió con sus treinta mil dólares contantes y sonantes para Siegel. La oleada demócrata se cernía sobre el país entero. Para frenar a La Guardia no bastaron los intereses contrarios de los compadres; no bastó la mala imagen de los italianos que proyectaba Zangara, quien acabó sus días chamuscado en la silla eléctrica a finales de marzo; no bastaron las acusaciones de los periódicos de Nueva York: los *dago* habían fundado una organización secreta llamada Mob.

En su origen Mob no significaba, como hoy en día, crimen organizado, red de extorsión o mafia, sino simple asociación de negocios. Y tanto era así que Adonis y Genovese comenzaron a tomarles el pelo a Lansky y a Siegel, que unos años antes habían fundado la Bug & Meyer Mob, especializada en la venta de coches de lujo. Adonis no aflojaba, y Genovese le secundaba como refuerzo, hasta que al final Lansky y Siegel acabaron pagando por todos, mientras los otros dos brindaban a su salud. Luciano les dijo a ambos que no habían entendido una mierda. Alguien, les aseguró, está preparando clavos y maderos para crucificaros a los dos. Y cuando vayan a por la sociedad de Lansky y Siegel tendremos la prueba de que la Mob existe de verdad y de que todos nosotros, amigos de Lansky y Siegel, formamos parte de ella. Entonces nos convertiremos en los malos por antonomasia, en los enemigos públicos del uno al diez.

Al cabo de dos días explotó una bomba en el salón de la Bug & Meyer Mob. Siegel sólo sufrió un rasguño, pero los policías acudieron como moscas, convencidos, y no sin razón, de que los dos socios conocían el nombre del remitente. Los periódicos empezaron a remover el tema, y Adonis y Genovese dejaron de mofarse y burlarse de Lansky y Siegel.

La profecía de Luciano se vio reforzada por un artículo del *New York Times* que pretendía esclarecer quién era el mejor partido de la ciudad. Porque el artículo afirmaba que no era otro que el propio Charlie, y no precisamente con la intención de hacerle un favor. El periodista en cuestión se remontaba casi al inicio de los tiempos: un famoso compatriota del señor Charles Luciano, el poeta Dante Alighieri, había afirmado en la *Divina Comedia* que treinta y cinco años es la edad perfecta, y el señor Luciano alcanzó este punto del camino con un patrimonio personal valorado en varias decenas de millones. Tanta abundancia le permitía vivir instalado en el lujo, rodeado de mujeres hermosas a las que solía regalar relojes de oro y joyas caras, y frecuentar los locales de moda, los hipódromos y los casinos. Y, sin embargo —insinuaba el periodista—, el señor Luciano no tenía al parecer ningún trabajo, no tenía empresas ni sociedades, no había heredado de una abuela o de una tía en Sicilia. Todo lo contrario, sus enemigos sostenían que su padre le había obligado de pequeño a cambiarse el apellido originario, Lucania, para que el descrédito no se abatiera sobre la familia. ¿Por qué motivo? ¿Tal vez porque a los diez años ya le habían arrestado por robar en una tienda? ¿O porque a los dieciocho había sido condenado —por posesión y tráfico de estupefacientes— junto a otros miembros de la temida banda de Five Points? No, eso no eran más que pequeñas anécdotas que sembraban su carrera y —seguía el artículo— que no habían frenado la ascensión del pequeño siciliano, a quien los amigos ya llamaban Lucky por su buena suerte en las cartas y los dados. ¿Fortuna o un don para arreglárselas? Sea como fuere, se había demostrado que era verdaderamente *lucky* en 1929, cuando una patrulla de agentes lo había encontrado más muerto que vivo en Staten Island: le habían propinado una paliza brutal, lo habían torturado con un cuchillo de cocina, le habían pinchado con un punzón en la espalda sin piedad. Y aun, tras despertar milagrosamente del coma, el señor Luciano había jurado a los señores agentes que había sufrido un accidente del que no recordaba nada. De modo que las pistas que apuntaban a la banda de los hermanos Diamond habían quedado en vía muerta. Al cabo de dos años habían asesinado a Jack «Legs» Diamond, pero Luciano había demostrado ser completamente ajeno al suceso, como lo había demostrado la tarde en que habían liquidado a su viejo *boss*, Joe Masseria: habían ido a comer con un grupo de amigos al restaurante habitual de Coney Island, habían bebido vino de Toscana y habían jugado a uno de esos juegos de naipes tan en boga en Sicilia. Y luego Luciano había ido al baño. En su ausencia, los sicarios habían dejado a Masseria tendido en el suelo, y le habían metido el as de picas entre las manos a modo de escarnio. Luciano había llorado el deceso del amigo, a pesar de que todo apuntaba a que su desaparición supondría para él una fuente inagotable de beneficios. Otra coincidencia favorable para el joven señor, quien afirmaba que había convertido el pasatiempo del juego en actividad productiva. El artículo acababa con una pregunta irónica: ¿cuántos golpes de suerte le reserva al señor Luciano el futuro?

Desgraciadamente para mí, también Rosa leyó el artículo. Y me lo estuvo recordando de lunes a viernes. Estaba convencida de que el periódico anticipaba la intervención de fiscales y policías contra Luciano y su banda. ¿Y cómo acabarás tú? Su tono sonaba más compasivo que preocupado por la desgracia que estaba a punto de cernirse sobre mí y mis compañeros. Y yo me lo tomé a mal. Fue la primera vez que Rosa y yo nos peleamos. Estuve unos días sin aparecer. Pero la esperanza de que esta vez fuera ella quien viniera a buscarme quedó precisamente en eso, en una esperanza.

De los rumores que corrían por la cocina del Hollywood, comprendí que lo inaudito no eran las vicisitudes que el *New York Times* sacaba a la luz, sino los visos que estaban tomando. Era la primera vez que eso pasaba. Parecía el preludio de la ofensiva temida por Luciano. Para prevenirla, se apresuró a organizar una fiesta en la villa de Costello en Sands Point. Esta vez no se trataba de una gran celebración para que acólitos y parroquianos comieran, bebieran y follaran un poco. Esta vez era un evento con invitaciones personales y la recomendación de vestir de etiqueta dirigida a los señores, dando por supuesto que las señoras acudirían con sus mejores vestidos de gala. Hicieron un esmoquin hasta para el pianista, y a mí se me pasó por la cabeza invitar a Rosa. Con esa excusa retomé el contacto con ella, pero fue suficiente con insinuarle mi propuesta para que ella se levantara de la cama, enfurecida, se vistiera y me dejara a medias como uno de los pobres de Little Augie.

La fiesta fue una alegría para la vista. La recuerdo como si fuera ayer. Los periódicos hablaban de una América que todavía luchaba contra la pobreza, y probablemente era cierto: los muchos ciudadanos que no podían pagar el alquiler habían transformado el Central Park en un auténtico campamento de chabolas, que recibía el nombre de Hooverville, el funesto presidente en funciones del año 1929. Los más afortunados disponían de cobertizos de chapa, pero la mayoría vivía bajo cuatro palos de madera podrida. La gente moría en medio de la indiferencia y la suciedad, las pulmonías y la tisis causaban estragos cada día. Para las autoridades Hooverville representaba un dedo en la llaga, con lo cual no fueron muy delicados en el momento de liberar el Central Park de tan molesta invasión.

La falta de trabajo, la miseria y la desesperación continuaban azotando Nueva York: hasta en Manhattan el día podía amanecer con algún mendigo que se había quedado tieso en la acera. Y, sin embargo, los invitados a la gala de Luciano tenían el privilegio de asistir al gran carnaval en que iba a convertirse América. Cuatro años de cuaresma habían inoculado poco a poco el deseo de volver a pasarlo en grande. La confraternidad, además, no había escatimado en gastos. Costello había contratado a los cocineros del Saint Regis, un refinado hotel para huéspedes acaudalados. Costello era cliente habitual del bar, el King Cole: allí gustaba de cultivar sus amistades, haciendo gala de sus buenas maneras y de su armario de hombre de negocios consolidado, que sólo usaba tejidos ingleses para sus trajes y zapatos hechos a mano por un zapatero de Londres. En medio de las butacas de piel gastadas en su punto justo, entre las volutas del humo de los cigarros, la única condena que había caído sobre Costello —de joven, por tenencia ilícita de armas— parecía casi un añadido postizo en aras de proporcionar una chispa de efervescencia a una vida intachable.

Aprovechando la bonanza primaveral, montaron en el jardín un inmenso entoldado con los colores de la bandera americana. Costello se había encargado personalmente de cada detalle. De Loretta no se intuía ni la sombra: tal vez ni siquiera le había comunicado el gran evento que iba a tener lugar en Sands Point. Cuanto más unidos estaban en la intimidad —permanecieron casados más de sesenta años—, más neta se hacía la distancia en lo concerniente a los negocios. Las malas lenguas del Hollywood decían que Loretta hasta le tenía prohibido al marido que le informara sobre los encuentros y los tratos con los compadres. Aunque también Loretta habría estado orgullosa del buen gusto y de la generosidad prodigada por Frank en una situación tan comprometida. En su lugar, los invitados eran recibidos por una belleza mora enfundada en un traje de noche negro, que con cada movimiento de cabeza dejaba al descubierto un tirabuzón de pelo oscuro. Y la misteriosa dama se regodeaba con repetir el gesto, consciente de que su cara de muñeca, sus ojos de mirada profunda y sus vistosas curvas no pasaban desapercibidos. Yo fui uno de los muchos que cayó en sus redes: ¿quién era?, y, sobre todo, ¿era de don Costello?

Se llamaba Virginia Hill, había debutado en Alabama como domadora de pulgas, y había aterrizado en Nueva York en busca de una buena oportunidad. Y había conocido a dos ases: primero a Luciano y después a Costello. No se sabía si trabajaba en una de las casas de Charlie, aunque el resto estaba bastante claro: la habían bautizado como Sugar en referencia a la dulzura de sus labios. Dejé de buscar sus ojos.

Los amigos, los cómplices y los clientes no faltaron a la convocatoria de Luciano, que había querido poner a prueba la fidelidad de cuantos dependían de él. Senadores, diputados, policías, jueces, fiscales, empresarios, periodistas, editores, abogados, médicos y comerciantes se pusieron en fila, en compañía de sus damas, enfrente de las bandejas de ostras crudas y cocidas, de los crustáceos con limón y mayonesa, del caviar rojo y negro, de los pasteles de carne, de las bandejas de caza y de pescados en su salsa. Los cocineros del Saint Regis estuvieron a la altura, y cada plato arrancaba exclamaciones de admiración entre los invitados. Gerardo, el propietario del restaurante de Coney Island donde habían asesinado a Masseria, se había encargado de reunir la lista más selecta de vinos franceses de añada, de champanes *millésimés*, de coñacs gran reserva, de whisky irlandés envejecido de veinte años. Camareros con guantes blancos cumplían las peticiones ordinarias y los caprichos más extravagantes. Otros camareros, también con guantes blancos, se encargaban de ir a la caza de los curiosos, sobre todo de los que iban pertrechados con sus máquinas fotográficas. En el parking me saludó un chico al que no reconocí. Se levantó el sombrero de la frente y vi que era Nick. También estaban por ahí Mel y Tony, los ángeles custodios de mi llegada. El terceto continuaba unido. Se encargaban de velar por la seguridad del dueño de la casa y de los reputados invitados de la fiesta.

El piano estaba en el lugar de siempre, al lado de las cómodas de la época de la Regencia. Desplegué los encantos de Armstrong y Ellington para un círculo reducido. Pero la inspiración enseguida pasó y me limité a tocar las peticiones: quien llevaba entre manos algún asunto de faldas no renunciaba a un buen acompañamiento musical. Aunque esta vez la posibilidad de practicar sexo libremente no estaba prevista, y un severo mayordomo controlaba el acceso a las habitaciones del primer piso.

Adonis mariposeaba entre vendedores de coches e importadores de objetos de superlujo. Genovese se había atrincherado en la cocina, reservándose el papel de catador oficial. Siegel era objeto de las zalamerías de las novias y esposas ajenas: no se me habían escapado un par de ojeadas de Luciano, preocupado por las eventuales escenas de celos o por si el puntilloso acompañante de una de las admiradoras de Ben resultaba ser un intocable. Lansky entró de nuevo en escena, flotando dentro del esmoquin. Muchos le saludaban, pero él se mostraba distante con todos. Costello era como la columna de un templo: un señor nato, eso es lo que era, o mejor dicho, lo que demostraba ser: siempre mostrando desparpajo, accesible, sonriente, nunca un exceso, una salida de tono.

En un rincón del jardín, Luciano estaba recibiendo el esperado regalo. Nadie comentaba el artículo —a pesar de que casi todos los presentes habrían podido repetirlo de memoria—, mientras le daban públicamente las gracias a Charlie por su privilegiada amistad y a Dios por el día en que le vio nacer.

Me dejaron solo en el salón, y dejé de tocar. En el jardín tenía lugar el ceremonial de las despedidas. Las ostras, los crustáceos, el vino, el champán y el coñac reclamaban sexo y horas de sueño. Sólo unos pocos conservaban la chispa de cuando habían llegado. Costello era como un anuncio de sí mismo: de pie bajo la adelfa, dispensaba un besamanos distante a las damas y un cordial hasta la vista a los varones. Adonis merodeaba entre los coches que partían mientras iba repitiendo el último chiste y los chismorreos más trillados, por no decir algo peor. Lansky, en cambio, se había esfumado; y con él Luciano. El primero no apareció por ninguna parte; al segundo lo encontré en la cocina, con la pajarita desabrochada, la botella de whisky en la mano y dos copas en compañía de Genovese.

—Considéralo una orden —dijo Luciano muy serio.

Genovese nada tuvo que objetar.

—El ojo del amo engorda el caballo.

Me senté en el último modelo descapotable de Cadillac, el 452 V16, que acababan de entregarle a Luciano. Era el coche de los ricos más frenéticos, anunciaba una nueva época de prosperidad, representaba la apuesta por el futuro. Sentado entre Luciano y Genovese al volante, hasta me daba miedo respirar. Habría querido ocupar menos espacio con tal de no obligar a Luciano a sentarse sobre un costado. Pero eran ellos quienes me habían querido llevar. Genovese iba silbando mientras conducía; Luciano tenía los ojos clavados en un horizonte que sólo él adivinaba. La brisa del mar nos acompañó durante la mitad del trayecto. Cuando entramos en Brooklyn, los aromas de la primavera se convirtieron en hedor a orines, a basura, a flores marchitas, a bombonas de gas. Una suerte de anuncio: aquí empieza la vida de verdad.

—Charles —dijo Genovese—, como en los viejos tiempos...

Luciano asintió.

—Melodia, no sé si sabes —añadió Genovese— que fui chófer de Charles cuando los coches servían para hacer la guerra. Y de guerras hicimos unas cuantas... ¿No es así, Charles?

—Si tú lo dices, Vito.

—Pues claro que lo digo. Se la declaramos a todo el mundo, la guerra. Vamos, Charles, admítelo, estábamos hechos para esa vida de piratas. Y nosotros fuimos los últimos piratas: ahora para tener a la buena gente a nuestros pies tenemos que fingir que nos importan, antes bastaba con escupirles encima.

—Si te oyera Frank...

—Pero él nunca ha sido uno de los nuestros. Siempre tenía que volver al lado de su queridita judía. ¿Qué pasa, que tiene el conejito de oro? En mi opinión, cada vez que el pobre entra en casa, ésa le obliga a ponerse gorrito y zapatillas, para dejar bien claro quién manda.

Luciano apartó la mirada del infinito que tenía enfrente y sus ojos apuntaron como un cañón de pistola a Genovese.

—Charles, ya sabes lo que pienso. A ti y a Costello los judíos os caen muy bien, pero yo no puedo con ellos. Nunca dejarán de ser los que crucificaron a Jesús, a nuestro Jesús. ¿Lo has olvidado? Eso no quita que respete a los que son buena gente. Pregúntale a Lansky... Con Siegel es distinto: él es un peligro andante. Cada vez que me cruzo con él me entran ganas de romperle la cara, pero después pienso que te metería en un aprieto y hago un pequeño sacrificio.

Habíamos llegado a Chambers Street, bajo el burdel de Josephine.

—Hagámosle una visita a tu cuñada —dijo Luciano.

—Tranquilo —dijo, sardónico, Genovese—, es una mujer de honor, no le dirá nada a tu princesa.

Yo estaba terriblemente incómodo. Rosa no me lo iba a perdonar nunca: no el que hubiera pasado por casa de Josephine, sino que tuviera tanta confianza con Luciano. Habría llegado a la conclusión de que me había excedido más allá de mis funciones como pianista. Pero yo no podía escapar de la situación. Caminé hacia el piso de Josephine como quien camina hacia el patíbulo. Todas las chicas estaban durmiendo. Salió a abrir una muchacha que no conocía, después se asomó la escocesa, y al cabo apareció Josephine. El camisón negro transparentaba lo mejor de su cuerpo. Genovese enseguida reparó en ello.

—Charles, ¿no tendrás nada en contra de que Josephine me consuele un poco mientras tú controlas la farmacia?

Josephine bostezó, se rascó la cabeza, interrogó con los ojos a Luciano.

—Josephine —dijo Luciano—, debes ser comprensiva con Vito. Su mujer lo tiene a dos velas: si no tiene buena puntería, aquel día no come, ¿y tú te imaginas a Vito apuntando donde debe?

En aquel momento Josephine se dio cuenta de que yo estaba allí, de pie al lado del balcón de la cocina.

—Willy, ¿qué tal? —Me acarició la mejilla, pero Genovese se la llevó casi a la fuerza.

—Quiero hablar contigo —dijo Josephine—, no te vayas...

Las otras chicas volvieron cada cual a su cuarto. Luciano se dirigió hacia la habitación cerrada del fondo del pasillo: tenía la llave. Me quedé como un botarate presidiendo la cocina.

—Willy —gritó Luciano—, ¿te importa prepararme un café y traérmelo?

Y así fue como entré en la habitación. En una larga mesa rectangular reposaban tres alambiques, panes de una sustancia desconocida por mí, ampollas de vidrio y una especie de cápsulas. Se respiraba un olor dulzón, que los cinco ventiladores de la habitación no lograban disipar. Allí dentro refinaban la heroína. Luciano había puesto un pequeño laboratorio —la farmacia, lo llamaban— en cada uno de sus prostíbulos. Ahora sorbía pensativo su café, tamborileando con los dedos sobre las páginas cuadriculadas de una libreta con la cubierta arrugada de color negro. Se entreveían hileras de números intercalados con iniciales y seguidas de garabatos incomprensibles.

—Esperemos —dijo— a que Genovese libere a Josephine.

Nos tocó esperar largo rato en un silencio sólo interrumpido por los ruidos de la calle que comenzaba a despertar. Luciano tenía esa capacidad de callar que causaba incomodidad en los demás. Y él se nutría de ello. Nunca llegué a comprender si era por pose para marcar la propia indiferencia o si le salía natural. Al fin entró Josephine, seguida de Genovese, desabrochado y estirándose.

—¿Has resuelto también lo de los retrasos? —La pregunta de Luciano no era nada amigable.

—La culpa es de cómo están hechas las mujeres en Sicilia —respondió Genovese, que se inclinó levemente hacia Josephine—. Ésta es la única que utiliza el conejo mejor que la boca.

—Don Luciano —dijo Josephine—, Kate, la escocesa, se queja de la paga. Me ha pedido que se lo comente.

—Pero ya sabía de cuánto era cuando aceptó trabajar aquí.

—Tiene muchos clientes. No están acostumbrados a las pelirrojas, y ella es pelirroja natural, tiene pecas en las partes justas... A veces hasta hacen cola detrás de su puerta.

—Y se le ha subido a la cabeza.

Josephine asintió.

—¿Me encargo yo? —se ofreció Genovese, todo contento.

—No servirá de nada —respondió Luciano—. Mi madre dice que cuando uno quiere hacerle bien a otro tiene que poner la ingratitud en el presupuesto. Josephine, ¿recuerdas de dónde sacamos a la escocesa?

Josephine rebuscaba en su memoria.

—Estaba en aquella taberna de Fulton frecuentada por asiáticos. Peor que ella y las que son como ella sólo lo son las criadas que se contratan para satisfacer a viejos, sifilíticos o enfermos crónicos. Nosotros la hemos vestido bien, recibe una buena paga, la visita el doctor una vez al mes y le damos un día de descanso a la semana. ¿Y la recompensa es ésta? Josephine, mañana quiero a la escocesa fuera de esta casa.

Nadie dijo nada hasta que Josephine reaccionó.

—Don Luciano —dijo—, ¿necesita a Willy o puedo robárselo?

Luciano contuvo un gesto de estupor.

—Pero ¿qué se piensan?

—Con una como tu... —En la mirada de Genovese la superchería desbancó a la lujuria.

—Todo tuyo —dijo Luciano—. Nosotros nos vamos. Vito me acompaña a dormir.

Salimos de la farmacia y nos sentamos en la cocina. Luciano se detuvo en el umbral.

—Josephine, no han entregado la última partida...

—Don Luciano, tenían que venir el domingo, pero ni rastro.

—¿Quién se está ocupando de esto?

—Los de Dutch Schultz.

—¿Ves como uno no puede fiarse de los judíos? —se entrometió Genovese—. Converso, pero no deja de ser judío. Es como La Guardia, su mitad judía le arruina...

Luciano se alejó sin decir palabra. Oímos el portazo.

Josephine cruzó las piernas: estaba verdaderamente seductora, pero aparte de que era la hermana de Rosa, yo sólo tenía en la cabeza lo que había de decirme. Sospechaba que tenía que ver con Rosa, pero ¿de qué se trataba? ¿Rosa se había hartado de mí?

—Con esmoquin pareces un modelo —dijo Josephine. Sólo entonces caí en la cuenta de que todavía lo llevaba puesto.

—¿Ha pasado algo? —La impaciencia me pudo.

Josephine respiraba profundamente, y sus pechos generosos se marcaban en la ropa. Parecía indecisa.

—Tienes que saberlo...

—¿Saber qué?

—Rosa está embarazada.

—¿De mí?

—O del Espíritu Santo...

—Pero ¿es seguro?

—Creo que sí.

La boca se me secó de golpe, la lengua se me pegó al paladar. Un hijo... Y Rosa no me había dicho nada.

—Rosa no sabe si quiere tenerlo. —Josephine se había quitado un peso de encima.

—¿Por qué? —Todas las dudas se habían despejado.

—Por ti.

—¿Por mí? Yo la quiero...

—No le gusta el ambiente en el que vives.

Miré a Josephine buscando su complicidad, y ella me la dio.

—Willy, a estas alturas ya debes de saber cómo es Rosa. Ella piensa que el mundo está dividido en buenos y malos, y además cree que Luciano y el resto son los malos. A su modo de ver nosotros, es decir tú y yo, estamos con los malos. —Josephine sonrió tímidamente, no le desagradaba del todo tener una hermana tan escrupulosa.

—Pero ¿qué tiene que ver el niño?

—No quiere tener un hijo con uno que está con los malos...

El argumento me desarmó.

—Ella también te quiere —dijo Josephine—. ¿Te lo ha demostrado o me equivoco? Pero le asusta el que te hayas acostumbrado a ese mundo, a lo que ganas trabajando para ellos, y que no seas capaz de alejarte.

—Yo sólo toco el piano.

—De momento. Willy, tú y yo no hace falta que nos andemos con rodeos: los conozco, también trabajo para ellos. O sea: de momento sólo tocas, te llevan con ellos, te llenan los bolsillos y no te piden nada más. Pero no te fíes: siempre llega el día en el que pasan por caja y te traen la cuenta. Rosa puede aceptarlo de mí, que soy su hermana, pero no puede aceptarlo del hombre que será el padre de sus hijos, con el que quiere formar una familia, labrarse un futuro. Resumiendo: conmigo no se acuesta, lo hace contigo.

Era un retrato despiadado de mi existencia. Yo era consciente del tipo de vida que llevaba, pero nunca había querido admitirlo. Rosa se había encargado de arrancarme la venda de los ojos.

—Y para terminar la lista de agravios, Rosa está convencida de que tú tienes la esperanza de que algún día podrás regresar a Sicilia. Ella no quiere volver allí ni para pasar las vacaciones.

Josephine se levantó de la silla, encendió un cigarrillo. Su respiración ya se había normalizado.

—¿Y yo qué puedo hacer?

—¿Pero tú tienes un par de cojones o es que eres un picha fría? —Josephine se enfureció—. ¿Qué significa «yo qué puedo hacer»? Ve a ver a Rosa y convéncela de lo contrario, si de verdad te importan ella y el niño. O, si no, le dices que es ella quien tiene razón: que a ti ya te están bien Luciano, el Hollywood, Costello, las cuatro perras que te dan... Que te mueres de ganas por volver a Sicilia. Y así te libras de Rosa y del niño. Willy, depende de ti y de lo que tú quieras.

Y me dejó en ascuas sin siquiera despedirse.

El portal de la boutique estaba cerrado. A las seis y media salió una mujer en bata y lo entreabrió. Subí corriendo al primer piso, llamé a la puerta con el letrero de Lady's Haven. Rosa abrió enseguida. Antes de que yo pudiera pronunciar una sílaba, ella ya lo había comprendido todo. Hablamos en el recibidor, hablamos en la salita donde las clientas se probaban los vestidos, en la sala con las máquinas de coser, hablamos en su cuarto, yo sentado en su cama, ella en una silla. Bueno, si soy sincero, fue Rosa quien habló. Ella era la acusación pública, yo me defendía como podía balbuceando monosílabos. Como siempre, lo que me hería no era lo que decía, sino cómo lo decía. No había atenuantes posibles; ni siquiera cabía un resquicio de duda. Ella protegía con uñas y dientes la idea que se había formado de su pequeño mundo y pretendía que los demás se adaptaran a él: en el caso que nos ocupa, que yo me adaptara a él. El niño, nuestro hijo, sólo iba a nacer si mi comportamiento se adaptaba a sus sueños. Y ella, desgraciadamente para mí, soñaba con un mundo pequeño poblado por gente de bien, donde lo que contaban eran los méritos, la entereza, la honestidad y el esfuerzo. Justo lo contrario del gran mundo de Luciano y Costello, en el que yo había encontrado un lugar.

—Tú —me dijo al final del sermón— estás dispuesto a que sean los demás quienes decidan cómo tiene que ser tu vida, y como máximo te conformas con ponerle la banda sonora.

En aquel instante me di cuenta de que Rosa nunca me había escuchado al piano. Ella no me lo había pedido, yo no se lo había propuesto. Cuando en realidad habría bastado con que se pasara una noche por el Hollywood.

—Pero yo sí quiero ser dueña de mi vida, Mino. —Nunca había dejado de llamarme por mi nombre verdadero—. Ahora que todavía estás a tiempo, tienes que plantarles. Tú no eres como ellos, tú eres un artista, eres una buena persona. Si no te alejas de ese mundo, te aplastarán, te destrozarán la vida. Es sólo una cuestión de tiempo.

Yo pensaba en el dinero que se necesitaba para mantener a una familia, en el trabajo que Costello me garantizaba, en los cien o doscientos dólares de las noches extra, en el camino de espinas en que podía convertirse América. ¿Qué sentido tenía vivir en América si después uno no podía permitirse las americanadas? No me atrevía a plantearle a Rosa que ella tendría que quedarse en casa para cuidar de nuestro hijo. Yo no conocía a ninguna esposa que trabajara. La única excepción era la mujer de Costello, con su cadena de tiendas de alta costura, pero Loretta era judía. Y yo no iba a permitir que calumniaran a mi mujer como lo hacían cada día con Loretta.

Cuando parecía que ya no había escapatoria, Rosa rompió a llorar desconsoladamente. Era la primera vez que yo veía lágrimas en sus ojos, nunca habría imaginado que pudiera llorar así. ¿Cómo no iba a abrazarla?

—Mino, si queremos labrarnos un futuro, tenemos que marcharnos.

—¿Y Josephine? —Era mi última defensa.

—Pina es inteligente. En cuanto encuentre a alguien que quiera casarse con ella, los deja plantados. Y además a mí no me preocupa Pina, sino tú... Y al niño empiezo a quererle, y no voy a consentir que dependa de don Costello y de don Luciano. Para eso vale más que no le dejemos nacer.

Y se deshizo nuevamente en lágrimas. ¿Cómo habríais reaccionado vosotros? Yo me rendí de inmediato. Acordamos que ella trabajaría en casa, que con mis ahorros compraríamos una máquina de coser y que yo, antes de un año, iba a encontrar otro trabajo. Naturalmente en la base de nuestros proyectos estaba la boda, fuente inagotable de nuevos problemas. Rosa quería una iglesia que estuviera lejos de Little Italy, de Costello y de Luciano. No quería invitados a fin de evitar caras indeseadas. Y anhelaba un piso de verdad en una zona en la que no vivieran paisanos. Por lo que habría sido más fácil irse a vivir al polo norte.

Ella llevaba al niño en su vientre, pero seguía trabajando una jornada tras otra para poder ahorrar un poco y preparar la canastilla de nuestro hijo. De modo que me tocaba a mí romperme la cabeza con lo de la boda. Y, en efecto, mi cabeza tardó un minuto en topar contra una dura evidencia: Rosa y yo éramos clandestinos. Para casarse se necesitaba la nacionalidad americana, y obtenerla era bastante complicado, especialmente para dos que no habían pasado por Ellis Island. Nos arriesgábamos a que nos repatriaran a Sicilia. Le expliqué a Rosa que la única manera de conseguirla era que su odiado Costello tomara cartas en el asunto. Rosa capituló. Pero pedirle ayuda a Costello, que tenía sus contactos en todos los departamentos de la administración municipal, significaba tener que comunicarles a él y a los demás la buena nueva. Y, entonces, ¿cómo me las iba a arreglar para no invitarlos? Rosa halló la solución: su condición de novia encinta nos obligaba a casarnos al alba y sin invitados.

A mí me parecía una excusa más propia de una clase de catequesis, pero me avine a intentarlo. Costello me salió con que hablaría en persona con el cardenal de New York para que pusiera en cintura al incauto párroco y no nos arruinara el día más feliz de nuestra vida. Con una cara dura que me sorprendió a mí mismo, le dije a Costello que el cura era un pariente lejano de Rosa, que había complicados temas familiares de por medio y que, en fin, era mejor dejarlo así. Rosa, por supuesto, le agradecía de todo corazón su generosidad. Quién sabe si Costello llegó a sospechar la verdad. En cualquier caso, no dijo nada y me tendió el sobre con los dos certificados. Rosa y yo ya éramos ciudadanos americanos: nuestro hijo iba a recibir el pasaporte con el sello de los United States. Conocía a mucha gente que habría estado dispuesta a cualquier bajeza con tal de poseer esos papeles parduscos; y conozco todavía a muchos que nunca pudieron obtenerlos o que sólo lo consiguieron después de años y años de espera. Nosotros tardamos unos pocos días, sin esfuerzos, sin tener que pagar nada a cambio. ¿Cómo podía Rosa ser tan categórica juzgando que el mal estaba sólo de mi lado?

La iglesia era pequeña, oscura, opresiva. Se hallaba en una travesía de Washington Avenue, en el Bronx. Los fieles eran puertorriqueños, mexicanos, antillanos, dominicanos y algún que otro europeo desechado que había ido a parar allí. De italianos, ni el menor rastro. El cura era de origen polaco y tradicionalista. Transformó en verdad la excusa que Rosa había inventado para mis amigos: ¿su esposa ya está embarazada? Ceremonia a las siete de la mañana, y sólo dos testigos.

También en el Bronx, en Briggs Avenue, cerca de Mosholu Parkway, por cincuenta dólares al mes le alquilé a un judío centroeuropeo un piso de cuatro piezas, cocina y baño, en el principal de un edificio de tres plantas. Habitación espaciosa, conforme a los deseos de Rosa, buenos vecinos, aunque en la calle hubiera una bombilla eléctrica cada cien metros. Manhattan era otro mundo y, además, quedaba bastante lejos. También el mar se había retirado de mi horizonte. Necesitamos doscientos dólares más para dejar la casa en condiciones. En el baño pusimos una bañera enorme que escogió Rosa: la deseaba desde el día en que la vio en una de esas películas donde los teléfonos son indefectiblemente blancos. Las hacían directores de cine centroeuropeos, desencantados y melancólicos, que sin saberlo dictaban algunas modas. Jean Harlow siempre interpretaba algún papel de rompecorazones, pero por suerte a Rosa nunca le entusiasmaron —a diferencia de otras chicas— los pelos oxigenados y los abrigos de pieles.

Me costó lo mío convencerla de que no tirara el servicio de plata para el desayuno del niño que Loretta nos envió con una acaramelada tarjeta; hasta la huevera era de plata. Luciano me regaló quinientos dólares; Siegel, mil; Genovese, una pluma estilográfica, que debía de pertenecer al botín de algún robo; Lansky, un conjunto de escritorio: logré incluirlo en el pago de la máquina de coser de Rosa, una Singer de segunda mano pero en óptimo estado, con la que pudo ponerse a trabajar de inmediato. Tras pagar los muebles, abrimos una cuenta en una oficina de la Banca d'America e d'Italia con mil quinientos dólares, destinados al futuro señor Melodia o a la futura señora Melodia. Para los estudios, afirmó Rosa.

Adonis me dejó estupefacto. Durante aquellos meses habíamos perdido el contacto. Se daba aires de gran hombre de mundo y parecía muy preocupado por mostrar su elegancia y su desmesurada riqueza. También él se había convertido en millonario siendo todavía joven: lucía una aguja de corbata de oro y un anillo con un rubí engarzado en el meñique. A sus ojos, yo era un pobre desgraciado sin esperanzas: yo nunca iba a calzarme unos zapatos Blucher con puntera. En aquel periodo, Adonis frecuentaba a un antiguo compañero de la ley seca, que entonces era conductor de camiones y que con el tiempo haría carrera como actor, George Raft. ¿No sabéis quién es? Lo entiendo, estoy hablando del Hollywood de hace más de medio siglo...

Adonis me pidió que pasara a buscarlo un mediodía por su restaurante de Broadway, cerca de los teatros. En el Joe's Italian Kitchen había las mismas caras de siempre, las que después aparecían en las páginas de sociedad de los periódicos. Si Adonis necesitaba algún favor, dejaba un sobre con mil dólares bajo el plato del elegido.

Pero aquel mediodía parecía que eran los otros quienes lo necesitaban a él. En efecto, presidía una mesa compuesta enteramente por chicas: bailarinas, coristas y jóvenes actrices en busca de fortuna. Adonis alardeaba de sus buenos contactos con directores y productores, y se erigía a sí mismo en el atajo más corto para llegar a ellos. A las más ingenuas les murmuraba: «Rodolfo Valentino me copia, se cree que es como yo, pero tiene la picha más corta que mi meñique». Todas se reían tapándose la boca con una mano. Eran tan educadas que cuando alguien se las tiraba por detrás se excusaban por tener que dar la espalda.

Me presenté a la cita bastante intrigado. Él se liberó en cinco minutos, y le pidió al maître que sirviera algo de comer a las chicas.

También Adonis tenía un Cadillac idéntico al de Luciano. Nos lanzamos como flechas hasta la Quinta Avenida. De repente frenó del modo más aparatoso posible enfrente de los escaparates de Brooks Brothers. En esa época yo desconocía hasta el nombre, imaginaos el resto. Entramos y en el acto Adonis recibió todo tipo de atenciones, pero él las redirigió todas a mi persona. Encargó un imponente tres piezas de ceremonia con corbata y zapatos y calcetines incluidos. Asistió a la toma de medidas y se encargó personalmente de concertar las siguientes citas. Yo no salía de mi asombro. ¿Qué excusa iba a inventarme con Rosa? Adonis me metió prisa. No habíamos terminado. Después de Brooks Brothers me condujo al Park Sheraton Hotel, en la calle 56, que albergaba al barbero más reputado de la ciudad: también sus clientes solían ser los protagonistas de las páginas de sociedad —y a veces de la crónica negra— de los periódicos. Aunque también participaban siempre en las colectas de beneficencia. Entre sus clientes habituales se contaban el ex alcalde Walter, Costello y un sinfín de políticos y hombres de negocios. Adonis lo visitaba todas las mañanas para afeitarse, hacerse la manicura o darse un masaje en el rostro. Titular y empleados eran todos paisanos.

—*He is connected* —dijo Adonis refiriéndose al susodicho. Era su manera (me refiero a la de Adonis, Luciano, Costello, Genovese y todos los mafiosos grandes o pequeños que he conocido) de indicar su pertenencia a la organización. De uno en quien podían confiar decían que era un *gumbah*, fácil transposición de nuestro *compare* o compadre. Jamás oí los nombres de Mafia, Cosa Nostra u Onorata Società. Para quien pertenecía a ellas eran expresiones prohibidísimas. De mí, nunca nadie dijo o pensó que yo estuviera *connected*. Creo que no me consideraban digno de estarlo.

También en el salón Adonis se convirtió en el centro de todas las atenciones. Distribuyó palmaditas en las espaldas y se explayó con los nombres de los caballos de la carrera de la tarde: por no decir más. Anunció que en unos días yo me pasaría por el salón para que me dejaran impecable antes de la boda. Descargaron sobre mí la habitual artillería de bromas y chanzas, pero a esas alturas yo ya estaba vacunado: en el Hollywood, desde hacía una semana, siempre había alguien que con cualquier excusa pedía la *Marcha nupcial* después del *Réquiem*. Mis compañeros de trabajo me regalaron un enorme pastel que enviaron a mi dirección del Bronx y que compartimos con todos los vecinos. Le entregué a Totonno una carta para mi madre. Le explicaba de un tirón cómo me había cambiado la vida: una esposa más un hijo.

Nos casamos el día de San Juan, el 24 de junio, a las siete de la mañana. Rosa había entrado en el quinto mes y se notaba, pero el embarazo había acrecentado sus encantos: mientras la miraba extasiado ante el altar, comprendí la obsesión de algunos hombres por acostarse con mujeres encintas. Ilde, su antigua compañera, le había regalado un elegantísimo vestido de novia de tafetán de color crema, a juego con la chaqueta y los guantes, con un velo de puntilla sobre el pelo recogido en dos moños. También a mí me sentaba bien el tres piezas de Brooks Brothers, al que le había sacado la etiqueta pensando en los músicos de la orquesta que actuaban en el Hollywood, los cuales se guardaron de soltar un centavo a cambio. Y yo que cada tarde sacaba la cabeza para espiar la platea vacía, los instrumentos al lado de las sillas, el bombo sobre el que algún día iban a resaltar las letras de «Willy Melodia y su orquesta».

Los testigos fueron Josephine y un amigo suyo bajito, rechoncho y calvo, de más de cuarenta años. Se habían conocido en una cama de Chambers Street. También era judío, pero no le revelamos ese particular al cura de origen polaco: no fuera a ser que no quisiera unirnos en matrimonio por haber llevado un testigo de otra confesión. Su nombre era Marc Thal, trabajaba como abogado de transacciones económicas en Los Ángeles. Colmaba a Josephine de atenciones, y a Rosa no le desagradaba. A las siete y media ya éramos marido y mujer. Lo celebramos con un buen desayuno en la cafetería de la calle 169 con Southern Boulevard. El abogado se tomó dos jarras de cerveza y una copa de whisky. A las nueve, Rosa ya estaba ante su máquina de coser: Josephine le había encargado tres vestidos.

11

Llegan los nuestros

A veces miraba a Rosa y me preguntaba quién era, por qué estaba a mi lado y qué nos unía. A menudo se me hacía difícil recordar que sólo tenía diecinueve años: lo conseguía cuando ella dormía, cuando sus facciones recuperaban la dulzura que me había cautivado en el *Melba*, cuando su cuerpo parecía indefenso y sus manos cerradas bajo la almohada me recordaban las manos de mi hermana Agata de niña. Pero sólo era una apariencia. Porque América había curtido el carácter de Rosa, que cada día tenía que competir con el mundo, y especialmente conmigo. Para conseguirlo, no ahorraba sacrificios: se pasaba horas y horas encorvada sobre los vestidos que debía entregar. A los vestidos de Josephine se habían sumado los de otras chicas de Chambers Street: ella había diseñado un modelo distinto para cada una, había conseguido la mejor tela y los había cosido casi por entero a mano. La máquina la utilizaba sobre todo para los trabajos de remiendo y los dobladillos que le pedían los vecinos.

Sus ojos me escrutaban de arriba abajo: de haber podido, me habrían apuntado directo al alma. Yo intuía que ella estaba esperando que yo diera el paso decisivo: un nuevo empleo. Yo me había mantenido fiel a mi promesa a mi manera, es decir, recabando alguna que otra información. Había locales a mansalva, pero los italianos sólo tocaban en los de los paisanos, y encima una sola palabra de Costello habría bastado para cerrarme todas las puertas. A Rosa no se lo había explicado así: no me habría creído o, de haberlo hecho, me habría pedido que cambiara yo la realidad o que nos mudáramos a otra ciudad sin amigos, sin buenos chicos, sin garantías de trabajo. Yo, en cambio, en aquel rincón del mundo, comenzaba a moverme a mis anchas y me sentía seguro. El hijo que esperábamos era para mí sobre todo una preocupación: la de tener el dinero suficiente para que no le faltara de nada. Y con Costello y los demás sabía que iba a tenerlo.

Para darle una pequeña alegría a Rosa acepté no seguir desayunando mi ensalada de naranjas. Me estiraba para desperezarme y entraba en la cocina entre bostezos. Sobre la mesa me esperaban la leche, el café, unas tostadas y mermelada. Rosa era atenta, una mujer devota de sus funciones como esposa. Por la noche me dejaba la sopa todavía tibia y un plato de ensalada, verduras cocidas y queso, aunque yo casi siempre cenaba en el Hollywood. Había librado una buena batalla contra las fijaciones de Kenny: el rosbif, el salmón, el pudin, las patatas fritas, en resumen, una combinación de sabores con los que pretendía recrear la Irlanda de sus abuelos, que él ni siquiera había visto. Junto a Totonno habíamos protagonizado algunas trifulcas para hacernos con el poder de una olla para hervir la pasta y de una sartén para la salsa. Pero sin la involuntaria intromisión de Costello nunca lo habríamos conseguido. Don Frank, gracias a Dios, decidió añadir la pasta entre los platos de la carta, con lo cual Kenny ya no tuvo más razones para oponerse a nuestra petición.

Costello había actuado movido por el anuncio del vuelo atlántico de Italo Balbo. A mediados de julio los hidroaviones iban a amerizar sobre el lago Michigan, en Chicago. Lo italiano estaba de moda también a este lado del océano. Y Costello se había contagiado: él, que cada día se esforzaba en que todos olvidaran sus orígenes, ahora los proclamaba a los cuatro vientos. En el piano-bar entretenía a los clientes charlando sobre su encuentro con Mussolini en 1927, durante su último viaje a Calabria, a Nápoles y a Roma. Tras treinta años de ausencia, Costello aseguraba que había encontrado una Italia en mejor estado gracias a la obra del Duce. Y la inminente hazaña de Balbo representaba, según él, la confirmación de que el fascismo era la receta idónea para el renacimiento del país.

Deseosos de mostrarnos en sintonía con el propietario, todos en el Hollywood nos convertimos en seguidores del fascismo y Mussolini. Los más escrupulosos se prendieron la silueta de su cabezota en el cuello de la americana: las vendía un charcutero de Mulberry Street, entre garrafas de aceite, embutidos calabreses y hogazas de pan casero. Nada nuevo bajo el sol: he pasado noventa años de mi vida rodeado de siervos estúpidos. Todavía recuerdo a los americanos que farfullaban la palabra *minchia*,* para ellos impronunciable, con la esperanza de ganarse la confianza de Luciano. Costello me pidió que tocara música italiana. El *Tango della gelosia* era muy famoso, pero *'O sole mio* y el resto del repertorio napolitano eran casi desconocidos más allá de nuestro círculo. Gustaron inmediatamente.

No obstante, yo tenía la cabeza y el corazón en otra parte. Algunas tardes, antes de dirigirme al Hollywood, me desviaba un poco para poder pasar por algunas calles de Harlem: el jazz restallaba en todos los locales, los discos de Armstrong y de los Cinco Magníficos causaban furor. En cierto modo me sentía como la última piedrecita de la costa de los Cíclopes, pero también sabía que participaba de una era musical que iba a cambiar la sensibilidad de todos los habitantes del planeta. Pero cuanto más me empeñaba en tocar *St. James Infirmary* o *Mood Indigo*, más me percataba de que siempre sería el señor Don Nadie mezclado con el señor Don Nada. Armstrong tomaba una nota, se la ponía bajo el brazo, daba con ella la vuelta a la manzana y luego la despedía. Yo me consolaba pensando que ya era un gran regalo del Creador poder remedar su genio.

En el Hollywood empezaba a formar parte del ambiente. Tenía a mis secuaces: ahora el ritual incluía, antes de entrar en la sala de fiestas, pararse un rato por mi zona para escucharme. Yo era bueno yendo a remolque de sus gustos, las señoras no lo eran menos siguiéndome de cerca. La chapa sobre el piano daba un toque especial a mi personaje, y muchas señoras se morían de ganas de ponerme bajo su protección.

Había descubierto *Didn't He Ramble?* en la radio. Con esa pregunta retórica y a la vez afectuosa —¿No era un vagabundo?— se saludaba por última vez a los queridos amigos difuntos. El tema sonaba despreocupado, pegadizo, pero sin el estrepitoso solo de

---

* Se trata de la interjección vulgar más usada por los sicilianos, equivale a *cazzo* en italiano, y significa «polla» (en su uso equivale a «coño» o «cojones» en español). (*N. de la T.*)

Armstrong jamás habría salido de los cementerios. Sin embargo, aterrizó en el Hollywood y de allí se difundió a los demás locales de la ciudad. Yo ponía todo mi sentimiento para rendir los mejores honores a mi único dios. Quienes estaban a mi alrededor lo percibían. Una noche me llegó un aplauso. Era Big Pres que batía palmas, asentía con amplios movimientos de cabeza, buscaba otros seguidores con la mirada. Hacía meses que no sabía nada de él.

—Sé que me has dejado en buen lugar —afirmó él, convencido. Me cuidé bien de no replicarle—. Todos me dan la enhorabuena, pero yo les digo: chicos, tomáoslo con calma. Cualquiera habría apostado por Willy.

Una tórrida calima flotaba sobre Nueva York. Había quien hasta se caía del alféizar en el que se había tumbado por la noche en busca de un poco de fresco. Big Pres había renunciado al guardapolvo y a su bombín. Ahora paseaba su sombrero de paja junto a un traje gris claro que pedía a gritos una visita urgente a la tintorería. Su aspecto y su vestimenta no hablaban en su favor. Con sus miraditas cargadas de sobreentendidos, las mismas con las que mi madre invitaba a mi padre a darse un remojón en el mar con vistas a la noche que le esperaba, Big Pres anunció el paso de Sperandeo a mejor vida. Y además sin pelotas: se las habían metido en la boca. Habían pillado al viejo Nic del barrio palermitano de la Kalsa con las manos en la masa, es decir, en el lecho de Ruth, para ser más exactos dentro de Ruth, la *femme fatale* de Lawrence Mangano. Y el tío Mangano no se lo había tomado bien. Ni siquiera le había concedido el tiempo de terminar lo empezado —y por lo menos de morir tranquilo—, dijo afligido Big Pres: lo pillaron y lo liquidaron durante la sesión. La mañana siguiente lo habían encontrado tendido sobre el césped de Jackson Park —¿te recuerda algo?—, con esos insólitos salchichones entre los dientes. Mangano se había incautado del Paradise como resarcimiento parcial de la ofensa recibida. Ninguno de los parientes de Sperandeo se había atrevido a protestar. Ahora lo regentaba Ruth. Coristas y bailarinas habían sido sustituidas por una pequeña orquesta de jazz formada por apuestos muchachos de color. Ruth había continuado la costumbre de Sperandeo de realizar en su despacho un examen personal a los candidatos.

Big Pres no le perdonaba a Mangano el que hubiera perdonado a Ruth antes incluso de que Sperandeo reposara en su tumba. Ya no quedan cornudos como los de antaño, que sabían cómo hacer *tabula rasa*, sentenció lamentando la decadencia de las costumbres.

Chicago era una cloaca, la insensata guerra de todos contra todos continuaba. Corromper a fiscales, policías, jueces y cargos municipales costaba una pasta, aunque Big Pres lo estaba arreglando poco a poco. Además, ¿no lo habían enviado allí por ese motivo? Mientras lo afirmaba, Big Pres se llenó de importancia: era la coraza que le permitía escapar del abismo que mediaba entre la realidad y sus ambiciones, entre el comedor en el que esperaba ser recibido y la cocina donde periódicamente era desterrado. Con la calma de quien desvela un secreto, me comunicó que Costello le había hecho venir para planificar los festejos en honor de Balbo en Chicago. ¿Y quién podía ocuparse de tal acontecimiento sino el amigo de los amigos? Se creía que era el único al que iban a escuchar Accardo y los Fischetti, Nitti y Mangano, Lombardo y Rizzato, Loverde y Aiello. El que abriera la boca sólo como megáfono de Costello y Luciano era para él un detalle prescindible. Y, a pesar de todo, yo le apreciaba. Tal vez contradictoriamente, tal vez por falta de alternativas, pero os juro que sentía aprecio por su forma de asomarse al mundo, su incurable optimismo, la petulancia con la que se plantaba en el centro del escenario con sus míseras aventuras.

—Esto es como en los westerns —me dijo—, cuando menos te lo esperas llegan los nuestros, y esta vez nosotros somos los héroes.

Big Pres tenía que ocuparse de un asunto cuya teoría y praxis, sustancia y pormenores, desconocía por completo; aun así, él lo hacía con una autoridad absoluta: como si en la vida no hubiera hecho otra cosa que ocuparse de aviones y pilotos, celebraciones y eventos de esta clase. Se le hacía la boca agua al hablar del comité de recepción, las madrinas, las celebraciones y el reparto de premios, y del famoso salón en el que nunca le habían dejado entrar.

—¿Sabes qué te digo? —Big Pres hablaba entre susurros por temor a que alguien le oyera—. Le pediré a Costello que te deje pasar una semana en Chicago. Vamos a necesitar a un pianista como el aire que respiramos. Si quieres, te lo pongo por escrito. Tú ve repasando el himno real y las marchas fascistas.

Se despidió con estas palabras. A mí no me mandaron a Chicago, me quedé en Nueva York para participar en los espectaculares festejos que se celebraron en honor de Balbo y los demás aviadores.

Durante su desfile por las calles de Broadway, yo agitaba en el aire una de las miles y miles de banderitas tricolor que Costello había mandado distribuir. El vuelo transatlántico había despertado la fantasía de muchos americanos, y Costello no escatimó esfuerzos para aprovechar esa oleada favorable. Detrás de muchas de las actividades aparentemente espontáneas estaban sus dólares, y sus contactos en las altas esferas eran los que tomaban parte en los festejos y en el reparto de premios haciendo gala de su buen nombre. Unas cien mil familias italianas fueron convocadas para rendir su contribución física al evento, para formar una multitud enfervorizada que debía acompañar como un cortejo a los «modernos caballeros del aire», según los definió el *New York Times*. Incluso Rosa arrastró su barrigón hasta el restaurante de Adonis, una de las bases de los festejos. Le dieron una silla y un vaso de agua para hacerle más llevadero el cansancio. La acompañé de vuelta a casa en taxi, y pasamos toda la tarde escuchando la radio. Nos sentíamos orgullosos de ser italianos. Hasta los americanos más arrogantes tuvieron que tragar. Mussolini y el fascismo nunca más iban a gozar de semejante favor.

Rosa estuvo ante la máquina de coser hasta el día antes de dar a luz. Cuando yo protestaba me decía que necesitábamos el dinero: quería que nuestro hijo creciera como un hombre libre. Naturalmente disparaba contra mí: me imputaba que todavía siguiera en el Hollywood y añadía el cargo de que yo vivía como si estuviera sentado sobre las maletas a la espera de poder regresar a Sicilia.

Turidduzzu nació en el piso de Briggs Avenue el 28 de noviembre de 1933. Pesaba tres kilos y doscientos gramos: salvo el pelo negro idéntico al mío, era idéntico a Rosa. La asistieron la partera de Caltanissetta y Josephine. A mí me dejaron en el comedor. Después de haberlo cogido en brazos y de habérmelo mirado como si fuera un marciano, salí disparado a comprarle la cuna. Por pura superstición había decidido comprarla después del parto. Josephine nos regaló una canastilla, las chicas de Chambers Street, el cochecito. Llegó una procesión de mujeres antillanas, dominicanas y mestizas para darnos la enhorabuena y un regalo acorde con las posibilidades de cada cual. Eran del vecindario con el que yo apenas intercambiaba los buenos días o las buenas noches, pero que habían entablado una relación cordial con Rosa, siempre disponible con su máquina de coser. Acudieron también un par de mujeres americanas y una japonesa, la mujer del barbero, con unas flores de papel que servían para hacer juegos de sombras.

Josephine se quedó tres días en nuestra casa. Las dos hermanas se entendían a las mil maravillas y siempre estaban de acuerdo en todo. Rosa me repetía que, llegado el momento, Pina sabría escoger el camino correcto. De quien no se fiaba era de mí. No hace falta que diga que yo estaba dispuesto a cambiar de jefe, pero sin tener que dar un salto al vacío. Esperaba, como siempre, a que la vida decidiera por mí.

En el Hollywood se descorcharon botellas de champán en honor de Turidduzzu. Costello encabezó el brindis. Cuando terminaron las celebraciones, Totonno me dio la carta de mi madre. En Catania había novedades. Concettina había tenido una hija, Maria; Agatella se había casado con Salvatore, el que se deslomaba con el hielo de Puglisi; Peppino, según mi madre, había sentado un poco la cabeza: lo habían ascendido a lugarteniente, y se daba la gran vida en los Quattro Canti de Via Etnea cambiando de mujer cada semana. A mi padre, sin embargo, no le gustaba la camisa negra, y lo había echado de casa. La carta se cerraba con los deseos de que Rosa fuera una buena esposa para mí y de que el niño creciera sano. A diez mil kilómetros de distancia notaba el descontento de mi madre ante una decisión de la que se había visto excluida.

Bajo la farola del cruce con Lexington Avenue divisé a Totonno envuelto en la oscuridad. Él tenía un viejo Ford T y no dependía del furgón con que Costello se brindaba a acompañarnos a casa.

—Willy —dijo Totonno—, sube, te llevo a casa.

Contento de dejar a mis compañeros tiritando de frío, subí al coche. Totonno tenía un aspecto macilento: quería decirme algo. Habían encontrado el cuerpo de Big Pres en un callejón del South Side de Chicago. Lo habían torturado con un cuchillo antes de romperle el cráneo a bastonazos.

¿Qué pasaría con Sol y sus hijos? ¿Qué avalancha se les venía encima? El rostro sonriente de Agata me paralizó. Tal vez su destino no había sido el peor.

—¿Se sabe algo de los asesinos? —Pensé en Giancana, pensé en el chófer que había acompañado a Big Pres, pensé en Nitti, en Lawrence Mangano, en todos los que se disputaban la sucesión de Capone y para quienes Big Pres no era más que una cucaracha a la que pisotear en un momento de descanso.

—No.

—¿No porque no lo sabes tú o porque no se sabe de verdad?

—No, porque es mejor no saberlo. —Totonno estaba acobardado por la angustia. Yo no entendía nada.

—Totonno, ¿qué hay detrás de todo esto?

—La orden de liquidar a Big Pres ha salido de New York.

Es decir, Costello o Luciano, que era como decir lo mismo.

—¿Estás seguro?

—Me han dicho que había mucho dinero de por medio. Le confiaron un montón de dólares a Big Pres para los festejos de Balbo. Sus explicaciones no convencieron a los *boss*. Entonces, con la ayuda del cuchillo, le pidieron más detalles, pero él no debió de facilitarlos desde el momento en que le abrieron la cabeza como si fuera un melón. —A Totonno le temblaba la voz—. ¿Nadie te ha hecho preguntas?

—¿Qué iban a preguntarme?

—Yo qué sé..., sobre Big Pres, el dinero...

—¿A mí?

—Si la pasta no aparece, ésos son capaces de matar a cien con tal de que salga. Puede que piensen que nosotros tenemos algo que ver.

—¿Nosotros? ¿Qué te pasa? ¿Que por la noche tienes pesadillas y durante el día te entra la angustia?

—Ahora es de noche, Willy. Una noche de mierda, sucia y helada por la humedad, las enfermedades y el ansia. Escúchame: no se ve nada a diez metros, y tú y yo estamos en este asqueroso lugar expuestos a que nos embista un coche o a que acaben con nosotros de un metrallazo.

—Totonno, ¿pero qué estás diciendo? ¿Qué tenemos que ver nosotros con Big Pres? Sí, lo conocíamos, podemos decir que hasta éramos amigos, pero él llevaba meses en Chicago. A nosotros nadie nos pidió que hiciéramos nada y ni siquiera nos dieron cuatro perras.

—No, tú no los conoces. En casos como éste es cuando les sale lo que llevan dentro. Se acabaron las sonrisitas, los trajes elegantes, las buenas maneras, y entonces se acuerdan de quiénes son en realidad. No es por la pasta, es por la idea de que alguien haya querido engañarles. Si todavía no lo has aprendido, apréndelo. A ellos sólo les asusta una cosa: no ser capaces de aterrorizar a los enemigos y en especial a los amigos.

Habíamos llegado a mi portal. La niebla se había vuelto más densa. Totonno miró circunspecto a derecha e izquierda, delante y detrás. No había nadie. Lo único que consiguió es que yo saliera del coche con los dientes castañeteando. Al día siguiente busqué en los periódicos alguna noticia sobre Big Pres o sus presuntos cómplices. Nada de nada: todos hablaban de la abolición oficial de la ley seca. Siguieron días de brindis y más brindis. Los americanos bebían por las calles, en los portales; de las ventanillas de los coches salían manos que agitaban botellas y vasos en señal de victoria. Entre tanta euforia general, yo paseaba la desesperación que me había transmitido Totonno. Nadie vino a por mí; pero no corrieron la misma suerte Mel, Tony y Nick. En la primera plana de las páginas de sucesos del *World Telegram* publicaron una foto del Chevrolet negro más agujereado que un gruyer, en medio de los tres caretos. Los nombres oficiales eran otros, mucho más largos, pero no había ninguna duda de que eran Mel, Tony y Nick. Totonno me contó que el tiroteo se había saldado con más de diez muertos. Nunca supe si el dinero apareció por alguna parte.

Con Rosa alternábamos raros periodos de bonanza con tensiones de larga duración. Yo me ganaba bien la vida, podía mantener decorosamente a la familia, pero ella se cerraba obstinada en su trabajo para echarme en cara el mío. De modo que cada vez teníamos menos tiempo para nosotros. No recuerdo una excursión, un paseo, un respiro que nos diera la serenidad que habríamos necesitado. Duró poco el hábito de los domingos de ir a un restaurante de Castle Rock, no lejos de nuestro piso. Era de un paisano, servían comida italiana, creo que se llamaba Il Lido. Era una tortura desde los entrantes hasta el *amaro*. Rosa veía enemigos por todas partes: sólo con oír a alguien hablando en nuestra lengua ya se ponía en guardia. Y luego pasaba a su espina clavada: el Hollywood, Costello, Luciano. Yo había renunciado a exponerle mis razones. Ella se negaba a aceptar que para mí era muy complicado encontrar un trabajo sin el beneplácito de Costello. Rosa no se cansaba de repetirme que las atenciones que me deparaban no eran más que una estrategia para tenerme encadenado.

—No olvides —decía— que yo vine a América para ser una persona libre, no para ser la mujer de un esclavo del clan de Luciano.

—¿Y tu hermana qué es?

—Una esclava que hace de puta. Pero ella, a diferencia de ti, es libre de mente. Pina sabrá cómo romper la cadena.

Los días de tempestad se volvieron semanales. Rosa me hablaba con monosílabos. Yo volvía a casa de madrugada, ella empezaba a coser cuando despuntaba el día. Me daba la sensación de que hasta le molestaba que cogiera en brazos a Turidduzzu. En la cama nos convertimos en dos extraños. Yo estaba tan furioso y abatido que ni siquiera me acercaba a ella. Cuando el deseo me vencía, Rosa ya se había levantado.

Lo recuerdo como si fuera ayer. En el cielo, las estrellas —que no siempre se veían en Manhattan—, y en las calles, el viento de febrero que alejaba la niebla y te cortaba la cara. Serían las tres de la madrugada. No quise subirme al furgón y paré un taxi. Le indiqué la dirección de Chambers Street donde vivía Josephine. Estaba durmiendo. Al verme se asustó pensando que le había pasado algo a Rosa o a Turidduzzu. En cambio, era a mí a quien le pasaba algo: mi incapacidad de comprender la actitud de Rosa. Me parecía desmesurada y fuera de lugar. En vez de estar contenta porque tenía un marido trabajador, intentaba ponerlo en contra de sus benefactores. ¿De qué viviremos si dejo de tocar en el Hollywood? Y si dejamos Nueva York, ¿adónde iremos?

Josephine se mostró amable y atenta. Me dejó que me desfogara durante más de una hora.

—¿Y si Rosa tuviera razón?

Su comentario me dejó helado.

—¿Cómo que si tiene razón? Está equivocada y lo sabes...

Josephine, tranquilamente, se encendió un cigarrillo.

—¿Has visto bien el mundo que te rodea? ¿Has visto a todos esos por los que nos rompemos el culo, y algunos como sabes lo hacen literalmente, para que ellos vistan los trajes más elegantes, para que se compren el último modelo más caro de un coche, para que frecuenten la mejor sociedad, para que tengan la pasta necesaria para corromper a quien sea y ganar todavía más pasta que servirá para subir el precio de su nuevo negocio, con la nueva corrupción que de ahí seguirá, y que a su vez les hará ganar, a esos que tú llamas nuestros benefactores, otra fortuna? ¿Y hasta tenemos que darles las gracias si de vez en cuando nos lanzan unas migajas?

Me quedé sin habla. Estaba solo y acorralado. Ni siquiera podía concebir la idea de que Rosa y Josephine estuvieran más cerca que yo de la verdad. A mí Luciano, Costello y los compadres me trataban bien, y yo no tenía ninguna queja.

Intenté replicar.

—Sólo tú y tu hermana sois tan catastrofistas. Los otros aflojan, mejor dicho, se mueren por que los acepten...

—A lo mejor te gustamos precisamente por eso. —Josephine me acarició con ternura la mejilla.

—Pero no creo que a Rosa le siga gustando yo.

—Uy, pobrecito —dijo con una mirada maliciosa y arrolladora.

—¿Entonces no piensas hablar con Rosa para hacerle entender que se equivoca?

—Más bien es Rosa quien no me habla desde el nacimiento de Turidduzzu.

—Pero ella está convencida de que cuando llegue el momento de acabar con todo esto tú estarás con ella. Y, en cambio, no confía en mí.

—Vamos, Willy... Yo ya te dije lo que te esperaba con Rosa. Rosa es una persona directa y sincera: proclama en voz alta lo que piensa, a diferencia de las mujeres sicilianas, que lo dicen en voz baja mientras recitan los misterios del rosario.

—¿Y ahora qué hago yo?

—Willy, ¿qué quieres que te diga? No es asunto mío.

—No quieres hacerlo por mí.

—Como máximo puedo dejar que te desahogues un poco, sin añadir que como una buena hermana, porque, si no, hasta podría ser un incesto.

En caso de que fuera una invitación, yo no me di cuenta.

Intenté evitar las partidas de póquer. Una vez dije que Turidduzzu estaba enfermo, la otra que era Rosa la que estaba enferma, después de nuevo Turidduzzu, luego otra vez Rosa, y al final, con la cara que se me caía de vergüenza, que quien estaba enfermo era yo. Adonis me miró de arriba abajo:

—¿Estás seguro de que no le han disparado al pianista y le han dado de pleno?

Todos se rieron a carcajada limpia salvo Siegel, que me dijo que no les hiciera caso. Por desgracia, la única que no valoraba mis esfuerzos era Rosa. Ni siquiera se daba cuenta, siempre concentrada en sus telas y sus vestidos. Al comienzo de la semana ella ingresaba algunos dólares en la libreta de Turidduzzu: con cada ingreso bancario se alejaba más de mí. ¿Cuándo iba a poder alcanzarla?

Siegel percibió mi malestar. Tenía una sensibilidad especial, él.

—Ojalá pudieras desfogarte pegando un par de tiros, ¿no?

Yo asentí con la cabeza.

—Vale más que no lo hagas. Sería peligroso: tienes la expresión de quien nunca ha cargado un arma.

—Puedes enseñarme.

—Tus manos son especiales: con ellas tocas el piano de maravilla, ¿querrías estropeártelas con la pistola?

—Y tus manos, ¿se adaptan a la pistola?

—A dos pistolas, si hace falta —replicó fulminante.

Me mostró sus manos: tenía unos dedos largos y delgados, las uñas muy cuidadas, sin ningún padrastro.

—¿Cómo lo ves?

—Yo sólo veo lo que leo en los periódicos, que hablan mucho de ti... —Las palabras se me escaparon de la boca.

—¿Y qué dicen?

—Vamos, Ben, tú también los lees.

—¿Te refieres a todos los muertos que me imputan?

—Que no son pocos...

—¿Acaso les han interrogado? ¿Han confesado? Mi abuelo siempre decía: no hay muerto más muerto que un muerto.

Cuando sus gracias daban en el blanco, a Siegel le brillaban esos grandes ojos azules. Tenía la ligereza de un loco y, como todos los locos, tenía un alma de niño. Estábamos en el restaurante italiano de Beaver Street, comiendo unos tacos de jamón que cortaban con un cuchillo engrasado que nunca limpiaban. Una familia de Alto-pascio regentaba el local: hablaban en inglés aspirando la «c» y de-cían *good little god* en lugar de *dio bonino*, como si estuvieran en su tierra. A Siegel, judío de nacimiento pero no de religión, le encan-taba aquel jamón y había querido llevarme a aquel restaurante. No para tener compañía, sino para hacérmela a mí. Había venido a buscarme al Hollywood mucho antes de la hora de cerrar.

—Decidle a Frank que necesito a Willy para una serenata —ha-bía gritado al barman y al jefe de sala, es decir, a Dominick y a Totonno. Tenía ganas de regalarme una noche libre de preocupa-ciones, y parecía dispuesto hasta a hacer de bufón con tal de arran-carme una sonrisa. Ben tenía este tipo de iniciativas, que no encaja-ban con su imagen pública de fanfarrón insensible. Aquel día me habló de su infancia transcurrida en la miseria, de las peleas entre hermanos por un mendrugo de pan. Su padre y su madre se habían matado a trabajar, pero no habían podido salir de la pobreza que les asfixiaba hasta que Ben entró en la banda de Lafayette Street. «Allí aprendí que un tiro en la nuca a veces duele menos que un embar-go.» A los veintiocho años también él tenía más millones que años. Habría podido comer dólares fritos cada día, fumarse puros hechos con billetes de cien, pero eso no le hubiera bastado: lo que él nece-sitaba era aplacar una insatisfacción que no podía aplacarse. Nada le satisfacía, nada era suficiente. Le habría gustado estar en el lugar en el que no estaba. Por las mañanas se levantaba y decidía decla-rarse la guerra a sí mismo. De modo que vivía cada día como si fue-ra el último. Quienes le rodeaban, al fin y al cabo, vivían mucho peor.

Cuando salimos del restaurante, recorrimos varios locales del Village. Todas las mujeres adoraban a Siegel, mientras que los hom-bres lo trataban con desaire. A él le gustaba esa atmósfera cargada de marihuana y alcohol, los bloques de viviendas separados por ca-llejones que olían a orines y a leche agria.

—¿Quieres que te encuentre un pisito por esta zona?

Pensé en la reacción de Rosa.

—Puedes decirle a Rosa que aquí hay pocos italianos. Ningún compadre, sólo artistas y pobretones, más pobretones que artistas.

—Sería demasiado caro para nosotros. Rosa ya está ahorrando para cuando Turidduzzu vaya a la universidad.

—¿Sigue preocupándote el dinero? Eso es lo último que tiene que importarte. Tú, si quieres mudarte aquí, dímelo: del resto me encargo yo.

Ben vivía en una habitación del Washington Square Hotel. Cerca del hotel se alzaba el olmo desmochado que hasta finales del siglo XIX se había utilizado para colgar a los condenados a muerte: Ben lo utilizaba como urinario privado. «Trae suerte», me dijo invitándome a que lo imitara, pero no me sentí capaz. En el Washington Square lo trataban como a una autoridad, y él les correspondía dando propinas exageradas. Le encantaba moverse entre actores, directores de cine, pintores, comediógrafos y escritores. El que no les arropara el éxito era para él un aspecto secundario, y el que aceptaran su compañía para sacarle una comida o una copa lo tenía por una consideración hacia él debida al talento. El cine y el teatro le entusiasmaban. Podía estar escuchando en silencio a quienes le frecuentaban durante media hora entera. Tenía gustos excéntricos y los cultivaba, pero con clase, algo inexplicable a juzgar por el ambiente en el que había crecido. Coleccionaba modelos de LaSalle, el coche más esnob jamás fabricado: en efecto, duró muy poco, a pesar de que producía vehículos extraordinarios de líneas insólitas. Acababan de entregarle el último modelo, y él se lo confió con despreocupación al aparcacoches del Cotton Club. Yo conocía el local de nombre, sabía que había abierto antes del Hollywood y de los otros locales de Luciano y Costello. El Cotton Club no pasaba por sus mejores momentos, tenía que compartir la clientela con nosotros, los del Hollywood. Sus salas y sus paredes continuaban emanando música y leyenda, pero en el aire flotaba la sensación de que la fiesta había terminado.

Era la primera vez que yo me adentraba en pleno Harlem: mi entusiasmo por los negros se quedaba en la música y la voz. Cuando llegamos al cruce con la calle 142 y Lenox Avenue, éramos los únicos blancos en un radio de un kilómetro. Pero Ben bromeó con el limpiabotas de pelo rizado, con el chico que vendía los periódicos, con el gordo que preparaba los *hot dogs*. A una chica le compró un billete de lotería para el día siguiente.

A la entrada del Cotton Club le estaban esperando. Lo acompañaron hasta la mejor mesa de una sala atestada de mujeres rubias y hombres blancos, de los más blancos que imaginarse pueda. Los únicos negros eran los camareros. Las luces se bajaron, el foco encuadró en el escenario a un hombre bajito de color.

—Es un colega tuyo —susurró Siegel.

Ellington se sentó al piano, la magia se difundió bajo las bóvedas; las notas, misteriosamente, empezaron a fluir de arriba. Las prisas y el frenesí que habían serpenteado hasta la aparición del Duca se desvanecieron en el acto. Cuando hubo tocado *Sophisticated Lady* no pude menos que ponerme en pie y aplaudir. Los demás me siguieron, Ellington nos miró con el rabillo del ojo, tal vez molesto por nuestro ruidoso entusiasmo. ¿Es necesario que os diga que tocaba como yo habría querido tocar y como nunca iba a poder hacerlo?

La primera media hora fue fenomenal, el resto mejor aún. Ellington se entregaba con renuencia al entusiasmo del público. Hacía tres años que se había marchado del Cotton Club y ahora volvía con la pregunta de si se estaba equivocando o no. El tributo que le rendían parecía no llegarle. Siegel flotaba perdido en sus fantasías y no se daba cuenta de que era objeto de todo tipo de miradas voraces. Yo me había olvidado de mis guerras con Rosa, de la tristeza de una relación que me asfixiaba. El encanto del *Melba* —Rosa descubriéndome a mí, yo descubriendo a Rosa— cada vez se asemejaba más a una película. Y yo la había estado viendo con entusiasmo, sí, pero con las luces encendidas lo único que me quedaba ya era la sensación de que no podía soportarla por más tiempo.

Ellington se acercó al borde del escenario para agradecerle al público la enésima ovación. Ben se plantó a su lado de un salto. Se cruzaron palmadas y sonrisas, algún que otro abrazo, y los bisbiseos con los que recordaron las banalidades de siempre y que instilaron en el público la envidiable sensación de una antigua complicidad. Ben me hizo señas para que me acercara. Yo empezaba a no comprender nada.

—Duca —dijo Ben con la entonación que solía reservar para las mujeres—, te presento a un amigo mío, un joven *mangiaspaghetti*, que hace poco tuvo la alegría de ser padre, y que ahora querría añadirle la de conocerte a ti.

El Duca fue muy amable conmigo. Me preguntó a qué me dedicaba. Se alegró cuando le dije que tocaba el piano en el Hollywood y que a veces me permitía aporrear las teclas para interpretar algu-

na canción suya. Yo estaba hecho un volcán de palabras y emociones: lo habría enterrado vivo con todo lo que habría querido decirle o pedirle, pero me contuve. No quería que me identificaran de
nuevo con el único imbécil fuera de lugar. Ben me llevó de vuelta a
la mesa, yo ya me arrepentía de cuanto no había dicho o hecho. De
haber tenido una segunda oportunidad, habría sabido cómo comportarme. Pero ¿cuántas veces en la vida se nos concede una segunda oportunidad?

La voz ronca de Ellington anunció que la pieza que iba a tocar
la dedicaba a un joven pianista de calidad que estaba en la sala.
«For Willy», dijo. Ben me dio un golpecito en la pierna con el za-
pato. Yo apenas podía tragar saliva. Completamente turbado, me
sentí, ahora sí, como el único imbécil fuera de lugar. Dudé entre
escapar o saltar al escenario. Obviamente me quedé clavado en mi
silla.

La canción era *Mood Indigo*.

Lo recuerdo como si fuera ayer, pero no recuerdo nada del durante y el después. Se me habían fundido los plomos. Ben estaba
pletórico por el golpe de efecto que acababa de dar.

—Imagínate cuando les cuentes a tus compadres que el Duca te
ha dedicado este pequeño homenaje. Quiero verlo con mis ojos y
disfrutar de la cara de tejemanejes de Adonis y, si está también él,
de ese comemierda de Genovese.

Creedme: no le conté nada a nadie.

Ben no tenía intención alguna de irse a casa a dormir. Paseando
sin rumbo fijo fuimos a dar en el Pompei, uno de los poquísimos
restaurantes italianos de Harlem. Detrás de las puertas cerradas jugaban al póquer. Ben se sirvió directamente de la cocina: preparó
dos platos de pollo al curry con arroz indio y puso una botella de
coñac entre los dos a modo de frontera. Comía con ganas. Acompañaba cada bocado con una copita de coñac. A mí, tantas emociones juntas me habían hecho un nudo en el estómago.

—Está bueno —afirmó refiriéndose a la comida.

—Ya lo veo. Es que no tengo hambre.

—¿Es por el Duca o por Rosa?

Farfullé algo incomprensible hasta para mí mismo.

—Yo diría que es por Rosa. ¿Me equivoco? —No esperó mi
respuesta—. Si Rosa es para ti tan importante, escúchala.

—Quiere que cambie de trabajo.

—¿Que dejes de ser pianista o que dejes el local?

—El local.

—Eso es más complicado, ¿no crees? —Había continuado comiendo, y ahora necesitaba un palillo para ir a la caza de los granos de arroz que se le habían quedado entre los dientes.

—Tengo miedo de que si dejo el Hollywood también voy a tener que dejar la música. Y la música lo es todo para mí, y es el único oficio que conozco. Toco el piano desde los ocho años, nunca he hecho otra cosa.

—Es mucho más complicado de lo que te imaginas.

—¿Por? —Sus palabras me sentaron peor que una patada en los riñones.

—Costello y Luciano podrían llegar a liberarte, pero los amigos nunca se lo permitirían. Sabes demasiadas cosas, has oído demasiadas conversaciones, has visto demasiadas caras. Cuando estás, nadie te hace caso. Pero la primera noche que no estabas todos preguntaron por ti... Es un lujo que no podemos permitirnos. —Ben imitó la cantilena de Genovese.

—Cuando estoy en el piano, sólo tengo oídos para mi música.

—Yo te creo, pero dudo que los otros te crean. Willy, nuestra regla es la sospecha, la confianza es un concepto que no existe. La forma más rápida de hacer carrera con tus paisanos es conduciendo el coche del *boss*. Porque eso significa que entras en sus secretos. Llegado a este punto, o te matan o te promocionan. Genovese empezó como chófer de Luciano. Y mira dónde ha llegado... Si yo hubiera sido Luciano, lo habría dejado tendido en el suelo hace cinco años. Quería hacerlo, pero Lansky me lo impidió. Entre él y Charles han alimentado ese sentimiento de protección recíproca, que es un coñazo. Siempre están jugando al padre y al hijo, pero vete tú a saber quién es el padre y quién el hijo. Si no hiciera quince años que los conozco, hasta podría pensar que son un par de moñas.

Ben deshuesó también mi pollo y revolvió mi arroz. Resumiendo: se estaba ocupando de mi persona.

—Willy, hazme caso: no le digas a nadie del Hollywood lo que acabas de decirme a mí. Rosa y tu hijo podrían acabar pagándolo.

Ellington y *Mood Indigo* fueron como una bocanada de aire fresco en medio del veneno que cada día me tocaba tragar. La tarde del bautizo de Turidduzzu, se presentaron Josephine y su abogado judío de Los Ángeles. Las dos hermanas se prodigaban amor y atenciones, y el abogado les reía todas las gilipolleces que decían. Una vez despedidos los pocos invitados, Rosa me leyó el parte de guerra.

—Mino, considerando que estamos en América y no en Sicilia, he decidido que mi hijo se llame Salvatore en lugar de Turidduzzu. Pero como Salvatore sería un nombre raro, lo llamaré Sal.

—¿Qué quieres decirme con esto?

—Que mi hijo se llama Sal. Y que te agradecería que también tú lo llamarás de este modo.

—Creía que también era mi hijo.

—Por eso te lo he comunicado.

—Y como ya me lo has comunicado, Turidduzzu ahora se llama Sal. ¿Es eso?

—Eso es.

—¿Y te parece normal?

—¿Qué es lo que no tiene que parecerme normal?

—Todo esto. Sabes de sobras que para nosotros Salvatore siempre ha sido Turiddu, empezando por mi padre...

—Pues haberle puesto otro nombre.

—Es el nombre de mi padre. También en tu casa tu padre lleva el nombre de su abuelo, y tus hermanos llevan el nombre de sus abuelos.

—Y yo he respetado esa costumbre. ¿Le has puesto el nombre de Salvatore? Perfecto, pues lo llamaremos Sal. No es una orden del Papa, que se llame Turiddu o Turidduzzu.

Se dio la vuelta e hizo ver que dormía.

Por suerte Turidduzzu se puso a llorar y así tuve una excusa para levantarme. Lo cogí en brazos, lo acuné con ternura. Puede que nunca lo quisiera tanto como llegué a quererlo aquella noche. Ahora podría hasta reírme de ello, considerar que el destino del doble nombre —yo también era Mino y Willy a la vez— estaba escrito en la pequeña historia de mi vida, pero en aquel momento me lo tomé como un insulto manifiesto y deliberado.

Me apunté al grupito de holgazanes del Hollywood. El de los camareros, los pinches de cocina, los friegaplatos, los guardarropas y los cigarreros. Conocían los locales del Village que no cerraban después de nosotros: madrigueras de músicos desesperados, refugios de talentos que nunca iban a florecer, pozos sin fondo que acogían a todo aquel que tenía alguna cuenta pendiente. Se tocaba y se comía de cualquier manera. Había noches en las que lo único que importaba era tener el vaso lleno: daba igual si era vino, cerveza, aguardiente o cualquier mejunje de esos que te quemaban la garganta, siempre se brindaba a la salud de alguien. Y siempre se reía, aunque algunos habrían preferido llorar. Como en el San Carlo de Taormina, lo normal era que todos terminaran en la misma casa o hasta en la misma cama. Pero yo todavía no estaba preparado para tirar por la borda dos años de mi vida. Por añadidura estaba Turidduzzu: además de quererle, tenía que respetar sus derechos. Y darle una familia era el primero de mis deberes. Así que me saltaba el desenlace y me encaminaba había Briggs Avenue. Rosa ni siquiera se daba cuenta de si había regresado o no. Cuando me despertaba, ella ya estaba haciendo entregas, tomando medidas con Turidduzzu en el cochecito. Ya no había cenas esperándome. Me metía en la cama sin quitarme ni siquiera el sombrero.

Bleecker Street era un templo en el que uno entraba con buen ánimo: todas las puertas llevaban al pequeño paraíso del jazz. Una producción musical ininterrumpida de sol a sol. Con el primer café, John's sacaba la pizza Napoli recién horneada; si querías albahaca, tenías que pagarla aparte. Se repartían unas octavillas ciclostiladas que anunciaban el programa de la semana, con nombres que estaban destinados a la fama mundial. Por ejemplo, Benny Goodman con su clarinete. Enseguida me acordé, tocaba en la orquesta de Ben Pollack en Chicago. Madeleine me había dicho que tocaba tan bien como un negro. Así que fui a escucharle. Hinchaba las mejillas como nadie hiciera antes y nadie haría después de él: era uno de esos hombres que han nacido para darle alegría al mundo. Aprendí *Dinah*, *Moonglow*, *My Last Affair* y *Exactly Like You*: música blanca, aunque era sobre todo la música de los perdedores sin que importara su color de piel. A mí me hacía enloquecer. Incubaba entusiasmos que se marchitaban por la misma imposibilidad de expresarlos. No tenía con quién compartirlos.

12

Los buenos chicos de mamá

La primera vez que vi a Tommy Dewey fue en la portada del *New York Times*. Lucía el bigotito fino que sólo lucen las personas con doblez. Afirmaba que iba a extirpar el gangsterismo de cuajo. Era fiscal, pero tenía el espíritu del jefecillo de policía: su objetivo eran los judíos y los italianos. Por motivos electorales no podía anunciarlo públicamente, pero no hacía falta tener una mente preclara para entender que estaba apuntando directamente a Luciano y a Dutch Schultz. Dewey era como un libro abierto de buenos modos, a diferencia de La Guardia, que se hacía fotografiar con el hacha en la mano destrozando tragaperras, cosa que a mis benefactores no les gustaba en absoluto. «Pretende que la gente olvide», fue el ácido comentario de Genovese, «que es mitad paisano y mitad judío.»

Pero la aversión hacia La Guardia enseguida quedó superada por la de Dewey. Luciano entrecerraba los ojos y no pronunciaba palabra. Por lo menos con nosotros, los de abajo. Cuando Lansky regresó de Cuba, se encerraron en el despacho de Costello, y entonces sí que nos llegaron los gritos. El nudo de su razonamiento era el siguiente: ese tontopollas del carajo, es decir Dewey, la tiene tomada con Roosevelt y nos jode a nosotros. En esos días Luciano hasta hablaba de mudarse a Luisiana, donde el gobernador Huey Long era un buen amigo que aceptaba sobornos. Pero al final se quedó en Nueva York, y en Nueva York se quedaron sus tragaperras. Por más máquinas que La Guardia pudiera destrozar, a la mañana siguiente ya llevaban de nuevo el puntito que indicaba que eran de Costello y que Frank iba a agradecer que nadie las tocara. Durante un tiempo, los chicos de la comisaría parecieron avenirse a los deseos de mi jefe. De modo que en el concurso al antipático del año La Guardia tuvo todos los números para superar a Dewey.

Cómo se lo hizo La Guardia para ganar las elecciones cuatro veces sigue siendo un misterio. Porque a Luciano y a Costello y a todos sus amigos realmente les jorobaba. Por las noches, cuando no logro conciliar el sueño, a veces me digo que tal vez no fueran tan poderosos como los *picciotti* y nosotros, los muchachos, creíamos. O tal vez La Guardia interpretaba muy bien su papel y en el fondo era cómplice y amigo de los compadres. Aunque las dos hipótesis me parecen bastante improbables. A lo mejor Lansky tenía razón. Él, para explicar lo inexplicable, afirmaba: «En toda situación hay que sacarle el jugo a la vida». «¿Y después de sacárselo, Meyer?» «Te lo bebes y a otra cosa.» Lo que Lansky quería decir era que había cosas que pasaban porque sí, porque tenían que pasar y por la confluencia de pequeñas causas. A su manera anticipaba la célebre máxima de Mao, que vendría a ser: «Cuando te la están metiendo, si te mueves es peor, porque encima le das placer a tu invitado».

Yo me deslizaba por entre estas historias con el convencimiento de que la música iba a ser mi salvación y de que nadie iba a preguntarme nunca: señor Melodia, ¿usted dónde estaba?

Un domingo por la tarde tuve que ir al viejo piso de los padres de Luciano. Celebraban el bautizo de una nieta. La noche anterior Costello me había comunicado que tenía que presentarme allí para tocar el acordeón. Hacía casi diez años que no tenía un acordeón entre las manos, desde la fiesta en casa del comendador Giuffrida. Un doble salto mortal sin red y encima con el riesgo de decepcionar al único al que nunca habría querido decepcionar. Los nervios no me dejaron dormir. Ni siquiera tuve la excusa de tener que destetar a Turidduzzu, que fue mamando afanosamente de un pecho a otro.

Pasaron a recogerme a las cuatro. En el coche encontré el acordeón, por suerte un Castelfidardo: estuve ensayando hasta que llegamos a destino. Los padres de Luciano vivían en un segundo piso en un edificio a mitad de la calle 10: se habían mudado allí en 1908, cuando hacía poco que mujer e hijos se habían reunido con el cabeza de familia de Lercara Friddi (si buscáis este pueblo en el mapa de Sicilia, seguro que ni lo encontráis).

Charlie respondía educadamente a saludos y abrazos. Intentaba no ponerse nunca delante del balcón, para permanecer fuera del alcance de un posible enemigo: pretensión irrealizable habida cuenta de la multitud de tíos, primos, sobrinos, hermanos y hermanas que invadían las pocas habitaciones de la casa. Tampoco es que lo trataran con especial devoción: se dirigían a él con esa mezcla de prudencia y respeto que se tiene ante quien ha subido en la escala social y se ha alejado de la familia. Charlie era el tercero de cinco hijos, todos casados, todos con niños pequeños. Serían más de treinta personas las que intentaban acomodarse entre sillas con asiento de paja, sofás con las fundas descosidas y balaustres de color caoba idénticos a los que se exhibían en todas las casas sicilianas. Con una sensación de alegre libertad, la familia de Luciano hablaba en el dialecto de la provincia de Palermo, tan cerrado que a veces había expresiones que me despistaban. Varios de los presentes no hablaban inglés, y llegarían al ataúd sin haber aprendido una palabra.

El acordeón no me traicionó: nos entendimos como buenos amigos. A los familiares de Luciano les encantaba la música de Verdi. Eché mano de lo poco que sabía, y luego recurrí a mi repertorio italiano. Yo espiaba de reojo las reacciones de Charlie, pero él parecía asistir con desapego a la barahúnda que lo rodeaba. Tenía un Camel en una mano, en la otra una copita de rosolí, y la mirada perdida tras los cristales del balcón. Nadie se atrevía a interrumpir sus pensamientos, y él lo aprovechaba para mantenerse al margen. Él, de vez en cuando, hacía alguna tímida carantoña a los sobrinos, trataba de usted a su padre y a su madre, y mostraba más bien poca confianza con hermanos y hermanas. Habían preparado *arancini* a la francesa con ragú, guisantes, estofado y huevos duros; pizzas con queso de cabra a la pimienta y ajo; habían puesto las botellas de vino tinto en cubiteras. Mientras lo trasegaban a unas anchas garrafas, el padre de Luciano invitaba a descubrir el rumor del viento entre las hojas.

Charlie declinó el vino y la comida que le ofrecían señalando su copita de rosolí y el cigarrillo: de momento tenía las dos manos ocupadas. Con una mirada me invitó a seguirlo. Me llevó a la habitación de sus padres. La pared de la cabecera de la cama estaba empapelada con estampas y cuadros de santos, de la Virgen y Jesús en sus múltiples versiones, desnudo y vestido, con el corazón en la mano y en el crucifijo. Un paramento sin igual. Ni el de la catedral de Sant'Alfio en Trecastagni. Charlie se dio cuenta de mi estupefacción.

—Me parece que son todos los santos y santas que se veneran en Lercara Friddi. Son los buenos chicos con los que mi madre se protege.

De la pared de enfrente colgaba un pergamino en inglés. Era la nacionalidad estadounidense concedida en 1929 a Antonio Lucania.

—Es mi padre —dijo Charlie con una voz profunda y contenida—. Su sueño americano, la recompensa por treinta años de trabajo en la fábrica de cojinetes de bronce, sin faltar un solo día. —Lo contaba con una mezcla de satisfacción y de rabia—. Yo soy la otra cara del sueño americano, la cara sucia. O te rompes el espinazo y no sales nunca de la miseria, o te dedicas a la buena vida y sales en los periódicos. La primera vez que me arrestaron mi padre dijo que estaba ensuciando el buen nombre de la familia. Con la excusa de que Lucania era difícil de pronunciar para los tipos como Lansky y Siegel, lo cambié por Luciano.

Charlie cerró de golpe la ventana de sus sentimientos. Volvió a ser el tipo frío, impasible y calculador de siempre. Me acompañó al Hollywood. Fue la excusa para comunicarme que a la noche siguiente me esperaban en la suite del Waldorf Astoria. Imposible negarme. Luciano me puso la zanahoria delante: cincuenta dólares en un sobre con sus iniciales impresas. Tiré el sobre y le di los cincuenta a Rosa: para la universidad de Turidduzzu. Los cogió con desconfianza, y con un mohín los depositó en el cajón donde guardaba sus ahorros antes de ingresarlos en el banco.

En la suite del Waldorf habían convocado a media Sicilia. Aquella noche conocí a Joe Bonanno. Me pareció más joven que la fama que le precedía. Parecía distante: su principal deseo consistía en pasar desapercibido. Era como el traje que llevaba: no a la última moda, pero clásico, de un tejido de buena calidad y cosido a mano.

Joe había vivido en Estados Unidos desde muy pequeño, su familia había emigrado a América hacia 1920. Su padre, Salvatore, conocido como don Totò, era uno de los hombres de bien más respetados de Castellammare del Golfo. Los Bonanno vivían bien: tenían olivares, naranjales y rebaños. Estaban emparentados con los Magaddino y los Bonventre, familias honradas que vivían en Buffalo y en Nueva York. Con la Primera Guerra Mundial, los equilibrios entre las familias de Castellammare saltaron por los aires. El control de la emigración clandestina hacia América entró en crisis, y las familias se peleaban por las ventas de caballos y mulas al ejército. En estos casos, por desgracia, una palabra lleva a la siguiente y todas juntas conducen a un tiro de *lupara*. La casualidad quiso que todas las *lupare*, esta vez, tuvieran a Bonanno en el punto de mira. En menos de un año todos los varones de la familia estaban en el camposanto. La venganza de sangre estaba orquestada por Felice Buccellato, el padrino de bautizo de Peppinello. Y éste, en efecto, seguía con vida, y, para protegerlo, decidieron mandarle con unos primos de América. El niño era despierto, listo, y ya estaba entrenado en la lucha por la supervivencia. Gracias a las recomendaciones de Magaddino encontró un trabajo, se lo dio Maranzano. Peppinello se encargaba de llevar las cuentas de una destilería clandestina. Era un joven escrupuloso y con iniciativa. Fue él quien sugirió que se bebiera el whisky en tacitas de porcelana y que se sirviera directamente de la tetera. En los locales con camareros de frac también usaban una jarra de leche para la soda. Así, hasta a los policías les resultaba más fácil hacer la vista gorda. En la época de la guerra contra Masseria, Peppinello era el lugarteniente de Maranzano. Tras su victoria, el propio Charlie había favorecido la candidatura de Bonanno a capo de la ex «familia» Maranzano. Por aquel entonces Bonanno era el *boss* más joven de la Cosa Nostra: sólo tenía veintiocho años y ya se sentaba en el gobierno de lo que más tarde él mismo llamaría «Il Vulcano», el Volcán.

Aun así, Bonanno prefería dejar el escenario libre para sus amigos, los cuales siempre recurrían a él cuando llegaba el momento de echar cuentas. Soltaba una frase cada dos horas, sonreía cada tres. No es que fuera un tipo triste o taciturno: dejémoslo en que no vivía para divertirse. Adonis y Genovese le tomaban el pelo: «Joe, ¿seguro que no te has equivocado de dirección?». A Bonanno, en efecto, no le gustaban estas reuniones donde los hombres se desbravaban, y todavía menos las partidas de cartas: su auténtica pasión era volver a casa junto a su esposa y ponerse las zapatillas. Y, en cambio, ahora se disponían a jugar una partida de *zecchinetta*. Era la mesa más increíble que se pueda concebir: Luciano, Costello, los hermanos Mangano de Nueva Jersey, Adonis, Joe Profaci, Genovese, Gambino, Bonanno y Willie Moretti, quien se pavoneaba a cada mano de su mote: el Napoleón de las cartas... «Os lo ruego, contadles a vuestros sobrinos que habéis jugado con Napoleón, pero con el de verdad, no con ese al que le dieron por culo en Waterloo...»

Ningún límite para las apuestas, sólo un mínimo de cien dólares. Sacaron las barajas de cartas sicilianas del celofán y Profaci se las llevó a la nariz:

—Huelen a mar y a flores de azahar.

—Joe —dijo Moretti, que como Napoleón era achaparrado y medio calvo—, que te den donde tú sabes con tu mar y tu azahar.

Reían estrepitosamente, bromeaban, se servían whisky unos a otros, se cedían el paso, pero saltaba a la vista que no era más que una puesta en escena. De amistad verdadera, ahí dentro, había muy poca; cada cual ambicionaba un papel mejor que el que desempeñaba. Lo que significaba que tenían que guerrear, y la guerra —declarada o silenciosa— era su elemento natural. Por lo demás, ¿no es la vida cotidiana la única guerra que sabemos con certeza que vamos a perder, casi siempre sin haber ganado una sola batalla?

—*Gumbah* —dijo Adonis—, mirad a vuestro alrededor: tenemos de todo. Tienen razón los que nos envidian: somos lo mejor del sueño americano.

—Ándate con cuidado, Joe —Luciano replicó con un hilo de voz, pero todos callaron para escucharle—. La mejor parte de un sueño se acaba cuando lo cumples.

—Pero yo creía que íbamos a jugar a la *zecchinetta* —dijo Genovese—, no que asistiríamos a una clase de filosofía. Bueno pues, ¿estamos todos?

—Falta Anastasia —respondió Moretti.

—No vendrá —dijo Vincent Mangano—. Ya sabéis cómo es Albert... Es un oso que no sale de su madriguera. Ha estado diciendo que sí hasta hoy por la tarde, luego me ha llamado para decirme que le dolía mucho la cabeza y que se iba a la cama con una bolsa de agua caliente.

—Él se lo pierde —concluyó Genovese—. Empecemos.

Habían cambiado de lugar el Petrov negro, reluciente como siempre. Ahora estaba al lado de un secreter Luis XV, adquisición reciente de la suite. Pregunté si tenían alguna preferencia. Nadie me respondió: la excitación del juego ya les había absorbido por completo. En esas partidas, la suerte o la mala suerte se convertían en una virtud o un defecto: había que demostrar que se sabía ganar y se sabía perder, pero las reglas de comportamiento dependían de la humorada de quien lograba arrastrar a los demás contra el que había quedado aislado en esa mano. En efecto, nunca eran cinco contra cinco: en la práctica eran nueve contra uno.

Empecé con *'O sole mio*, proseguí con *Ballo Excelsior* y mis viejas mezclas que no tocaba desde hacía una eternidad. Ni caso. Después Gambino me pidió *Torna a Surriento*. Por puro despecho toqué *Parlami d'amore Mariú*. A Gambino no le sentó bien. ¿Me desafías? Un destello diabólico recorrió su mirada. Dejé *Mariú* y volví a *Surriento*.

—Diez mil —dijo el vozarrón cavernoso de Genovese. Significaba diez mil dólares a una carta.

—Para —me dijo Moretti, que tenía la banca—. Mis oídos no quieren más música.

Me acerqué a la mesa. Lo recuerdo como si fuera ayer. Moretti tenía la dama de oros, Genovese había apostado sus diez billetes al cuatro de bastos. Al lado, el as de oros y el siete de espadas poco podían hacer por los mil dólares en juego. Moretti descubrió rápidamente un as, que eliminó el de oros, un caballo y un rey que quedaron sepultados bajo los billetes de los otros jugadores en el asalto al banco que iba ganando. Pero nadie apostó al cuatro de bastos. Genovese y Moretti se lanzaban miradas furibundas. Se descubrió el cuatro de copas. Genovese blasfemó. Por algo en los quioscos de Catania enseñaban que el cuatro de bastos equivale al *tabuto*, el ataúd en siciliano. Nunca hay que apostar a esa carta.

—Vito —dijo Costello—, tendrías que saber que no pasas una buena época con las mujeres.

—Da gracias a Dios —rezongó Mangano— que tu mujer no acompañe a las cuatro de la baraja.

—¿Quién tiene un póquer? —Genovese fue al grano.

—¿Nos tomas por imbéciles? Por no decir más... —fue la respuesta de Adonis. Genovese, en efecto, tenía fama de tener manos

ágiles para el póquer. Sus enemigos aseguraban que además de sa-
berlas usar con los imbéciles que aceptaban sentarse a su mesa, las
usaba con los compadres. Pero nunca nadie había podido probar-
lo, de modo que continuaba siendo un hombre de honor.

Aquella noche le tocó a Moretti pagarme. Ganó más que nadie.
Se informó sobre mis honorarios: no me dio un centavo de más de
lo que estaba estipulado, cien dólares.

Al oso, es decir, a Anastasia, le conocí el 13 de julio. En el muelle
principal del Hudson habían organizado una gran fiesta al aire libre
para celebrar la segunda vida de Albert Anastasio, cuyo apellido
había cambiado de sexo debido al típico error de transcripción del
agente que había registrado el primer arresto. Había llegado a
América en 1918, a los dieciséis años, procedente de Tropea y en
compañía de su hermano Anthony, que sería su sombra hasta la
muerte. No había perdido tiempo ambientándose en los muelles
del puerto: al cabo de dos años había asesinado a un estibador que
se oponía a sus métodos. Lo habían encerrado en el corredor de la
muerte de Sing Sing. Transcurridos dieciocho meses, el 13 de julio
de 1922, lo habían liberado porque todos los testigos de la acusación o bien se habían refractado o habían desaparecido. De modo
que el 13 de julio se había convertido en la fecha del segundo nacimiento de Anastasia. Y se festejaba comiendo, tocando música y
bailando desde las once de la mañana hasta la puesta de sol. Ese
año, en lugar de la pequeña orquesta de siempre, Adonis —que había sido el descubridor de Anastasia, a pesar de que eran coetáneos,
y que le hacía las veces de confesor..., bendito sea Dios— le había
aconsejado que me contratara a mí. Habían previsto un piano como
acompañamiento musical y un acordeón para las peticiones personales: cumpleaños felices, serenatas de amor, dedicatorias personales. Estuve tocando sin interrupción durante casi ocho horas. Apenas tuve dos minutos para comer cuatro macarrones horneados a la
palermitana: sardinas *a beccafico*,[*] piñones, hinojo siciliano, queso

---

[*] Sardinas con pan, aceite y uvas, que se sirven abiertas por la mitad. Típicas
de la gastronomía siciliana y en especial de la zona de Palermo. (*N. de la T.*)

de cabra a la pimienta y aceitunas negras. No es que me volvieran loco, pero el hambre me perforaba el estómago.

Entreví a Genovese sacando pecho ante una chica espléndida que tenía el pelo color azabache. Era Anna Petillo, su segunda esposa. También ella, a pesar de su juventud, había estado casada anteriormente. A su primer marido lo habían encontrado estrangulado en una calleja. Las malas lenguas decían que por aquel entonces Anna ya tenía una historia con Genovese: la súbita muerte del cónyuge le había permitido a éste solazarse sin pasar por el divorcio, el tribunal y un contencioso. Y, a pesar de todo, tampoco parecían dos tortolitos. Más bien daban la impresión de ser una copia de Rosa y de mí: Genovese que intentaba llamar su atención, ella que pasaba de él.

Genovese fanfarroneaba escoltado por un tipo más macizo y más rudo que él: la chaqueta le iba tan estrecha que parecía que los botones fueran a saltarle en cualquier momento. Seguía a Genovese como un perro resignado, y me sorprendió cuando tomó la iniciativa de acercarse a mí. Su nombre era Joe Valachi, sí, el mismo que al cabo de los años sería el primer arrepentido de la mafia americana y que tantos problemas iba a causar... Sus padres eran oriundos de Campania, y él recordaba una canción que su madre le cantaba cuando era niño: *'E spingole frangese*. Me preguntó si la conocía. La toqué al instante.

Se me acercó una mujer anciana vestida de negro, diciéndome que la había emocionado: ¿tendría la amabilidad de tocar de nuevo esa pieza? Antes de que tuviera tiempo de hacerlo, Anastasia se acercó al piano arrastrando el paso, con los ojos entrecerrados.

—Mamá —dijo dirigiéndose a la anciana—, ¿desea algo?

—Le he pedido a este joven si puede volver a tocar la canción...

—¿A qué esperas? ¿No has oído a mi madre?

—Don Anastasia... —Comprendí que cualquier intento de explicarme sólo iba a empeorar mi situación. Me apresuré a tocar *'E spingole frangese*; y en un arranque de rufianería añadí *My Mummy*, el gran éxito de Al Jolson capaz de robarles el corazón a todas las madres de América. Y la de Anastasia hizo lo esperado, se enjuagó las lágrimas, me aplaudió: a diferencia del hijo, tenía una mirada sincera. Yo le señalé a Valachi: quería compartir el mérito con él.

—*Piccirillo veni accà** —dijo ella con un marcado acento calabrés. Y le ofreció un vaso de vino. Valachi dijo algo que no pude oír, mientras buscaba con la vista a Genovese para recibir su aprobación. Y debió de obtenerla porque dio un sorbo, y con la mano hizo señas a una chica de facciones delicadas para que se acercara. Era su mujer, Mildred: su padre había muerto en la guerra de Castellammare, iba con Masseria. Probablemente ahora Mildred estaba comiendo y bebiendo con sus asesinos. Valachi se la presentó satisfecho, y la madre de Anastasia la llenó de cumplidos. Genovese se interpuso en la escena y le llamó desde lejos. Valachi dejó el vaso en el acto. Pero no le fue fácil abrirse paso por entre la multitud acalorada y desmadejada por el alcohol y la comida, convencidos todos de que estaban disfrutando de un día de libertad lejos de las rígidas leyes que imperaban en Nueva York. Muchos se habían quitado la chaqueta, algunos hasta la camisa, de modo que los más viejos se habían quedado en camiseta de lana y los jóvenes con la de tirantes. Valachi intentaba avanzar contra una corriente de abuelas y nietos. Se revolvía, resoplaba, su chaqueta estaba a punto de reventar. Era evidente que habría deseado abrirse paso a empujones, pero él no se contaba entre los invitados respetables y no se lo habrían perdonado. Cuando finalmente alcanzó a Genovese, se ganó un buen rapapolvo. No podía oírlo, pero me bastaba con observar la mano de Genovese agitándose frenética bajo el mentón de Valachi. Genovese se interrumpió un momento para abrazar a Little Augie, recién llegado de Florida con sus caballos victoriosos. Valachi buscó a su mujer con los ojos. Mildred había seguido toda la escena, pero apartó la mirada para no acrecentar la humillación de su marido.

Anastasia estaba sentado bajo un parasol cerca del río. De reojo iba mirando el reloj, y apenas si prestaba atención a los cumplidos que le dedicaban. A su alrededor revoloteaban algunos personajes arquetípicos: había uno que se paseaba con una botella de vino y lo ofrecía a los comensales a cambio del beso de una chica de la mesa. Los diferentes grupitos se lo disputaban entre risas mientras le gritaban Socks, «calcetines», para seguirle el juego. A mí me vino a la cabeza otro par de calcetines, los calcetines blancos de Sam Gianca-

---

* «Pequeñín, ven aquí», en dialecto. (*N. de la T.*)

na. Por un momento estuve seguro de que Giancana había tenido algo que ver con la muerte de Big Pres, y pensé que había sido él quien había ejecutado las órdenes de Costello y Luciano. Y en ese instante sentí toda la conmoción que no había sentido cuando Totonno me había informado del triste suceso. Y el recuerdo de Big Pres me llevó al recuerdo de Agata, y de ahí fui al recuerdo de Sol, sus hermanos, sus hermanas... A saber adónde había ido a parar su sueño americano, si es que alguna vez lo tuvieron. Pero en mi interior no había espacio para sentimientos. Unas cuantas personas esperaban en fila ante el piano con peticiones que hacer: *Ciuri, ciuri* y *Vitti'na crozza*. Un *revival* de la nostalgia con todas las de la ley y que resultó muy satisfactorio para mi bolsillo: cada cual acompañaba su petición con un billete de los verdes, de uno, de cinco y hasta de diez. Toqué y toqué durante horas hasta que ya no me sentía los dedos, con los bolsillos de los pantalones y la americana rebosantes de dólares.

Al atardecer, Adonis, Moretti y Costello se acomodaron bajo el parasol de Anastasia. Los *picciotti* más corpulentos formaron una especie de cordón de protección, por si acaso alguien intentaba aproximarse a aquel conciliábulo de miradas venenosas y palmaditas en la espalda. En el futuro, los sabihondos del mañana afirmarían que los cuatro cabecillas constituyeron aquel día la organización Anonima Assassini. Según ellos, sólo faltaba el notario y el sello legal. Aunque yo me digo, ¿precisamente aquella tarde? ¿Ante los ojos de media Nueva York? Y en el caso de que fuera cierto, un pobre cristiano como el que os habla, ¿cómo iba a deducirlo? Para mí eran cuatro amigos que se habían retirado un momento para contarse unos a otros los pelos del trasero. Yo no recuerdo juramentos, ni pactos, ni firmas; lo único que recuerdo es que la pequeña reunión se disolvió cuando Luciano y Bonanno hicieron acto de presencia. Y Joe, como siempre, con ese aire distraído de quien pasa por casualidad. Aunque sus ojos brillaban al repasar uno a uno cada grupo, cada silla y cada parasol: no se le escapaba ningún detalle. Educado y paciente con todos, tras hacer múltiples paradas intermedias entre besos y abrazos, recuerdos y promesas, Joe me dio uno de sus zarpazos: ¿cómo es que aceptaba tocar en fiestecillas privadas que no eran como ésta, tan a lo grande, en honor del oso? Pero te pagan bien, añadió en un tono de complicidad que no permitía objeción alguna. Naturalmente asentí y le di las gracias. Tal vez contigo no se equivoquen, fue su conclusión.

Por la tarde, uno de los paisanos me acompañó a Briggs Avenue: entre trabajo y propinas había reunido casi cuatrocientos dólares. Para volverse loco. Mi gran sueño americano seguía siendo el bombo con las letras «Willy Melodia y su orquesta», pero eso no me privaba de poder disfrutar de cuando en cuando de pequeños sueños como éste. Si Rosa hubiera venido a la fiesta, se habría dado cuenta de que yo no era el esclavo de nadie y de que nadie me trataba como a un esclavo. Yo le había pedido que viniera, pero ella había rehusado aduciendo que se sentiría fuera de lugar y que eso me habría incomodado. Rosa siempre estaba trabajando, sólo interrumpía sus quehaceres para estar con Turidduzzu, al que ella continuaba llamando Sal: en mi presencia lo repetía hasta cuando no había necesidad alguna de hacerlo. Para mí seguía siendo Turidduzzu. Rosa lo cuidaba, lo mimaba, lo trataba mejor que a un principito. Era a mí a quien no hacía caso. Al menos ahora nos hablábamos, aunque en la cama seguíamos siendo dos perfectos desconocidos.

Siegel me aconsejó que probara con un regalo. Y hasta me acompañó a ver a un judío conocido suyo que traficaba con diamantes. Quedamos en una mesa del restaurante Shine, en la Séptima Avenida, entre la calle 33 y la 34 Oeste. Solté quinientos dólares por un brillante que, según Siegel me garantizó, era de dos quilates como mínimo y valía por lo menos el doble. Venía a sustituir al anillo de prometida: logré abrir una brecha en el corazón de Rosa. No podía creérselo cuando posé la cajita sobre la máquina de coser. Hicimos el amor. Le prometí que buscaría otro trabajo. Por primera vez era consciente de estar mintiendo, pero me sentía relajado, tenía la cabeza de Rosa apoyada en el pecho y le acariciaba el pelo. Decidimos que al día siguiente iríamos al cine con Turidduzzu y luego a la heladería del amigo de Josephine en Mulberry Street. En el Colony ponían los dibujos animados de Mickey Mouse, que hacían las delicias de grandes y pequeños. En el Hollywood ya me habían pedido alguna vez que tocara *You're the Top*.

Al día siguiente, cuando me levanté, Rosa pedaleaba en la máquina de coser; en la cocina había café recién hecho, y la mesa estaba puesta con tostadas, pan, mermelada y leche. Rosa puso a mi lado a Turidduzzu, en su sillita, con el biberón; a continuación me mostró la libreta del banco a nombre de nuestro hijo: junto a los quinientos que le había dado, Rosa había ingresado mil dólares más. Sal era el más rico de la familia Melodia. Rosa, aquella mañana, estaba rebosante de felicidad; yo me dejaba llevar, reviviendo la magia del *Melba*. Decidí que podíamos ir avanzando poco a poco, día tras día, sin interrogarnos sobre el futuro. Salí con Turidduzzu. Dejé el cochecito, lo quería llevar en brazos para sentirlo, olerlo y tocarlo a cada segundo. Paseamos por calles, por avenidas y parques. Fue como descubrir el Bronx: nunca había mirado el barrio con la ternura con que lo hice aquella mañana. Era una mezcla de países y tradiciones. Chinos, irlandeses, puertorriqueños, latinos y judíos de la Europa central: todos intentaban reproducir las propias costumbres, pero el olor era distinto al olor que cada cual había respirado en su casa, y era inconfundible a un tiempo. Ese olor sólo podía emanar de una ciudad como Nueva York. Era un olor que te aturdía. En Nueva York uno podía levantarse ligero y como flotando, aunque los habitantes del Bronx solían despertarse llenos de deudas y de problemas.

Tras echar un vistazo a los tomates, Rosa se concentraba ahora en escoger la mejor *ricotta* fresca. A mí me fue confiada la elección de la pasta. Los *rigatoni* siempre me han gustado porque se llenan de salsa y de *ricotta* por dentro y son para el paladar una explosión de sabor. Aquel día yo estaba gozando de un pequeño anticipo de paraíso. Y, como todo anticipo, su final llegó rápidamente. Llamaron a la puerta. Era Genovese, con una expresión nada amigable.

—Charles me manda para decirte que a las cinco pasaré a recogerte. Te lo ruego: ponte el traje de ordenanza porque se trata de un encargo oficial.

Giró sobre sus talones sin darme la posibilidad de replicar. Suponiendo que hubiera tenido algo que replicar. Desde el umbral de la habitación, Rosa me miraba apretando los labios. Nos habíamos quedado sin helado, sin Mickey Mouse, sin el paseo con Turidduzzu. Almorzamos en un silencio cargado de hostilidad. Acababa de perder mi última posibilidad de reconciliarme con Rosa: ella hasta evitaba mirarme. ¿Yo prefería a Luciano antes que a ella y a nuestro hijo? Era la confirmación de su perentorio juicio sobre mí: yo tenía la predisposición mental del esclavo. Salí de casa sin rumbo fijo, y estuve merodeando durante dos horas sin percatarme de cuanto sucedía a mi alrededor.

Genovese estaba allí como un clavo. Antes de salir le di un beso en la frente a Turidduzzu: fue una especie de despedida de todo lo que habría podido ser y que nunca sería. No quiero ponerme dramático ni atribuirme cualidades de las que carezco, pero aquella tarde supe que la rotura entre Rosa y yo era definitiva.

En el momento de subir al elegante y velocísimo Buick coupé, eché un vistazo, por un reflejo condicionado, a la suela de mis zapatos. Me enfadé conmigo mismo, a pesar de que, afortunadamente, Rosa ya estaba pegada a su máquina de coser y no podía asistir a esa prueba irrefutable. Por otro lado, ella tampoco la necesitaba. Genovese no lo notó, estaba preocupado por el enésimo desencuentro con Anna. Iba refunfuñando, murmuraba para sus adentros lo que habría tenido que hacer y decir. Bajamos como una flecha hacia el puerto. Niños medio desnudos por la calle, chorros que salían de las tomas de agua, el velo de suciedad y polvo que te nublaba la vista. Dejamos atrás Broadway, nos paramos al fondo de Broad Street. Había un grupito de gente ante la entrada de un edificio de dos plantas. El Cadillac de Luciano estaba aparcado en la acera. Y él, me refiero a Luciano, fumaba su acostumbrado Camel apoyado en la verja, con los ángeles custodios a su alrededor: el primero sostenía el acordeón que yo había tocado en el bautizo de la sobrinita de Charlie; el segundo llevaba un pastel; el tercero, dos botellas de champán; el cuarto y el quinto, un ramo de flores inmenso. Si hubieran cortado un árbol de Central Park, seguro que acababan antes. Luciano, en lugar de saludarnos, miró el reloj.

—Charles —dijo Genovese molesto—, a veces también hay tráfico y no es que la casa del artista esté a la vuelta de la esquina.

—Willy —Luciano habló en voz baja—, vamos a dar una pequeña sorpresa. Es el cumpleaños de mi vieja maestra del colegio. Imagina: nos tenía a mí y a Alfonsino Capone en clase, pobre mujer... Toca *Cumpleaños feliz* hasta que se asome a la ventana, después improvisa con tu repertorio. Música de blancos; si mal no recuerdo, a los negros los tenía atravesados.

Hice lo que me pidió. La vieja maestra de Luciano, que a fin de cuentas sólo tenía un puñado de años más a pesar de que el tiempo no la había tratado bien, se asomó con su bata puesta, extrañada por todo aquel revuelo. Enseguida reconoció a Charlie, pero estaba tan emocionada que le costó pronunciar una frase con sentido. Nos invitó a que subiéramos a su modesta casa. Seguía siendo la maestra del barrio, con una paga seguramente muy inferior a la mía. El ramo de flores ocupó la única mesa de la habitación, dejaron el pastel encima de la cama y se sacaron algunos vasos para el champán. Genovese se quedó fuera con la excusa de vigilar los dos coches. Yo enseguida dejé de tocar, mientras que la maestra no pudo dejar de llorar, emocionarse y balbucear cosas incomprensibles hasta que Luciano la obligó a sentarse en el balancín. Él mismo se ocupó de repartir el pastel, servir el champán, hacer el discurso de cumpleaños. La maestra vivía sola, por lo que nos tocó a mí y a los ángeles custodios escuchar los recuerdos de los años de escuela. Competimos para ver quién se mostraba más interesado en el relato. A las seis y media la celebración se había acabado y la comitiva estaba disuelta.

Aquel 21 de julio —lo recuerdo como si fuera ayer— me lo había reservado para disfrutarlo con Rosa y Turidduzzu. Como mis planes habían pasado a mejor vida, decidí darme una vuelta por el Hollywood.

Me sustituía un pianista judío del entorno de Lansky. La chapa sobre el piano continuaba atrayendo a mujeres y sonrisas, aunque debo decir que conmigo era otro cantar. Desde la silla del bar, en un rincón, observaba el trajín que se me escapaba cada noche desde mi taburete del piano. La fama del Hollywood había crecido en proporción directa a sus precios: el famoso bistec costaba ahora ocho dólares. Fuera del local solía congregarse una multitud de curiosos, que esperaban poder contemplar en carne y huesos a los famosos del cine, de la radio o del teatro cuyas fotos habían visto en los periódicos. La noche en que Gary Cooper —que era más alto que yo y que tenía los ojos más penetrantes que he visto en mi vida— puso los pies en el Hollywood, tuvimos que llamar a la policía para que controlara el tráfico y contuviera el entusiasmo general. Pero no sólo querían ver a las estrellas, también buscaban admirar los cochazos de los ricos y el lujo del que éstos se rodeaban, con el que ni siquiera podían soñar. Nuestra clientela se daba aires de grandeza, y era abiertamente racista. No les gustaba el jazz ni el ragtime, no podían aceptar que también los negros producían algo bueno. De modo que siempre echaba mano de Gershwin y de la música folk. Recuperé una versión ligeramente sincopada de *Swanee*: funcionó tan bien que mereció dos bises, y los ojos lánguidos de una dama. Pero enseguida se me apareció el rostro severo que me estaba esperando en Briggs Avenue: preferí renunciar.

Estaba tocando *Lola Lola* en honor del cónsul alemán y de la numerosa comitiva que lo acompañaba a la mesa. De repente entró un hombre regordete y de andares petulantes, con el sombrero Fedora sobre la frente estrecha. No se lo sacó, a pesar del ceño fruncido de Dominick y Totonno. Su cara no inspiraba confianza, y me la encontré a pocos centímetros de la mía.

—Ya estáis a punto —siseó— para servir a esa serpiente de Hitler. Con vosotros los italianos no hay nada que hacer, sólo entendéis el látigo o esto... —Se abrió el abrigo para mostrarme un pequeño cañón bajo la axila. Yo no le habría replicado bajo ningún concepto, pero él tampoco me dio tiempo. Apuntó a Totonno, que instintivamente dio un paso atrás.

—Avisa al *boss* de que el holandés le está esperando.

Imaginé que debía tratarse de Dutch Schultz, nacido Arthur Flegenheimer. Era mucho peor que la mala fama que lo precedía. Apestaba a ajo y a desgracias. No es por darle la razón a Genovese, pero era un judío converso que reunía lo peor de las dos religiones. Nada que ver con la clase de Siegel o la inteligencia diabólica de Lansky.

Totonno volvió y le indicó con un gesto que lo siguiera al despacho de Costello. Vi salir a Schultz al cabo de un par de horas, visiblemente furioso. Totonno me susurró que Luciano también se había unido a ellos: había entrado por detrás y se había encerrado en el despacho de Costello. Schultz había soltado un par de gritos al comienzo, después se había largado dando un portazo. Totonno estaba seguro de que otra vez íbamos a poder contar los cadáveres tendidos en la calle. Insistió para que pidiera información a alguno de los parroquianos de las partidas de cartas, pero yo nunca fui una persona curiosa. Más bien siempre pensé que cuanto menos supiera mejor viviría.

Al día siguiente, en cuanto puse los pies en el Hollywood, me recogieron y me cargaron en un furgón que transportaba comida y bebidas. Órdenes de don Costello, fue la escueta explicación del conductor. Recorrimos un buen tramo de carretera hasta Connecticut. Llegamos a New London, un puntito que miraba al océano, a su derecha las luces en el horizonte indicaban Long Island. Aquel mar abierto era el primo mayor de mi mar siciliano, y ahora me parecía menos amigable que cuando lo espiaba desde las calles de Nueva York. Nos esperaban en una lancha a motor: nos llevaron a Block Island, uno de esos islotes que sólo conoces si la casualidad te hace caer en él.

La mansión de dos pisos, toda de madera y con los revestimientos de color blanco, parecía una casa de muñecas. Las pequeñas ventanas eran como las de Blancanieves y los siete enanitos. Encaramada a un promontorio, la casa estaba rodeada de arbustos, zarzales y maleza dejados a la buena de Dios. Hasta en la oscuridad se intuía que la vista era única: bastaba escuchar el ruido de las olas que rompían en la roca, bajo nuestros pies. El interior de la residencia hacía ostentación de un gusto forrado de dólares, con un mobiliario en sintonía con la construcción de comienzos del siglo XIX y reformada por un senador republicano. Éste la prestaba a los amigos de Nueva York que le proporcionaban carne fresca las dos veces al mes que lograba alejarse de Washington y de su aburrida esposa. A mí me esperaba un órgano parecido al de la iglesia de Catania. Toqué jazz, toqué ragtime hasta que la última pareja o trío o doble pareja se acostó destrozada en una de las habitaciones del primer piso. En el segundo se habían reunido Luciano, Costello, Siegel, Adonis y un gordinflón que yo habría jurado haber visto en uniforme de policía, y un tipo provisto de barrigón y gafas, que se veía a la legua que era un funcionario de la administración pública.

Espiaba la salida del sol, mientras iba combinando las notas a mi antojo. El océano y la vista se aclaraban poco a poco en un hechizo de luz.

—Willy, ¿tú ya sabes qué esperas de la vida? —Bajo los tirantes de los pantalones, a Luciano podían contársele los huesos y las costillas.

—Difícil pregunta, don Luciano. No lo sé y me da miedo saberlo.

—Lástima, porque tú vales. Pero si vives a remolque no llegarás a ninguna parte.

—A ser posible, en la vida yo sólo querría poner la banda sonora. Aunque ya me he dado cuenta de que eso no puede ser. Los otros siempre intentan aprovecharse.

—¿Problemas con tu mujer?

—De comunicación.

—Pero ¿cuándo se han comunicado un hombre y una mujer? Aparte del sexo, y de la fase del enamoramiento, cuando uno y otra están seguros de que será para siempre, ¿crees que existe la posibilidad de que dos mundos tan diferentes se comuniquen? Bueno, Willy, yo soy el menos indicado para juzgarlo: como dice mi buena madre, todavía soy un señorito. ¿Y sabes por qué nunca he querido casarme? Porque estoy convencido de que al cabo de tres meses todo acaba convirtiéndose en puro tedio. Nunca he podido serle fiel a una mujer después de los tres primeros meses. ¿Me entiendes?

Luciano no tenía ninguna necesidad de que lo entendieran. Sólo tenía ganas de hablar y de que alguien le escuchara. El sol había empezado a salir en el cielo azul, el mar estaba encrespado de blanco, y yo tenía que seguir la conversación con Charlie Luciano: mostrarme atento y estar enfrente de él sin irritarlo. Empecé a sudar.

—Con el tipo de vida que hemos escogido, ¿existe el espacio para una mujer, para los hijos? Tú tienes hijos, ¿no es así?

—Uno.

—Nosotros somos cinco... Afortunadamente, los otros cuatro han dado satisfacciones a mis padres. Yo, muy pocas. Me aterrorizaba la miseria. ¿Sabes de qué hablo?

—Creo que sí, don Luciano. Nosotros éramos siete hijos, mi padre recorría las ferias con el carrito, arrastrándolo él solo.

—Pero no sabes de qué hablo. Mira, Willy, la miseria en Catania es muy diferente de la miseria en New York. Una cosa es ser pobre en una realidad donde parece rico quien es menos pobre, y otra muy distinta es ser pobre al lado de los amos del universo. Hay que vivirlo para saberlo. Y yo lo he vivido. También mi padre hacía lo imposible, trabajaba incluso los domingos: nosotros no podíamos tener el carbón en casa, teníamos un pequeño sótano. En el Lower East Side, sólo unos pocos se permitían el lujo de no tener el carbón en casa. Mis hermanos, mis hermanas y yo íbamos más limpios que nuestros coetáneos. En tu casa, Willy, ¿dónde guardabais el carbón?

—En la habitación donde dormíamos mi hermano y yo.

—Las uñas siempre negras, los mocos negros, el agua todavía negra al tercer lavado, ¿verdad, Willy?

Desfilaron ante mis ojos los años de mi infancia. Me invadió la nostalgia de Catania: ¿qué hacía yo a dos pasos del océano hablando con un tipo que me utilizaba sólo para desahogarse? Siempre me sentí provisional, pero en aquel amanecer la sensación se hizo más intensa. Con todo, yo no podía volver a Catania. Los esbirros me estaban esperando. Ya no tenía protectores, tal vez ni siquiera familia. Los vínculos con mis padres y mis hermanos se habían enfriado con el paso del tiempo. El único hilo que me unía a ese pasado eran las cartas de mi madre, pero también ella, pobre mujer, escribía cuando podía, y yo cada vez le respondía con menor frecuencia.

Luciano prosiguió con sus recuerdos.

—Resumiendo, a los diez años yo tenía ganas de comerme el mundo, y lo último en que pensaba era en estudiar. Y en el colegio me echaron una mano: a pesar de las buenas artes de la señorita Mulvaney, mi maestra, una buena mujer, ¿te acuerdas?, me expulsaron. A los once años ganaba cinco dólares a la semana en una fábrica de sombreros. A los trece ganaba siete, que no eran pocos, pero me largué. Si no lo hubiera hecho, habría acabado siendo un inepto. Pero me metí en un buen lío...

Me miró con curiosidad. No, yo no sabía nada de ese buen lío. No había hecho ningún cursillo acelerado sobre la juventud del capo.

—En mi zona mandaban los judíos, y tuve que tratar con ellos. Enseguida nos entendimos. Lansky fue la guinda del pastel... Bugsy un poco menos. —Luciano se interrumpió, después continuó hablando con una de sus sonrisitas: probablemente pensaba en cómo se habría irritado Siegel si lo hubiera oído. Por el apodo que tanto odiaba, Bugsy, y encima pronunciado por Luciano. Pero ¿acaso el mismo Ben que frecuentaba los mejores salones de Nueva York podía ser un «loco provocador», que era lo que significaba su apodo?

—Los judíos tenían nuestros mismos problemas: intentar que la gente olvidara quiénes eran y de dónde venían. De modo que empezaron a americanizar nombres y apellidos como nosotros, y como nosotros son pequeños, morenos y tocacojones. Así que me metí en el tema de las bebidas alcohólicas con los hermanos Diamond; cerré algunos tratos con George Uffner, y no te creas a quienes le acusan de traficar con estupefacientes: de Rothstein aprendí cómo hay que tratar con jueces, policías y políticos. Y ahora aquí me tienes, contemplando el amanecer desde este lugar que sin duda es espléndido, aunque a mí lo que me va es el trajín de New York.

Me liquidó en dos segundos. Me sentó mal: yo me había imaginado que al final de aquel largo discurso iba a proponerme que entrara en su organización, sí, en la legendaria mafia. En cambio, él ni siquiera había tomado en consideración tal posibilidad. No me juzgaba a la altura. Como compensación, me dio unas entradas para el Audubon Theatre en el Bronx, donde hacían la función de Al Jolson, que había ascendido a mito de Broadway. Tenía casi cincuenta años, pero, prisionero del personaje cinematográfico que le había proporcionado fama internacional, seguía haciendo de chico judío con cara y manos teñidas de negro para cantar en el espectáculo de variedades en lugar de hacerlo en la sinagoga con su padre. El público lo seguía a todas partes, extasiado. También yo sabía algo de él: había tenido que aprender sus canciones más famosas: *Sonny Boy*, *Toot, Toot, Tootsie*, *Blue Skies*, para satisfacer las peticiones cada vez más frecuentes. Le propuse a Rosa que viniera, pero naturalmente rechazó el ofrecimiento; fui con Dominick, que a partir de entonces empezó a preparar sus cócteles al ritmo de *Bombo* y *Big Boy*.

Siegel me llevó al hipódromo Aqueduct. George Raft iba al volante: desde que iba y venía de Hollywood, donde acabaría haciéndose un nombre, prefería frecuentar a Ben antes que al viejo *compare* Adonis. Durante el trayecto hasta Linden Boulevard, en Queens, Siegel le puso al corriente de los últimos chismorreos de la ciudad, comenzando por la gran discusión entre Dutch Schultz y Luciano. Ben espió mis reacciones por el retrovisor, aunque yo no tenía ni idea de lo sucedido. Lo único que podía decir es que había visto al holandés entrar en el Hollywood más furioso que un perro rabioso. Pero aparte de eso, cuéntame que te cuento. Y Ben contó que a Dutch se le había metido en la cabeza cargarse a Dewey, el fiscal del distrito. Según el holandés, era el único modo de proteger los bancos de lotería clandestina y las tragaperras. Pero Luciano no lo veía claro, consideraba que todavía cabía la posibilidad de llegar a un pacto: Siegel juntó el pulgar y el índice para explicitar a qué se refería Luciano con eso de «un pacto». Raft rió sarcásticamente. La cuestión, según Siegel, era bastante simple: ¿llegaría antes Luciano con su pacto o Dutch Schultz con el plomo? Raft preguntó si se aceptaban apuestas. Siegel le sugirió que tuviera un poco de paciencia: antes tenía que aclararse las ideas.

Seguí a Siegel y a Raft por entre los corredores de apuestas del hipódromo. Yo nunca había visto una carrera de caballos. Siegel sacaba fajos de billetes de cien, apostaba para él y para Raft. Conseguí un programa, escogí un nombre de la tercera carrera que me gustaba y aposté cinco dólares a que se clasificaba, esto es, que llegaba entre los tres primeros. Mi caballo fue el último. Ben me murmuró que lo dejara estar, mientras él contaba todo el dinero de su victoria. Yo me había emperrado, así que me sumergí en la lectura de los participantes de la siguiente carrera para hallar la inspiración justa.

—¿Piensas ganar así?

Levanté la cabeza, era Valachi.

—Cago, ¿tú por aquí? —dijo Siegel.

Acto seguido Valachi me aclaró que Cago venía de Cargo, por la habilidad que tenía cuando era un muchacho de construir carros con cajas de madera. Me dio el nombre de tres caballos para las siguientes carreras. Puedes apostarte incluso a tu mujer, dijo seráfico: los primeros dos se clasifican, el tercero gana. Gané quinientos, y Valachi rebosó de orgullo y de ínfulas. Me pegué a sus talones, pero no llovieron más regalos. Él y Siegel discutían animadamente sobre la última carrera: dudaban sobre quién iba a llegar tercero. Estuvieron a punto de errar el tiro con un caballo rezagado, luego cada cual se fue por su lado a las taquillas. No es necesario que diga que acertaron la combinación ganadora —primero, segundo y tercero— y que se embolsaron más de dos mil dólares.

Valachi me acompañó de vuelta al Hollywood. Conducía un Packard negro con rayas grises, con las ruedas de recambio al lado de las puertas. Clark Gable lo había puesto de moda, todos los guaperas de Nueva York iban de cabeza por tener uno igual.

—¿Sabes conducir? —Más que preguntar Valachi disparó a matar.

—No.

—Melodia, ¿es que sólo sabes hacer una cosa? Con eso no basta... A ver. Para los caballos, depende: ¿te gustan? Entonces vas al hipódromo y te miras las carreras sin acercarte a los corredores de apuestas. Y, viceversa, ¿no te importan una mierda los caballos, como a casi todos nosotros? Entonces la noche antes le haces una visita al pinche de cocina del Hollywood o a Jimmy, el que se ocupa de los vinos, y dices que vas de mi parte. Ellos te proporcionarán el orden de las carreras, de manera que ni siquiera tienes que molestar a los grandes capos. Juégate las combinaciones: arriesgas poco, ganas mucho, y todo sin alterar las cotizaciones de cada caballo. En cuanto a lo de conducir, ya me ocupo yo de ello. Si no aprendes a llevar el coche, ¿cómo quieres hacer carrera? ¿O es que quieres tocar en el piano-bar del Hollywood el resto de tu vida?

Valachi cumplió su palabra. Casi cada tarde estacionaba su Packard bajo mi casa, y tocaba el claxon con tanta insistencia que todos los vecinos se asomaban a la ventana. Rosa me dedicaba la peor de las miradas, y yo me largaba con viento fresco sin siquiera sentirme culpable. Íbamos en dirección al hipódromo. La paciencia de Valachi conmigo al volante duraba hasta que empezaba a peligrar su apuesta en la primera carrera. En las proximidades de Lafayette Avenue cambiábamos de asiento: Joe pisaba el acelerador a fondo y llegábamos al Aqueduct en el último momento. A mí me tocaba aparcar mientras Valachi corría a hacer las apuestas. Cuando consideró que había hecho progresos con volante, marchas y pedales, cambiamos de hipódromo: del Aqueduct pasamos al Belmont de Nassau County, donde antes corrían los caballos de Augie Pisano. En la Mayfar Avenue probé por vez primera la embriaguez de la velocidad.

Transcurridos dos meses, conducía con soltura: Valachi me dio su bendición, y yo decidí comprarme un coche. Hasta Rosa mostró un poco de interés. Mi elección tuvo que ver con motivos económi-

cos. En la cuenta que había abierto en la sucursal de la Banca d'A-
merica e d'Italia tenía mil quinientos dólares. No quería gastarme
más de trescientos, es decir, un Ford B de segunda mano en buen
estado. Costello me dijo que hablara con Adonis, que entre sus
múltiples actividades controlaba también un concesionario. Pero
Joe se mostró altanero: él no trabajaba con Fords, que eran coches
para pobretones. Aunque conocía a un paisano que podía ayudarme: tenía un Ford casi nuevo, que había robado en el depósito, con
matrícula y número de bastidor falsos. Y me lo dejaba por trescientos dólares, menos de la mitad de su precio de mercado. Me tentó
la idea, pero la posibilidad de que los agentes pudieran pararme
con Rosa y Turidduzzu a bordo me dio escalofríos. Por trescientos
dólares, y gracias a la generosidad del paisano que no quería decepcionar a Adonis, o cuando menos que le hacía caso, quedaba un
'Oakland Sedan de 1929 con treinta mil kilómetros.

La noche que lo compré, tras volver del trabajo, convencí a
Rosa para que lo estrenara conmigo. Envolvimos a Turidduzzu en
una manta, y disfrutamos de las estrellas y el silencio de Nueva
York, del Bronx a Battery Park. Rosa dijo que ninguno de mis amigos tenía un coche como ése. A su manera era un cumplido. Y no
dijo nada más.

13

Llega la tempestad

Bonanno siguió cumpliendo su palabra. Me introdujo en el círculo de las fiestas, de las celebraciones de los sindicatos, que por aquel entonces estaban en manos de los judíos y los italianos, aunque sería más exacto decir de los meridionales. La costumbre era reunirse para almorzar: grandes comilonas, grandes palmadas en la espalda, grandes discursos retóricos, grandes reparticiones de premios que duraban una eternidad, barra libre de cerveza y por un día todos como unas pascuas: los *boss*, que habían demostrado que eran gente accesible y demócrata; los afiliados, que se hacían la ilusión de que pintaban algo. Menos mal que yo tenía coche: los banquetes solían celebrarse en el quinto pino. La tarifa era de cien dólares por actuación, gastos incluidos, es decir gasolina y lavandería, ya que los graciosos afiliados tenían la costumbre de acabar con remojones de cerveza y no se informaban de si a mí me gustaba o no acabar en medio. De modo que yo, que me abstenía de beber porque después tenía que salir volando hacia el Hollywood, me veía obligado a perder media hora para lavarme y enjabonarme, y aun así seguía apestando a cerveza toda la noche.

Toqué para guardarropas y para limpiadores de escaleras, para estibadores y encargados de almacenes portuarios, para cocineros de restaurante y ayudantes de cocina, para camareros de hotel y peones de obra. Cada categoría se dividía en cuatro o cinco organismos, con representación y en encarnizada disputa unos con otros: lo único que compartían de buen grado era a Willy Melodia. Menuda satisfacción, ¿no os parece? Recuerdo a uno de estos capos, era estrábico y se llamaba Johnny Cockey Dunn: mandaba en los embarcaderos del puerto y lo hacía sin piedad. Siempre llevaba un garfio bajo el abrigo. No tuvo un buen final: terminó achicharrado en la silla eléctrica antes de cumplir los treinta.

Yo me ganaba bien la vida, también lo hacía Rosa. La fama de que trabajaba bien y tenía buen gusto se había difundido por todo el Bronx. Teníamos poco tiempo para nosotros, pero no nos importaba. O al menos para Rosa no representaba el más acuciante de los problemas. Mis jornadas comenzaban a las diez de la mañana y terminaban a las tres o las cuatro de la madrugada. Me acostaba tan hecho polvo que mi único pensamiento era a qué hora iba a tener que levantarme. Turidduzzu, en cualquier caso, crecía como un niño sano y fuerte. Rosa lo arrullaba y dejaba que las clientas le hicieran mimos durante las pruebas. En este sentido, nada que objetar: era una madre ejemplar, tal vez también habría sido una esposa ejemplar si hubiera encontrado al hombre justo. Pero, a pesar de mis intentos y de los suyos, yo no lo era.

Gershwin causaba furor. En las emisoras de radio, por las calles, se escuchaba y se cantaba *Summertime, I Got Plenty of Nothing, It Ain't Necessarily So*, mientras se esperaba el estreno en Nueva York de *Porgy and Bess*. Martina, la guardarropa palermitana del Hollywood, me entregó un sobre con las iniciales de Luciano: contenía dos entradas para *Porgy and Bess*. Los periodistas ya habían dicho maravillas del espectáculo. Las palabras de rigor decían: «Esperando que puedas aprovecharlas con tu mujer». La firma era «L». A Rosa le entusiasmó la idea. Para no aguarle la fiesta le dije que había ganado las entradas en la lotería del Hollywood. De haber sabido que procedían de Charlie, habría sido muy capaz de mandarlo todo a paseo. Aunque yo todavía albergaba una pequeña esperanza de que ella acabaría aceptándome a mí y aceptando mi trabajo. Pasamos una noche de ensueño en el Alvin Theatre. La música, los textos, la escenografía y la coreografía tenían una fuerza que te arrastraba, y era imposible no dejarse llevar. Rosa temblaba conmovida a mi lado: hacía una eternidad que no nos emocionaba lo mismo. Volvimos a casa cogidos de la mano. Volvíamos a amarnos. Entrelazados y sudados en nuestro lecho, le propuse que encargáramos un hermanito para Turidduzzu, a quien para la ocasión llamé Sal. No, fue su tajante respuesta, hasta que no esté segura de que estás de mi parte. Dejamos de hacer el amor. Quiero decir, yo me volví hacia el otro lado, y ella no acortó las distancias.

Por la mañana, fui a por la leche y el *New York Times* tras la puerta. El titular rezaba que habían encontrado el cuerpo de Dutch Schultz y de tres guardaespaldas en un asador automático de Newark. Ni siquiera habían tenido tiempo de mirar a sus asesinos a los ojos: les habían disparado en la cara. El artículo apuntaba a un ajuste interno de cuentas de la Mob, y le sugerían al fiscal Dewey que preguntara a Luciano, a Adonis y a Anastasia si tenían informaciones útiles para la resolución del caso. Yo me acordé de Siegel y la disyuntiva que había formulado —¿conseguirá la diplomacia de Luciano ganar a Dewey o serán los tiros del holandés?—, y de Raft y su intención de hacer apuestas. En lugar del uno o el dos, había salido la equis y adiós muy buenas Dutch Schultz. Su muerte, no obstante, cargaba el ambiente. Se acabaron las partidas de póquer, las fiestas en la mansión, las orgías a domicilio: por la noche, cada cual a su casa, cada cual a sus quehaceres —y cada oveja con su pareja—. Nada de salidas en grupo y reuniones.

Durante algunos días no vi a Luciano, hasta que un día me convocó a las nueve de la mañana en el Waldorf Astoria. Para mí era una hora desorbitada, como lo era para él, que nunca se levantaba antes de mediodía. Entre bostezo y bostezo, me comunicó que los próximos seis domingos tendría que tocar el órgano en la iglesia protestante de la Colegiata de la Quinta Avenida, pasado el cruce con Broadway y antes de Times Square. Lo miré como se mira a un loco: con todos los respetos, pero como a un loco.

Charlie meneó la cabeza para convencerse más a sí mismo que a mí.

—Willy —me dijo—, la Colegiata es la iglesia de los protestantes holandeses. La lleva un reverendo que es doctor en muchas cosas. Un tipo impecable, sin tacha, educado y culto, y con un gran ascendente sobre sus compatriotas. Por eso he querido dejarle claro que no he tenido nada que ver con el homicidio de Dutch Schultz. ¿Me entiendes?

Por supuesto, yo no pillaba nada. Pero, aunque lo hubiera entendido, ¿habría cambiado algo?

—Los holandeses controlan el mercado de las piedras preciosas. Hay algunos que son judíos, pero para ellos cuenta más el país del que proceden que la religión. Ni siquiera Lansky consigue ingeniárselas con ellos, ya me entiendes, de judío a judío. Sólo cuenta el consenso de la comunidad.

Charlie me dirigió una mirada dubitativa. Mi expresión debió de aclararle que asentía sólo por educación.

—Tenemos algunos tratos con los holandeses. A diferencia de los billetes, un diamante no tiene números de serie. Un millón de dólares, incluso en billetes de cien, no deja de ser un estorbo; mientras que un par de esmeraldas te las metes en el bolsillo y cruzas todas las fronteras. ¿Está claro el motivo por el que quiero estar a buenas con los paisanos de Dutch?

Sólo me faltó caer de bruces ante Luciano para poner en evidencia que había comprendido la complejidad de la situación. Pero ¿qué tenía que ver yo con todo esto?

Charlie suspiró. Pero era un suspiro relajado.

—Solté una buena suma para las buenas obras de la iglesia, pensando que se trataba de una cuenta cerrada. Pero el reverendo me preguntó si era cierto que me ocupaba de locales nocturnos. Naturalmente le respondí que sí. Y él me pidió, con el tono más suave del mundo, si podía proporcionarle un pianista para los próximos seis domingos. El que toca en la Colegiata se ha casado, y los parroquianos le han regalado un billete de ida y vuelta a Holanda. Necesitan a un sustituto para el oficio de mediodía... —Luciano estudió mi reacción, y yo pensé en Rosa—. Resumiendo, Willy, hazme este favor. No te arrepentirás.

El reverendo me hizo llegar los discos con los cantos que iba a tocar en la iglesia. Por fortuna eran calcados a los de la parroquia de Piazza Cappellini. Cuando nos conocimos, se mostró muy amable y simpático conmigo. Después del oficio, siempre me ofrecían deliciosos pastelitos de miel acompañados de un vasito de extracto de frambuesa. El último domingo vinieron a despedirse de mí hasta los ancianos de la comunidad. Estoy seguro de que dejé un buen recuerdo. A lo largo de los años transcurridos en Nueva York, pasé una decena de veces por delante de la Colegiata. Pero nunca me picó la curiosidad de entrar a saludar. Bueno, seamos sinceros: siempre tuve miedo de verme implicado en historias extrañas, que no fueran de mi incumbencia.

Esperaba que me pagaran, pero por prudencia prefería no preguntar nada ni mostrarme contrariado. Una noche, Jimmy, el que se ocupaba de los vinos de la bodega del Hollywood, me pidió tres dólares. Lo miré mal: no entendía si se estaba mofando de mí o si me tomaba el pelo. Pero Jimmy insistió, añadiendo que si no le daba los tres dólares iba a tener que darle explicaciones a don Luciano. Se los di de inmediato, y él me alargó un pequeño billete con tres números para la lotería del día siguiente.

Lo llamo lotería y también entonces lo llamábamos así, pero, a diferencia de la lotería italiana, no había sorteos vinculados a la ciudad ni se jugaba sobre cinco números. Los jugadores, de hecho, tenían que escoger tres números: si acertaban, ganaban la apuesta multiplicada por seiscientos, que es como decir seiscientos dólares por cada dólar. También era posible jugar sobre un único número por orden de salida —es decir, el que salía primero, segundo o tercero—, pero entonces sólo se pagaba por siete: esta modalidad tenía pocos adeptos, todos buscaban dar el gran golpe. El grueso de las jugadas oscilaba entre los diez centavos y el medio dólar, y las probabilidades aritméticas eran de una entre mil. Pero, aun así, cada día había muchísimos que probaban suerte, especialmente en Harlem y en los barrios más pobres del Bronx, de Queens y de Brooklyn.

Para decidir los tres números ganadores cada cual tenía sus propias costumbres: había quien seguía los movimientos de la bolsa, quien hacia girar una ruleta, quien se basaba en fechas de nacimiento, decesos y bodas. Pero en New York imperaba la costumbre de basarse en los resultados de las carreras de caballos, sumando las cotizaciones de los tres caballos que llegaban primero. El último número entero antes de la coma de los decimales era el decisivo. Las carreras programadas siempre eran siete: la primera, la segunda y la tercera proporcionaban el número inicial; la cuarta y la quinta, el número del medio; la sexta y la séptima, el número final. Me explico: si el total de las cotizaciones de los primeros caballos de la primera, segunda y tercera carrera era 206,55, el primer número de la lotería era el 6. Si la suma de la cuarta y quinta carrera era 97,10, el segundo número de la lotería era el 7. Si la suma de la sexta y séptima carrera era 101,00, el tercer número de la lotería era el 1. Y la combinación ganadora, por lo tanto: 671. También ganaban los que habían acertado un solo número en orden de salida.

Mientras los italianos gestionaron los movimientos nunca hubo problemas. Pero tras la muerte de Maranzano, Dutch Schultz había irrumpido en el juego con sus geniecillos judíos, auténticas mentes matemáticas habilísimas en los cálculos de probabilidades. Además había uno, al que llamaban Abracadabra, que era capaz de determinar cuánto había que apostar en las carreras de caballos para ver aparecer en el marcador el número útil a efectos de pagar en la lotería lo menos posible o incluso nada. Porque siempre salía un hijo de buen vecino capaz de jugar diez o veinte dólares a la combinación justa, o a veces toda una comunidad de vecinos se ponía de acuerdo para jugar un cuarto de dólar por cabeza a la misma combinación. Y un cuarto de dólar multiplicado por cien son veinticinco dólares. Pagar a seiscientos el dólar significaba para el banco tener que poner de seis mil a quince mil dólares, los beneficios de dos semanas enteras. Abracadabra era el seguro contra la suerte ajena. Preferentemente se usaban sus servicios en las tres primeras carreras, si había que impedir apuestas fuertes sobre combinaciones que empezaban todas con el mismo número. En los casos desesperados, lo ponían manos a la obra en las últimas dos carreras, al objeto de que no saliera el número final de una combinación ganadora de quince-veinte dólares.

Moretti fue quien más acusó las astucias de Schultz. Las discusiones entre sus hombres eran diarias. Moretti se moría de rabia, pero no tenía pruebas contra el holandés: técnicamente no hacía trampa en las cotizaciones de las carreras, sólo las orientaba sirviéndose del genio inspirado de Abracadabra. Pero la consecuencia lógica era que los bancos de Dutch Schultz acumulaban ganancias, mientras que los de Moretti corrían el riesgo de quebrar. Si Moretti era un Napoleón de los juegos de azar, parecía estar a un paso de su Waterloo. Y la eliminación de Schultz le fue que ni pintada. A pesar de que fue Luciano quien heredó a Abracadabra: esa noche Jimmy me había proporcionado la combinación que, siguiendo los cálculos de Abracadabra, iba a salir vencedora al día siguiente. Lo recuerdo como si fuera ayer: 131. A las siete de la tarde me convertí en el vencedor alucinado de mil ochocientos dólares: la cifra superaba con creces mis ahorros en el banco tras cuatro años y medio de esfuerzos y fatigas en América. Luciano, a su manera, se había librado de tener que pagarme por los domingos en la Colegiata. Pero, aquella noche, a la salida del Hollywood me topé con Valachi, que estaba apoyado en la portezuela de su Packard. Lo saludé feliz de poder compartir con él mi buena suerte: yo nada sabía de la existencia de Abracadabra, de los cálculos, de los números ajustados. Valachi, en cambio, se mostró distante. Me invitó a subir a su coche; con cara de pocos amigos condujo hasta su restaurante, el Paradise, en la calle 110 a la altura de la Octava Avenida.

No me dio ni tiempo de sentarme y ni siquiera me ofreció un triste plato de pasta: me asaltó a las primeras de cambio.

—¿Tienes tú la combinación ganadora? La 131...

—Sí, me la dio Jimmy... —Lo dije sin ánimo de causarle problemas al pobre Jimmy, mi única intención era aclararle que me la había pasado uno a quien él conocía y con el que podía verificarlo todo.

—¿Y ahora te fías de un polaco que se hace llamar Jimmy?

Valachi iba lanzado. Yo no sabía que Jimmy fuera polaco, no tenía más trato con él que los «hola» y «hasta luego» de rigor cuando nos cruzábamos. Valachi continuaba arremetiendo contra mí sin explicar qué era lo que pasaba.

—Joe, estás cabreado, pero me gustaría saber por qué motivo...

—Ah, ¿no tienes ni idea?

—Eso parece.

—En tu opinión, ¿la jugada que Jimmy ha soplado a qué banco pertenece?

—Tú... —Para mí él era un simple ayudante de Genovese, y además hasta el día antes yo nunca había oído hablar de la lotería clandestina.

—Bravo: soy yo quien tiene que aflojar mil ochocientos dólares.

—Joe, te lo juro: yo no tengo nada que ver con esto. —Le hablé de la Colegiata, de la recompensa, del billete que había recibido de Jimmy.

—Alguien ha intentado tomarme el pelo. —Fue su conclusión.

—¿Quién?

—¿Quién? Luciano. ¿Quién, si no? Tal vez se lo haya pedido Genovese, tal vez Moretti, tal vez han decidido que yo era el pez pequeño y que podía pagar.

—¿Por qué motivo?

—Creía que podía quedarme en un rinconcito, sin molestar, y campar finalmente en paz.

—¿Y ahora?

—Voy a tener que presentarme ante Genovese y lloriquearle.

—Pero ¿para ti son muchos mil ochocientos dólares?

—Los beneficios de dos meses. Ya te lo he dicho: mi banco es minúsculo, nos encargamos de las migajas, de las apuestas mínimas que los demás rechazan. Cuando ha llovido esta apuesta de tres dólares, he intentado protegerme las espaldas, pero ninguno de los bancos más fuertes ha aceptado tres dólares por el 131. Y me han dejado que me rascara los bolsillos yo solito. Con el banco esperaba poder pagarme el restaurante: aquí es donde veía mi futuro y el de Mildred. Déjalo, Willy, no te preocupes: amigos como antes. —Esbozó una tímida sonrisa.

—Joe, ¿qué significa que vas a tener que lloriquearle a Genovese?

—Que voy a ofrecerle el banco o el restaurante. —Hundió la cabeza entre sus hombros de luchador, en un gesto desconsolado.

—No quiero esos mil ochocientos dólares.

—¿Te has vuelto loco? Tú quedas fuera de todo esto, y ese dinero lo has ganado. Soy yo quien tiene un problema, no tú.

—Te lo repito: no quiero tu dinero. No sabía nada de eso y no lo quiero.

—Willy, eres un buen amigo, y te lo agradezco. Pero si no te pago, me buscaré problemas.

—Ya me has pagado. Tómatelo como si te hubiera prestado mil ochocientos dólares. Cuando tengas una cadena de restaurantes y te conviertas en un gran señor, ya me los devolverás. Vendré a comer hasta reventar con Rosa y Turidduzzu.

Valachi se quedó de piedra con mi propuesta.

—Joe, pero primero me cocinas unos espaguetis y luego me acompañas a casa.

A Valachi volvería a verlo alguna vez más, a diferencia de los mil ochocientos dólares. Por lo menos no tenía remordimientos de conciencia hacia alguien que se había portado bien.

A primerísima hora de la mañana siguiente llamaron al timbre de la puerta. Eran tres esbirros de la comisaría. Rosa les hizo pasar al salón, les preparó un café. Se lo sirvió, se excusó y se sentó ante la máquina de coser. Sin exteriorizarlo, saboreaba su éxito personal: ¿cuántas veces me había repetido que mis malas compañías acabarían causándome problemas?

Los esbirros empezaron por el asesinato de Dutch Schultz: ¿por casualidad conocía algún detalle que pudiera ser de utilidad para la investigación? ¿Había notado algo raro? ¿Había presenciado alguna reunión secreta en el Hollywood entre Costello, Luciano, Siegel, Adonis y Genovese? Respondí negativamente, y a ellos no les gustó mi respuesta. Me recordaron que era extranjero, que podían retirarme la nacionalidad si no me portaba como un niño bueno. A continuación pasaron a la Anonima Assassini. ¿Tenía alguna información? Durante la fiesta del 13 de julio en honor de Anastasia, ¿por casualidad había participado en la reunión del mismo Anastasia con Moretti, Costello y Adonis? Yo estaba fuera de juego. Vale que América es la madre de todos los falsos ingenuos; vale que es el único país del mundo en cuyo formulario para cruzar la aduana se pregunta al visitante si esconde armas y explosivos y si cruza la frontera con la intención de cometer algún delito; pero imaginar que puede fundarse la Anonima Assassini con la misma despreocupación y los mismos formalismos con que se crea la asociación para asistir a los niños rubitos del país me parecía un insulto hacia todos los buenos cristianos como yo. No obstante, me dije a mí mismo que yo era Willy Melodia, un artista, y, como tal, más ingenuo que los esbirros ingenuos de Tommy Dewey. De modo que respondí con un estupor parejo al que ellos empleaban al formular sus preguntas. Reprimí las ganas rabiosas que tenía de restregarles por la cara a los tres polis que habían sido Luciano y Costello quienes se habían opuesto a los propósitos del holandés de cargarse a su queridísimo fiscal. Y que ya podían dar las gracias a la mano santa que había entregado el alma de Dutch Schultz al Creador, en lugar de indignarse por la sangre que había ensuciado las mesas y el suelo.

No fue sólo el instinto de supervivencia lo que me detuvo: fue la presencia de Rosa. Tenía la cara escondida tras la máquina de coser, pero yo podía adivinar sus miradas irónicas a cada pregunta insistente de los esbirros. Y no quise darle esa satisfacción. Sin embargo, en cuanto se fueron, me di cuenta de que el desprecio de Rosa por el ambiente en el que me obstinaba en trabajar era mucho más fuerte que la complicidad y el amor que nos unía.

Fueron días de nerviosismo general, a pesar de que todos se esforzaban por demostrar que jamás se habían sentido tan tranquilos como en aquel lance. En el Hollywood, los clientes tenían que hacer cola para entrar en el salón de las fiestas. Adonis examinaba la vestimenta de los empleados, y les obligaba a comprarse camisas, corbatas, calcetines y zapatos en las tiendas que pertenecían a su círculo. Costello se citaba con los postulantes a la salida del Moore's Restaurant, en Broadway Avenue, esquina con la calle 46 Oeste, su restaurante preferido para el tentempié de la una. Les escuchaba y luego los liquidaba de camino a la portezuela de su Ford Convertible cabriolé, que el aparcacoches le guardaba descapotado. Una tarde le vieron con Joe Kennedy, en plena campaña de financiación para la reelección de Roosevelt al año siguiente. Lansky insistía en que lo mejor para todos era irse a vivir a Cuba: casinos, cubalibres y mujeres calientes. ¿Qué más podía pedirse en esta vida?

Pero cuando todo está en su sitio, nada está ordenado: ¿lo digo bien? En efecto, Siegel me llevó un día a cenar al Palm Gardens, un restaurante en la calle 52 poco frecuentado por los compadres: estaba a punto de mudarse a Los Ángeles en compañía de Virginia Hill, la muñeca almibarada que le había acompañado a la gran fiesta de Costello y Luciano.

—El aire aquí está demasiado cargado —anunció sin reír, algo verdaderamente inusitado tratándose de él.

—¿Por lo de Schultz?

—No, por Dewey. El problema no es tanto él como lo que se cuece a sus espaldas.

—Y ¿qué es lo que se cuece?

—Los irlandeses y mis correligionarios, a quienes vosotros los italianos habéis dejado fuera del negocio. Digamos que ha llegado la hora de la revancha...

—Pero si Dewey la tiene tomada con Luciano...

—Exacto. El más fuerte, que también es el más débil.

—¿Por qué?

—Ha crecido demasiado para poder abarcarlo todo. Charles tiene mucha sangre fría, no sabe de palpitaciones y emociones: es una máquina de guerra dentro de un cuerpo humano. Su naturaleza le hace olvidar que los demás tienen otro tipo de exigencias.

—¿Y los amigos judíos de Luciano?

—No me parece que tengan muchas ganas de intervenir. Los veo despistados. De hecho, Lansky ha salido de nuevo para Cuba.

—Y tú te vas a Los Ángeles.

—El cine es la única fiesta que vosotros los *mangiaspaghetti* nos habéis dejado a los pobres judíos.

El año 1935 llegó a su fin entre sacudidas, indolencia y aburrimiento. El año 1936 empezó del mismo modo. No tenía que pasar nada, pero todos estábamos esperando que pasara algo. Muchos de los que se movían en el círculo de Luciano, Costello, Bonanno y Adonis estaban convencidos de ser invencibles, de ser demasiado ricos e intrépidos para caer del pedestal en la cima del Empire State Building. Nadie les había explicado que cuanto más se sube, más polvareda se levanta el día en que se cae.

Pasaba las tardes de domingo en el Alvin Theatre. Habría podido tocar de memoria casi todas las canciones de *Porgy and Bess*; cada noche, en el Hollywood, me explayaba con *Summertime*, con *I'm on My Way*, con *I loves You, Porgy*, con *It Ain't Necessarily So* y con *A Woman Is a Sometime Thing*. Los clientes aplaudían, los pocos que todavía no habían visto el espectáculo se compraban las entradas, y la gran mayoría repetía, yo entre ellos. *Porgy and Bess* tenía una magia especial; sus notas y sus letras eran como aire fresco para el alma. Asistí al espectáculo la noche en que Luigi Pirandello estaba en platea. Los periódicos le habían dedicado mucho espacio, habían publicado su foto y habían informado de que había ganado el Nobel. Pero mi secreta complacencia era que Pirandello era siciliano como yo: nunca habría dicho que en Agrigento pudiera nacer alguien tan importante. Al final de la representación intenté acercarme a él. Era un viejecito al que había que tratar con delicadeza, parecía de porcelana. Estaba hablando con el director, Rouben Mamoulian. Se encaminaron hacia los camerinos, y yo les seguí y casi choqué contra ellos. Me presenté, le dije que era de Catania, que to-

caba en el Hollywood y que para nosotros sería todo un honor poder tenerlo como invitado. Me puse rojo como un tomate y casi no
podía respirar. Pirandello movió imperceptiblemente la cabeza,
molesto por tener que levantarla para echarme un vistazo, y siguió
hablando con Mamoulian. Su Sicilia no era la mía, y sobre la mía
aquella noche llovieron lágrimas.

Llegó una carta de mi madre: con dos días de diferencia, mi padre había muerto de un ataque al corazón y Peppino haciendo de
voluntario en África con los camisas negras. Recordé que había leído que Mussolini tenía intereses en Etiopía, pero ¿dónde se había
metido Peppino? En la pequeña página con la letra torcida, mi madre no me daba muchos más detalles. Mi padre se había negado a
que le ingresaran en el hospital, la muerte de Peppino tal vez iba
a dejarle una pensión de guerra. Yo tenía clavada en la mente la
imagen de mi padre empujando la carreta hacia Ognina. No le importaba el esfuerzo, sólo pensaba en Nino, en Peppino y en mí, ex-
citadísimos por aquel día tan especial. Siempre supo transformar lo
poco que le había tocado en suficiente: su gran orgullo había sido
podernos mantener a nosotros, sus hijos, sin tener que alquilarnos
a *compare* Pippo. Contuve el dolor por su muerte toda la noche.
Intenté dedicarle una canción, pero ignoraba sus gustos; en realidad, nunca había conocido sus pasiones, sus esperanzas, sus nostal-
gias. Toqué *When the Saints Go Marching In* para excusarme por
todo lo que nunca le había dicho. Tampoco supe qué decirle cuando finalmente conseguí llorar: estacioné el Oakland al lado de Mosholu Park y sollocé «Papá, papá, papá...», golpeando el volante con
los puños. Pensé en Peppino, ya en la cama, con los ojos cerrados.
En él, en la hamaca, en el carbón, en Nino. Pensé en aquellos años
perdidos para siempre, sepultados por el tiempo, en nosotros que
habíamos crecido sin pensar que éramos hermanos, y que nos habíamos separado antes de que los sentimientos tomaran el relevo a
la costumbre. No derramé una sola lágrima por Peppino; me habría
gustado poder llorarlo, me esforcé, pero Peppino había salido de
mi vida hacía ya mucho tiempo. Y su muerte no bastó para que volviera a entrar en ella.

No le dije nada a Rosa de mi doble luto. Desde el interrogatorio de los esbirros estábamos distantes: y no era mi intención pre-
tender conmoverla con mis desgracias. Ella, por lo demás, sólo pen-

saba en su trabajo. Había hecho instalar un teléfono para agilizar la comunicación con las grandes damas de Park Avenue, que se habían convertido ya en clientas habituales; había contratado a dos ayudantes en casa y tenía cinco o seis más que trabajaban fuera. Me parecía lanzadísima, por eso me pilló por sorpresa la noche que me estaba esperando en el sofá.

—¿Nos mudamos a Los Ángeles? —me lo preguntó incluso antes de saludarme, antes de enterarse de si había tenido una buena o una mala noche, de interesarse por si había comido algo. Por un momento pensé que se había puesto de acuerdo con Siegel, o que, quién sabe, tal vez era la amante secreta de Ben.

—¿Los Ángeles? —dije para ganar unos segundos.

—Me has entendido perfectamente.

—¿Los Ángeles? —repetí para marcar distancia.

—Habría una oportunidad.

—¿Qué oportunidad?

—¿Te acuerdas del abogado judío amigo de Pina? Marc Thal, nuestro testigo de boda... —Lo dijo con el placer de provocarme.

Asentí.

—Bueno, pues él trata con la gente del cine, lleva el papeleo de algunos estudios. Y asegura que en Los Ángeles necesitan como el aire que respiran a gente que sepa hacer buenos vestidos y que se las apañe con el piano. Mino, es la ocasión que buscábamos para alejarnos de tus amigos, para tener un trabajo y una vida sólo para nosotros. —De repente Rosa se había vuelto apasionada, se mostraba participativa.

—¿El abogado se ha transformado en Papá Noel por simpatía? ¿Hacia ti y hacia mí? —Me tocaba a mí provocar.

Rosa me respondió gélida.

—Tú y yo le traemos sin cuidado.

—¿Entonces?

—Lo hace para tener a Pina cerca.

Recordé las cualidades de Josephine que Genovese había ensalzado. A mí, Josephine me caía bien, pero todavía no quería dar mi brazo a torcer.

—¿Se ha enamorado de tu hermana, el abogado? ¿Ya no tiene suficiente con tirársela en Nueva York? ¿O es que no le gusta la idea de que los demás clientes la manoseen?

—El amor no tiene nada que ver. Pina es la única que lo pone
en marcha. Y, como buen judío, quiere unir el placer con la utilidad. Nos prestaría dinero para abrir una boutique de esas que se
encargan de los vestidos de las películas, para los estudios de cine.

—¿Y qué haría yo en medio de todo esto? No sé coser, yo...
—Y tampoco tengo conejito...

—Tú tendrías que tocar el piano. Marc está convencido de que
no te costaría nada encontrar un empleo, y él mismo se encargaría
de presentarte a directores y productores. Físicamente no estás
nada mal, con los tapones que corren por ahí...

Del Hollywood a Hollywood. Por un instante dejé volar mi
imaginación bajo la mirada inquisitiva de Rosa. Al final aterricé: no
me veía a mí mismo en Hollywood. Además, habría significado tener que renunciar al gran sueño de la batería con las letras de
«Willy Melodia y su orquesta». Nos acostamos más fríos y distantes
que nunca.

Al día siguiente fue Martina, la guardarropa palermitana, quien me
susurró: «Han arrestado a don Luciano».

Lo que nunca iba a pasar había pasado. Entró Costello: impecable y elegante como siempre, preguntaba por las modificaciones
primaverales del mobiliario y de la carta. Pero continuamente venían a avisarle de que preguntaban por él al teléfono: iba y volvía.
En la bodega, en el depósito de la basura, en los rincones de la cocina se oían los noticiarios radiofónicos: ¿en qué distrito habían encarcelado a Charlie? Las noticias corrían entre susurros, de boca en
boca, aunque cada cual intentaba seguir las propias rutinas lo mejor que podía: que siga la función. Yo tocaba *The Prisoner's Song* y
Little Log Cabin by the Sea, la gran orquesta del salón se ponía en
pie para acompañar el solo, las bailarinas recurrían a los guiños más
maliciosos, y hasta las lámparas se preguntaban: ¿qué será de nosotros?

¿Entonces cuándo te arrestan? Fue el saludo de Rosa cuando
regresé a casa. Toda la ciudad sabía que el pequeño dios inculto y
millonario, y sobre todo *dago*, había caído. Dewey y La Guardia garantizaban que con su arresto la vida en New York iba a ser más fácil. Pero yo puedo dar fe de que Luciano y sus compadres no tenían

menos honor que los banqueros, los empresarios y los hombres de negocios que frecuentaban sus fiestas. En cualquier caso, yo no tenía miedo de que me arrestaran. Y se lo dije a Rosa. Pero ella repuso con desprecio que, depuesto el tirano, caerían también sus esclavos. Todo lo contrario, ni siquiera me interrogaron. Como tampoco interrogaron a Costello, Adonis, Lansky o Bonanno. Era como si el único chico malo del vecindario fuera Luciano.

Costello y Lansky enseguida se pusieron manos a la obra para ayudarlo. Contrataron al abogado más famoso, Moses Polakoff, otro prófugo de sangre judía de la Europa central, con miles de contactos en los tribunales y la administración. Estaban convencidos de que Luciano iba a salir del trance, que al final no encontrarían testigos para encerrarlo. La acusación no figuraba entre las peores: explotación de la prostitución. Ninguna alusión al refinamiento y tráfico de estupefacientes.

Esa noche Rosa no estaba en casa. Era la primera vez desde que nos habíamos casado. Había confiado a Turidduzzu a una jovencísima ayudante alemana, que no pronunciaba una palabra de italiano o de inglés. Mediante gestos, me dijo que la habían telefoneado, que Rosa se había deshecho en lágrimas y que había llamado a un taxi. Imaginé que tenía que ver con Josephine, que había surgido algún problema con su amigo abogado, que a lo mejor no se le había puesto dura y se había cabreado. Entonces Turidduzzu se despertó. Me entretuve jugando con él. Ya tenía dos años y medio, empezaba a hablar y se hacía entender. Lo pasé bien, lástima que Rosa enseguida regresó. Estaba destrozada. Los esbirros habían detenido a Josephine. Hacía horas que la estaban interrogando. Amenazaban con no soltarla si no les contaba todo lo que sabía sobre Luciano.

—¿Qué va a saber ella?

—¿Y yo qué sé?

Yo, sin embargo, sabía que Josephine habría podido confesarlo casi todo, desde la gestión de los burdeles hasta el pequeño laboratorio para refinar la droga que había en cada uno de ellos, la llamada «farmacia». En mi opinión, también Rosa estaba al corriente de los secretos de su hermana. No pegué ojo en toda la noche. Me revolvía en la cama sin saber qué hacer: ¿tenía que avisar a Costello del interrogatorio de Josephine? Probablemente las otras chicas ya habían informado a Costello: el quid de la cuestión era si debía avisarle de la amenaza de los esbirros. Intuía que Costello habría podido intervenir para proteger a Luciano, pero ése era precisamente el problema de los problemas: ¿qué iba a pasar con Josephine? Esta vez no era como en las películas del oeste, en las que bastaba con llamar a los nuestros para que acudieran a salvar a quienes estaban en peligro. Para salvar a Luciano habría tenido que sacrificar a Josephine. Miré a Rosa: dormía presa del ansia. A pesar de todo, yo la quería, sentía que le debía algo. Fui a ver a Turidduzzu: dormía como un ángel. Él necesitaba a Rosa, necesitaba a su madre; y yo quería que esta madre no tuviera más preocupaciones que su hijo y su trabajo. Decidí no avisar a Costello.

En el Hollywood trataba de hablar lo menos posible. Totonno y Dominick me escrutaban como dos búhos: a cada momento me preguntaban si me había dado un golpe en la cabeza. Yo musitaba que no, y dejaba caer el nombre de Rosa. Todos estaban al corriente de nuestra relación tempestuosa, de mis cambios de humor provocados —según afirmaba Totonno— por la decisión de Rosa de abrirse o no de piernas.

Josephine no volvió al apartamento de Chambers Street. Se concedió unas vacaciones con su abogado. Rosa me anunció que su hermana estaba extenuada y que necesitaba descansar. La policía cerró las casas de Luciano, aunque algunas chicas continuaron durmiendo en ellas. Todo seguía su curso en una atmósfera en suspense: se acercaba el juicio contra Luciano. A mí no me pareció un buen auspicio el que Lansky, tras dejarse ver por el Hollywood un par de días, partiera de nuevo hacia Cuba.

A mediados de mayo, el imperio de Italia fue proclamado hasta en New York. Se organizó una fiesta imponente en los barrios cercanos al puerto para celebrar dignamente la conquista de Etiopía, con todo lo que acarreaba. Costello y los demás amigos se mantuvieron aparte, pero los enviados de Mussolini, en pocos días, se encargaron de los desfiles, las pancartas, los enormes retratos del Duce y del rey, y los carteles inmensos donde la bota de la península Italiana se posaba sobre media África. La participación fue masiva. Una alegría genuina recorría las calles, nunca se había visto tanto orgullo por el hecho de ser italiano. La gente competía en sus declaraciones de amor patrio, que por otro lado eran sinceras. Nos sentíamos hijos de una gran nación: todos parecían haber olvidado que se habían visto obligados a marcharse de Italia, y que la mayoría nunca volvería a su tierra. Los policías nos miraban estupefactos. Uno hasta quiso preguntar si nos habían prometido algo a cambio.

Fui el único del círculo de Luciano que asistió al primer día del proceso. Me senté en las últimas filas, con ánimo de pasar desapercibido. ¿Por qué fui al juicio? Por inconsciencia, por tozudez, por gratitud, por insolencia: un poco por todo, aunque el verdadero motivo era Josephine. Rosa no me había dicho una palabra, y yo me había guardado muy mucho de preguntar, pero tenía la sensación de que se avecinaba una tempestad, o mejor dicho un huracán. Y quería estar presente cuando estallara.

Luciano tenía la expresión serena, parecía un espectador. Vestía un traje formal, no excesivamente elegante, a lo Costello, para entendernos. No se dignaba mirar a Dewey, que parecía estar incómodo a dos metros de él, rodeado de legajos y colaboradores. Dewey se jugaba en ese juicio su victoria más importante, y era consciente de ello. Saboreaba su ingreso en la historia. Polakoff, el abogado defensor, era un letrado hábil; pero parecía distante, hasta casi sin interés: como si fuera un invitado que estaba de paso. Enseguida quedó claro que Luciano no tenía escapatoria. La acusación presentó una marea de documentos y de testigos. A cada declaración —yo no me perdí ninguna—, aumentaban las imputaciones contra Luciano. Me quedé desconcertado ante las acusaciones que llovieron sobre Charlie: ¿cómo podía haber sido yo tan papanatas? La base era la explotación de la prostitución, a la que se sumaban todo tipo de fraudes: desde evasión de impuestos hasta prevaricación. Para asegurarse el tiro, Dewey había dejado de lado el tráfico de estupefacientes. A él lo que le interesaba era una condena segura, no el respeto de la ley.

No vi a ningún paisano ni dentro ni fuera de la sala, a pesar de que di por descontado que Costello y Lansky tendrían a sus propios informadores entre el público, entre los integrantes del tribunal y entre los policías de servicio. En el Hollywood preferí no contar a nadie dónde pasaba las mañanas, aunque me extrañaba que nadie hubiera informado a Costello. Me asustaban las preguntas, o que alguien pudiera pedirme cuentas de algo tan difícil de explicar. Mi única preocupación seguía siendo Josephine. ¿Había hablado o había guardado silencio? Los días pasaban. Los testigos, sobre todo las chicas del burdel, iban desfilando ante el banquillo. ¿Cuántas sesiones quedaban?

Josephine declaró, vestida de blanco, a comienzos del mes de junio. Se subió el velo de su sombrero, y empezó a hablar. Fue despiadada. No se dejó ningún detalle, por escabroso que fuera, ni dejó de dar cuenta del último centavo de los dólares que ganaba. Desde el banco del final de la sala, yo sufría por ella y también por él. Entreveía el rostro de Josephine, la nuca de Luciano. Quién sabe si llegaron a mirarse. La declaración de Josephine duró mucho. Me pareció la más determinante de todas las que escuché. Cuando hubo terminado, impertérrita, se dirigió hacia la salida con la cabeza bien alta. Me vio y se sobresaltó, luego recuperó la compostura y salió. Me quedé tan aturdido que seguí pegado a mi banco después de que la sala se vaciara, hasta que una amable guardia de color me informó de que la sesión había terminado y me pidió si era tan amable de salir.

Estuve deambulando durante horas, perdido y sin que de nada me sirviera mi altura. ¿De qué podía servirme mirar a los demás transeúntes desde arriba, si para ellos yo no era más que un pigmeo al que podían pisotear?

Entré en el Hollywood como de pequeño entraba en el cuarto de mi madre cuando había preparado la infusión de hierbas para la purga. Totonno se ocupó de despabilarme: ahora mismo al despacho de don Costello.

—No quiero que sigas yendo al proceso de Luciano —lo dijo en un tono duro y fulminante.

Levanté los brazos en señal de rendición, pero él no cejó.

—¿No crees que ya has demostrado suficientemente tu aprecio por Charlie?

Yo esperaba que tras este rodeo cayera en picado sobre su presa: Josephine.

—Willy, hace casi un año que tocas en el Hollywood, tu cara es conocida. No quiero encontrármela un día en el *New York Times* con el pie de foto «el pianista del Hollywood amigo del gángster». Te traería problemas a ti, a mí y al local.

Ni la menor referencia a Josephine, a sus declaraciones que habían crucificado a Luciano. Lo cual era mucho más peligroso que si me las hubiera restregado por la cara.

Esa noche toqué *St. Louis Blues* y otras piezas todavía más tristes.

Aparqué en Briggs Avenue con el corazón hecho trizas. Miré la entrada, las ventanas de casa, con la melancolía de haberlas perdido. Todo corría peligro. Corría peligro yo, corría peligro Rosa, corría peligro Turidduzzu. El pensamiento de Turidduzzu, que dormía en su cuna como un ángel, me apabulló. Salí corriendo hacia casa con el insensato deseo de protegerlo. No había nadie. Sobre la mesa de la cocina, al lado de la olla con la sopa de habas, Rosa había dejado una hoja cuadriculada: había salido hacia Los Ángeles con Turidduzzu, en compañía de Josephine y el abogado judío. Si me decidía a cambiar de vida, me esperaba en California, donde también habría un sitio para mí en el cine y donde podríamos labrarnos un futuro. En caso contrario, me pedía que no fuera a buscarla: sería una pérdida de tiempo para los dos, puesto que ella no tenía ninguna intención de dar marcha atrás. Podría ver a Turidduzzu siempre que quisiera, por supuesto en Los Ángeles.

La ausencia de Turidduzzu me hundió.

Lo recuerdo como si fuera ayer: odié a los judíos más que Hitler. ¿Por qué precisamente yo tenía que depender de que a un abogado judío sólo se le pusiera dura con mi cuñada?

La rabia es una mala compañera, sobre todo cuando se mezcla con la imposibilidad de reaccionar. Descargaba sobre los demás una responsabilidad que era exclusivamente mía y tal vez de Rosa. Rosa y yo estábamos destinados a explotar: la mecha estaba preparada, sólo faltaba prenderle fuego. El gilipollas del abogado se había encargado de hacerlo. Maldije a los judíos, pero la primera persona a la que acudí fue precisamente un judío, Siegel. Me había dejado un número de teléfono de California. Le llamé. En Nueva York eran las tres de la madrugada, para ellos medianoche. Respondió el mismo Ben, noté que estaba a punto de salir, aunque él no me dijo nada. Le resumí la situación. ¿Y qué hago yo ahora?

Su consejo fue que tuviera paciencia. Si salía corriendo detrás de Rosa, los amigos iban a presuponer que yo era cómplice de Josephine: habría sido como firmar mi sentencia de muerte. Si quería evitar ulteriores daños a mí y a mi familia, tenía que aceptar la jugada de Rosa, y la separación de Turidduzzu, hasta que se dictara la sentencia de Luciano.

¿Qué iba a pasar después con nosotros? ¿Y conmigo?

—Mis amigos los corredores de apuestas hípicas no darían mucho por ti... —fue la respuesta de Siegel. Me dijo que iba a tener más noticias a la semana siguiente: pronto estaría en Nueva York. Tenían una reunión con Lansky, Costello, Adonis, Genovese y Bonanno para tratar sobre la etapa post-Luciano: la condena parecía inevitable. Me dijo que no le contara a nadie la fuga de Rosa y de Josephine: había que evitar a toda costa que Moretti o Anastasia se cabrearan. Sólo el tiempo y las razones iban a poder amortiguar el golpe y aconsejar prudencia a los compadres.

Siegel comprendió que tras esa llamada yo querría tirarme por la ventana.

—Willy, prepárate un plato de espaguetis, con tomate, *ricotta* y albahaca, y lo verás todo más claro, tranquilo...

Esperaba un respingo de optimismo que no llegó.

—Eso significa —añadió— que por lo menos Lansky no irá contra ti. Y eso es muy importante, hazme caso. Para marcarte a ti y a tu familia con una cruz, necesitarán el beneplácito de Charles, pero Charles siempre escucha la opinión de Lansky.

Luego mi vida dependía de la confraternidad judía.

Condenaron a Luciano, y de qué manera. Le atribuyeron sesenta y dos delitos. El juez anunció visiblemente complacido que la pena no podía ser inferior a treinta años, y después refunfuñó que no podía ser superior a cincuenta. Tal vez esperaba que le dieran las gracias.

Observé a Charlie de espaldas. Imperturbable: ningún sobresalto, con la espalda derecha y la cabeza erguida. Se lo llevaron de la sala con las esposas bien a la vista, y lo entregaron como pasto a los fotógrafos. Yo me había colado en la sala a escondidas, desafiando la prohibición de Costello. Pasé una semana muerto de miedo: en la foto que publicaron en la portada del *Evening Sun*, donde aparecía Luciano haciendo una mueca socarrona, se me entreveía al fondo. Por suerte tenía la cabeza baja y la imagen era borrosa, pero seguía siendo yo: habría bastado una lupa para reconocerme.

Siegel había bajado al Washington Square Hotel. Me citó en los jardines, al lado del busto de Garibaldi. Pero no se presentó. Me acerqué al Reggio, que en el cartel se preciaba de ser el primer café-restaurante del Village. Conocía a uno de los camareros, y me dirigí a él para preguntarle por Ben. Había dejado un sobre para mí. Contenía una tarjeta con la dirección del Millie's Inn de Montauk, es decir, Long Island. Recorrí casi doscientos kilómetros hasta la última punta de la península, más allá de las famosas residencias de Hamptons, con el temor de que el Oakland me dejara tirado al lado del mar embravecido. Pero el coche cumplió con su deber de llevarme hasta destino y me dejó en la entrada. El hotel ni siquiera hospedaba a parejas clandestinas, era más bien un lugar para amantes enfermizos de la soledad. Siegel me sonrió desde la barra del bar.

—Tendrás que disculparme la bromita —me dijo bronceado, relajado y más seductor que nunca.

Nos abrazamos, aunque para mí era importante comprender qué quería decir con eso de la bromita.

—Corren tiempos de confusión —dijo todo contento—. Tu cuñada hizo una de las principales declaraciones en la acusación de Charles. Y yo soy un representante de una vieja minoría que, eliminado Charles, ya no tiene más santos en vuestro paraíso. No es que yo sea del agrado de Luciano, pero está demasiado unido a Lansky para disgustarle. A Genovese, en cambio, Lansky le trae sin cuidado, y Adonis un día me ama y al siguiente me odia. Es así desde que nos dedicábamos a robar coches por las callejuelas de la Primera. De modo que mejor que evitemos la publicidad, ¿no te parece?

—¿De quién? —La duda me salió del corazón. El lugar estaba tan apartado que en la mentalidad terca de un siciliano equivalía a la plaza principal del pueblo.

—En el peor de los casos, nos tomarán por dos maricas resabiados. ¿No te ha pasado nunca?

Me quedé sin habla, pero debí de causar otra impresión.

—*Minchia*, como decís vosotros los sicilianos, no quería ofender la más que probada masculinidad de un magnífico ejemplar de la raza más jodedora del planeta..., pero tu mujer te ha dejado plantado, por lo que se ve puede prescindir de Willy Melodia en su lecho.

Tocado y hundido. Llegados a ese punto, me abstuve de contarle que Rosa, antes de marcharse, había tenido la ocurrencia de dejar bien secos nuestros depósitos de la Banca d'America e d'Italia.

—Vamos, Willy, ¿cómo podéis ser tan susceptibles? Sólo te tomo un poco el pelo para hacerlo más llevadero...

—¿Tan mala es la situación?

—Para mí, no; para ti, sí.

Me condujo a la mesa del restaurante.

—Tendrás que contentarte con el clásico bistec estilo Hollywood. Nada de pasta, tomates, *ricotta*, salchichas ni pizza.

—¿Has visto a Rosa?

—No he visto a Rosa ni a Josephine. Pero me he informado. El abogado de Josephine, ese Marc Thal, está en el círculo de Mike Cohen. Y tú te preguntarás quién es ese Mike Cohen, ¿no es así?

Daba en el clavo.

—Mike Cohen es un buen chico de California, que gana millones a raudales con la gente del cine. Entre paréntesis, también él es judío: como te dije, el cine es una gran fiesta para nosotros los judíos. Puesto que ya aprendimos la lección, esta vez intentaremos que no lleguéis vosotros, los *paisà*, a soplarnos el negocio. Como máximo os ofreceremos el papel de *guest star*, es decir, de actores no protagonistas. Pero para que podáis desempeñar ese papel es preferible no interferir en la vida erótica de Marc Thal, que se encarga de los contratos de Cohen. Él es el mejor mediador que imaginarse pueda entre la mala vida y la buena vida. Y los *boss* de Hollywood, no sólo Cohen, no van a dejar que nada le perjudique. ¿Te ha quedado claro?

—¿Quieres decir que Rosa y Turidduzzu no están en peligro?

—Depende de ti.

—¿De mí? —¿A quién pretendía tomarle el pelo?

—Me explico. Lansky le ha dejado claro a Luciano, es decir, a Costello y a los demás comedores de ajo y costillitas de cerdo, que si quieren seguir en los negocios de Cohen tienen que olvidarse de Josephine, y por lo tanto también de Rosa y de Turidduzzu. Si también tú tomas nota y sigues tocando en el Hollywood, correrán un velo sobre el pasado y sólo mirarán al futuro. Si, por el contrario, decides que Rosa es para ti lo más importante y vas a reunirte con ella en Los Ángeles, podría pasar que el velo lo usaran para cubrirte a ti y a tu familia.

—Es decir: o renuncio a mi familia o acabaremos mal.

—No es por ser puntilloso, pero diría que tu familia también tuvo que renunciar a ti. Y de esto no tienen la culpa los amigos. Te han acogido, alimentado, mimado y formado, y ahora no pueden asistir a tu desaparición sin preguntarse: pero ¿y Willy, dónde está? ¿Su cuñada lo ha contagiado y también se muere de ganas de confesarse con un fiscal?

—Yo nunca haría eso.

—De eso, ni tú mismo puedes estar seguro. Imagínate, pues, Anastasia y Genovese, que, como bien sabes, no son muy dados a elucubraciones filosóficas y prefieren el sonido tranquilizador de la metralleta. Willy, ponte en su lugar. Has oído demasiadas conversaciones, has visto demasiadas caras, has visitado demasiadas casas. Ya te lo dije en una ocasión y te lo repito ahora: estás atado de pies y manos a tus benefactores, sobre todo con Luciano fuera de lugar y conmigo en California.

—No sólo se trata de Rosa, hablamos de mi hijo.

—Con los hijos, los italianos sois más insoportables que los judíos, y no es que yo pueda decir precisamente que soy un buen padre. En Los Ángeles he comprado una especie de castillo a un cantante de ópera... Pero Esther y las niñas no están tan contentas de vivir solas ahí..., sobre todo Millicent y Barbara. —Cuando dijo el nombre de sus hijas, Ben se ensombreció—. Y encima están los tocacojones de los fotógrafos. Me tienen acorralado: no hay día en que los periódicos no saquen una foto mía y de Virginia... ¿Te imaginas la alegría de Esther y de las niñas?

¿Qué me importaba a mí él y esa soplapollas de Virginia Hill?

—Nunca renunciaré a Turidduzzu, cueste lo que cueste. —Lo dije con la voz temblando, más por miedo que por indignación.

—No tienes que renunciar a nadie. En septiembre, cuando comiencen de nuevo las partidas de póquer, te esperas a la primera noche en que Costello gane y le preguntas si te da una semana de vacaciones para estar con Turidduzzu, que ha pillado una bronquitis o qué sé yo. Verás como Frankie hasta te dará dinero para el médico.

Ben continuaba demostrándome que era mucho más amigo que yo.

14

El examen a Sinatra

No hubo necesidad de esperar a septiembre: prevalecieron el instinto de supervivencia y la superchería de quienes habían llegado a América para dar un vuelco a su propio destino y no podían parar su curso ante la sentencia de un tribunal. El arresto de Luciano quedó reducido a un incidente en el camino. Y los compadres destinaron sus esfuerzos a demostrar que no habían cambiado ni programas ni ritos, ni procedimientos ni jactancias.

Los periódicos reportaron el hallazgo de los cuerpos descuartizados de tres delincuentes que, según parecía, habían robado a unos clientes que salían del Joe's Italian Kitchen, el restaurante de Adonis. Al periodista que le preguntó si quería hacer algún comentario, Joe le respondió que lo sentía por las madres de los tres hampones, y que él no sabía nada del supuesto robo, y todavía menos de esa espeluznante ejecución. Para evitar ambas cosas, concluyó, bastaría con que la policía se ocupara de proteger a los ciudadanos en lugar de perseguirlos en sus momentos de solaz.

La Guardia con el hacha en mano haciendo trizas las máquinas tragaperras continuaba menoscabando las ganancias de Costello y los demás. Esas tragaperras eran el único sector de los compadres que arrastraba pérdidas, hasta el punto de que Adonis anunció a Costello su intención de salir del negocio para dedicarse a los coches y los cigarrillos.

Trataron del tema durante una magnífica velada transcurrida entre bellas señoritas, vino tinto de Toscana, pan recién horneado, embutido calabrés, en compañía de senadores, banqueros y petroleros, llegados en caravana desde la costa oeste para visitar la tercera maravilla de Nueva York, después del Empire State Building y el Central Park: el espléndido ático de dos pisos en la calle 44, que se alzaba entre el Algonquin Hotel y el Yacht Club. Había sido el salón preferido por Luciano: no había querido emplazar en él la «farmacia» de rigor para evitarles complicaciones a las insignes personalidades que lo frecuentaban. Charlie le había confiado la gestión a Genovese, con la intención expresa de que lo cuidara bien y lo protegiera de las guerras y las rivalidades intestinas del clan.

La tacañería de Genovese había eliminado las ostras, el caviar y el champán: decía que no entraban en sus preferencias campesinas. De modo que Costello nunca ponía los pies allí. Sí se personó, sin embargo, con motivo de esa fiesta privada en la que decidieron que debían sacar las tragaperras de Nueva York y en la que Adonis abandonó la sociedad de los amigos.

El ático hospedaba a las chicas más seductoras y más caras de la ciudad. En el primer piso se satisfacían las necesidades de la carne; en el segundo, el vértigo de los juegos de azar: póquer, *chemin de fer*, dados y *zecchinetta* para los paisanos. El precio también me incluía a mí, sentado al piano en el rincón, al lado de pufs, sofás blancos y sillones que se habían comprado en París, como todos los demás muebles estilo Liberty. Bajo las lámparas de cristal taraceado, el macizo piano negro a dos pedales construido en Inglaterra desentonaba. Pero Genovese, henchido de sí mismo, mostraba a los invitados la placa «Rubenstein» antes de susurrar complacido que el piano había pertenecido a aquel famoso pianista —naturalmente judío, añadía asqueado—, que se había retirado de la escena en el cenit de su carrera. La mayor parte de los invitados ignoraba que el pianista se llamaba Rubinstein y no Rubenstein, mientras que quienes estaban mejor informados sentían pánico con sólo pensar en la tormenta que se habría desatado si Genovese descubría que le habían embaucado. Yo formaba parte del numerito: no habría hablado ni bajo tortura.

A su manera, don Vitone era generoso conmigo. Pagaba bien y le habría gustado oírme tocar cada noche. Pero Costello se mostraba reacio, tenía a Genovese en peor consideración que Loretta a su círculo de amistades. En cualquier caso, yo me sabía manejar poniendo de acuerdo mi billetero con las amistades ajenas, antiguas y recientes. Obviamente, al final todos acababan descontentos; y el dinero, a mí, sólo me servía para gastármelo.

Nadie hizo ningún comentario sobre las declaraciones de Josephine, ni sobre su fuga a Los Ángeles con Rosa y Turidduzzu. Todos estaban al corriente, pero en mi presencia hacían como si nada. Sin embargo, yo me sentía como si a cada momento me estuvieran examinando. Mi único consuelo era Siegel: me llamaba para informarme de que Turidduzzu iba a la guardería de las hermanas, que Rosa y Josephine habían inaugurado la boutique en la zona de Sunset Boulevard, que los negocios y el poder de Marc Thal, el abogado de Josephine, crecían proporcionalmente a los éxitos y los ingresos de los judíos de Hollywood.

Tenía los bolsillos llenos de dinero, y la cabeza, llena de fantasmas. Ni siquiera la música me llegaba al corazón. Una tarde, mientras intentaba darme un baño para estar presentable, en la radio pusieron *St. James Infirmary* en la famosa ejecución de 1928 de Armstrong con Earl Hines al piano. Me pareció una conjura diabólica contra mis desgracias. La había escuchado por primera vez aquella noche con Rosa, en el cuchitril de la calle 14. Ese disco me irritó tanto, que por la noche me obsesioné con sacar de las teclas las mismas notas evocadoras que aquellos dos gigantes. Para olvidar desengaños y traiciones, buscaba en mi propia naturaleza la recompensa que nunca iba a darme. Necesitaba hacerme daño a mí mismo, y buscaba algo que confirmara mi incapacidad.

Cuanto más me hundía, más dinero malgastaba. Visité todas las tiendas de Adonis. Creo que nunca he tenido tantos trajes, tantas camisas, tantos zapatos y tantas corbatas como en aquellos meses. Era mi manera de suplir el vacío sentimental. Excepción hecha de mi madre —que estaba a diez mil kilómetros de distancia—, ¿quién quería a Mino Melodia, más conocido como Willy? Para no darme de cabeza contra las paredes deshabitadas de Briggs Avenue, adquirí la costumbre de no dormir en casa. Cada día una cama distinta. Mi único problema era a la hora de escoger: en el Hollywood había mucha carne fresca y disponible, y yo siempre estaba bien dispuesto a interpretar el papel de hombre de las estrellas. Aunque el problema surgía al despertarme: ¿dónde estoy y dónde está el baño? A menudo el momento de la despedida coincidía con el de la presentación.

Nochebuena y Nochevieja fueron de una tristeza indecible. Nadie se acordaba de disparar al pianista, aunque tal vez lo habría hecho él mismo de no ser por su gran apego a la vida. Me ayudaba la obligación de estar a la altura del Hollywood. Su fama y sus beneficios iban en aumento. Los míticos bistecs de dos dedos de grueso se cotizaban ya a nueve dólares. América tenía prisa por dejar atrás los años de penurias, y no reparaba en gastos, sobre todo cuando percibía el placer de lo prohibido. Y en el Hollywood, más que las bailarinas casi desnudas, lo que contaba era el halo de Luciano. La detención, el proceso, las acusaciones y la condena habían alimentado la fascinación perversa de sus amigos y de cuantos le frecuentaban. Cada día crecía la cola de quienes venían a espiar de cerca a esos *dago* patanes que dictaban las leyes de Nueva York. Qué gran sorpresa descubrir en las mesas de honor algunos rostros conocidos e impolutamente irreprochables. Despedían la arrogancia de sentirse unidos al Espíritu Santo y predestinados por Dios. Y a mí me tocaba entretenerlos sin dejar traslucir mis pensamientos. Parecía la propaganda de aquella famosa pieza de Armstrong sobre el funeral: primero la desesperación de la sepultura (*Flee as a Bird*), y después el optimismo ante nuestra condición humana, tan efímera como eterna (*Didn't He Ramble?*).

Siegel me informó un día de que Rosa y Turidduzzu estaban de maravilla, y de que la boutique de las dos hermanas Polizzi —le encantaba repetir ese apellido— marchaba viento en popa. Pero todavía no había llegado el momento de revolver las aguas con una visita a Los Ángeles. Al parecer, fue su maliciosa conclusión, ninguno de los tres acusa tu ausencia.

En el ático de la calle 43 las horas pasaban monótonas. A través de las cristaleras completamente transparentes, la neblina apagaba el color rosa de los edificios de la calle. El nuevo año empezaba rezagado: habitaciones casi vacías y pocos conocidos en los sofás. Yo tenía una cama esperándome en el Village, en casa de Janet, que se preparaba para médico en Connecticut, y a quien sus futuros colegas habían llevado al Hollywood. Había picado el anzuelo de la chapa sobre el piano; después *Come pioveva*, que había tocado sólo para ella, la había convencido de profundizar en la relación. Me esperaba hacia las cinco de la madrugada, pero yo dependía del humor de Genovese, atrincherado en el segundo piso con las cartas en la mano. Con un poco de suerte, visto el escaso trajín de la velada, levaríamos anclas a las tres.

—Eh, Willy. —No me había dado cuenta de la presencia de Genovese, con el cuello de la camisa desabrochado, el barrigón colgando—. ¿Sabes jugar al póquer?

—Don Vito, es demasiado peligroso para alguien como yo.

—Maldito seas, no te he preguntado qué piensas sobre el póquer; te he preguntado si has jugado alguna vez...

—Nunca.

—Pero ¿conoces las reglas?

—Las he aprendido con vosotros...

—Estupendo. Tienes que jugar una partida.

—¿Ahora? —Pensé en Janet.

—No, de aquí a un mes... Arriba hay un tío que quiere que juguemos cinco y somos cuatro. Escúchame bien: la puja inicial es de diez mil dólares, pero no te dejes impresionar; te anticipo yo el dinero, pero tenemos que hacer un poco de teatro. Di que tú sólo tienes cheques. Durante la partida juega lo menos posible para no perder la puja. Mañana pásate por Thompson Street para retirar un sobre con mil dólares...

Genovese malinterpretó mi expresión.

—Más los cincuenta dólares por el piano de hoy, por supuesto.

Me metió en el bolsillo un talonario. Era la primera vez en mi vida que tenía uno.

Lo seguí más desconcertado que asustado. El humo llenaba la sala. Las presentaciones en la mesa verde fueron breves: Danny con las gafitas de contable; Nando con la panza prominente del bebedor y un vaso lleno a rebosar en la mano; Mike con patillas y bigote. También había tres ángeles custodios. Uno encargado del alcohol, otro de las fichas, y el tercero de la sustitución de las barajas. Genovese repitió las reglas del juego: dos vueltas de póquer, una de *telesina* clásica, una carta cubierta y cuatro descubiertas; sin límite de apuestas; no se fiaba.

—¿Te ha quedado claro, Willy? ¿Estás de acuerdo?

Salí airoso con un gesto rápido de cabeza.

—¿Tú eres el de la chapa del Hollywood? ¿Qué pone? No disparen al pianista, creo... —Danny tenía una vocecita suave.

—Sí —dijo Genovese—, pero ándate con cuidado, Willy: aquí te disparan de verdad.

Nadie rió, salvo Genovese.

Cuando llegó el momento de enseñar el dinero, Genovese se avanzó con la escenita de mis cheques.

—Willy, dámelos a mí, te anticipo yo el metálico.

Le tendí el talonario, que me acababa de entregar en el piso de abajo.

—Willy —dijo despechado—, no te pases de listo. Tienes que firmar el cheque y preferiría que escribieras la cifra, diez mil, antes de ponerlo a mi nombre. Ya sé que estás convencido de que vas a ganar, naciste con una flor en el culo como todos los sicilianos, pero hay que cuidar las formas. ¿Estás de acuerdo, Danny?

No sé exactamente qué garabateé en el cheque, pero Genovese se lo apropió, entregó diez mil dólares en metálico al de la caja y recibió las fichas. Repartieron las cartas. Eran las dos y media: yo todavía albergaba esperanzas de meterme en la cama de Janet a las cinco.

Jugué tan poco como pude, a fin de cuentas nadie se fijaba en mí. Danny empezó a subir las apuestas. De una bolsa que estaba en el suelo, empezó a extraer fajos de billetes con la goma elástica. El cajero los contaba y los amontonaba sobre la mesita. Danny seguía todas las manos, incluso aquellas que a un inexperto como yo le parecían cantadas. Genovese y Mike ganaban con el rostro contrito; Nando estaba más pendiente de su vaso que de las cartas. Sobre la mesa del cambio, los montoncitos de fichas pronto quedaron superados por los de billetes. Nunca volvería a ver tanto dinero en metálico. ¿Cuánto era? ¿Cien mil dólares? ¿Doscientos mil?

La partida iba para largo. Por lo poco que comprendía, Danny estaba más perdido que un boxeador atontado, completamente rendido a Genovese y Mike. Hasta Nando le asestó algún revés. Entonces caí en la cuenta de que no habían establecido ningún límite horario: seguiríamos mientras duraran el dinero y las ganas. A las cinco le dije adiós a Janet, un minuto después Danny me dirigió una tímida sonrisa.

—Eh, pianista, ¿tú no te aprovechas de mi mala suerte?

Pero ¿era sólo mala suerte? ¿Danny jugaba mal por sí solo o eran los demás jugadores que le hacían jugar mal? Le devolví la sonrisa a Danny sin responderle.

El cielo sucio de enero apenas dejaba ver la cima de los rascacielos cuando Danny se quedó sin fichas. Esta vez no se agachó para buscar en la bolsa.

—Danny —dijo Genovese ojo avizor—, si quieres seguir jugando, no hay ningún problema. Con la mala suerte que has tenido y con lo que estás perdiendo, puedo dejarte dinero.

—No, Vito, mejor que no. Hoy no es mi noche... Aunque quizá tendría que decir que no es mi madrugada. Otro día.

—Estoy a tu disposición. También para esta noche. La misma mesa... ¿O es que prefieres cambiar de jugadores?

—Muy amable por tu parte.

—Danny, ¿quieres recuperarte con alguna chica? Sólo tienes que decirlo. La despertamos ahora mismo...

—No querría salir mal parado también en eso. —Danny esbozó otra tímida sonrisa. Genovese se encogió de hombros: él había hecho todo lo posible para resarcirle de sus males. Danny cogió la americana, el abrigo, se puso el sombrero torcido sobre la cabeza, salió. Se hizo un silencio extraño, en el aire flotaba algo que yo no acertaba a comprender.

Genovese miraba uno a uno a los demás jugadores, pero antes de que pudiera pronunciar palabra, Danny reapareció por la puerta.

—¿Te lo has pensado mejor?

—Me olvidaba la bolsa...

Un ángel custodio se apresuró a recogerla y, siguiendo la indicación de Genovese, acompañó a Danny hasta la puerta de entrada del ático. En el piso de abajo todos dormían, el ruido de la cerradura rompió el silencio. Genovese levantó los brazos al cielo, pidió que le llenaran hasta los bordes el vaso de whisky, y lo levantó en un brindis mudo a su salud.

—Ahora tendrán que quitarse el sombrero a nuestro paso.

Mike, delante de la mesa con el dinero en metálico, me recordaba a mí mismo de pequeño ante la pastelería suiza de Piazza Duomo. El ángel custodio encargado de los billetes estaba ocupado contándolos.

—¿Cuánto hay exactamente? —Genovese tenía la voz de uno que tuviera a Jean Harlow encima.

—Doscientos veinte mil —respondió el gorila.

—¿Dos-cien-tos-vein-te-mil? —repitió Mike, fuera de sí.

Genovese apuró de un trago el contenido del vaso, después se pasó las manos por los labios.

—Hagamos cuentas, pues. Cuarenta mil son nuestros, y quedan ciento ochenta mil. ¿Lo digo bien? Nando, aquí tienes tus veinte mil...

Todos miraban el dinero, fui el único que capté la descarga de rabia que hizo temblar a Nando. La gran cantidad de alcohol que había ingerido no le había tumbado. Agarró sus dólares imperturbable.

Una vez pagado Nando, pusieron los billetes en una bolsa de golf.

—Llevadla al despacho —dijo Genovese—. Willy, puedes pasarte cuando quieras... Mike, ahora arreglamos lo nuestro...

—No lo ha hecho mal, el chaval... —dijo Mike, casi inclinándose hacia mí—. Ha sabido hacer bien su papel.

—Willy, ¿quieres cambiar de profesión? —Genovese quería mostrarse bien dispuesto, pero mi única ambición era salir de esa sala llena de violencia reprimida.

—El piano es más divertido —repliqué.

La mueca de Genovese hizo que enseguida me arrepintiera de lo dicho. Apenas respondieron cuando me despedí.

Al día siguiente fui a por el sobre con los mil dólares. Mi primer pensamiento fue mandar una parte a Rosa y Turidduzzu. Pero lo único que sabía de ellos era por los pocos comentarios que me hacía Siegel, y él nunca me había hablado de la dirección. ¿Y si Rosa había borrado hasta mi nombre y mi apellido? Ella sí sabía nuestra dirección, y seguro que recordaba nuestro número de teléfono: en siete meses no había hecho ningún gesto. Y, sin embargo, yo habría jurado por su antiguo amor, por las atenciones con que me había colmado, por las esperanzas que habían nacido de nuestra unión. Probablemente su decepción con respecto a mí iba más allá de lo imaginable: mientras caminaba hacia casa, al amanecer, me sentía más culpable que nunca. Entré y me descargué dando puñetazos en las puertas ante la imposibilidad de insultarla, de acusarla por haber destruido lo que yo me obstinaba en considerar una familia feliz. No le había escrito a mi madre.

En la tercera página de la sección de sucesos del *Journal American*, la foto que encabezaba el artículo mostraba a un Nando con más pelo y menos kilos. Habían encontrado su cuerpo en la bahía. Los peces se habían comido el saco en el que lo habían metido, y el cadáver había salido a flote: un tiro en la nuca. En el repaso a su currículum le atribuían juegos de azar, extorsión y contrabando. Se le consideraba cercano a Vito Genovese, y lo señalaban como hombre de confianza de Luciano y como uno de los *boss* emergentes tras el encarcelamiento del mismo. Recordé la rabia disimulada de Nando cuando supo que sólo le tocaban veinte mil dólares: una fortuna, pero a Genovese le habían quedado ciento sesenta mil. Sin contar la cantidad destinada a Mike, esa suma habría alcanzado para comprar un edificio entero en la Quinta Avenida.

Más que el final de Nando, lo que me inquietaba era el artículo y sus eventuales consecuencias. No tanto por la policía y los fiscales como por la reacción de Costello y de los demás compadres, que no habían sido informados de la ingeniosa puja de Genovese: ellos no le perdonarían que los hubiera metido en el ojo del huracán. Yo ya estaba bordeando el precipicio, no necesitaba ayudas externas para caer. Ahora, mi silencio sobre la partida de póquer también se volvía en mi contra, y además no tenía a nadie a quien pedirle consejo. Desgraciadamente, el caso y los artículos que de él hablaban se fueron hinchando. Nando era uno de tantos hombres que aparecían flotando en el Hudson o en el océano, y de los cuales ni los esbirros ni el *New York Times* se hacían eco; pero en la comisaría apuntaban alto o, más exactamente, apuntaban a Genovese. Dewey buscaba su pareja de ases: Luciano y Genovese.

Escribieron que Nando era un especialista en desplumar a pobres jugadores estúpidos en sus partidas de póquer amañadas. Su asesinato se atribuyó a un choque de intereses en el reparto de una imponente suma de dinero. Aludieron a una famosa residencia en el centro de Manhattan, frecuentada por experimentados tramposos y víctimas ocasionales. Cada vez se estrechaba más el cerco: una noche de finales de enero, cinco jugadores y pérdidas descomunales por parte de uno de ellos. Yo tenía la impresión de estar participando en los preparativos de mi funeral: *Flee as a Bird* me salía más espontánea que *Didn't He Ramble?* Intenté averiguar el estado de ánimo y la actitud de Costello para ganar veinticuatro horas de paz. Y temblé la tarde en que me citó en su despacho.

—Willy, los amigos de New Jersey mandaron la semana pasada a uno de sus chavalines. —Costello sonrió condescendiente: no era la primera vez que alguien le tocaba las narices ni sería la última—. Me aseguraron que tiene una voz celestial, y los del Copacabana me lo han confirmado. Pero antes de ficharlo me gustaría que le hicieras una prueba. Haz que se sienta cómodo, pero si vieras que no te sigue, dile que se vuelva por donde ha venido. ¿Entendido?

Nunca me he sentido a la altura de juzgar a los demás, imaginaos con el careto de Nando grabado en la mente, persiguiéndome día y noche. Hasta tuve un gatillazo con una prima del embajador inglés. Ella, además, echó más leña al fuego con una carga adicional de desprecio: ¿es ésta la famosa hombría de los sicilianos?

Presa de la vejación y el desaliento, me había olvidado del examen y el examinando. Éste apareció pasada la medianoche, y se quedó como avergonzado al lado de la barra del bar. Llevaba un traje gris de lanilla comprado en unos grandes almacenes —yo ya me había convertido en todo un experto—, y tenía unos ojos azules muy femeninos. Me dijo que venía de Hoboken y que se llamaba Frank Sinatra.

Estaba apoyado en el Steinway del Hollywood gracias a un tío materno, Baby Garaventa. En 1921, Baby había sido conductor de una banda de atracadores. Tras el arresto, no había soplado nada sobre los capos, y se había chupado quince años de trabajos forzados. Al salir de la cárcel, había corrido a ver a Moretti, el *boss* de Nueva Jersey, para decirle que el hijo de su hermana Dolly y de su cuñado Martino Sinatra era un cantante extraordinario. Para aclararle a Moretti —que no sabía nada de música— a qué se refería, Garaventa dio una definición inmejorable de Frank: la voz de mi sobrino expresa a la vez la felicidad y la tristeza.

También los sobrinos son carne de la propia carne: Baby Garaventa deseaba pasar la vejez escuchando a Frank en los mejores locales de New York. ¿No me lo merezco, don Moretti?

Sí que se lo merecía. Y así fue como yo, tras acompañar a Frank durante unos diez minutos, tuve el enorme privilegio de garantizarle a Costello que el *picciotteddu*, el chavalillo como dijo él en siciliano, pertenecía a otro planeta. Si hubiera dependido de mí, habría cerrado un contrato para asegurarme sus servicios en el Hollywood durante los siguientes diez años. Pero no dependía de mí, y Costello prefirió dejarle marchar con la orquesta de Harry James.

Costello volvió a citarme, y esta vez no para hablar sobre Frank Sinatra.

—¿Tú también estabas?

Es decir: los policías habían dado con Danny, heredero de algunas minas de diamantes en Arkansas, y Danny había admitido haber participado en una partida de póquer con Nando y otros tres, cuyas caras a duras penas recordaba. Danny había declarado que el juego había sido limpio y que había perdido menos de cinco mil dólares.

Danny, me contó Costello, tiene mujer, hijos, negocios y una madre que ha montado en cólera, de modo que intentará escurrir el bulto. Pero los esbirros, antes o después, le obligarán a confesar: llegado el momento, se lanzarán como leones sobre los otros tres, a saber, sobre Mike y sobre ti, con la intención de probar que la partida estaba amañada y armar, por consiguiente, una estupenda acusación voluntaria contra Genovese. Lo acusarán de haber ordenado la muerte de Nando porque éste pedía cuatro perras de más. ¿Y tú tuviste que sentarte precisamente a esa mesa?

Con esa pregunta Costello no hubo de añadir que me había convertido en el fiel retrato de un muerto viviente. No contento con ser el marido de una mujer cuya hermana había mandado a la cárcel a Luciano, ahora me erigía en el testigo fundamental para la acusación contra Genovese. Las páginas de sucesos, aquellos años, no rebosaban precisamente de testigos que llegaran vivos a las dependencias policiales o la sala del tribunal.

Se me pasó de inmediato mi malestar vital y me sobrevino en su lugar la angustia de la muerte. Llené la carta para mi madre con besos y abrazos para hermanos, hermanas, cuñados, tíos, en definitiva, para los pocos que había conocido, que tal vez se acordaban de mí, y para los muchos que no conocía y que quizá nunca habían oído mi nombre. Escondí entre los pliegues de la carta dos billetes de diez dólares. Esperaba dejar un buen recuerdo.

Las ganas de dormir cada noche en una cama distinta disminuyeron. Me revolvía en el lecho matrimonial de Briggs Avenue, sin pegar ojo. Por lo menos Turidduzzu no corría peligro, estaba fuera de mi ambiente. Le di la razón a Rosa una y mil veces: la vida a la sombra de los compadres era imposible. Tendría que haberla seguido a Los Ángeles. Por una vez que había tomado una decisión, me hallaba más cerca de la muerte que de la vida.

Tuve la suerte de que los esbirros no tardaron en echarme una mano. Para afinar la acusación contra Genovese, reabrieron el caso del primer marido de Anna Petillo, la mujer de don Vitone, cuyo homicidio nunca había sido aclarado. Las noticias que los que estaban a sueldo filtraban de la fiscalía eran alarmantes: estaban buscando las pruebas para acusar a Genovese de haber ordenado aquel asesinato. Pero Genovese fue más rápido que los hombres de Dewey: se embarcó en un transatlántico directo a Nápoles en compañía de Anna y de siete baúles, que entre otras cosas contenían el exquisito vestuario de ella y las gabardinas con forro de terciopelo que tanto le gustaban a él. En realidad, también contenían otro tipo de mercancía: setecientos cincuenta mil dólares en metálico para afrontar sin problemas el estilo de vida italiano.

La huida de Genovese no rompió ningún corazón entre los paisanos. Quien más quien menos, todos salieron ganando en las loterías clandestinas, y todos —en palabras de Bonanno— dormían más tranquilos por las noches. La única consecuencia de su marcha fue el cierre del ático de la calle 43. Estaba en el punto de mira de los esbirros: se acabaron las fiestas y lo cedieron a una pareja de judíos millonarios, amigos de Lansky.

Para mí también fue un respiro: cuando menos, mis problemas habían quedado reducidos a la mitad. Una vez concluida la emergencia, rebrotó la insatisfacción por todo lo que no era y jamás sería. Ya no me apetecía continuar interpretando el papel de hombre de las estrellas para mis amantes. Me encerré en mí mismo. Es decir, Willy cumplía con sus deberes, pero Mino lo miraba todo con escepticismo. La música fue de nuevo mi compañera. Volví a sumergirme en las notas, tocar las teclas seguía emocionándome más que tocar los pechos de una mujer. Tenía a Armstrong, tenía a Ellington, tenía a Gershwin, tenía a Mozart, tenía a Beethoven, tenía a Bellini: con eso era más que suficiente. Tocar el piano era la única manera de ser más veloz que mis miedos y que mis lóbregos pensamientos.

Por ese motivo, me pareció una injusticia irreparable la súbita desaparición de Gershwin. Hacía poco que me había familiarizado con *They Can't Take That Away from Me*, y acudí al Alvin Theatre, junto a una miríada de gente, para dejar una rosa blanca en la entrada. Aquel día, los altavoces difundían *Rhapsody in Blue*. ¿Puedo decirlo? Me dolió más esa muerte que la de mi hermano Peppino.

El verano en Nueva York se ensombreció. Las noticias bélicas que llegaban de la lejana Europa —en España, la guerra, hacía ya un año que duraba— sembraban incertidumbre por doquier. Los grandes carteles publicitarios llenaban calles y plazas exaltando las virtudes de coches, frigoríficos, lavadoras, aparatos para el aire caliente en invierno y el aire frío en verano, ollas a presión, máquinas de afeitar eléctricas y relojes de pulsera: América se preparaba para el carnaval tras una larga cuaresma, aunque en realidad nadie lograba disfrutarlo de verdad. A pesar de que hubiera un mar de por medio, se respiraba la angustia de una cita inaplazable.

El domingo cogí el metro para ir al espectáculo de la tarde del Paramount Theatre en Times Square. Al salir, me encaminé hacia la calle 60, extrañado por la cantidad de coches atascados en la Quinta Avenida un día en que las tiendas estaban cerradas.

—Willyyy...

Aquel grito desgañitado me dejó helado. Me volví lentamente, aterrorizado por lo que me esperaba. Era Siegel asomándose por la ventanilla del LaSalle último modelo. Con grandes aspavientos me indicaba que me acercara. Miré a derecha e izquierda: me aproximé a su coche con mucha cautela.

—Vamos, date prisa, sube —dijo de repente Ben, frunciendo el ceño.

Siegel me había mostrado su afecto en más de una ocasión, pero yo había oído ya demasiados relatos sobre Caínes y no pude evitar el pensamiento de que su turno había llegado. Tendría que estar paseando a una de sus gatitas por los bulevares de Los Ángeles: ¿qué hacía en Manhattan, y encima en domingo? Me senté a su lado para no empeorar mi infame destino.

—Felicito al señorito. —Estaba cabreado de verdad.

Yo todavía me estaba situando.

—Yo voy de culo para salvarte el pellejo y así es como me recibes. Joder, no confías en mí...

Di las gracias a todos los santos y a todas las vírgenes que fui capaz de recordar.

—Ben, tengo miedo de todo el mundo, y no me fío ni de mí mismo. No te lo tomes a mal. Si te pierdo también a ti, ¿qué me queda?

Mis palabras le convencieron. Me dio una palmadita en el muslo.

—¿Quién te ha dicho dónde encontrarme?

—Willy, despierta. ¿De verdad crees que los compadres no te han estado controlando todo este tiempo?

Ben había torcido por unas callejuelas laterales para después coger la dirección contraria, hacia la Séptima, abajo.

—¿Todavía Josephine?

—¿Y qué me dices de Genovese?

—Pero si se ha ido.

—Pero Anastasia sigue aquí. Y, lo que es peor, los lameculos de Dewey siguen investigando sobre la partida de póquer. A la primera alusión a una eventual acusación por encubrimiento, el imbécil de las minas de diamantes ha admitido que perdió una fortuna, y se ha acordado que el cuarto jugador se llamaba Mike. A su manera ha intentado protegerte, no ha pronunciado tu nombre. Pero los esbirros han identificado a las chicas del ático, y una de ellas ha dicho que tú estabas en la partida. Cuando los del tribunal de justicia han informado a los compadres, Anastasia ha comenzado a chillar diciendo que dejarte en manos de los agentes de la fiscalía era un peligro para todos, no sólo para Genovese. Sabe cosas, ha dicho el oso, que no debería saber. Cosas que debería llevarse consigo a la tumba. Y se ha celebrado un pequeño referéndum sobre tu suerte. Anastasia, Moretti, los Mangano, Profaci y Gambino han sido partidarios de enviarte al camposanto, mientras que Bonanno y Adonis se han mostrado contrarios.

—¿Y Costello?

—Abstención. Lleva toda la vida absteniéndose, pero al menos ha avisado a Luciano. Charles, que en teoría tendría que ser el más despiadado contigo, ha dicho que otro testigo muerto sólo iba a agravar la situación de Genovese y la de los demás por un efecto dominó. Su consejo ha sido que te alejáramos de la policía. Anastasia no lo veía claro, pero he conseguido que Lansky interviniera, y éste ha convencido a Costello. Y aquí me tienes para llevarte al tren.

—¿Para llevarme al tren?

—Hay un grupo de policías esperándote en el Hollywood, y otro grupito en el portal de tu casa.

—¿Seguro?

—Como la muerte.

—No hablaré, te lo juro por mi hijo Turidduzzu.

—En la celda de aislamiento tú no duras ni veinticuatro horas.

—No hablaré, créeme...

—Yo te creo, el problema es que no te creen Anastasia y los otros.

—Pero ¿y mis cosas? ¿La casa, el coche, los cuatro cuartos que tengo en el banco? ¿Quién se encarga de eso?

—Si murieras, ¿quién se encargaría? —Frenó enfrente de Penn Station—. Dentro de veinte minutos parte el expreso hacia Filadelfia. Allí cambias para New Orleans. El martes por la mañana, a eso de las diez, un amigo te estará esperando en el Monteleone Hotel. Llevará una gardenia en el ojal. Qué mariconada, ¿no te parece?

En ese momento me daba lo mismo.

—Ben, ¿cuándo voy a volver?

—Willy, vayamos paso a paso. De momento estás vivo. Como decía Napoleón: la intendencia avanza.

—Rosa, Turidduzzu... Llevo un año sin verlos...

—Y seguirás un tiempo sin verlos. Piensa en ti, piensa en salir de ésta, en tranquilizar a quienes habrían querido mandarte al cementerio. Las cosas siempre acaban arreglándose. Únicamente la muerte es irremediable.

Antes de que me bajara del coche, me dio un fajo de billetes.

—Para que puedas comer y sobre todo vestirte. Vas de mi parte, no me hagas quedar mal. ¿Quieres llevártela? —Me mostró la pistola que llevaba en la cintura de los pantalones. Yo sabía que llevaba otra en el tobillo.

—Ben, no es mi estilo.

—Después no digas que no te la ofrecí.

El martes, al romper el día, me apeé en la estación de Nueva Orleans. Me dirigí a los lavabos públicos para arreglarme un poco. A las diez pasadas estaba en el bar del Monteleone. Al lado de una palmera, presidía la sala un piano clásico Schimmel, de esos con casi todas las piezas construidas a mano. La placa lucía la fecha de 1894.

—En el Carousel podrá tocar uno tan hermoso como éste. —El hombre con la gardenia en el ojal también llevaba un monóculo sobre el ojo derecho y un bastón blanco con el mango de marfil. Fue amabilísimo y muy atento. A partir del día siguiente iba a tocar en el local más elegante de la ciudad: cien dólares a la semana y una comida caliente cada día. Me había reservado una habitación en una pensión detrás de la Esplanade Avenue, un barrio decente entre el centro y el extrarradio. Ya verá, concluyó, que New Orleans no es tan mala como dicen los yanquis.

El hombre de la gardenia en el ojal tenía razón: en el Carousel tenían un magnífico piano vertical Shulze Pollmann. Toqué allí durante seis semanas. Ambiente discreto, nunca una voz que desentonara, los sábados el local se llenaba de familias al completo, desde niños hasta la abuela. La mesa del rincón, todas las noches, estaba ocupada por un viejo juez, cuya importancia parecía ir mucho más allá de su función pública. Le pidió al maître que me preguntara si me gustaría amenizar las reuniones con sus amigos. Y así fue como empecé a tocar en los encuentros oficiales de los masones, cuyos jefes eran también los jefes del condado. Mi función era acompañar con música sacra los desfiles en círculo de estos curiosos ejemplares de raza blanca, siempre acompasados e imponentes, ataviados con collares, batas y capuchas blancas: la pertenencia al Ku Klux Klan, en aquellos tiempos, no estaba prohibida. Cuando intuía que se acercaba la hora de volver a casa tocaba *All Coons Look Alike to Me*: las propinas me llovían a cántaros.

El día de Acción de Gracias el Carousel se cerró al público. A mí me habían convocado con una guarnición de miradas que querían remarcar el alto honor que me era concedido. Resguardados de ojos indiscretos, los peces gordos celebraban la conmemoración con los uniformes del ejército confederado. Huelga decir que no había soldados rasos, el más tonto vestía de comandante. El uniforme de mi protector, el viejo juez, era naturalmente de general: alguien me dijo al oído que con ese mismo traje había firmado la rendición. A mí me tocaba asentir, mostrarme participativo y hacer gala de un repertorio exclusivamente blanco. Ante la bandera rasgada de la Confederación, que había ondeado en Gettysburg, entonaron el himno con la mano en el pecho. También en aquella ocasión les proporcioné el acompañamiento musical. Tres generales desganados me habían silbado el estribillo. Al cabo de la patética evocación, se celebró el banquete. El menú era una reproducción de lo que habían comido en el sur en guerra el último día de Acción de Gracias. Me pareció que no debieron de pasarlo tan mal: sopa de ostras, riñones estofados, boniatos, berenjenas, nabos, chirivías, acelgas fritas, tomates al vapor, pastel de miel, uva y chocolate. Para calmar la sed se habían dispuesto un centenar de botellas entre borgoñas, champán y coñac francés; el *sherry* era de California, el whisky de Irlanda. No quisieron que me acercara a la enorme mesa. Un camarero dejó una bandeja con un poco de todo encima del piano. Afortunadamente, la guerra la ganaron los del norte.

Nueva Orleans causaba una fascinación ambigua. La ciudad tenía los colores del calor y el olor a podredumbre proveniente de las charcas sobre las que la habían edificado. La nostalgia por un pasado inexistente cargaba el aire. Las chabolas alternaban con edificios de colores, y con villas blancas con veranda, que tan célebres iban a hacerse con *Lo que el viento se llevó*. La nostalgia se unía a la resignación por un presente que nunca cumplía con las expectativas.

Los blancos se aburrían, como máximo les mantenía ocupados el esfuerzo de tener que mantener a raya a los negros y a los criollos. En el Boston Club exhibían el «prohibida la entrada» a negros y judíos. Los habitantes casi se sentían molestos por haber alimentado el jazz y a Louis Armstrong. Visité Storyville, lugar de nacimiento de Satchmo. Miseria y jolgorio, dolor y alegría. ¿Me creeréis si os

digo que me pareció la copia exacta de Via D'Amico en Catania?
Allí aprendí que la pobreza y la desesperación son idénticas en todas partes.

Yo era moreno de piel y de corazón. Bajaba por Decatur Street hasta el Café du Monde, me hacía con el acordeón, y con los otros empleados improvisábamos algo bajo la mirada distraída de los camareros negros, que hacían su pausa para fumar en las sillas al aire libre. Nos dejábamos llevar por las pasiones del alma, por las modas de la semana. A veces se nos unía Laurie, una criolla tan arrolladora como su cuerpo. Lo entregaba como si no le perteneciera. Sólo tenías que hacer cola, tener un poco de paciencia y la picha siempre a tiro. La ocasión podía presentarse en cualquier momento del día o de la noche. Y qué gran ocasión... Mientras ella estaba en el hotel llovían las peticiones de turistas para blanquearse manos y boca probando sus buñuelos calientes.

En el descanso para comer nos trasladábamos al Gazebo: en función del grado de aglomeración y de los aplausos podíamos sacarnos un cuenco de arroz o una cita para después. ¿Para después de qué? Para después de la puesta de sol, después del trabajo, después de haber acostado a los niños, después de que el marido o el amante se hubieran ido, después de habernos emborrachado o después de la ceremonia de vudú. Sus ritos me tenían intrigado, aunque no tardé en descubrir que el santón del momento, Master Joe, en realidad se llamaba Bepi Tonon, y era de Thiene.

Comía sopa de caimán, que me tomaba con el pescado salado, ahumado y pasado por la sartén. Me tomaban por criollo, yo les aclaraba que era italiano, es más, siciliano. Si las chicas eran monas, me esforzaba en explicárselo; y todas eran mucho más que monas. Antes de la estación de las lluvias, se celebró el gran desfile de las confraternidades negras en Canal Street. Louise, la criolla encargada, me invitaba a coger al vuelo las falsas perlas que se lanzaban desde los carros. Traían amor, felicidad y salud: pero yo no me saqué las manos de los bolsillos por miedo a que se me escaparan. Ya me había acostumbrado a contentarme con las migajas que los otros me dejaban.

Para mí, Nueva Orleans equivalía a jambalaya, gumbo, arroz y judías, buñuelos, *Down by the Riverside* y explosiones de sensualidad. Los sureños aseguraban haber enseñado al mundo que para arruinar la carrera de un político sólo había que meterle una chica muerta en la cama o un chico vivo.

Me trasladaron como un adorno al Monteleone. Con el Schimmel nos llevamos de maravilla, no era muy difícil. No volví a ver al viejo juez. Se acabaron los encargos, que aunque estaban mal pagados contribuían a la causa. Pero reapareció el hombre con la gardenia en el ojal: me propuso un contrato de dos semanas. Añadió que el jefe supremo solía frecuentar el bar y que bastaba una palabra suya para que pudiera quedarme en Nueva Orleans hasta el día de mi jubilación. Una noche reclamaron mi presencia en la mesa de honor. Había un tipo escuálido y elegantísimo: camareros, amigos y chicas rubias lo adulaban sin hacer caso del color cetrino de su piel.

—Soy Carlos Marcello. Los amigos del norte me han hablado muy bien de ti. Sé que eres una persona respetable, como las que a mí me gustan. Si necesitas algo, sólo tienes que buscarme.

Carlos Marcello era un nombre apañado al estilo de Willy. En realidad se llamaba Calogero Minacore, nacido en Túnez de padres sicilianos. Tenía mi edad, pero era el jefe de Nueva Orleans y alrededores. Juegos de azar, prostitución, droga y concesiones: la diversión y el dinero fácil dependían de él. También yo en cierto modo dependía de él. Y él había querido dejarlo claro en presencia de su corte. Por enésima vez yo me daba de cabeza con mi inutilidad: Marcello hizo aflorar de nuevo el desprecio que sentía por mí mismo.

Nueva Orleans acabó por hastiarme: cuánto echaba de menos Nueva York, su suciedad, su humedad y su jodida despreocupación. Pero también Nueva Orleans se hastió de mí. El hombre de la gardenia me comunicó que podía mudarme a Tampa, para tocar en un local junto al Theatre. Ellos se encargaban de todo, yo sólo tenía que comportarme como un paquete postal. Me quedé en Florida menos de un mes: el 20 de diciembre me esperaban en Atlantic City. Se trataba de uno de esos nuevos hoteles con casino, sauna, piscina y sala de fiestas. Yo abría el baile con *God Bless America* y lo cerraba con *Glory, Glory, Hallellujah*: muchos se llevaban la mano al pecho, mientras otros tantos no podían evitar derramar lagrimones de emoción.

El 1 de enero de 1938, a la salida del sol, contemplé las olas del océano en compañía de una botella de champán y de mi soledad. Me había convertido en un experto en eso de hacerme compañía a mí mismo: me planté en medio de la gente para sentirme más solo y llorar desconsolado mejor que una comadre. Alcé la botella a la salud de Turidduzzu, y a la salud de mi madre, y de Rosa, y de Ben, y de Nino, y de... de... Era la lista de mi vida. Una lista de ausencias.

El día de la Epifanía me convocó el director del hotel. Ya no precisaban mis servicios, pero en el Bon Rivage de Washington buscaban a un pianista. ¿Me apetecía ir? Él sabía perfectamente que no tenía otra opción, es más, que estaba en deuda con mis protectores, pero parecía divertirse interpretando el papel del inocente.

El día que llegué la nieve caía plomiza. Directo a la capital de América: un pueblucho de extrarradio, con excepción de aquel rectángulo verde en el que han metido la Casa Blanca, el Capitolio, los museos y los monumentos. ¿Puedo acabar el retrato? Demasiados negros antipáticos y poco jazz. El Bon Rivage se alzaba enfrente del río Potomac. El horario iba de las seis de la tarde a medianoche, pero de haber cerrado a las diez nadie se habría quejado. Yo dormía en una casa en una de las callejuelas empinadas que llevaban hacia Georgetown. Me hospedaba un matrimonio escocés: durante cinco semanas me dieron para comer sopa de patatas y puerros con aroma de anchoas. Creo que hasta las hormigas que me encontraba cada noche en la cama eran siempre las mismas.

La monotonía se rompió la noche que entró en el Bon Rivage un cuarentón robusto, con una chillona camisa de franela y su sombrero de cowboy. Se sentó con las piernas cruzadas a un metro de mí. Tenía la cara torcida como su cerebro. En la pausa se me acercó para ofrecerme tabaco. El único vicio que nunca he cultivado.

—¿Me permite? —Su tono era excesivamente cordial—. Mi nombre es Frank Gigliotti. Los amigos me dijeron que en el Bon Rivage tocaba un paisano que era bueno, y he venido a comprobarlo. Tienen razón: toca usted muy bien. Si no le molesta, volveremos a vernos.

Recordé sus palabras al cabo de dos noches: camino de la casa donde me esperaba mi cama con hormigas, tuve la impresión de que alguien me seguía. No vi ni una sombra. Pero volví a tener la misma sensación en la puerta de una tienda, en una de esas callejuelas empinadas que comunicaban la orilla del Potomac con la colina de Georgetown. Acababa de comprarme un sobretodo largo de tweed grisáceo de segunda mano: después de mucho regatear, el hombre situado tras el mostrador había añadido un sombrero de ala negro. Me lo probé, y me estaba mirando en el espejo cuando vi de reojo la estela de un relámpago. Me volví de golpe, de nuevo nada de nada.

Frank Gigliotti reapareció al comienzo de la última semana en Washington, mientras yo estaba ansioso por saber adónde iban a mandarme esta vez. Me saludó desde lejos. Cuando el local cerró, lo vi en la acera de enfrente. Al lado de un resplandeciente Lincoln plateado descapotable.

—Un regalo de mis parroquianos —dijo complacido. E insistió en llevarme a casa.

Durante el trayecto, me dijo que era sacerdote, pero de rito protestante. Era oriundo de Calabria y ahora vivía en el Midwest. Se detuvo ante mi portal: todavía hoy estoy más que convencido de que yo no le había facilitado mi dirección. Esa intromisión en mi vida me molestó. Me propuso que nos viéramos al día siguiente: tenía que decirme algo importante, que me interesaba especialmente.

Puntual como un impuesto que pagar, a las doce había estacionado el coche enfrente del Bon Rivage. Tomamos las calles desiertas hacia el Mall. Aparcó justo al lado del monumento a Washington: la pirámide parecía perderse en el cielo.

—¿Qué sabe mi joven amigo de George Washington?

Que la capital de América llevaba su nombre. ¿Qué iba a saber?

Gigliotti sonrió como sólo sonríen quienes se sienten superiores a los pobres desgraciados.

—Es uno de los personajes más importantes de la historia de la humanidad. Lo escogió el Gran Arquitecto del Universo para que cumpliera los dogmas de la asociación, a la cual tengo el honor de pertenecer. El ordenamiento de este país desciende de nuestros príncipes, empezando por el ojo iniciático del Octágono.

Gigliotti se refería a la masonería, a pesar de que nunca explicitó tal nombre. Más o menos como hacían Luciano y Costello con la mafia. Y yo, que por entonces no sabía nada de las logias, lo escuchaba como de niño escuchaba a mi tío Pasquale, que había vuelto de la guerra con la cabeza un poco zumbada por las bom-

bas. Qué difícil era no perder el hilo de las explicaciones de Gigliotti. Parecía mi madre: orgullosísimo de sus conocimientos, de
su sabiduría. Al fin y al cabo, podría haberme contado cualquier
cuento.

Y lo que me contó fue que los padres fundadores habían escogido una capital que ya en la estructura de su planta se correspondía con los preceptos masónicos. Por ese motivo se habían descar-
tado Nueva York y Boston. Se necesitaba un río que fluyera en una
dirección determinada en relación con la salida y la puesta de sol,
como el Potomac tras cruzar el pueblo de Georgetown. Gigliotti
me contó que Washington había puesto la primera piedra de la
Casa Blanca ataviado con el mandil masónico; que Jenkins Hill sim-
bolizaba que ningún hombre es superior a la ley, según lo previsto
en la constitución masónica de 1723; que el obelisco conmemora-
tivo del mismo Washington tiene un rayo de luz blanca, en cuyo
interior están representados todos los colores que conforman la
unidad nacional; que la piedra angular contiene elementos como el
plomo, el cuadrado, el plano. Es decir, calles y edificios construidos
en honor de los antiguos valores, y hasta que la Scottish Rite House, según afirmó, había estado íntegramente copiada del mausoleo
de Halicarnaso. A continuación enumeró los grandes personajes al
servicio, a lo largo de dos siglos, de la «potente organización dedicada al bienestar de la humanidad». Y me aseguró que Lindberg
había cruzado el océano Atlántico hasta París con un broche en el
cuello en el que figuraban la escuadra y el compás. Pronosticó que
cuando el hombre pisara la Luna, uno de los suyos tendría en la
mano el símbolo de la organización.

Recuerdo como si fuera ayer el gran final de su discurso:

—Nosotros somos los fieles de la religión laica que une todas
las demás religiones y resume la unión entre lo sacro y lo profano.
Hemos sido el pasado y seremos el futuro.

Tres horas de prédica con el supuesto de que me había exami-
nado, y de que sabía de mí cuanto era necesario saber. Debí de
decepcionarlo en algo, tal vez en algún mohín que se me escapó.
Porque yo estaba esperando que me pidiera que entrara en la masonería, pero ni siquiera hizo un amago: dio la vuelta a su Lincoln
plateado y puso rumbo a mi cuarto con la cama infestada de hormigas.

No me quisieron ni la mafia ni la masonería, por algo será. Según ellos, no estaba a la altura, como máximo podía ser de utilidad para resolver los pequeños problemas cotidianos.

—Willy —dijo Gigliotti—, es un hasta luego, no un adiós. Vivimos en un gran país, pero todavía es joven, necesita que lo guíen hacia el éxito. Todavía tiene que entender que sin guerras no se ejerce un poder verdadero. Lo más importante es no equivocarse con los aliados.

Esa noche dormí presa de un estado de agitación constante; las hormigas no tenían nada que ver. Las revelaciones, los escenarios evocados por Gigliotti me habían transportado a una dimensión que no me pertenecía. Yo no había nacido para la historia, ya tenía suficiente con las páginas de sucesos. La mayor de mis aspiraciones continuaba siendo la batería con las letras «Willy Melodia y su orquesta».

Me llamaron al teléfono del Bon Rivage, era el propietario de un restaurante con salón de té de Boston: ¿estaba disponible el domingo para sustituir al pianista, que se había tomado el día libre? La invisible red de protección había funcionado una vez más. Busqué a Siegel: un poco porque necesitaba escuchar una voz amiga, un poco para saber hasta cuándo iba a durar mi cuarentena. Ben estaba muy contento: me dio buenas noticias de Rosa y Turidduzzu, y me habló de los progresos profesionales de las hermanas Polizzi. Me dijo que se estaba ocupando de mí y que pronto vendría en mi busca. ¿Dónde? Allí donde estés.

La Bacon's House estaba en realidad en las afueras de Boston, al otro lado del Charles River, en la periferia de Cambridge, la pequeña ciudad que había surgido a expensas de la Universidad de Harvard. El propietario era un alemán de mediana edad con un acento más aterrador que el mío. Yo iba a ocupar el lugar de Stevie, el pianista de sesenta años que se había dado a la fuga junto al cocinero de Martinica, que tenía un tercio de su edad, y llevándose consigo la caja de dos días. Más que por el robo, el alemán estaba preocupado por la desaparición del cocinero, cuya gastronomía francesa era la delicia y la mejor carta de presentación de la Bacon's House. Stevie se había llevado al cocinero, pero había dejado a la clarinetista. De modo que yo iba a tener que entenderme con ella. Ante mi perplejidad, el alemán reconoció, tras un complicado giro de palabras, que la clarinetista era, de hecho, el segundo atractivo del local. Bueno, no nos equivoquemos, ésta no se abre de piernas ni para sus profetas, a pesar de que estudiantes y profesores llenan cada tarde el salón de té, y por la noche el restaurante, con el objetivo de caer extasiados a sus pies.

Mi curiosidad por la clarinetista quedó satisfecha al cabo de dos horas. Judith Lazar era completamente seductora: el cabello negrísimo y los ojos azul profundo rasgados y enormes. Su mirada tenía la melancolía de las buenas personas, y sus pómulos eran los más pronunciados que he visto en mi vida. Vestía ropa marcada por el paso de las estaciones: faldas, camisetas, traje chaqueta y redingote le conferían un aura fuera del tiempo. Al comienzo me decepcionó, pero en cuanto empezó a moverse me di cuenta de que su presencia llenaba la escena. El conjunto de sus defectos —demasiado pecho, poco culo, piernas largas pero arqueadas— producía esa fascinación que tenía subyugados a los profesores y los estudiantes de Harvard. Las miradas y las atenciones eran todas para ella. Judith era consciente de que no la apreciaban por su talento artístico, pero aun así no concedía ni un ápice más de su amabilidad natural. En lo que a mí respectaba, los de Harvard ni siquiera prestaban atención al piano desafinado.

Al mediodía acudíamos al restaurante para comer en la gran mesa de la cocina, en medio de los platos que preparaban para los clientes. Judith era una mujer de pocas palabras. Si le preguntabas, respondía, aunque sin demasiadas ganas. Salvo cuando le mencioné a Stevie. Habló con afecto de él, justificando su hartazgo. Pierre, el cocinero, había sido para el pianista como el último cigarrillo del condenado a muerte. Para evitar que el alemán lo denunciara, Judith había puesto de su bolsillo lo que faltaba. Se lo debía, aseguró: la noche de su licenciatura en derecho, Stevie le había ofrecido el trabajo que habría tenido que buscar a partir del día siguiente. Mejor el enésimo músico judío, había sentenciado Stevie, que el enésimo abogado judío. Necesitaba el dinero con urgencia, susurró Judith, y no estaba para ponerme a cavilar sobre si era mejor trabajar como abogada o ser artista.

En la Bacon's House se ganaba bastante con las propinas, que eran para ella, pero que generosamente compartía conmigo.

Una noche en que las luciérnagas y los grillos anunciaban la llegada de la primavera descubrí para qué necesitaba esos dólares. Judith se apoyó en el tronco de un árbol: ¿podíamos degustar juntos el despertar de la naturaleza? Me di cuenta de que cada una de sus miradas me hacía sentir deseable.

¿Quién podía prever las lágrimas que resbalaron silenciosas por sus mejillas?

—Discúlpame —musitó—, es que hoy es mi cumpleaños, y me habría gustado poder celebrarlo con mi familia.

Los Lazar vivían desde hacía generaciones en esa franja de Europa entre Polonia y Ucrania, de fronteras inestables, pero con una cosa en común: la aversión por los judíos. La generosidad de una hermana de su madre, llegada a Estados Unidos en 1920, había permitido a Judith estudiar en la Universidad de Nueva York. Me contó que había tardado cuatro años en convencer a su padre y a su madre para que emigraran a América con sus dos hermanas pequeñas. Pero, antes de su partida, había surgido el problema de una tía paterna que se había quedado en Ucrania, es decir, en la Unión Soviética. Se necesitaba el equivalente a tres mil dólares para conseguir el pasaporte. El viejo Lazar no disponía de ese dinero: he aquí el motivo por el que Judith había preferido ganar dinero rápido en lugar de aventurarse a encontrar trabajo en un despacho de abogados. La paga del alemán, y la generosidad de estudiantes y profesores, le había permitido reunir la mitad de la suma en menos de tres meses. Pero en la última carta su madre le contaba que, con la amenaza de la invasión de Hitler en los Sudetes, la cifra había ascendido a cuatro mil dólares.

—Por lo menos voy a tardar seis meses en conseguir el resto, ¿y si mientras tanto vuelve a subir la suma? ¿Y si estalla la guerra?

Busqué una defensa en la ignorancia. No había leído periódicos, no había oído noticiarios radiofónicos, o sea que no estaba informado acerca de cuáles eran las intenciones de la Alemania nazi sobre esa zona de Checoslovaquia o acerca de que la guerra civil en España se había convertido en un campo de pruebas. Judith arremetía contra Hitler y Mussolini, y preveía que también en Italia los judíos pronto serían perseguidos como en Alemania. No digerí mi indiferencia por la política: la traduje en un consenso enmascarado por el fascismo. Nuestro primer encuentro tuvo un final traumático: Judith se levantó y me dejó plantado bajo el árbol.

Me costó Dios y ayuda restablecer el contacto. No sabía cómo acercarme, y ella no quería que se le acercara nadie. Demasiado inteligente, demasiado culta, demasiado orgullosa, demasiado resuelta para cederle al otro la iniciativa. Quería marcar ella el compás. Y, a mí, nada me resultaba más fácil. Mi aparente sumisión se convirtió en la llave que abrió su puerta. Comencé a acompañarla a la casa de campo que había alquilado con Stevie. Yo dormía en Cambridge, justo en la dirección opuesta. Entre ida y vuelta, llegaba a casa al amanecer. Cuando ella fingió descubrirlo, me sugirió que compartiéramos el alquiler.

Bajo el mismo techo, me tocó a mí abrir el álbum de las penas. Le conté que tenía mujer y un hijo, y que se habían ido a Los Ángeles; hice alusión a ciertas desavenencias, pero sin mencionar a Luciano, Costello y a los otros compadres: quise creer que Judith no lo habría entendido, cuando en realidad no me atrevía a sincerarme porque temía otro juicio severo sobre mi persona. Y lo que Judith pensara sobre mí me importaba mucho. No le molestó la presencia de Rosa, y mi creciente nostalgia de Turidduzzu la conmovió. Hacía dos años que no lo veía, le dije. Yo, me respondió, hace cinco que no veo a los míos.

Antes de unir nuestras camas, murmuró que nos estábamos arriesgando demasiado.

—Tenemos heridas de las que no cicatrizan, y confiamos en que el otro las curará: si no lo consigue, le echaremos las culpas.

No era una diosa del amor, pero la satisfacción y la dulzura del después compensaban su renuencia a abrirse hasta el fondo. En el aire flotaba una especie de magia: yo ignoraba de dónde procedía, y se desvanecía de inmediato. En aquel momento, yo era consciente de ser el más don nadie de los don nadies, a pesar de que mi alma albergaba el mundo entero. Muchas veces he buscado una sensación similar sin encontrarla nunca. Para no estar en deuda con ella, le enseñé a Judith a preparar el sofrito de cebolla para el ragú y a tocar canciones napolitanas. Sólo nos enfadábamos cuando hablábamos de Mussolini, del fascismo y de mi tozudez por no querer ocuparme de esos temas.

Pasamos una Pascua tranquila en el barquito que recorría la bahía de Boston. Esa noche, extrañamente, fue Judith quien me buscó. A la mañana siguiente me dijo que volvía a New York. Tía Bessie le había informado de que cabía la posibilidad de apuntar a la familia, incluida la hermana del padre, en una lista de la Cruz Roja. Por supuesto que no podía dejar el tema en manos de sus tíos. Decidió que ninguno de los dos estaba en condiciones de asumir un compromiso.

A mi aturdimiento le secundó la desesperación del alemán, que temía que los clientes y los ingresos cayeran en picado. Y acertó. Ya la primera noche llovieron las preguntas sobre el paradero de Judith. El alemán dijo primero que tenía la gripe, después que estaba convaleciente. Prometió que a comienzos de la siguiente semana Judith iba a reaparecer. Nadie se dignaba prestarme la menor atención. Tocaba sólo por cumplir con mi deber. Al lunes siguiente, profesores y estudiantes protestaron enérgicamente por la ausencia de Judith. Muchos abandonaron el local. El alemán pidió una semana más para conseguir que Judith volviera.

Telefoneé a Siegel. Vino un tipo con *coppola* para darme la dirección de un bar nocturno de Filadelfia.

15

New York, New York

Pasé una semana melancólica en el Liberty Bell, el bar nocturno que ostentaba el nombre de la famosa campana de la libertad de Filadelfia. Los propietarios eran un matrimonio griego poco dado a respetar las tradiciones americanas. Tras una pelea furibunda entre marido y mujer, cerraron el local y tiraron las llaves. Para no tener quebraderos de cabeza con quienes me habían mandado, el griego me buscó un contacto en Baltimore. Y añadió su Ford de séptima mano para que pudiera llegar hasta allí.

Crucé una zona de América que ya había recibido la bendición de la recuperación económica. Campos exuberantes, fábricas recién pintadas y un sinfín de rebaños pastando por los prados. Paré en una especie de autogrill para comer algo: raciones abundantes de albóndigas de origen incierto y patatas fritas. Y, presidiendo el local, el juguete del diablo, la gran amenaza para el trabajo de los pobres músicos como yo: la máquina de discos. Era la primera vez que veía una y la observé bien de cerca. Nada que objetar: una idea excelente. Con una moneda podías escuchar tu canción preferida o el éxito del momento sin límite de horarios, festividades, días de descanso semanales, gripes, malas lunas o permisos para llevar el niño al médico. Entraron camioneros y representantes comerciales: ninguno de ellos se resistió al rito de introducir los cinco centavos en la ranura de la máquina. Lansky, como siempre, había sido previsor: hacía años que se había asegurado la exclusividad de las máquinas de discos Wurlitzer en varios estados de la costa. Eran las más famosas: de su mano, o de la de sus chicos, habían desembarcado hasta en las tabernas más remotas del país.

Llegó una pareja joven que estaba de luna de miel. Una vez leída la lista de los temas contenidos en la caja de los sueños, apuntaron directo al propietario, que se disponía a preparar algún brebaje tras la barra. Faltaban, al decir de la chica, las dos canciones que habían conquistado New York y que todas las radios ponían: *My Love for You* y *Wishing*. El propietario sabía tanto de canciones como yo de álgebra. Se apuntó diligentemente los títulos y les garantizó que iba a pedirlos a la central. ¿Sería tan amable la señora de indicarle el nombre del cantante?

Cómo no, Frank Sinatra.

Fue así como me enteré de que América, es decir el mundo entero, se había rendido a la voz celestial de aquel chaval al que yo había hecho una prueba. Lo confieso: me alegré más de mi buen juicio musical que del éxito de Frank. Necesitaba un poco de amor propio para olvidar que Judith me había abandonado más o menos del mismo modo en que lo había hecho Rosa.

El Ocean Dream era un restaurante con tres salas, emplazado en la bocana del puerto de Baltimore. Lo regentaba una familia irlandesa tan numerosa que podía permitirse tener abierto todo el santo día. A partir de las siete de la tarde se abría la pista de baile, y no se cerraba hasta que los últimos clientes se rendían exhaustos, cosa que no sucedía hasta las tres o las cuatro de la madrugada. Me mostraron la sala como mi reino. Y, en efecto, aquel conjunto de mesas sobre el suelo de tierra y de sillas con asiento de paja tenía algo regio: un piano Trautwein de raíz de nogal, abrillantado a mano. Nadie supo decirme cómo había llegado hasta allí. Necesitaba una revisión en profundidad: me inventé a mí mismo como afinador de pianos para asegurarme de que la perla no iba a acabar sus días tomando otros derroteros.

A los estibadores, marineros y pescadores les importaba un pijo la calidad del sonido. La música les proporcionaba sólo la excusa para agarrarse a la primera mujer disponible. Conseguían bailar agarrados hasta el charlestón. La familia irlandesa se empecinó en que escuchara las baladas de casa que canturreaba la abuela. El jazz no pegaba, los artistas de color no eran bienvenidos, y lo que gustaba eran las canciones populares. Tenía algún título en la cabeza, pero tuve que apañármelas para aprender los temas que el viento había transportado desde las vastas llanuras de Oklahoma. Las letras hablaban de los sufrimientos y las penurias de los últimos que quedaban en la tierra, para quienes nunca salía el nuevo sol. La epopeya de Woody Guthrie estaba a punto de comenzar. *Pretty Boy Floyd, Blowin' Down This Road, Dust Can't Kill Me* y *Vigilante Man* consagraron el éxito del chico pobre que se había visto obligado a apostar únicamente por sí mismo. Un jodido individualista con un oído mucho mejor que el mío. Hasta la clientela del Ocean Dream percibía que aquellas estrofas contenían un retazo de nuestra vida.

La noche acababa de empezar cuando Siegel me rodeó la espalda mientras yo me desperezaba los dedos.

—Eres como una flor, ves como viajar te ha sentado bien... —A lo que siguieron palmaditas y abrazos.

A cinco pasos de distancia, una gran dama con los ojos cubiertos por un velo, la boquilla en los labios, nos miraba fijamente con evidente disgusto. Ben me la presentó como la condesa, sin entrar en los detalles de nombre y apellido. Con su mirada estudió el local y sus ocupantes.

—En el Lower East Side —fue la sentencia de Ben—, hemos visto lugares peores, aunque también mejores. —La risotada sonó forzada.

Ben era el mismo de siempre. Dijo al irlandés de turno que invitaba a una ronda gratis a los presentes, mientras él y yo íbamos a sentarnos a la mesa más apartada del bar. Si veía que continuábamos hablando, que ofreciera otra ronda. A pesar de tan generosa iniciativa, era evidente que al irlandés no le gustaba el intruso que había entrado en su casa a dictar las normas. Pero Ben prosiguió impertérrito: ¿había champán francés para festejar su regreso? El irlandés gruñó algo incomprensible, que Ben comprendió perfectamente: pidió un par de botellas de Veuve Clicquot y, ya que estábamos, también tres copas nuevas de cristal.

Sin esperar confirmación, Ben nos llevó del brazo a mí y a la gran dama hasta la mesa en cuestión.

—Willy, el mundo te necesita.

El peor de los comienzos.

—Me dijiste que tenías buenos amigos en Sicilia, pero ¿qué hay de Nápoles y Roma?

—Ben, nunca he estado en Roma ni en Nápoles, no conozco a alma viviente...

—¿Alguna alma muerta, quizá? —Otra vez fue el único que rió. La gran dama fumaba con la cabeza levantada hacia el techo. Tendría algunos años más que Ben.

Llegaron las dos botellas de champán, la cubitera con el hielo, la caja con las tres copas envueltas en papel de seda. Ben le dio diez dólares de propina al irlandés, que a punto estuvo de tirárselos por la cabeza, pero diez dólares siempre son diez dólares, de modo que se dispuso a descorchar la botella y a comprobar acto seguido la transparencia de las copas. Ben brindó por un futuro glorioso, cuyos particulares comenzaban a angustiarme.

—Con tu protector, ese tal Puglisi, ¿puedes ponerte en contacto?

—A saber dónde estará. Nos despedimos hace siete años en Túnez, ni siquiera sé si finalmente volvió a Sicilia.

—Qué ardua es la vida. Resumiendo, que no quieres echarme una mano...

—Ben, a ti te lo debo todo y estoy dispuesto a lo que sea, pero pídeme algo que pueda hacer.

—Entonces digamos que no puedes ayudarme. ¿Qué te parece, condesa?

La gran dama se encogió de hombros. Tenía mucha clase y pocas ganas de hablar.

—Me voy a Europa —anunció Siegel—. Y contaba contigo.

—Aquí estoy, dime qué necesitas.

—Lugares seguros.

—¿En Europa?

—En Italia. —Calibró si yo era digno de la información que iba a desvelarme—. He decidido eliminar a Hitler y a Mussolini. Empezaré por Hitler, pero una vez lo haya liquidado me pondrán en busca y captura, y voy a necesitar una base operativa para continuar con Mussolini.

Esto superaba todas las historias que poblaban su imaginación.

—¿Hitler y Mussolini? —¿Precisamente a mí tenía que tocarme un benefactor como Ben?

—Concretamente ellos. Son dos locos peligrosos que persiguen a mi gente. Tú me conoces, Willy: sabes que me trae sin cuidado la religión, que no he hecho un ayuno en mi vida, que he follado y he roto más de un hueso en sábado, que como carne de cerdo, y, sin embargo, la primera vez que me metí en una pelea, antes incluso del encontronazo con Charles, dos chiquillos con la kipá acudieron en mi ayuda. No quiero que ese hijo de perra de Hitler siga haciendo daño a mi pueblo. Y visto que Mussolini va por el mismo camino, he decidido acabar también con él. ¿Me he explicado con claridad?

Siegel levantó la copa, y quiso que brindáramos con él por la muerte inminente de Hitler y Mussolini. La gran dama meneó divertida la cabeza.

—Ben, ¿ya has tenido en cuenta que mandan ejércitos y que estarán protegidos y no será tan fácil acercarse a ellos?

—En el Lower East Side hemos neutralizado a gente mucho peor. Puedes preguntárselo a Charles, a Meyer, a Adonis, a Costello. Todos te dirán lo mismo: sólo hay que organizarse. No pienso matarlos de cerca y emprenderla a puñetazos con ellos. Un buen fusil de precisión y la partida está ganada. Lo importante es tener un buen plan. Antes de matar a Hitler, será fácil moverse. Pero no después de hacerlo. Y por eso necesito buenos contactos en Italia.

—¿Has pensado que podrías desencadenar una guerra mundial? ¿No te acuerdas de Sarajevo?

—De todos modos lo harán esos dos.

Ben se quedó pensando. Yo me alegraba por él: no podía ayudarle, y eso le aseguraba una larga vida.

—Willy, dime la verdad, en caso de necesidad, ¿vendrás conmigo a Italia?

—Cuenta conmigo. Pero ¿qué les digo a Costello, a Anastasia y a los demás?

—¿Sigues pensando en los compadres? Si la operación llega a buen puerto, regresaremos como héroes intocables hasta para Roosevelt. —Se levantó de golpe—. Tenemos un tren... Me olvidaba: puedes volver a New York...

Me pareció una broma de pésimo gusto.

—La policía ha dejado de buscarte. Danny..., el imbécil de las minas, ha negado que tú formaras parte de la mesa de juego. Los esbirros ya tienen suficiente material para procesar a Genovese y no te necesitan. Lástima que Vito esté de vacaciones en Italia. —Rió a carcajada limpia.

—¿Hablas en serio? ¿Vuelvo a Nueva York?

—Costello me manda decirte que el puesto en el Hollywood continúa siendo tuyo. Alguien ha pagado el alquiler en Briggs Avenue. No encontrarás el coche, aunque era una carraca: creo que lo utilizaron para enviar a alguien al fondo del mar...

—¿Y cuándo podré volver a ver a Rosa y a Turidduzzu?

—Vuelve al piano, deja que pase el verano, y en septiembre le cuentas a Costello que Turidduzzu está enfermo y que tienes que salir enseguida para Los Ángeles. Verás como te da dinero para el viaje y hasta para el médico.

Se encaminó hacia la salida seguido de la gran dama y entre la irritación general de los clientes, que estaban ansiosos por que el baile continuara. Antes de cruzar el umbral, Ben se volvió y me indicó por señas que seguiríamos en contacto por teléfono.

Al día siguiente cogí el tren para Nueva York. A los irlandeses, que se quejaron de la imposibilidad de encontrar a otro pianista de inmediato, les dejé el Ford. Al fin y al cabo era un añadido a mi trabajo.

Me apeé en Penn Station mientras el sol se ponía. Nueva York me pareció mucho más caótica y bulliciosa que cuando me marché. Había más luces de neón, más carteles publicitarios y más rótulos de tiendas. Cuando llegué a Briggs Avenue eran casi las diez, también allí habían mejorado el alumbrado: una farola cada cincuenta metros.

—Bienvenido a casa, señor Willy.

Era el barbero japonés: tenía la barbería en la manzana contigua, cerraba muy tarde para atraer clientes cuando salían de trabajar. Nos conocíamos de vista, nuestras mujeres eran amigas, pero nosotros casi nunca nos saludábamos. Sin embargo, en aquellos meses de alejamiento impuesto, yo había aprendido que no existe norte que no sea el sur de otro norte, y que no existe cara que no sea la cruz de otra cara, de modo que abracé el impulso del japonés y le prometí que iría a su barbería. Él hizo una gran reverencia y me alargó su tarjeta, Hidetoshi Nakamura.

Habían limpiado y ordenado el apartamento hacía poco. Una mano piadosa había abastecido el frigorífico. Volvía a estar en casa.

Pasé la noche en vela, debatiéndome entre el deseo de recomenzar mi vida y el tormento de tener que encontrar a Turidduzzu, a Judith, de tener que tomar una decisión definitiva con Rosa. En cualquier caso, de tener que aclarar la situación con las personas que representaban algo en mi vida. Y entre éstas también estaban mi madre, mis hermanos y mis hermanas. Los veía como figuras lejanas y desenfocadas, pero continuaban siendo mi auténtico núcleo familiar, los únicos que tal vez jamás me traicionarían: he aquí otra de las conclusiones a las que llegué durante los meses transcurridos en compañía de mí mismo.

A la tarde siguiente me presenté en el Hollywood. Todos parecían contentos de volver a verme. Totonno me entregó las cartas de mi madre. Él mismo se había encargado de avisarla de que estaba de gira viajando de un estado a otro, y de que no iba a poder escribirle hasta que regresara a Nueva York. Pero ella había continuado enviándome una carta al mes.

—Willy, para mí todo sigue igual. En cambio, para ti hay una novedad esperándote: el envidioso de turno robó la chapa con la frase «No disparen al pianista». Así que decidí encargar otra y guardarla para cuando volvieras, pero después me dije que te merecías algo mejor. —Me entregó una chapa con mi nombre grabado en letras resplandecientes. Arrancaron los aplausos del personal convocado por Totonno y Dominick alrededor del Steinway. En aquel preciso instante supe que mi viejo sueño de leer «Willy Melodia y su orquesta» en la batería del salón de fiestas nunca se cumpliría.

Por las cartas de mi madre me enteré de que Orlando y Rinaldo habían ido a España como voluntarios de los camisas negras. Lo habían hecho por la paga, no por fidelidad al fascismo. Ella rezaba día y noche para que no corrieran la misma suerte que Peppino. El párroco del Crocifisso della Buona Morte había dicho, en cambio, que toda buena madre tenía el deber de rezar para que los ofensores de Dios, de la Virgen, de las iglesias, quienes violaban a monjas y fusilaban a curas, fueran erradicados de la faz de la tierra. Los caídos en el cumplimiento de tal deber serían recompensados por el Padre Eterno. Mi madre no estaba muy convencida: lo que ella quería era un poco de tranquilidad en esta tierra. Le habían asignado la pensión por Peppino, pero era una miseria, una décima parte de lo prometido. Mi madre sólo me informaba de los acontecimientos positivos, pero aun así percibí que no corrían buenos tiempos en Via D'Amico, y que tampoco no eran mucho mejores para mis hermanas. Afortunadamente, Nino seguía en su puesto de la Pescheria: las anchoas, los mejillones, los mújoles y las sardinas abastecían las comidas de mi familia.

En América los cañones que retumbaban en Europa nos llegaban como un eco lejano. La guerra civil española se veía como una aventura romántica: en los periódicos se hablaba más de corridas, toros y toreros que de los muertos y las batallas. La liga de los jóvenes comunistas llenó la Quinta Avenida con carteles a favor de la paz contra Franco, Hitler y Mussolini. Siegel no respondía en el número de Los Ángeles, tal vez ya había partido para llevar a cabo su descabellada misión. Little Italy celebró con un desfile el segundo título mundial de la selección de fútbol, ganado en París. Se dispusieron grandes mesas repletas de salchichas, vino y queso *caciocavallo*: la comida y el baile se prolongaron hasta medianoche. En los escaparates de las panaderías, de los restaurantes, de los bares, de las charcuterías y de las sastrerías se pegó la foto de Meazza, con la camiseta azul y el brazo alzado en su saludo fascista.

Cada rincón de Nueva York irradiaba el deseo de bienestar, de diversión, a pesar de que algunos, de noche, todavía seguían cayendo de los tejados y alféizares donde se habían tumbado huyendo del bochorno. Sinatra llenaba cada noche Radio City Music Hall. Costello me pasó una entrada. Las chiquillas enloquecían con Frank, quien me recibió en el camerino con afecto sincero. En el Carnegie Hall tuvo lugar el primer concierto de música moderna: Benny Goodman y su orquesta. Habíamos salido juntos de Chicago, pero él había llegado mucho más lejos. Estaba yo en la sala del Carnegie cuando Ellington salió al escenario con su repertorio recién estrenado, fruto de su colaboración con Billy Strayhorn. Los rostros que la noche anterior habían abarrotado el Hollywood solían aparecer por la mañana en las páginas de sociedad del *Daily News*, del *New York Post* o del *New York Times*. El local estaba demasiado de moda hasta para los paisanos, excepción hecha de Adonis, que tal vez estaba un peldaño por encima de Costello en la celebración de los eternos festejos.

Busqué a Judith, pero en el listín telefónico no aparecía ningún Lazar. Me rondaba por la cabeza plantearle de una vez a Costello el tema de Rosa y Turidduzzu: me parecía que ya había superado con creces el examen de mi fidelidad, pero Siegel, al otro lado del teléfono, seguía aconsejándome un poco más de paciencia. El problema, me repetía, no es Costello, sino la reacción de Anastasia. Por decirlo con Armstrong, nunca pillaba el lado de la calle bañado por el sol. Estuve con Lansky un mediodía que se sentó a la barra del bar, no para beber, sino para aislarse del mundo. Estaba enfurruñado. Le pregunté si podía ayudarme a encontrar a una chica judía. Me miró mal. Le expliqué que eran cosas del corazón. Esa misma noche Dominick me entregó una nota de parte de Lansky: en ella había la dirección de los tíos de Judith, los señores Ephraim y Betsabea Epstein.

Vivían en un bonito edificio de la calle 44 Oeste, que los ricos comerciantes judíos habían transformado en zona residencial. La casualidad o el instinto quisieron que entrara en la calle 44 desde la Tercera Avenida, de modo que pasé por delante del portal del ático de dos pisos entre el Yacht Club y el Algonquin Hotel. No pude evitar levantar la cabeza para buscar esos ventanales y esas cristaleras que tan bien conocía. Sentí escalofríos. Una sensación de dolor casi física que iba a prolongarse en el tiempo: para mí ese ático siempre sería un lugar de sufrimiento. Y ya sabéis que mi vía crucis está plagado de estaciones como ésta.

A las once de la mañana llamé a la puerta del piso de los Epstein. Judith no estaba en casa. Tía Bessie, idéntica a *comare* Marietta, insistió en que la esperara en el comedor degustando una taza de su exquisito té. A Judith no le agradó encontrarme charlando animadamente con tía Bessie sobre quién era más adorable, si Verdi o Bellini. Me arrastró a una pastelería donde vendían dulces judíos. Ella no probó ninguno, pero insistió en que yo lo hiciera. Era su pequeño sacrificio para rogarle a Dios que protegiera a su familia. La intermediación de la Cruz Roja había fracasado, la tía paterna se había quedado al otro lado de la frontera, en Ucrania. El viejo Lazar animaba a esposa e hijas a embarcarse para Estados Unidos, pero la madre de Judith se negaba a abandonarlo. Habían puesto en marcha los preparativos para el viaje de las hermanas: necesitaban cinco mil dólares. Con el anuncio de la tormenta que se avecinaba, fue el comentario de Judith, el arraigado antisemitismo de los polacos se había trocado en avidez. Tía Bessie había ofrecido su collar de perlas verdaderas, pero el marido la había descubierto. Había estallado la guerra entre los dos.

A pesar de las apariencias, los Epstein pasaban por dificultades económicas que empeoraban día tras día. El negocio de importación y exportación del cabeza de familia se había ido al garete con los vientos de guerra que soplaban en Europa: en menos de un mes iban a mudarse a una casa más pequeña y asequible al comienzo de Harlem. Tía Bessie y su marido preferían acercarse a los negros antes que mezclarse con los pobres de Lower East Side: durante una temporada habían vivido en esa zona y habían tenido que trabajar duro para salir de Borough Park, por lo que ahora no podían aceptar volver atrás. Tenían tres hijas casaderas, y había que guardar las apariencias. Tío Ephraim había digerido finalmente que sus hijas buscaran trabajo, aunque seguía en sus trece con lo del collar de perlas: le parecía más justo sacrificarlo para una boda que para sacar de Polonia a los sobrinos de su mujer. ¿Cómo llevarles la contraria?, ésa fue la observación de Judith.

Me contaba todo esto con un distanciamiento irónico, pero luego, cuando me habló de sus hermanas, de su madre y de su padre, la voz se le quebró por la emoción. Estaba angustiada, se sentía acorralada, el dinero que iba ahorrando no era suficiente: cuando había reunido la cantidad requerida, le pedían más. Había conseguido dos mil dólares, pero necesitaba otros tres mil. No sabía cómo conseguirlos. A pesar de que se pasaba todo el día trabajando: daba clases de refuerzo a estudiantes de la facultad de derecho, trabajaba corrigiendo pruebas para el *New Yorker* y la habían contratado en un despacho de abogados. Ganaba mucho menos que tocando el clarinete, pero podía seguir de cerca lo que sucedía en Europa. Me explicó con fervor que ya habían organizado dos protestas ante las sedes del consulado alemán y del consulado italiano.

Con la intención de anticiparme a sus acostumbrados embates contra el fascismo, que habrían desembocado indefectiblemente en la denuncia de mi apoyo subterráneo a Mussolini, le ofrecí mil dólares que había ido ganando aquí y allá. No se lo esperaba.

—¿Tú harías eso por mi familia?

—Para ser sincero, lo haría por ti.

Me acarició la mejilla, me sentí revivir. Qué pena que la magia se hizo añicos por la inminencia de la próxima clase. Nos despedimos con la vaga promesa de que ella me telefonearía para darme la nueva dirección de sus tíos.

El tratado de Mónaco, la invasión de los Sudetes por parte de Alemania y las masacres en España aguzaron la voluntad de América de agazaparse entre sus dos océanos. Roosevelt anunció en una retransmisión radiofónica: «Ni un centavo ni un solo chico americano para la guerra fuera de los Estados Unidos». Tampoco en Catania querían la guerra: a pesar de los seguros de recompensa divina en caso de deceso de los legionarios fascistas, mi madre estaba constantemente con el corazón en un puño por Orlando y Rinaldo. La situación no ayudaba: la miseria se había instalado en la ciudad. Con los veinte dólares que les había enviado hacía un año habían ido tirando durante un mes. Así que adquirí la costumbre de adjuntar un billete en cada carta. Le escribí a mi madre que estaba en disposición de acoger en Nueva York a quien quisiera venir. Me respondió que los Melodia tampoco estaban tan desesperados para tener que emigrar, es más, confiaba en que mi situación se aclarara para que yo pudiera regresar pronto.

Pero ¿todavía quería volver a Catania? Hacía años que había dejado de planteármelo a causa de la vida accidentada que había llevado todo ese tiempo. Seguía siendo un extranjero en América, siempre bordeando lo que yo consideraba una existencia normal, de la cual sin embargo huía. Tendría que haber mantenido con Costello la conversación sobre Rosa y Turidduzzu, pero la iba posponiendo una semana tras otra. Me dejaba llevar por el ritmo trepidante del Hollywood, que se correspondía con el ritmo trepidante que dictaba el cine. El nuevo bienestar había abierto de par en par las salas cinematográficas a todos los americanos: todos, hasta los más pobres, hasta los mismos parias de la sociedad, habían aprendido a soñar. Todos creían en su derecho a tener una vida maravillosa. *Las uvas de la ira*, de John Ford, iba a estrenarse al año siguiente.

Le pedí al señor Hidetoshi que me hiciera un corte de pelo a lo Gary Cooper. Él se esmeraba con las tijeras mientras yo hojeaba una revista dedicada a actores, actrices, cantantes y directores de cine. En portada publicaba una foto de Siegel, la gran dama silenciosa de Baltimore y Clark Gable. El pie de foto rezaba: «La condesa Dorothy di Frasso, animadora de la buena sociedad de Los Ángeles, visita a Clark Gable en los estudios donde rueda *Lo que el viento se llevó*, en compañía de su amigo Ben Siegel, el célebre *bon vivant*, conocido gracias al famoso actor George Raft». La condesa exhibía su altanería y la exagerada boquilla que yo conocía. Dominaba la escena con tanta naturalidad que le hacía sombra al mismo Gable. Se me antojó más humana Virginia Hill, a quien tal vez también Siegel echaba de menos, con esa sonrisa suya reducida a mueca. Se veía a la legua que no le sentaba bien desempeñar el papel de actor secundario. Intenté llamarle, pero me dijeron que estaba en un viaje de negocios.

En realidad, todos llevaban negocios entre manos, y luego venían al Hollywood para celebrar su éxito. Dinero y champán corrían parejos. Los preparativos de la Feria Mundial en Corona Park confirmaban que la carrera hacia el progreso no iba a dejar espacio para la guerra. Costello y Adonis se aseguraron la concesión de los restaurantes y de las máquinas expendedoras de cigarrillos. Lansky volvió de Cuba para instalar las máquinas de discos Wurlitzer en los pabellones. En la lujosa residencia de Adonis en Shore Road, en Brooklyn, se celebró una reunión con los responsables del urbanismo de la ciudad al objeto de definir las nuevas áreas donde construir rascacielos. Me lo explicó Totonno, que había servido la cena con un par más de nuestros camareros. Pero La Guardia era un hueso duro de roer: consiguió que el caso saliera a la luz en la prensa. Adonis, Costello y los socios se vieron obligados a limpiarse el morrito sin haber probado bocado. Y añadieron otra cruz al lado del nombre del alcalde.

A las tres del jueves, Judith daba golpes con los pies en el suelo para protegerse del frío glacial, que bajaba de la frontera hasta el portal de mi apartamento en Briggs Avenue. En el cuello alzado de su abrigo resaltaba una estrella amarilla. Por fin me necesitaba. El rostro afilado, el peinado desarreglado y los ojos que echaban chispas le daban un aire irresistible. Puse sus manos entre las mías para que entrara en calor. Quería protegerla, aun sabiendo de antemano que ella me rehuiría.

Nos abrazamos en cuanto cerramos la puerta. Hicimos el amor salvajemente en el suelo del recibidor, temerosos de que en el trayecto hasta la cama la magia se desvaneciera. A los dos nos sorprendió esa inesperada pasión y el hecho de que no nos hubiera abrasado hasta entonces. Yo pensé que, a pesar de todos los pesares, el viaje a América había merecido la pena.

Judith tenía pensado regresar a Boston, volvería a trabajar con el alemán. Necesitaba muchos dólares, pero no estaba dispuesta a aceptar los míos. En Polonia la situación se había complicado todavía más.

—Convencieron a mi padre de que en Ucrania todo estaba a punto: sólo había que llevar el dinero y mi tía tendría su pasaporte. Cruzó la frontera, pero todavía no ha regresado. Hace una semana que no saben nada de él. Mi madre, finalmente, ha tomado la decisión de partir con mis hermanas, pero hay que resolver el tema del dinero. El que les envié se perdió con lo de mi tía. Ahora todo depende del dinero que logre reunir.

Judith había acudido a mí en busca de comprensión, y yo me había especializado en escuchar sin tener nada que objetar. Era lo único que podía hacer.

—Willy —dijo Judith—, no sé qué hacer. Por una parte pienso que mi deber es ir a Polonia y estar al lado de mis hermanas, de mi madre, acompañarlas en estos momentos de dolor. Pero por otra, creo que tal vez pueda ayudarlas más desde aquí. La duda me consume por dentro.

No era propio de ella. Y, en efecto, hizo un gesto enérgico como el de los purasangres que yo había visto en el hipódromo.

—La tía Bessie dice que eres el italiano más guapo que ha conocido.

—Pero si yo no soy italiano —lo dije sólo por decir algo.

—Es una pena que tus compatriotas se hayan aliado con esos cerdos. ¿Ya sabes que Mussolini ha aprobado leyes contra los judíos?

No tenía ni idea: mi ignorancia de siempre, que por una vez la hizo sonreír. Judith estaba muy informada, hasta se había afiliado a una combativa asociación de judíos en la diáspora, y se apresuró a explicarme en qué consistía. Este tipo de organizaciones proliferaban en todo el país, especialmente en el este. La de Judith llevaba el nombre de Estrella de David, en honor de la estrella amarilla con la que Hitler marcaba a los judíos. Era una estrella idéntica a la que lucía Judith en el cuello del abrigo. Declaró que se la había prendido en un lugar bien visible para remover la conciencia de los honorables ciudadanos americanos. De momento, lo que había removido era la conciencia de sus primas: habían corrido a ponerse una estrella también ellas, con lo que habían provocado la reacción furibunda del padre. Los Epstein se habían mudado a un edificio inmenso y ruidoso de la calle 64 Oeste. Estaba a media hora andando del Central Park. Las tres muchachas habían encontrado trabajo. Además de lucir la estrella amarilla en el abrigo, se dedicaban a fumar y a salir de noche con sus pretendientes. Tía Bessie preparaba dulces para vender a los gentiles, es decir, a los no judíos. El tío se había hundido en una crisis mística, que le hacía predecir todo tipo de tormentos para el edificio entero.

—Me temo que lo ha adivinado —comentó Judith—. Por lo menos lo de los Lazar.

Pasamos tres días en dulcísima armonía. Nos apoyábamos en todo, intercambiábamos atenciones y cuidados. Hasta habríamos podido renunciar al sexo, cosa que no hicimos, más por cortesía que por convicción, por lo menos en el caso de Judith. Fue una pena que la magia del primer día no se repitiera. Me preguntó por Turidduzzu. Le mentí diciéndole que había estado en Los Ángeles y que íbamos a pasar juntos las vacaciones.

Judith se fue el lunes, al amanecer. Al mediodía, me acerqué al despacho de Costello.

—¿Algo grave? —dijo mirándome de hito en hito.

—Don Costello, necesito ver a mi hijo: hace casi más de tres años que él y su madre se marcharon.

La vocecita empañada de Costello me dejó helado.

—En todo este tiempo, ¿no has ido a verles? Pero ¿qué tipo de padre y de marido eres?

No es muy agradable que te pongan ante el espejo de tu propia cobardía y de tu inconsistencia. Costello acababa de comprobar que yo no tenía cojones. Probablemente no habría partido de no haberle ordenado Costello a Totonno que se ocupara del viaje, que me buscara dónde dormir en Los Ángeles, que se encargara de encontrarme un sustituto para una semana en el piano-bar.

Entre el Atlántico y el Pacífico mediaba una distancia infinita. Cambié de tren en Chicago, Kansas City, Santa Fe y Phoenix, arrastrando la pesada maleta en la que había amontonado los regalos para Turidduzzu. Tenía que compensar tres años de ausencia. Tardé cuarenta y ocho horas en apearme en una tierra desértica, al menos por cuanto imaginaba del desierto alguien que nunca lo había pisado.

La primera impresión de Los Ángeles no fue muy halagüeña: una tierra de pioneros antes que la fábrica del futuro. Tenía la pensión en Downtown: moscas, polvo, desdichados como yo, y un calor insoportable en mi habitación. Totonno había sido muy parco con los dólares de Costello.

Marc Thal aparecía en el listín telefónico con todo lujo de detalles. Las especialidades de su despacho ocupaban siete líneas. Se negaron a pasármelo hasta que me presenté como el cuñado de Josephine Polizzi.

El abogado, cuyos problemas de erección habían contribuido a complicarme la existencia, utilizó un tono circunspecto.

—¿Qué haces en Los Ángeles?

—Eh, Marc, adivínalo.

No tenía ganas de hacer el adivino, así que se lo dije: quería ver a mi hijo, hablar con Rosa. Me citó al día siguiente para desayunar en un territorio neutral, un restaurante de Wilshire Boulevard. Habría necesitado a Siegel, pero llevaba un mes desaparecido. Las malas lenguas atribuían su prolongada ausencia a ciertos delitos relacionados con los juegos de azar.

La noche fue interminable. Miraba el reloj, espiaba los colores del cielo, revisaba los regalos que había comprado para Turidduzzu. Estaba seguro de que mi hijo no me reconocería. Era imposible colmar la distancia que nos separaba en dos horas. Tenía miedo de que la despedida fuera peor que el reencuentro. Llegó el amanecer, llegó la mañana, llegó la hora de subir al taxi. Me presenté en el restaurante con mucha antelación, de modo que pude darme cuenta de que nuestra cita contaba con varios espectadores interesados. Thal había movilizado a sus amigos para asegurarse de que no iba a haber sorpresas desagradables: los gorilas estaban apostados a la salida del restaurante y, sospeché, dentro del local. Quizá Thal tenía la sospecha de que me acompañaban *picciotti* y compadres. En realidad, yo estaba más solo que nunca.

Los camareros me miraron mal cuando pedí otra mesa cerca de la que estaba reservada. Quería exponer todos los regalos. Después me tomaron por loco, aunque me ayudaron con el trenecito eléctrico con túnel y estación incluidos, el cinturón de cowboy con dos pistolas, los soldaditos a caballo que atacaban el campamento indio y una maqueta del puente de Brooklyn para construir. ¿Bastarían para conquistar la sonrisa de Turidduzzu?

A la una en punto entró Josephine, seguida del abogado y de Rosa, con Turidduzzu pegado a su falda. Josephine me dio un abrazo lleno de afecto y complicidad. Con Rosa nos estudiamos antes de abrir los brazos. Thal me tendió su mano blanda y sudada. Turidduzzu seguía pegado a su madre, se escondía y luego asomaba la cabecita desde detrás.

—Sal, compórtate con tu padre como te he dicho. —Rosa le había hablado en inglés, algo que acabó de matarme. A pesar de ello, finalmente pude estrechar entre mis brazos a Turidduzzu. La emoción me venció, pero pronto me percaté de que mis besos, mis caricias y mis apretones más bien le molestaban. Le acompañé ante la mesa con los regalos, le expliqué que eran todos para él: estaba ansioso por recibir su reconocimiento. Y fue llegando poco a poco, un regalo tras otro. Una vez los hubo inspeccionado todos, me ignoró.

Había comprado un sombrerito con velo, como el de Dorothy di Frasso, para Rosa; y un bolso para Josephine. No se esperaban el detalle: sirvió para despejar cualquier duda, aunque el ambiente seguía cargado con lo que Rosa y yo teníamos que decirnos.

—Hemos sabido —Thal se dirigía a un hipotético tribunal— que has pasado un periodo difícil.

—¿Los amigos sicilianos no estaban de tu parte? —apostilló Rosa con sarcasmo.

—Lo importante es que todo se haya arreglado. —Josephine me dirigió una mirada llena de comprensión.

—Pero ¿es verdad que se trataba de una partida de póquer? —Rosa buscaba la excusa para saltarme al cuello.

—Estoy bien —respondí contrariado—, estoy aquí, el pasado quedó atrás. ¿Por qué no hablamos de nosotros?

—Has necesitado un poco de tiempo para acordarte de que tienes mujer e hijo. —Rosa finalmente había comenzado la guerra.

—Yo nunca lo he olvidado, ni siquiera en los peores momentos. ¿Puedes decir lo mismo, tú? Porque en teoría tú también tienes un marido...

Un camarero interrumpió la escaramuza. El abogado asumió el papel de patriarca: nos aconsejó los platos y el vino. No recuerdo nada de aquella comida, tal vez pedí carne, pero en cualquier caso debió de atragantárseme.

Sentaron a Turidduzzu entre su madre y su tía. Me lo tomé como una nueva desconsideración hacia mí. Él no me dirigió la palabra en ningún momento y respondía con monosílabos a mis preguntas. Una vez que me dirigí a él en italiano, Rosa alzó la voz para traducírselo. La imposibilidad de hablar en italiano con Turidduzzu me sacó de quicio.

—Hasta que se demuestre lo contrario, Turidduzzu es hijo de dos sicilianos, y tendría que conocer su lengua.

—Sal ha nacido en New York, es ciudadano americano, la lengua que tiene que conocer es la de los otros niños, la que hablará en el colegio. En el futuro, si él quiere, ya aprenderá el italiano.

—Querido Willy... —Thal intentó entrometerse.

—Pero ¿tu nombre italiano no era Mino? —Rosa me miró desafiante: entre ella y yo el abismo era ya insalvable.

—Querido Willy —prosiguió el abogado, más falso que Big Pres, en paz descanse—, Rosa y tú acabáis de tocar el punto más importante de esta reunión: el futuro de Sal...

—¿Te refieres a Turidduzzu? —remarqué con los ojos clavados en Rosa.

—Más allá del nombre, sigue siendo vuestro hijo; su bienestar tiene que ser la estrella que os guíe. Ante su crecimiento, su educación, sus relaciones sociales, Rosa y tú, déjame que te lo diga, no contáis para nada. ¿Vamos a ocuparnos de él o no? —Por algo era el abogado de Mike Cohen y de los productores judíos de Hollywood. Thal saboreó el efecto de su primera arenga antes de proseguir—. La señora Polizzi, de casada Melodia, nuestra querida Rosa, está dispuesta a olvidar los tres últimos años. Se hace cargo de que has tenido muchos problemas...

—Alto ahí —grité, llamando la atención de algunos clientes, que se volvieron para mirarme—. No confundamos las cosas. Mis problemas surgieron hace un año. Antes, quien tenía problemas erais vosotros, y tú, Marc, lo sabes muy bien: el testimonio de Josephine en el proceso y la consiguiente huida a Los Ángeles me dejaron en una situación difícil. Os hacía un favor no acercándome a vosotros.

Thal permaneció imperturbable.

—Olvidemos el pasado y pensemos en el futuro. Convendrás en que lo mejor para Sal es crecer junto a su madre y ver a su padre lo menos posible, sin que éste pueda interferir en la escuela y otras actividades recreativas que forman parte de su educación. ¿Me sigues?

—¿Dónde quieres ir a parar?

—Tu vida es... ¿cómo describirla? Un poco bohemia... Ya sabes cómo son los horarios, las obligaciones, los cambios de humor de los artistas. Pero a ti todo esto te gusta, y a nosotros nos parece estupendo que así sea. Rosa, sin embargo, sostiene que el ambiente en que te mueves, tus amistades y tus costumbres no son las que la educación de Sal necesita...

—¿Es decir?

—Que, avisándonos con antelación, eres libre de ver a Sal cuando quieras, pero no en New York.

—¿Qué significa todo esto?

—Que podrás venir a Los Ángeles o llevártelo contigo de vacaciones, comunicando previamente tu dirección y tu teléfono a Rosa, por supuesto, para quien debes estar localizable las veinticuatro horas del día.

—Marc, ¿me estás diciendo que Turidduzzu no podrá vivir conmigo en Nueva York?

—No hasta que alcance la mayoría de edad. Después él mismo podrá decidir.

—No estoy de acuerdo, no me parece justo.

—Willy, comprendo tu estado de ánimo, en tu lugar yo me comportaría del mismo modo, pero si en verdad te interesa el bienestar de tu hijo, aceptarás que así tiene que ser. Tómatelo como una motivación para cogerte más de unas vacaciones al año...

Rosa no había mudado la expresión dura de su rostro: le costaba trabajo no intervenir, y por otro lado Thal no habría admitido ninguna injerencia en su trabajo. Josephine, en cambio, me dirigía miradas de ternura: era la única de la mesa que esperaba una solución amigable.

—Willy, ¿puedo darte un consejo legal desinteresado? —El cambio de Marc fue brusco—. Te conviene que os pongáis de acuerdo aquí y ahora, *hic et nunc*, como decían vuestros padres latinos. Ante un tribunal obtendrías condiciones mucho menos favorables: tu pasado y tus amistades serían tenidos en cuenta por el juez. Rosa es la madre que, después de haber arriesgado la vida para alejar a su hijo de tus malas compañías de New York, lo ha cuidado ella sola a lo largo de estos tres años. Añade a esto que la boutique de las hermanas Polizzi cada vez goza de más buena fama en la ciudad, y que son muchos los amigos influyentes que estarían dispuestos a testificar a favor de Rosa. Tus derechos podrían quedar anulados...

Thal buscó la confirmación de Rosa, la de Josephine, que posó su mano sobre la de él.

—... En cambio, nosotros, como ya te he dicho, queremos que Sal crezca con el apoyo del afecto y la presencia del padre.

Ya habían ganado, y ahora querían coronar su victoria.

—Hablemos ahora del último detalle —Thal se sentía ahora amo y señor de la situación—, la cuestión económica. Rosa piensa que con doscientos dólares al mes será suficiente.

¿Que era suficiente? Con esa suma de dinero vivían familias enteras. En aquel preciso instante Turidduzzu me dedicó la primera sonrisa del día, y yo me rendí por completo. El abogado puso sobre la mesa un documento mecanografiado. La primera página llevaba el membrete de su despacho de abogados.

—Confiando en tu buen juicio, en tu amor por Sal, en los sentimientos que os unieron a ti y a Rosa, preparé una primera redacción del acuerdo. Reproduce palabra por palabra cuanto acabamos de decir, pero si quieres leerlo, estás en tu derecho... ¿Tienes una estilográfica para firmar?

Me dieron la estilográfica.

—He tenido a bien añadir una cláusula sobre el divorcio...

—¿Qué tiene que ver el divorcio?

—De momento a Rosa no le interesa, pero si a ti te interesara está dispuesta a concedértelo inmediatamente.

Entre Rosa y yo todo había terminado hacía tiempo, y la ausencia de Judith me pesaba cada día más; pero topar de golpe contra la realidad no me resultó por ello menos doloroso.

—No me interesa.

—Conforme. El acuerdo prevé que, en el momento en que alguno de los cónyuges pida el divorcio, el otro no se opondrá.

Lo único que yo quería en ese momento era salir corriendo. Estampé mi refrendo en cada una de las páginas y firmé con nombre y apellido la última. Thal lo comprobó antes de alargarme la copia firmada por Rosa. No había dudado un momento sobre el éxito de nuestro encuentro.

—Podrás telefonear a Sal una vez al día, en un horario acordado con Rosa. ¿Has pensado cuándo harás las primeras vacaciones con tu hijo?

Habría jurado que tras esa pregunta se escondía el deseo de mostrar al imaginario tribunal hasta qué punto yo era un mal padre. No, no tenía ni idea del día ni el mes en que iba a llevarme a Turidduzzu de vacaciones. ¿Cambiaba algo? A fin de cuentas todos sabían que mi camino y el de mi hijo estaban destinados a no cruzarse.

Ayudé a Turidduzzu a guardar los juguetes en la maleta. Se dejó besuquear, abrazar y acariciar. Me obligué a no llorar. Rechacé el amago de Josephine de abrazarme, ella me dio a entender que lo comprendía. Thal declaró que estaba a mi disposición para cualquier eventualidad. Rosa dijo que ya nos llamaríamos. Yo esperaba que Turidduzzu se volviera para mirarme una última vez a la salida del restaurante, pero siguió recto su camino.

Pasé por la pensión para recoger mis cosas y me dirigí a la estación. Me marché con veinticuatro horas de antelación, echando a perder reservas y coincidencias horarias. Por querer llegar antes, logré apearme en la estación de Nueva York dos horas más tarde de lo previsto. Costello se informó sobre Turidduzzu, mientras reservó un lacónico «¿Todo bien?» para el resto de la familia. Seguí escondiéndole la verdad a mi madre, pero metí cinco billetes de diez dólares dentro del sobre: ¿quién más me quedaba aparte de ella?

Las semanas de la Feria fueron electrizantes. Sobre todo por el futuro que mostraba, lleno de conquistas y de invenciones. Había que emplear un día entero para visitar los pabellones. También yo entré junto a una marea de visitantes con la nariz en alto: aviones intercontinentales de nueve pisos, rascacielos comunicados por puentes en el último piso, autopistas de catorce carriles en función de la velocidad, la cápsula del tiempo con dos breves mensajes de Mann y de Einstein. Después la voz de Sinatra se encargaba de traernos de vuelta a la cotidianidad. A *My Love for You* y a *Wishing* añadió *All or Nothing at All*, y una buena esposa de origen italiano, su primera grabación, *Our Love*, que arrasó. A sus veinticuatro años Frankie tenía Nueva York rendida a sus pies. Se convirtió en el clásico ejemplo positivo que contradecía el trillado estereotipo del *dago*. Los compadres se regocijaron: ahora tenían también un héroe bueno. Para salvaguardar su imagen, Costello le prohibió a Moretti que fuera a ver a Frank a su camerino.

Cuanto más inquietantes eran las noticias que llegaban de Europa, más se aficionaba Nueva York al bienestar que se difundía a modo de epidemia y que todos proclamaban a voz en grito. El último hallazgo eran las medias de nailon: mujeres y varones se morían por ellas, aunque por motivos distintos. En la radio y en los periódicos, Roosevelt continuaba garantizando: «Ni un centavo ni un solo chico americano para la guerra fuera de los Estados Unidos». Costello volvió a abrir Sands Point y dio una fiesta a la altura de los viejos tiempos: ostras, caviar, champán y las bailarinas más seductoras de Hollywood, ataviadas como buenas señoritas con vía libre. Un círculo selecto de invitados, ninguno de ellos en compañía de su gentil consorte. Caras conocidas con alguna arruga de más y dos nuevas adquisiciones de lujo: el juez William O'Dwyer, conquistado por el *savoir faire* de Adonis y merecedor desde hacía meses de una mesa en el Hollywood en primera fila, y nada menos que Joe Kennedy, que esta vez no había venido a recoger fondos para la campaña de Roosevelt. Él era precisamente el invitado agasajado por Costello y Adonis. Kennedy dispensaba ciencia y sabiduría por doquier. Roosevelt le había hecho abandonar de inmediato la embajada de Londres por su excesiva simpatía hacia Hitler. Pero él, sin sacar los ojos de los escotes de las buenas señoritas, declaraba sin tapujos que los ingleses se mostraban demasiado intransigentes con los intereses alemanes, y que, en cambio, deberían acordarse de que tenían los mismos antepasados y aliarse con ellos contra Stalin. Su conclusión era que, fuera como fuese, había que prepararse para la guerra entre capitalismo y comunismo. Pero, mientras ésta no estallara, arriba las copas por los terrenos edificables de Wall Street que los amigos de Costello habían vendido a los amigos de Kennedy esa misma tarde. Descorramos el velo de antemano. A Kennedy y a las demás caras conocidas les urgía acompañar a las buenas señoritas a casa. No fuera caso que llegaran demasiado tarde a sus respetables hogares.

El 13 de julio de ese año, Albert Anastasia prefirió celebrar la conmemoración de su segundo nacimiento al amparo de los altos muros que protegían la mansión de Fort Lee en Nueva Jersey. El oso había mandado talar los árboles —«atraen sombras y perros»—, de modo que la vista se perdía sin obstáculos hasta el Hudson. Era una fiesta de noche, mujeres y niños se habían quedado en casa, por el césped pululaban ángeles custodios y buenos chicos. Con la excusa de recibirlos, Anastasia controlaba a los invitados uno a uno: era el hombre en la penumbra, era el único que lanzaba destellos desde las tinieblas. Todos habían aceptado la invitación de Albert y rivalizaban por obsequiarle. El control de los sindicatos que operaban en el puerto y en los embarcaderos del Hudson le confería un enorme poder, superior al de su papel oficial, mano derecha de Vincent Mangano, y por lo tanto también de su hermano Philip.

Entreví a Valachi en un círculo de fumadores empedernidos: fui hacia él y, cogiéndolo del brazo, me dirigí al salón. Él se soltó: hacía una semana que estaba a las órdenes de los hermanos Albert, le habían ingresado ya la mayor parte de sus honorarios, ay de él si le pillaban en otro sector.

Me confiaron un piano polvoriento. Me acomodé en el taburete y puse cara de besugo. Por otro lado, poneos en mi lugar: dos tercios de quienes me saludaban y me entregaban la lista con sus peticiones habían votado a favor de mi muerte. Agua pasada, pero no para mí. Estaban todos y cada uno de ellos: Mangano, Bonanno, Moretti, Gambino, los hermanos de Anastasia, Costello, Adonis, Profaci y otro tipo bajito vestido de negro, Tommy Lucchese, llamado Tredita Brown, como el famoso jugador de béisbol, porque como a él le faltaba un dedo de la mano. En el aire flotaba tal carga de electricidad que habría podido iluminar toda la Villa Bellini de Catania. Aunque la noria todavía no había empezado a girar.

La madre de Anastasia se paseaba con una bandeja llena a rebosar de vasitos con rosolí. Me reconoció al instante. ¿Podía tocar *'E spingole frangese*? Me apresuré a complacerla, ella me recompensó con un aplauso, que obligó a los presentes a batir palmas. Gambino se acercó. Apunté las notas de *Torna a Surriento* antes de darle tiempo a abrir la boca. Me señaló ante la admiración general para desaparecer a continuación detrás de la mesa de las *granitas*.

—¿Has escuchado a tu amigo Frank?

Gesticulé en busca de la respuesta exacta, mientras Moretti manifestaba su desconcierto.

—¿No eres tú quien dijo que Sinatra era de otro planeta?

Claro que era yo.

—Te lo digo yo, de qué planeta es: del planeta de los tontos del bote. La orquesta de Harry James se ha disuelto, y él ha dejado que aquel cabronazo de Tommy Dorsey lo enjaulara. No hace falta que diga que yo ya le había avisado: no firmes nada que no te hayan dado a leer previamente. Pero Dorsey se hace ilusiones, espera trabajarse a mi amigo. ¿Puedes creerlo?

Yo asentía con la cabeza. ¿Qué otra cosa podía hacer?

Siegel irrumpió en la fiesta como yo sólo había visto hacer a James Cagney en *El enemigo público*. La carga eléctrica estaba al máximo. La noria podía comenzar a dar vueltas.

Ben había adelgazado, tenía las mejillas hundidas, la tez de quien había pasado más tiempo encerrado que al aire libre. Me vio, pero no me saludó. Deduje que no quería ponerme en un compromiso.

—¿Es que os habéis quedado sin cerebro por culpa de las mamadas que os mandáis hacer en la trastienda? —Tal fue el saludo de Ben a los queridos amigos allí reunidos, los cuales se dispusieron en semicírculo, como en las películas cuando el sheriff y el bandido están a punto de enfrentarse. Aunque allí seguro que no había ni un solo sheriff, y tampoco veía a nadie que quisiera desenfundar su pistola. Corrían tiempos de decadencia, a juzgar por los periódicos, que por algo nunca dicen la verdad.

Al cabo de una resolutiva consulta a base de miradas, le tocó a Costello explorar la vía diplomática. En ausencia de Luciano y de Lansky, él era quien tenía la relación menos tempestuosa con Siegel.

—Ben, nosotros estamos todos bien, ¿y tú?

Se oyeron más risitas que carcajadas.

—¿Qué tal por Los Ángeles? —prosiguió impertérrito Costello, mientras Siegel se encendía un cigarrillo—. ¿Superados los problemas con los del juego de azar?

—Frank —dijo Ben—, yo estoy bien, vosotros estáis bien. Quien ya no está tan bien es Lepke Buchalter: por lo menos en esto estamos de acuerdo, ¿no es así?

—No podíamos actuar de otra manera. —Bonanno se llevó la mano al pecho—. Créeme, Ben.

—Nos hicieron una oferta que no pudimos rechazar —añadió Moretti mientras escupía las hebras del puro.

—Oh, no me cabe la menor duda —replicó Ben—. Y el hecho de que Lepke fuera judío acabó de convenceros de que teníais que aceptarla.

—¿Qué estás diciendo? —La voz cavernosa de Anastasia no sonaba nada pacífica—. Ya sabes que para mí Buchalter es más que un hermano.

—Como dijo Caín de Abel.

Iban verdaderamente lanzados. Gambino se desabrochó la chaqueta, y Profaci le siguió. En teoría no podían ir armados, habría sido una falta de respeto hacia el dueño de la casa. Salvo que la reunión no fuera más que una puesta en escena.

—Ben, razonemos un poco. —Costello adoptó una expresión reservada a los políticos—. Tú estos meses has estado muy ocupado en Los Ángeles, últimamente has tenido que llevar una vida retirada, tal vez te falten algunas informaciones. En cambio, puedo garantizarte que Lansky ha sido informado puntualmente.

—He sido yo —terció Anastasia— quien le ha comunicado la situación a Lepke. La decisión final, con todo, ha sido sólo suya. Porque Lepke, a diferencia de ti, se fía de los viejos amigos. Sabe que no lo venderían ni por todo el oro de América y de Italia.

—Dicho por ti suena conmovedor. —Ben no aflojaba.

—¿Me dejáis hablar sin interrumpirme cada dos minutos? —Costello mostró los dientes—. Ben, sabes que aquí en New York estamos entre La Guardia y Dewey, el alcalde que quiere ser ministro y el fiscal que quiere ser gobernador, y quién sabe si hasta presidente de los Estados Unidos. Han ido estrechando el cerco con las tragaperras, las concesiones y las áreas edificables. Primero persiguieron a Luciano, después a Genovese; ahora se han inventado la Anonima Assassini. Sostienen que es una asociación secreta nuestra por medio de la cual ordenamos la eliminación de quien nos resulta molesto.

Costello cogió aire, se le adelantó Bonanno.

—Por eso hemos decidido nadar bajo el agua, ir a dormir muy temprano e ir a misa los domingos, hacer beneficencia y pagar algún impuesto. Comportarnos, en definitiva, como auténticos *businessmen*, que es lo que por otra parte somos.

—A comienzos de año —prosiguió Costello—, a través de Albert le dijimos a Buchalter que se tomara un descanso. No lo hizo. La policía le ha imputado doce delitos en seis meses. Como eran de la incumbencia de los federales, La Guardia y Dewey se han quejado a Roosevelt aduciendo que el FBI nos trata con cierta deferencia...

—Con todos los caballos ganadores que le pasáis a Hoover, faltaría más que no lo hicieran... —Siegel esbozó la primera sonrisa de la noche.

—Dejemos en paz a los caballos —dijo Costello irritado—. Roosevelt nunca habría escuchado a un republicano como Dewey y a un tonto del culo como La Guardia. Pero ese mierda de consejero especial, Hopkins, no soporta a Hoover y ha echado más leña al fuego. Roosevelt ha convocado a Hoover y le ha exigido que soltara al FBI para perseguir el hampa de New York. Y en New York el primero de la lista era Buchalter...

—Le hablé a Lepke como se hace con un hermano. —Anastasia se llevó la mano al corazón.

—Ni más ni menos como habría hecho Caín con Abel. —Ben volvió a lanzar su mirada desafiante a todos los presentes.

—Te equivocas —dijo Anastasia, eructando las palabras una por una—. Para mí la amistad es algo sagrado. Lepke es un hermano, pero sus exageraciones exponían a los amigos a grandes peligros.

—Por lo que decidisteis libraros de él.

—Hemos llegado a un acuerdo —puntualizó Costello—. Lepke se entregaba a las autoridades a cambio de una condena no superior a los ocho años. Con la buena conducta quedarán en cuatro.

—Ben, tú también entiendes que no podíamos implicar a Hoover en ese lío. Me parece que ese contacto ha sido útil para todos.

—Bonanno no admitía réplicas.

—Por fortuna —dijo Anastasia—, los federales no tienen pruebas contra Lepke sobre la vacuna.

Vacuna era el nombre que utilizaban para referirse a la droga, ya fuera heroína o cocaína.

—Qué jodida buena suerte...

—Siegel, cuatro años y Lepke quedará en libertad. Mientras tanto descansa, se lee unos cuantos libros, y a la salida se encuentra la hucha bien llena. —Para Bonanno la discusión terminaba allí.

—¿Y si os dijera que Lansky y Luciano nunca se hubieran comportado así? —Ben aplastó con hosquedad la colilla en el cenicero—. Lo vuestro no son más que palabras, la realidad es que después de Buchalter han enjaulado a Jake Shapiro, que curiosamente también es judío. ¿O es que tengo que creer que Jake se ha inmolado a su vez a cambio de un billete de lotería?

—Yo —dijo Bonanno— diría que ha sido Buchalter quien se ha puesto de acuerdo con Shapiro.

Ben, furioso, sacudió la cabeza.

—¿Cómo lo dice Charles? Hagamos funcionar la cadenita de san Antonio... Lástima que yo no creo en santos.

—Hablemos de cosas más serias. ¿Sigues con la condesa? —La pregunta de Anastasia les dejó a todos boquiabiertos.

—¿Y a ti qué coño te importa?

—No es por mí, Siegel, sólo que no me gustaría que se cabreara la señorita Virginia Hill, quien siguiendo tus órdenes tendría que ponerse en contacto con los colombianos para abastecerse de vacunas, y hacerlo en nombre de los aquí presentes. Porque parece que el pajarito que se divierte es el tuyo, mientras que los culos que están al aire son los nuestros.

—Tu culo puede estar tranquilo: el contacto se ha hecho, los colombianos esperan el pedido. No tienen problemas de cantidad.

Parecían niños con zapatos nuevos, hasta estaban dispuestos a ser más comprensivos con el loco de Siegel, que de no haber sido por Lansky...

Adonis, que hasta entonces había permanecido en un rincón, dio unos pasos al frente.

—Ben, hemos trabado amistad con un juez. Mañana me encargaré de que me confirme el acuerdo sobre Lepke. Por no decir más... ¿Dónde puedo encontrarte?

—Déjalo, Joe. Me voy enseguida, antes de que a alguno de vosotros se le pase por la cabeza obsequiarme con el mismo regalo que a Lepke.

Ben salió del salón con la misma impetuosidad con la que había entrado. Me temo que fui el único que acusé su ausencia.

—¿Podemos hablar de temas serios o no? —Vincent Mangano acababa de expresar lo que casi todos estaban pensando.

—Los amigos del partido demócrata piden nuestra disponibilidad para apoyar de nuevo a Roosevelt —anunció Costello.

—Lo que demuestra que Roosevelt es uno de esos que están más dispuestos a pedir que a dar —dijo Moretti—. Ahora que Siegel no me escucha: mi consejo es que acudáis a Roosevelt para resolver el problema. Además, hace años que nos conoce, sabe que somos gente de su confianza...

—El problema no es la confianza de Roosevelt —replicó, tajante, Bonanno—. Es si Roosevelt puede perder las elecciones.

—¿Quién es el candidato de los otros? —preguntó Anastasia.

—Wendell Willkie, un carismático hombre de negocios de Indiana —dijo Adonis, imitando a un locutor de radio.

—¿Ya lo han escogido?

—No, pero lo harán: es el que tiene más fondos de todos.

—¿Y qué posibilidades tiene? —preguntó de nuevo Anastasia.

—Las mismas que tienes tú para superar a Jesse Owens en una carrera de velocidad —respondió Costello.

—Que no se hable más, entonces —dijo Bonanno—. Nos guste o no, hay que apoyar a Roosevelt. Aunque primero tendremos que hablar con Lansky y con Luciano.

—Eso mismo me parece a mí. —Anastasia dio un puñetazo sobre la mesa—. A aquel maldito masón le aseguramos seis millones de votos. Tendrá que darnos algo a cambio, digo yo.

—No nos hagamos ilusiones —observó Mangano, más para mantener a raya a su mano derecha que por convencimiento—. Roosevelt nos recompensará con una patada en el culo.

Y si lo decía él, que había fundado el City Democratic Club para ayudar a Roosevelt a rascar algunos votos de más, había motivos para creerlo.

16

Nubes bajas sobre el Hudson

Dominick entró para decirme que había una mujer esperándome fuera. Nos habíamos reunido para desearle buena suerte a Sepp, el camarero alemán del Hollywood, que partía para Hamburgo. Los periódicos aseguraban que la guerra en Europa era inminente. El muy imbécil, nacido y criado en Dropsie Avenue —él sí que se llamaba Joe de verdad—, había decidido irse a vivir a un país en el que nunca había estado, persiguiendo el ideal de una patria jamás conocida y adoptando incluso la versión alemana de su nombre de pila americano. Era un motivo más que suficiente para encerrarle en un manicomio y evitarle males posteriores. Lástima que en la época no se estilaban tales medidas de seguridad.

Me dirigí a la entrada del Hollywood pasmado todavía por la decisión de Sepp y sus exaltadas declaraciones de que quería pertenecer al Tercer Reich. ¿Cómo me comportaría yo si Italia se veía implicada en el conflicto? Afortunadamente, la orden de busca y captura que todavía pendía sobre mi cabeza me desaconsejaba un regreso precipitado. Querido Sepp, si acaso ya nos veremos algún día en América.

¿Cuál de las chicas a las que había hecho soñar —había vuelto a interpretar mi papel de hombre de las estrellas— tenía la necesidad urgente de verme?

Era Judith, que llevaba un impermeable blanco para protegerse de los cambios repentinos de aquel verano caprichoso. Y tenía un no sé qué resplandeciente en la piel, en sus ojos luminosos, en las facciones marcadas de su rostro. ¿Por qué siempre la dejaba marchar?

Ella no sentía la misma ternura por mí. Se mostró fría conmigo desde el principio, aunque su mirada no podía esconder cierta dulzura.

—Necesito hablar contigo —dijo sin siquiera hacer ademán de saludarme—. ¿Tienes un momento? —Se encaminó en dirección a Park Avenue.

La seguí mientras me preguntaba qué querría decirme. ¿Que al fin había descubierto que yo vivía y trabajaba con los compadres? ¿Que había conocido a Rosa y que ésta le había dado mis aterradoras credenciales, del tipo: en cinco meses ha telefoneado dos veces a su hijo y no ha pasado con él ni una sola hora?

Superada la esquina con Park Avenue, caminamos uno al lado del otro como dos extraños hasta el cruce con Madison. Allí Judith aceleró el paso, como si quisiera huir de mí. La alcancé en el semáforo. Ella me miró de reojo.

—¿Vas a escucharme? —dijo antes de cruzar.

Me quedé aturdido, el semáforo se puso en rojo. Ella jugaba a hacerse la ofendida, pero si había algún culpable ése era yo. La seguí con la mirada para no perderla: el impermeable blanco resaltaba entre la multitud, entre los varones que se volvían a su paso. Anduve a su lado sin decir nada hasta los escaparates de Bloomingdale. Y entonces la detuve.

—Judith, ¿qué pasa?

—Estoy embarazada.

—¿De mí?

—No, del Dios de las alturas: para vosotros los católicos no debe ser tan insólito.

Me quedé sin habla, debatiéndome entre la sorpresa, la felicidad y la angustia. A bote pronto, prevalecía una alegría bastante egoísta: Judith iba a ser sólo para mí, y lo sería para siempre. Así que le dirigí la más estúpida de las preguntas:

—¿Estás segura?

—¿Tú eres imbécil de nacimiento o te entrenas por las noches entre admiradora y admiradora? —Se ciñó el impermeable blanco al cuerpo, y me enseñó una barriga que no admitía dudas. Entonces se le empañaron los ojos, esos ojos azul profundo que estaban hechos para brillar. La situación pedía una de esas frases determinantes que nunca fui capaz de pronunciar. Completamente azorados, nos refugiamos en un puesto de perritos calientes en una bocacalle de la Tercera Avenida; lo menciono porque los perritos calientes nos daban náuseas a los dos. Recurrimos a las gaseosas, impregnadas también de mostaza. Yo necesitaba saber si Judith quería hacerme pagar por lo que ella consideraba la deplorable reacción de un italiano sin pelotas. Y yo, que entonces ya había aprendido a conocerla, lo único que podía hacer era esperar que se dignara dirigirme la palabra. Necesitó tres gaseosas para soltarse. Me contó que, después de que hiciéramos el amor en el suelo de Briggs Avenue, enseguida supo que llevaba una vida dentro. Había obtenido la confirmación en Boston, donde había seguido tocando hasta el mes de junio. Hacía una semana, todavía no estaba segura de si debía decírmelo o no.

¿Por qué? Era la más inocua de las preguntas.

¿Por quéééé?, me repitió completamente escandalizada. Pues porque yo era el último hombre al que habría imaginado como padre de su hijo. No sólo no era judío, sino que todavía estaba por ver si no era yo el peor de los *goym*. Es decir, el equivalente de *polentone* para los sicilianos cuando queremos hablar mal, pero sólo un poco, de los hermanos nacidos en la península.

Tía Bessie, sin embargo, había insistido en que alguna virtud debía de tener yo. Si no, por qué motivo había dejado que me acercara a la zona de peligro. Tras lo cual Judith había convenido consigo misma que su deber era informarme.

No debía de inspirarles demasiada confianza a las madres de mis hijos, si tanto Rosa como Judith en lo primero que habían pensado al saberse embarazadas había sido en guardar silencio.

—Entonces, ¿tengo que agradecérselo a tía Bessie?

—Es una vieja sentimental, está convencida de que los italianos sois la copia menos imperfecta de los judíos.

Retomado el contacto conmigo, Judith tenía algo más de lo que preocuparse, además del hijo que llevaba en su seno. Su familia todavía no había salido de Polonia. A finales de primavera, el padre se había reunido con esposa e hijas; pero la hermana del padre, en cambio, se había quedado en Ucrania: le habían negado el pasaporte a pesar de los dólares invertidos. Según las autoridades de Varsovia, los Lazar estaban en la lista de espera para embarcar en el Báltico hacia Dinamarca. Lamentablemente la fecha del viaje llevaba tres semanas posponiéndose. Judith se temía lo peor. El pacto firmado por Alemania y la URSS sólo podía augurar nuevas desgracias: me aseguró que los rusos, ya fueran zaristas o comunistas, odiaban a los judíos más que los alemanes, y en especial a los judíos de Polonia. ¿Podía acompañarla al día siguiente a la sede de su asociación?

Su asociación era un cuchitril lleno de humo, de voces, de ansiedad, al fondo de West Street y rodeado de comercios irlandeses y asiáticos. Los cuatro muchachos detrás del mostrador desplegaban una paciencia infinita: despachaban todo tipo de peticiones exacerbadas por la rabia y el rencor. Algunos afirmaban que la radio había hablado de movimientos de tropas en la frontera entre Polonia y Alemania. A cada pregunta, se intensificaban el barullo y el abatimiento general. Nos pusimos a la cola, y le ofrecieron una silla a Judith en cuanto se dieron cuenta de su estado, silla que ella rehusó. Aseguraba que la niña —tenía la fijación de que era una niña— no le pesaba y no le causaba molestia alguna. Llegó nuestro turno. La chica trató a Judith con afectuosa familiaridad. Consultaron juntas las listas facilitadas por la embajada danesa: Lazar no figuraba entre los apellidos. Quedaron en que volverían a mirar las listas al día siguiente.

Las nubes bajaban hasta el río Hudson antes de que el viento las disipara. A lo lejos, en el Bronx, formaban una masa oscura y compacta: anunciaban lluvia. Compramos melocotones y manzanas con la intención de sentarnos en algún banco del muelle. Pero Judith me señaló el cine de enfrente. Pasaban *La diligencia*. ¿Me apetecía verla? Claro que me apetecía: ella necesitaba reponerse tras la enésima decepción de saber que su familia no había salido todavía de Polonia, y yo quería conjurar el peligro de que el futuro bebé se aficionara al mundillo del cine. Con un artista en la familia ya había suficiente y hasta de sobras.

Nos sentamos en platea. La película cautivó a Judith, a mí —que Ford y Wayne me perdonen— no logró convencerme. Demasiados buenos sentimientos para mi gusto, justo lo contrario que Judith, conmovida por las vicisitudes de la mujer embarazada: por lo menos durante esa hora y media se olvidó de sus sufrimientos. A la salida del cine, oímos los gritos de los vendedores de periódicos que anunciaban que Alemania había invadido Polonia, y que Francia e Inglaterra estaban a punto de intervenir.

—Se acabó —murmuró Judith. Empalideció, y tuve que llevarla hasta el taxi.

La acompañé a casa, pero no me dejó subir, quería esquivar mis preguntas sobre mí y sobre nosotros. Sólo pude arrancarle la promesa de que nos llamaríamos al día siguiente. Era una promesa estilo Judith, porque no dio señales de vida durante cuarenta y ocho horas, y tuve que buscarla. La encontré justo enfrente de la entrada de la asociación judía. La obligué a subir a un taxi para acompañarla a casa. Me recompensó con una caricia en la mejilla y conseguí que me diera el número de teléfono de sus tíos. En West Street le habían dicho que los contactos con Polonia se habían vuelto muy esporádicos, que la ofensiva alemana parecía insalvable, que las comunicaciones por teléfono y radio se estaban complicando. Lo único que podían hacer era rezar, pero la religiosidad de Judith, a excepción de los pequeños sacrificios que hacía, era muy vaga: se le hacía difícil creer en un Dios que afirmaba haber creado a los hombres a su imagen y semejanza. ¿También a los nazis?

El fragor de la guerra no enturbió la vida de quienes trabajaban en el Hollywood ni de sus clientes. Todo sucedía muy lejos de allí, no llegaban las sirenas, los silbidos, los llantos ni las explosiones. Y era tan agradable poder escuchar *Blue Light*, *Subtle Lament* y *The Sergeant Was Shy*. Además Willkie, calentando motores para su candidatura, se ganaba la confianza de los electores con el mismo eslogan de Roosevelt: «Ni un centavo ni un solo chico americano para la guerra fuera de los Estados Unidos». Así pues, no teníamos de qué preocuparnos: la vida seguía su agradable curso para nosotros, asediados únicamente por las reservas que nos pedían los clientes con la promesa de una propina generosa. Por desgracia, la determinación de Sepp había calado en la conciencia de los más jóvenes. Tonio y Carmine anunciaron su regreso a Italia. El primero era de un pueblecito friulano; el segundo, de Nápoles. Uno desaparecería con la división Julia en Rusia, el otro moriría con la división Folgore en El Alamein.

Dormía poco y bostezaba mucho, pero cada mañana a las diez me presentaba en casa de Judith para acompañarla a la asociación. Era como un peregrinaje del dolor que atenazaba el corazón. Todos preguntaban por amigos, primos, hermanos, padres, por el vecino que habían dejado en su pueblo y cuyo nombre me parecía impronunciable. A menudo la respuesta era una expresión desconsolada en el rostro. Judith se ponía a la cola sin dejar que le tomara el relevo. Yo intentaba por todos los medios ahorrarle el cansancio y los disgustos, pero ella se obstinaba en autoinfligirse una pena que aliviara sus remordimientos por el hecho de estar a salvo, mientras su padre, su madre y sus hermanas luchaban contra el infortunio. Intenté convencerla de que formáramos una familia, pero Judith lo veía como una especie de pecado, del cual había que avergonzarse y arrepentirse. Yo tenía algo que le atraía, pero no era suficiente para hacerle olvidar cuán lejos estaba yo de su ideal de hombre con el que compartir la vida, en el supuesto de que tuviera uno. Por mi parte, yo la quería tal como era, incluidos los aspectos de su carácter que me molestaban o que a veces me herían. Hasta me habría avenido a su parquedad en temas de sexo, que para mí seguía siendo la emoción más turbadora. Habría estado dispuesto a sacrificar las delicias de las mujeres para dedicarme en cuerpo y alma a Judith, para hacerle saber que no estaba sola. Menos mal que allí donde yo no llegaba, lo hacían la falta de escrúpulos y la intrepidez de una bailarina de Ohio y de una belleza palermitana, cuyas carnes prietas se marcaban en el vestidito que llevaban para vender cigarrillos a los clientes del Hollywood. Cuando les quitaba la ropa se me pasaba cualquier sentimiento de culpa hacia Judith.

Me gastaba el dinero que no tenía en taxis, aperitivos y gilipolleces varias para confortar a Judith. No tenía ingresos adicionales, y mis gastos habían aumentado: el judío centroeuropeo había subido el alquiler de Briggs Avenue en ochenta dólares; todos los precios se habían encarecido; a lo que se sumaban los doscientos dólares fijos que cada mes tenía que enviar a Rosa. En cuestión de meses me pulí el nuevo depósito que tenía en la Banca d'America e d'Italia.

Por desgracia, Judith no apreciaba mis atenciones. A mí no se me escapaba que cada vez le resultaba más molesta mi presencia, así como el que los otros miembros de su organización me saludaran y supieran quién era. Me dijo que necesitaba darse un respiro de unos días: ya me llamaría ella. Lo hizo al cabo de dos semanas. Me propuso que fuéramos al local de la calle 44, al lado del Little

Theatre: organizaban un acto en honor de la vieja Europa. Para Judith era una cita importantísima. Yo habría preferido ir al Café Society, donde, según decían los fanáticos de la música, Billie Holiday cerraba su actuación con una canción que quitaba el hipo, *Strange Fruit*. Pero no tuve opción: o vieja Europa o vieja Europa.

Lo dispuse todo lo mejor que pude, le pedí a Totonno si podía aconsejarme un buen restaurante que se ajustara a mi bolsillo. Totonno reservó una mesa para dos en el Progresso, en la Quinta Oeste entre Broadway y la Octava Avenida. Nos recibieron con todas las atenciones, pero me quedé fulminado enfrente de la puerta del servicio al reconocer las patillas y los bigotes de Mike, el socio de Genovese en la funesta partida de póquer. Arrastré a Judith fuera del restaurante, y una vez en el taxi le expliqué la situación. Es decir, no le hablé del póquer ni de sus consecuencias, le dije sólo que había visto a un tipo, que probablemente era el propietario, con el cual había tenido ciertas discrepancias en el Hollywood. Pero Judith tenía el antojo de comer pasta y escalope, por lo que entramos en el Freddie's Italian Garden en la calle 46, cerca de Times Square. Cuando ya íbamos por la macedonia, el propietario reconoció mi cara y, tras reflexionar unos instantes, recordó de qué le sonaba:

—¿Qué hacía usted en el juicio contra Luciano? —Exageró su acento de la Romaña para evitar ser confundido con esos sicilianos asquerosos.

—Saciar mi curiosidad —respondí pensando tierra trágame.

El señor del restaurante había hablado en italiano, yo le había respondido también en italiano —e intentando también disimular mi acento—. Luego Judith, en teoría, no había podido comprender nada. Por si acaso no me atrevía a mirarla.

—¿Y qué hacía usted? —La pregunta de Judith me asombró más a mí que al propietario.

—Quería asegurarme de que el hijo de perra que arruinaba nuestra reputación no iba a salir nunca de la cárcel. Contra este tipo de gentuza uno tiene que comportarse como nuestro querido Duce...

—Ah, entonces es que usted es fascista...

El propietario se ensombreció, y sacó el pecho que parecía a punto de estallarle.

Me apresuré a pagar la cuenta para evitar una refriega.

No sabía por dónde comenzar las explicaciones que sentía que le debía a Judith. ¿Os ha pasado alguna vez que no encontráis ni una sola palabra?

—Willy, no tienes ninguna obligación conmigo...

Movió las manos para ayudarme a decir lo que ni siquiera yo mismo sabía. Me acarició la mejilla y sugirió que nos diéramos prisa. A pesar de su barrigón de ocho meses, Judith quiso que llegáramos a pie a la sala de la calle 44. Nada de un acto en honor de la vieja Europa: habían montado todo un escenario contra Alemania e Italia, contra el nazismo y el fascismo que venían señalados como una amenaza hasta para las cucarachas. Tuve que tragarme una hora de proclamas, que naturalmente recibieron el consenso entusiasmado de Judith. Y a continuación, como recompensa al aguante de los participantes, amenizaron la velada pinchando discos. Y entonces se produjo el milagro: descubrí a una cantante excepcional, Lucienne Boyer, una viva encarnación de los dones de la naturaleza. Su *Mon coeur est un violon* te abría una herida en el alma: era la despedida a un mundo que estaba a punto de perderse para siempre. La voz, la entonación, la melancolía eran una prefiguración de la derrota francesa y de la ocupación alemana. Judith escuchó *Parlez-moi d'amour*, *Sans toi*, *Je t'aime* y *Un amour comme le nôtre* con la cabeza recostada sobre mi hombro. De repente me cogió la mano y la posó sobre su barriga.

—¿Crees que nuestra niña estará escuchando? —dijo—. Quise venir por ella: quién sabe si tendrá ocasión de volver a escuchar alguna vez estas canciones...

Sarah nació el 8 de diciembre, fiesta de la Inmaculada Concepción, obviamente desconocida por los judíos, pero celebrada en Catania con fuegos artificiales en el puerto. Le pusimos el nombre en honor a la abuela materna: a juzgar por la única foto que vi de la buena mujer, puedo garantizaros que se parecía mucho más a ella que a Judith. A mí me hicieron salir de la habitación de la parturienta, entre un animado vaivén de mujeres. Me ignoraron hasta que tía Bessie me mostró la carita que asomaba por debajo de la sábana. Tío Ephraim evocó bendiciones especiales de acuerdo con los ritos propiciatorios. Pero Judith insistió en que Sarah ya se ocuparía de mayor de decidir qué tipo de relaciones quería tener con la religión.

Le pedí en vano que vinieran con la niña a vivir conmigo: habrían tenido más espacio, más libertad. Pero no una familia, fue la respuesta de Judith. En realidad, creo que prefirió quedarse en el piso de la calle 64 porque allí siempre encontraba a alguien dispuesto a ocuparse de Sarah. Su asociación, en efecto, estaba muy atareada concienciando a los ciudadanos neoyorquinos y convenciendo al gobierno americano para que entrara en la guerra. Se manifestaban en la Quinta Avenida con grandes pancartas, se reunían ante el consulado de Alemania para llenar de insultos a diplomáticos y funcionarios. A la mínima ocasión, Judith arrastraba consigo a Sarah. Yo no paraba de comprarle ropita de lana para protegerla del invierno de Nueva York y de la desconsideración de su madre. Los regalos para nuestra hija eran lo único que Judith aceptaba de mí. No quiero depender de ti, decía con acritud, y todavía menos tener que darte las gracias: eres un *goy* egoísta y además obtuso de mente.

Yo me preguntaba por qué extraño sortilegio me habían tocado en suerte Rosa y Judith: ¿era yo que las buscaba con afán o eran ellas que habían visto en mí a su víctima propiciatoria?

Blancos y negros, judíos y protestantes, nativos e inmigrantes, americanos e italianos, todos éramos contrarios a la guerra, aunque sentíamos que su amenaza se cernía sobre nosotros, a pesar de que en Europa las ofensivas se habían interrumpido y muchos pronosticaban la paz para antes de Navidad. Con el fichaje de Sinatra, la orquesta de Tommy Dorsey llenaba cada noche. La fama de la banda de Glenn Miller iba en aumento. Tenía un rostro extraordinario: esa expresión de niño bueno, con sus gafitas de funcionario municipal. Habría podido parecerlo todo menos alguien capaz de influenciar en las modas musicales del planeta. Durante años se las había ido apañando como yo, aunque siempre con el convencimiento de que algún día llegaría a número uno y que en el bombo de la batería vería escrito: «Glenn Miller y su orquesta». Al escucharlo, todos pensábamos que éramos mejores que él, pero ninguno de nosotros llegó nunca a ser Glenn Miller.

Tuve que aprender a marchas forzadas *In the Mood*, *Pennsylvania Six-Five Thousands*, *String of Pearls* y *Moonlight Serenade*: todos querían escucharlas. En cuanto tocaba las primeras notas, los clientes posaban los vasos y seguían el ritmo dando palmadas. ¿Cuál era su secreto? La mezcla de clarinete, saxofón y melodías pegadizas. Hasta entonces, los músicos habían usado la trompeta junto al saxo, Miller tuvo la intuición de que el clarinete iba a mejorar aquel *sound* que le regaló la inmortalidad.

En el *New York Times* publicaron un perfil de Costello, a quien por motivos misteriosos definían como el *sportsman* más conocido de la ciudad. Le dedicaron más espacio que al aplazamiento de las olimpiadas programadas para el verano siguiente en Londres. Tenían la esperanza de que podrían celebrarse en agosto de 1941. Mi madre escribía que en Catania la gente se mostraba contraria a la guerra, hasta el propietario de la finca. Me pedía nuevas de Turidduzzu y de mi mujer. Yo le respondí que todo iba mejor imposible, sin mencionarle a Sarah y a Judith.

Los días pasaban sin sentido. Tenía dos familias, pero estaba completamente solo. Le prometí a Turidduzzu que iríamos juntos de vacaciones por Pascua, y tuve una áspera discusión con Judith por la tos de Sarah. La acusé de ser una madre poco atenta, y ella me echó de su casa. Tía Bessie nos aconsejó que lleváramos a la niña al médico del piso de abajo. La pobre Sarah se halló de repente entre los tirones de sus desconsiderados padres, hasta que al fin tía Bessie se la llevó para que la visitara el doctor. Entre doctor y medicinas me gasté cincuenta dólares; la semana anterior me había gastado treinta para comprarle un cochecito a Sarah, a fin de que no estuviera tan expuesta al frío y que su madre no tuviera que tenerla en brazos durante sus vagabundeos políticos. Estaba a dos velas ahorrando tanto como podía, y a la tercera semana hasta usaba verbos defectivos al hablar. Pero conducía un coche nuevo, el Ford Y, que atraía las miradas de los curiosos por las calles de Nueva York. Era una especie de prototipo: un automóvil fabricado en América, pero destinado al mercado inglés.

Las cosas fueron como sigue. Adonis me había metido en la operación publicitaria de Camel dentro del Rockefeller Center que estaba a punto de terminarse. Tocaba el piano envuelto en una nube de humo, entre chicas con vestidos ceñidos que ofrecían cigarrillos a invitados y visitantes. No faltaban las bebidas y los canapés. Hacia mediodía aparecían los fotógrafos para inmortalizar a la estrella hollywoodiense de turno, que casualmente pasaba por allí, probaba un Camel y declaraba su más sincero entusiasmo por este cigarrillo que podía cambiarle la vida a uno. Antes de irse pasaba por caja: diez billetes de cien libres de impuestos. Sinatra también desfiló por el Rockefeller Center: en la fotografía que publicó el *Daily News* se me veía de refilón detrás de él. Frank fue muy amable conmigo. Les pidió a los de Camel que me trataran bien, para él era como un hermano: el primero que confió en sus dotes musicales. Willy, si necesitas algo no tienes más que llamarme. Durante treinta segundos fui la envidia de todo el salón.

Estuve trabajando muy duro todo el mes, hasta los domingos: a mí también me habían prometido diez billetes de cien, pero Adonis me comunicó que, tras mi actuación estelar, iban a compensarme con un coche fuera de serie. A mí me habría resultado más útil el dinero en metálico. Habría podido costearme las vacaciones que le había prometido a Turidduzzu. Aunque él tampoco se disgustó mucho cuando vio que no podía cumplir mi promesa.

Confiando en las declaraciones de Roosevelt y de Willkie sobre la neutralidad de América, Costello y los otros se preguntaban a qué esperaba su excelencia el señor Mussolini para entrar en la guerra. Desde Nápoles, Genovese nos mandaba decir que para la Epifanía Hitler controlaría toda Europa: a los compadres les parecía que Italia desaprovechaba una oportunidad de oro. La misma sensación imperaba en Catania. Mi madre contaba en las cartas que la Via D'Amico al completo consideraba insensato asistir al atracón que se estaba dando Alemania sin probar bocado: ¿cuándo volveremos a tener una ocasión como ésta? Mi madre pensaba en los hijos que habrían llamado a filas, pensaba en Orlando y en Rinaldo, que ya estaban en deuda con la Madonna del Carmelo por haber regresado con vida de España, pensaba en Nino, padre de dos niños y con el tercero en camino. Menos mal, concluía, que tú estás en América, donde no corréis peligro y donde además os ganáis bien la vida. En mi respuesta metí los últimos diez dólares que había ganado, bien escondidos entre los pliegues de la carta.

Le pregunté a Judith si quería casarse conmigo.

—Si ni siquiera estás divorciado.

—Puedo hacerlo en cualquier momento, está previsto en el acuerdo que firmé con Rosa.

—No pienso casarme con el ciudadano de un país que está a punto de alinearse con esos cerdos nazis.

—Pero soy el padre de Sarah...

—Con eso ya tengo más que suficiente.

Estuvimos hasta las dos de la tarde delante del consulado alemán, en una manifestación de protesta. Mejor dicho: Judith sostenía en alto una pancarta, profería insultos y provocaba a los policías; yo paseaba con Sarah en el cochecito y le daba su biberón de leche. Finalizada la protesta, las acompañé hasta la estación de metro de la calle 64. Después me dirigí directamente al Hollywood con la esperanza de encontrar algo que comer en la cocina.

—¿Te has enterado? —me preguntó Dominick con una cara que parecía el anuncio del 2 de noviembre, día de Difuntos—. Mussolini ha salido al balcón y ha declarado la guerra a Inglaterra y a Francia.

El detalle del balcón me impresionó. En mis recuerdos, la gente solía salir a los balcones de Via D'Amico para chismorrear, intercambiar una cabeza de ajo, felicitarse santos y cumpleaños, pedir una taza de azúcar, enseñarle al vecino un sombrero o unos zapatos o prorrumpir en maldiciones contra el gobierno. Eso de que desde el balcón pudiera uno declarar la guerra —para mí el acto extremo, y por lo tanto necesariamente acompañado de una digna toma de conciencia— me parecía algo a todas luces impensable: una prueba más de que nosotros los italianos reducíamos cualquier hazaña a mera opereta. Pero yo era el único que tenía estos pensamientos. Dominick, Totonno y los chicos de la cocina y de las mesas pensaban en sus familias y en los parientes que tenían en Italia, y en los problemas que nos esperaban en América. Costello adoptó una medida preventiva inmediata: prohibidas las canciones napolitanas de mi repertorio. Y, a la par, nacieron las primeras dudas sobre la conveniencia de la guerra proclamada por Mussolini: había dejado de ser la idea más brillante de aquel 1940. En Londres gobernaba un cabezota que no quería dar su brazo a torcer ante Hitler. Las amistades bien informadas de Costello comentaron que, a falta de paz, no se descartaba que Roosevelt se viera forzado a intervenir. ¿Y su programa electoral? Mmm..., era la desconsolada respuesta.

Algunos de los chicos del Hollywood empezaron a frecuentar la iglesia metodista de la esquina de la calle 60 con Park Avenue. El rito era distinto al que ellos conocían, pero el Padre Eterno era el mismo. Y, llegado el caso, escucharía sus ruegos de protección y ayuda. Algunos adoptaron la rutina de entrar en la iglesia antes de dirigirse al Hollywood. Musitaban lo que recordaban de las plegarias que habían aprendido de pequeños y que se habían apresurado a olvidar; se santiguaban chapuceramente, no siempre de acuerdo con la ortodoxia; pedían pequeños favores para sí mismos y protecciones especiales para quienes se habían quedado en Italia. El respiro duraba hasta la primera blasfemia del día, tras la cual comenzaba la escalada cotidiana.

Las emisoras de radio de Nueva York empezaron a poner baladas de Guthrie: entre la música de Miller y de Goodman, eran como un buen puñetazo en el estómago. En el piano-bar apunté tímidamente *Pretty Boy Floyd*: funcionó. La historia del bandido galán de Oklahoma no escandalizó a los burgueses respetables y a las ceñudas señoras que pagaban el pan y el relleno del bocadillo. Costello coincidió con Guthrie: tal vez, para robar al prójimo, una pluma estilográfica y una hoja eran más útiles que un revólver de seis balas. La sala de fiestas estaba adornada como si fuera Navidad; las mesas de las primeras filas se reservaban para las caras conocidas que al día siguiente ocuparían las columnas de los periódicos que hablaban de la gran vida de Manhattan. Expertos y malandrines con barras y estrellas batían eufóricos las palmas para la orquesta y las bailarinas, junto a los inmaculados excelentísimos, encargados de velar por el bienestar general. El fiscal del distrito de Brooklyn, William O'Dwyer, se dejaba caer por el Hollywood cada vez con mayor frecuencia. Antiguo invitado del restaurante de Adonis, ahora le reservaban una mesita discreta y apartada y una compañía femenina a la altura. Una noche oí cómo Totonno ponía sobre aviso a Tom, el primer camarero de color que trabajaba en el Hollywood: trata bien al futuro alcalde. Justo en el blanco: O'Dwyer —ojos entrecerrados, ceño fruncido y expresión rapaz— fue escogido por los compadres para liberarse de La Guardia en las elecciones de 1941.

Al principio soñé que sonaba el teléfono, después me di cuenta de que no era un sueño. Era Rosa, y eran las diez de la mañana. Había estado haciendo horas extras hasta las cinco de la madrugada para satisfacer la vena romántica de un petrolero de Texas y de su esposa, que habían venido a celebrar sus veinticinco años de casados. Recibí como una bendición del cielo los ciento cincuenta dólares de propina.

Bueno, también Rosa había venido a Nueva York, con Josephine y Turidduzzu: me invitaba a tomar un café en el Commodore Hotel al día siguiente por la tarde. Precisamente a la misma hora a la que había logrado quedar con Judith para acompañarla a la sede de la Cruz Roja, por lo que le propuse a Rosa que almorzáramos juntos. Conocía un restaurante, el Roger's Corner, que no quedaba lejos de su hotel, entre la calle 49 Oeste y Broadway.

Turidduzzu estaba resplandeciente. Se sometió resignado a mis besos, abrazos y carantoñas ante la mirada inquisitiva de los demás clientes. Josephine había adoptado el aspecto, los modos y los caprichos de una señora consciente de su posición; la belleza de Rosa se había hecho más altanera. La elegancia primorosa de ambas —así como la que imitaba Turidduzzu— decía mucho sobre su situación económica. Lo atribuí al éxito de la boutique, o del taller, como puntualizaba Rosa. Pero el abogado larguirucho y con entradas en las sienes que Josephine me presentó en calidad de socio de Marc Thal, barajó de nuevo las cartas y me revolvió el estómago. Se llamaba Peter Bolton. Mientras esperábamos el *beef* a la parrilla, especialidad del restaurante, Josephine me anunció que Marc y ella iban a casarse. Peter, sentado al lado de Rosa, había tenido la amabilidad de acompañarla para ayudarla en los trámites necesarios para tan feliz enlace. Josephine me regaló una sonrisa luminosa, antes de añadir que los amigos de Marc ya habían aclarado con los amigos de New York los malentendidos de antaño. El pasado quedaba definitivamente olvidado.

Resumiendo: parecía que hasta Luciano había dado su visto bueno desde la cárcel. Me costaba atribuirlo al reconocimiento de las antiguas cualidades amatorias de Josephine. Podía ser la única mujer del mundo que utilizaba el conejo mejor que la boca, pero la sangre fría de Charlie nunca se habría dejado llevar por su picha. El perdón de quienes más habían contribuido a su larga condena tenía que enmarcarse en un acuerdo más amplio y bastante remunerativo entre los paisanos de Nueva York y los judíos de Los Ángeles. No tendría nada de extraño que estuviera de por medio la mano de Siegel.

Miré a Josephine con admiración sincera: había sacado el máximo partido a sus dones principales, y seguía teniendo el mismo candor distante de cuando me recibió en Chambers Street. Pero, en cuanto mis ojos se posaban en Rosa y su larguirucho abogado, se me revolvían las entrañas de inmediato: si no eran amantes, lo serían dentro de muy poco. Me tomé como un insulto a la Providencia el hecho de que, después de haber compartido su lecho conmigo, Rosa pudiera ahora compartirlo con ese feto inmundo. Adopté un aire grosero y petulante cuando pensé en Turidduzzu: su destino era crecer junto al distinguido Peter. Me parecía que al final de la historia el único que había acabado cornudo y apaleado era yo.

El ambiente fue empeorando hasta que terminó por estropearse. Cada tema era motivo de pique con Rosa: desde la manera de llamar a nuestro hijo hasta el tipo de educación que debía recibir, pasando por su ironía al hablar de la atmósfera de Nueva York y mi acritud al referirme al mundillo del cine. Josephine intentó sin éxito que calmáramos nuestra bilis. Rosa y yo emprendimos los ataques frontales mientras el memo del abogado no paraba de aclararse la garganta con la intención de meterse en medio de nuestros sablazos. Los bostezos de Turidduzzu sirvieron de excusa para que Josephine nos impusiera una tregua: había que volver al hotel para acostar al niño. Abracé a Turidduzzu con la promesa de que pasaríamos juntos las vacaciones de Navidad.

Volqué mi mal humor en Judith, que quedó sorprendida con esa faceta de mi personalidad que hasta entonces le había ahorrado. En lugar de *goy*, esta vez me soltó una mirada digna del nazi más torvo y despiadado. Al ver a la mujerona de la ventanilla de «Informaciones de Europa» de la Cruz Roja, mi resentimiento voló con el viento. Éramos una decena de personas a la espera de noticias: cada cual tenía una lista de nombres; cada nombre, una historia y mil y un sentimientos. La mujerona precisó que no disponían de informaciones personalizadas, lo único que podían hacer era ofrecer un cuadro general de la situación en función de cada territorio. Los judíos de la zona de Lviv, donde vivían los Lazar desde hacía generaciones, habían sido identificados por la policía política alemana —así me enteré de la existencia de la Gestapo— y transferidos al gueto de Varsovia. Judith escuchaba impertérrita la explicación. Preguntó si la Cruz Roja estaba en condiciones de intervenir, de controlar las condiciones de vida, de evitar los abusos que Judith daba por descontados.

La respuesta fue muy vaga: se estaban llevando a cabo conversaciones en Suiza para preparar futuras visitas oficiales de miembros de la Cruz Roja. Como prueba de su buena voluntad, el gobierno alemán autorizaba el envío de paquetes a la sede de Berna, desde donde serían remitidos a Berlín, al departamento que se encargaba de las entregas a los destinatarios del Tercer Reich.

—¿Y os lo creéis? —Judith lo dijo con el mismo tono que usaba para informarme de los progresos de Sarah.

—Aunque no nos lo creyéramos, ¿qué cambiaría eso?

La amplísima victoria de Roosevelt en las elecciones presidenciales de noviembre de 1940 llegó acompañada de la promesa de rigor: América iba a mantenerse ajena al conflicto. En vísperas de las fiestas de Navidad, las asociaciones y los sindicados decidieron restablecer las viejas costumbres: se acordaron de Willy Melodia para sus reuniones con intercambio de regalos y felicitaciones navideñas. Volvía a ganar dinero extra: lo necesitaba desesperadamente. Estaban los doscientos dólares que tenía que enviarle a Turidduzzu, es decir, a Rosa, sin una sola hora de retraso: en caso contrario, temía que Rosa me llevara a los tribunales acusándome de desatender la manutención de mi hijo. Y luego estaba mi propia manutención, que era poco menos que frugal. Y la de Sarah. Judith no me pedía ni un centavo, pero yo veía que la situación financiera de los tíos y las primas continuaba siendo precaria, a pesar de los pasteles de tía Bessie y del empleo de las tres chicas.

¿Tenéis idea de cuánto dinero se necesita para la leche, las papillitas, los zapatos, los vestiditos, los guantes, los sombreritos y las vitaminas de una niña de un año?

Yo no la tenía, pero tardé muy poco en enterarme.

Intentaba que Judith también comiera bien, y la llevaba —cuando lograba convercerla— al restaurante. Cada día la encontraba más pálida: con esa tez blanquecina estaba más guapa. Pero yo intuía que se quitaba literalmente el pan de la boca para alimentar a Sarah. Con mi Ford Y me desplazaba del Bronx a Queens, a Brooklyn, y en una ocasión hasta fui a Long Island. Me sacaba cincuenta dólares por noche; cómo echaba de menos las partidas de póquer y la generosidad de Siegel. Siempre ponían a mi disposición pianos destartalados, pero sólo tenía que entonar *Reginella campagnola* y *Fiorin fiorello,* que Alfredo Clerici había hecho famosas en América, para arrancar alguna que otra lágrima y la petición de un bis. Había dos canciones de Beniamino Gigli que también estaban en boca de todos: *Non ti scordar di me* y *Mamma.* Aunque siempre cerraba con *God Bless America*: todos se ponían de pie y lo escuchaban conmovidos, a pesar de que muchos ignoraban de qué hablaba. También yo tenía que contener las lágrimas: pensaba en mis hermanos, en mi madre. Ya no me llegaban cartas de Catania. ¿Qué había sido de Nino, de Rinaldo y de Orlando? Me angustiaba la situación de mi madre, sus esfuerzos por mantener unida a la familia. Mientras tanto, yo veía cómo se alejaba el día en que podríamos abrazarnos.

El clima político estaba cambiando. Las promesas de paz de Roosevelt chocaban contra los recurrentes ataques públicos a la política expansionista de Japón. Los periódicos informaban sobre las brutalidades cometidas por los «hocicos amarillos» en Extremo Oriente, y la indignación popular crecía. Las crónicas radiofónicas de Ed Murrow desde Londres, bajo los bombardeos de la Luftwaffe, le ponían a uno los pelos de punta y alimentaban la antipatía de tenderos, empleados y amas de casa hacia quienes mataban a mujeres y niños inocentes. Con todo, las ganas de mantenerse al margen no disminuían. En las mesas del Hollywood se auguraban nuevas concesiones ventajosas, subidas de la bolsa, vacaciones sin límite de fechas, que ningún acontecimiento traumático iba a interrumpir.

Adonis fue quien trajo la noticia de que los espías ingleses habían ocupado dos pisos del Rockefeller Center. Ante el estupor de Costello, Adonis se expresó en tono perentorio: quieren que América nos declare la guerra a nosotros, por no decir más. Porque, probablemente, sus informadores no le habían dicho nada más. En los apartamentos de los pisos bajos del Rockefeller Center, los amigos de Adonis habían instalado a unas cuantas señoritas dispuestas a llenar los momentos de pausa de los altos funcionarios, complacidos ellos de sustituir el *hot dog* por porciones de carne más apetitosas. No eran pocos los que ya no esperaban hasta la pausa del mediodía y alargaban sus visitas al baño a media mañana. El éxito de las señoritas había sido fulminante, no había nada raro en que los agentes de su majestad británica se hallaran entre sus mejores clientes.

Una vez verificada la exactitud de la información de Adonis, Costello, Gambino, Profaci, los hermanos Mangano y Bonanno, todos juntos, determinaron que esos jodidísimos soplapollas de pelo rubio se habían instalado en el corazón de Manhattan para vigilarles nada menos que a ellos, italianos de éxito. Yo asistía estupefacto a complicadísimos razonamientos sobre los intereses de Churchill para mandar a paseo las actividades económicas de mis benefactores. ¿Cuándo invadimos Londres?, preguntaba Moretti cada vez que ponía los pies en el Hollywood. Entretanto se dispuso vigilancia ininterrumpida a la entrada del Rockefeller Center al objeto de apuntar los nombres de los compatriotas que lo frecuentaban. Todos eran sospechosos de trabajar para el enemigo. Si luego resultaba que iban allí por otros motivos, pues paciencia. A las disponibles señoritas de los pisos de abajo se les dijo que controlaran las caras que rondaban por allí. Se sacaron fotos, se anotaron nombres y direcciones. Les tocó a los buenos chicos de los hermanos Anastasia encargarse de dar una lección a los presuntos soplones: más de un italoamericano recibió una paliza que no supo explicarse. ¿Y los pobres que no tienen nada que ver? No dejan de ser gentuza, replicó Adonis.

Costello y los compadres todavía pensaban que Alemania e Italia se alzarían con la victoria, y se mostraban muy interesados en ganar puntos ante su excelencia Mussolini. Alguien informó a nuestro personal diplomático de cuanto sucedía en el Rockefeller. En el Hollywood se vieron caras nunca vistas. Adonis hacía alarde de amor patrio, presumía de no haber querido nunca la nacionalidad americana. A mí me levantaron la prohibición de tocar *'O sole mio*, *Come pioveva*, *Tango della gelosia* y *Primo amore*.

Para mantenerme en pie y no quedar mal en presencia de las chicas disponibles, que continuaban viéndome como el hombre de las estrellas, me acostumbré a ciertas pastillitas de color rojo que Adonis me aconsejó. Todavía hoy ignoro cuál era su composición, pero recuerdo que me daban un subidón de energía como para escalar corriendo el Empire State Building. Cuando me desplomaba en la cama, sin embargo, no me despertaba ni con las sirenas de los bomberos. Siegel pudo certificarlo la mañana en que dejó sonar el teléfono varios minutos mientras yo me arrastraba para llegar al aparato. Él hablaba, yo era incapaz de pronunciar una sílaba. Cuando se cansó me citó a la una en un restaurante, pero me avisó de que iba a tener que tocar en la reunión de los tenderos del Upper Street Side. Pospusimos la cita para después del Hollywood, pero lejos del mismo. Cuando salí de mi estado comatoso, me di cuenta de que Ben prefería no ver a Costello. Quedamos en los billares de la calle 108, a la altura de la Primera Avenida, en el corazón de Harlem. Cuando llegué, Ben me estaba esperando en la puerta.

—No quería —dijo gorgoteando— que un pobre blanco de tierna edad se cagara de miedo por tener que entrar en un local abarrotado de negros salvajes.

Llevaba el cuello desabrochado, la corbata aflojada; iba en mangas de camisa, a pesar de que estábamos bajo cero. En apariencia era el mismo Siegel de siempre: ese que se meaba en la boca de quien fuera, la presa más deseada de las inalcanzables mujeres de Hollywood. Pero ahora yo ya lo conocía: detrás de su insolencia, escondía las alas como a quien sólo le quedan cuatro perras que apostar. Y ahora el mundo entero parecía estar a punto de meársele en su propia boca, con la esperanza de ver cómo se ahogaba.

El interior apestaba a alcohol, a sudor, a orines. Hombres con los tirantes sobre la camiseta de lana merodeaban alrededor de las mesas de billar. Blasfemias de alegría y también de ira volaban por entre la densa cortina de humo. Fajos de billetes gastados y descoloridos pasaban de mano en mano a la velocidad de la luz. Ben efectuó dos tacadas, hizo un par de carambolas y lanzó el palo sobre la mesa.

—Ezequiel —dijo—, toma nota. La próxima vez que pase por la ciudad te concederé la revancha.

La neblina flotaba entre los tejados de los edificios. Parecía la *lupa* de ciertas noches catanesas. Por las calles no transitaban ni siquiera los coches de policía. Tenía sueño y estaba hambriento; intentaba resguardarme del frío arrebujándome en mi gabardina de tweed grisácea, mientras seguía a mi amigo a paso ligero hacia un destino desconocido. Ben sólo llevaba la americana, y encima desabrochada, y el sombrero de terciopelo alto sobre la frente. Parecía la arrogancia personificada. Hacía meses que no nos veíamos, pero entre los dos seguía existiendo la complicidad de quien lleva años compartiendo los buenos días y las buenas noches.

Cortamos hasta la Segunda Avenida, cerca del cruce con la calle 112 Este. En la acera de enfrente tres tipos embutidos en sus abrigos no nos quitaban el ojo de encima. Ben se dirigió hacia ellos. Un rápido intercambio de bromas y luego dos de ellos se pusieron en marcha. Los seguimos. Torcimos en la calle 112, seguimos un centenar de metros y llegamos a un pequeño portal de hierro. Uno de los acompañantes llamó a la puerta con el puño, a la manera convenida. Entreabrieron la puerta para que Ben y yo pasáramos. Entramos en el patio, con una escalera medio a oscuras a la derecha y un tufo a humedad insoportable. Subimos hasta el segundo piso, donde entramos en un apartamento. Fue una explosión de luz, de música, de alboroto desenfrenado: Ben daba y recibía grandes palmadas en la espalda. Los invitados eran blancos; de los nombres que cazaba al vuelo deduje que eran mitad paisanos y mitad judíos. Al lado de un centenar de frenéticos jugadores, nos entretuvimos con la partida de dados que Lucchese supervisaba. Había dos salones con cuatro mesas, al fondo habían improvisado una barra para las copas. El ruido de los dados parecía el de un disparo con silenciador.

Ben me empujó hacia el sofá.

—Estás en deuda conmigo, ¿lo sabes?

No lo sabía. Es decir, sabía que le debía una amistad que él siempre me había brindado, pero la intuición me decía que Ben se refería a un episodio en concreto.

—No quisiste acompañarme a Italia —dijo Ben, regodeándose—, pero ahora te doy la oportunidad de resarcirte. —Y esbozó una de esas irresistibles sonrisas de niño travieso, que eran su especialidad—. Willy, esta vez te necesito —añadió en voz baja y con semblante serio—. Eres el único de nuestro círculo al que confiaría a mis dos hijas.

En boca de Ben eso representaba el máximo de la confianza. Pero intuí que se avecinaba alguna desgracia inminente e insalvable. Y sólo el hecho de estar sentado con él en ese garito podía costarme muy caro.

—¿Has oído hablar —dijo Ben— de mi proyecto en el desierto?

Nunca he sido un tipo curioso; es más, siempre pensé que saber un poco menos iba a facilitarme la existencia.

—Las Vegas, Nevada, ¿no te dicen nada? —insistió Ben.

—Nada de nada. Ya sabes cómo son: a mí no me cuentan sus cosas. A diferencia de ti, yo no pertenezco a la raza de los *boss*.

Ben se puso cómodo.

—He tenido una de esas pequeñas ideas que cambian el curso de la historia. No está mal, ¿no te parece?

Asentí con la cabeza.

—A pocas horas de Los Ángeles empieza el desierto de Nevada. Allí hay un minúsculo pueblo de pobres miserables, Las Vegas. He conocido a una viuda que necesita dinero y tiene un hotelucho decadente con mucho terreno alrededor. Se lo he comprado por un plato de lentejas. Sabes que nosotros los judíos somos expertos en el tema...

Siegel me dirigió una sonrisa de complicidad, yo no me atreví a confesarle que no sabía nada sobre los platos de lentejas de los judíos. Digamos que nunca fui un lector asiduo de libros religiosos.

—He pensado —prosiguió Ben— que podría ser el lugar ideal para emplazar la ciudad de las maravillas. En vez de a los niños, haremos soñar a los adultos. Las condiciones de partida son inmejorables: con un puñado de dólares compramos todo el terreno necesario para edificar hoteles, bares y restaurantes. En cada hotel abrimos un casino y vivimos contentos y felices hasta el día del juicio final. ¿Es o no es una gran idea?

Dije que sí. Todavía estaba por ver por qué me lo estaba contando a mí.

—Los compadres, sin embargo, tienen sus dudas. Increíble: el viejo Benjamin les sirve en bandeja de plata el negocio del siglo y ellos se hacen los melindrosos. Yo, en cambio, no voy a renunciar a mi puesto en la historia. Se lo he dicho a Lansky con la intención de que se lo contara a Luciano: ¿no me habéis dejado liquidar a esos dos cerdos de Hitler y Mussolini? Y, dicho sea entre nosotros, además de ahorrarles la persecución a mis hermanos con el rabo circuncidado, nos habría ahorrado a todos una guerra en la que antes o después nos veremos implicados. ¿No habéis querido? Muy bien, no, mejor dicho, muy mal, porque entonces Ben Siegel pasará a la historia por haber construido la ciudad de las maravillas.

Así que no había sido yo quien le había impedido su expedición punitiva en Europa. Naturalmente me guardé para mí la observación, cada vez más ansioso por descubrir qué tenía que ver yo con el ingreso de Ben en la historia de la humanidad.

—Se necesita dinero —dijo—, una montaña de dinero. Yo estoy dispuesto a poner todo mi patrimonio, pero se necesita más dinero. Y eso depende de tus amiguitos: si sus dudas van a durar mucho, hablaré con los productores de Hollywood. Ésos sueltan pasta sin vacilar y encima me dan las gracias.

Una vez se hubo desfogado, Ben se encendió un cigarrillo. Me ofreció uno.

—Ah, había olvidado que no fumas, a ti lo que te gusta es que sean las chicas quienes se fuman tu cigarro, ¿me equivoco? —Me asestó un puñetazo nada despreciable en el abdomen, sus ojos se iluminaron con un insólito reflejo de bondad—. Willy, tienes que aguzar muy bien el oído. En cuanto te enteres de algo, sea lo que sea, sobre mi proyecto, telefonéame enseguida. Le he dicho a Meyer que voy a estar fuera una temporada: el tiempo necesario para que él informe a Luciano y para que Charles, desde el talego, les comunique su decisión a Costello, a Adonis y a Bonanno. Si en dos meses la pelota todavía está en el tejado, me busco otros socios.

No soy uno de esos que ha nacido para decir no, que no y he dicho que no. Digamos que mi tendencia era decir siempre que sí, y me resultaba fácil hacerlo. Y así lo hice, por desgracia, también en aquella ocasión.

Ben se lanzó entre los jugadores de dados, yo me escaqueé. Estaba destrozado de puro cansancio, aunque sus palabras me habían dejado en estado de alerta: la serie interminable de líos en los que iba a meterme no me dejaba conciliar el sueño a pesar de que los párpados me pesaban. Empezaba a arrepentirme de haber aceptado la propuesta de Ben. Me volví tan cauto y receloso que enseguida llamé la atención: Willy, ¿a quién has matado para estar siempre con las antenas puestas? Por suerte la pregunta siempre iba acompañada de una sonrisita comprensiva. Yo no había matado ni a una mosca, pero me aterrorizaba la idea de acabar en un callejón con la garganta abierta, según la moda imperante en Nueva York. Me sentía incómodo, siempre con el miedo de escuchar algún comentario, una frase a medio decir que tuviera que comunicar a Ben. No quería faltarle al respeto a Costello ni decepcionar a Siegel. El típico lío en el que siempre se mete quien intenta evitarlo a toda costa.

La Providencia extendió su piadoso manto sobre mí. En el círculo de los compadres, todos ellos presos del ansia de espiar a los espías ingleses, nadie se tomaba la molestia de hablar sobre la ciudad de las maravillas. De modo que pude decirle la verdad a Siegel cuando me llamó por teléfono. Estaba irritado por mi prolongado silencio: en mi presencia no hablan del tema.

Tuve suerte hasta el día de los funerales del padre de Luciano. Me había imaginado que iba a encontrarme con la plana mayor al completo, pero en cambio fui el único que acudió a la pequeña iglesia de la Primera Avenida, en las proximidades del East River. El párroco se encargó del elogio fúnebre del viejo Antonio: nunca faltó al trabajo, la nacionalidad americana le fue concedida con los elogios de la administración de la ciudad, siempre profesó un respeto absoluto por la ley. Antonio Lucania —dijo el párroco con ojos furiosos— no había estudiado, no había tenido tiempo para leer libros, pero nunca perdió la medida de la vida, una educación especial por la que distinguía sin titubeos entre el bien y el mal. Hombres de su temple —fue la conclusión del párroco— honran a la comunidad italoamericana y contradicen las leyendas negras que circulan sobre ella.

Era la primera vez que alguien emprendía un ataque furibundo contra Luciano y los compadres usando como arma arrojadiza una corona de flores con la inscripción «Los amigos de Charles». Los viejecitos que llenaban la iglesia la señalaban cuando pasaban por delante con el paso tembloroso y cansino. Eran los vecinos de la calle 10, los emigrantes que habían llegado entre finales de un siglo y comienzos del otro huyendo del hambre que asolaba Sicilia con el único sueño de alimentar cada día a la familia. Ni más ni menos que lo que yo me proponía con Turidduzzu y con Sarah. Ambos crecían magníficamente gracias a mi ausencia. Era la verdad pura y dura, aunque a mí me consumían los remordimientos, ya fuera por el eterno aplazamiento del viaje a Los Ángeles, ya fuera por que cada

vez visitaba menos a Sarah. ¿Puedo decir como justificación parcial
que había sido Judith quien me había alejado? ¿Que había sido ella
quien declaró explícitamente que no me quería a su lado? ¿Que no
le gustaban mis visitas por sorpresa, sin siquiera la decencia de una
llamada de aviso? Si añado que Rosa era inmejorable como madre,
capaz de resolver y afrontar ella sola cualquier problema, os doy la
dimensión completa de mi inutilidad.

Nadaba a la deriva entre varios puertos. Habían vuelto a hacer
acto de presencia las mujeres, el dinero y la música; pero mis obligaciones echaban a perder a las primeras, me robaban el segundo y
me envenenaban la tercera. Me explico. Sin ánimo de ser modesto:
las señoritas hacían cola ante el piano antes de hacer cola ante mi
cama, y yo no podía dejar de preguntarme si no eran esas aventuras
pasajeras las causantes de mis problemas con Judith. Aunque Judith hacía caso omiso de las otras; sabía que bastaba un solo chas-
quido de dedos para que yo acudiera y me pusiera a sus pies. Más
bien era que no sabía qué hacer conmigo. Y yo, por otro lado, sentía un deseo creciente de calmar mi conciencia con Turidduzzu. Me
habría gustado comportarme exactamente al contrario de cómo
me estaba comportando, pero Los Ángeles estaba en la otra punta
de América. Además Rosa atizaba mis instintos más animales, y
siempre había algo, un encargo, una mujer o un compromiso con
Judith y con Sarah, que no me dejaba partir. Resumiendo, que si mi
pasado reciente no hubiera seguido pisándome los talones a cada
metro, el mundo me habría resbalado encima sin dejar ni rastro.

Caminaba mirando al cielo, contento de poder ver las estrellas tras
días y días de lluvia. No vi el Packard beige que estaba estacionado
entre Lexington y Park Avenue.

—Willy...

Me temí lo peor: Costello, Bonanno y Anastasia se habían enterado de mi trato con Siegel y se disponían a saldar las cuentas conmigo. No me avergüenza decirlo: me lo hice encima incluso antes
de darme la vuelta.

Valachi sacaba la cabeza por la ventanilla del conductor:

—Willy, ¿cómo estás?

¿Podía decirle que estaba empapado de miedo?

—Bien, Joe —respondí con el corazón en un puño—. ¿Qué haces por aquí a estas horas?

—He llevado a mi *boss* a ver al tuyo. Ha entrado por la puerta de atrás, y me ha dicho que le esperara lejos del local.

—¿Eso quiere decir que Anastasia ha puesto los pies en el Hollywood?

—Exacto.

—¿A las tres y diez de la tarde el oso ya se ha despertado y además ha salido de casa?

—Yo también me he quedado de piedra cuando me ha llamado a la una y media: ven enseguida, hoy hay reunión. Y lleva dentro más de una hora.

—Ha pasado algo grave...

Interpretando mi afirmación como una pregunta, Valachi adoptó una expresión desconsolada. Se volvía continuamente para mirar hacia el Hollywood, de donde tenía que salir Anastasia. Valachi estaba acostumbrado a aguantarle sus repentinas explosiones de rabia, por eso estaba dispuesto incluso a arrastrarse por el suelo con tal de no provocarlas. Así que no le interesaba que su *boss* pudiera sorprenderlo dándome palique: el oso habría montado en cólera y habría sospechado que tramábamos algo. Por otra parte, también yo deseaba que llegara el momento de despedirme: necesitaba darme una ducha y cambiarme los calzoncillos y los pantalones.

Seco y cambiado, esa inesperada reunión entre Costello y Anastasia a una hora completamente inusitada para ellos me carcomía por dentro. Mi incapacidad de rehusar la propuesta de Siegel abría en mi imaginación una brecha insalvable de desgracias para mí y mis seres queridos. A la mañana siguiente, a las once, ya estaba merodeando por el Hollywood para saber algo más. Era el día de las entregas de vinos y bebidas alcohólicas, luego Totonno y Dominick tenían la obligación de supervisar las descargas. Totonno, en su calidad de jefe de sala fogueado, había encajado todas las piezas del rompecabezas: en la mesa puesta la noche anterior, entre brindis y brindis, le habían susurrado a Costello que Kid Twist estaba cantando.

Kid Twist, es decir Abe Reles, era uno de los muchos chicos judíos, de piel morena y tocacojones, que habían crecido con Siegel, con Buchalter y con Shapiro. Su fama y su apodo se debían al extraño paso de danza que Reles realizaba mientras les rompía el cuello a sus pobres víctimas. Tras el arresto de Buchalter y de Shapiro, un programa radiofónico dedicado a la crónica negra lo había ascendido a la categoría de peligro público y había obligado a la policía a tomar cartas en el asunto. Lo habían esposado hacía un año, y parecía haberse perdido por los meandros de la trena.

En cuanto se supo la noticia —había continuado Totonno—, Costello se había encerrado en su despacho. Al cabo de una hora Anastasia, Adonis y Lansky habían entrado por la puerta de atrás: a las cuatro, cuando Totonno se había marchado, seguían confabulando. Él, Dominick y yo convenimos que la celebración de una cima de tales características, y encima improvisada, significaba que la labia de Reles amenazaba los negocios y la impunidad de los compadres. Estábamos felices por haber descubierto la sopa de ajo.

Al cabo de tres días, los periódicos dedicaron grandes titulares a la decisión de Kid Twist de abrir su escabroso libro de los recuerdos. Las fotos de Reles alternaban con las de O'Dwyer, que venía señalado como un segundo Dewey en su empeño por no dar tregua al crimen organizado: no era por casualidad que después de a los italianos les llegara el turno a los judíos. O'Dwyer era un seguro de vida para Costello y Adonis: sus éxitos profesionales resultarían útiles para la candidatura contra La Guardia. Pero Kid Twist era una amenaza que podía arruinar el buen nombre de unos y las ambiciones del otro. De repente las elecciones dejaron de ser una prioridad para los enemigos del alcalde. Costello anunció que había decidido contentar a Loretta: habían reservado un crucero hasta Hawai. Adonis lo imitó: también él iba a tomarse unas vacaciones en Florida, donde tenía pensado ampliar su cadena de restaurantes.

Pasamos el verano en ausencia de la dirección. Digamos que cada palo aguantó su vela y que el nivel del Hollywood se mantuvo: la clientela no notó ninguna diferencia. Costello llamaba cada tres días y se congratulaba de ello. También Siegel llamaba: las complicadas consecuencias de la movida de Reles le habían obligado a posponer la conclusión de los tratos para su ciudad de las maravillas. Siempre me hacía la misma pregunta: ¿Costello y Adonis han regresado ya? Mi respuesta negativa desataba un huracán de invectivas. Fue él quien me reveló que las confesiones de Reles podían comprometer seriamente a Anastasia, además de a los amigos comunes de infancia de Buchalter y Shapiro. Pero ya verás, dijo Ben, que nuestro fiscal del distrito pondrá las cosas en su sitio para los paisanos.

Un enérgico golpe de la manita de Sarah interrumpió la conversación. Tenía hambre, había pasado la hora de la papilla, que Judith había dejado sobre la mesa de la cocina. Requerían mis servicios como *baby-sitter* porque las manifestaciones de protesta contra el consulado alemán se preveían especialmente belicosas. Roosevelt había dejado de afirmar que «ni un centavo ni un solo chico americano para la guerra fuera de los Estados Unidos». Las ganas de paz de los americanos crecían en proporción directa con la inminencia de una intervención en el conflicto.

En todo caso, Judith ya llevaba un tiempo en plena guerra. Vivía dividida en dos. Una mitad de ella se imaginaba un día tras otro los sufrimientos y las privaciones de su madre, su padre y sus hermanas; la otra mitad se dedicaba a educar a Sarah con abnegación materna. El resto había quedado anulado, por no hablar del aquí y ahora. Y a mí me había tocado tragarme las primeras vacaciones de Turidduzzu con Peter, y por supuesto también con Rosa. Los celos me herían por partida doble. Había mantenido a raya los celos por Rosa, pero los de Turidduzzu me habían explotado en los morros. Un clamoroso gol en propia puerta, como dicen los amantes del fútbol: Rosa me había leído la lista de todas las promesas no cumplidas antes de añadir que se disponían a pasar una semana en las Montañas Rocosas. A la vuelta podría llevar a Sal al Gran Cañón. Lo había visto en el cine y se moría de ganas de visitarlo. Te paso a Sal y lo habláis vosotros...

Bronceados y relajados, Costello y Adonis volvieron de sus vacaciones con el otoño avanzado. Lansky reapareció, los rumores se intensificaron. La Guardia consiguió mantenerse en su tercer mandato como alcalde de Nueva York gracias a un puñado de votos. O'Dwyer anunció que ganaría las elecciones de 1945, como efectivamente sucedió. Siegel hizo una visita breve: asomó la cabeza por la puerta del piano-bar y me indicó con un gesto que nos veríamos luego. Pero me llamó de madrugada para decirme que salía para Los Ángeles. Tres días más tarde, Abe Reles cayó por la ventana del sexto piso del hotel de Coney Island donde la policía lo tenía escondido. Al principio se barajaron las hipótesis del suicidio y del intento de fuga. Sin embargo, los periódicos recalcaban la presencia de seis esbirros encargados de vigilarlo las veinticuatro horas del día: las confesiones de Reles, en efecto, eran decisivas. Ya habían juzgado a Buchalter, que había ido directo a la silla eléctrica, y estaban a punto de descubrir a los integrantes de la Anonima Assassini. Me estremecí al oírlo. No había olvidado la fiesta en los muelles del Hudson celebrada en honor de Anastasia, ni la reunión bajo el parasol con Adonis, Costello y Moretti, ni el interrogatorio al que me habían sometido los hombres de Dewey con el convencimiento de que aquel 13 de julio había tenido lugar la creación de la Anonima Assassini.

El revuelo de los medios de comunicación creció a tal punto que la fiscalía se vio obligada a llevar a cabo una investigación absolutamente rigurosa. Pronunciaron la clásica frase que precede a todos los encubrimientos: olvidaremos todas las caras. La conclusión de la investigación absolutamente rigurosa excluyó responsabilidades de terceros: Kid Twist había muerto mientras intentaba darse a la fuga. Hubo un par de periodistas que no aceptaron la versión oficial de los hechos y difundieron lo que iba de boca en boca en los muelles del puerto: cerrarle el pico a Reles —apenas unas horas antes de que se dispusiera a hablar de su asociación con Albert Anastasia— había costado cien mil dólares.

Demasiado poco para arruinar el buen humor de Costello y de los amigos: se terminaron las reuniones en su despacho, Adonis se concentró en los concesionarios de coches y en las máquinas expendedoras de cigarrillos, Lansky cogió un avión para Cuba, Anastasia pudo volver de nuevo a casa antes de las ocho de la tarde, mientras la ciudad aprendía a canturrear *Chattanooga Choo Choo*, el éxito más fulgurante de Glenn Miller: acabaría vendiendo un millón de copias en tres meses, e inventarían para él el disco de oro. En el Hollywood me la pedían cada diez minutos. En mis veinte años como pianista, nunca dejé de tocarla junto a *Moonlight Serenade*.

17

Todos con Charlie

Lo recuerdo como si fuera ayer. Era domingo, había dormido en mi cama. Cuando abrí la puerta para recoger los periódicos y la botella de leche, vi al señor Hidetoshi, el barbero japonés, que se acercaba corriendo por la acera. Estábamos a poco más de cero grados, pero el buen hombre sólo llevaba una chaqueta blanca, abierta además por el viento. Agitaba los brazos, fuera de sí. Fui a su encuentro tal cual: en pijama, con los pies descalzos, con los ojos pegados por el sueño.

—Guerra, señor Willy, guerra... Estamos perdidos. —Se pasó la mano por la cara—. Los japoneses acaban de atacar Hawai, han disparado a la flota americana y han hundido sus barcos. La radio dice que hay muertos, muchos muertos... Estamos perdidos.

El señor Hidetoshi rompió a llorar. Yo no sabía qué decir y le abracé. Si hubiera habido un fotógrafo, habría podido sacar una de esas instantáneas que marcan una época: en una calle desierta de una Nueva York aterida, un japonés y un italiano se abrazan desesperados el día de Pearl Harbor. En realidad, yo había abrazado al señor Hidetoshi por solidaridad, para confortarlo. No había caído en que la guerra también me involucraba a mí.

—Señor Willy, ¿qué será de nosotros?

Miré a aquel japonés desolado de casi cincuenta años como si se tratara de un marciano. ¿Qué tenía que ver yo con él? No habían sido los italianos quienes habían atacado Hawai.

—Yo tengo la nacionalidad americana —dijo el señor Hidetoshi—. ¿Usted la tiene?

Moví la cabeza enérgicamente en señal afirmativa para separar mi destino del suyo.

—No servirá para nada. Ahora que estamos en guerra se acordarán de que yo nací en Japón y usted en Italia.

—Pero Italia no está en guerra con Estados Unidos.

—Italia y Alemania son aliados de Japón. Japón está en guerra con Estados Unidos. Italia y Alemania son enemigas de Estados Unidos.

El mundo entero se me cayó encima. ¿Qué iba a pasar conmigo, con mi trabajo? ¿Qué sería de Turidduzzu y de Sarah, hijos de una siciliana y de una judía apátrida? ¿Acabarían considerándome un enemigo? ¿Me expulsarían del país? Ahora era yo quien necesitaba un abrazo, pero el señor Hidetoshi, cabizbajo, dio media vuelta y se encaminó a su casa. Hice lo mismo, y me senté, vencido por el desaliento, en la cocina. Estaba tan ansioso por hacer algo que permanecí inmóvil. Mi mente se distrajo evocando el mar de Catania, los Faraglioni en el paseo marítimo de La Trezza, a Nino y Peppino que alardeaban de poder llegar a nado desde el castillo de Aci y que me infundían un respeto cargado de misterio. Ahora me asustaba tener que regresar a Sicilia, como también me asustaba no volver a verlos nunca más.

Y visto que un día que ha empezado mal sólo puede acabar peor, Judith llamó a la puerta. Sarah me dirigió una amplia sonrisa, tenía la carita toda roja a causa del frío de la calle. Estaba yo demasiado contento de verla para ceder a la enésima discusión con Judith. Pero ella no se lo pensó dos veces y antes de que pudiera coger a la niña en brazos lanzó toda su furia contra mí.

—Finalmente estos yanquis cobardes van a tener que declarar la guerra a esos cerdos de los nazis y a los fascistas de tu querido Mussolini.

Casi me estampó en la cara una revista, pésimamente impresa y con borrones de tinta en los titulares que hacían ilegibles algunas páginas. Estaba escrita en italiano, y ya el nombre era programático: *Il Martello*, «el martillo» en mi lengua materna.

—Lee, lee —me dijo—, y así aprenderás que hay italianos que no ven las cosas como tú y que se han exiliado para defender la verdad y la justicia.

De nada habría servido que me empeñara en repetir que yo era completamente ajeno al fascismo, que Mussolini me traía sin cuidado, y que lo único que me preocupaba eran Rinaldo y Orlando, y los maridos de mis hermanas, y Nino, a quien tal vez llamaran a filas. Sufría por mi madre: ya había perdido a un hijo, ahora corría el riesgo de perder a otro. Cuando intenté explicárselo, me interrumpió con malas maneras.

—Ahora que ya está, ahora que por fin ha llegado el día tan esperado, ya sé qué es lo que hay que hacer...

Me la quedé mirando, temiéndome lo peor.

—Me alistaré en el ejército. Por fin voy a poder luchar contra Hitler y toda su camarilla. ¿Tú qué vas a hacer?

—Todavía no lo he pensado. ¿Crees que me querrían a mí?

—¿No eres ciudadano americano?

—Sí...

—¿A qué esperas, entonces? Preséntate, te aceptarán de todos modos.

Conseguí que me dejara a Sarah. Pensé que cuando creciera sería más guapa si cabía que su madre. Lástima que con Judith no se pudiera razonar.

—Willy, ¿qué pasa?

—Estoy confundido, no estoy seguro...

—¿Qué significa que no estás seguro? ¿De qué puedes no estar seguro? Aquí está el bien y al otro lado el mal. ¿O es que quieres que Sarah, de aquí a veinte años, corra el riesgo de acabar en un campo de concentración y de que la persigan por ser judía?

Sarah me dedicó la sonrisa más dulce de la ciudad.

—Judith —intenté que entendiera que le hablaba con el corazón en la mano—, tú sabes lo mucho que os quiero a Sarah y... a ti. A estas alturas creo que me conoces, y que también sabes que querría hacer mucho más por vosotras... Te he pedido que te cases conmigo, te he pedido que vengáis a vivir conmigo, estoy dispuesto a todo, pero yo no soy como tú. ¿Tanto te cuesta entenderlo? Tú piensas que alistarse es la solución, yo no lo sé. No digo que no, pero no lo sé...

—Si todos pensaran como tu, el mundo civil ya habría perdido la guerra. Porque ésta no es una guerra como las demás, como la de 1914: esta vez la civilización debe salvarse de la barbarie. No se admiten dudas o reservas. Hasta un *goy* como tú tendría que entenderlo. Pero tú te resistes a hacerlo.

Las dudas me paralizaban. Judith se mostró implacable.

—¿De qué parte estás?

—De la parte de Willy Melodia, ¿está permitido eso? De la parte de Willy Melodia y de todas las personas a las que él quiere.

—Si las quieres de verdad y quieres salvarlas, sólo puedes hacer una cosa: alistarte y luchar contra las dictaduras que las amenazan.

No dije nada.

Judith me dirigió una mirada cargada de desesperación. Había venido a verme con la esperanza de que yo sabría aprovechar la última oportunidad que me tendía. En cambio, la había vuelto a decepcionar. Me quitó a Sarah y la puso en el cochecito. Sin mediar palabra, Judith dio media vuelta y se fue. Estuve sin verla muchos días. No quise ir a casa de sus tíos, pero llamé un par de veces a tía Bessie para saber cómo estaba Sarah.

América estaba de luto, tenía sed de venganza. El país entero se movilizó, y se formaron colas interminables ante los centros de reclutamiento. Disminuyeron las sonrisas y el afán de divertirse. Las miríadas de luces de Broadway se entristecieron, ensombrecidas por la oscuridad del invierno. Los clientes del Hollywood disminuyeron visiblemente. La inmensa sala a menudo se quedaba vacía en sus dos tercios, aunque la orquesta seguía poniéndose en pie cada noche con los instrumentos proyectados hacia el cielo. Mi mirada, como siempre, volaba atormentada hacia la batería: había intuido que nunca podría leer «Willy Melodia y su orquesta». Los compadres cambiaron de parecer sobre los acontecimientos bélicos: su excelencia Mussolini y ese Hitler del diablo que se vayan haciendo a la idea, sentenció Moretti. Nadie más comentó nada sobre los espías ingleses del Rockefeller Center. Era como si todos hubieran olvidado, o tal me parecía a mí, que alguna vez se habían ocupado de ellos.

Pasaba las noches leyendo la revista que Judith me había traído. El director, redactor a su vez de casi todos los artículos, se llamaba Carlo Tresca. Fue así como descubrí que el fascismo perseguía a los pobres desgraciados como yo; la diferencia entre las elecciones americanas y las italianas; los emigrantes que se habían visto forzados a dejar el propio país no por falta de trabajo, sino por fidelidad a sus ideas. A mis treinta años ya cumplidos, recibí mi primer adoctrinamiento político. Me daba cuenta de que al lado de la pequeña Italia de mi casa, de las cartas de mi madre, existía otra Italia que yo desconocía y de la que nunca me había preocupado. No me gustaba, pero todavía me gustaba menos la política. La identificaba con los senadores, con los diputados que había visto en el Hollywood o en las fiestas de Costello.

Me acostumbré a bajar cada mediodía a la acera de Park Avenue. Estaba convencido de que, en caso de que hubiera alguna novedad, llegaría allí antes que a cualquier otro lugar. Estaba siempre con los oídos aguzados para captar hasta los cuchicheos de los transeúntes. Dos minutos a pie y llegaba a la calle 60, nuestra madriguera. Los demás empleados del Hollywood y yo vivíamos de rumores. Eran muchos los que se hallaban en mi situación: los que no habían dejado de hablar en dialecto; los que seguían llevando el dobladillo de los pantalones alineado con los zapatos, como habían visto hacer a los señores de su pueblo, en lugar de llevarlo suelto a la altura de los tobillos, como se estilaba en América; los que nunca habían creído en la necesidad de conseguir la nacionalidad americana, no porque la rechazaran, sino porque estaban convencidos de que lo único que contaba a la hora de labrarse un futuro era el esfuerzo; quienes pensaban que lo mejor era esconderse de la vida y no sabían que la vida siempre acaba descubriéndole a uno y ganándole la partida.

Entre cigarrillos y mohínes de impaciencia, mudos y pensativos, estábamos a la espera de saber qué nos deparaba el destino y, sobre todo, qué era lo que América esperaba de nosotros. Nos quedábamos allí plantados, cada cual con el abrigo que había comprado de rebajas abrochado y el sombrero de segunda mano calado en la frente al estilo americano, hasta que era la hora de entrar en el Hollywood. Entonces, en cinco minutos, todos nos poníamos el uniforme y adoptábamos la desenvoltura y las sonrisas estipuladas en nuestro contrato. Los clientes iban llegando con cuentagotas, sorprendidos de encontrarnos en nuestro sitio. Quienes nos tenían más confianza nos preguntaban cuándo iban a mandarnos al campo de concentración. Yo sabía algo sobre eso: había visto cómo cargaban al señor Hidetoshi, a su mujer, a su hijo, a la mujer del hijo y a su nietecito en un furgón del FBI. Desaparecieron en menos de una hora.

Cuando Costello llegaba, el local ya había cerrado. Y se marchaba antes de que abriera mientras Totonno se apostaba a la entrada, Dominick alineaba los vasos sobre la barra y yo entrenaba los dedos con *Va' pensiero*. Era el único momento en que podía tocar música italiana. En presencia de los clientes quedaban terminantemente prohibidos hasta Verdi y Bellini, así como una larga lista de compositores y músicos que ni siquiera habían podido conocer de oídas al señor Mussolini.

Don Frank seguía almorzando en el Moore's, mientras que para la cena había adquirido la costumbre de desplazarse hasta el restaurante que Adonis había inaugurado en la Quinta Avenida, el Marechiaro. Joe había invertido en su cadena de restaurantes las montañas de dinero que había ganado con los concesionarios de coches y las máquinas expendedoras de tabaco. Había abierto unos cuantos locales en la costa atlántica, y su flamante restaurante en la calle 13 era como la flor en el ojal. Las comparsas de Broadway frecuentaban ahora el Joe's Italian Kitchen, mientras que las caras conocidas se habían mudado al Marechiaro. Algunas noches de gala, Adonis me pedía prestado a Costello: colgaba un cartelito en la entrada que anunciaba que Willy Melodia, aclamada estrella del Hollywood, iba a dar un concierto a todo punto excepcional. Alquilaba el piano a alguno de los teatros vecinos. Antes de mandarme cerrar la exhibición con el himno de los yanquis, Adonis sacaba las botellas de champán para que todos alzaran su copa por la buena suerte de América y de sus valientes soldados. Estoy en condiciones de garantizar —anunciaba con la mano en el corazón— todo el apoyo de los americanos que hemos nacido en Italia, por no decir más.

Nadie se hubiera atrevido a recordarle que precisamente él no tenía la nacionalidad americana.

Costello y Lansky se pasaban el día encerrados en el despacho. Tal vez ni siquiera hablaran, puesto que no se oía ni el más leve de los susurros. Dominick, en cambio, sostenía que hablaban y vaya si hablaban. Sus conversaciones siempre versaban sobre cómo transformar el conflicto bélico en una fábrica de dólares, y ocasionalmente añadían el recuento de los millones que Siegel necesitaba para su ciudad de las maravillas. Lansky salía del despacho meneando la cabeza, mientras Costello le acompañaba hasta el taxi sin mover un solo músculo de la cara. Totonno aseguraba que Lansky estaba estudiando la mejor manera de sacar provecho de la entrada en guerra de Estados Unidos; Dominick, más patriota, afirmaba que Lansky quería convencer a los italoamericanos de que apoyaran la cruzada contra el fascismo y los nazis. En teoría, estábamos todos de acuerdo; en la práctica, todos teníamos legiones de parientes y amigos que, repartidos entre América e Italia, corrían el riesgo de acabar siendo víctimas de la cruzada.

La angustia de la guerra, la incertidumbre del futuro me empujaron a ir a ver a Turidduzzu. A Rosa no se lo consulté: le comuniqué mi llegada y punto. Se sorprendió cuando le dije que sólo iba a quedarme un día. ¿Sólo un día?, repitió buscando mi confirmación. En efecto, no era propio de mí eso de tragarme cuatro días de viaje para pasar apenas unas horas con mi hijo. Pero el sentimiento de culpa que había ido acumulando con los años se traducía ahora en ese deseo irrefrenable de abrazar a Turidduzzu, con el temor de que pronto no iba a poder hacerlo. Ya conocía las estaciones y los cambios de tren, conocía el polvo, los mexicanos y los cuatro desgraciados de la pensión de Downtown. Pero lo que no conocía ni podía imaginar era la mansión de dos pisos con patio y rosedales venecianos. Era la residencia de Josephine y su marido, Marc Thal, el abogado judío que cada vez estaba más encadenado a los estudios de Hollywood. Rosa y Turidduzzu vivían en las dependencias de los invitados, el doble de espaciosas que el piso de Briggs Avenue.

Habíamos quedado por la tarde. Josephine me recibió con la calidez de siempre, Marc Thal estaba en el trabajo. Rosa llegó resollando de la boutique, Turidduzzu todavía estaba en el colegio. Una sirvienta mexicana trajo una cafetera enorme con café italiano y pastas de té, pastelitos y *bignè* que habrían dado envidia hasta a los *cigni* de nata de la pastelería suiza de Piazza Duomo. Porque también había *cigni* de nata. Cuando Turidduzzu entró, yo me estaba llevando el tercero a la boca. Si su guapura le venía de Rosa, la altura se la debía al padre. Parecía un muchachote de trece o catorce años, cuando en realidad tenía ocho recién cumplidos. Me saludó expeditivamente para lanzarse sobre los dulces. Abrí la gran caja que había llevado bajo el brazo desde Nueva York: le había comprado la camiseta de Joe DiMaggio, el rey del béisbol y jugador estrella de los Yankees. Adonis me había sugerido ese regalo, no sin añadir que DiMaggio era un magnífico paisano de quien debíamos mostrarnos orgullosos: su familia era originaria de la provincia de Palermo.

A Turidduzzu le gustó el regalo. No sabía quién era DiMaggio, pero ya jugaba a béisbol y estaba a punto de probar con un deporte que yo nunca había visto, el baloncesto. Rosa me aclaró que consistía en poner una pelota semejante a la del fútbol dentro de una canasta que colgaba del aire, por lo que se necesitaba gente alta.

La conversación transcurrió cordialmente hasta que Rosa sacó a relucir que ya había inscrito a Turidduzzu —entonces Sal también para mí, impresionado como estaba por su desarrollo— en la universidad.

—¿En la universidad? —repliqué—. ¿No es demasiado pronto? ¿Y si él no quiere ir a la universidad?

—¿Por qué motivo no iba a querer ir?

—No lo sé, por cualquier motivo.

—Irá a la universidad como todos los hijos de la gente de bien.

—Insisto en que me parece muy precipitado.

—Aquí las cosas se hacen así.

—¿Aquí dónde?

—Aquí en América. Las familias que pueden permitírselo inscriben a sus hijos cuanto antes para asegurarse la plaza. Así Sal tendrá los medios, la posibilidad de apañárselas él solo en la vida, sin tener que depender o esperar favores de los amigos.

Soltó la retahíla de siempre. La conclusión de Rosa fue que yo prefería tener tratos con los compadres en lugar de relacionarme con los buenos ciudadanos americanos. A mis protestas ella repuso que, ya que nunca había dejado de ser un siciliano con la *coppola*, lo mejor que podía hacer era regresar a Catania y alistarme en el ejército: era demasiado cómodo eso de hacer de italiano en América y de americano en Italia.

No pensarás que vas a estar engañando a la gente eternamente. Rosa lo dijo con tanta rabia en la voz que tuve que tragarme el anzuelo junto con el cebo. Vomité la bilis que llevaba dentro: si ser americano significaba desaparecer de un día para otro sin avisar, y encima llevándose lo que en teoría tendría que habernos unido, prefería seguir siendo siciliano un siglo más.

Rosa salió del salón enfurecida. Sal y yo nos quedamos mirándonos, sin saber qué decir. Los dos estábamos muy incómodos. Josephine intentó que nos comunicáramos, pero el único punto de contacto que teníamos era mi afecto por él. Turidduzzu convertido en Sal a duras penas hablaba italiano. Josephine me contó que Rosa prefería hablarle en inglés; ella, de vez en cuando, intentaba refrescar la lengua de sus abuelos y sus primos. Era mi hijo; según el Evangelio que leían en la iglesia del Crocifisso Della Buona Morte, era carne de mi carne. Pero cuanto antes me quitara de en medio, más tranquilos íbamos a estar todos.

Esa noche quise llamar a Siegel. No había vuelto a llamarle, y quizá Ben pensara que yo había traicionado su confianza y que no había puesto las antenas como él me había pedido. Quería decirle que nadie se ocupaba de él, que Costello, Adonis y el propio Lansky sólo pensaban en la guerra. A mi tercera llamada, la voz hispana que respondió se apagó bajo el vozarrón de Ben. ¿En serio que estaba en Los Ángeles? No tardó ni un minuto en montarme un programa completo de cenas, fiestas, copas, presentaciones de mujeres de superlujo y preestrenos cinematográficos. Para asistir sólo a la mitad ya habría necesitado emplear un mes entero de mi vida. Pero yo, esa misma medianoche, tenía que coger el tren hacia Phoenix, para dirigirme después a Santa Fe, Kansas City, donde iba a cambiar de tren para Chicago antes del trayecto final a Nueva York. Según Ben, había que ser tonto del bote para no coger un avión. Inútilmente traté de interrumpir su sarta de insultos cariñosos, de invitaciones a que me instalara en su castillo y me diera la gran vida hasta que reventáramos. Yo quería insistir en que no había oído ni un solo comentario sobre su proyecto, pero él parecía no estar interesado en el asunto. Sólo aludió a él de refilón mientras se ofrecía a llamar a Costello para comunicarle que iba a tenerme de rehén durante una semana como mínimo. Ahora, Frank, Meyer y yo, afirmó, estamos más unidos que Pippo, Pluto y Mickey Mouse. Ya verás como acepta el trato.

Era yo quien no lo aceptaba. Pero no me quedaban fuerzas para explicarle que Rosa me transformaba la sangre en agua, que Turidduzzu convertido en Sal me trataba con indiferencia, y que no ha-

bía nada en Los Ángeles que me gustara: ni el clima, ni los habitantes, ni los semáforos, ni el desierto, ni esa peste a patatas fritas. En
definitiva, Ben, que yo esta noche me largo, si oigo algo sobre tu
ciudad de las maravillas, te llamo.

Me respondió que dejara de preocuparme. Charles había dado
su bendición desde la cárcel.

Nueva York no mejoró mi estado de ánimo. La llegada de las fiestas navideñas fue mortuoria. La vigilia de Navidad llamé a la puerta de tía Bessie. Traía chales para todas las mujeres de la casa, Judith
incluida —una de las tiendas que controlaba Adonis había hecho
una liquidación de género—, y unos vestiditos para Sarah. Porque
yo seguía sufriendo por si cogía frío en las correrías de su madre.
Los regalos conquistaron a tía Bessie y a las primas. Pero Judith
quiso aguarme la fiesta con un comentario sobre la talla equivocada
de la faldita para Sarah. Tía Bessie perdió la paciencia y le dijo que
era sólo una cuestión del dobladillo, y que además le iría de perlas
cuando creciera. Le faltó poco para invitarme a comer, pero Judith
se adelantó bruscamente anunciando que estaba muy ocupada: visto que hacía sol, se llevaría a Sarah consigo. Antes de despedirme,
le pregunté si habían aceptado su petición de alistarse. Todavía no,
me respondió.

La fiesta de Nochevieja en el Hollywood se llenó de políticos,
empresarios y generales. Habría apostado cualquier cosa a que casi
todos eran invitados. La presencia en la mesa de honor de Adonis y
Lansky fue la prueba definitiva de que, entre plato y plato, entre
vals y vals y algún charlestón, se discutían temas de logística, de raciones alimenticias, de ropa, de mantas, de palas y de camillas. Eran
productos en los que había invertido con perspicacia Lansky, y que
ahora iban a proporcionar grandes beneficios. Aparte del arma-
mento, las naves, los aviones y el petróleo, no había *business* rela-
cionado con la guerra que escapara al control de esos buenos chicos ya granados que habían crecido en las calles del puerto. A las
doce se brindó por 1942. Los más optimistas brindaron por una
victoria antes del verano, los generales apaciguaron el entusiasmo
de los presentes anunciando que la guerra se preveía larga, muy larga. No me pareció que a Costello, Adonis y Lansky les preocuparan

sus expectativas. Concluidos los brindis, la orquesta tocó las primeras notas del himno americano. Costello, Adonis y Lansky lo cantaron con la mano en el corazón.

Ellos nadaban en la abundancia, yo volvía a utilizar verbos defectivos al hablar. La economía de guerra, que hacía las delicias de los chanchulleros, castigaba a los que como yo vivían de las alegrías, las diversiones y la vida despreocupada de los demás. La paga del Hollywood no me alcanzaba para la manutención de Sal y el crecimiento de Sarah, a pesar de que Judith seguía sin pedirme un centavo. Por no mencionar mis necesidades. De modo que me pareció estar soñando cuando para la Epifanía, una celebración desconocida en América, me dijeron que se había convocado una reunión a la antigua usanza. Comida, música y baile en el Scarpato, el restaurante de Coney Island donde en 1931 habían liquidado a Masseria. Es decir, en el lugar exacto donde mi suerte había mudado, a pesar de que por aquel entonces yo estuviera en Taormina: todo lo que me había pasado después había comenzado aquel día y en aquel lugar, cuando Luciano había interrumpido la partida de *zecchinetta* y se había ausentado un minuto para cambiar el agua al canario.

En compañía de esposas, hijos, novias, sobrinos y suegros, fueron desfilando los compadres. No faltó nadie. De los hermanos Anastasia a los Mangano; de Moretti a Gambino, seguido de un tropel infinito de primos y homónimos, que se presentaban como parientes lejanos; de Costello, que había dejado a Loretta en casa, a Adonis exultante entre cinco chicas, las menos vistosas de las cuales habrían podido ganar de calle el título de Miss América; de Bonanno a Valachi en compañía de Mildred. Lansky llegó solo, y de inmediato se retiró con Costello. Siegel entró al mismo tiempo que las soperas con la pasta, con la intención de apoderarse de los aplausos y los hurras destinados a los *tagliolini* con frutos del mar. La comilona terminó a las cinco de la tarde. A continuación me dieron un acordeón y despejaron la sala principal para que los comensales, que casi no se sostenían en pie, pudieran bailar. Toqué valses, canciones napolitanas y hasta desempolvé mis viejas mezclas musicales. Los niños estaban entusiasmados, los adultos intentaban digerir los *involtini* de pez espada, las doradas al *cartoccio*, las frituras de gambas y las flores de calabacín, los *cannoli di ricotta*, la *cassata** y el helado de pistacho. Pero el núcleo duro de la reunión ocupaba las salas contiguas. De vez en cuando asomaban caras tensas, entre nubes de humo. A las ocho Siegel me preguntó si iba motorizado y si podía acercarle al aeropuerto. Todavía no se lo habían dedicado a La Guardia, se llamaba municipal a secas.

Ir al aeropuerto significaba cruzar Brooklyn y Queens hasta el norte. Ben campaba como siempre a sus anchas, pero yo había notado más de una mirada torva a su llegada. Lo habían recibido como a un héroe; todos se habían mostrado entusiastas de su ciudad de las maravillas; con la excepción de Adonis, todos le habían envidiado sus conquistas femeninas, y le habían preguntado por las actrices preferidas de cada cual. Quién hacía las mejores mamadas, quién aceptada de buen grado que le dieran por detrás, quién era la que se bajaba las bragas más rápido. Ben había bailado al son que le tocaban, aunque me parecía imposible que no se hubiera dado cuenta de que tras tanta camaradería crecía la mala hierba del rencor. Pero Ben estaba hecho de esa pasta: veía lo que quería ver y luego era capaz de arruinarse el día por algo que al día siguiente ya habría olvidado. Desde que me había pedido que aguzara el oído por él, yo no lo había hecho, es cierto, pero él tampoco me había preguntado si había alguna novedad. Vivía demasiado inmerso en el presente para acordarse del pasado y preocuparse por el mañana. Era un caballo libre y salvaje, una mezcolanza de sentimientos extremos. Exactamente lo contrario que Lansky, que tal vez por eso lo apreciaba e intentaba protegerlo de sus excesos.

—¿Qué tal por el desierto? —Se lo pedí para descargarme la conciencia.

—Virginia ha encontrado el nombre perfecto para mi hotel de ensueño: Flamingo. Les ha gustado hasta a tus paisanos.

—¿Arreglado lo del dinero?

—Por ahora sí —respondió entre preocupado y divertido—. ¿Puedes imaginarte cuánto va a costar? Charles y los amigos pondrán cinco millones, yo un millón. No son cifras que manejemos

---

* Tarta tradicional de la cocina siciliana a base de *ricotta*, azúcar, bizcocho, fruta confitada y azúcar glas. (*N. de la T.*)

cada día, y el problema va a ser que digieran que vamos a gastarlos en un hotel. Pero créeme, Willy: un hotel como éste no se ha visto nunca y jamás veremos otro igual.

Era una noche fría, neblinosa. Imposible que el estado de ánimo no se viera afectado. Percibía que Siegel quería decirme algo, pero no entendía a qué estaba esperando.

—Willy, mantén los ojos bien abiertos, *statti accuorto*, como decía en siciliano aquel maldito de Genovese.

—¿Por qué? —Otra vez me pillaba por sorpresa.

—Tus amigos se han vuelto locos. Ya me lo había parecido con Buchalter, ahora acabo de confirmarlo. Han dejado de creer que están un peldaño por debajo de Dios: ahora se piensan que están con él en las alturas. Están convencidos de que pueden hacer cuanto les plazca en este país.

Yo no entendía adónde quería llegar, y ni siquiera podía leerle la cara: había poca luz y casi no se veía a un palmo. Tenía que mirar el suelo que pisaba.

—Costello y Lansky me han dejado fuera de un plan para obligar al gobierno americano a avenirse a ciertos pactos.

—¿Con quién? —Pensaba en la posibilidad de que se firmara la paz con Italia.

—¿Cómo que con quién? Pues con ellos mismos. Quieren provocar algunos atentados en el puerto, en los embarcaderos del Hudson, con la intención de hacer creer a las autoridades que han sido obra de saboteadores nazis. Llegados a este punto, según Costello y Lansky, todo aquel que tenga autoridad en la materia, tendrá que recurrir por fuerza a los sindicatos, que controlan puerto y embarcaderos, para pedirles que colaboren en la identificación de los nazis. ¿Y quién controla los sindicatos?

—Los hermanos Anastasia... —dije a media voz.

—Bravo. ¿Lo entiendes? El rumbo de la guerra en manos de aquel loco irascible de Albert y de los tres hermanitos, Anthony, Joe y Gerardo, más inútiles que los tres cerditos y más feroces que una hiena.

—¿Y cuál es el papel de Albert?

—Ah, ninguno. Él sólo acepta movilizar a sus hombres como le piden Costello y Lansky, pero no quiere dejarse ver. Es más, ha presentado una petición de alistamiento para mantenerse lo más lejos posible de toda esta historia. La deja en manos de los otros dos, a él sólo le interesa el día de cobro, y vaya si le interesa...

—¿Cuál sería la finalidad?

—Charles..., la liberación de Luciano. Me apostaría lo que quieras a que el plan ha sido ideado por la mente de Charles y refinado por Meyer. Demasiado sutil para Costello.

—Es decir, ¿traman los atentados y después, con la mano en el corazón, se ponen a disposición de los esbirros para descubrir a los culpables y como contrapartida pedir que Luciano salga de la cárcel?

—Tú lo has dicho.

—¿A pesar de los treinta años de trena que le cayeron? Sólo lleva cinco...

—Se inventarán lo de buena conducta o cualquier jugada del tipo: primero régimen abierto, después la condicional...

—¿Y si a Roosevelt se la traen floja los sindicatos y suelta al FBI?

—Costello y Lansky están seguros de que hasta en ese caso les necesitarán. Meyer ha sentenciado: «Para hacer la paz, primero hay que hacer la guerra».

—¿Y nadie ha pensado en la posibilidad de que los descubran? Hay demasiada gente implicada, ¿cómo pueden estar seguros de que nadie abrirá la boca?

—Para eso está Albert Anastasia. En su mano una cerilla puede convertirse en una hoguera. En caso de incendio, aquí no se salva nadie. Te lo repito: abre bien los ojos.

—¿Yo qué quieres que haga, Ben? Voy a donde ellos me llevan, y si me llevan a tomar por culo, pues a tomar por culo. No puedo echarme atrás precisamente ahora que está a punto de empezar el baile de san Vito.

—¿Quién es san Vito? ¿De qué baile me hablas? ¿Qué tiene que ver con Frank y los demás? —A Ben le podía más la risa que la curiosidad.

—Mejor te lo cuento otro día. Te agradezco la advertencia, Ben, pero es como si no me hubieras avisado de nada. Me portaré bien y mantendré el pico cerrado. A la primera pregunta que haga fuera de lugar ésos tardan dos segundos en saber que me lo has soplado, y así te hundo en el fango también a ti.

—Hasta que termine el hotel, soy intocable.

—Dichoso tú; yo, en cambio, siempre estoy expuesto al primer golpe de viento.

—Increíble —rió con sarcasmo Ben—, llevas la razón. Ver para creer: Willy Melodia tiene razón. Siempre hay una primera vez.

No entendí la ironía de Siegel.

—¿Para cuándo está prevista la explosión?

—Es cuestión de semanas. En mi opinión el problema no será el FBI, a Hoover más o menos lo controlan, sino los servicios de información de la marina. Ahí no controlan nada, y la marina querrá libertad de movimientos.

Nadie me preguntó nada. Lo que sigue lo supe por los periódicos de febrero. El incendio del *Lafayette* intrigó incluso a mis colegas del Hollywood, parecía imposible que un incendio hubiera reducido a cenizas el que había sido el transatlántico más grande de los mares, capaz de batir el récord en su travesía de costa a costa. Como había previsto Siegel, o, para ser más exactos, Luciano, Lansky y Costello, la palabra más recurrente fue la de «saboteadores». Los anuncios radiofónicos martilleaban cada media hora con el consejo de mantener los oídos aguzados y los ojos bien abiertos: la nación entera se volcaba en la caza de espías, de agentes secretos nazis que evidentemente infestaban el territorio americano. Infiltrados de primera clase, eran expertos en no dejar ni siquiera una huella y en actuar en la oscuridad más absoluta. Si no, ¿quién había prendido fuego al *Lafayette* sin que nadie pudiera ver nada?

Hasta hacía dos años, el *Lafayette* se llamaba *Normandie* y era el orgullo de la flota comercial francesa. La invasión alemana lo había pillado en el puerto de Nueva York, y el capitán y la tripulación no habían podido regresar a Francia. Tras Pearl Harbor, el gobierno americano lo había requisado, le había cambiado el nombre y lo había convertido en el transporte de tropas más importante del ejército. Gracias a los trabajos realizados —que habían costado un millón de dólares, según hacían constar los periodistas con tres signos de exclamación—, habría podido albergar a una división entera, es decir, a quince mil soldados, incluida la artillería y el equipamiento logístico. Una maravilla que, sin embargo, nadie pudo ver en acción. La pérdida era incalculable desde todos los puntos de vista, aunque la urgencia de identificar y capturar a los saboteadores antes de que pudieran perpetrar otro golpe la dejaba en segundo plano. Según el parecer de los atónitos clientes del Marechiaro —Adonis me había tomado prestado para la hora del almuerzo—, el Empire State Building o Times Square podían saltar por los aires.

Tocar en el local de Adonis fue un respiro para mis pobres bolsillos. Joe no tenía un talante generoso, pero invitaba a su clientela a «apoyar el esfuerzo bélico de un pobre muchacho dividido entre América e Italia». Ni yo ni los demás sabíamos a qué se refería Joe exactamente, pero nadie se atrevía a contradecir al señor de la casa, que había subido a dos mil dólares el contenido de los sobres colocados bajo los platos de quienes se los merecían. De modo que conseguía sacarme unos cincuenta dólares de propina al día: no estaba nada mal por tres horas de aporrear un poco el piano. Adonis, obviamente, no soltaba un centavo, se limitaba a darme la posibilidad de comer, al mediodía, con cocineros y camareros. Decía que se había gastado una fortuna para comprar el mejor piano disponible en el mercado con el fin de que yo pudiera hacer un buen papel. En realidad, le habían endilgado un Petrov de cola tan vistoso como destartalado en la caja. Pero Joe vivía de las apariencias, y aquel piano dejaba boquiabiertos a sus clientes.

Lo recuerdo como si fuera ayer. Era el día de San Patricio, el 17 de marzo, fiesta grande de los irlandeses, quienes habían tapizado de verde todo Manhattan. Adonis salió a toda prisa del restaurante: tengo una cita con los peces gordos de uniforme, tal vez podré abrazar a tu querido Luciano antes de ser abuelo...

Totonno me lo aclaró. Los jefazos de la marina habían ido a ver a un cabecilla del sindicato, aquel que recibía el nombre de Socks por su costumbre de llevar sólo los calcetines bajo el enorme mandil, y que a fin de cuentas era un mandado de Anastasia. Necesitaban la colaboración de los italoamericanos para identificar a los saboteadores nazis. Socks había pronunciado el nombre de Costello, y Costello el de Lansky, que se había apresurado a referirse al imprescindible abogado Polakoff, que volvía a ser el letrado de Luciano. El mecanismo para sacar a Charlie de la trena se había puesto en marcha. El miedo me sacudió como un relámpago. Y yo, según Rosa, ¿tendría que haberme rebelado contra estos señores que habían obligado al gobierno de los Estados Unidos a ceder a este tipo de pactos?

18

La decisión de Judith

Había pasado una noche de pasión con una pelirroja que Siegel había enviado al Hollywood y que Costello había contratado de inmediato. Nadie quería poner en peligro las buenas relaciones recientemente restablecidas con Ben; y nadie quería renunciar a ese par de piernas espectaculares bajo las cuales rugía el tranvía. Maggie era una californiana pecosa y con la piel más blanca que la leche. En la cama se había mostrado ávida de dar y recibir. Habíamos estado revolcándonos hasta el amanecer; cuando al fin me rendí, ya se oían los pajarillos de Mosholu Park.

Me despertaron a una hora poco cristiana los manotazos enérgicos que alguien daba en la puerta de mi piso. Entreví que eran las siete y media: pensé en la policía, a saber por cuál de los muchos motivos que tenían en mi contra habían venido. Seguramente era el servicio de información de la marina que venía por los trapicheos de Anastasia en el puerto. No: era Judith. Me preocupé por Sarah: pero la vi tan fría y distante, tan impertérrita, que supe que la niña estaba bien. Las novedades, entonces, tenían que ver con ella.

—Te he sacado de la cama —afirmó con un aire insólito de complicidad.

Sólo llevaba puestos los pantalones del pijama. No sabía dónde mirar y me embrollé entre gestos a medio hacer y palabras inacabadas.

—¿Interrumpo algo interesante?

—Acababa de dormirme.

—Ya lo he notado. Llevo un rato llamando al timbre. Me imagino que estás gratamente acompañado...

Alargué los brazos en un gesto ambiguo que lo afirmaba y lo negaba a la vez.

—No quiero molestar. Podemos hablar aquí mismo.

Entonces caí en la cuenta de que todavía estábamos en la puerta. La convencí para que pasara al comedor.

—Sarah está bien —me dijo—. Ya te habrás imaginado que estoy aquí por motivos personales. He estado pensándolo mucho antes de venir a verte. En el fondo, mis decisiones no son de tu incumbencia, pero podrían afectar a Sarah, y tú eres su padre. Tal vez tendrás que ocuparte de ella.

¿Os ha pasado alguna vez que vais conduciendo y veis un coche que se os echa encima y no podéis hacer nada para esquivarlo? Pues ésta fue exactamente la sensación que me acometió aquella mañana, una mañana que habría podido ser más dulce que la miel, pero que Judith se encargó de estropear. Más que sus palabras, lo que me helaba el corazón era la determinación de su mirada.

—Me han aceptado en el OSS —fue su anuncio categórico.

—¿Y qué es el OSS?

—Willy, ¿pero en qué mundo vives? Estás en otro planeta, siempre con tus miras estrechas, sin que te importe nada. ¿Es que sólo tienes ojos y manos para tus peticiones de música y las de tus chicas?

Me tomé con calma la pequeña lección de educación cívica.

—OSS significa Office of Strategic Services, el espionaje americano. Churchill le ha dejado muy claro a Roosevelt que uno no puede ir a la guerra sin un servicio de espionaje decente, de modo que los cowboys se han puesto manos a la obra. Cuando hayan entendido que los nazis son un poco distintos de los sioux y que Hitler no es Toro Sentado, entonces estarán listos para lanzarse al combate.

—¿Y también reclutan a hembras? —Mi desconcierto era tan sincero que dije hembras en lugar de mujeres, como si con eso quisiera protegerlas. Judith, en todo caso, me dirigió una mirada letal.

—También reclutan a hembras, como decís los machos italianos. Y a judíos, a maestros, a idealistas, a locos, a canallas, a hijos de papá que no quieren ir al ejército, a empresarios arruinados, a banqueros sin banca y a aventureros. Dejan que se aliste todo aquel que está convencido de que la guerra es un juego que no quiere perderse por nada del mundo.

—Pero tú lo sabes, que no es un juego. —Estaba seguro de que eran palabras que se llevaría el viento: las dije sólo para podérselas repetir a Sarah el día de mañana y ganarme con ellas la absolución por no haber frenado a su madre.

—Sí, yo me alisté para vengarme. He superado ya unas cuantas pruebas y exámenes. Parece que quedé entre las primeras y que me voy ya, me envían a Europa.

—¿Con los alemanes?

—Qué perspicaz. Quieren enviarme a mi tierra natal, donde tengo todavía algún pariente, entre Polonia y Ucrania. Necesitan restablecer los contactos con la resistencia, disponer de información sobre la retaguardia nazi, organizar los sabotajes...

—¿Tú? —exclamé. Aquella exclamación encerraba mi resignada admiración por Judith. Tú que tocabas el clarinete, habría querido decir; tú que esperabas ejercer la abogacía; tú que me regalaste la historia de amor más intensa; tú que follabas por la gracia recibida; tú que no aceptaste mudarte aquí con Sarah; tú que nunca te rindes...

Esta vez Judith no vaciló.

—La vida dispone por nosotros, nos impone ciertos cambios, y es nuestro deber aceptarlos. Me voy para devolver a los alemanes el mal que me han causado, con la esperanza de encontrar a mi familia o lo que quede de ella. Han llegado informaciones sobre campos de concentración de las SS adonde envían a miles y miles de judíos. No se sabe qué pasa ahí dentro.

—¿Y Sarah? —De repente me acordé de nuestra hija.

—Por eso estoy aquí. A tía Bessie le he dicho que me destinan a Arizona para un adiestramiento especial. Eres el único que sabe mi destino verdadero: y lo sabes sólo para que puedas explicárselo a Sarah si algún día no regreso. Quiero que sepa que no la abandoné por capricho; que la quería más que a mí misma porque ella representa la continuación de mi familia; que yo habría dado la vida por ella; que todo lo que habré hecho, lo habré hecho para que en el futuro ella y todas las que son como ella no acaben encerradas en un recinto rodeado por alambre de espino.

Judith a duras penas podía contener la emoción. Yo estaba que me subía por las paredes. Su decisión me parecía desconsiderada, exagerada, gratuita. La rabia me carcomía por dentro, aunque habría querido protegerla, abrazarla, sorprenderla. Otra vez una de esas situaciones en las que nunca me supe manejar. Me sentí como un inútil, y lo era.

—Le he dicho a tía Bessie que te trate como si fueras de la familia. Puedes ver a Sarah siempre que quieras. Si tienes tiempo y ganas, puedes quedártela, aunque te trastocaría horarios y costumbres. En el futuro, en caso de que yo faltara, tendrás que ser tú quien decida si Sarah debe vivir contigo o con tía Bessie. Los del OSS tienen dos cartas con mis últimas voluntades: una para ti, la otra para tía Bessie.

La determinación de Judith, su valentía, la lucidez con que había previsto lo peor me admiraban. Ella era la prueba efectiva de que hasta en la oscuridad más profunda siempre hay una luz que sigue brillando: y esa luz era Sarah. Pero ¿qué iba a ser de una niña con un padre como yo? ¿Qué precio tendría que pagar por ser hija de dos padres ausentes, cada cual a su manera?

—Eh, vamos —dijo Judith, que me había leído el pensamiento—. Todavía no estoy muerta. Es más, estoy segura de que volveré. Lo celebraremos los tres con un paseo por el Central Park, yo traeré los pasteles de tía Bessie.

Sonrió ella, sonreí yo, pero por más que me esforzaba no lograba imaginarme ese paseo.

Judith salió sin darse la vuelta. Quién sabe, quizá no quería que la viera llorando.

Maggie me llamó desde la cama. La habíamos despertado. Sacó sus larguísimas piernas fuera de las sábanas y las meneó. Pero yo ya no estaba para eso.

Todos seguían hablando de los saboteadores nazis, pero las autoridades no habían identificado a uno solo, y todavía menos arrestado. Espiar al vecino, intentar descubrir el origen alemán de todos los apellidos, pedirle el diminutivo de los jugadores de béisbol al desconocido que te preguntaba algo en el metro, eran algunas de las actividades que se habían convertido en la distracción nacional. Judith desapareció un miércoles, y yo fingí que me creía lo que tía Bessie me decía, que la habían trasladado a Arizona para el adiestramiento. Sarah se convirtió en el centro de atención de todos los vecinos de la ruidosa escalera de la calle 64 Oeste. Competían por cuidar de ella, y a mí me percibían casi como una molestia. Estuve a punto de revelarle a Rosa que Turidduzzu tenía una hermanita, pero temía que eso aumentara el abismo que nos separaba. Contra toda evidencia, yo seguía pensando que Rosa y Turidduzzu eran mi familia y que algún día volvería a vivir con ellos. A pesar de haberle pedido a Judith que se viniera a vivir conmigo, que nos casáramos. Lo hice porque estaba seguro de su negativa y eso calmaba mi mala conciencia. Tal vez era verdad.

Cada tarde iba a ver a Sarah. Me cogió confianza, me dedicaba sonrisas especiales. Cuando salía, recorría las pocas manzanas hasta el Hollywood cargando con una responsabilidad que nunca había tenido. Sarah me enternecía y me ponía triste: yo sabía que nunca sería un buen padre, que mi buena voluntad chocaría con los deseos de los compadres, con mis ajetreos. Sarah era una de las víctimas de la guerra, una guerra a la que invitaban los carteles de las calles. No fueron pocos los que se fueron. Muchos empleados del Hollywood nacidos en Italia y deseosos de obtener la nacionalidad americana se alistaron. Cuando ya te habías aprendido el nombre del nuevo, lo cambiaban: era un flujo ininterrumpido de personal. Totonno se encargaba de la selección inicial, Costello de la final. Pero las posibilidades de elección eran muy limitadas, había que contentarse con las sobras y aceptar incluso a quienes estaban fuera de la *tradición*, por usar la definición de Bonanno. Raffaello, un toscano de casi cuarenta años, el primer día de trabajo, nos dejó hojear el periódico italiano al que estaba suscrito. No era otro que *Il Martello*, el periódico antifascista que Judith me había refregado por la cara y cuya lectura me había dejado turbado. Volví a cogerlo. Carlo Tresca, el fundador y director, proclamaba anticipadamente que la guerra acabaría siendo la tumba del régimen y dejaría al descubierto su espíritu sanguinario. Preveía que Italia iba a perder: de su derrota nacería una nueva nación.

—Willy, ¿qué haces leyendo eso? —Costello no hablaba en broma.

—Don Costello, ¿usted también lo conoce?

—Por favor, no tengo tiempo que perder.

—Pero dice cosas que quizá sean ciertas.

—Pues felicito a quien las haya escrito, pero ¿qué tiene que ver esto con nosotros? Willy: aquí no hacemos política. La única política permitida es ésta. —Se frotó el pulgar y el índice para indicar que se refería al dinero.

—Pero estamos en guerra. —Mi propia insistencia en seguir hablando con Costello sobre el tema me sorprendió.

—Precisamente por ese motivo uno no debe implicarse. Debemos hacer que olviden que somos italianos. América nos ha dado el pan que nos llevamos a la boca, el techo bajo el que dormimos y hasta la oportunidad de divertirnos. Aunque en casa hayamos dejado a parientes, amigos y un trocito del corazón. No es nada fácil. Y si encima añadimos la política, estamos listos. Porque a nosotros nunca nos trae nada bueno.

Era sincero. Ése era el extraordinario don de Costello. Olvidar que era el hombre que se desenvolvía entre políticos, jueces y banqueros, el hombre que distribuía más favores en toda New York, y recitar su acto de fe en que cada cual debía ocuparse de sus propios asuntos sin condicionamientos políticos.

—Como usted diga, don Costello.

—Bravo. Era ésta y no otra la respuesta que estaba esperando de ti. Se avecinan tiempos importantes... —Miró a su alrededor y bajó el tono de voz—. Te traigo saludos de don Luciano.

—¿Cómo está?

—Como un hombre de verdad, que se merece los amigos que tiene. Amigos que no lo han olvidado y que se encargarán de que las cosas se arreglen.

Costello se hizo con el ejemplar de *Il Martello* y lo tiró al cubo de la basura.

—Willy, ¿sabes que América nos ha pedido que le echemos una mano en los muelles contra los alemanes?

Hice un gesto afirmativo en absoluto silencio.

—También Charlie está colaborando, a pesar de la injusta condena que le cayó. —Me miró directamente a los ojos para cerciorarse de que no había olvidado el papel de Josephine.

—Me alegro por don Luciano.

—Un auténtico patriota —fue el comentario de Costello.

América vivió una explosión de patriotismo el día en que se comunicó oficialmente que los seis saboteadores alemanes desembarcados de un submarino en las costas de Florida habían sido capturados. Los sindicatos de los hermanos Anastasia no tenían nada que ver, como tampoco tenía nada que ver la disponibilidad para colaborar de Costello y Luciano. Sin embargo, en el Hollywood, todos brindaron y lo festejaron como si fuera asunto nuestro. Adonis sentenció que a partir de ahora iba a ser más difícil para cornudos y traidores hablar mal de los italoamericanos: hasta aquel renegado de La Guardia —en palabras de Adonis, no mías— tendría que tragarse sus insultos. El alcalde, a decir verdad, la tenía tomada con un grupito de paisanos. Aparte de eso, cuidaba mucho sus relaciones públicas: en Nueva York vivían casi ochocientos mil *figli di mamma*, se entiende hijos nacidos de madre italiana, y de éstos casi quinientos mil con derecho a voto. La Guardia se encargó de que le fotografiaran por sorpresa en el concierto de Sinatra, aplaudiendo a rabiar a quien por entonces ya era el símbolo de nuestro talento más preciado. Frank cosechaba un éxito detrás de otro: *I'll Never Smile Again, Stardust, The One I Love, Let's Get Away from It All, All or Nothing at All*. Eran las melodías que nos acompañaban de la mañana a la noche, las emisoras de radio las ponían continuamente, las silbaban los tenderos, las tocábamos en el piano-bar.

El primer verano de guerra no fue distinto a los demás. Los chicos de Roosevelt morían, los costes de la guerra fuera de América eran desorbitados, pero nada de eso menoscababa el bienestar y la fe en el futuro de los americanos. Muchos se compraban una casa; mi casero judío me la ofreció por treinta mil dólares. A lo mejor creía que yo era Tommy Dorsey. Con los extras ganaba mil: me tocaba ahorrar hasta en comida y ropa. Sarah se llevaba una cantidad nada despreciable de dólares. Crecía sana y fuerte, pero eso significaba que cada dos meses había que comprarle vestidos y zapatos nuevos; y después estaban la comida de los niños, las medicinas de los niños, los juguetes de los niños. Y a partir de septiembre hasta la guardería, porque a tía Bessie le habían detectado un problema en el corazón y tenía que descansar.

Sarah era todo lo que me quedaba de Judith, con la diferencia de que con ella podía pasarme horas hablando. Me escuchaba, me sonreía, no me replicaba. Desde el día en que Judith se había ido, la guerra había entrado en mi vida. Aparentemente no me afectaba en nada, e incluso la hipótesis de que Nino, Orlando y Rinaldo o los maridos de mis hermanas se vieran implicados en ella me dejaba indiferente. Pero me destrozaba pensar que Judith estaba en medio del conflicto. Yo, que estaba acostumbrado a sobrevivir, no lograba disfrutar de la vida; miraba cuanto me rodeaba, a menudo lo utilizaba, pero era incapaz de saborearlo.

Hacía ya tres meses que no llegaban noticias de Judith. Sus primas me contaron que habían llamado de Washington para comunicar que Judith estaba bien, y que la habían destinado a una misión en América del Sur. Ojalá hubiera ido a América del Sur. Porque ahora también yo leía los periódicos. Y me había enterado de que Polonia y Ucrania eran el centro de las actividades antialemanas. Cada mañana abría tembloroso el *New York Times*: no porque pensara que iba a encontrarme el nombre de Judith Lazar, sino porque temía tener que descubrir que los alemanes habían llevado a cabo una purga sanguinaria en la zona de Lviv. Necesitaba desfogarme. Y bastó la inocente pregunta de Sarah sobre cuándo volvería mamá para abrir las compuertas de mi desazón. Era una hermosísima mañana de septiembre, había llevado a Sarah al Central Park, imaginando que Judith habría hecho lo mismo. Durante nuestro interminable paseo, le confesé a Sarah lo que jamás habría confesado a ningún adulto. Ella me miraba con los ojos muy abiertos. Los tenía de un azul intenso como su madre, y se intuía que de mayor sería hasta más guapa que ella. Pero ¿sería tan encantadora como Judith?

Sarah absorbía con la mirada mis palabras, menos mal que no le conté los detalles. Le dije que la suya era la mamá más valiente y heroica de todas las mamás, que se estaba sacrificando para salvar a muchos niños, que había sufrido mucho por tener que separarse de ella, pero que cuando volviera todavía la querría más. Ese día iríamos a vivir todos juntos, y ella tendría una habitación para ella sola. Sarah me preguntó dónde estaba mamá, yo le respondí que había vuelto a donde había nacido, un lugar muy muy bonito pero muy lejano. Un día también nosotros iríamos a ese lugar para conocer a los abuelos y las tías, y después también iríamos a Catania para conocer a la otra abuela y a los otros tíos. Salimos del Central Park con el último rayo de sol. Lo recuerdo como si fuera ayer: una hoja amarillenta cayó de un árbol y se posó sobre el pecho de Sarah, que dormía plácidamente en su cochecito.

Al cabo de dos días, tía Bessie me preguntó qué le había contado a Sarah sobre su madre. Sarah le había dicho que era la más valiente de todas, que defendía a los niños, que había regresado a su casa que estaba muy lejos y otros detalles a cual más confuso. Yo me las apañé diciendo que tal vez mi inglés resultaba poco comprensible para una niña que había crecido con otro *slang*. Tía Bessie se me quedó mirando perpleja: tenía la sospecha de que yo sabía más que ella.

Siegel se dejó caer por el Hollywood como demostración de que el acuerdo con Costello y los demás inversores de su ciudad de las maravillas iba viento en popa. Siegel estaba en forma, pero la construcción de su hotel de ensueño, el Flamingo, lo consumía. Pretendía que le informaran sobre cada ladrillo, cada lamparita; estaba en Nueva York, pero habría preferido estar en Las Vegas. Estaba pagando a una auténtica manada de arquitectos, de ingenieros, pero interfería continuamente en el proyecto con cambios de última hora que costaban miles de dólares. Hasta los intentos de Virginia Hill por contenerlo resultaban inútiles: los gastos se habían convertido en un pozo sin fondo. Ben estaba tan metido en el tema que ya no tenía tiempo para ir sacando pecho por el mundo. Esa noche iba en compañía de Lansky, que sacudía su cabecita canosa a cada maravilla que le contaba su amigo de infancia. Antes de irse, Ben me dijo que al día siguiente pasara por la portería del Washington Square Hotel: había un sobre para mí.

El sobre contenía un bono de alojamiento gratis durante una semana en el Ambassador de Los Ángeles. Hasta un ignorante de mi talla sabía que el Ambassador de Wilshire Boulevard estaba considerado el mejor hotel de la ciudad. En una nota, Ben me escribía que era su manera de agradecerme los riesgos a los que me había expuesto al aceptar informarle sobre el estado de ánimo de los compadres. También me sugería que invitara a Rosa, a Turidduzzu, a Josephine y a los abogados judíos al restaurante del afamado hotel y que corrieran el champán y el vino, que ya estaban pagados.

¡¡¡Que se enteren de quién eres!!! Los tres signos de exclamación eran de Ben.

Pero antes de poder programar el viaje de mi revancha a Los Ángeles, tuve que afrontar otro viaje menos largo, pero no por ello menos complicado. Siguiendo las mejores tradiciones, Costello me avisó la noche antes de los particulares: a las siete de la mañana tenía que estar en las taquillas de la Penn Station. Era el mismo lugar de mi precipitada fuga, cinco años atrás. Ahora viajaría en compañía de Costello, de Lansky y de un tipo al que tardé un poco en reconocer: sí, claro, era el abogado defensor de Luciano, que con el tiempo se había vuelto más peripuesto y estirado. Moses Polakoff seguía costando un ojo de la cara y seguía gozando de una enorme consideración, a pesar de la larga condena que le había caído a Luciano. Y precisamente nos dirigíamos a visitar a Charlie. En mayo lo habían trasladado de la cárcel de Dannemora a la de Great Meadow. La primera estaba al norte del estado de Nueva York, bastante cerca de la frontera con Canadá; los más expertos la habían bautizado con el nombre de Siberia. La segunda prisión estaba a un centenar de kilómetros de Albany, la capital política del estado, y al parecer era como el Country Club de los talegos patrios. La reclusión en Dannemora había sido uno más de los reveses que las autoridades le habían preparado a Luciano; el traslado a Great Meadow era el premio por la ayuda prestada en el esclarecimiento de los sabotajes del puerto, sobre los que todos pontificaban a pesar de la ausencia más absoluta de pruebas.

Tardamos dos horas en llegar a Albany, otras dos en llegar a la cárcel, esta vez en un Cadillac conducido por un chófer con visera. Estábamos en pleno octubre: en Nueva York habíamos dejado el otoño, allí nos recibía el invierno. Yo no había cogido ni la gabardina. Durante el trayecto, guardé silencio porque me sentía en desventaja; los otros tres tampoco hablaron pero por falta de temas. Era evidente que Lansky estaba un palmo por encima de sus compañeros de aventura, él había urdido la maniobra para liberar a Luciano que, de momento, le había mejorado las condiciones penitenciarias. También el que Polakoff volviera junto a Charlie había sido idea de Lansky. Con Polakoff compartía la tradición religiosa y los orígenes europeos, y de él apreciaba su buena situación en la fiscalía, en los tribunales y en las altas esferas de la administración. De las sucintas frases que intercambiaron, deduje que era la quinta visita de Polakoff. Ya estaba cansado de tanto ir y venir: le dijo a

Lansky que era la última vez que se movía de Nueva York. Ahora ya sabían todos el camino.

Llegamos a la entrada de la cárcel a las once, un cuarto de hora más tarde. Sin mostrar documentos ni rellenar formularios, nos hicieron pasar a una sala mal iluminada, con una mesa de madera carcomida y seis sillas medio desvencijadas. Costello me informó de que podía hablar libremente, puesto que no había micrófonos. Yo no veía a Luciano desde el día de su condena. Entre los dos gigantescos carceleros parecía más flaco, más viejo que sus cuarenta y cinco años, con el párpado derecho completamente cerrado. Esbozó esa media sonrisa de siempre, saludó con un gesto seco a los otros tres, y después se dirigió a mí. Tuve una especie de cortocircuito: creo que hice ademán de arrodillarme, tengo un recuerdo confuso... En cualquier caso él me lo impidió y puso sus manos sobre mis brazos.

—Willy, me alegro de verte.

—Don Luciano, soy yo quien tiene el honor.

—¿Y en casa? Tu hijo, tu... tu mujer, ¿siguen en Los Ángeles?

—Sí... —Si hubiéramos estado solos, le habría hablado de Judith, de Sarah...

—Te agradezco que asistieras al funeral de mi padre.

—Todo lo que yo pueda hacer por usted, don Luciano, no es nada comparado con lo que le debo... A usted y a don Costello, por supuesto.

Lansky se mostraba imperturbable, mientras que Polakoff no disimulaba su antipatía por mí. Los guardianes salieron de la sala, nos sentamos alrededor de la mesa. Cerraron la puerta.

—Abogado —dijo Luciano—, ¿cómo están las garantías que expresamente le rogué que pidiera en nuestro último encuentro?

Polakoff cruzó las piernas, encendió un cigarrillo. Le gustaba demostrar que él no acataba órdenes de nadie, ni siquiera de Charlie.

—Señor Luciano, como le dije, el secretismo que usted solicita no depende de ninguna de las partes interesadas.

—Entonces, ¿de qué depende?

—De la casualidad, de las circunstancias, de las envidias, del mal humor de los hombres que no son nadie...

La voz de Luciano se tornó áspera.

—Como el señor Lansky podrá confirmarle, nosotros estamos acostumbrados a controlar la casualidad, las circunstancias, las envidias y el mal humor de los hombres que no son nadie y hasta de los que son alguien. Por lo que no acierto a comprender por qué no puede hacerse así en el asunto que nos ocupa.

—¿Puedo hablar con total sinceridad? —Polakoff me honró con su atención.

—Si Willy está aquí —dijo Luciano—, significa que confiamos plenamente en él.

—Bien, no me cabe la menor duda. Los oficiales de la Naval Intelligence y el fiscal del distrito me han insistido en que los contactos deben mantenerse en secreto. Y entiendo que su interés es sincero.

—Pero en su opinión no es suficiente.

—Así es. No creo que puedan mantener oculta toda la historia. Tarde o temprano algún detalle aflorará a la superficie, y entonces será difícil que no salga a la luz su papel.

—Y ese día me joderán. Usted sabe por conocimiento directo que mi sentencia incluye una orden de expulsión de Estados Unidos por no disponer de la nacionalidad americana. Cuando salga de la cárcel, porque saldré, sólo podré dirigirme a Italia, contra la que he actuado y contra la que tendré que seguir haciéndolo...

Costello se sobresaltó, estuvo a punto de abrir la boca. Pero al fin prefirió no interrumpir a Luciano.

—... Imaginemos incluso que hayan desaparecido el fascismo y su excelencia Mussolini; siempre seguirán ahí los italianos. ¿Cómo recibirán a un italiano que en tiempos de guerra se ha aliado con el enemigo?

La respuesta estaba implícita en la pregunta, pero nadie se aventuró a pronunciarla.

—Necesito que usted, abogado, deje muy claro a sus contactos que deben retirar la orden de expulsión y asegurarme, una vez cumplida la condena, la permanencia en Estados Unidos. De lo contrario, aquí termina mi colaboración. Hasta el momento me he prestado a colaborar sin contrapartida alguna, pero ahora la pido. En el supuesto de que pueda llamársele contrapartida. —Luciano, indignado, se atrincheró en su altanería.

Polakoff adoptó la misma expresión que Nino y Peppino cuando mi madre les mandaba que se dieran un chapuzón en el mar, en pleno diciembre, para lavarse.

—Así lo haré, señor Luciano. No me supone ningún problema. Pero sigo dudando de que con ello obtenga el resultado que espera.

—Son muy libres de no escucharlo, abogado. Tanto como lo soy yo de no responder a su última petición.

—¿Qué más hay? —Lansky había hablado entre airado y circunspecto.

—Parece que se están preparando cambios en Italia. Me han pedido si puedo proporcionar contactos seguros en Sicilia. —La voz de Luciano se tiñó de sarcasmo.

—¿Qué tiene que ver Sicilia con la guerra de los americanos? —Costello no ataba cabos—. Como máximo podría interesarles a los ingleses, que tienen Malta a tiro de piedra.

—No lo sé, Frank. Pero me han pedido contactos también en la costa oriental. Yo no tengo conocidos; tú, Willy, ¿los tienes?

La pregunta me pilló completamente por sorpresa. Había seguido con tanta intensidad las escaramuzas entre Luciano y el abogado que me había olvidado de que yo también estaba ahí. Y si estaba ahí, por algo debía ser.

—Don Luciano, hace más de diez años que salí de Sicilia —farfullé.

—Pero todavía tendrás amigos, parientes, conocidos...

—Estaba Nino Puglisi, si regresó de Túnez...

—No, lo hicieron desaparecer por allí abajo.

Ni siquiera tuve tiempo de compadecer al hombre que me había ayudado y había arruinado mi vida.

—Willy, empieza a moverte. Si el abogado llega a un acuerdo, vamos a necesitar tu ayuda. En la zona occidental de Sicilia estamos bien abastecidos, ¿no es así, Frank?

—Nos defendemos, Charlie.

—De Mesina a Siracusa, en cambio, estamos un poco desprovistos.

—Sicilia... —repitió Lansky distraídamente.

—Meyer, ¿qué quieres que te diga? —también Luciano estaba sorprendido—. Les habrán informado de que Mussolini, o más bien el rey, prepara nuevas alianzas. Y por eso deben estar buscando bases en la región de Italia más cercana a África. O quién sabe qué diablos estarán tramando en Sicilia...

—Pegada a Sicilia está Calabria —dijo Costello refiriéndose a Lauropoli.

—Frank, conformémonos de momento con Sicilia —observó Luciano—. Ya pensaremos en tu Calabria más adelante. Habla con los hermanos Mangano. Recuerdo que tenían negocios y algunos conocidos en la provincia de Mesina.

Unos minutos después de las dos de la tarde estábamos fuera de Great Meadow. A las cinco salíamos de Albany en tren, y a las siete y media nos apeábamos en Penn Station, con tiempo suficiente para la cena familiar que el abogado Polakoff consideraba irrenunciable. Costello me recordó que el viaje a Great Meadow y la charla con don Luciano como máximo los había soñado después de una indigestión de berenjenas a la parmesana.

El 10 de noviembre anunciaron que los ingleses habían derrotado en África al ejército italogermano de Rommel, mientras un cuerpo de expedición americano había desembarcado en Marruecos. Costello comprendió entonces el interés de los americanos por Sicilia, a pesar de que Lansky decretó que, desde Casablanca, Cerdeña quedaba mucho más cerca.

Mi geografía, en cambio, se paraba en Los Ángeles. Y allí me dirigí para el día de Acción de Gracias. En cuanto llegué, me afeité y me mudé de ropa. Me presenté en el Ambassador como un modelo de pasarela: el prestigio de Siegel estaba en juego. Me recibieron como a un pequeño Siegel: reverencias, zalamerías, el desfile de hembras más espléndido que un hombre sea capaz de imaginar. Tenía la sensación de haber entrado en una película: el hotel disponía de mil habitaciones y de bungalows para los clientes más esnobs. Ofrecía mucho más de lo que un pobre cristiano como yo podría alcanzar nunca. En la habitación encontré champán, una cesta con fresas, la reserva para la sauna, para el baño turco, el solárium y una sesión de masajes. Me tomé el día entero para mi disfrute. Lo pasé en la piscina, perdido entre las infinitas delicias incluidas en la invitación. Instalado en la tumbona bajo el parasol, me dediqué a explorar a la humanidad despreocupada que me rodeaba. Gloria Swanson, ya en el ocaso de su juventud, estaba con un *boy* que le encendía un cigarrillo, otro que se encargaba de los gin-tonic y un tercero que la untaba con cremas. Gary Cooper estaba rodeado de chicas extasiadas, que se lo habrían merendado allí mismo. No muy lejos se paseaba un chico de mirada pícara que no estaba nada mal, pronto sería conocido como William Holden. Había tanta gente glamurosa que uno podía confundir con una estrella incluso al chófer que había entrado para entregar las llaves del automóvil.

Llamé a Rosa por la tarde: invitaba a comer a la comitiva al completo. Rosa siguió al dedillo las previsiones de Ben. Mino, ¿y encima estás en el Ambassador? Ver para creer...

Para los regalos había recurrido a Adonis. ¿Seguro que no quieres un abono?, había sido su irónica respuesta. Pero mis pelados bolsillos necesitaban sus descuentos. Joe acababa de recibir un camión de pullovers de cachemir de estilo tenis: ultimísima moda de Hamptons, se había apresurado a puntualizar. A pesar del precio de amigo, tuve que rascarme el bolsillo para comprar tres. Los llevé al restaurante con la bolsa de la tienda de Loretta Costello, con el nombre de la Quinta Avenida bien visible.

Turidduzzu, es decir, Sal, abría la comitiva. Me abrazó enérgicamente. Su alegría al verme me emocionó, me sentí feliz e intenté agradecérselo. Abracé y besé a Rosa, a Josephine, y hasta a Marc Thal, que casi se apartó asqueado. Sal tenía mi complexión, y la elegancia y la guapura de su madre. Los buenos colegios le habían refinado las maneras, parecía un pequeño lord. Yo me enorgullecía al pensar que era hijo mío. Le convencí para que escogiera los platos más caros, Marc pidió un vino francés. La cuenta debió de ascender a lo que yo me sacaba en un mes entero. Minucias, comentó Siegel, cuando me ofrecí con el corazón en un puño a pagarlo de mi bolsillo. Los tres pullovers causaron sensación, y Sal le enseñó a Rosa la bolsa con los cien dólares que había añadido al pullover. En la tarjeta adjunta le decía, en italiano, que lo conocía poco, de modo que prefería que él mismo escogiera el regalo. Después, llevado por la emoción, me había puesto sentimental: adorado hijo mío, no olvides nunca que yo, aunque distante, estoy ahí y seguiré estándolo siempre.

Rosa me invitó a visitar su boutique de alta costura. Tenía seis escaparates que daban a Sunset Boulevard, y empleaba a una veintena de trabajadoras. El cartel decía Fashion's Haven, y más abajo, en letras pequeñas, by Polizzi Sisters. Dentro reinaba la alegría mezclada con la eficiencia, y entraban clientas de todas las edades. El escritorio de Rosa estaba lleno de modelos diseñados sobre cartulina. Josephine me desveló con orgullo un pequeño secreto: gracias a Marc les habían hecho un encargo importante de los estudios, los vestidos para la película que iban a rodar sobre la famosa novela de un tal Hemingway, *Por quién doblan las campanas*. Josephine decía que tanto el libro como la película eran importantísimos. Rosa contó que la acción transcurría durante la guerra civil española: mis hermanos estuvieron allí, afirmé con entusiasmo, como si la presencia de Orlando y Rinaldo en la guerra fuera el motivo por el que habían confiado el encargo a Rosa y Josephine.

¿Te imaginas que la película ganara un Oscar?, suspiró Josephine. En Mussomeli ni siquiera saben qué es un Oscar.

Iban a interpretarla Gary Cooper —¿Gary Cooper? Si ayer estaba conmigo en la piscina...— y una actriz recién llegada de Suecia. No la conozco, había añadido Josephine, encendiéndose un cigarrillo con la colilla del otro, pero según dicen habla con los ojos, creo que se llama Ingrid Bergman.

Regresé a Nueva York embriagado: Sal me había telefoneado para despedirse de mí, era la primera vez que lo hacía. Mientras me acompañaba a la salida de la boutique, Josephine me comentó que podía pedirle a Marc que me encontrara un trabajo en el mundo del cine. Dependía de mí. Yo no había hallado indicios de que Peter, el colega de Marc, estuviera rondando a Rosa. La pobre mente atrofiada del tonto del bote que aquí os habla acariciaba la idea de que si un día quería reconstruir mi familia y tener una segunda oportunidad en Hollywood, todo iba a ser muy fácil. Tan fácil como la cena que pedí en la habitación del Ambassador la noche de la despedida.

Seguíamos sin noticias de Judith, nadie había vuelto a llamar desde Washington para tranquilizarnos. Sarah había dejado de preguntar por su madre, pero estaba taciturna, su contagiosa sonrisa se había apagado. Desgraciadamente uno se acostumbra a todo, incluso a vivir con el vacío en el corazón. Cada mañana me repetía que seguro que Judith iba a llamar ese día. Me negaba a rendirme ante la evidencia de que le había pasado algo, e infundía en tía Bessie y en las niñas la seguridad que a mí me faltaba. Ellas prepararon la comida de Navidad para Sarah y para mí, con la intención de mantenerse fieles al deseo de Judith de que la niña creciera judía y católica hasta que ella misma pudiera decidir.

Un día Moretti pasó por el Hollywood. Cada día estaba más bajito, más rechoncho, más desgarbado. El local y Nueva York no eran precisamente sus metas preferidas. Lejos de Nueva Jersey, del Joe's Restaurant en Cliffside Park, su ambiente natural, decía sentirse como Claudette Colbert entre las monjas de clausura. Moretti estaba muy excitado y necesitaba desfogarse. Se plantó al lado del piano, pidió champán, ordenó que prepararan las copas mientras llegaba Costello. Don Frank llegó a las dos de la madrugada, impecable y descansado. Descorcharon las botellas, y hasta nosotros, soldados de a pie, participamos del festejo. Moretti estaba más feliz que nadie. Llevaba el traje Palermo de las bodas, los bautizos y las confirmaciones, con una camisa blanca y la corbata multicolor que le caía sobre esa panza prominente.

—Frank —dijo—, tendrías que haber visto la cara de aquel mariconazo de Dorsey cuando he entrado en el camerino. Parecía que se hubiera cagado encima.

Costello le escuchaba contrito, sin entusiasmo. Moretti alzó la copa hacia mí.

—Por el hombre que consagró a Sinatra. Es más, Melodia, hazme un favor: toca las canciones de Frank. Estamos aquí en su honor.

Vaciada la copa, Moretti pidió que se la llenaran. Costello lo observaba con reservas.

Moretti arrancó en cuarta:

—También tú, Frank, en mi lugar te habrías comportado igual. ¿Sabes lo que pretendía el señor Dorsey? En vez de dar las gracias por haber tenido a Sinatra gratis durante dos años, no quería dejarle firmar los contratos de las películas con Hollywood. Decía que tenía una exclusiva para los próximos ocho años: si alguien quería a Frankie, tenía que pasar por él, es decir, aflojarle cien mil dólares por la cara. ¿Tú qué habrías hecho?

Costello movió la copa vacía entre las manos.

—Willie, lo importante es no levantar polvareda, también por el interés de Sinatra. En Hollywood mandan los judíos, y ya sabes que son muy susceptibles, sobre todo cuando intuyen nuestra sombra. Frank debe llegar a los estudios como si fuera virgen.

—Totalmente de acuerdo. De hecho, ¿qué es lo que le he dicho a Dorsey? Tommy, te hago una oferta que no vas a poder rechazar...
—Los ojillos de Moretti brillaban de felicidad.

—¿Ah, sí? —Costello no estaba muy convencido.

—Sí, Frank, se lo he dicho tal como te digo. Después he acercado mis labios a su oído y he pronunciado la oferta: un dólar por la libertad de Frankie...

Todos lo miramos ansiosos de saber qué había pasado a continuación.

—Y Dorsey ha aceptado —dijo Moretti retorciéndose de risa.

—¿Sin rechistar? —preguntó Costello.

—Voy a serte sincero. Dorsey tenía alguna que otra dificultad para hablar: antes de lanzarle mi oferta le puse en la boca el cañón de esta... —Moretti se sacó de debajo de la chaqueta una pistola enorme.

Reíamos como locos, y alguno aplaudió. Costello no movió un solo músculo de la cara. Moretti pidió más champán, yo me dispuse a tocar *Wishing* y seguí con *Stardust*. Muchos empezaron a imitar la escena que había tenido lugar en el camerino de Dorsey. Dominick salió de detrás de la barra para felicitar a Moretti. Costello fue el único que se quedó aparte, en silencio. Cuando hubieron salido los últimos clientes, la atmósfera se relajó. Moretti continuó descorchando champán, Costello miraba de reojo el reloj: tenía ganas de irse a casa, pero no quería dejar a Moretti con el pedal que llevaba.

—Frank, hagamos un último brindis por quien tú quieras y luego dejo de molestaros.

—Por el año nuevo, Willie, por 1943. ¿Por qué vamos a brindar, si no?

—Como tú quieras, Frank. Pero ¿es cierto que ha llegado un contrato de Genovese desde Italia?

Costello esbozó una media sonrisa contrariada.

—¿Qué dices, Willie? Italia y Estados Unidos están en guerra.

—Por eso te lo pregunto. Porque estaba alucinando con aquel hijo de su madre de Vito, capaz de hacer viajar un contrato con los tiempos que corren.

—No tengo ninguna constancia.

—A mí me lo dijo Bonanno. Tratándose de Genovese, creía que tú estabas al corriente.

—Pues te equivocas.

—Puede ser. Parece que se trata de un periodista italiano que le toca los cojones a Mussolini.

Di un brinco, que nadie vio. El periodista italiano al que había que liquidar —porque era éste el significado del contrato que Genovese había hecho llegar— sólo podía ser Tresca. Es verdad que yo no conocía a ningún otro periodista, pero era Tresca quien publicaba *Il Martello*. Y, habiéndolo leído, comprendía que Mussolini y el fascismo tuvieran una cuenta que saldar con él.

Cuando entré en casa el día despuntaba. No logré conciliar el sueño, no podía dejar de pensar en Tresca, en el contrato de Genovese. No conocía personalmente a Tresca ni tenía motivo alguno para conocerlo, pero habría jurado que era una buena persona. Y yo acababa de enterarme de que iban a matarle. No atribuí ningún valor a las negaciones de Costello. Si Bonanno —el sustituto de Luciano y, por tanto, el nuevo número uno de la mafia— se lo había contado a Moretti, tenía que ser verdad. Estuve vagando por el barrio, el único comercio abierto era la carnicería de Liam, el irlandés. Le pedí si podía hacer una llamada desde su teléfono: el mío, le mentí, estaba estropeado. Nadie respondía en la redacción de *Il Martello*. Seguí probando hasta la tarde, un minuto antes de entrar en el Hollywood. Estaba tan asustado que decidí no utilizar ningún teléfono que pudieran relacionar conmigo. La última llamada, desde la estación de metro, obtuvo respuesta: me pasaron directamente con Tresca. Le susurré que vigilara: querían matarle. Colgué el auricular mientras Tresca me preguntaba quién era.

Lo asesinaron al cabo de un par de noches, cuando salía de la redacción del periódico. A mí me lo contó Totonno.

—Tal vez el viejo Moretti tenía razón sobre el contrato de Genovese. Han liquidado a un periodista enemigo de los fascistas.

Ni siquiera pregunté el nombre. El miedo me impidió asistir al funeral de Tresca. Pero, como siempre que intentaba quedarme calladito en un rincón, los demás tenían que sacarme al escenario. Dentro de la copia del *New York Times* que dejaron en la puerta de Briggs Avenue, encontré un sobre blanco que rezaba «Míster Willy Melodia».

El reverendo Frank Gigliotti me saludaba, me bendecía y me invitaba a almorzar en Rocco's el viernes. Añadía que los motivos eran urgentes: mi presencia iba a ser considerada un enorme favor que tendría una recompensa futura.

El restaurante estaba en Thompson Street, a una manzana del despacho de Genovese. Llegué muy puntual, pero Gigliotti y sus invitados se me habían anticipado. Al lado del reverendo de aspecto lozano se sentaban dos tipos de uniforme y con maneras de abogado. En realidad, eran abogados. Vincent Scamporino y Víctor Anfuso trabajaban con los sindicatos y los paisanos de Brooklyn, muy vinculados a las jerarquías católicas de Nueva York. Junto con Gigliotti, protestante, representaban la universalidad de la Iglesia cristiana. Les hermanaba una misión: rescatar a Italia del fascismo. De modo que, en cuestión de semanas, los mismos ambientes que habían decretado la eliminación de Tresca para hacerle un favor a Mussolini se disponían ahora a abatir a Mussolini. Judith y Rosa probablemente se habrían rebelado, habrían vociferado su desprecio lanzando por los aires sillas y mesas. Yo, por el contrario, me adaptaba a todo. E intentaba mostrarme lo más complaciente posible con los deseos de mis anfitriones.

Gigliotti, Scamporino y Anfuso formaban parte de los grupos ciudadanos que simpatizaban con el OSS. Los dos abogados llevaban la sección de Italia, Gigliotti desempeñaba el vago papel de consultor y seleccionador. Y yo había sido, a la sazón, seleccionado.

—Willy —dijo flojito Gigliotti—, me he permitido hablarles de ti a los amigos. Nuestra entrevista en Washington ha sido reveladora. Mi experiencia en hombres y situaciones me lleva a considerarte idóneo.

A la espera de que me concretaran para qué era yo idóneo, me pedí un bistec y parmesana de berenjenas, que por desgracia me sirvieron tibias en lugar de frías. Gigliotti levantó la mano derecha y trazó la señal de la cruz en el aire.

—Hoy es viernes, pero yo te doy la santa autorización para que comas carne en lugar de pescado.

Scamporino y Anfuso contuvieron la risa. Ante la duda, yo también hice la señal de la cruz.

—Melodia —Scamporino hablaba en calidad de *boss*—, te habrás enterado de que los italoamericanos de New York le están brindando al gobierno una colaboración inestimable...

—Me lo ha dicho don Costello. Sabéis, yo toco en...

—Lo sabemos casi todo de ti —dijo Scamporino.

—Willy, ¿crees que te habríamos invitado a nuestra mesa si no supiéramos quién eres? —Gigliotti quería mostrarse avispado, pero los otros a duras penas podían soportarle. Era evidente que seguían órdenes de arriba.

—Resuelto el problema del puerto —prosiguió Scamporino—, se acerca otro bastante más complejo que tiene que ver con Sicilia. Estamos buscando ciertas informaciones. Allá en Church Street, ante la entrada de la Naval Intelligence, crecen las colas de nuestros compatriotas. Pero creemos que muchas de las noticias que poseemos también están en poder de los fascistas.

Scamporino estudió mis reacciones. Yo temblaba sólo de pensar que pudieran tomarme por un agente de Mussolini.

—Te hemos llamado —intervino Anfuso— porque el reverendo Gigliottti nos ha garantizado tu seriedad. Y nosotros le creemos. Tenemos la esperanza de que podrás proporcionarnos alguna información concluyente...

Debí de poner mala cara.

—No te pedimos que te alistes en el OSS —Anfuso lo dijo con una punta de sarcasmo—. En Italia te cayó una condena de diez años de cárcel por complicidad en homicidio...

—Eso no es verdad. —La frase me salió de la boca antes de que pudiera controlar mi tono de indignación.

—¿Cómo que no es verdad? —dijo sorprendido Scamporino—. Los amigos han comprobado la sentencia del tribunal en Catania.

—Supe de las pesquisas de los policías, pero nadie me habló del proceso, de la condena. Mi madre nunca me escribió sobre nada de eso.

—A lo mejor no quería que te preocuparas —intervino Anfuso—. Créeme, Melodia: ya llevas diez años en los juzgados. A pesar de que, según nos contaron, tu papel fue marginal. Y puede que hasta ignoraras las verdaderas intenciones de Puglisi respecto a Giaconia.

Esta vez fui yo quien se quedó estupefacto: sabían incluso lo que nunca tendrían que haber sabido. De habérselo preguntado, habrían sabido decirme cuántos pelos tenía en el culo.

—Como te decía el abogado Anfuso —dijo Scamporino—, no es nuestra intención que te alistes. Además de tu situación penal, en

Catania todavía tienes madre, hermanos y hermanas. Aun queriéndolo, no podríamos enviarte a Sicilia: en caso de que te capturaran, eres demasiado fácil de chantajear, sería como servirles en bandeja la posibilidad de escupirnos a la cara.

—Puedes resultarnos más útil aquí. —A diferencia de Scamporino, para Anfuso era importante no perder las formas. Algo que me atemorizaba mucho más.

—Se trata de una misión muy pero que muy fácil —comentó Gigliotti.

—Te pedimos un esfuerzo de memoria —precisó Anfuso—. El nombre de los parientes, de los amigos que tienes en Catania, en Taormina o en cualquier otro lugar de Sicilia. Los nombres de las calles donde viven. Los caminos y las carreteras, los senderos por los que pasaba tu padre cuando transportaba esa mercancía urgente para Nino Puglisi. Por cierto, ¿estás enterado de que desapareció en Túnez?

Me detuve un momento antes de admitirlo. Porque entonces tendría que haber dicho que me lo había contado Luciano, y eso significaba tener que dar cuenta de cuándo y en qué circunstancias le había visto. Y, según Costello, lo había soñado todo tras una indigestión de berenjenas a la parmesana.

—Oh, Dios mío —dije conturbado—. ¿Cuándo sucedió?

—Hace muchos años, puedes imaginártelo. Pero volvamos a lo nuestro. Tienes que proporcionarnos un episodio particular de tu infancia que nos sirva de carta de presentación con tu madre, tus hermanos y tus hermanas, por si tuviéramos que contactar con ellos. Tenemos que resultar creíbles cuando digamos que nos envía su querido Willy. ¿O será mejor que digamos Mino?

—Melodia, hablemos sin rodeos —dijo Scamporino—. Al salir de aquí puedes correr a ver a Costello, a Adonis, a Lansky, e informarles de que nos hemos puesto en contacto contigo. Te aseguro que nos acabaremos enterando. Y al cabo de dos horas te encerrarán en la trena por ser cómplice de Vito Genovese en el homicidio del primer marido de su mujer y en el homicidio que siguió a aquella partida de póquer donde tú eras el quinto.

—Pero yo me fío de Willy —dijo Gigliotti—. Él siempre olisquea en qué dirección sopla el viento. Willy, los abogados aquí presentes no han dicho nada de momento. Pero al final de la guerra tu recompensa será la revisión del proceso, la anulación de la condena. Podrás volver a Sicilia como un hombre libre.

Hablé un par de horas aquel día, después hablé otras seis o siete veces en el Astor Hotel, entre Broadway y la calle 44 Oeste. Anfuso y Scamporino no querían que me dejara ver en las proximidades de sus respectivos despachos: temían que otras instituciones federales, comenzando por la Naval Intelligence, intentaran tenerme en exclusiva, quién sabe si reclutándome por la fuerza. Pues sí: los americanos eran partidarios de la libre competencia hasta cuando le hacían la guerra al enemigo. Se espiaban mutuamente, y, si yo hubiera hecho mis declaraciones en sus despachos, me habrían descubierto. Así que hallaron la solución de citarme en el Astor. Una mujer de bandera, que respondía al nombre de Ann y trabajaba para el OSS, reservaba una habitación. Yo me reunía con ella para satisfacer en apariencia una típica relación extramatrimonial: disponía de tres horas para acceder a todas sus peticiones, que jamás fueron carnales. Ann era buena en su trabajo, sabía cómo crear una atmósfera propicia. En nuestro último encuentro le pregunté si podía informarse sobre Judith.

Eres imprevisible, fue su comentario.

A la semana siguiente, descubrí un Pontiac negro enfrente del portal de Briggs Avenue. En el asiento trasero vi a Scamporino. Salí de mi casa por iniciativa propia. Intuía el motivo de su visita. Habían perdido el contacto con Judith a comienzos de enero. ¿Estaba en Polonia? A Scamporino no le agradó que yo supiera el paradero de Judith. Pero sí: operaba entre Polonia y Ucrania. Me dijo que podía haber pasado de todo, es decir, que no era de recibo pensar que ya la habían matado. Judith, con todo, corría el doble de peligro que una espía normal: era judía, y además había nacido en Polonia.

Scamporino se mostró inquieto por el desliz cometido por sus hombres, que no habían prestado la atención debida a la relación sentimental entre Judith y yo. Han rodado un par de cabezas, me confió satisfecho. A continuación, con la intención de restablecer la distancia, me preguntó por Sarah y tía Bessie.

Sólo al final del encuentro, hallé las fuerzas necesarias para preguntarle qué fin les reservaba la Gestapo a las espías normales.

Las matan tras haberlas torturado.

19

La vida sigue su pésimo curso

Fui corriendo a casa de tía Bessie, pero no le dije nada de Judith. La acompañé a buscar a Sarah a la guardería. Habían decidido que la niña comiera en casa para ahorrarse algún dinero. En cuanto la vi, la subí a caballito y ella se lo pasó en grande, después la abracé y le hice algunas carantoñas, aunque controlándome, puesto que ya había cazado un par de miradas interrogativas de tía Bessie. Me quedé a comer con ellos. Tío Ephraim se encargó de los rezos y las oraciones, bendijo a la familia, y mencionó expresamente a Judith, a sus padres y a sus hermanas. Yo me pellizcaba las piernas para no dejarme llevar por la emoción. Acompañé a Sarah a la guardería antes de refugiarme en el Hollywood. Busqué consuelo en la música. Misteriosamente, emergieron de mi memoria las ejecuciones de la señora Santina en la iglesia de Piazza Cappellini. Me sumergí en aquellas composiciones religiosas que hacía años que no tocaba. Siempre tuve una relación problemática con Dios. Recordaba la angustia de los rosarios que recitaba en Via D'Amico, las invocaciones de los muertos para que desde el más allá ayudaran a los vivos, y en ese sentido las ánimas del Purgatorio se consideraban las más fiables: estando en una situación incómoda, solían comprometerse más. Resumiendo: todo lo que tenía que ver con el Padre Eterno me dejaba bastante frío. A él sí le quería, pero nunca me dirigía a él: nunca creí que tuviera tiempo para ocuparse de nuestras nimiedades terrenales.

Los coros de Bach, la *Misa solemne* de Beethoven, el *Réquiem* de Mozart dejaron a Dominick estupefacto. Me transporté a la época de los baños en el mar para lavarse, de las pesadillas de *compare*

Pippo, que cada quince días se llevaba a los niños. Volvía a ver a mi padre, volvía a ver a mi hermano Peppino, volvía a ver a don Ferdinando, volvía a ver a Caterina, volvía a ver a *comare* Marietta. Y, sobre todo, volvía a ver al niño que había sido, Mino, Minuzzo... No sé si la mía fue una infancia feliz, pero cuánto la añoraba ahora; me parecía el único refugio contra las maldades de la vida.

Porque yo sabía que Judith había muerto.

—Willy... —Totonno me miraba perplejo. Había permanecido en silencio, escuchándome—. ¿También sabes tocar la música que se toca en la iglesia?

—Un poco.

—No esperaba verte por aquí tan pronto. ¿Problemas?

—Ni por asomo.

—Mucho mejor. Ya que estamos solos, aprovecho para hablarte de una propuesta que me han hecho.

Se trataba del tráfico ilegal de cupones. Que de momento hicieron que Judith cayera en el olvido. Desde la primavera de 1942, también en América había comenzado el racionamiento de los principales bienes de primera necesidad, como la carne, el azúcar, el café y la gasolina. No porque hubiera escasez, sino porque el gobierno quería mantener muy altas las reservas. Y se inventaron la venta controlada a tal efecto. Para los hijos del Volcán —¿recordáis la terminología de Bonanno?— se trató de otro gran negocio. No digo que fuera como con la ley seca, pero le faltó poco, muy poco. Los americanos no andaban escasos de dinero, y eran productores de la mayor parte de los bienes sometidos a racionamiento, de modo que la restricción sólo sirvió para que los precios aumentaran y quienes contaban con un amigo influyente pudieran sacar provecho de la ocasión.

El producto más buscado era la gasolina. El control de los cupones estaba casi todo en manos de los compadres, que los conseguían directamente de los empleados de la OPA —la Office of Price Administration—, o bien de los encargados de quemar los cupones usados. Los compadres dividían los talonarios de cupones entre los amigos, que a su vez los cedían a quien dispusiera de metálico para comprarlos. Pero además del metálico, también contaban el círculo de amistades y los viejos conocidos. Y, sin estar enterado de ello, se ve que yo entraba en el primer grupo.

Fue Totonno, de hecho, quien me dijo que Joe Valachi estaba entre los que vendían cupones. Si él no recordaba mal, Joe y yo nos llevábamos bien, ¿verdad? Se lo confirmé, aunque sin ahondar en el detalle de los mil ochocientos dólares que le había perdonado a Joe hacía ya algunos años. La base operativa de Valachi era el restaurante recientemente abierto en la calle 111, a la altura de la Segunda Avenida. Fuimos al mediodía siguiente. Joe había escogido el nombre de la ópera preferida de su mujer, *Aida*. Para singularizarlo del Paradise, el otro restaurante de la familia en la calle 110, ofrecían un menú mucho más distinguido. Aunque las diferencias eran mínimas. A decir verdad, si tengo que ser sincero, la pasta del Paradise estaba más *al dente* que la del Aida, a pesar de que Joe se quejaba de que al jefe de cocineros le pagaba doscientos cincuenta dólares a la semana y al segundo de a bordo ciento setenta y cinco. Totonno le dijo que por cuatrocientos dólares podía ocuparse él solito de la cocina, para que Joe pudiera ahorrarse veinticinco.

La tortilla de espárragos era exquisita, el melón con jamón no defraudó mis expectativas. Después del café, Joe nos ofreció una grapa de mosto de los viñedos de California: según él, en menos de diez años iba a superar las grapas italianas. Algo que nunca pasó, por más que aquella grapa diera el pego, sobre todo para dos que todavía tenían que afrontar una dura jornada de trabajo.

—En el asunto —pidió Joe exhibiendo su cigarro cubano—, ¿también está Willy?

—Sí —respondió Totonno, de repente preocupado por si se había precipitado al contar conmigo.

—Willy, dicen que don Luciano te dio su bendición. ¿Es eso cierto?

—Joe, se dicen tantas cosas —respondí pavoneándome. No podía explicar el viaje a Great Meadow, pero a la vez me interesaba que en mi círculo se supiera que gozaba de la consideración de Charlie Luciano.

—Ya entiendo. ¿Tu amigo Totonno te ha puesto al corriente del jueguecito?

—Joe —terció Totonno—, Willy está enterado de todo. También él te agradece tu confianza en nosotros.

—Si Willy quiere darme las gracias, tiene boca para hacerlo. Y, por lo demás, no hace falta que lo haga: hace años él me demostró la misma confianza, lo menos que puedo hacer ahora es devolvérsela.

Totonno se calló intuyendo que se había metido en una historia complicada, de esas de las que cuando menos se sabe, tanto mejor.

—Willy, no barajamos grandes sumas, pero tomadas en su conjunto no están nada mal. —Joe había adoptado el tono de hermano mayor—. Cada galón de gasolina os dará una media de dos centavos. Yo os puedo dar cincuenta mil al mes, o tal vez más. Para vosotros significa un beneficio neto de mil dólares. De momento a mí me pagáis el galón a seis centavos y podéis revenderlo a ocho. Pero no bajéis la guardia: si encontráis a algún bobo, se lo claváis a ocho y medio o hasta nueve, no bajéis nunca de ocho. Os jugáis mi *business* y vuestra salud. ¿Queda claro?

Valachi desplazó sus ojos cansados de la cara de Totonno a la mía.

—Vuestro problema será de dónde sacar la plata para pagarme. Cincuenta mil galones ascienden a treinta mil dólares contantes y sonantes. ¿Los tenéis?

—Podemos reunirlos —murmuró Totonno.

—Por respeto a Willy puedo dejaros una semana de plazo con la esperanza de que coloquéis enseguida el primer talonario de cupones. No puedo daros más tiempo.

—Joe —pregunté—, ¿es un negocio seguro?

—Hasta el momento lo ha sido, no hay motivo para que deje de serlo. Los distribuidores y los propietarios de garajes no hacen sino vender gasolina fuera del racionamiento a precios prohibitivos: si los mayoristas como yo y los minoristas como vosotros se conforman con dos centavos por galón, ésos los venden incluso a cuatro. De modo que necesitan conseguir los cupones para demostrar que no se han saltado la ley. Es nuestro momento.

—¿Dos centavos garantizados por cada galón? —repetí, temeroso de llevarme una sorpresa desagradable.

—Willy, los compadres están muy atentos a ese tipo de cosas. Nunca bajan el precio por debajo de cierto límite, a costa, si cabe, de bloquear las ventas durante dos, tres días. Piensa que a ellos un galón les rinde tres centavos, tres y medio, pero mueven dos millones al día.

—¿Podemos vender a cualquiera? —preguntó Totonno.

—A cualquiera que tenga dinero —dijo Valachi con un rugido—. Para vosotros que operáis con pequeñas cantidades, el golpe sería ponerse de acuerdo con un hotel de lujo o con una familia, qué sé yo: los Vanderbilt, los Rockefeller, los Kennedy o los Astor, que tienen un gran parque automovilístico y no llegan ni a mediodía con la gasolina asignada por el racionamiento.

Yo no tenía ninguna conciencia de estar llevando a cabo un delito y mucho menos de estar poniendo en peligro la vida de los soldados americanos, como sostenía la martilleante propaganda contra el mercado negro. Me buscaba la vida como tantos otros: sólo que, a diferencia de tantos otros, yo no lo hacía para costearme unas vacaciones o comprarme un cochazo, sino empujado por la necesidad. Los mil dólares al mes, que durante años compartimos Totonno y yo, me permitieron cumplir siempre con la paga mensual de Sal y vivir más o menos bien, y sobre todo mantener a Sarah lo mejor que pude. Con ella estaba indefenso: la ausencia de su madre me empujaba a colmarla de atenciones y a darle más de cuanto en realidad necesitaba.

Las semanas pasaban, los boletines que informaban sobre la victoria en diversos frentes se sucedían. Pero nada ni nadie rompía el silencio sobre Judith. También tía Bessie y sus hijas se habían vuelto pesimistas sobre su suerte.

El Hollywood, obviamente, no notaba el racionamiento. Las bailarinas, el champán y las buenas apariencias estaban tan al orden del día que se seguían pagando los diez dólares del filete *mignon* a la pimienta negra que había sustituido a los bistecs de dos dedos de grueso. Y seguían viniendo O'Dwyer, senadores, congresistas, petroleros... Y Joe Kennedy, cada vez que viajaba a Nueva York para controlar sus inversiones. El resto de la comitiva de la administración municipal tenía su sitio reservado en la amplia mesa de la izquierda del salón: los camareros, por comodidad, la habían bautizado con el nombre de Tammany Hall, como el renombrado centro de la corrupción ciudadana. Y, sin embargo, eran muchos los que ambicionaban sentarse en ella; a principios de mes siempre había que añadir alguna silla. Aunque, de vez en cuando, teníamos que privarnos de alguno de esos rostros corrugados y traicioneros: La

Guardia lo había pillado con las manos donde no debía y le había dado una patada en el culo. El alcalde seguía con su campaña contra Costello, pero conocer a don Frank representaba la meta deseada de muchos que querían hacer carrera. Costello era ceremonioso, elegante, impecable en sus maneras. Hasta había cedido la sociedad de las máquinas tragaperras, por lo que se presentaba más puro que un lirio de campo, a pesar de que seguía lamentando que algún pecado venial de juventud le impidiera hacer carrera política. Había tenido la desfachatez de declarar públicamente su apoyo a Dewey, en plena carrera para la silla de gobernador, y de enviarle un telegrama de enhorabuena cuando la había conseguido.

Una noche Costello entró con Loretta del brazo. Se trataba de algo verdaderamente inusitado. Acompañó a su mujer a una mesa de las últimas filas, y a continuación se dirigió a la puerta de entrada para esperar a una pareja mayor que ellos. Eran Thomas Aurelio y su esposa: lo reconocí por la foto que acababan de publicar los periódicos. Lo habían nombrado juez de la Corte Suprema, por delante del candidato apoyado por Roosevelt. La elección dependía del partido demócrata, y el partido demócrata no había vacilado. Se comentaba que la intervención de Costello había sido decisiva. Los moralistas de siempre se preguntaron qué clase de nación era América si la recomendación de un italoamericano pesaba más que la del presidente. Nosotros no nos lo preguntábamos. Por desgracia Totonno tuvo la mala idea de pedir un aumento.

Costello se lo quedó mirando largamente antes de dar su parecer.

—Si quieres, puedo darte el aumento, pero vas a tener que arreglar un tema pendiente con Charles Gambino. Hace tiempo me pidió si tú y Melodia ya os habíais puesto de acuerdo conmigo por la compraventa de los cupones de gasolina. Refréscame la memoria. Totonno: ¿lo habíamos hablado?

—No —balbuceó Totonno mientras se mordía el alma con los dientes para no perderla.

—Eso me parecía a mí, en efecto... Pero yo le dije a Gambino que teníais mi bendición, que os había autorizado para que os sacarais un dinero extra en lugar de subiros la paga. Ahora, como comprenderás, si te doy el aumento, tengo que pediros a Melodia y a ti que arregléis lo de los cupones. Un centavo por galón a contar desde la primera compraventa. Por suerte, Valachi tiene los registros al día.

Totonno se quedó sin aumento. Pasó meses muy malos hasta que Costello, un buen día, le dio un cachete en la mejilla. A mí don Frank no me dijo nada. Por otra parte, yo tampoco le pregunté nada.

Un sábado por la mañana me convocó a su despacho cuando todavía trasegaban los chicos de la limpieza. Hablaba por teléfono repantigado en el sillón, pero me hizo pasar. Al otro lado del aparato estaba Adonis. El tema de conversación era el recurso que Luciano había presentado en la Corte Suprema del condado de Nueva York, presidida por el mismo juez que en 1936 había sentenciado y confirmado su severa condena. Pero en el penúltimo párrafo de la sentencia había escrito: en el caso de que el imputado colaborara con el gobierno, un futuro acto de clemencia en su interés podrá resultar justificado.

Costello estaba más que convencido: aquella apostilla era la llave que podía abrir la celda de Luciano. Lamentablemente, los metomentodos del *New York Times* habían estado hurgando en las maniobras patrióticas de Charlie. Desde Washington, los defensores del buen nombre del ejército se habían movilizado contra «la insana alianza» entre los servicios secretos y los delincuentes italoamericanos.

—Joe —dijo, seráfico, Costello—, nosotros los problemas los tendremos en el Potomac, no en el Hudson. Aquí todo dependerá del gobernador. Dewey, si le untamos bien, firmará lo que tenga que firmar. Y nadie tendrá nada que decir contra aquel que mandó a Luciano a la cárcel por no menos de treinta años. En Washington, en cambio, intentarán darnos por saco. Me explico: nuestro amigo La Guardia está dando la tabarra a todos sus conocidos para que le nombren gobernador civil de Sicilia. ¿Puedes imaginarte lo que significaría para nosotros tener a un loco visionario como La Guardia encargándose de la posguerra en Sicilia? La Guardia, desde ese cargo, podría tener la última palabra sobre el destino de Luciano. De ninguna manera: ese puesto tiene que ser para algún amigo, un buen chico de quien podamos fiarnos, como Charles Poletti. Estarás de acuerdo...

Aunque no podía oír la voz de Adonis, era fácil intuir su respuesta.

—¿Que dónde conocí a Poletti? —prosiguió Costello—. En Albany, durante las excursiones para reunirme con Charlie. Poletti era el vicegobernador, y desde el primer momento me causó buena impresión. Después los amigos demócratas me hablaron muy bien de él. Creo que puede ser uno de los nuestros. Así hasta le haremos un favor a Roosevelt: empate técnico por la nominación de Aurelio. El paralítico, al fin, asimilará el concepto de que en New York no puede prescindir de nosotros.

Una vez hubo colgado el teléfono, Costello me señaló.

—¿Te ha quedado claro el cuadro general? Porque tú también vas a tener un papel.

De momento no me parecía una premonición.

—Don Luciano desea que te persones en el centro de recogida de informaciones de la Naval Intelligence... Está en Church Street. Te están esperando. Les hemos dicho que enviamos a uno que conoce la Sicilia oriental como la palma de su mano.

—Pero yo sólo he estado en Catania y en Taormina...

—Pues encuentra a alguien que haya estado en Mesina y especialmente en Siracusa. Tengo la sensación de que están muy interesados en esa zona.

—Pero ¿y qué tengo que contarles a los marineros?

—Willy, la partida es muy complicada. ¿No querrás echarla a perder? Don Luciano tiene muchas esperanzas puestas en ti. Está seguro de que tu aportación será determinante. ¿Acaso quieres decepcionar a Charlie?

Dios mío, ni siquiera sabía por dónde empezar. No conocía a nadie que hubiera nacido en la zona de Siracusa, ni podía esperar que alguien de nuestro círculo me prestara su ayuda. Todos se esforzaban por salvar las apariencias, por demostrar que estaban siendo muy útiles al esfuerzo bélico de Estados Unidos. Todos los admiradores de Mussolini y del fascismo se habían volatilizado. En su lugar habían aparecido exaltados partidarios de las democracias aliadas, ansiosos de contribuir a la causa. Ponerse a disposición de los militares era la vía más rápida de adquirir méritos. Por algo Albert Anastasia se había alistado: decían que ya lo habían ascendido por sus méritos en el campo de batalla.

Decidí mover mis fichas. Entre los compradores de cupones se contaba un anciano propietario de un garaje, oriundo de Florencia.

Antiguo maestro de escuela, se había visto obligado a abandonar la enseñanza en Italia por masón y socialista. Fue él quien me indicó cómo recabar la información necesaria sobre la Sicilia oriental: los atlas geográficos de la Public Library entre la Quinta y la calle 42. Durante tres días seguidos, de las diez a las cuatro de la tarde, estudié con detenimiento toda la información que contenían sobre la conformación geográfica de esa parte de la isla. Ya improvisaría en el resto.

Tal como me había dicho Scamporino, la cola de italoamericanos en la entrada de la Naval Intelligence, de Church Street, doblaba la esquina. Casi todos llevaban cartas, postales, viejas fotos: cualquier detalle era considerado indispensable para el éxito de la empresa. Yo traía conmigo todo lo que había aprendido en tres días seguidos de biblioteca, asfixiado entre aquellas paredes macizas en las que me había sentido más encerrado que en una cárcel. Tenía el número de la oficina a la que dirigirme y la fortuna, digámoslo así, de que me atendieran. Me salté la cola, me llevaron ante dos oficiales gordos y apáticos, ya entrados en años. A los dos les importaba un comino mi testimonio. No me hicieron una sola pregunta, y escucharon entre bostezos mi relato. Cuando se acordaban, tomaban alguna anotación en su bloc de notas. Repetí la lección que había aprendido de memoria sobre golfos, ensenadas, calles, riachuelos, puentes y colinas; solté algunos nombres de la Catania que había dejado atrás hacía ya diez años; expliqué cuál era la vía más rápida para llegar a Taormina y la más tortuosa para escabullirse por detrás. Los dos oficiales se aburrían: se cansaron antes de que yo hubiera acabado con todo el bagaje de mis presuntas revelaciones. Firmé un papel en el que constaba que yo había hablado y que ellos me habían escuchado. Me comunicaron que tal vez me llamarían para otra entrevista o que acudiera yo mismo si a mi memoria afloraban más recuerdos.

Volví a casa destrozado, con el único deseo de acostarme. Pero los del OSS no habían tirado mi dirección. Delante del portal de Briggs Avenue, dos tipos salieron de un brinco de un Cadillac negro. El abogado Scamporino necesitaba hablar conmigo urgentemente, a pesar de que fueran las cuatro y media de la madrugada. Pero en Sicilia, objetó el abogado, son ya las diez y media.

Estábamos en un edificio seguro del OSS en la Tercera Avenida esquina con la calle 14, encima de un restaurante con el letrero luminoso apagado. La lámpara que colgaba del techo sólo escondía en parte la suciedad, el desorden, las botellas vacías de Coca-Cola, las bolsas del asador de pollos y los mapas de Sicilia con banderines de mil colores clavados. Scamporino, en todo caso, estaba peor que la habitación: en lugar de ojos tenía dos cuevas violáceas, la barba sin afeitar, la camisa con ruedos de sudor. El sombrero de terciopelo subido sobre la frente le infundía un aire desesperado.

—Dicen que cerca de la Naval Intelligence han visto a uno con el que os parecéis como dos gotas de agua.

—Mi hermano gemelo, entonces.

—Melodia, yo de ti no me haría el gracioso. Estamos exhaustos y podríamos no apreciar tu ironía. ¿Qué les has contado a los de la marina?

—He dado una lección de geografía sobre Sicilia.

—Ah, ¿te refieres a la misma información que hace que nos equivoquemos de calles y cruces cada dos pasos?

Me encogí de hombros. Estaba demasiado cansado y nada me sorprendía ya.

—¿Les diste algún nombre o alguna dirección de los que nos facilitaste a nosotros?

—No.

—¿Y tengo que creerte?

No era problema mío, y él lo sabía.

—Vamos, Melodia. Después de las gilipolleces que nos has hecho tragar durante una semana en el Astor, ahora tienes la oportunidad de ser útil al menos por una vez en tu vida.

Uno de los dos que me habían interceptado bajo mi casa se acercó con un fajo de fotografías aéreas. Dio un golpe para ponerlas bajo mis ojos.

—¿Lo reconoces? —preguntó con sarcasmo Scamporino.

Era el hotel San Carlo fotografiado desde todos los ángulos, con el zoom que enfocaba todos los detalles que pudieran ser visibles desde arriba.

—Ahora nos indicarás en qué lado está situado el comedor y si hay más de uno.

Dejé caer el índice de la mano derecha sobre el muro externo del inmenso salón destinado al restaurante; lo dejé caer de nuevo sobre las dos salas utilizadas a veces para los almuerzos o las cenas reservadas. Con ese gesto —lo descubriría al cabo de unos años—, involuntariamente había guiado las bombas que cayeron sobre el San Carlo el 9 de julio de 1943, el día antes de la invasión. Los agentes del OSS se enteraron de que el jefe de la Wehrmacht en Italia, el general Kesserling, iba a almorzar en el San Carlo con los mandos de las dos divisiones alemanas desplegadas en Sicilia. Los ingleses mandaron un escuadrón de bombarderos, pero Kesserling y sus colegas salieron indemnes. Como siempre, murió quien nada tenía que ver.

Scamporino también quiso un plano del interior del San Carlo. Garabateé unas cuantas hojas. Llegaron enormes tazas de café y unos *bagels* para saludar la mañana que comenzaba. La postración tenía el sabor macilento de nuestras respiraciones, de la ropa pegada a la piel por el sudor. Me levanté de la silla para volver a casa. No hacía falta que me acompañaran, cogería el metro. Necesitaba salir de allí, huir de todo lo que había contado y de las lágrimas que mis informaciones sobre el San Carlo iban a provocar. En la nebulosa de sueño, cansancio y malestar aparecieron las caras de muchos conocidos y compañeros del San Carlo. Una idea fija me destrozaba el corazón: ¿quién era yo para decidir sobre la vida y la muerte tal vez de una chica con la que había compartido una noche de placer?

—Eh, Melodia —dijo Scamporino en voz baja, por una vez sin fingimientos—. Tenemos noticias de la madre de tu hija... Lazar, una tal Judith...

Me detuve, no estaba preparado para lo peor.

—Hasta el mes de abril estaba viva, se había unido a una formación comunista en los bosques cerca de Ucrania.

—¿Qué quiere decir hasta el mes de abril?

—Tu amiga se lanzó con los paracaidistas para reunirse con un grupo vinculado al legítimo gobierno polaco en Londres. Y este grupo cayó en una emboscada nazi, tal vez gracias a algún soplo de los rusos con los que ahora está. Ella se salvó, pero ahora depende de los hombres de Stalin, y nosotros dependemos de lo que Moscú quiera o no soplarnos: como supondrás, la salud de Judith Lazar no es una de sus prioridades. De Washington ha llegado la orden de sacarla de ahí. Confío en que todavía estemos a tiempo. En serio.

El rostro contrito de Scamporino acrecentó mis tormentos.
Cuando salí de esa casa, caminé por el lado de la calle bañado por
el sol. Sin embargo, la existencia nunca me había ahogado tanto.

La mañana del 10 de julio, América se despertó con la noticia de
que los ejércitos de Montgomery y de Patton habían empezado por
Sicilia la invasión de Europa. Cada dos horas, los boletines infor-
mativos hablaban del avance de las tropas, de la eufórica acogida de
la población. Por la noche el Hollywood se llenó de compadres dispuestos a celebrarlo. Adonis trajo mujeres para todos, aparecieron
los hermanos Anastasia, apareció Profaci, apareció Lucchese, apareció Gambino, cuya vestimenta denotaba los beneficios obtenidos
con el mercado negro de la gasolina. Hasta Bonanno se dejó caer.
Se encerró con Costello en su despacho. Cuando salieron, Costello
dijo a Totonno que pasaran las bandejas llenas de copas de champán: un brindis especial por la liberación de Sicilia. Por primera
vez, me dirigí directamente al Padre Eterno. Le pedí la gracia especial de salvar a Judith: hazlo por Sarah, no es más que una niña, necesita a su madre. Levanté mi copa hacia él.
    Fue un verano con estrellas titilantes en el cielo. Los más obsti-
nados miraban hacia arriba para leer el futuro. América vencía en el
Pacífico, en Italia, pero Brooklyn y el Lower East Side permanecían
a oscuras. El apagón general decretado la primavera de 1942 para
evitar un eventual ataque desde el mar se mantuvo. Asomaban en
mi mente los días de mi infancia en Via D'Amico: levantaba la cabeza para buscar el carro de la Osa Mayor y luego el de la Osa Menor. Oía la voz de mi madre pronunciando los nombres, y me entraban ganas de bostezar, aunque nadie iba a taparme bien con las
mantas.
    Los ingresos procedentes del tráfico de cupones habían resuel-
to mis necesidades económicas. Hasta había acariciado la idea de ir
con Sal a las Montañas Rocosas, pero Peter se me había adelantado.
Rosa y él, finalmente, habían formado una pareja estable. Me consolé con un regalo, aunque fuera de estación: un abrigo de vicuña
azul. A Adonis le había llegado uno de esos camiones con prendas
elegantes a precios de ganga. Bastaba con que uno no se hiciera
preguntas sobre su procedencia. Para demostrarle al buen Dios que

apreciaba su consideración para conmigo, deposité mi sobretodo
de tweed grisáceo, ya viejo pero todavía llevable, en la cesta para los
pobres de la sacristía de Saint Mary.

Casi nadie en Nueva York recuerda qué sucedió el 8 de septiembre
de 1943. Yo lo recuerdo como si fuera ayer. Me despertó la insistencia del timbre de la puerta. El reloj sobre la mesita indicaba que faltaban todavía unos minutos para la una del mediodía. Abrí la puerta
en calzoncillos y camiseta. Los dos señores entrados en años parecían estar la mar de cómodos en sus sendos trajes de corte impecable, pero visiblemente incómodos al verme a mí de esa guisa.

—¿El señor Melodia? —quiso saber el más delgado—. ¿Podemos entrar? —Se quitaron el sombrero y entraron, haciendo caso
omiso del par de minutos que les pedía para estar presentable.

—¿Guglielmo Melodia, conocido como Willy? —repitió el segundo, probablemente también más alto en cuanto a graduación.

—Como su madre lo trajo al mundo —respondí bastante molesto por los preliminares. La altivez de aquellos señores sólo podía
deberse a dos cosas: o FBI u OSS.

—Se trata de Judith Lazar.

Había muerto un día sin precisar de finales de julio en la central
de las SS en Varsovia. La habían encerrado allí tras una batida despiadada por la zona en la que operaba la formación de partisanos
comunistas a los que se había unido. Había resistido durante dos
días a los interrogatorios, después se había tragado la píldora de
cianuro que llevaba consigo.

Volví a ver a Judith sentada a la mesa de la cocina de la Bacon's
House. Habían pasado cinco años y medio. Aquella mujer, que al
principio tenía que ser una aventura, me había dejado una hija estupenda y un amor desesperado.

El momento de silencio concedido para encajar el golpe se había agotado. El que llevaba la voz cantante retomó su parlamento,
pero yo a duras penas le oía: Judith había dejado mi nombre como
persona a la que informar en caso de desgracia. Y una carta para mí
y otra para la tía, con las instrucciones sobre Sarah.

Sí, yo era el padre de Sarah. Me informaron de que la niña era
la destinataria de las mensualidades que Judith no había percibido

y de la indemnización por su muerte en combate. En caso de que yo pidiera ser nombrado tutor, debería administrar la suma hasta la mayoría de edad de Sarah.

Rehusé inmediatamente. Dije que ese dinero iba a servir para pagar la universidad de Sarah, luego la persona más indicada para guardarlo y desempeñar la función de tutora era tía Bessie, siempre y cuando ella aceptara.

No oí el timbre de la puerta, pero sí lo hizo el más delgado. Fue a abrir. Scamporino apareció elegantísimo, con un sobretodo de doble pechera azul. Sentí vergüenza de estar todavía en calzoncillos y camiseta. Era una falta de respeto hacia Judith.

—Siento llegar tarde —dijo Scamporino—. Y sobre todo siento tener que traerte esta noticia.

Yo seguía intentando darle un sentido al sacrificio de Judith:

—¿Sabéis algo de sus padres, de sus hermanas?

—Se los tragó la máquina de exterminio nazi.

—¿Entonces por qué ha muerto?

—Por su país.

—Pero su país era Polonia.

—Por el país que había escogido. Melodia, deberías saber que todos nosotros estamos aquí por libre elección. Y luchamos para salvar el mundo que deseamos. Los héroes como Judith Lazar aceptan pagar el precio más alto.

Al fin lloré. El agente más delgado, el que no abría la boca, volvió de la cocina con una taza de café humeante. Bebí, era muy amargo. Me hizo el gesto de que me lo bebiera todo. Y ciertamente me ayudó a salir de mi desesperación.

—Melodia —siguió hablando Scamporino—, debes saber que el gobierno de los Estados Unidos está en deuda con tu hija. Si algún día ella necesitara algo, entrar en la universidad, obtener un puesto de competencia federal, conseguir una carta de recomendación, en Washington siempre encontrará las puertas abiertas.

Tal vez habría debido dar las gracias, pero no lo hice. ¿Cuántos años tenía Judith? En aquel preciso instante me di cuenta de que no lo sabía. Nunca lo había sabido ni se lo había preguntado, pero de repente me parecía una falta gravísima, mejor dicho, imperdonable, por mi parte. Quizá, si yo hubiera sabido cuántos años tenía, no habría muerto...

Scamporino me dedicó una mirada consoladora.

—También hay algo para ti. En las próximas semanas arreglaremos lo de tu causa, por el homicidio de Giaconia: con el armisticio tendremos competencia legal. Quedarás libre de cargos. Podrás volver a Sicilia cuando quieras.

Acordamos que yo mismo iba a informar a tía Bessie.

Pero decidí empezar por Sarah. Al día siguiente, a las doce en punto del mediodía, estaba enfrente del gran edificio de la calle 64 Oeste. Dije a las primas que venía para satisfacer el deseo de Sarah de comer pescado. El deseo, en realidad, era más mío que de Sarah, pero ella se mostró entusiasmada. Unos sicilianos de Trapani habían abierto una *trattoria* al lado de Battery Park, con la terraza que daba directamente al Atlántico, con manteles floreados de plástico sobre las mesas y cubiertos todavía de estaño. Nos sirvieron pescadito a la parrilla, de ese que se pesca con las redes a lo largo de la costa, merluza rebozada y frita, merluza en su salsa con ajo y perejil. Sarah probó una gota de vino tinto, después se pidió un helado de vainilla con caramelo. Y puso mucho cuidado en no mancharse, en no manchar los manteles y en que no le quedara ni la menor marca de helado en la naricita. Judith habría estado muy orgullosa de su niña. También yo lo estaba. Sarah crecía, se desarrollaba en una armonía absoluta que superaba sus malos genes judíos y sicilianos. A diferencia de Judith, tenía una inagotable dulzura natural. Sus ojos abiertos de par en par perseguían la vida, no se cansaba nunca de preguntar, pero con una gracia tan espontánea que yo me esforzaba en responder aun cuando la ignorancia me lo impedía. Cuanto más la miraba, más se me hacía un nudo en el estómago. ¿Cómo se le dice a una niña que todavía no tiene cuatro años que nunca más verá a su mamá? Empecé dando un rodeo. Le dije que a través de una conexión estelar había logrado hablar con Judith: estaba bien, me había hecho preguntas sólo sobre ella. Le mandaba un millón de besos. Ya había llenado una maleta entera de regalos para el día en que volviera.

—¿Y cuándo volverá? —Sarah había seguido muy triste cada frase.

Le dije que su misión de continuar salvando niños estaba destinada a continuar, es más, que iba a prolongarse, pero seguro que antes de la primavera estaría de vuelta. Entonces haríamos tres días de fiesta e invitaríamos a las compañeras del colegio y las de la escalera, las amigas de tía Bessie, los amigos y las amigas de sus primas. Los habríamos invitado a todos. Bueno, dijo ella, pero a algunos no les invitamos: y me dijo los nombres de los que le caían mal.

En el momento de marcharnos, el anciano propietario de la *trattoria*, que siempre me había visto con chicas distintas, se acercó: de ésta no te será fácil librarte.

A tía Bessie le bastó con ver mi titubeo para presagiar lo que tenía que contarle. Sólo me hizo una pregunta: ¿sufrió? No. Me inventé que Judith había muerto en combate. Tía Bessie meneaba la cabeza: movía los labios sin emitir ningún sonido, mientras las lágrimas le surcaban la cara. Cogí sus manos entre las mías, y la abracé instintivamente. Quiso que vinieran las dos hijas que había en casa. Con su paso incierto, también apareció tío Ephraim. Y entonó los rezos de difuntos, en los que yo también participé, aunque sin fuerzas para dirigirme a aquel Dios que no había querido escucharme.

Llegaron los vecinos, trajeron pastitas y licores, y poco a poco se reunió la escalera entera. Sarah se convirtió en el centro de atención. Le dije a tía Bessie que la había propuesto como tutora de Sarah con todo lo que eso implicaba. ¿Se sentía capaz? Oh, claro que sí: será mi cuarta hija; para mí, a partir de ahora, también tú eres como un hijo.

Los diez años de Sal coincidieron con su comunión y con su confirmación. Josephine fue su madrina: había resultado imposible, explicó, encontrar a un católico que fuera algo más que un camarero mexicano. Rosa organizó una ceremonia a la altura de su nueva posición social. *Por quién doblan las campanas* había tenido un éxito fulminante, los ingresos de la boutique estaban por las nubes, y Josephine me confió que ya tenían encargos para otras películas. Fuimos hasta Los Ángeles en dos autocares provistos de música, bebidas y aperitivos, hasta la misión española de San Juan Capistrano. La iglesia del siglo XVII estaba engalanada como en las bodas de la gente rica. Éramos un centenar de invitados, ninguno me conocía, nadie me hacía el menor caso. Hubo un par de chicas que se fijaron en mí, pero yo sólo tenía ojos para Sal, pendiente de acudir a su lado si él me llamaba. Sal estaba eclipsado: la celebración tendría que haber sido suya, pero su madre y su tía le robaban el protagonismo. Entendí que yo también era un problema para él: era un desconocido que aparecía una vez al año y encima pretendía ser tratado con afecto.

Rosa y Josephine se paseaban rodeadas de sus admiradoras, todas querían saber cuál iba a ser el siguiente encargo. Hasta Marc figuraba como hijo predilecto: a pesar de que su aspecto físico no le ayudaba, había adoptado los aires del magnate: de los estudios de cine había extendido sus redes hasta la especulación urbanística, acumulando millones sobre millones, obviamente de dólares. Peter no se separaba de Rosa ni un centímetro. Más de un invitado comentó que hacían buena pareja, una señora con un escote playero buscó mi confirmación. Rosa, que digamos, no se prodigó en atenciones hacia mi persona: era evidente que le molestaba tener que presentarme y explicar quién era yo. El banquete fue un himno a la opulencia, con las mesas puestas en el césped de la misión, bajo enormes parasoles. Me acomodé en un rincón y me estuve calladito hasta la hora de volver a Los Ángeles. Ni siquiera el afecto y el complejo de culpa de Sal lograron mitigar la humillación infligida por Rosa.

Me alojaba en la pensión de siempre, en Downtown. Siegel se escandalizó al enterarse, pero no me convenció de que aceptara su hospitalidad. Como castigo, me obligó a que le acompañara a Las Vegas. Siegel volvía a ocupar el centro del escenario: los periódicos competían por ver quién lograba la exclusiva sobre sus futuros planes en la ciudad de las maravillas. Ben no se hacía de rogar, como si hubiera nacido para ese papel. Contaba que había sido un afortunado apostante en las carreras de caballos, que había reunido de su entorno la fortuna necesaria para la construcción del sueño. Tardamos horas en cruzar el desierto. Al final del viaje encontramos un pequeño pueblo expuesto al polvo, a los escarabajos y a las obras. La edificación más impresionante era la del Flamingo: Virginia Hill se movía con porte militar entre los andamios, discutía con jefes de obra e ingenieros. Ella y Siegel habrían esperado de mí otra clase de participación, y me plantaron delante planos y proyectos, pero yo no entendía nada y además me costaba mostrar entusiasmo por un hotel. Ellos, en cambio, daban órdenes a un grupo variopinto de parroquianos, y garabateaban sobre imponentes folletos de papel satinado. Uno de los que llevaban rollos bajo el brazo dijo que antes de la tarde iban a necesitar cincuenta mil dólares. Encárgate tú, le ordenó Ben a Virginia antes de llevarme a tomar una cerveza al bar que estaba al final del aparcamiento improvisado, entre cactus y montones de tejas y ladrillos rotos.

Una llamada de tía Bessie motivó que anticipara mi regreso a Nueva York: Sarah no quería comer, se enrabietaba y preguntaba por su mamá todo el tiempo. Cogí el primer vuelo. Con escala en Kansas City, en cinco horas ya estaba en casa.

Estuve con Sarah más tiempo del que podía permitirme. Me pedía que le hablara de Judith, era su historia preferida. Tenía que empezar por el día en que nos habíamos conocido en el restaurante del alemán, después seguir con la noche en que le habíamos pedido a la cigüeña que nos trajera una niña, después lo que a Judith le gustaba, los programas de Judith, la infancia de Judith. Me inventaba sus hazañas al lado de los buenos que luchaban contra los malos.

Pero ¿los otros niños del mundo la quieren? Para Sarah era importante que todos reconocieran la generosidad de su madre. Yo le decía que sí, pero ella enseguida me respondía: pero yo la quiero más. Veía su necesidad de estar con Judith, y lo único que yo podía hacer era desesperarme. Me preguntaba cuándo iba a volver, yo le decía una fecha, ella quería saber qué íbamos a hacer aquel día. El estanque del Central Park, al que fuimos la primera mañana que aceptó salir a la calle, se convirtió en nuestra piedra de toque. Yo insistía en que lo celebraríamos en un lugar más hermoso todavía.

—¿Y mamá estará con nosotros?

—Si hacemos la fiesta con ella, ¿cómo no va a estar?

—¿Me lo juras?

—Te lo juro.

Supe que el dolor es un vacío que jamás llega a colmarse.

Luego estaba mi madre. A comienzos de 1944 recibí una carta suya. El servicio postal de los compadres volvía a funcionar. Eran páginas y páginas en las que había metido casi dos años de silencio. La destrucción, la miseria, el hambre, el sufrimiento..., todo se mezclaba con el milagro de haber salido con vida, con la esperanza de volver a empezar, de los hijos que mis hermanos y hermanas habían tenido. Se alimentaban con las latas que el ejército americano les repartía. Cada vez que se cruzaba con un soldado le preguntaba si por casualidad había conocido en Nueva York al famoso pianista

Guglielmo Melodia, o tal vez conocido como Mino, pero siempre encontraba a gente ignorante que sólo conocía a un italoamericano con apellido catanés, Sinatra. Al último reparto de latas le había precedido una desinfección que había levantado las protestas de toda la Via D'Amico: con una bomba de latón el soldado que sólo conocía a Sinatra había rociado con un gas venenoso a hombres, mujeres, viejos y niños. Habían dicho que era para acabar con los piojos y las pulgas, pero varias personas se habían encontrado mal.

Mi madre me preguntaba por Rosa, por Turidduzzu, y si habíamos tenido más hijos. ¿Y cómo estaba yo? ¿Había progresado en el trabajo? Se despedía con una pregunta: ¿te volveré a ver antes de cerrar los ojos para siempre?

Esa pregunta me mostró el significado de los trece años transcurridos desde mi precipitada huida. Porque lo único que había hecho había sido sobrevivir. El mundo cambiaba, pero yo parecía estar condenado a hacer siempre las veces de decorado, un decorado al que se podía renunciar en cualquier momento. Me sentía condenado a la soledad, incapaz de conseguir el amor de los demás. La mujer a la que creía amar me había dejado de la noche a la mañana; la mujer a la que no me había dado cuenta de que amaba me había considerado inadecuado para ella. Un hijo estaba creciendo lejos de mí, física y humanamente; la otra hija necesitaba un padre, ese buen padre que yo nunca sería. Al menos tenía la suerte de que estaban tía Bessie, su familia, la comunidad judía.

Naturalmente, a mi madre no le conté nada de todo eso. Al contrario, le hablé de una América que ahora nos mimaba a mí y a mi familia. Le escribí que tocaba en el mejor local de Nueva York, el Hollywood, que en cuanto encontrara a un soldado de Nueva York podía preguntarle por ese nombre y seguro que lo conocía. Mentí sobre Rosa y sobre Sal, y no rompí mi silencio sobre Judith y Sarah. Le anuncié que mis problemas con la justicia italiana se habían resuelto gracias a la ayuda prestada por el gobierno americano. Le escribí que me trataban como a un rey, que cuando la guerra terminara iría a visitarles con Rosa y Sal.

Las expectativas generales eran que la guerra pronto iba a terminar: el desembarco de Normandía alimentó el falso convencimiento de que la paz llegaría antes de la Navidad de 1944. La América que ganaba anhelaba recoger los frutos y dejar de enterrar a sus muchos soldados que caían cada día en Asia y en Europa. Albert Anastasia volvió sin un rasguño. Y decidió retomar la acostumbrada fiesta del 13 de julio: esta vez se escogió el mercado del pescado de Fulton, en la zona de los nuevos edificios. Y, como siempre, desfilaron las mismas caras conocidas, esta vez sofocadas por el calor asfixiante. Todos se congratulaban con el simpático Albert, escapado de la muerte como lo demostraban las condecoraciones que lucía sobre el cuello de la americana: lo que se habría perdido América si lo hubieran enviado a la silla eléctrica...

Anastasia estaba inusitadamente charlatán y accesible. En Italia había podido escuchar *Mamma*, me pidió que la repitiera hasta la saciedad, y a cada ejecución se secaba una lagrimita. Luego se acordó de su madre y me pidió *'E spingole frangese*. La anciana señora por lo menos me dio las gracias.

Pero el oso no había sido el único que se había beneficiado de la guerra. Anastasia habló maravillado de Genovese, que se había plantado al lado de Poletti como intérprete oficial:

—Pensad —dijo— que va por ahí en uniforme del ejército, con una escolta de dos policías militares en el jeep.

—Sólo Vito —comentó Adonis— podía tener la desvergüenza de ponerse del lado de la ley.

Intervino Costello, hasta el momento taciturno y aburrido:

—Todos estamos de parte de la ley; se trata sólo de saber interpretarla sin olvidarse de los amigos y la familia.

Se oyeron risotadas generales. Anastasia añadió que Genovese representaba la síntesis perfecta del hombre de honor.

—A la mitad del invierno —contó—, los esbirros de Palermo fueron informados de que en las montañas sobre Montelepre un joven forajido campaba a sus anchas choteándose de policías y carabineros. A Vito le picó la curiosidad de conocerlo. Encargó a los amigos que organizaran el encuentro. Y fue en uniforme a llevarle la bendición de América a aquel chaval de veinte años, que con regularidad da por culo a las autoridades. A su manera, Vito lo reclutó: y ciertamente los Miceli, los Albano y don Calò Vizzini de Villalba lo utilizan como si fuera uno de los suyos.

—¿Y sigue con vida el *picciotto*? —preguntó Moretti.

—¿Con vida? Vive mejor que un pachá. Es más, apuntaos el nombre porque oiremos hablar de él hasta en América: Salvatore Giuliano.

De Bonanno a Gambino, todos y cada uno de ellos preguntaban cómo estaban las cosas en Sicilia, si había visto eso o lo otro, había quien preguntaba por Trapani y quien por Palermo. El más curioso era Joe Profaci: había reservado una plaza en el mercante hasta Lisboa y, siguiendo la ruta africana, iba a desembarcar en Palermo. Profaci quería involucrar a los otros compadres en su interés por Sicilia:

—Se esperan grandes acontecimientos —afirmaba para justificar las prisas de su viaje—. Ha nacido un movimiento para la independencia de la región. Nos despegamos de Italia y nos unimos a América. Si va mal, nos convertimos en los amos de la isla; si va bien, proclamamos la independencia. Finalmente podremos acuñar moneda, la burguesía latifundista y la masonería nos respaldan.

La mayoría, sin embargo, miraba a Profaci como se mira a un tío que ha perdido la cabeza.

—¿Pero qué dices? ¿Nosotros estamos ya en el futuro y ahora tú quieres enviarnos al pasado? —Gambino hablaba a trompicones, intentando habituarse a los trajes a medida que se hacía coser en Park Avenue, mucho menos cómodos que los trajes de segunda mano que solía vestir antes de que le lloviera el maná de los cupones.

—En Sicilia —sentenció Adonis— todavía llevan camisas de franela, pantalones de pana y chaquetas de fustán. Se visten y se comportan como si estuvieran en el siglo pasado. Por no decir más.

Después de la pasta al horno con sardinas, con hinojo, con queso a la pimienta y con piñones; después de la carne mechada rellena de huevo duro, panceta y guisantes, y atada con un cordel, que cuando intentabas sacarlo te salpicabas de salsa de tomate más que con una granada; después de la fritura de pescaditos del puerto; después de las botellas de vino tinto enfriadas en cubiteras; después de las bandejas de patatas al horno con cebolla y ajo; después de las *cassate* heladas; después del licor de mandarina; después de que todos se hubieran quitado la americana y la corbata, se hubieran desabrochado la camisa y dejado al descubierto las camisetas de tirantes de lana, y después de que cada cual aflojara su cinturón,

Costello hizo un pequeño gesto con la mano. Parecía un maniquí, dentro del tres piezas de seda impecablemente abotonado. En sus brillantes pupilas relampagueó su aborrecimiento por tener que compartir mesa con esas ajadas compañías. Pero el negocio era el negocio. Resoplando y con la cara roja, entre eructos y bostezos, uno a uno se fueron colocando alrededor de don Frank.

El tema eran las elecciones presidenciales de noviembre. La decisión de Roosevelt de presentarse para su cuarto mandato les restaba la emoción. Los republicanos habían apostado por la candidatura de Dewey, pero era una causa perdida. En vano protestaban contra la república convertida en monarquía, con un presidente que habría reinado durante dieciséis años seguidos. A la gente lo único que le interesaba era la paz y confiaban en Roosevelt.

—Entonces —dijo Anastasia—, todo va bien. Desde 1932 hemos estado votando al paralítico, pues sigámoslo haciendo.

—No es tan fácil —dijo Costello—. Charlie propone que subvencionemos a Dewey, que le proporcionemos algunos votos.

Todos se miraron atónitos. Pero todos esperaban a que fuera el de al lado quien manifestara su estupor y preguntara a qué se debía ese cambio.

—Aunque, si lo descubren los demócratas, después se lo cobrarán. —Moretti era la viva imagen de la desolación.

—Pues nosotros —intervino Adonis— nos encargaremos de que no lo descubran.

—Es muy fácil decirlo —fue el comentario de Gambino, que al fin había resuelto sus problemas de vestuario quedándose sólo en pantalones.

—El destino de Charlie —explicó Costello— está en manos de Dewey. Como gobernador del estado es él quien debe firmar el eventual decreto de excarcelación. La sentencia de las cortes federales ha abierto una brecha. Dewey con Roosevelt pierde seguro, de modo que, concluida la guerra, ¿se mostrará ingrato con un discreto inversor? Charlie nunca ha pedido la nacionalidad americana, Dewey podría lavarse las manos expulsándolo como persona no grata...

—Tendrá que abandonar Estados Unidos —dijo Anastasia, con la serenidad en el rostro en vista de la oportunidad.

—De momento —respondió Costello—. Después ya se verá.

Me dijeron que siguiera tocando. Gambino pidió *Torna a Surriento*, pero Anastasia se le adelantó, de nuevo con *'E spingole frangese*, en honor de su madre, a quien estaban a punto de acompañar a casa.

Cumpliendo con las previsiones, Roosevelt ganó las elecciones cómodamente. El silencio se cernió sobre Luciano. Costello y los otros no lo nombraban. Lansky dilataba sus visitas, Siegel ya no salía de Los Ángeles. ¿Todo bien? Era la pregunta más recurrente. Todo bien, era la respuesta más usada. Aunque podía oír los rugidos cavernosos que salían de las entrañas del Volcán.

20

Las campanas no doblan por mí

«Vuelve Vito» no fue un anuncio de victoria. Quienes odiaban a Genovese, es decir, casi todos, fruncieron el ceño. Quienes hacían alarde de no tenerle miedo se quedaron pasmados al leer que un testarudo policía de Nueva York, y ni siquiera uno de los más importantes, había estrechado el cerco en Italia hasta conseguir su arresto y su extradición. Los más contrariados eran los hermanos Mangano, que lamentaban su mala suerte de tener a Anastasia como subcapo de la propia familia. Vincent, el número uno, buscaba apoyos para desembarazarse de su mano derecha antes de que éste se aliara con Genovese para librarse de él y de Philip. Eran animadversiones muy antiguas, sedimentadas por los decenios, objeto de comentarios y hasta de apuestas. Nosotros —me refiero a la gentuza de mi nivel y el de Totonno— estábamos al margen de todo, pero como los dos nos habíamos metido en el *business* de los cupones, tratábamos con matones a sueldo y capos de familia, para quienes el regreso de Genovese esposado y sus eventuales consecuencias —muertes, desapariciones y promociones internas— constituían el pan de cada día.

Sobre la cabeza de Genovese pendían dos procesos suficientes para llevarlo derechito a la silla eléctrica. Pero en cuanto don Vitone —era así como lo habían rebautizado periódicos y radios— desembarcó de la nave con las esposas en las muñecas, aunque dedicando una amplia sonrisa a los fotógrafos, a los reporteros y a los cámaras, uno de los dos testigos encargados de sentenciarlo murió en prisión en misteriosas circunstancias. Se hizo una batida contra el poder corruptor y contaminante de los italoamericanos. Costello se concedió las vacaciones de siempre en el Caribe; los demás compadres se escondieron cada cual en su madriguera. Para mí todo seguía igual, por otra parte yo ya tenía mis propios fantasmas que mantener a raya.

Proyectaban *Por quién doblan las campanas* en un cine de barrio cerca de mi casa. Solía pasar por delante, y el inmenso cartel con Ingrid Bergman pegada a Gary Cooper constituía ya una seductora invitación a entrar. Pero yo había convertido mi negativa a ver la película en una cuestión de honor. ¿La crítica se deshacía en elogios? ¿El público llenaba cada noche las salas desde hacía un año y medio? Peor para ellos. No iban a tener mi dólar. Sentía una rabia sorda hacia Rosa, envidiaba su éxito, era como si todos se hubieran confabulado en su favor y en mi contra. No le perdonaba que me hubiera superado, que le hubiera dado a Sal lo que yo no podía ni conseguía darle. En los carteles, por lo menos, no aparecía su nombre. Pero a Totonno y a Dominick les había faltado tiempo para informarme de que en los créditos aparecía el nombre de Rosa Polizzi. Pero ¿ya os habéis divorciado? Nada de eso, todavía somos marido y mujer. ¿Y entonces por qué no ha puesto Rosa Melodia?
Me harté de la pasta con tomate, de la albahaca y las berenjenas fritas; me harté del maltrecho apartamento de Briggs Avenue, que necesitaba unos arreglos, pero con una subida del alquiler de cien dólares; me harté de ahorrar dinero para cambiar el moribundo Ford Y que hacía cinco años que me sacaba de paseo. Para decirlo claro: me había hartado de la América que siempre era de los otros, nunca mía. Había entrado en la edad en la que cada año que pasa es uno menos de los que quedan por vivir. Y, de repente, ya no me bastaba con ir tirando. Echaba de menos aquellos días felices sin pasado y sin futuro. Era consciente de estar desaprovechando la vida, pero cuando menos hasta entonces había sido hábil para escondérmelo a mí mismo. Salvo en los periodos de crisis, cuando quería que el mundo prestara atención a Willy Melodia. Empecé a aborrecer hasta el piano. ¿Cómo podía ser que todos menos yo compusieran música? Renuncié a cambiar mi Ford Y y me compré un Steinway, que el polaco que me lo vendió había dejado como nuevo. Justo después del recibidor del apartamento, daba otro aire

al comedor. Y además —porque ésa era mi intención— informaba de buenas a primeras a los posibles invitados: prestad atención, aquí vive un artista.

Me lancé con furia a componer fragmentos musicales. Luego intentaba a toda costa entrelazarlos, me pasaba seis o siete horas agazapado sobre el piano, cuando llegaba al Hollywood a duras penas podía mantenerme de pie. Qué derroche de energías. Ni siquiera pertenecía a la honesta serie B de los músicos.

También la historia se había confabulado contra mí. En esa época los temas más escuchados eran *Sepia Panorama, Concerto for Cootie, Cotton Tail* de Ellington y algunas piezas de Armstrong, que había roto su largo silencio con un concierto en el Metropolitan. Había reunido en un disco las canciones que había tocado esa noche, y con él se había relanzado a la fama. En el Hollywood me pedían continuamente *Basin Street Blues* y *Back O' Town Blues*. Para autoflagelarme un poco más yo añadía *Mahogany Hall Stomp* y *Perdido Street Blues*. Así, cada día, me parangonaba con esos dos gigantes de la música. Al cabo de un mes ya me había arrepentido de haber malgastado el dinero con el piano, consciente de que tenía que resignarme a mi pequeño rincón de empleado.

En semejante desconsuelo estaba yo una tarde cuando Annie llamó a la puerta. Vencido y decepcionado, estaba tumbado en el sofá. Acababa de perder la enésima batalla contra el talento del que carecía. Apestaba a sudor y a malos sentimientos. Fui a abrir al tercer timbrazo. Ella estaba allí, expectante, intensa, delicada. Andaba sobre los cuarenta pasados, llevaba el pelo corto a lo Bergman. Tenía el atractivo fugaz de quien querría pero no se atreve.

—Estaba a punto de irme —murmuró, casi arrepentida de no haberlo hecho.

Yo no estaba en mi mejor momento, ella me tendió un plato envuelto en papel de plata.

—Ha sobrado un poco de pastel de queso, que preparé para mis hijos... Oigo que toca el piano cada día... —La turbación la carcomía por dentro, y junto a la turbación el temor de estarse aventurando por caminos ignotos—. Pensé que un poco de pastel le gustaría.

Yo sabía que vivía en la escalera junto a una prole de hijos ya crecidos. Pero ignoraba su nombre y a qué se dedicaba. Me había fijado en ella hacía años, mientras empujaba un cochecito con un bebé, que ahora ya era un niño que por las mañanas subía al autobús escolar. Con el marido, empleado en una aseguradora, intercambiábamos un saludo muy de vez en cuando.

Le dije si quería pasar.

—Me llamo Annie —dijo.

Se quedó de pie, echó un vistazo a los muebles llenos de polvo, a los objetos esparcidos por todos lados, al desorden general que evidenciaba mi insatisfacción.

—Toca usted muy bien.

Hacía tantos años que nadie me lo decía. Rosa nunca me había oído al piano; Judith, sí, pero se había cuidado muy mucho de expresar el menor cumplimiento. Me bastó esa frase para que Annie me cayera bien. La miré bajo una nueva luz: tenía un par de piernas imponentes, todo lo que hay que tener en su sitio. Para escapar a mi examen se sentó en el sillón. Ninguno de los dos sabía cómo romper el silencio. Su respiración jadeante le pegaba la camiseta a los pechos. Compuesta y derecha, era como un muelle a punto de saltar. Al final le cogí la mano y la llevé a mi habitación. Annie fue la señora Claretta, fue Chère Ninon, fue la alegría de una acogida a un tiempo voluptuosa y plácida, de un agradecimiento que se expresaba con pequeñas entregas, con su disponibilidad a dar antes que a recibir. Annie era un cráter adormecido de la creación del universo, sólo había que despertar su sensualidad. En efecto, hay habilidades que una vez aprendidas nunca se olvidan, sólo hay que repasarlas. Yo ya había experimentado que la presencia de un marido o de un novio me excitaba, pero en este caso además estaba ella, que salía corriendo de la cama para preparar ahora el almuerzo a los cuatro hijos, ahora la merienda. Algunos encuentros eran tan intensos que después no tenía ni un segundo para lavarse.

Annie me atendía en la cama como una amante, fuera de la cama como a un hijo. Se encargaba de llevar la casa, me zurcía los calcetines, cocinaba rosbif con patatas dulces y puré de judías, pastel de queso y tartas de manzana, pavos rellenos de almendras, avellanas y romero. Convenció al marido que para ocuparse los días había aceptado el encargo de llevar la casa del artista italiano, aquel chico un poco introvertido al que su mujer había dejado plantado. Así, me dijo, puedo llevarme tus camisas para lavar sin levantar sospechas.

Confortado en mis peores instintos, abandoné la persecución de toda meta. La mediocridad, de nuevo, me rodeó con sus brazos. Cuando el perfume de la primavera bajó de los árboles de Mosholu Park hasta Briggs Avenue, la pasión por Annie se había apagado a la par que mi frenesí por componer canciones. El redescubrimiento de las pequeñas comodidades cotidianas había enfriado mis fervores. Las ganas de estar con Sarah superaron las ganas de estar con Annie. Ella lo comprendió. Volví a despertarme tarde. Annie me preparaba el desayuno, después escuchábamos juntos la radio. Como aquel mediodía en que oímos la noticia de que Roosevelt había muerto. A Annie le brotaron lágrimas silenciosas, y hasta yo advertí que significaba el final de una época. Había vivido en la América de Roosevelt, lo había entrevisto en la caldeada convención del hotel Drake, y sabía que había hecho algunos favores a mis jefes. Roosevelt me inspiraba sentimientos encontrados. Por un lado, no dejaba de ser quien había declarado la guerra a Italia, a pesar de que seis millones de italoamericanos lo habían votado; por el otro, me parecía que era el hombre de la esperanza: tal había sido para su país, tal estaba siendo en ese momento para mi Sicilia.

Yo me sentía parte de esa esperanza. Creía que regresar a Sicilia iba a resolver mis tormentos existenciales. Al fin y al cabo, Sal y Sarah ya crecían sin mí. Y yo soñaba con una carrera de éxito como pianista que me permitiera volver a buscarlos con un caudal inagotable de dólares. Mis aspiraciones, con todo, seguían dependiendo del consentimiento de Costello, de Adonis y, sobre todo, de Luciano. Me habría gustado sincerarme con Siegel, pero Ben no se movía de Los Ángeles, cercado por los rugidos cada vez más amenazadores del Volcán. Le acusaban de estar dilapidando dinero ajeno. El Flamingo se tragaba miles de dólares al día y nunca eran suficientes. Lansky volvía a pasarse el día encerrado en el despacho de Costello, que a esas alturas ya no podía soportar por más tiempo los viejos rituales. Cuanto más se encanecía don Frank, más se aferraba a su aura de inmaculado hombre de negocios, invitado de los exclusivos círculos de Nueva York, y ayudado por la voz que había jugado al golf con Truman, el sucesor de Roosevelt. Él, aunque sin confirmarlo, se guardaba bien de desmentirlo. El *boss* —susurraba Totonno, encargado de servir el té de la tarde— ya no está para estas cosas, y con la mano señalaba las salas, las barras, las mesas, los objetos varios: todo cuanto continuaba siendo nuestro mundo. Totonno juraba que el tema de los conciliábulos entre Lansky y Costello siempre era el mismo y uno solo: la financiación que los sindicatos de los compadres le habían dado a Siegel.

El fin de la guerra en Europa supuso el fin de los cupones, de los quinientos dólares al mes que me habían dado un respiro. Sólo se luchaba en el Pacífico, y se pronosticaba la invasión inminente de Japón, con sombrías previsiones sobre el número de soldados americanos que dejarían allí su vida. A mí también me tocaba librar mi batalla cotidiana para la supervivencia. En vano esperé que el clima de celebraciones favoreciera el restablecimiento de esas caóticas reuniones, en las que un pianista sienta como la *ricotta* salada a los espaguetis con tomate y albahaca. El sueldo del Hollywood, que Costello no había aumentado con la excusa de las ganancias extra con la gasolina, era del todo insuficiente para cubrir mis gastos. Hasta la modesta paga que le había impuesto a Annie a cambio de sus tareas domésticas era una carga. Pero siendo nuestra relación lo que más me pesaba, no me sentía con ánimos de cortar aquéllas a la espera de romper ésta.

De modo que acepté sin pestañear la invitación a cenar de Valachi: te haré probar otra grapa de California y hablaremos de nuestros asuntos. Que eran principalmente los suyos. Joe estaba buscando a un hombre de confianza para controlar los movimientos del hipódromo de Aqueduct. Había invertido en un equipo, un par de caballos habían ganado en carreras más o menos importantes, y había conseguido en el mercado negro un potro de dos años que prometía: en definitiva, que junto a los amigos lograba arreglárselas para amañar las carreras. Pero no era el único. La supremacía de los paisanos venía menoscabada seriamente por algunas bandas de puertorriqueños y latinoamericanos. Y me proponía que me pasara las mañanas entre la empalizada y las taquillas, controlando las apuestas de los corredores, anotando variaciones y apostando, llegado el caso, por un caballo determinado para bajar la cotización. Y cuando luego suenen las campanas por una apuesta segura, añadió Joe con aire de complicidad, te sacas una tajada.

Joe me inundaba con el humo de su cigarro cubano y con ello incrementaba mis dificultades por desenvolverme en todo ese enredo. Necesitaba el dinero, claro que lo necesitaba, pero yo era un artista: no me apetecía eso de quedar reducido a hacer de mandadero de Joe. La venta de cupones me había parecido una actividad comercial normal, pero, en cambio, el ambiente del hipódromo me parecía humillante: si se lo hubiera contado a Rosa o a Sal, ¿qué habrían pensado de mí?

Valachi enseguida comprendió mis reparos.

—Willy, después de diez años todavía estás en la corriente del río. La orilla que te gusta se aleja; y la que te queda más cerca no te parece a la altura. Si no te espabilas y decides, acabarás por ahogarte, y nadie va a tomarse la molestia de lanzarte un salvavidas. Tendrías que haber aprendido ya que en nuestro círculo hay dos cualidades que nunca van juntas: la inteligencia y la inocencia. Eso sería como intentar comer merluza con queso de oveja a la pimienta. ¿Tú te comerías eso? No, y tampoco lo harían los otros. Si lo que quieres es ganar un billete de cien dólares sin renunciar a la inocencia, eres imbécil y nunca lo ganarás. Si, por el contrario, eres inteligente, renuncias desde el principio a la inocencia y ganas los cien dólares. ¿He hablado claro?

Valachi no estaba fanfarroneando. Y no se me escapaba que más bien intentaba ayudarme, pero yo seguía persiguiendo el éxito y una respetabilidad ni que fuera aparente, mientras él sólo pensaba en el dinero y los lujos que de él derivaban.

—Escúchame, Willy: en New York estarás clavado para siempre al piano-bar del Hollywood. Sólo puedes dar marcha atrás. La historia con tu mujer te ha marcado. No te lo dicen a la cara porque Luciano ha dicho que te guarden respeto, pero yo he oído lo que van diciendo sobre ti: ¿pero qué mierda de hombre es Willy Melodia, que ha escogido como mujer a la hermana de una infame, además puta, y que encima acepta que le den estacazo? Si quieres progresar con el piano, sólo te queda una posibilidad: volver a Italia junto a Luciano.

Por cómo lo miré se dio cuenta de que a mí esa canción no me había llegado.

—¿No sabes que sacan a Luciano de la cárcel?

Claro que no.

Me contó que a comienzos de mayo le habían presentado a
Dewey la petición de suspensión de la condena de Charlie por los
servicios prestados a la marina de los Estados Unidos. Según Valachi, la petición había sido aceptada. Los encargados de la operación, a nivel político, eran Lansky y Costello; Polakoff lo era a nivel
legal. El abogado había aportado algunos testimonios decisivos de
ex oficiales de la Naval Intelligence, dispuestos a jurar sobre la importancia de las aportaciones de Luciano.

—El día en que lo dejen en libertad —fue la conclusión de Valachi—, le meten en la mano un billete sólo de ida a Palermo. Y, en
Italia, Luciano va a necesitar a una persona de confianza para los
tejemanejes que sin duda querrá urdir. ¿Quién mejor que tú? Ya
verás como abrirá locales nocturnos, porque ha aprendido que es
la vía más rápida de establecer contactos en las altas esferas. Tú
podrías convertirte en lo que Costello es en New York. A diferencia de él, tienes hasta el certificado de antecedentes penales limpio.

Exactamente no era así. Valachi no sabía nada de Giaconia, de
la condena a diez años. Aunque Scamporino me había asegurado
que todo estaba arreglado. De modo que...

La idea me fascinó desde el comienzo. No pegué ojo en toda la
noche. La euforia benefició también a Annie tras una larga abstinencia, por lo menos conmigo. Lástima que al día siguiente, los periódicos y una carta de mi madre cayeron sobre mi cabeza como un
jarro de agua fría. La prensa se volcó contra el perdón concedido a
Luciano. Dado que nadie confiaba en la intervención eficaz de Dewey, se entrevistaron huérfanos y viudas de comerciantes extorsio-
nados y asesinados por el crimen organizado, al objeto de convencer a la opinión pública de que la liberación de Luciano equivalía a
una derrota pública para la nación entera. Esto en lo concerniente
a Nueva York. En cuanto a Catania, mi madre me escribió sobre el
caos que imperaba allí: policías y carabineros se encerraban en las
comisarías al anochecer y no salían hasta que amanecía. Se habían
asaltado e incendiado edificios públicos, había escasez de pan cada
dos por tres, corrían los rumores más disparatados sobre una futura independencia de Sicilia respecto a Italia: en Via D'Amico casi
todos daban por hecha la integración de la isla en los Estados Unidos. Si nos convirtiéramos en americanos, afirmaba mi madre, para

ti sería más fácil volver a casa para que yo pueda verte antes de cerrar los ojos para siempre.

Cuando pensaba en Sal, en Sarah, sólo necesitaba imaginarme que abría un Hollywood en Taormina para anular toda responsabilidad sobre mis hijos. Estaba totalmente convencido de que en mi ausencia, como padre inalcanzable a diez mil kilómetros de distancia, iban a crecer mejor. Pero sobre todo no quería dejar escapar mi última oportunidad de ver en el bombo las letras «Willy Melodia y su orquesta». Para ganarme su futuro perdón, le compré tres vestidos a Sarah —en el tercer curso de la escuela elemental— que me costaron un ojo de la cara. Recibieron el visto bueno entusiasta de tía Bessie y de sus hijas en la cena del sábado, a la que me habían invitado. Había aprendido de Judith que, para ellos, era una cita importante. Precisamente por eso creo que nunca me habían invitado. Me habían aceptado para que Sarah estuviera contenta, aunque un poco me lo había ganado. Tía Bessie sabía que, a mi manera, yo me desvivía por la niña.

Hice una pausa en el Hollywood para asistir a esa cena. Por lo que me presenté vestido de oscuro. Tío Ephraim, con sus mejores galas para la ceremonia de agradecimiento, me malinterpretó: me felicitó por la bondad de mis intenciones. Tía Bessie alzó los ojos al techo: no le hagas caso, quería decir.

Recitadas las oraciones, absueltas todas las obligaciones, todos se prodigaron en alabanzas ante la apetitosa variedad de los platos. Han pasado casi sesenta años, y sigo recordándolo como si fuera ayer. Enseguida entenderéis por qué una cena como ésa es imposible de olvidar, ni que viviera cien años...

Empezamos con albóndigas de arenque, huevos duros y cebollas trituradas; seguimos con carpa estofada, *gefilte fish** y rábanos, *borsch*** de carne y zanahorias con miel, pollo asado con espárragos hervidos, pastel de patatas, caldo de pollo con albóndigas de hari-

---

* «Pescado relleno», especialidad de la gastronomía askenazí que consiste en pescado molido con cebolla, zanahoria y perejil, horneado o hervido, que suele servirse como plato principal de las fiestas importantes. (*N. de la T.*)

** El plato más popular de la cocina ucraniana, también presente en otras gastronomías eslavas, a base de carne y verduras, y con la remolacha y la berza como ingredientes destacados. (*N. de la T.*)

na y verduras, cebollas con ciruelas secas y salsa de miel para aliñar. Terminamos con pastel de almendras y naranja, y enormes fuentes con albaricoques, melocotones y ciruelas pasas. Desgraciadamente toda esta hermosura de alimentos sólo desfilaba ante mis ojos: visto que debía volver al trabajo, me limitaba a probarlos. Tío Ephraim al principio me regañó por mi parsimonia, después se apropió de la parte que me habría tocado a mí.

Llegados al dulce del final, tía Bessie sacó el tema por el que me habían invitado: a qué escuela había que inscribir a Sarah, ¿judía o católica? Que, en su traducción literal, significaba: ¿quieres dar a Sarah una educación católica, además de la judía que ya recibe con nosotros, para que decida cuando sea mayor?

No dudé ni un momento. Respondí que a mi parecer la escuela judía era la mejor solución para Sarah, la que Judith habría preferido. Naturalmente yo me encargaría de pagársela.

Como de costumbre, tía Bessie se emocionó, me besó, me llamó hijo. Había sido sincero, pero no desinteresado. Con la excusa de la elección más lógica, además de sentimental, me había librado de futuras responsabilidades. Confiaba definitivamente a Sarah a la familia de Judith. A esas alturas de mi vida, había comprendido que mi especialidad era querer desde la distancia a las personas que el Padre Eterno ponía en mi camino.

Recorrí casi sin resuello el camino hacia el Hollywood. Acababa de superar el último escollo de mi regreso a Sicilia. Ya había renunciado a Sal resignándome a la distancia y a su indiferencia. Todo era culpa de Rosa, que se había salido con la suya. Con eso calmaba mis remordimientos.

Pero ¿iban a concederle el perdón a Luciano? No me atrevía a hablarlo con Costello, me las apañaba con las pocas noticias que encontraba en los periódicos. La polémica había quedado relegada por la ofensiva americana contra Japón: los «hocicos amarillos» amenazaban con hacerse el haraquiri en masa antes que rendirse. A los buenos ciudadanos americanos no les habría importado nada su suerte de no ser que ésta estaba inexorablemente atada a la suerte de padres, hijos y hermanos, obligados a desembarcar en tierra nipona. Las semanas pasaban y el ansia crecía. América vivía esperando un acontecimiento, sin saber cuál. Para unos era un milagro, para otros la fuerza del destino.

Yo, que volaba mucho más bajo, me habría conformado con la excarcelación de Luciano. Ni se me había pasado por la cabeza la posibilidad de que Luciano rechazara mi ofrecimiento de seguirlo o que, todavía menos, pudiera escoger un destino que no era Italia. Salté de alegría cuando leí que su caso había llegado a las puertas del Parole Board, la comisión para la concesión de la libertad bajo palabra.

Una carta de Marc Thal me devolvió a la tierra: Rosa quería el divorcio. En base al acuerdo que yo mismo había firmado, lo único que podía hacer era concedérselo. Estupendo, pues que siguiera su propio camino, aunque estaba seguro de que éste coincidía con el de Peter, que me tocaba los huevos no sabéis cuánto. Qué importaba, ahora que en mi vida había aparecido Eleanor, la nueva guardarropa del Hollywood. Era de Michigan, donde, según ella misma contaba, la habían distinguido con el título de «culito de oro». De oro, en cualquier caso, lo tenía todo. Aunque surgió el problema no menor del lugar escogido para la valoración de todas sus cualidades. Briggs Avenue presentaba el peligro de la centinela Annie, y yo no quería herirla con tanta desfachatez. Descubrí un hotelito en la calle 23, el Cornish Arms Hotel. Nos convertimos en clientes tan asiduos que Eleanor se mudó a la habitación para ahorrarse el cuarto de la pensión donde vivía. Annie, a pesar de todo, se dio cuenta de que yo tenía otra cosa en la cabeza y entre manos que no era precisamente la cena que al día siguiente encontraba intacta sobre la mesa. Probablemente yo quería que ella se diera cuenta por sí misma: mi innata cobardía hacía el resto para ahorrarme penosas explicaciones. Y, en efecto, así fue: no tardó en comprenderlo. Una mañana no se presentó y fue el final. Nos cruzamos por la calle: intercambiamos un quedo «buenos días» y desviamos la mirada.

En el Cornish Arms Hotel, Eleanor y yo pedíamos el desayuno en la cama. Fue un camarero del bar quien nos contó desconcertado que en una ciudad japonesa habían lanzado una extraña bomba, llamada atómica. Nadie podía imaginar qué era ni qué consecuencias tendría. Cuando a los pocos días lanzaron otra y Japón se rindió, el entusiasmo de la población estalló incontenible. ¿A quién le importaban los muertos civiles, de los que, por otro lado, casi no se habló en los medios? La paz en el último de los frentes nos infundió la convicción de que íbamos a ser mejores personas. Muchos pensaron que también era la ocasión para hacerse más ricos. Las máquinas producidas para ganar la guerra se destinaron a la producción de dinero. El bienestar, la opulencia y el dinero en aumento día tras día cristalizaron en la televisión. Era el último invento, y revolucionó la vida de todos los americanos.

Nadie prestó atención a las hojas amarillentas que caían de los árboles del Central Park. El otoño se acercaba al invierno en un jolgorio continuo de festejos. Costello abrió las puertas de su mansión de Sands Point para santificar la absolución en los tribunales de Genovese. Al juez, que se había lamentado públicamente de no haberlo podido enviar directo a la silla eléctrica, le dedicaron obscenos brindis. Don Vitone volvía a estar entre nosotros. En un festival de sonrisas, de juramentos de amistad eterna, muchos empezaron a preocuparse. Bonanno salía airoso con diplomacia entre Genovese y Anastasia, recién llegado sólo para humedecerse los labios y enseguida de vuelta a su madriguera. Moretti se afanaba en declarar que para beber tranquilamente con Genovese era aconsejable tener la pistola en la otra mano. Los hermanos Mangano asentían con una mueca: sus *picciotti* habían confesado que se preparaban para irse lo peor. Adonis ejercía su papel preferido: el de bombero; sostenía que Luciano se encargaría de tener a raya las ambiciones de Vito. Por no decir más.

Los compadres daban por sentado que Luciano evitaría la extradición. El Parole Board había recomendado al gobernador Dewey que firmara el acto de clemencia, aunque no sin precisar que Luciano, de acuerdo con la vieja sentencia de 1936, debía ser expulsado de inmediato. Pero Adonis y los amigos se hacían guiños: Charles tenía un as en la manga que le permitiría ganar la partida. Es decir, quedarse en América.

21

Qué bueno eres, papá

Esta partida, en cambio, Luciano la perdió. En la manga no tenía un as, y tal vez ni siquiera una sota. A comienzos de febrero de 1946, lo trasladaron a Ellis Island, a la espera de embarcarlo para Italia. Lo acomodaron en una pequeña habitación trasera de un edificio bajo, un poco distante de la nave principal, a través de la cual continuaban pasando los recién llegados. Yo suspiré aliviado. Podía seguir acariciando mi secretísimo plan de regresar a Catania.

Una tarde ventosa, Costello y Adonis me llevaron al islote. Lo había pedido Luciano. Teníamos que aguantar el sombrero con la mano para que no saliera volando con cada racha de viento. Había llegado un barco de Europa, desembarcaban rostros descompuestos y marcados por el sufrimiento. Casi todos eran judíos que habían logrado escapar de los campos de exterminio. Me hacían sentir mal, el recuerdo de Judith me atenazaba el corazón. Tras las barreras se hacinaban los parientes, los amigos... Algunos se habían presentado a ciegas, sin tener certeza alguna de poder encontrar a la persona amada. Se oían preguntas en alemán, en francés, en dialectos incomprensibles. Se decían nombres de hombres y mujeres, seguidos de más nombres de pueblos, de ciudades, de regiones. Se hablaba de zonas enteras que habían desaparecido como sus habitantes. Lo recuerdo como si fuera ayer: una pareja de mediana edad mostraba una foto de una niña, explicaban que era de 1935, se llamaba Raquel y había nacido en Bucovina, ahora tendría unos quince años. ¿Alguien la había visto? ¿Alguien sabía algo? La foto fue pasando de mano en mano, y volvió al punto de partida. Nombre y cara completamente desconocidos.

De repente se lanzaban gritos eufóricos que estallaban de alegría, seguidos de abrazos impetuosos, lágrimas de emoción, ancianos que besaban el suelo; una alegría, en definitiva, que contagiaba incluso a quienes eran completamente ajenos a esa historia. Era como la escena final de una película con un final feliz. Cada reencuentro infundía ánimos en la multitud que en vano buscaba a alguien. Hasta yo mismo albergué por un momento la esperanza de que Judith pudiera estar allí. Fui un lado para otro, atisbé perfiles, rostros demacrados que me estremecían: me acercaba a ellos preso del ansia, pero nunca era Judith la que se volvía. Por algo habré aprendido que la vida suele ser una película sin final feliz.

Costello y Adonis aparecieron al cabo de más de media hora. Habían hecho un viaje en el tiempo visitando el salón de la entrada, la enfermería, la capilla, las oficinas de los ferrocarriles, los baños que les habían recibido a su llegada. Hasta parecían emocionados de evocar esos recuerdos, de recordar ese día de hacía cuarenta y cinco años para Costello, y treinta para Adonis. Yo los miraba con cierto asombro: tenían un dejo infantil mientras describían las sensaciones y las esperanzas que les habían acompañado. Les costaba separarse de esos recuerdos, pero a Luciano no le gustaba que le hicieran esperar.

En cuanto a Great Meadow, lo vi en horas bajas. Había perdido esa seguridad de pertenecer a la raza de los elegidos. Todavía no había cumplido cincuenta años, y sin embargo parecía un viejo. Los ojos se le habían vuelto más gélidos: no auguraban amabilidad ni comprensión. Me dio la mano, preguntó por la música, por mi vida, por la escuela de Sal. Me dijo que estaba contento de que Costello, a su vez, estuviera contento de mí.

La habitación sólo contaba con lo indispensable: cama, armario, mesita y una jofaina para lavarse. A la espera de la cena —iban a traerla los camareros de Adonis del Marechiaro—, Luciano quiso dar un paseo por la parte tranquila de Ellis Island, lejos del trajín de los desembarques. Costello y Adonis se pusieron cada uno a un lado, yo les seguía a tres metros de distancia, pero no podía evitar escucharlos. Hablaban de Siegel. Comprendí por qué en los últimos tres meses no había respondido al teléfono ni me había devuelto las llamadas. Los jefes de los sindicatos estaban furiosos: habían desembolsado otros tres millones de dólares, además de los cinco iniciales, pero las obras parecían alargarse hasta el infinito. Los ingenieros que habían ido a inspeccionar sobre el terreno habían hecho un informe catastrófico para Siegel: ponían en entredicho el proyecto y casi todos los gastos. Tal como lo estaban llevando a cabo, el Flamingo iba a ser un pozo sin fondo y nada más.

Luciano hablaba sin alzar la voz, pero el párpado derecho le temblequeaba: no era una buena señal. Costello y Adonis escucharon impasibles la retahíla de ataques contra Siegel y la defensa de los inversores. Nos jugamos nuestra reputación, fue la sentencia de Luciano. Como si hubiera ordenado «apunten armas» al pelotón de ejecución.

Adonis intentó defender a Siegel. Me quedé atónito: los dos aprovechaban la menor ocasión para pelearse y discutir, pero ante el peligro Joe asumía el papel del compañero de valentonadas de juventud. Siegel, dijo Adonis, nunca ha dejado de ser el chico que conocimos en los callejones de la Primera Avenida: nació Bugsy y morirá Bugsy, es decir, un jodido loco, tocacojones y de poco fiar. Pero nunca les ha fallado a sus amigos.

Luciano volvió la cabeza hacia Costello, pero Adonis no cejaba: habrá que hablar con Lansky para hacerle desistir; no podemos dejar que acabe entre las garras de esas fieras del sindicato.

Luciano no pronunció palabra, lo cual era mucho peor que si hubiera hablado.

Yo sufría por Ben.

Costello también intervino. Les recordó que hacía veinticinco años habían aceptado a Siegel porque lo traía Lansky, y veinticinco años después la situación era tal cual; había que hacer la vista gorda con Siegel: era un compañero de armas de los viejos tiempos, no podían hacerle eso a Lansky.

Luciano miraba al infinito. Se guardaba sus pensamientos para sí.

—Es hora de ir a cenar —dijo—. Joe, ¿crees que tus chicos habrán llegado ya con las provisiones?

En efecto, habían llegado. Habían puesto la mesa en una sala vacía, en otro tiempo destinada a sala de reuniones. Habían extendido un mantel de lino con las servilletas a juego, y habían colocado la vajilla de porcelana y los cubiertos de plata. La cena, por suerte, no era oficial, pero sí de altísimo nivel: pasta y garbanzos, salchichas rellenas de queso de cabra a la pimienta, ajo y tomates —obra del nuevo cocinero palermitano del Marechiaro—, *involtini* de pez espada, *cassata* siciliana, que parecía que había sido preparada un minuto antes en la pastelería suiza de Piazza Duomo en Catania. Todo regado con un vino tinto de Salaparuta, enviado por Poletti, el ex gobernador civil, que había fundado una compañía dedicada a las importaciones y exportaciones con un viejo conocido de Luciano y Genovese en la isla, Calogero Vizzini.

Como digestivo, podía escogerse entre whisky y un *amaro* del Etna. Nadie vaciló: *amaro* del Etna. A la primera ronda, Luciano hizo ver que acababa de reparar en mi presencia.

—Entonces, dime, Willy, ¿cómo te van las cosas?

—No podemos quejarnos, don Luciano.

—Pues nosotros queremos que te lo pases mejor todavía...

Por un instante acaricié la idea de que me estaba proponiendo que le siguiera a Italia. Por un instante.

—Hemos decidido —sentenció Luciano— confiarte la orquesta del Flamingo, cuando finalmente Siegel decida terminarlo.

Costello y Adonis expresaron su conformidad con una sonrisa, Luciano clavó sus pequeños ojos en los míos. A mí me tocó mostrarme entusiasmado y agradecido. Por dentro me había quedado helado: ya podía despedirme de volver a ver Sicilia y Catania si no era en una postal.

—Parece ser —dijo insinuante Adonis— que nuestro pianista se ha quedado sin habla de puro contento.

Yo nadaba en un mar de confusión. Temía que todo lo que pudiera decir fuera equivocado. Me habían dejado a sólo un metro del sueño de mi vida —leer «Willy Melodia y su orquesta» en el bombo de la batería—, pero el terror me embargaba. Y exclamé:

—No sé si estoy a la altura. —Estaba siendo sincero.

—Hemos oído a tantos burros rebuznando —dijo Costello—, que uno más no va a hacernos bajar la media.

Me quedé de piedra con el comentario.

—Willy, estoy bromeando. Lo harás estupendamente. Si no estuviéramos convencidos de que vas a dar la talla, don Luciano no te lo habría propuesto.

También Adonis intervino.

—No solemos hacer este tipo de regalos. Por no decir más.

—¿A Siegel le parece bien?

—Cuando se lo comuniquemos —dijo Luciano—, va a tener que parecérselo. Además, vosotros dos, ¿no erais culo y mierda?

—Pero ¿qué era cada cuál? —La risotada de Adonis distendió el ambiente.

Sin esperar mi respuesta, se pusieron a hablar de mujeres, de concesiones, de adjudicaciones urbanísticas, de quién era el posible candidato de los republicanos para las elecciones de 1948 contra Truman. Yo continuaba debatiéndome, agitado, entre la orquesta del Flamingo y Sicilia: por un lado, mi sueño hecho realidad; por el otro, una realidad que me había parecido definitiva y que se había esfumado hacía cinco minutos.

La misma lancha motora que nos había descargado a la ida nos cargó a la vuelta. Cada cual iba sumido en sus propios pensamientos, nadie dijo nada hasta que llegamos al embarcadero. Pasé tres días devanándome los sesos sobre si debía confiarme con don Costello o adaptarme a una vida que, como siempre, los otros habían decidido por mí. Me dejé deslumbrar por la luz de las candilejas, por el placer de la revancha con Rosa —tú has escalado hasta Hollywood; yo escalaré hasta la ciudad de las maravillas—. Y acabó de vencerme mi incapacidad de nadar a contracorriente: iría a Las Vegas, causaríamos estragos con Siegel, ejerciendo el derecho al polvo inaugural, el primero de nuestro currículum con las aspirantes a estrellas de cine.

Costello me esperaba en el Lincoln oficial. Era el segundo modelo de la marca automovilística, el que estaba destinado a entrar en la historia y en el Metropolitan Museum. Costello hacía ostentación de él como consagración de su posición social: no tanto por lo que costaba —aproximadamente unos cinco mil dólares—, sino por lo que implicaba, desde la elegancia hasta el esnobismo.

Me subí al Lincoln porque Luciano quería verme antes de partir para Génova al día siguiente. El puerto parecía un campo de batalla. Un centenar de reporteros, fotógrafos, periodistas de radios y televisiones se empujaban unos a otros para entrar. Pero a diez metros les plantaban cara los estibadores, los peones y los operarios a las órdenes de Anastasia. Varios de ellos iban pertrechados con

ganchos, barras de acero y martillos: saltaba a la vista que no iban a
tener reparos en usarlos si los representantes de la prensa intentaban acercarse. Los guardias del puerto se movían entre las dos facciones, incapaces de hallar una solución, un santo al que encomendarse. Nos obligaron a parar y a bajar del coche incluso a nosotros.
Costello resopló molesto, pero enseguida acudió alguien a buscar-
nos. Nos acompañaron hasta el primer muro, el segundo se abrió
que ni las piernas de algunas mujeres que yo me sé.

Fuimos dando vueltas hasta dar con el muelle 7, donde estaba
amarrado un enorme mercante, el *Laura Keene*, cargado con harina
que debía viajar a Italia, y con pocas cabinas para pasajeros. En una
de ellas se hallaba encerrado Luciano, apurando las últimas horas
que le quedaban en territorio americano. Adonis y Lansky ya habían subido a bordo, escoltados por una multitud de ángeles custodios, que se hacían pasar por miembros de los sindicatos portuarios. Habían traído los baúles con el guardarropa de Luciano.
Como siempre había vivido en hoteles, los trajes, las camisas, los zapatos, las corbatas y los abrigos eran los únicos bienes que quería
conservar. Le habían traído hasta la cena del Marechiaro, pero en
honor de Lansky le habían preparado un menú clásico: nada de
manjares sicilianos y a la carga con filetes de lenguado y pollo a la
cazadora. Comimos en la cabina, sin demasiado espacio. Luciano
estaba tétrico, silencioso. Los otros se adaptaron. Pero Lansky seguía estando un peldaño por encima de los demás y le preguntó a
Luciano si había hablado con Siegel. El no de Luciano fue elocuente, pero Lansky continuó impertérrito: había hecho una escapada a
Las Vegas, el Flamingo estaba quedando como un auténtico monumento. Antes de junio iban a poder inaugurarlo.

Tengo otras informaciones, fue la réplica tajante de Luciano.
Después dijo que saldría a contemplar las luces de Nueva York.
Y me pidió que le acompañara.

En el puente, el frío pasaba acanalado: una neblina densa se in-
terponía entre nosotros y los barrios del Lower East Side.

—Me pareció una ciudad fea —dijo Luciano— la mañana en
que la vi por primera vez. Y tampoco hoy parece muy hermosa. Pero
sé que la echaré de menos como a ninguna de las mujeres que tuve.

Para mí Nueva York no era ni fea ni hermosa, era una ciudad
única. Y habría tardado diez minutos en separarme de ella.

Luciano se volvió hacia mí.

—Pensé que te hacía un regalo con la oferta del Flamingo. Pero, la otra noche, la expresión de tu cara me indicó lo contrario... Me lancé.

—Esperaba poder regresar a Italia con usted...

—¿Te ha entrado nostalgia?

—Mejor no ser nadie en mi casa que aquí.

—Te equivocas. Aquí una oportunidad la tienes siempre; allí ni el día de tu nacimiento.

—Pero ¿qué hago yo aquí? Nueva York me gusta, estoy bien, probablemente la echaré de menos al cabo de un minuto de haberla dejado. Pero si no tienes dinero, te hace sentir más imbécil de lo que uno ya es por naturaleza. Hace tiempo, usted me dijo que ser pobre en Sicilia no es lo mismo que ser pobre en América. Pero también ser infeliz en América no es lo mismo que ser infeliz en Sicilia.

Las manos de Luciano tamborileaban sobre la barandilla. Tuve la impresión de que contaba los segundos que me concedía.

—Aquí —dije— se es infeliz en soledad. En Sicilia lo eres en medio de los demás. Estás más protegido. Usted ya me entiende...

—¿Es un problema de dinero? ¿De faldas? ¿Alguien te ha ofendido? ¿Tu hijo se ha aliado con tu ex mujer y no quiere verte?

—Don Luciano, el único problema soy yo. No soy nadie, siempre me quedo a mitad de todo. Y, ya puestos, es mejor que vuelva a casa, tal vez me salga bien eso de hacer de artista repatriado que toca grandes éxitos internacionales.

—Me han dicho que eres bueno con el teclado. Frank está muy contento contigo. De no haberte ofrecido el Flamingo, habría decidido que te mandaran a Nueva Orleans para dirigir la orquesta del nuevo local, el Beverly Club, creo que se llama.

Me había gustado Nueva Orleans, las criollas me volvían loco, pero allí seguiría siendo el tipo que mandaban los amigos de Nueva York al territorio de Carlos Marcello. Lo había visto sólo una vez, pero había tenido suficiente.

—Escúchame bien, Willy.

Luciano se encendió un cigarrillo, la llama de la cerilla alumbró por un instante su expresión altiva. ¿Cómo era eso que Moretti le había dicho a Dorsey? Te hago una oferta que no vas a poder rechazar... Ahora me tocaba a mí oír la oferta que no podía rechazar. Jugué con ventaja.

—Don Luciano, yo, en cualquier caso, siempre haré lo que a usted le parezca mejor.

—Probemos con el Flamingo. Hoy en día ni siquiera los matrimonios son de por vida, imaginémonos un contrato. Puede ser bueno para ti y para mí. Tendrás una orquesta a tus órdenes, y no quiero ni pensar en todo el trajín de piernas que tendrás alrededor: cantantes, bailarinas, coristas... Deberás vigilar que no te salgan demasiados pequeños Melodia. Conocerás nuevos mundos: Las Vegas está cerca de Los Ángeles, es decir, del cine... Tú, en menos que canta un gallo, acabas en una película con Fred Astaire y Ginger Rogers. A uno como tú esas de Hollywood se lo meriendan. Sólo tienes que evitar casarte con ellas. Mientras te diviertes, abre bien los ojos de mi parte. Yo estaré lejos, y seguramente tendré que estarlo siempre, por lo que voy a necesitar amigos de confianza. Sé que tus ojos serán como los míos. Si después no funcionara, siempre estamos a tiempo de cambiarlo.

Luciano me dio una palmadita en la espalda.

—A sus órdenes, don Luciano.

—¿Quieres tomarte unas vacaciones y hacer una escapada a Italia?

—Si voy, puede que no vuelva.

—Entonces quédate aquí.

Luciano lanzó con fuerza el cigarrillo al otro lado de la barandilla.

—Entremos, ver New York desde aquí me jode todavía más.

El resto de la noche estuvo silencioso. A las nueve, Lansky sugirió que dejáramos descansar a Luciano y abandonáramos el barco. Se abrazaron todos con formalidad, y, a mí, Luciano me dio un pequeño golpe en el brazo y me guiñó un ojo. En la pasarela a duras penas pude contener la emoción. Sabía que Charlie no era el mejor de los hombres, pero tampoco era el peor. Como todo buen cristiano, había aspirado a un futuro mejor y había escogido una calle que tal vez no era la más recta; pero yo había visto a senadores, diputados, jueces, empresarios, alcaldes y petroleros haciendo cola para estrecharle la mano. Charlie habría triunfado en cualquier campo en el que se hubiera aventurado, pero no le habían concedido la posibilidad de escoger. Y había echado a andar por el único camino abierto para uno que salía disparado del Lower East Side con el objetivo de escapar de la miseria y la marginación de la Sicilia de comienzos del siglo XX. Ya os dije que hace algunos años, el *Time* lo contó entre los gigantes del siglo XX. Algo querrá decir eso.

Antes de zarpar, Luciano debió de pensar en mí. Dos días después de su partida, Adonis me ofreció que tocara cada mediodía en el Marechiaro. Esta vez la recompensa iba a ser, además de las propinas, la misma cifra que ganaba en el Hollywood. El restaurante tenía una clientela de gente adinerada: prevalecían los hombres, pero las mujeres —chicas empeñadas en hacer carrera, mujeres tan guapas como ociosas y otras que luchaban por medrar— dictaban la moda. Y la moda de esos meses la ocupaba Frank Sinatra; cada vez que intentaba colar un fragmento de Armstrong, Adonis me lanzaba una mirada severa. Frank arrasaba con *I Fall in Love Too Easily* y *The Charm of You*. En tres horas de piano a veces las llegaba a tocar cuatro y hasta cinco veces cada una. No eran precisamente sus canciones más logradas, pero Frank siempre acababa imponiendo su presencia; señores y señoritas se deshacían ante su mirada, con su voz. En el Marechiaro bastaba con su fantasma al lado de las notas para triunfar.

Además de Sinatra, también pegaba fuerte Glenn Miller. Todo aquel que hubiera tenido algún tipo de relación con la guerra pedía *Moonlight Serenade* o *Chattanooga Choo Choo* o *In the Mood*. Para los americanos, la música de Miller constituía la banda sonora del conflicto; encarnaba la esperanza de unos días dorados. Para algunos esos días llegaron de verdad; pero a muchos sólo les quedó la nostalgia de una esperanza.

En el Marechiaro, Costello ocupaba la mesa del rincón: por una u otra razón, tardaba por lo menos una hora en conceder un gesto distraído de la cabeza o un reglamentario apretón de manos a todos aquellos que lo estaban deseando. En el momento del café, Adonis se sentaba con él: de sus comentarios Siegel salía peor parado que el tocino después de la matanza. Aunque lo hubiera defendido en presencia de don Luciano, Adonis aseguraba ahora que el cerebro se le había secado: no hacía ni caso de los consejos de los amigos, los mandaba a todos a tomar viento. Costello mantenía una buena relación con Lansky: era el único al que Ben estaba dispuesto a escuchar, pero, según don Frank, hasta él tenía problemas para convencerlo.

Persiguiendo la voz de Sinatra entre las notas de *Over the Rainbow*, pasaron febrero y marzo, pasó también el mes de abril. En mayo, se envió un equipo de ingenieros de Nueva York a Las Vegas. Cuando volvieron, expusieron que el avance de las obras, en realidad, había desembocado en un importante retraso: se habían demolido partes enteras del Flamingo, después se habían construido de nuevo, y otra vez habían sido demolidas por un capricho de Ben o una rabieta de Virginia Hill. Costello le dijo a Adonis que los *boss* de los sindicatos ya no atendían a razones: querían que les devolvieran los ocho millones de dólares con los intereses de los cinco años transcurridos. ¿Y Luciano?, preguntó Adonis. Ah, Luciano estaba de primera. En Lercara Friddi, su pueblo natal de la provincia de Palermo, le habían dado la bienvenida con la banda de música y el alcalde con la cinta tricolor; lo habían paseado por todo el pueblo con un coche descapotable, y sus paisanos habían rivalizado para agasajarlo y sacar a colación algún episodio de la infancia. Para concluir, Luciano había salido al balcón del ayuntamiento y había recibido una ovación interminable.

En Catania, a mí, nunca me habrían recibido así.

Charlie había delegado en Costello el tema del Flamingo, pero don Frank afirmaba que habría preferido que no lo hubiera hecho. No le agradaba eso de tener que tratar con sindicalistas: temía que su buen nombre y su respetabilidad se resintieran de ello. La principal prioridad era recuperar las inversiones concedidas a Siegel. Y en caso negativo, hacérselo pagar.

A punto estuve de ponerme en contacto con Siegel, pero sospechaba que debían de espiarlo, y que seguramente le habían pinchado el teléfono. Tal vez estaba traicionando a un amigo, pero tampoco podía traicionarme a mí mismo y mucho menos traicionar a Sarah. Ya había perdido a su madre, si además perdía al padre, ¿quién iba a encargarse de ella? Tía Bessie y sus hijas le garantizaban afecto, calidez, comprensión, pero era yo quien pagaba sus gastos: y ésta era la única garantía de la pequeña Sarah. Algunas tardes iba a buscarla al colegio judío de la calle 46, emplazado en un modesto edificio del siglo XIX. Era el único que no tenía una de esas fachadas señoriales que daban un aire más elegante al Upper East Side. Los dólares corrían como la sangre por las venas. Los ciudadanos de Nueva York empezaban a darse cuenta de que la guerra les había enriquecido. Todos se endeudaban alegremente, con la seguridad de que con los beneficios iban a devolver los préstamos sin problemas. En el Hollywood el consumo de champán se multiplicó por dos, y el caviar entró en el menú diario. El espectáculo más alucinante eran los aeroplanos que volaban entre los rascacielos antes de aterrizar en el aeropuerto municipal de Queens.

Sarah había dejado de preguntar cuándo iba a volver Judith y cuándo podría verla, pero no se cansaba de preguntar cuál era su color preferido y su vestido más bonito, las canciones que tocábamos en Boston y la película que más le gustaba. Así fue como le hablé de aquella tarde del 1 de septiembre en la que Judith y yo fuimos a ver *La diligencia*. Me arrancó la promesa de llevarla al cine si volvían a ponerla otra vez.

Pero ¿tú no tocas para mí? Esta vez a Sarah no le bastó con la promesa, fue directa al grano. Lo aplacé dos sábados, y la noche del tercero la llevé al Hollywood entre las protestas de tío Ephraim y bajo la mirada perpleja de tía Bessie. Acordamos que las primas de Judith vendrían a buscarla antes de las diez. Cuando le pedí permiso a Costello, le aseguré que lo hacía por puro pavoneo: era la hija de una chica que me estaba trabajando. A mi manera deseaba proteger a Sarah del ambiente en el que me movía. Aunque había sido Rosa, y no Judith, quien se había quejado de mi círculo.

Don Frank recibió a Sarah en el vestíbulo del Hollywood con un ramillete de jazmines y una caja de bombones. Los camareros, las chicas de la sala vinieron a hacerle cumplidos y carantoñas. Dominick le preparó un cóctel a base de zumos de fruta; Totonno le dio un pastel recién horneado por su mujer; Eleanor, con quien la pasión se había apagado al cabo de dos meses y que se disponía a volver a Michigan para abrir una cafetería en Detroit, le trajo un silloncito. Con las manos cruzadas sobre el regazo, Sarah estaba a la espera.

Yo estaba mucho más emocionado que ella, que había aceptado regalos y atenciones con la naturalidad de una estrella de cine consagrada. Empecé por los temas que Judith y yo tocábamos en Boston, casi todo jazz: *Un amour comme le nôtre*, *Mon coeur est un vio-*

lon, Parlez-moi d'amour y *Sans toi*, a pesar de que sin su voz se perdía la mitad de la magia.

Sarah me hizo un guiño con la mano para que me acercara.

—Papá —me susurró al oído—, yo esta música ya la he oído...

Lo recuerdo como si fuera ayer. Primero empecé a temblar, después se me hizo un nudo en la garganta. Entonces le hablé a Sarah
de esa noche en la sala de la calle 44, junto al Little Theatre, cuando su madre había querido escuchar las canciones desgarradoras de
Lucienne Boyer para que ella pudiera oírlas desde su barriga. Le
conté que Judith había dicho: «Quién sabe si mi hija tendrá la oportunidad de volver a escucharlas...» Se había obrado el pequeño milagro. Y yo me sentía conmovido en lo más profundo de mi ser.

Los clientes de las nueve se quedaron maravillados cuando descubrieron a una niñita toda elegante, muy seria, sentada al lado del
piano. Sarah recibió más carantoñas, más cumplidos. Pero los párpados empezaban a pesarle, y por suerte a las diez en punto aparecieron las primas. Sarah me dio un beso en la mejilla.

—Qué bueno eres, papá. Ahora entiendo cómo conquistaste a
mamá.

A finales de verano el Flamingo se convirtió en el blanco de todas
las acritudes. Los compadres eran presos de un nerviosismo cada
vez mayor. Hasta cesaron sus discrepancias internas. Genovese se
acostumbró a tomar su almuerzo en el Marechiaro: era una excusa
para tener bajo observación a Adonis y conocer de antemano las
eventuales decisiones de Luciano. Pero Charlie callaba, no llegaban
consejos de la lejana Italia. Adonis rezumaba ira, a pesar de que él
no había invertido ni un dólar en la ciudad de las maravillas. Costello sospechaba que había llegado a un pacto con los del sindicato y
que esperaba cobrarse un porcentaje de los créditos recuperados.
Entre bocado y bocado del pastel de arroz con albóndigas de carne, huevos duros, guisantes y panceta, Genovese abría la caja de los
recuerdos de las aventuras corridas en las calles donde habían crecido. Indefectiblemente, la conclusión era siempre una gamberrada
de Siegel:

—Tendríamos que haberlo previsto entonces: un tiro en la cabeza y hoy no tendríamos todos estos problemas. Pero a Charles

le remordía la conciencia: ¿y después quién se lo dice a Meyer? ¿Y ahora quién se lo dice a los sindicatos?

Aunque velada, no dejaba de ser una crítica a Luciano: hasta el momento nadie se la había permitido. Yo me preguntaba qué iba a ser de mí. La orquesta del Flamingo había acabado siendo un espejismo como la orquesta del Hollywood. Tenía que resignarme: el bombo en el que escribir «Willy Melodia y su orquesta» tal vez no existiera ni existiría nunca. Pero pasaban otras cosas. Pasaba que tras la partida de Luciano se estaba formando la primera facción contra él. Y yo era el cordero más débil: contaba con la simpatía de Luciano, cierto, pero estaba expuesto a todas las ventoleras. De modo que volví a encerrarme en las melancolías de antaño, de cuando me negaba a mirar más allá de la noche. Había cometido la ingenuidad de escribirle a mi madre diciéndole que aquel año íbamos a vernos, y ella había decidido que antes de Navidad estaría en Via D'Amico. Según me contaba en la carta, ya me estaban esperando mis hermanos, mis hermanas, cuñados y cuñadas, sobrinos, tíos, primos, amigos que nunca tuve y vecinos, como *comare* Marietta, ciega de un ojo. Mi madre decía que se morían por abrazarme los pocos que se acordaban de mí y los muchos que no me conocían de nada. Le respondí que iba para largo.

En el fondo no le mentí. Costello acababa de pedirme si podía hacerle un favor —usó precisamente este vocablo—: desplazarme hasta Los Ángeles para verme con Siegel a escondidas. La razón era muy simple: Costello creía que Lansky, por motivos de amistad, no le había transmitido a Ben con la suficiente claridad que estaba jugando con fuego. Y, según Costello, a Luciano se le había agotado la paciencia. Pero si Siegel paga el precio de sus locuras —fue la explicación de Costello—, Lansky podría romper con Luciano: en este momento, eso significaría dejar vía libre a las ambiciones sanguinarias de Genovese y de Anastasia. De modo que necesitamos que una persona de la que Siegel se fíe —porque de ti se fía, ¿verdad Willy?— le informe claramente de la situación, le convenza de llamar a Luciano o a algunos de los sindicatos con la noticia de que está dispuesto a dar marcha atrás.

Costello de momento aspiraba a salvarle el pellejo a Siegel; y, luego, con las aguas calmadas, intentaría que entrara de nuevo en los negocios.

—Willy, todo depende de ti.

Me pagaron una habitación en el Ambassador, me entregaron el billete de avión con las consumiciones incluidas, y me computaron como trabajada la semana que iba a pasar en Los Ángeles. La versión oficial es que iba para ver a mi hijo. Azorado por la confianza demostrada, no le revelé a Costello que hacía meses que sólo telefoneaba a Sal cuando estaba seguro de que no iba a encontrar a Rosa, a fin de evitar tener que dar mi consentimiento a nuestro divorcio. Marc Thal ya me había enviado dos cartas reclamando mi respuesta; en la última me amenazaba con recurrir a los tribunales para quitarme la patria potestad sobre Sal.

Decidí aprovechar el viaje para cerrar las cuentas pendientes con Rosa: el divorcio, en cualquier caso, tenía que concedérselo. Le llamé por teléfono para que prepararan el papeleo. Me respondió con una voz fría como el hielo que me dejó, cómo no, helado. Ante mi petición de ver a Sal, me dijo que de lunes a viernes estaba muy ocupado en el colegio, y el sábado y el domingo con el béisbol: lo habían nombrado capitán del equipo de su clase. ¿Béisbol?, observé atónito. El juego más aburrido del mundo... Pues fuiste tú mismo, replicó Rosa, quien le regaló la camiseta de Joe DiMaggio.

Resumiendo, que con Sal me equivocaba siempre. Me equivocaba cuando hacía algo y me equivocaba cuando no lo hacía.

Los Ángeles me pareció la peor ciudad del mundo. Por lo menos estaban a veinte grados más que en Nueva York, y el viento levantaba la arenilla del desierto para clavarla en la garganta de los forasteros. Thal tenía el despacho en Wilshire Boulevard, a dos manzanas del restaurante en el que habíamos comido en mi primera visita. En unos pocos minutos y cinco firmas resolví mi controvertida unión con Rosa. Tenía el divorcio, ya podía casarse con su Peter: aunque no por la iglesia, fue mi amarga revancha.

Un cochazo negro con chófer dejó a Sal en la entrada del Ambassador. Le habían dado un permiso de dos horas en la escuela. Estaba muy guapo, altísimo, bien proporcionado: aparentaba dieciséis años, en realidad no había cumplido los trece. Vestía de gris, con corbata y el emblema de la escuela en el bolsillo de la chaqueta. En la mesa se comportó como un principito: tan impecablemente cordial conmigo como podría haberlo sido cualquier extraño bien educado. A veces hablaba el inglés como los embajadores y las señoras chic del Hollywood, con una gramática tan perfecta que hasta me costaba captar algunas frases. Si se me escapaba alguna palabra en italiano o, Dios nos libre de ello, en siciliano, abría sus ojos como platos —ojos idénticos a los de Rosa— y me decía:

—*Sorry, father, I don't understand...*

Yo, en cambio, sí entendía que él estaba allí por educación, no por amor de hijo. Una vez yo había sido su padre, ahora era poco más que un desconocido. Le habían enseñado o le habían dicho que habría sido de muy mal gusto negarse a verme. Y él cumplía con su deber. No teníamos temas sobre los que hablar, no nos conocíamos, salimos al paso hablando del tiempo, del menú, de sus brillantes notas en la escuela, con alguna que otra pregunta que le hice sobre el béisbol. Sal me respondía como un hombrecito hecho y derecho, no como un hijo. Por otro lado, ¿de qué podía quejarme? ¿Acaso había sido yo un padre para él? ¿Qué había hecho por él? ¿Me había dedicado a él antes que a las mil y una cosas que tenía que hacer o que me gustaba hacer?

Intuí que lo único que podía hacer era librarle de mi presencia. Feliz coincidencia: el chófer se había quedado esperándolo a la salida del hotel. Así que Sal regresó a la escuela antes de agotar las dos horas de permiso, con un sobre en el bolsillo que contenía quinientos dólares. Era mi regalo para cuando cumpliera los trece. Los ojos se le habían iluminado al ver los cinco billetes de cien. Para mí, ése había sido mi único éxito aquel día. Una generosidad que, por otra parte, no me había costado nada. Gracias al trabajo con Adonis atravesaba un periodo de prosperidad. Si lo pienso bien, nunca tuve tanto dinero en el bolsillo como en aquellos meses.

Tampoco tuve suerte con Siegel. Era imposible encontrar a Ben, o por lo menos fue imposible para mí. No se hallaba en Los Ángeles, no se hallaba en Las Vegas. En los números de teléfono que tenía me respondían camareros mexicanos que monótonamente me repetían la misma frasecita:

—Lo lastimo muchísimo, pero el señor Siegel no está aquí.

Eh, Ben, habría querido decirle, soy yo, soy tu amigo Willy, he venido para salvar tu pellejo, llámame, es importante... Pero no tenía a quién decírselo.

Cogí un taxi y me dirigí a su casa: hasta su mujer y sus hijas habían desaparecido del pequeño castillo. Avisé a Costello. Al otro lado del auricular, su respiración profunda transmitía impotencia, resignación.

—¿Crees que has agotado todas las posibilidades de encontrarle?

—Me falta poner un anuncio en el periódico —respondí, súbitamente espantado por si le había faltado el respeto a Costello—. No, don Costello, no logro pensar qué más puedo hacer. Creo que Siegel se ha enterado de que le estoy buscando, y no quiere verme o, tal vez, puede incluso que no se fíe de mí. Si usted lo desea, puedo quedarme; pero creo que lo único que podré hacer aquí es tirar el tiempo y el dinero por la borda.

—Entonces mejor que vuelvas, además hay novedades para ti...

Las novedades eran órdenes: tenía que encontrarme con Luciano en Cuba. Con un pasaporte italiano expedido por la comisaría central de Palermo, Salvatore Lucania, Charlie, había viajado de Roma a Río de Janeiro, y de allí a Ciudad de México y a La Habana. En la pista del aeropuerto, le esperaban con flores y música Meyer Lansky y los dos italianos más conocidos de la isla: Amedeo Barletta y Amleto Battisti, que se dedicaban a los hoteles, la prostitución, los juegos de azar, la importación de medicinas y la exportación de azúcar. Luciano se había hospedado unos días en el hotel Nacional para después cambiarse al Miramar. Allí había convocado a los compadres de Estados Unidos que pudieran estar interesados en la gestión de hoteles, casinos y burdeles. Y allí debía presentarme yo para tocar en la *band* que estaban preparando para sustituir a la de Benny Moré, que se había marchado a México.

¿Benny Moré? ¿Y quién era? Molesto por mi ignorancia, Costello me dio una pequeña lección de historia musical. A su parecer, la voz de Moré no tenía nada que envidiar a la de Sinatra: era la síntesis de medio siglo de música popular. Era tan bueno que, a pesar de que no sabía leer las notas —como tú, subrayó Frank—, había creado una *band* con los mejores artistas cubanos y la dirigía con su batuta. En eso, pensé, me superaba con creces.

Para colmar el vacío, a escondidas, estaban reclutando a toda prisa a los músicos. Luciano había alabado mis virtudes al piano y me había procurado el trabajo.

¿Otra oferta que no podía rechazar? Costello respondió con una risita. Que no te oiga Charlie, me comentó, él cree que te está haciendo un gran favor.

Salía de Estados Unidos después de casi dieciséis años, pero no para volver a Italia. Con todo, estaba demasiado excitado con la idea de Cuba y de las cubanas para ponerme a lloriquear. Me compré un juego de maletas de piel que ni Cary Grant en sus comedias de gente rica y feliz. Con mis nuevas maletas, con un dos piezas de tweed, con un flamante sombrero de terciopelo, me presenté con mucha antelación en el aeropuerto municipal en Queens. Desde diciembre, la Nacional había inaugurado el vuelo directo a La Habana. El avión de Cuba aterrizaba en Nueva York hacia mediodía, y despegaba una hora después. Resueltos los trámites del embarque, estuve paseando por las pocas salas del recinto. Me impresionó el ir y venir frenético de los guardias de fronteras. Se reunían, se dispersaban. Un superior los convocaba en grupos de cuatro o cinco, y se dirigían hacia otros colegas para informarles. Parecía evidente que estaban preparando alguna intervención. El primer avión en llegar procedente de otro país era el de La Habana: en cuanto el altavoz anunció el aterrizaje, los guardias se colocaron en semicírculo alrededor de sus colegas encargados de controlar documentos y equipajes. Algunos civiles con el sombrero bajo y mal vestidos se desabrocharon la chaqueta. Parecía una escena de película.

Al fondo del pasillo aparecieron los primeros pasajeros.

—Eh, ¿pero ése de ahí no es Sinatra? —preguntó a su acompañante una señora que ya llevaba puesta la vestimenta caribeña.

Seguro que era Frank, y era tan seguro que los guardias de fronteras le estaban esperando precisamente a él, que avanzaba entre los flashes de los fotógrafos. Llevaba dos bolsas de mano. Entre los pasajeros que salían hacia Cuba había visto un grupo de estudiantes femeninas, llenas de granos en la cara, entusiasmadas ante la expectativa de unas vacaciones que en la época estaban al alcance de muy pocos. Estaban en esa franja de edad en la que las hormonas se disparaban al escuchar a Frank o al verlo. Me puse en medio del grupito y pregunté si por casualidad aquel tipo que se acercaba acosado por los fotógrafos no era Frank Sinatra en persona. Desaté una carga desaforada de Erinias: saltaron por encima de la aduana, por encima de los pasajeros que se iban y los pasajeros que llegaban, pisoteando a periodistas y fotógrafos. Un grito prolongado indicó que lo habían alcanzado. Lo tocaban, le besaban, le pedían una caricia, un autógrafo, una sonrisa. Frank intentaba contenerlas sin dejar el equipaje. Los guardias se volvieron locos: intentaron imponerse para rodear a Frank, pero recibieron patadas, empujones e incluso algún que otro golpe propinado con el bolso. En torno a Sinatra se montó un alboroto del que Frank no sabía cómo salir.

—Willy, buen trabajo.

Me volví estupefacto: Charles Gambino, envuelto en un elegantísimo gabán de piel de camello, me guiñó un ojo. A sus espaldas, tres gorilas altos como armarios se abrieron paso entre guardias, colegialas y periodistas: salieron con Sinatra y con el equipaje, que enseguida confiaron a otros guardaespaldas aparecidos de repente. Frank pudo recobrarse un poco. Con la mejor de sus sonrisas se dirigió hacia esas Erinias. Bastó ese gesto para aplacarlas: firmó autógrafos, besó mejillas, aceptó posar para una lluvia de fotos. Las llamadas del altavoz obligaron a los pasajeros a dirigirse hacia las puertas de embarque. Frank no me había visto. Estuve tentado de saludarle, pero ya se dirigía a la salida, seguido por uno de los gorilas que cargaba dos bolsas de mano. Eran idénticas a las que Frank traía consigo al salir del avión. Pero habría jurado que, en medio del bullicio, las habían cambiado por otras.

El aeropuerto de Camagüey en La Habana era como una enorme sala de espera de un prostíbulo. Las mismas mujeres paseándose, la misma atmósfera de suspense, las mismas charlas fútiles, la misma afectación. Las estudiantes de uniforme, a quienes todavía duraba la excitación por el encuentro con Sinatra, arrasaron con todo: vaciaron la barra de licores y se pusieron a ligotear con los mulatones que hacían la ronda para encontrar a admiradoras entradas en años y con dinero. A mí me esperaba un taxista. Me dejó en el hotel Sevilla, el más antiguo de la isla, y de allí me llevó al Miramar. Los hoteles de La Habana expresaban el deseo inconsciente de intentar detener el tiempo; las calles apestaban a sudor, al agua de colonia que los barberos cataneses rociaban sobre la cabeza de los malhadados clientes. El hall del Miramar parecía la plaza de un pueblo siciliano. Se oían jergones y dialectos de toda clase. Escuché frases y términos que había olvidado hacía decenios. Vi a almirantes, vicealmirantes, soldados rasos: casi nadie llevaba chaqueta, todos combatían el calor bochornoso —a pesar de que era enero— agitando abanicos, periódicos o la lista de precios del bar. Con mi dos piezas de tweed enseguida me catalogaron como forastero. Me miraron de arriba abajo, y por un momento tuve miedo de que me tomaran por un torpe agente de la Oficina de Narcóticos o del FBI.

—Hola, Willy... —Era Moretti, que intentaba esconder su panza prominente con los pantalones subidos. Llevaba en la mano un abanico de raso muy gracioso.

—No te metas tú también con mi abanico. —Moretti se ensombreció de golpe—. No es mío. Me lo ha dejado Esmeralda... una chica..., bueno, digamos que mi novia local...

Me habría gustado explicarle los detalles de mi encuentro con Sinatra, pero ya se había encaminado hacia Carlos Marcello, que salía del ascensor en un impecable traje de lino, acompañado de un panamá y un puro en los labios.

La suite de Luciano estaba custodiada por *picciotti* que llevaban la pistola bien a la vista. Cócteles de Martini y enormes vasos de ron Matusalem gran reserva se movían a una velocidad digna de un Ferrari en el circuito de Monza. Rodeado de una pequeña corte rumorosa, Charlie se comportaba a la manera de un patriarca. Ahora ya no se quitaba nunca las gafas: la montura dorada le hacía más viejo que Matusalén. Pero bastaba con un relampagueo de su ojo sano para comprender que, si bien su físico no era el mismo, su inteligencia seguía siendo diabólica. Luciano se mostró afectuoso: me trató como a un miembro de la familia, me presentó a sus rufianes como el buen *picciotto* que había protegido los cincuenta mil dólares que aquel loco de Sinatra tenía que entregarle a Costello. Así que era eso lo que contenían las dos bolsas de mano, y por esa razón Gambino y sus gorilas le estaban esperando en el aeropuerto. Luciano orquestó el aplauso que me dedicaron todos los presentes, a quienes por supuesto les importaba un comino quién fuera yo o qué hubiera hecho. Lo único que les preocupaba era que ahora tenían un posible rival. Un tipo con bigotito a lo Melvyn Douglas blandió una baraja de cartas sicilianas. ¿Unas partidas de *zecchinet-*

ta?, propuso con voz de falsete. Luciano negó con la cabeza, pero invitó a los demás a enfrascarse en el juego.

—Willy, ponte al piano como hacíamos en New York.

El piano, regalo personal de la dirección del Teatro Nacional, era un Steinway del siglo pasado: no le habría ido mal una mano de barniz, aunque estaba perfectamente afinado. La dirección del Miramar se había encargado de mejorar la decoración de la suite con lo mejor de La Habana: lámparas de cristal de Murano, esculturas rococó de faunos danzantes y ángeles con antorchas. Las autoridades cubanas no habían escatimado gastos con tal de que Luciano se sintiera como en casa.

Toqué Armstrong todo el tiempo, pero los invitados de Charlie estaban demasiado concentrados en las cartas para darse cuenta. Lo que sí que les llamó la atención fue un chico regordete de aire guasón, embutido dentro de un traje claro, que dejaba mucho que desear. Santos Trafficante tenía cuatro años menos que yo y un poder casi ilimitado: en Cuba representaba los intereses de los compadres, controlaba los beneficios de los casinos, decidía sobre cantantes, humoristas y charlatanes, y hasta sobre la paga quincenal de las putas. Nadie sabía de dónde había salido, pero un día, en efecto, había salido de algún sitio para plantarse allí. Y desde entonces ya no se había marchado. A pesar de todo, Luciano no lo consideraba un general: era extremadamente cortés con él, pero no le concedía la confianza que reservaba a Adonis, a Costello y en cierto modo también a Genovese; y ni siquiera la gran estima profesada por Lansky, aunque ahora vivieran días complicados. Días que a mí me tocó vivir de cerca. En efecto, la varicela se tragó cualquier esperanza sobre la *band*: tras cebarse con el pianista, se había cobrado otras víctimas. De modo que pusieron a la *band* en cuarentena y así al menos nos libramos de comparaciones ofensivas con la de Benny Moré. Luciano me reclamó a su lado para sus ratos de solaz personal: tocaba en su suite durante reuniones de trabajo, comidas, cenas y partidas de póquer. Tocaba la música de los blancos y la música de los negros, intercalaba Miller con Guthrie, y hasta desempolvé mis viejas mezclas y *Mamma*, que siempre provocaba alguna que otra lagrimita. Habíamos inventado el hilo musical. De modo que asistía a las ásperas discusiones entre Luciano y Lansky sobre el asunto de Siegel.

Ben continuaba rechazando cualquier invitación a dar marcha atrás. Meyer reconocía que se estaba equivocando, que con el Flamingo había perdido la cabeza y los millones de las inversiones ajenas, pero seguía oponiendo resistencia a la solución drástica que se desprendía de las acusaciones de Luciano: la eliminación de Siegel.

Lansky consiguió que se pusiera al teléfono. Para mis adentros, rezaba para que Ben recobrara la antigua gracia, su capacidad de seducir a todo aquel que se propusiera. Luciano, al comienzo, se mostró accesible: se informó sobre el estado de las obras, sobre las previsiones de su final. Creo que hasta llegaron a hablar de traer a Sinatra para la ceremonia de inauguración. Luego pasó algo, tal vez una respuesta de Siegel o puede que Luciano se cansara de fingir. Su voz se volvió fina como un silbido: sólo con escucharla ya te hacía temblar. Le dijo a Ben que únicamente le quedaba un camino: devolver el dinero y tomarse unas vacaciones. Colgó el auricular sin esperar una respuesta. Una sombra se abatió sobre mi corazón. El tiempo pasa sin que nos demos cuenta. Y cuando nos damos cuenta, llega el final: sobre la gran pantalla aparecen las letras «The End», y los espectadores ya se disponen a salir de la sala.

Al cabo de dos días Moretti llegó con la noticia de que Siegel había sido asesinado en su mansión de Beverly Hills. Un tiro en la cabeza, hasta nunca amigo Ben. ¿Tenía que enfadarme con Luciano? Eran las reglas del juego. A saber cuántas veces Siegel las había aplicado a otros. Él sabía cuáles eran las consecuencias de transgredirlas. Me habría gustado llorar, pero sonreía al repasar mentalmente los cientos de episodios que había compartido con Ben. Para él, yo había sido el pobretón al que ayudar, y le había caído simpático, había sido generoso conmigo conformándose con lo poco o nada que yo podía darle a cambio. Me imaginé qué habría pasado con Ben, conmigo, con Judith, si los hubiera puesto en contacto cuando Ben estaba ideando su doble atentado para acabar con Hitler y Mussolini. Sin quererlo, había detenido el curso de la historia.

Lansky salió inmediatamente para Los Ángeles: deseaba ocuparse de los funerales de Ben, cubrir las necesidades de su mujer y sus hijas. Pero no se me escapó que había otra urgencia de por medio: cerrarle la boca a Virginia Hill. Porque ya había comenzado a comportarse como una viuda inconsolable y sabía de negocios. Virginia había tenido acceso a demasiadas intrigas, a demasiadas informaciones. Sabía cosas que no debería haber sabido. No gozaba de la confianza de Luciano y de Lansky, pero era una chica de mente despierta: a saber si no existía un libro de memorias a punto para ser publicado en caso de deceso prematuro de su marido. Lansky, pues, se dirigía a Los Ángeles para acordar con Virginia su papel de ex musa inspiradora de Siegel.

Con las lluvias se fueron el calor sofocante, los malos olores y la suciedad de La Habana. Permaneció ese aire decadente en medio de espléndidos edificios art déco. Luciano estaba de nuevo taciturno. Se pasaba tardes enteras encerrado en su habitación con Marcello y Trafficante. De América llegaban noticias sobre la irritación creciente del departamento de Justicia con el gobierno cubano, que protegía a un indeseable de la calaña de Charlie. Las negociaciones de Trafficante con las autoridades avanzaban muy lentamente. Un periódico local anunció que la administración Truman amenazaba con bloquear la entrada de medicinas en la isla si «el señor Luciano» no era expulsado inmediatamente. A Luciano, en contrapartida, le tentaba la idea de amenazar a los ministros de la isla con bloquear la entrada de turistas ricos americanos. Porque somos nosotros, se desfogaba con Trafficante, quienes les traemos a los mejores artistas, nosotros quienes les abrimos las mejores agencias de viajes, nosotros quienes hemos conseguido para la Nacional la concesión de la ruta entre New York y La Habana, y nosotros quienes les construimos guarderías y hospitales para mayor lustre de la presidencia de Grau San Martín, y nosotros quienes les pagamos a cada una de esas sanguijuelas la amante, el coche de lujo, la universidad en Estados Unidos para sus hijos, y ahora son ellos quienes quieren asestarnos una patada en el culo...

Concluido el desfogue, Luciano intuía que los compadres no iban a secundarle. Con medias palabras, todos, hasta el propio Costello, le habían dado a entender que los gobernantes de Cuba pedían sólo un pequeño sacrificio: su alejamiento momentáneo. Más adelante, como dijo Trafficante, las cosas podían cambiar. Tal vez en 1948 Dewey derrotaría a Truman: entonces las medidas aprobadas se discutirían, y entre ellas incluso el regreso de Luciano a América. Mejor, sostenían todos a una voz, no alimentar la polémica, mejor besar la mano que no podía cortarse. Lo importante era recordarlo luego.

Con el empeoramiento de la situación, la suite del Miramar se vació. Y yo me pasaba horas enteras sentado ante el piano con la tapa bajada. Hacía tres meses que vivía en Cuba. Y seguía sin comprender el misterioso motivo por el que Luciano me había llamado a su lado. No me atrevía a preguntárselo, y Charlie seguramente lo había olvidado. A pesar de la abundancia de bailarinas de sangre caliente y curvas prominentes, echaba de menos Nueva York y el Hollywood. Por no hablar de Sarah, que me imaginaba que había crecido mucho: había hablado con ella por teléfono tres veces, sólo durante algunos minutos. Cada dos semanas le había enviado el dinero a tía Bessie, pero esta vez sin el recibo de rigor de sonrisas y caricias. Y también yo me merecía un poco de afecto. Claro que también por parte de Sal, pero ésa era otra historia.

El ruido del vino tinto escanciado de la botella a la copa me había encandilado. Era un sonido que yo había escuchado en otra vida, pero no lograba ubicarlo. El camarero, el maître, el sumiller, todos permanecían a la espera de la aprobación de Luciano. Charlie inclinó imperceptiblemente la cabeza, los tres dieron un leve suspiro. Con maneras bruscas los alejó. Sentados a la mesa, sólo éramos dos: Luciano y yo. Era la primera vez que me invitaba, y yo estaba más incómodo que si hubiera salido a cenar con Ava Gardner. Porque precisamente Luciano estaba hablando de ella mientras sacaba un Camel de la pitillera que Sinatra le había regalado al final de su gira por Cuba. «A mi buen amigo Lucky, con el afecto de Frank Sinatra», rezaba la dedicatoria.

—De verdad que no entiendo —dijo Luciano— qué le pasa a Sinatra por la cabeza. De acuerdo que tiene el cerebro con forma de conejo, pero precisamente él puede tener todos los conejitos que quiera, ¿por qué habrá ido a fijarse en ese besugo de Ava Gardner? La experiencia me dice que a las mujeres que enseguida se abren de piernas no les interesa el sexo. Tu amigo Frank, por una de esa clase, quiere dejar a Nancy, su mujer, la madre de sus hijos, que además es una buena chica. Le he dicho a Moretti que hable con Sinatra: con esas excentricidades, corre el riesgo de arruinar su carrera. Sería una lástima para él y también para nosotros.

Pero no estaba en juego únicamente la carrera de Sinatra, al cual el buen Dios le había regalado una voz que valía un potosí.

—Willy —la voz de Luciano se volvió grave—, supongo que ya sabes que la oportunidad del Flamingo se ha desvanecido. Los sindicatos han tomado cartas en la construcción del hotel, es mejor que nosotros nos mantengamos al margen. De modo que no tendremos ni voz ni voto en la distribución de papeles. Lo siento.

Luciano se dedicó a su entrecot.

—¿Puedo volver al Hollywood?

—Diría que sí. A menos que Frank siga con su vieja idea de mandarte a Nueva Orleans. ¿Qué tipo de relación tienes con Marcello?

—Lo conocí cuando tuve que alejarme de Nueva York y estuve tocando en varios locales.

—¿Te llevas bien con él?

—Don Luciano, ¿quién soy yo para no llevarme bien con alguien?

—Siempre tan modesto nuestro Willy. Escucha: ¿todavía tienes ganas de volver a Italia?

¿Quién podía esperarse esa pregunta?

—Yo voy a tener que regresar. Y estoy pensando en establecerme en Nápoles, visto que en Palermo me harán la vida imposible. Pero me ronda una idea sobre Taormina, que es como decir tu casa. Si quieres, puedes volver a Sicilia como todo un señorito. Me encargo yo de explicar la situación a Costello.

Salí de Cuba con diez mil dólares. Me los había dado Luciano diciéndome que eran el justo premio por haber salvado los cincuenta mil que llevaba Sinatra. Tenía dos meses para cerrar mi paréntesis americano y embarcarme con destino a Italia. Costello me comunicó que viajaría en el *Laura Keene*, el mismo barco en el que había viajado Luciano. Rosa hasta se mostró atenta conmigo cuando le anuncié que volvía a casa. Le pregunté si quería confiarme algún regalo para su familia: me presté a viajar hasta Mussomeli. Su negativa fue contundente: no quería saber nada de Sicilia, incluyendo en tal rechazo, si cabía, a su padre y a su madre. Sal fue tan impecable como siempre: prometió escribirme, pero no me pidió que yo lo hiciera. Con tía Bessie, con sus hijas, hasta con tío Ephraim, que se estaba haciendo mayor, fue todo lo contrario: lágrimas, abrazos, promesas de enviarnos una carta a la semana, juramentos de que volveríamos a vernos antes de que pasara un año. Esas cosas que se dicen en las despedidas, que después nunca se cumplen, pero que aun así serenan el alma. Con Sarah, fue un tormento para los dos. Yo había preparado un complicado rodeo para explicárselo, pero ella me interrumpió enseguida:

—¿Tú también te vas?

Arranqué a llorar desconsolado. Estaba arrodillado ante su carita, y ella empezó a acariciarme la mejilla.

—Papá, ¿soy yo quien te hago llorar?

A punto estuve de llevármela conmigo, pero mi congénita cobardía —¿o preferís que lo llamemos oportunismo sin freno?— me paralizó antes de tomar la decisión. Nos quedamos en esa posición mirándonos a los ojos, incapaces de pronunciar una sola palabra y sin darnos cuenta de los segundos y los minutos que pasaban. Con el tiempo, Sarah creció, se convirtió en una señorita, y hoy es una mujer hermosa, pero la imagen que me acompaña, y que me llevaré conmigo a la tumba, es la de aquella tarde de septiembre con el sol que se ponía tras las ventanas de la calle 64 Oeste.

—Sarah —intenté decirle—, tengo que irme. Vuelvo al lugar donde nací, veré a mi madre, a la que llevo dieciséis años sin ver: piénsalo bien, es el doble de los años que tú cumplirás en diciembre. Pero antes del próximo verano volveré a Nueva York.

—¿Está muy lejos Italia?

Gracias a la pasión por la geografía de la vecina del quinto piso, conseguimos un atlas. Era la primera vez que Sarah veía Italia: le señalé Sicilia, el punto negro sobre el mar era Catania. Ella deslizó el dedo por todo el océano Atlántico.

—Uauuu... —fue su comentario—. ¿Se va en barco?

—Sí, como en unas vacaciones sobre el agua.

—Pero yo con tía Bessie estoy bien.

—Podrás estar con ella todo el tiempo que quieras. Tía Bessie, tío Ephraim, las primas, todos te quieren mucho.

—¿Y tú no podrías quedarte con nosotros?

Mentí impúdicamente.

—Sarah, yo tengo que trabajar. Si no, ¿de dónde vamos a sacar el dinero para vivir?

Se puso seria, tan seria como cuando se esforzaba en comprender temas mucho mayores que ella. Tal vez en esta ocasión no lo logró, pero en cualquier caso me abrazó muy fuerte. Y yo me sentí como un gusano.

Saldé mis deudas económicas: a Totonno y a Dominick les regalé los muebles y objetos de Briggs Avenue; le dejé el Ford Y a uno que hacía un mes que había llegado de Sicilia; evité a toda costa cruzarme con Annie, que ya caminaba hacia una digna madurez, y evité dar señales de vida a las mujeres con las que había compartido mi lecho. No hubo despedidas: con la intención de tratar a todo el mundo por igual, no le dije adiós a nadie. Pero pensé en el hijo pequeño de Annie: me había enterado de que tocaba el piano, y le pedí a Totonno que el día después de mi partida le hiciera llegar el Steinway de la entrada cuya tapa no abría desde hacía un año.

Costello fue parco en palabras, pero me dio cinco mil dólares para agradecerme mi comportamiento siempre de buen *picciotto*. Con ese dinero pagué por anticipado un año de la paga de Sal, y le dejé el resto a tía Bessie para Sarah, pidiéndole que me avisara cuando se le terminara. Quería que a Sarah no le faltara de nada.

Amontoné toda mi América en tres baúles y un Bendix Radio Phonograph último modelo, más un disco todavía fresco de Ella Fitzgerald cantando *Oh, Lady Be Good*, más un Delahaye 145 Chapron descapotable de color gris metalizado, una preciosidad de coche que escapaba a todas mis posibilidades. Fue el último favor de Adonis. Debo decir que a pesar de su intervención tuve que desembolsar tres mil dólares, pero era un coche de ensueño: Siegel habría sido capaz de matar por tener uno igual. Además, seguro que el Delahaye venía de algún negocio sucio. Adonis me dijo que me costaba tan poco porque alguien tenía necesidad de que saliera de Estados Unidos. Para mí tres mil dólares no eran pocos, pero ahora ya tenía el cochazo de señorito con el que presentarme en Catania y dejar boquiabierta a la Via D'Amico al completo. Iba a ser mi tarjeta de visita. Uno que se presentaba con un coche como ése, ¿podía no haber triunfado en América?

En definitiva, me llevaba conmigo un poco de música y un poco de velocidad. Todavía hoy sigo pensando que esas dos cosas son el sentido de una gran nación como Estados Unidos.

El *Laura Keene* zarpó del muelle una mañana de sol mortecino. Llegaba el otoño y mi sueño americano se cerraba. Había vivido siempre en suspense, a menudo con la impresión de ir dando tumbos, pero siempre con la certidumbre de que algún día entraría de nuevo en la normalidad. Los sueños no sólo se acaban, sino que cuanto antes lo hacen mucho mejor. En la neblina, a duras penas se veían los edificios con manchas de humedad enfrente del puerto. Dejaba atrás una época de inconsciencia, de confusión, de ambigüedades: mis hijos no sabían el uno de la existencia del otro. Me había convertido en el rey de los hombres incompletos, incapaz de ser un buen músico, un buen padre, un buen marido, incluso un buen mafioso o un buen masón. Había vivido la vida que los demás habían querido. También me había divertido, había follado hasta la saciedad, había conocido y frecuentado personajes que habían entrado en la historia. Pero yo seguía siendo un don nadie. No ya la historia, a mí ni la crónica negra me quería. Me quedaba la música, aunque no se me escapaba que, harta de mi falta de ambiciones, estaba a punto de darme la espalda. ¿E Italia, Sicilia, cómo iban a recibirme? ¿También ellas iban a darle la espalda a Mino Melodia, que volvía a casa disfrazado de Willy?

Nueva York se desvanecía al fondo. En aquel preciso instante comprendí que no me dirigía hacia la segunda oportunidad. Me encaminaba al cementerio de las ilusiones.

Agradecimientos

Esta novela vio la luz —dando por sentado que esto sea positivo— gracias a algunas sensibilidades femeninas que supieron encauzarla, alentarla y mejorarla. En la base de todo está Chiara, extraordinaria vislumbrando cuanto yo mismo era incapaz de vislumbrar, aunque lo llevara en el corazón. Vicki Satlow mostró su pasión por Willy Melodia incluso antes de convertirse en su agente y de llevarlo de paseo por el mundo. Paola Gallo y Dalia Oggero se presentaron un mediodía luminoso de invierno y enseguida se convirtieron en personas de casa cuyos consejos fueron a cual más valioso. Angela Rastelli lleva el destino en su nombre: es el mejor ángel de la guarda que un autor puede desear para su propio libro.

Amigos de hace tiempo y tan experimentados como Francesco Terracina y Carmelo Volpe me ayudaron a reconstruir la Sicilia de antaño. La enciclopédica memoria de Aldo Motta fue la principal autoridad a la que recurrí en todos los casos dudosos. El profesor Giovanni Rufino, dialectólogo de la Universidad de Palermo, cargó con el peso de tender un magnífico puente entre el siciliano de hace un siglo y el italiano de hoy. El abogado Alberto Mittone puso su sabiduría jurídica a disposición de Willy Melodia y de sus compadres.

Y, por último, un agradecimiento lleno de nostalgia hacia la isla que ya no existe, aquella que nosotros los emigrados llevamos en el alma a pesar de estar seguros de que jamás llegaremos a su puerto.

Visite nuestra web en:

www.umbrieleditores.com